YÜZÜNCÜ AD
"Baldassare'nin Yolculuğu"

Amin Maalouf 1949'da Lübnan'da doğdu. Ekonomi ve toplumbilim okuduktan sonra gazeteciliğe başladı; 1976'dan beri Paris'te yaşıyor. Çeşitli yayın organlarında yöneticilik ve köşe yazarlığı yapmış olan Maalouf, bugün vaktinin çoğunu kitaplarını yazmaya ayırmaktadır.
Çok iyi bildiği Asya ve Akdeniz çevresi kültürlerinin söylencelerini yapıtlarında başarıyla işleyen Maalouf, ilk kitabı *Les Croisades vues par les Arabes* (1983, *Arapların Gözüyle Haçlı Seferleri,* Telos) ile tanındı ve bu kitabın çevrildiği dillerde de büyük bir başarı kazandı. 1986'da yayımlanan ve aynı yıl Fransız-Arap Dostluk Ödülü'nü kazanan ikinci kitabı (ilk romanı) *Léon l'Africain* (*Afrikalı Leo,* YKY) ise bugün bir "klasik" kabul edilmektedir.
Maalouf'un 1988'de yayımlanan ikinci romanı *Samarcande* (*Semerkant,* YKY) da coşkuyla karşılandı ve pek çok dile çevrildi. *Les Jardins de Lumière* (1991, *Işık Bahçeleri,* Telos) ve *Le Ier Siècle après Béatrice* (1992, *Beatrice'den Sonra Birinci Yüzyıl,* Telos) adlı romanlarının ardından, 1993'te yayımlanan romanı *Le Rocher de Tanios* (*Tanios Kayası,* YKY) ile Goncourt Ödülü'nü kazanan yazarın, *Les Echelles du Levant* (*Doğunun Limanları,* YKY) adlı romanı 1996'da, *Les Identités Meurtrières* (*Ölümcül Kimlikler,* YKY) adlı deneme kitabı 1998'de çıktı. Maalouf'un son yapıtı *Le Périple de Baldassare*'dır (*Yüzüncü Ad-Baldassare'nin Yolculuğu,* 2000).

Samih Rifat 1945'te İstanbul'da doğdu, Saint-Benoît Lisesi'ni ve İTÜ Mimarlık Fakültesi'ni bitirdi. Üniversite yıllarından başlayarak çeviriye yöneldi; ilk çevirilerini 80'li yıllarda *Yazko Çeviri* dergisinde yayımladı. René Char, Jacques Prévert, André Verdet, Jean Follain, Paul Valéry, Kavafis, Le Corbusier gibi ozan/yazar'lardan çeviriler yaptı. Yine üniversite yıllarında fotoğrafçılıkla ilgilendi. 80'li yıllardan başlayarak çeşitli dergilerde, yazdığı –çoğu mimarlık konulu– yazılara eşlik eden fotoğraflar yayımladı; belgesel filmler çekti. Bugün çeviri, yazı, fotoğraf ve film çalışmalarını sürdürüyor.

Amin Maalouf'un
YKY'deki öteki kitapları:

Afrikalı Leo *(1993)*
Semerkant *(1993)*
Tanios Kayası *(1995)*
Doğunun Limanları *(1996)*
Ölümcül Kimlikler *(2000)*

AMIN MAALOUF

Yüzüncü Ad

"Baldassare'nin Yolculuğu"

ÇEVİREN:
SAMİH RİFAT

ROMAN

YKY
İSTANBUL

Yapı Kredi Yayınları - 1390
Edebiyat - 371

Yüzüncü Ad "Baldassare'nin Yolculuğu" / Amin Maalouf
Özgün Adı: Le Périple de Baldassare
Fransızcadan Çeviren: Samih Rifat

Kitap Editörü: Elif Gökteke
Düzelti: Alev Özgüner

Kapak Tasarımı: Nahide Dikel
Baskı: Şefik Matbaası

Çeviriye Temel Alınan Baskı: Amin Maalouf, *Le Périple de Baldassare*, Bernard Grasset, Paris, 2000
1. Baskı: İstanbul, Ekim 2000
13. Baskı: İstanbul, Ocak 2001
ISBN 975-08-0003-6

Yapı Kredi Kültür Sanat Yayıncılık Ticaret ve Sanayi A.Ş.
Yapı Kredi Kültür Merkezi
İstiklal Caddesi No. 285 Beyoğlu 80050 İstanbul
Telefon: (0 212) 252 47 00 (pbx) Faks: (0 212) 293 07 23
http://www.yapikrediyayinlari.com
http://www.shop.superonline.com/yky
e-posta: ykkultur@ykykultur.com.tr

İÇİNDEKİLER

DEFTER I
Yüzüncü Ad • 11

DEFTER II
Sabetay'ın Sesi • 137

DEFTER III
Yıldızsız Bir Gök • 223

DEFTER IV
Cenova'nın Ayartması • 347

Andrée'ye

DEFTER I

Yüzüncü Ad

Canavar'ın yılına girmemize daha dört uzun ay var, oysa gelmiş dayanmış bile kapıya. Gölgesi, yüreklerimizi ve evlerimizin pencerelerini örtüyor.

Çevremdeki insanlar başka şeyden söz edemez oldular. Yaklaşan yıl, ön belirtiler, kehanetler... Gelsin! diyorum kimi zaman kendi kendime; boşaltsın artık mucize ve felaketlerle dolu heybesini! Sonra cayıyorum bu düşünceden; tüm o güzel yıllara geri gidiyorum belleğimde, her günü akşamın zevklerini beklemekle geçirdiğimiz o sıradan, iyi yıllara. Ve ağız dolusu lanet okuyorum kıyamete tapanlara.

Nasıl başladı bu çılgınlık? Önce kimin kafasında filizlendi? Hangi gökkubbenin altında? Kesin olarak söyleyemem, yine de bir biçimde biliyorum bunu. Bulunduğum yerden korkuyu gördüm; o iğrenç korkunun doğduğunu, büyüdüğünü, yayıldığını gördüm; kafalara nasıl sızdığını gördüm –en yakınlarımınkine, benimkine varana dek–, aklı yerinden oynatıp ayaklar altına alışını, aşağılayışını, sonra da onu parçalayıp gövdeye indirişini izledim.

Güzel günlerin uzaklaşıp gittiğini gördüm.

Buraya dek dinginlik içinde yaşadım ben. Mutluluk ve erinç içinde, her mevsim biraz daha göbek bağlıyor, biraz daha zenginleşiyordum; elimin ulaşamayacağı hiçbir şeye göz dikmiyordum; komşularım kıskanmaktan çok pohpohluyorlardı beni.

Ve birdenbire, her şey hızlandı çevremde.

Ortaya çıkıveren, sonra da benim hatam yüzünden yokolan o tuhaf kitap...

Yaşlı İdris'in ölümü; gerçi kimse bu yüzden suçlamıyor beni... kendimden başka.

Ve tüm kararsızlığıma karşın Pazartesi günü çıkmak zorunda olduğum şu yolculuk. Bu yolculuğun dönüşü yok gibi geliyor bugün bana.

Bu nedenle bu yeni deftere ilk satırları yazarken pek de tasasız sayılmam. Henüz hangi biçimde aktaracağımı bilmiyorum, ne bugüne dek olanları, ne de şimdiden kendini belli edenleri. Olanı biteni kapsayan basit bir anlatı mı olacak bu? İçten duygularımı dökeceğim bir günce mi? Bir seyir defteri mi? Yoksa bir vasiyet mi?

Belki de öncelikle Canavar'ın yılı konusundaki kaygılarımı ilk uyandıran kişiden söz etmeliyim. Adı Evdokim. Yaklaşık on yedi yıl önce gelip kapımı çalan Moskovalı bir hacı. Neden yaklaşık diyorum ki? Tüccar defterimde kesin tarihi yazılı. 1648 yılı Aralık ayının yirminci günüydü.

Her zaman her şeyi not ettim, öncelikle de sonradan unutabileceğim küçücük ayrıntıları.

Adam, kapımdan içeri girmeden önce iki parmağını uzatarak istavroz çıkartmış sonra da alçak taş kemere çarpmamak için eğilmişti. Kalın, siyah bir harmaniyesi, oduncularınkine benzer elleri, kalın parmakları, gür, sarı bir sakalı, buna karşılık küçücük gözleri ve dar bir alnı vardı.

Kutsal topraklara giderken bir raslantı sonucu durmamıştı evimin önünde. Adresimi ona Konstantinopolis'te vermişlerdi ve aradığını olsa olsa burada, yalnızca burada bulabileceğini söylemişlerdi.

"Sinyor Tommaso'yla görüşmek isterdim."

"Benim babamdı, dedim. Temmuzda vefat etti."

"Tanrı, krallığına kabul eylesin!"

"Sizin yakınınız olmuş aziz ölüleri de kabul etsin!"

Konuşma, tek ortak dilimiz Rumcayla yapılmıştı; oysa besbelli ikimizin de sık sık kullandığı bir dil değildi bu. Kararsız, güvensiz bir konuşmaydı: Biraz, bana hâlâ acı veren, onu da şaşırtan yas nedeniyle, biraz da onun bir "papacı dönme"yle, benimse "yolunu kaybetmiş bir sapmacı"yla konuşurken karşıdakinin inançlarını incitecek bir söz etmemeye özen göstermemizden.

Kısa bir ortak sessizlikten sonra, sözü yine o aldı:

"Babanızın aramızdan ayrılmış olmasına çok üzüldüm."

Bunu söylerken de gözlerini mağazanın içinde gezdiriyor, bu karmakarışık kitap, antik yontucuk, cam eşya, boyalı vazo, doldurulmuş şahin yığınını bakışlarıyla yokluyor ve kendi kendine soruyordu – içinden yapıyordu bunu ama yüksek sesle de söyleyebilirdi: Babam orada olmadığına göre ben yine de ona yardımcı olabilir miydim acaba? Artık yirmi üç yaşındaydım, ama tombul ve tıraşlı yüzümde hâlâ çocukluğun yansımaları seçiliyor olmalıydı.

Çenemi öne uzatarak dikeldim:

"Adım Baldassare ve babamın yerine ben geçtim."

Ziyaretçim, beni duyduğunu belirtir herhangi bir işaret yapmadı. Bir büyülenmeyle sıkıntı karışımı içinde, çevresini saran binbir harikayı gözden geçiriyordu hâlâ. Antika satan dükkânlar arasında bizimki, yüz yıldır Doğu'nun en zengini ve en ünlüsüydü. Her yerden görmeye gelirlerdi bizi, Marsilya'dan, Londra'dan, Kolonya'dan, Ancona'dan, tıpkı İzmir'den, Kahire'den ya da İsfahan'dan geldikleri gibi.

Beni son bir kez süzdükten sonra bir karara varmak zorunda kaldı bizim Rus.

"Adım Evdokim Nikolayeviç. Voronej'den geliyorum. Mağazanızdan büyük övgülerle söz ettiler bana."

Hemen bir yakınlık havasına girdim ben de; o zamanlar kibar davranma biçimim buydu.

"Biz dört kuşaktır bu ticaretin içindeyiz. Ailem Cenova'dan geliyor, ama Doğu'ya yerleşeli çok oldu..."

Bütün bunlardan habersiz olmadığını belirtmek ister gibi birkaç kez başını salladı. Gerçekten de Konstantinopolis'te ona bizden söz ettilerse ilk söyledikleri bu olmalıydı: "Dünyanın bu tarafındaki son Cenevizliler..." Sonra da bir iki sıfat, çılgınlığı ya da oldum olası babadan oğula geçmiş büyük tuhaflığı çağrıştıran bir iki el işareti. Gülümsedim ve sustum. O da hemen kapıya döndü, bir ad ve bir buyruk savurdu bağırarak. Bir uşak koştu geldi; kara giysisine zor sığan, başında düz bir takke, gözleri yerde, şişman, küçük bir adam. Elinde taşıdığı küçük sandığın kapağını kaldırdı, içinden bir kitap çıkardı ve efendisine uzattı.

Kitabı bana satmak istediğini sandım ve savunma durumuna geçtim hemen. Antika alım satımında, pek önemli biriymiş gibi havalar takınarak gelen, soyunu sopunu sayıp sağa sola buyruklar yağdıran, ama sonuçta size yalnızca pek saygın ama önemsiz bir şeyler satmak isteyen kişilere karşı tedbirli olmayı çok erken öğrenir insan. Onlar için tek ve eşsiz, demek ki –neden-sonuç bağlantısı içinde– dünyada tek ve eşsiz olmalı değil mi? Kafalarına koydukları fiyata uymayan bir fiyat önerirseniz, rahatsız olurlar, yalnızca aldatıldıklarını değil hakarete uğradıklarını da düşünürler. Ve sonunda tehditler savurarak uzaklaşırlar.

Ziyaretçim beni yatıştırmakta gecikmedi: Ne bir şey satmak ne de pazarlık etmek için gelmişti dükkânıma.

"Bu yapıt, birkaç ay önce Moskova'da basıldı. Ve okumayı bilen herkes daha şimdiden okudu onu."

Kiril harfleriyle yazılmış başlığı parmağıyla gösterdi ve heyecan içinde okumaya başladı: "Kniga o vere..." Sonra da bana çevirmesi gerektiğini anımsadı: "Gerçek ve Ortodoks Tek Dinin Kitabı." Gözünün ucuyla bana baktı, bu tümcenin, papacı kanımı oynatıp oynatmadığını anlamak için. Soğukkanlıydım. Dışta da içte de. Dışta tüccarın terbiyeli gülümsemesi, içte kuşkucunun alaylı gülümsemesiyle.

"Bu kitap, kıyametin kapımıza dayandığını söylüyor!"

Sonlara doğru bir sayfayı gösterdi bana.

"Burada, ak üstüne kara, Deccal'ın, Kutsal Kitap'a da uygun olarak, 1666 papa yılında ortaya çıkacağı yazılı."

Bu sayıyı dört beş kez yineledi, her seferinde başlangıçtaki "bin"i biraz daha yutarak. Sonra da tepkilerimi bekler gibi bana baktı.

Herkes gibi ben de Yuhanna'nın Vahyi'ni okumuştum ve on üçüncü bölümün o gizemli tümceleri üstünde bir an durmuştum: "Aklı olan, Canavar'ın sayısını hesaplasın. Çünkü insan sayısıdır, ve onun sayısı altı yüz altmış altıdır."

"Orada 666 denmiş, 1666 değil" dedim çekingen bir edayla.

"Bunca açık bir işareti görmemek için kör olmak gerekir!"

Bir işaret. Ne çok duydum bu sözcüğü; bir de 'belirti' sözcüğünü. Her şey bir işaret, bir belirtidir bekleyen kişi için, hayret etmeye, yorumlamaya, uygunluklar, yakınlıklar hayal etmeye hazır kişi için. Dünya bu yorulmak bilmez işaret gözcüleriyle dolu – bu mağazada çok gördüm onlardan! Büyüleyici olanlarını, zavallılarını!..

Evdokim efendi, görece ilgisizliğime sinirlenmişe benziyordu; onun gözünde hem bilgisizlik, hem de kutsal şeylere saygısızlıktı bu. Onu incitmemek için, kendimce biraz çaba gösterdim ve şunları söyledim:

"Bütün bunlar, gerçekten tuhaf ve kaygı verici..."

Ya da buna benzer başka bir tümce. İçi rahatlayan adam yeniden söze başladı:

"Buraya kadar bu kitap nedeniyle geldim. Beni aydınlatacak metinler arıyorum."

Şimdi anlıyordum işte. Ona yardım edebilecektim. Bu arada, son onyıllar boyunca mağazamızın servetinin, Hıristiyan dünyasının Doğu kökenli eski kitaplara duyduğu büyük ilgi üstünde yükseldiğini söylemem gerek –özellikle Yunanca, Kıptice, İbranice ve Süryanice kitaplar–; dinin en eski gerçeklerini içerdiği düşünülüyordu bu kitapların ve krallık çevreleri, özellikle Fransa ve İngiltere sarayları, Katoliklerle Reform yanlıları arasındaki tartışmalarda kendi görüşlerine dayanak olmak üzere bunları ele geçirmeye uğraşıyorlardı. Ailem neredeyse bir yüzyıldır bu elyazmalarının peşinde Doğu manastırlarını talan etti; yüzlercesi, Paris'te Krallık Kitaplığı'nda ya da Oxford'da Bodleian Library'de –yalnızca en önemlilerini sayarsak– duruyor bugün.

"Özel olarak Vahiy'den söz eden çok fazla kitabım yok, ne de doğrudan doğruya Canavar'ın sayısını veren bölümden. Yine de, şunlar olabilir..."

Ve birkaç yapıt sıraladım ona, değişik dillerde on, on iki kitap; içeriklerini ayrıntılandırarak, bazen bölüm başlıklarını vererek. Mesleğimin bu yanından nefret ettiğimi söyleyemem. Bu iş için gerekli edaya, tarza sahip olduğumu da sanıyorum. Ama ziyaretçim, uyandırmayı düşündüğüm ilgiyi göstermiyordu. Adını andığım her kitapta, küçük parmak hareketleriyle, kaçamak bakışlarla düşkırıklığını, sabırsızlığını belli ediyordu.

Sonunda anladım.

"Size belirli bir kitaptan söz ettiler, değil mi?"

Bir ad söyledi. Arapça sesleri biraz karıştırıyordu ama hiç zorlanmadan anladım. Ebu Mâhir el-Mazandarânî. Doğrusunu söylemek gerekirse, bir süredir bekliyordum bunu.

Eski kitap tutkusu olanlar, Mazandarânî'nin kitabını iyi bilirler. Ama yalnızca adını duydukları için, çünkü çok az kişi elinde tutmuştur onu. Gerçekten var mıdır, hiç varolmuş mudur, doğrusunu isterseniz bugün hâlâ bilmiyorum.

Bunu açıklamam gerekiyor, çünkü çelişkili şeyler yazdığım sanılacak az sonra: Kimi ünlü ve kabul görmüş yazarların yapıtlarına gömüldüğünüzde, bu kitaptan sık sık söz ettiklerini görürsünüz; onun bir zamanlar dostlarından ya da ustalarından birinin kitaplığında bulunduğunu söylerler her zaman... Buna karşılık, hiçbir zaman, saygın bir kalemden, bu kitabın varlığını açıkça doğrulayan bir satır okumadım. Ne kesin biçimde "o kitap bende var", "sayfalarını karıştırdım", "onu okudum" diyen, ne de ondan bölümler alıntılayan kimse var. O kadar ki, artık güvenilir tüccarlarla okuryazarların büyük bölümü, bu kitabın hiçbir zaman varolmadığı kanısındalar; arasıra ortaya çıkan nadir kopyaların da düzenbazların, sahtekârların işi olduğunu düşünüyorlar.

Bu efsanevi kitabın adı, *Gizli Adın Örtüsünün Kaldırılması* ama çoğunlukla *Yüzüncü Ad* diye anılıyor. Hangi addan söz edildiğini de söylersem, neden bunca arandığı, peşine düşüldüğü hemen anlaşılacak.

Kuran'da Tanrı'nın doksan dokuz adının geçtiğini bilmeyen yoktur; kimileri 'sıfat' demeyi yeğliyor bunlara. Bağışlayıcı, Öç Alıcı, Akıl Sır Ermez, Açıkça Görünen, Her Şeyi Bilen, Son Hükmü Veren, Varlığının Sonu Olmayan... Dinsel geleneğin de doğruladığı bu sayı, meraklı kafalarda, aslında kendiliğinden akla gelen şu soruyu doğurmuştur her zaman: Bu sayıyı tamamlayan, gizli bir yüzüncü ad yok mudur? Peygamber'in, kimi din bilginlerince yadsınan ama kimilerinin gerçek kabul ettiği bazı hadisleri, aslında böyle yüce bir adın varolduğunu ve bu adı ağıza almanın, her türlü tehlikeden kurtulmak için ya da Tanrı'nın herhangi bir dileği yerine getirmesi için yeterli olduğunu belirtiyor. Nuh bu adı biliyormuş, deniyor ve bu sayede yanındakilerle birlikte kurtulabilmiş Tufan'dan.

İnsanların yeni bir Tufan'dan korktuğu bu zamanda, böyle bir gizi açıkladığını ileri süren bir kitabın ne denli olağanüstü bir çekiciliğe sahip olacağı kolayca hayal edilebilir. Kimler kimler geçti mağazamdan: Yalınayak bir Karmel papazı, Tebrizli bir simyager, bir Osmanlı paşası, Taberiyeli bir kabalacı, hepsi de bu kitabı arıyorlardı. Ve ben, her zaman bu insanlara, neden bu kitabın –bana göre– bütünüyle bir serap olduğunu anlatmayı görev bildim.

Ziyaretçilerim genellikle kanıtlarımı dinledikten sonra yazgılarına boyun eğerler. Kimi düşkırıklığına uğrar. Kiminin içi rahat eder; bu kitabı elde edemeyeceklerse, dünyada başka hiç kimsenin ona sahip olamayacağına inanmayı yeğlerler...

Moskovalının tepkisi, ne biri ne de öteki oldu. Önce eğlenmiş gibi göründü, tüccar palavralarımın tek sözcüğüne inanmadığını bana göstermek ister gibiydi. Mimiklerine sinirlenip susmaya karar verdiğimde, birdenbire ciddileşti, giderek yalvarır gibi mırıldandı:

"Satın onu bana, tüm sahip olduğum altını size hemen veririm!"

Sevgili dostum, demek istiyordum ona, dürüst bir satıcıya düştüğünüz için şanslısınız. Sizi altınınızın ağırlığından hemen kurtaracak dolandırıcılar hiç de eksik değil!

Sabırla, yeniden açıklamaya koyuldum, benim bildiğime göre bu kitabın neden varolmadığını; ve yalnızca saf ya da çabuk kanan yazarların –ya da bazı düzenbazların– bunun tersini savunduğunu.

Ben kanıtlarımı gösterdikçe, yüzüne kan hücum ediyordu. Medet umduğu ilacın hiçbir zaman yapılmadığını, sakin bir biçimde, dudağınızda bir gülümsemeyle anlattığınız, ölüme mahkûm bir hastaydı sanki. Gözlerinde düşkırıklığı ya da boyun eğme değil, kuşku bile değil, yalnızca kin görüyordum – korkunun kızı kin. Açıklamalarımı kısa kestim ve sözü tedbirli bir sonuca bağladım:

"Gerçeği yalnız Tanrı bilir!"

Adam beni artık dinlemiyordu. İlerlemişti. Güçlü elleriyle beni giysilerimden kavramış, kendine doğru çekmiş, çenemi o dev göğsüne bastırmıştı. Beni boğacağını ya da kafamı duvara vurup parçalayacağını düşündüm. Neyse ki uşağı yaklaştı, koluna dokundu ve kulağına bir şeyler fısıldadı. Yatıştırıcı sözlerdi bunlar sanırım, çünkü efendisi beni hemen bıraktı ve küçümser bir hareketle uzaklaştırdı kendinden. Sonra da kendi dilinde bir ilenç homurdanarak dükkândan çıktı.

Bir daha onu hiç görmedim. Ve kuşkusuz sonunda adına dek her şeyi unutabilirdim, eğer dükkânıma uğraması, tuhaf bir ziyaretçiler geçidinin başlangıcını oluşturmasaydı. Farkına varmam epeyce zaman aldı, ama bugün kesinlikle eminim: Bu Evdokim'den sonra mağazaya gelenler aynı kişiler değildi artık, hiçbir biçimde eskisi gibi davranmıyorlardı. Moskovalı hacının gözlerindeki o dehşet yok muydu, hani kimilerinin 'kutsal' diye nitelendirebileceği? Artık tüm bakışlarda buluyordum onu. Onunla birlikte o sabırsızlığı, gecikmeye gelmezlik tavrını, o kaygılı ısrarı.

Yalnızca izlenimler değil bunlar. Parmakları kayıt defterinde, tüccar konuşuyor burada: Bu adamın ziyaretinden sonra tek gün geçmedi ki bana kıyametten, Deccal'dan, Canavar'dan ve sayısından söz edilmesin.

Neden dobra dobra söylememeli, şu son yıllarda kazancımın büyük bölümünü kıyametten sağladığımı. Evet, Canavar giydiriyor, Canavar yedirip içiriyor beni. Ne zaman gölgesi bir kitapta görünecek olsa, alıcılar kesenin ağzını açıp dört bir yandan koşuşuyorlar. Hepsi altın pahasına satılıyor. En derin bilgileri içeren yapıtlar da, en uydurukları da. Bir ara raflarımda, Latince yazılmış, dört de çizimle desteklenmiş, *Canavar'ın ve Vahiy'deki Sayısız Ucubenin Ayrıntılı Betimi* adlı bir kitap bile oldu.

Bu hastalıklı merak, gönenç içinde yaşamamı sağlıyor belki, ama bana kaygı vermekten de geri kalmıyor.

Zamanın deliliklerine kapılacak adam değilim ben; çevrem çalkalansa da aklımı korumayı bilirim. Öte yandan, istiridyelerin incilerini yaptığı gibi kanılar biçimlendirip sonra üstüne kapanan, şu dar kafalı ve küstah yaratıklardan da değilim. Kendi düşüncelerim, kendi kanılarım vardır ama dünyanın soluk alıp verişine sağır değilim. Yayılan bu korkuyu görmezden gelemem. Eğer dünyanın delirdiğine karar verseydim bile, bu deliliği görmezden gelemezdim. Gülümsesem de, omuz silksem de, aptallık ve ciddiyet yoksunluğuna karşı sövüp saysam da, bu iş huzurumu kaçırıyor.

İçimde akılla çılgınlığı karşı karşıya getiren dövüşte ikincisi sayı yapıyor her zaman. Akıl karşı çıkıyor, alaycı alaycı sırıtıyor, inat ediyor, direniyor; benimse bu karşılaşmayı, biraz geri çekilerek izlemeye yetecek kadar bilincim var hâlâ. Ama işte tam da bu bilinç kalıntısı, çılgınlığın beni de ele geçirmeye başladığını kabul etmeye zorluyor. Günün birinde, böyle süregiderse, buna benzer tümceler yazabilecek durumda olmayacağım artık. Belki de gelip karıştıracağım bu sayfaları, şimdi yazdıklarımı silmek için. Bugün çılgınlık dediğim, inancım haline gelmiş olacak. Bu kişiyi, bu Baldassare'yi, günün birinde varolursa eğer –Tanrı korusun!– lanetliyorum, küçümsüyorum, kargışlıyorum, elimde kalan tüm zekâ ve onurumla.

Biliyorum, sözlerimde dinginlikten eser yok. Çünkü dünyayı gürültüye boğan söylentiler, benim evime de sızdı. Evdokim'inkine benzer sözleri, kendi evimde duyuyorum artık.

Üstelik bu, benim yüzümden oldu.

İşimin durmaksızın büyümesi üzerine, bundan bir buçuk yıl önce, gelip bana yardım etmeleri, nadir eşyalarla haşır neşir olmaları ve günün birinde benim yerime geçmeye hazırlanmaları için, kızkardeşim Piasenza'nın iki oğlundan yardım istemeye karar verdim. Özellikle büyük oğlan Câbir'den çok şey bekliyordum. Dikkatli, titiz, çalışkan, henüz olgunluk yaşına bile gelmemesine karşın neredeyse her şeyi bilen genç bir adam. Okumaktan pek hoşlanmayan, hep sokaklarda serserilik eden küçüğü Habib'in tam tersi. Habib'den pek bir şey beklemiyordum. Ya da en azından ilk sorumluluklarını yükleyerek onu uslandırmayı umuyordum.

Boşuna çaba. Habib, büyüdükçe, yola getirilmesi olanaksız bir çapkın oldu. Sürekli olarak mağazanın penceresinde oturuyor, gözü tetikte, sağa sola iltifatlar, gülücükler dağıtıyor, günün her saatinde, kapsamını kolayca tahmin edebildiğim gizli buluşmalar için ortadan kayboluveriyor. Mahallede ne çok genç kadın, pınara testi doldurmaya gittiğinde bu pencerenin önünden geçen yolu daha kısa bulurmuş meğer... Habib: 'Sevgili'... Çok enderdir adların masum olduğu.

Câbir'e gelince o, mağazanın dibinde yaşıyor. Güneşten o denli uzak duruyor ki yüzü beyazlaşıyor durmaksızın. Okuyor, kopya ediyor, not alıyor, sıralıyor, danışıyor, karşılaştırıyor. Arasıra yüzünün çizgileri aydınlanıyorsa, sokağın ucunda görünüp salına salına ilerleyen ayakkabıcının kızı yüzünden değil bu; *Açımlamaların Açımlaması*'nın iki yüz otuz yedinci sayfasında, bir gün önce *Son Çözümleme*'yi okurken anlar gibi olduğu bir şeyin doğrulanmasını bulduğu içindir... Anlaşılması zor, sıkıcı yapıtların şöyle bir üstünden geçmekle yetinirim ben; zorunlu olduğum için ve sık sık durup soluklanarak. O benim gibi değil. Büyük tad alıyor sanki bunlardan, önünde ballı şekerlemeler varmış gibi.

İyi ya, diyordum kendi kendime, önceleri. Bunca titiz olduğunu görmekten hiç de mutsuz değildim, onu kardeşine örnek gösteriyordum ve kimi işlerimin yükünü ona aktarmaya başlamıştım bile. En mızmız müşterileri çekinmeden ona emanet ediyordum. Oturup saatlerce konuşuyor ve ticaret birinci ilgi alanı olmasa da, sonunda dağlar gibi kitap satıyordu onlara.

Buna sevinmekten başka yapabileceğim bir şey yoktu, eğer o da, yaşının verdiği coşkuyla, eli kulağında saydığı kıyamet ve bunu haber veren belirtiler üstüne sinir bozucu sözler söylemeye başlamış olmasaydı. Neyin etkisiydi bu? Okuduklarının mı? Kimi müşterilerin mi? Başlangıçta, omzunu tapışlayıp bu saçmalıklara inanmamasını söylemenin yeterli olacağını sandım; oğlan uysal görünüşlüydü ve başka şeylerde olduğu gibi bunda da bana boyun eğeceğini düşündüm. Bu onu yanlış tanımaktı; özellikle de içinde bulunduğumuz dönemi, tutkularını, saplantılarını yanlış tanımaktı.

Yeğenime bakılırsa, zamanın sonuyla buluşmanın tarihi çok eskilerde belirlenmiş. Bugün yeryüzünde bulunanlar, Tarih'in bu iç karartıcı taçlanmasına tanık olmanın ayrıcalığını –ne biçim ayrıcalıksa– yaşayacaklar. Gördüğüm kadarıyla ne hüzne, ne de yılgınlığa düşürüyor bu onu. Kuşkusuz korkuyla karışık bir tür gurur, aynı zamanda da belirgin bir sevinç duyuyor. Her gün Latince, Yunanca ya da Arapça, yeni bir kaynakta, öngörülerinin bir kanıtını daha buluyor. Her şey, tek bir tarihi gösteriyor ona göre, o Rusça din kitabının –nasıl da hata ettim ondan söz etmekle!– daha o zamandan gösterdiği tarihi: 1666. Gelecek yıl. Onun kullanmaktan hoşlandığı adla, "Canavar'ın Yılı". İnancını desteklemek için bir sürü kanıt, alıntılar, takvim düzenleri, derin hesaplar seriyor önünüze ve bitip tükenmez bir "işaretler" sıralamasına girişiyor.

İnsan işaret ararsa, bulur, her zaman böyle gelmiştir bana; ve bunu bir kez daha mürekkebimle buraya kaydetmek istiyorum, olur a dünyayı saran delilik burgacı içinde sonunda ben de unuturum. Aşikâr işaretler, anlamlı işaretler, şaşırtıcı işaretler, kanıtlamak istediğin her şey doğrulanır sonunda; ve en az bir o kadarını da, tersini kanıtlamak istersen bulursun.

Böyle yazıyorum, böyle düşünüyorum. Ama sözü edilen 'yılın' yaklaşması yine de sarsıyor beni.

İki üç ay önce yaşadığımız bir sahne, hâlâ aklımda. Yeğenlerim ve ben, yaz öncesi sayımı için geç saatlere kadar çalışmıştık, üçümüz de bitkindik. Kollarımla açık defterimi yarım ay biçimi sarmış ve bir sandalyeye yığılmıştım; yanıbaşımda ışığı gittikçe hafifleyen bir yağ lambası vardı. Ansızın Câbir, masanın öbür yanından bana doğru eğildi; başı benimkine değecek gibiydi ve elleriyle acıtana dek dirseklerime bastırdı. Tüm yüzü kızarmıştı ve koskocaman gölgesi, eşyaları ve duvarları kaplıyordu. Sanki mezar ötesinden gelen bir sesle fısıldadı:

"Dünya bu lambaya benziyor; ona bağışlanmış olan yağı yaktı, tüketti, yalnızca son damla kaldı geriye. Bak! Alevi titriyor! Yakında sönecek bu dünya."

Hem yorgunluğun, hem de Vahiy'deki kehanetler konusunda çevremde durmadan konuşulan şeylerin etkisiyle, ansızın kendimi bu sözlerin ağırlığı altında ezilmiş hissettim. Ayağa kalkmak için bile yeterli gücüm kalmamış gibiydi. Orada beklemek zorundaydım sanki, öyle bitkin, alevin gözümün önünde boğulmasını ve karanlıkların üstümü örtmesini...

Derken Habib'in sesi yükseldi arkamda; gülen, alaycı, güneşli, kurtarıcı sesi:

"Bûme! Dayıma işkence etmekten ne zaman vazgeçeceksin?"

'Bûme': 'Baykuş', 'uğursuzluk kuşu'; çocukluğundan beri böyle derdi kardeşine Habib. Ve o akşam, ansızın her yanım tutulmuş gibi yerimden doğrulurken, ona bir daha başka bir adla seslenmemeye yemin ettim kendi kendime.

Yine de, istediğim kadar "Bûme!" diye bağırayım, sövüp sayayım, homurdanayım, ruhumda yuvalanan sözlerini dinlemekten alamıyorum kendimi. Öyle ki ben de işaretler görmeye başlıyorum artık, düne kadar raslantılar gördüğüm yerde. Raslantılarla karşılaştığımda –ister acıklı, ister ibretlik, ister eğlendirici olsun– bir iki şaşkınlık hecesi homurdanırdım eskiden, oysa bugün irkilip sıçrıyorum, huzursuz oluyorum, titriyorum. Yaşamımın sakin akışını yolundan çevirmeye bile hazırım.

Aslına bakarsanız, şu son zamanlarda olup bitenlerin beni kayıtsız bırakması olanaksızdı.

Yalnızca yaşlı İdris'in öyküsü yeter de artar!

Bütün bunlar beni ilgilendirmiyormuş gibi omuz silkseydim, buna bilgelik denmez, bilinçsizlik ve yürek körleşmesi denirdi.

İdris, bizim Cübeyl kasabasına yedi sekiz yıl önce sığındı. Yırtık pırtık giysiler içindeydi, neredeyse hiç yükü yoktu, yaşlı olduğu kadar da yoksul görünüyordu. Hiçbir zaman, kesin olarak kim olduğu, nereden geldiği, neden kaçtığı bilinemedi. Zulümden mi? Borçtan mı? Kan davasından mı? Bildiğim kadarıyla, sırrını kimselere vermemişti. Az bir paraya kiralayabildiği küçük bir kulübede, yalnız başına oturuyordu.

İşte, bu pek sık rastlamadığım ve hiçbir zaman bir iki sözcükten fazla konuşmadığım yaşlı adam, geçen ay, göğsüne sıkıca bastırdığı kalın bir kitapla mağazaya geldi ve beceriksizce, onu satın almamı istedi. Kitabı karıştırdım. Adı duyulmamış manzumecilerin dizelerinden oluşan, sıradan bir seçkiydi; titrek, düzensiz bir elyazısıyla yazılmış, kötü ciltlenmiş, kötü saklanmıştı.

"Eşsiz bir hazine bu" dedi oysa yaşlı adam. "Bana dedemden kaldı. Asla ayrılmazdım ondan, içinde bulunduğum ihtiyaç durumu..."

Eşsiz mi? Ülkedeki evlerin yarısında bunun benzeri vardır, eminim. İşte öleceğim güne dek elimde kalacak bir kitap! dedim kendi kendime. Ama nasıl geri çevirebilirdim, yaşaması için gerekli üç kuruş uğruna, gururu ve utancı ayaklar altına almış zavallı bir adamı?

"Bırakın onu bana Hacı İdris, ilgilenebilecek bir iki müşteriye göstereyim."

Ne yapacağımı biliyordum. Hâlâ benim yerimde olsaydı babam da –Tanrı ruhunu kabul etsin– aynen böyle yapardı. Vicdanımı rahatlatmak için, şiirlerden bir ikisini okumaya zorladım kendimi. İlk göz attığımda da gördüğüm gibi küçük çaplı şiirlerdi bunlar, orada burada iyi işlenmiş bir iki dizeye rastlanıyordu ama bütün olarak en sıradan, en satılmaz türünden bir kitaptı. En şanslı durumda, Arap şiirine tutkun bir müşteriye rastlarsam, altı maydin verebilirdi buna, daha büyük olasılıkla üç ya da dört... Hayır, bu kitap için yapabileceğim daha iyi bir şey vardı. İdris'in ziyaretinden bir iki gün sonra, buralardan geçen bir Osmanlı yüksek görevlisi, değişik şeyler satın aldı benden; ve ona bir kibarlık indirimi yapmam için ısrar ettiğinde, bu kitabı çıkarıp üste verdim; o da bundan hoşnut kaldı.

Bir hafta kadar bekledim, sonra da gidip yaşlı adamı buldum. Tanrım, nasıl da karanlıktı evi! Tanrım, nasıl da yoksuldu! Aşınmış, küçük tahta kapıyı ittim ve çıplak döşemeli, çıplak duvarlı bir odada buldum kendimi. İdris yerde, çamur rengi bir hasırın üstünde oturuyordu. Gidip yanına bağdaş kurdum.

"Mağazama önemli bir kişi uğradı ve sizin kitabınızı önerdiğimde pek sevinmiş göründü. İşte sizin hakkınız olan para."

Dikkat ederseniz, ona gerçek olmayan hiçbir şey söylememiştim. Yalan söylemekten nefret ederim ve söylemediğim şeyle birazcık hile yapıyordum yalnızca. Eninde sonunda bu zavallı adamın onurunu korumaya çalışıyordum, ona, para isteyen biri gibi değil de bana mal veren biri gibi davranarak! Çok dikkatle hesap ediyormuş gibi yaparak, cebimden önce bir maydinlik üç sikke, sonra da beş maydinlik üç sikke çıkarttım.

Gözleri faltaşı gibi oldu.

"Bu kadarını ummuyordum evladım. Yarısını bile beklemiyordum..."

Parmağımı salladım.

"Hiçbir zaman bir tüccara böyle demeyin Hacı İdris. Sizi kazıklamaya niyetlenebilir hemen."

"Sizinle güvendeyim Baldassare Efendi! Siz benim velinimetimsiniz."

Ayağa kalkıyordum ki tuttu beni.

"Sizin için bir şeyim daha var."

Bir iki saniye perdenin ardında kayboldu, sonra elinde başka bir kitapla geri geldi.

Yine mi? dedim kendi kendime. Belki de tüm bir kütüphane vardı öbür odada. Şeytan alsın, nelere karıştım ben?

Sessiz karşı çıkışımı duymuş gibi hemen yatıştırdı beni:

"Kalan son kitabım bu ve onu size armağan etmek istiyorum, başka hiç kimseye değil, yalnızca size!"

Bir rahleye yerleştirir gibi ilk sayfasını açarak avuçlarıma yerleştirdi kitabı.

Sevgili Tanrım!

Yüzüncü Ad!

Mazandarânî'nin kitabı!

Böylesi bir kulübede beklenir mi hiç!

"Hacı İdris, bu nadir bir kitap. Böyle ayrılamazsınız ondan!"

"Benim değil artık, sizin o. Sizde kalsın! Okuyun onu! Ben hiçbir zaman okuyamadım."

Açgözlülükle sayfaları çevirdim, ama ortalık çok karanlıktı, adından başka bir şey okuyamadım.

Yüzüncü Ad!

Göklerin Tanrısı!

Kıymetli kitap kolumun altında İdris'in evinden çıkarken, sarhoş gibiydim. Herkesin peşinde olduğu bu kitap, şimdi benim malım olabilir miydi? Kaç kişi gelmişti onu aramak için dünyanın öbür ucundan ve nasıl da onun varolmadığı yanıtını vermiştim onlara, evimden iki adım ötede, kulübelerin en zavallısında durup dururken! Ve şimdi, bu doğru dürüst tanımadığım adam, onu bana armağan ediyordu! Bütün bunlar ne şaşırtıcı, ne akla hayale gelmez şeylerdi! Geri zekâlılar gibi, sokakta kendi kendime güldüğümü farkettim.

Böyle biraz esrik ama hâlâ kuşkulu yürürken, yoldan geçen biri seslendi:

"Baldassare Efendi!"

Cübeyl camisinin imamı Şeyh Abdülbâsit'in sesini hemen tanıdım. Doğuştan kör olduğuna ve ben tek sözcük etmediğime göre beni nasıl tanıdığına gelince...

Ona doğru yürüdüm ve alışılmış sözcüklerle selamlaştık.

"Nereden geliyorsunuz, böyle dans eder gibi yürüdüğünüze göre?"

"İdris'in evinden."

"Size bir kitap mı sattı?"

"Nereden biliyorsunuz?"

"Başka hangi nedenle gitmiş olabilirsiniz bu zavallı adamın evine?" dedi gülerek.

"Doğru" diye itiraf ettim, aynı biçimde gülerek.

"Dine karşı bir kitap mı?"

"Neden dine karşı olsun ki?"

"Olmasaydı bana önerirdi onu!"

"Gerçeği söylemek gerekirse, kitabın içinde ne olduğunu pek bilmiyorum. İdris'in evi çok karanlıktı, okumak için eve gitmeyi bekliyorum."

Şeyh, elini uzattı.

"Gösterin onu bana!"

Yarı açık dudaklarında bekleyen bir gülümseme var gibiydi. Hiçbir zaman anlamadım ne zaman gerçekten gülümsediğini. Bu arada kitabı aldı, kapalı gözlerinin önünde bir iki saniye sayfaları karıştırdı sonra da geri verdi:

"Burası çok karanlık, hiçbir şey görmüyorum!"

Bu kez göğe bakarak yüksek sesle güldü. Neşesine katılmanın terbiye gereği olup olmadığını kestiremiyordum. Ne yapacağımı bilemeden, gizlenmiş bir gülüşle boğaz temizleme arası hafif bir öksürükle yetindim.

"Peki, nedir bu kitap?" diye sordu.

Gören birinden gerçeği saklayabilirsiniz; yalan söylemek, arasıra gereken bir beceridir. Ama gözleri görmeyen birine yalan söylemek, zavallılıktır, alçaklıktır, onursuzluktur. Bir tür onur duygusu ve biraz körinançların etkisinde, gerçeği söylemekle yükümlü hissediyordum kendimi; yine de tedbirlice, koşul kipinde sözlerle sarıp sarmalayarak.

"Bu kitap, Ebu Mâhir el-Mazandarânî'ye ait olduğu söylenen *Yüzüncü Ad* olabilir. Ama gerçek olup olmadığını anlamak için eve gidip incelemem gerek."

Gürültülü bir biçimde soluk alarak üç ya da dört kez bastonuyla yere vurdu.

"Neden yüzüncü bir ada gereksinimimiz olsun ki? Çocukluğumdan bu yana, dua etmem için gerekli bütün adları öğrettiler bana, neden yüzüncü bir ada gereksinme duyayım? Söyleyin bana, siz ki bütün dillerde onca kitap okumuşsunuz!"

Cebinden bir tespih çıkardı ve yanıtımı beklerken sinirli sinirli çekmeye başladı onu. Ne yanıt vermeli? Gizli adı savunmak için benim de ondan fazla nedenim yoktu. Yine de açıklamaya zorunlu hissettim kendimi:

"Bildiğiniz gibi, bazıları bu yüce adın mucizeler yaratma olanağı verdiğini söylüyorlar..."

"Ne mucizesi? İdris yıllardır kitaba sahip; ona yararlı hangi mucizeyi gerçekleştirdi bu kitap? Daha mı az sefil etti? Daha mı az çökertti? Hangi felaketten korudu onu?"

Sonra yanıtımı beklemeden, kızgın bastonuyla havayı ve tozları süpürerek uzaklaştı.

Eve döndüğümde, ilk tasam kitabı yeğenlerimden saklamak oldu; özellikle de Bûme'den; biliyordum, onu görürse, eliyle dokunursa hemen kendinden geçecekti. Gömleğimin altına sakladım önce; içeri girdikten sonra da kimse farkında olmadan, özellikle çok sevdiğim ve son derece kırılgan olduğu için yerinden kıpırdatılmasını, giderek tozunun alınmasını bile herkese yasakladığım eski bir yontunun altına yerleştiriverdim.

Geçen Cumartesiydi bu, Ağustosun 15'i. Pazar günü için de Mazandarânî'nin kitabını dikkatli bir incelemeden geçirme sözünü vermiştim kendime.

Yataktan kalkar kalkmaz –tüm Pazar günleri olduğu gibi, epeyce geç, zındıkların saatinde–, odamı dükkâna bağlayan küçük koridordan geçtim, kitabı aldım ve bir çocuk sevinciyle masama yerleştim. Yeğenlerime yakalanmamak için kapıyı içerden kapamış, ziyaretçilerin cesaretini kırmak için de perdeleri indirmiştim. Sessiz, sakin ve güvendeydim, ama kitabı açtığımda yeterince ışığımın olmadığını farkettim. Ve sandalyemi büyük pencereye yaklaştırmaya karar verdim.

Tam onu yerinden oynatırken kapı vuruldu. Bir küfür savurdum ve can sıkıcı ziyaretçinin cesareti kırılıp yoluna gideceğini umarak kulak kabarttım. Ne yazık ki bir daha vuruldu kapı. Ürkek bir parmakla değil yumrukla, buyurgan bir edayla ve ısrarla vuruluyordu.

"Geliyorum" diye bağırdım. Kapıyı açmadan kitabı hızla antik yontunun altına geri koydum.

Bu ısrar, kapıyı çalanın üst düzeyden biri olduğunu düşündürtmüştü bana ve öyle biriydi. Fransa sarayı görevlisi, Şövalye Hugues de Marmontel. Son yıllarda birkaç kez önemli alışverişler yapmak üzere bana gelen, Doğu'yla ilgili şeylerde çok derin bilgilere sahip bir uzman ve engin kültürlü bir adamdı.

Konstantinopolis'e giden bir gemiye binmek üzere Sayda'dan Trablus'a gittiğini ve Cübeyl'den geçerken, Embriaco'ların soylu konağının kapısını çalmadan geçmeyi düşünemeyeceğini söyledi. Bu sözleri ve ilgisi için kendisine teşekkür ettim ve doğal olarak onu içeriye davet ettim. Perdeleri açtım ve her zaman yapmaktan hoşlandığı gibi antikalar arasında dolaşmaya bıraktım onu. Yalnızca sorabileceklerini yanıtlamak üzere belirli bir uzaklıktan izliyor, ama istemeyeceği açıklamalarla onu rahatsız etmemeye de özen gösteriyordum.

Önce Samuel Bochart'ın *Geographia sacra*'sının bir nüshasının sayfalarını karıştırdı. "İlk yayımlandığında aldım onu ve sık sık gömülürüm içine. Sonunda atalarınız Fenikelilerden söz eden bir kitap çıktı... yani bu ülke insanlarının ataları demek istiyordum."

İki adım attı, sonra birden durdu.

"Şu yontucuklar da Fenike işi değil mi? Nereden geliyorlar?"

Kumsala yakın bir tarlada onları benim bulduğumu ve topraktan çıkardığımı gururla söyledim.

"Büyük bir düşkünlüğüm var bu nesneye" diye itiraf ettim.

Yalnızca "Yaa!" dedi şövalye, bir tüccarın satışa sunulmuş bir nesneden böyle söz edebilmesi onu şaşırtmıştı. Biraz incinmiş gibi sustum. Ve bana dönüp bu düşkünlüğün nedenini sormasını bekledim. Sorduğunda da açıkladım: Bu iki yontucuk eskiden yanyana gömülmüş ve zamanla maden öyle paslanmıştı ki elleri birbirine yapışmış gibiydi şimdi. Ölümün ayırdığı, ama toprakla zamanın ve pasın, ayrılmaz biçimde birbirine bağladığı iki sevgili olduğunu düşünmekten hoşlanıyordum onların. Onları gören herkes iki yontucuk der konuşurken; bense tek bir parça gibi anarım onları, 'sevgililerin yontucuğu' derim.

Onu tutmak ister gibi elini uzattı, bense çok dikkatli olmasını rica ettim, çünkü en küçük bir vuruş bile onları ayırabilirdi. Yeterince saygılı davranmadığımı düşünmüş olmalı ki kendi yontucuğumu kendim taşımamı söyledi biraz sertçe. Ben de sonsuz bir dikkatle pencereye doğru götürdüm. Şövalyenin beni izleyeceğini düşünmüştüm, ama geri döndüğümde hâlâ aynı yerde duruyordu. Ellerinde *Yüzüncü Ad*'la.

Benzi solmuştu, o anda benimki de soldu.

"Ne zamandan beri sizde?"

"Dünden beri."

"Bir gün bana, bu kitabın size göre varolmadığını söylememiş miydiniz?"

"Hep öyle düşündüm. Ama arasıra ortada sahtelerinin dolaştığı konusunda da uyarmış olmalıyım sizi."

"O sahtelerden biri olabilir mi bu?"

"Büyük olasılıkla; ama bundan emin olacak zamanım olmadı henüz."

"Ne fiyat düşünüyorsunuz ona?"

Az daha "Satılık değil!" yanıtını verecektim, ama kendimi toparladım. Üst düzeyden birine hiçbir zaman böyle bir şey söylememek gerekir. Çünkü hemen yanıtlar sizi: "Öyleyse ödünç alacağım sizden." O zaman da onu incitmemek için güvenmeniz gerekir. Tabii ne kitabı ne de müşteriyi bir daha görmemeniz olasılığı çok yüksektir bu durumda. Zarar ede ede, çok iyi öğrenmiştim bunu.

"Aslında" diye kekeledim, "bu kitap Cübeyl'in en sefil kulübesinde yaşayan yaşlı bir deliye ait. Ve onun bir servet edeceğinden emin."

"Kaç para?"

"Bir servet, diyorum size. Adam çılgının biri!"

O anda yeğenim Bûme'nin arkamızda durduğunu farkettim; afallamıştı ve sessizce bu sahneyi izliyordu. Girdiğini duymamıştım. Seçkin ziyaretçimize takdim etmek üzere yaklaşmasını istedim. Böylece konuşmanın yönünü değiştirmek ve kapanan tuzaktan kurtulmaya çalışmak istiyordum. Ama şövalye hafif bir baş eğmeyle yetindi, sonra da yineledi:

"Kaç para bu kitap, Sinyor Baldassare? Sizi dinliyorum!"

Ne rakam söyleyecektim? En değerli yapıtları altı yüz maydine satıyordum. Bazen, çok ayrıksı durumlarda, fiyat bine çıkıyordu; bir o kadar Tours altını demektir bu da...

"Bin beş yüz istiyor! Bir sahteyi de bu fiyata size veremem herhalde."

Ziyaretçim hiçbir şey söylemeden kesesinin ağzını açtı ve bu miktarı, güzelim Fransız paralarıyla avucuma saydı. Sonra kitabı adamlarından birine uzattı, o da götürüp yüklerinin arasına tıktı.

"Şu altın takkeli yontucukları da almak isterdim. Ama elimde kalan biraz para, buna yetmez sanırım!"

"İki sevgiliyi istiyorsanız, onlar satılık değil. Size armağan ediyorum. Onlara iyi bakın!"

Sonra Marmontel'e yemeğe kalmasını önerdim, ama önerimi kuru bir biçimde geri çevirdi. Ona eşlik eden adamlardan biri, geceden önce Trablus'a ulaşmak için şövalyenin olabildiğince çabuk yola çıkması gerektiğini söyledi. Gemisi ertesi sabah Konstantinopolis'e doğru yola çıkacaktı.

Onlara Cübeyl'in kapısına kadar eşlik ettim ama yüce görevliden ne bir söz ne de bir veda bakışı elde edebildim.

Geri döndüğümde Bûme'nin, yumruklarını kudurmuş gibi sıkarak ağladığını gördüm.

"Neden kitabı verdin ona? Anlamıyorum!"

Ben de anlamıyordum neden böyle davrandığımı. Bir zayıflık anında hem *Yüzüncü Ad*'ı, hem o sevdiğim yontucuğu, hem de görevlinin saygısını yitirmiştim. Yeğenimden çok benim yakınmaya hakkım vardı. Ama ne olursa olsun kendimi temize çıkartmak zorundaydım yine de.

"Ne yapalım! Böyle oldu işte! Başka türlü davranamadım! Ne de olsa bu adam Fransa kralının görevlisi!"

Zavallı yeğenim, bir çocuk gibi hıçkıra hıçkıra ağlıyordu. O zaman omuzlarından kavradım onu.

"Üzülme, bu kitap sahteydi; sen de, ben de bunu biliyoruz."

Sert bir hareketle sıyrıldı ellerimden.

"Eğer sahte idiyse, onu bu fiyata satarak dolandırıcılık yaptık. Yok eğer bir mucize eseri kitap sahte değilse, dünyanın tüm altını için bile vermemek gerekirdi! Kim sattı sana onu?"

"Yaşlı İdris."

"İdris mi? Peki kaça?"

"Bana vermişti."

"Öyleyse kesinlikle satmanı istemiyordu."

"Bin beş yüz maydin için bile mi? Bu parayla bir ev ve yeni giysiler alabilir, bir hizmetçi tutabilir, belki evlenebilirdi bile..."

Bûme'nin gülecek hali yoktu. Çok ender gülecek hali vardır onun.

"Yanlış anlamıyorsam, bütün bu parayı İdris'e vermek niyetindesin."

"Evet, hepsini; kasamıza bile sokmadan!"

Hemen ayağa kalktım, paraları deri bir keseye koydum ve çıktım.

Yaşlı adam nasıl bir tepki verecekti buna?

Bir armağanı sattığım için kınayacak mıydı beni?

Tersine, ona götürdüğüm inanılmaz parayı Tanrı'nın bir armağanı olarak mı görecekti?

Kulübesinin küçük kapısını iterken, eşiğin üstüne oturmuş, alnı ellerinde, komşulardan bir kadın gördüm. Nezaket gereği, girmeden ona sordum Hacı İdris'in evde olup olmadığını. Başını kaldırdı ve yalnızca: "*Tuvaffâ*" dedi. Öldü!

Eminim ki yüreği, tam kitabı Marmontel şövalyesine bıraktığım an durdu. Bu düşünceyi artık uzaklaştıramıyorum kafamdan!

Yaşlı adamın yaptığım şeye nasıl tepki vereceğini sormamış mıydım kendi kendime? İşte şimdi, biliyordum tepkisini!

Vicdan azabı mı şaşırtıyor beni? Ne yazık ki her şey ortada; olayların çakışması yeterinden fazla kanıtlayıcı. Ağır, çok ağır bir hata yaptım ve bunu tamir etmem gerekecek!

Bu kitabı Konstantinopolis'e dek izlemem gerektiği düşüncesi, hemen gelmedi aklıma. Aslında bu seferin yararından hâlâ pek emin değilim. Ama yapacak daha iyi bir şey olmadığına inandırdım kendimi.

Önce Bûme'nin bitip tükenmez yakınmaları beni zorladı; ama buna çoktan hazırdım; önceden sinirlenmiştim onlara ve kararımda hiçbir ağırlıkları olmadı. Üstelik o çılgın hemen yola çıkmamı istiyordu. Ona bakılırsa olan bitenin hepsi, gökten benim anlamam için gönderilen işaretlerdi. Böylece Tanrı, ben belirtilerine bunca duyarsız kalınca umudunu yitirmiş ve sırf benim gözlerimi açmak için bu zavallı adamın yaşamına kıymıştı.

"Ne için açmalıyım gözlerimi? Neyi anlamam gerekiyor?"

"Zamanımızın kalmadığını! Lanetli yılın kapımıza dayandığını! Ölümün çevremizde kol gezdiğini! Hem kendi kurtuluşunu, hem de bizimkini ellerinde tuttun, *Yüzüncü Ad*'a sahip oldun ve onu korumayı bilemedin!"

"Ne olduysa oldu, artık hiçbir şey yapamam. Şövalye artık uzakta. Bu da Tanrı'nın işi işte."

"Ona yetişmelisin! Hemen yola çıkmalısın!"

Omuz silktim. Yanıt vermek bile istemiyordum. Bu tür çocukluklara kapılmam sözkonusu değildi. Şimdi yola çıkmak! Bütün gece at sürmek! Niçin, yol kesen haydutlara kendimizi boğazlatmak için mi?

"Ölmeye gelince, gelecek yıl benzerlerimin geri kalanıyla birlikte ölmeyi yeğlerim, daha zamanın sonu gelmeden böyle gitmektense!"

Ama Nuh deyip peygamber demiyordu kerata.

"Trablus'ta yakalayamazsak, o zaman Konstantinopolis'te buluruz onu!"

Ansızın arkamızdan neşeli bir ses yükseldi:

"Konstantinopolis'te mi? Bûme, yaşamı boyunca hiç bu kadar güzel bir fikir atmadı ortaya!"

Habib! İşte o da katılıyordu oyuna!

"Sen döndün mü serseriliklerinden? Çok iyi biliyordum, sen ve kardeşin, sonunda bir gün bir şey üstünde anlaştığınızda, bunun benim sonum olacağını!"

"Sizin kıyamet safsatalarınız umurumda bile değil; şu şeytan işi kitabınız da beni hiç ilgilendirmiyor; ama epeydir düşlüyorum Büyük Kent'i. Sen söylememiş miydin bana babanın, dedemiz Tommaso'nun, tam da benim yaşımdayken, senin Konstantinopolis'i görmeni istediğini?"

Bu kanıtın hiçbir anlamı yoktu gerçi ve bütünüyle konu dışıydı. Ama çok zayıf bir noktama, ölümünden bu yana babama duyduğum sevgiye, tüm söylediklerine ve yaptıklarına duyduğum hayranlığa dokunuyordu. Habib'i dinlerken boğazım düğümlendi, gözlerim dondu kaldı ve şu sözleri mırıldanırken buldum kendimi:

"Bu söylediğin doğru; belki de gitmeliyiz oraya."

Ertesi gün, İdris'in cenazesi Müslüman mezarlığına gömüldü. Kalabalık değildik orada – yeğenlerimle ben, üç dört komşu ve namazı kıldıran Şeyh Abdülbâsit. Törenin sonunda şeyh gelip koluma girdi ve evine dek ona eşlik etmemi istedi.

"İyi ettiniz de geldiniz" dedi, mezarlığı çevreleyen alçak duvardan atlamasına yardım ederken. "Bu sabah onu tek başıma mı gömeceğim diye soruyordum kendime. Kimsesi yoktu zavallının. Ne oğlu, ne kızı, ne de bir yeğeni. Hiçbir mirasçısı yok – üstelik olsaydı da bırakacak bir şeyi yoktu. Tek mirasını size bıraktı. Şu lanet olası kitabı..."

Bu gözlem beni bir düşünceler deryasına daldırdı. Bu kitabı bir teşekkür armağanı olarak görmüştüm, asla bir kalıt gibi değil; ama bir bakıma öyleydi – ya da öyle olmuştu sonunda. Ve ben satabilmiştim onu! Yaşlı İdris, yeni yerinde beni bağışlayabilecek miydi?

Uzunca bir süre sessiz kalıp, yokuş yukarı çıkan, çakıllı, gölgesiz yolda yürüdük. Abdülbâsit kendi düşüncelerindeydi, ben kendiminkilerde – daha çok pişmanlıklarımda. Sonra başındaki sarığı düzelterek şöyle dedi:

"Yakında bizi terkedeceğinizi öğrendim. Nereye gidiyorsunuz?"

"Konstantinopolis'e, Tanrı'nın izniyle!"

Durdu, uzaktaki kentin gürültülerini duymak ister gibi başını yana uzattı.

"İstanbul! İstanbul! Gözleri olanlara dünyada görülecek hiçbir şey olmadığını söylemek zordur. Ne var ki gerçek bu, inanın bana. Dünyayı tanımak için dinlemek yeter. Yolculuklarda görülenler bir aldatmacadır yalnızca. Gölgelerin peşinde başka gölgeler. Yollar ve ülkeler, önceden bilmediğimiz hiçbir şey öğretmez bize; gecenin dinginliğinde kendi içimizde dinleyebileceklerimizden başka hiçbir şey."

Din adamı haksız değil belki, ama ben kararımı verdim: Gideceğim! Sağduyuma karşı, biraz da istemeye istemeye – gideceğim! Önce önümüzdeki dört ayı, sonra da o yazgısal on iki ayı, dükkânımda oturup kehanet dinleyerek, işaret gözleyerek, azar işiterek ve korkularımla pişmanlıklarımı durmaksızın kafamın içinde döndürerek geçirmeye katlanamam!

Kanılarıma gelince, onlar değişmedi; aptallığı ve körinançları lanetlemeyi sürdürüyorum, dünyanın lambasının sönmek üzere olduğunu da sanmıyorum...

İyi de, ben ki her şeyden kuşku duyarım, kendi kuşkularımdan nasıl kuşku duymayacağımı bilmiyorum!

Bugün günlerden Pazar. İdris'in cenazesi, geçen Pazartesi kalktı. Ve biz yarın, şafakta yola çıkıyoruz.

Dört kişi gideceğiz: Ben, yeğenlerim ve Hâtem, katırlarla, erzakla uğraşacak adamım. On katırımız olacak, tamı tamına on. Dördü yalnızca binek olacak, ötekiler yükleri taşıyacak. Böylece hiçbir hayvan fazla yüklenmemiş olacak ve, Tanrı izin verirse, oldukça hızlı gideceğiz.

Dürüst ama pek becerikli olmayan öbür adamım Halil, burada kalıp Piasenza'nın yanında mağazayla ilgilenecek. Piasenza, o iyi yürekli kızkardeşim Piasenza, pek iyi gözle bakmıyor bu hazırlıksız yolculuğa. İki oğlundan ve kardeşinden böyle ayrılmak onu üzüyor, endişelendiriyor, ama karşı koymanın hiçbir işe yaramayacağını biliyor. Yine de bu sabah, hepimiz son hazırlıkların telaşı içindeyken gelip, yolculuğu bir iki hafta geciktirmemizin daha iyi olup olmayacağını sordu bana. Ben de soğuk mevsimden önce Anadolu'yu kesinlikle geçmiş olmamız gerektiğini anımsattım. Artık ısrar etmedi. Yalnızca bir dua mırıldandı ve sessizce ağlamaya koyuldu. Habib ona takılmaya başladı o zaman; öbür oğluysa duygulanmaktan çok dehşete düşmüş bir tavırla, gidip gözlerini gül suyuyla yıkamasını söyledi, çünkü bir gün önce dökülen gözyaşı, yolculuk için uğursuzluk belirtisiydi.

Piasenza'ya çocuklarını birlikte götürmek istediğimi söylediğimde, karşı çıkmamıştı. Ama analık kaygılarının sonunda ortaya döküleceği belliydi. Ve yalnızca Bûme düşünebilirdi bir ananın gözyaşlarının uğursuzluk getirebileceğini...

Cübeyl'deki evimde,
yolculuğumdan bir gece önce
yazılmış sayfalar

Defterimi, mürekkebimi, kalemlerimi ve kurutma tozumu, yolculuğa götürmek üzere kaldırmıştım, ama aynı Pazar akşamı, aynı yazı masasında yazmaya başladım yeniden. Çünkü akşamüzeri, yola çıkışımızı tehlikeye düşüren tatsız bir olay meydana geldi. Beni son derece öfkelendiren, giderek küçük düşüren bir olay bu ve ondan söz etmemeyi yeğlerdim. Ama kendi kendime, bu sayfalara her şeyi açacağıma söz verdim ve bundan kaçınmayacağım.

Bu karışıklığın kökeninde bir kadın var, buralarda herkesin hafifçe göz kırparak "dul" diye andığı bir kadın: Marta. Birkaç yıl önce, herkesin serseri diye bildiği bir adamla evlenmişti; bir serseriler ailesinden gelen bu adamın, en eskilere dek anımsayabildiğimiz küçük büyük tüm yakınları, ama gerçekten hepsi, dolandırıcı, hırsız, arakçı, yol kesici ya da batık soyguncusuydu. O sıralar açıkgöz, afacan, söz dinlemez, muzip bir kız olan güzel Marta –ama hiç de sütü bozuk biri değildi– onlardan birine, Seyyâf adlı bir adama âşık oldu.

Bu kentte herhangi biriyle evlenebilirdi, benimle bile, –neden inkâr edeyim ki?– bal gibi isterdim onu. Babası hem berberim, hem de değer verdiğim bir dostumdu. Sabahları tıraş olmak için ona gidip kızı gördüğümde, bir şarkı mırıldanarak çıkardım oradan. Sesinde, yürüyüşünde, bakışlarında, kirpiklerinde, canlıyım diyen her erkeği baştan çıkarabilecek, ne olduğunu kestiremediğim bir şey vardı. Kızdan hoşlandığım, babasının gözünden kaçmamıştı ve böyle bir birliktelikten çok hoşnut kalacağını, gururunun okşanacağını hissettirmişti bana. Ama kız, öbürüne gönlünü kaptırmıştı bir kez; bir sabah, kaçırılmasına izin verdiği ve tanrıtanımaz bir papazın onları evlendirdiği haberi geldi. Berber, birkaç ay sonra, tek kızına bir ev, bir meyve bahçesi ve iki yüzden fazla sultanî altın bırakarak kederinden öldü.

O zaman, Marta'nın o güne dek hiç çalışmamış olan kocasının aklına, büyük çapta ticarete girişme ve bir gemi donatma fikri düştü. Babasının birikimini, son meteliğine dek kendisine emanet etmesi için karısını kandırdı ve Trablus limanına gitti. Sonra da bir daha gören olmadı onu.

Önceleri bir baharat yüküyle zengin olduğu, kendine koca

bir filo yaptırdığı ve Cübeyl önlerine gelip gemileriyle bir geçit alayı düzenlemeyi tasarladığı haberi geldi. Söylentiye göre Marta o zamanlar, kız arkadaşlarıyla birlikte denizin karşısında, gururla kocasını bekleyerek geçiriyormuş bütün günlerini. Boşuna – ne filo, ne servet, ne de koca geldi geriye. Bir süre sonra, biraz daha az parlak başka haberler dolaşmaya başladı ortalıkta. Adam bir deniz kazasında ölmüştü kimilerine göre. Ya da korsan olmuş, sonra da Türkler tarafından yakalanıp asılmıştı. İzmir yakınlarında bir kıyıda sığınacak bir yer ayarladığı, şimdilerde orada bir karısı ve çocukları olduğunu söyleyenler de vardı. Bu da kısa birlikteliklerinde bir türlü gebe kalamayan ve kısır olduğu söylenen karısının onurunu incitiyordu.

Neredeyse altı yıldır yalnız, ne evli ne özgür, çaresiz, kardeşsiz, çocuksuz, serseri bir kocanın onuruna leke sürmeyi düşünmesin diye gece gündüz o haydut sürüsü kayınlarının göz hapsinde yaşayan bahtsız Marta için gündelik bir işkenceydi bu. O da bağıra çağıra ve neredeyse deliliğe varan bir ısrarla, güvenilir bir yerden Seyyâf'ın ölüm haberini aldığını, dolayısıyla dul olduğunu, bütünüyle dul olduğunu söylemeye başladı; ama karalar giydiğinde, sözkonusu merhumun yakınları üstüne yürüdüler ve uzaklardaki kocaya uğursuzluk getireceğini ileri sürdüler. Yüzüne ve ellerine, izleri herkesçe görülen bir iki sille yedikten sonra "dul" boyun eğdi ve yeniden renkli giysiler giymeye razı oldu.

Yine de yenilgiyi kabul etmedi. Son haftalarda, Konstantinopolis'e gidip üst düzey yetkililer katında kocasının gerçekten ölüp ölmediğini doğrulatmak istediğini ve gerçekten dul olduğunu, yaşamını yeniden kurabileceğini kanıtlayan bir ferman almadan geri dönmeme kararı verdiğini söylemiş kimi arkadaşlarına.

Ve bu tehdidini uygulamaya kalkışmış besbelli. Bu Pazar günü, kilisedeki ayinde yoktu; giysilerini ve mücevherlerini alıp gece vakti Cübeyl'i terketmiş olmalı. Hemen fısıltılar dolaştı ortalıkta, özellikle de işe beni karıştıran fısıltılar. Sinir bozucu, küçük düşürücü, özellikle de –İncil'e el basıp yemin etmem mi gerekir?– düpedüz yalan bunlar, yalan, yalan, yalan! Yıllardır tek kelime konuşmadım Marta'yla; sanırım babasının cenazesinden beri. En fazla bir iki kez sokakta selamlamışımdır onu, parmağımı hafifçe şapkama dokundurarak. O kadar. Benim için o serseriyle evlendiğini duyduğum gün, sayfa kapanmıştı.

Oysa fısıltılara bakılırsa, Konstantinopolis'e götürmek için onunla gizlice anlaşmışım ben ve bunu tüm kasabanın gözü önünde yapamayacağıma göre benden önce yola çıkmasını, sonra da onu alabileceğim belirli bir yerde beklemesini salık vermişim. Bugüne dek onun yüzünden evlenmemiş olduğumu söylemeye dek vardırdılar işi; oysa bunun da gerçekle hiçbir ilişkisi yok, belki günün birinde açıklama olanağını bulurum...

Ne kadar yalan olursa olsun, öykünün gerçeğe benzer yanları var ve sanırım insanların çoğu inanıyorlar buna. Öncelikle de Marta'nın kocasının erkek kardeşleri, benim suçlu olduğumdan kuşku duymuyorlar, sözde çevirdiğim dalaverelerle hakarete uğramış sayıyorlar kendilerini ve kırılan onurlarının intikamını almaya kararlılar. Bu öğleden sonra, aralarından en ateşlisi olan Resmî, tüfeğiyle çıkıp geldi evime; yemin billah ederek elinden bir kaza çıkacağını söylüyordu. Ancak benim ve adamım Hâtem'in soğukkanlılığımız sayesinde yatıştırabildik onu. İyi niyetimi kanıtlamak için ısrarla yola çıkışımı geciktirmemi istiyordu. Doğrusunu isterseniz böyle yaparak, fısıltı ve kuşkuları ortadan kaldırabilirdim. Ama ne diye bir haydut sürüsüne dürüstlük güvencesi verecektim ki? Hem sonra ne zamana dek geciktirecektim yolculuğumu? Marta ortaya çıkana dek mi? Ya tümüyle alıp başını gittiyse!

Habib ve Câbir, her türlü geciktirmeye karşı çıktılar ve zayıflık gösterirsem sanırım onların saygısını da yitirecektim. Gerçi bir an bile boyun eğmeye niyetlenmedim. Yalnızca artıyı eksiyi tartmak istedim, tedbirli birinin böyle durumlarda, kesin olarak hayır demeden önce yapması gerektiği gibi. O zaman adam, yarın bizimle birlikte yola çıkacağını bildirdi. Kaçağın, çevredeki köylerden birinde bizi beklemediğini gözüyle görüp emin olmak istediğini söylüyordu. Yeğenlerim ve adamım çok kızmışlardı, kızkardeşim daha da çok; ama hepsini yatıştırdım. "Yol herkesindir! Bu adam bizimle aynı yöne gitmeye kararlıysa, onu engelleyemeyiz." Yüksek sesle söyledim bunu, her sözcüğün üstüne basarak, davetsiz misafirin bizimle aynı anda yol alsa bile, bunu bizim yanımızda yapamayacağını belirtmek için.

Sanırım adamın inceliğine fazla güveniyorum ve böyle birinin doğru dürüst davranacağını düşünmek boşuna. Ama biz dört kişiyiz, o tek başına. Dümen suyumuzdaki varlığı, korkutmaktan çok sinirlendiriyor beni. Allah vere de yolculuğumuz sırasında bu bıyıklı yalancı kabadayıdan daha korkunç yaratıklarla karşılaşmasak!

24 Ağustos 1665, Anfe köyünde

Cübeyl'in çevresi alacakaranlıkta pek güvenli olmadığı için kapıdan çıkmak için havanın aydınlanmasını bekledik. Resmî adlı adam çoktan oradaydı, peşimize düşmeye hazırdı ve dizginleri çekerek hayvanını sakinleştiriyordu. Bu yolculuk için sanırım fazla sinirli bir binek seçmişti kendine ve bu yüzden, umarım, bizim yürüyüş hızımızdan çabuk sıkılacaktı.

Kıyı yoluna çıktığımızda adam, bir burnun tepesine çıkmak üzere bizden uzaklaştı ve iki eliyle bıyıklarını burarak oradan çevreyi kolaçan etti.

Göz ucuyla ona bakarken, ilk kez şu zavallı Marta'ya ne oldu diye düşündüm kendi kendime. Ve ansızın utanç duydum, onu şimdiye dek yalnızca ortadan yokoluşunun başıma açtığı işler nedeniyle düşündüğüm için. Oysa başına gelebilecekler için kaygılanmalıydım. Umutsuz bir eyleme kalkışmış olabilir miydi? Belki bir gün cesedini kıyıya vuracaktı deniz. O zaman kesilirdi fısıltılar. Tek tük gözyaşı dökülür. Sonra unutulur.

Ya ben, bu az daha benim olacak kadın için ağlar mıydım? Hoşuma giderdi, isterdim onu, gülücüklerini kollardım bir zamanlar, belini kıra kıra yürümesini, saçının perçemlerini, bileziklerinin çınlamasını gözlerdim; şefkatle sevebilirdim onu, her gece göğsüme bastırabilirdim. Bağlanabilirdim ona, sesine, adımlarına, ellerine. Yanımda olurdu bu sabah, yola çıkma saatinde. O da ağlardı, tıpkı kızkardeşim Piasenza gibi, beni yoldan vazgeçirmeye çalışırdı.

Bineğimin sarsıntılarıyla hafifçe esrik, gittikçe daha uzak sulara açılıyordu düşüncelerim. Bu kadının, yıllardır seyretmediğim silueti gözümün önüne geliyordu şimdi. Yalnızca berberin kızı olduğu o kutlu zamanın şakacı göz kırpmalarına kavuşmuştu yeniden. Onu sevmeye yetecek kadar arzulamamış olduğum için kızıyordum kendime. Felaketiyle evlenmesine izin verdiğim için de...

Değerli kaynı, birkaç kez daha yol boyundaki tepelerin üstüne çıktı. Çepeçevre döndü ve bir seferinde bağırdı bile: "Marta! Çık gizlendiğin yerden, seni gördüm!" Hiçbir şey kıpırdamadı. Bu adamın bıyıkları, beyninden büyük olmalı.

Biz dördümüz, onun at koşturmalarına, zıplamalarına, baldır çarpmalarına aldırmaz gibi, hep aynı hızla yolumuza devam ediyoruz. Yalnızca öğle vakti, Hâtem bize yemek hazırladığında –buraların peyniri, yabani mercanköşk ve yağla sarılmış yassı köy ekmeğinden oluşuyordu yemeğimiz– onu paylaşma önerisinde bulundum davetsiz misafire. Ne yeğenlerim ne de adamım bu cömertliğimi onayladılar; ve o terbiyesizin davranışına bakınca, haksız olmadıklarını kabul etmek zorundayım. Çünkü ona uzattığımızı aldı ve yolun öbür yanında, bize sırtını dönerek, bir hayvan gibi tek başına gövdeye indirdi. Bizimle birlikte yiyemeyecek kadar yabanıl; ama yemeği geri çevirecek kadar gururlu değil. Acınacak biri!

Bu ilk geceyi deniz kıyısındaki bir köyde, Anfe'de geçireceğiz. Bir balıkçı bize barınak ve yemek sundu. Ona bir teşekkür armağanı vermek için kesemin ağzını açtığımda beni geri çevirdi, sonra da bir kenara çekerek gelecek yılla ilgili söylentiler konusunda bildiklerimi anlatmamı istedi. Ona güven vermek için en bilgiç tavrımı takındım. Zaman zaman, insanlar cesaretlerini yitirdiğinde ortalığa yayılan yalan haberler bunlar, dedim ona. Bu tuzağa düşmemek gerek. Kutsal Kitap'ta yazılı değil mi: "Ne gününü, ne saatini bileceksiniz" diye?

Evsahibimiz bu sözlerimle öyle rahatladı ki, yalnızca bizi konuklamış olmakla yetinmeyip elimi yakaladı ve öptü. Yanaklarım utançtan kıpkırmızı oldu. Bir bileydi bu iyi insan, nasıl aptalca bir nedenle bu yolculuğa çıktığımı! Oynadığım sahte bilgelik oyununu!

Yatmadan önce, dumanları genzimi yakan bir mumun ışığında şu birkaç paragrafı yazmaya zorladım kendimi. Önemli şeyleri anlattığımdan emin değilim. Dahası her gün, önemliyle önemsizi, sıradanla ibretliği, kör patikalarla asıl yolları ayırdetmek kolay olmayacak benim için. Ama gözlerim açık ilerleyeceğim.

25 Ağustos, Trablus'ta

Bugün büyük olasılıkla istenmeyen yol arkadaşımızdan kurtulduk. Ama başka sıkıntılarla karşılaşmak için.

Sabah, uyuduğumuz evin önünde Resmî bizi bekliyordu; bıyıklarını dikmiş, yola çıkmaya hazırdı. Geceyi köyün bir başka evinde, bana sorarsanız tanıdığı bir haydudun çatısı altında geçirmiş olmalıydı. Yola düzüldüğümüzde, birkaç dakika bizi izledi. Dün yaptığı gibi çevreyi kolaçan etmek üzere bir tepenin üstüne çıktı. Sonra da atın başını çevirip Cübeyl yönüne yollandı. Yol arkadaşlarım hâlâ bunun bir aldatmaca olabileceğini ve adamın bizi daha ötede yakalayıp şaşırtabileceğini düşünüyorlar. Ben tersi kanıdayım. Onu bir daha görmeyeceğimizi düşünüyorum.

Öğleyin Trablus'a ulaştık. Buraya yirminci gelişim olmalı, ama ne zaman kapılarından girsem heyecan sarar yüreğimi. Atalarım, bundan yarım binyıl önce, ilk kez burada Doğu toprağına ayak basmışlar. O yıllarda Haçlılar kenti kuşatmış ama ele geçirmeyi başaramamışlardı. Atalarımdan biri, Ansaldo Embriaco, sarılı kenttekilerin direnişini kıracak bir hisar inşa etmeleri için yardım etmişti onlara ve limanın girişini kapatmak üzere gemilerini yardıma göndermişti; karşılığında da Cübeyl beyliğini elde etmişti.

Bu beylik tam iki yüzyıl, benim ailemin elinde kaldı. Doğu'daki son Frank devleti yıkıldığında bile Embriaco'lar, zaferi kazanan Memlûklardan, bir iki yıl daha ayrıcalıklarını sürdürme hakkını elde ettiler. İlk gelen Haçlılardandık biz; son gidenler de biz olduk. Ve hâlâ bütünüyle gitmiş değiliz. Ben değil miyim bunun canlı kanıtı?

Tanınan süre tamamlanıp, Cübeyl'deki topraklarımızı Müslümanlara bırakmamız gerektiğinde, aileden geri kalanlar Cenova'ya geri dönme kararı aldılar. Aslında "geri dönmek" denemez buna; hepsi Doğu'da doğmuş ve çoğu, soylarının geldiği kente hiç ayak basmamıştı. O zamanki ceddim Bartolomeo, çok çabuk çöküntüye ve yılgınlığa düştü orada. Çünkü Embriaco'lar ilk Haçlı Seferleri sırasında kentin önde gelen aileleri arasındaydı; vaktiyle Cenova'da kendi mahalleleri, konakları, onlara bağlı insanlar, adlarına dikilmiş bir kuleleri vardı ve kentin en büyük serveti onlarındı; oysa şimdi, daha ünlü olmuş başka aileler, onların yerini alıvermişti: Doria'lar, Spinola'lar, Grimaldi'ler, Fieschi'ler... Ceddim, sınıf düşmüş gibi gördü kendini. Giderek sürgünde hissetti. Cenevizliydi, öyle olmak istiyordu, diliyle, giysileriyle, âdetleriyle öyleydi; ama bir Doğu Cenevizlisi!

Bunun üzerine bizimkiler yine deniz yollarına düştüler; Hayfa, Kassandreia ya da Sakız gibi değişik limanlara demir attılar; sonunda bunlardan birinin, büyükbabamın babası Ugo'nun aklına, Cübeyl'e geri dönmek geldi ve oradaki yöneticilerden –bir iki hizmet karşılığında– eski beyliğinin topraklarından küçük bir bölümün kendisine geri verilmesi iznini kopardı. Ailemiz, beylik iddiasının üstüne bir çarpı çekerek ilk ve asıl işine, ticarete geri dönmek zorunda kaldı; ama şanlı dönemin anısı, belleklerde yaşıyor. Hâlâ bendeki belgelere göre, Trablus'u ele geçiren adamın, doğrudan erkek soyundan ve on sekizinci kuşaktan torunuyum ben.

Sahaflar mahallesine gittiğimde, nasıl da okşarım gözlerimle, üstünde bir zamanlar Embriaco'ların sancağının dalgalandığı Hisar'ı! Üstelik satıcıları eğlendirir bu; geldiğimi gördüklerinde bağırmaya başlarlar: "Aman dikkat, bizim Cenevizli, Hisar'ı geri almaya geliyor; çabuk yolunu kesin!" Dükkâncıklarından çıkarlar ve gerçekten yolumu keserler, ama gürültüyle sarılıp öpüşmeler içindir bu; ve her adımımda kahveler, soğuk şerbetler ikram etmek içindir. Doğuştan konuksever insanlardır bunlar; ama aynı zamanda benim onlar için hem anlayışlı bir meslektaş hem de çok iyi bir müşteri olduğumu eklemem gerek. Ben gereksindiğim şeyleri gelip alamadığımda, onlar gönderirler bana, kendiliklerinden, beni ilgilendirebilecek ve onların kalemi olmayan parçaları: Yani özellikle kutsal kalıntları, ikonaları ve Hıristiyan inancının eski kitaplarını. Çoğu Yahudi ya da Müslümandır ve müşterileri çoğunlukla, öncelikle kendi dinleriyle ilgili şeyler arayan dindaşlarıdır.

Bu öğle vakti kente geldiğimde yine doğrudan doğruya dostlarımdan bir Müslüman'a, Abdüssamed'e gittim. Kardeşlerinin ve sokaktan bir iki başka sahafın arasında, küçük dükkânının eşiğinde oturuyordu. Çepeçevre selamlaşmalardan ve yeğenlerimi tanımayanlara tanıştırdıktan sonra, ne için geldiğimi anlatmaya davet edildiğimde, dilim düğümlendi birden. İçimden bir ses hiçbir şey açıklamamamı söylüyordu; aklın sesiydi bu ve onu dinlemeliydim. Çevremi saran bu saygın insanlar beni hep üstün görür, yaşım ve bilgim için değilse bile en azından ünüm ve servetim nedeniyle bana en kıdemlileriymişim gibi davranırlardı; onlara ziyaretimin gerçek sebebini söylemenin akıllıca olmadığını hissediyordum. Buna karşılık bir ses daha vardı kulağımda; vızıldayıp duran, daha az tedbirli bir ses: Madem yaşlı İdris'in kulübesinde onca aranan yapıtın bir kopyası bulunabiliyordu, neden Trablus'taki sahaflarda da bir tane bulunmasın? Belki onun kadar sahte, olsun, Konstantinopolis'e kadar gitmekten kurtarırdı bu beni!

Tüm bakışların ağırlığının alnımda toplandığı uzun saniyeler sonunda, atıverdim ortaya:

"Aranızdan herhangi birinin kitapları arasında, Mazandarânî'nin şu aralar çok sözü edilen kitabı *Yüzüncü Ad* var mıdır acaba?"

Sorumu olabilecek en hafif, en ilgisiz, en alaycı tavırda sormuştum. Ama o anda çevremdeki küçük kalabalığın üstüne bir sesssizlik çöküverdi; sanki –bana öyle geldi– sokağın ve tüm kentin üstüne de çökmüştü bu sessizlik. Bütün gözler aynı anda benden kaçırılıp dostum Abdüssamed'e dikildi. O da bana bakmıyordu artık.

Konuşmak ister gibi boğazını temizledi, ama yalnızca bir gülüş çıktı ağzından, kesik kesik, zorlama bir gülüş. Ansızın onu da kesti ve bir yudum su içti, bana dönüp şöyle demeden önce:

"Ziyaretlerin her zaman hoş gelmiştir bize!"

Bugünkünün sona erdiğini belirtiyordu böylece. Ayağa kalktım, süklüm püklüm, en yakınımdakileri tek sözcükle selamladım; ötekiler çoktan dağılmıştı zaten.

Geceyi geçireceğimiz hana yöneldiğimizde dayak yemiş gibiydim. Hâtem gelip erzak alması gerektiğini söyledi, Habib de limanda gezinmek istediğini fısıldadı; tek söz etmeden ikisini de yolladım. Yalnızca Câbir yanımda kaldı. Ama onunla da tek kelime konuşmadım. Ne diyebilirdim ona? "Lanet olsun sana Bûme, senin yüzünden aşağılandım buralarda!" Onun yüzünden, Evdokim yüzünden, İdris, Marmontel ve daha nice başkaları yüzünden; ama her şeyden önce kendi suçumdu bu. Önce benim sorumluluğumdu, aklımı, onurumu, saygınlığımı korumak.

Yine de bu sahafların neden böyle davrandığını soruyorum kendime. Onları her zaman nazik ve ölçülü tanımış biri için kuru ve hoyratça bir davranıştı bu. Olsa olsa alaycı gülüşmelere hazırlamıştım kendimi; böyle düşmanca bir tavıra değil. Üstelik sorum da incelikle sorulmuştu! Anlamıyorum. Anlamıyorum.

Bu satırları yazmakla dinginliğime kavuştum. Ama bu olay, günün geri kalanında huysuz biri yaptı beni. Önce istediğim şeyleri almadığı için Hâtem'i azarladım; sonra da gezintisinden gece olduktan sonra döndüğü için Habib'i.

Düşkırıklığımın asıl kaynağı Bûme'ye gelince, ona söyleyecek bir şey bulamadım.

26 Ağustos, yolda

Nasıl bu kadar saf olabildim?
Her şey gözümün önünde oldu ve ben görmedim!

Bu sabah uyandığımda Habib ortada yoktu. Erken kalkmış, Hâtem'in kulağına Hisar'daki çarşıdan bir şey alacağını fısıldamış, sonra da bizi kentin kuzeydoğusunda Basâtin kapısında yakalayacağını söylemiş. "Orada bizden önce olacağını umarım" diye bağırdım, "bir dakika bile beklemem onu!" Ve hemen yola çıkma buyruğunu verdim.

Kapı handan uzak değildi ve çabucak oraya vardık. Bakışlarımı dört bir yana gezdirdim; Habib görünürlerde yoktu. "Gelmesi için zaman bırakalım ona" diye yalvardı bu çocuğa her zaman zayıflık gösteren adamım. Ayağımla sabırsızca yeri tapışlıyarak "Uzun süre bekleyemem!" diye yanıtladım onu. Ama beklemek zorundaydım. Başka ne yapabilirdim ki? Uzun bir yolculuğa çıkıyorduk; yeğenimi yolda bırakıp gidecek değildim ya!

Bir saat sonra, güneş iyice yükseldiğinde, Hâtem sahte bir telaşla bağırdı bana: "İşte Habib, koşuyor, bize işaret ediyor, iyi bir çocuk o aslında, Tanrı onu korusun, her zaman sevgi dolu, her zaman güleryüzlü; önemli olan efendim, başına bir felaket gelmemiş olması..." Tüm bu gevezelik, onu azarlanmaktan kurtarmak içindi doğal olarak! Ama hiç yumuşamaya yanaşmadım. Bir saattir bekliyorduk onu. Onu selamlamam ya da gülümsemem sözkonusu bile olamazdı, geldiği yöne bakmak bile istemedim. Yanımıza gelmesi için bir dakika daha sabrettim sonra da kentin kapısına doğru, ağırbaşlı bir tavırla ilerledim.

Habib arkamdaydı şimdi, varlığını hissediyordum, kulağımın dibinde soluk aldığını duyuyordum. Ama ona sırtımı dönmeyi sürdürüyordum. Onunla, diyordum kendi kendime, ancak saygıyla elimi öptükten ve bir daha iznim olmadan ortadan kaybolmamaya söz verdikten sonra yeniden konuşmaya başlayabilirim! Bu yolculuğu birlikte sürdüreceksek, yeğenlerimin nerede olduğunu her an bilmeliydim!

Kapıda nöbetçi subayın önüne geldiğimizde, terbiyeli bir

iki sözle selamladım onu, kimliğimi söyledim ve avcuna, uygun gümüş parayı sıkıştırdım.

"Oğlunuz mu?" diye sordu adam, arkamdan geleni göstererek.

"Hayır, ben onun yeğeniyim."

"Ya bu kadın?

"O da karısı" dedi Habib.

"Geçebilirsiniz!"

Karım mı!

O an hiçbir şey söylemedim, şaşkınlığımı dışa vurmamak için geriye bir göz atmaya bile kalkışmadım. Osmanlı subayının önünde en ufak bir kem küm, en ufak bir sıkıntılı kararsızlık, kendimizi hep birlikte hapiste bulmamıza neden olabilirdi.

Karım mı?

Önce kapıdan geçmeyi, gümrükten ve askerlerden uzaklaşmayı bekledim; önüme bakarak yürümeyi sürdürdüm. Sonra döndüm arkama.

Marta'ydı bu.

'Dul'du.

Karalar giymişti ve yüzü gülüyordu.

Hayır, itiraf etmeliyim ki şu ana kadar hiçbir şey anlamamış, hiçbir şeyden kuşkulanmamıştım. Ve Habib işini iyi becermişti, bunu kabul etmeliyim. O ki afacanlıklarıyla hem kadınların hem erkeklerin gönlünü çalmayı bilir, son günlerde, yüzünde tek bir kasıtlı gülüş belirmemişti, tek bir çiftanlamlı sözcük kaçırmamıştı ağzından. Resmî'nin suçlamalarına, o da en az benim kadar kızmış görünüyordu. Sonuç olarak, sandığım kadar da temelsiz değilmiş bu suçlamalar.

Daha sonra yeğenim bana söyleyecektir sanırım, her şeyin nasıl düzenlendiğini. Buna ne gerek var, öte yandan? İşin özünü tahmin edebiliyorum. Beni bu Konstantinopolis yolculuğuna sürüklemek için neden tuhaf bir biçimde kardeşinin yanında yer aldığını da anlıyorum. O zaman hemen "dul"u uyarmıştır herhalde; o da bunun kaçmak için iyi bir fırsat olduğunu hissetmiş olmalı. Böylece Cübeyl'den ayrılmış, bir geceyi Trablus'ta bir kuzininde ya da bir manastırda geçirmiştir. Bütün bunlar o denli açık ki, birinin bana itiraflarda bulunmasına hiç gerek görmüyorum. Ne var ki tablonun bütünü, burnumun dibine konmadan önce hiçbir şey görmedim ben de.

Şimdi ne yapmalı? Günün kavuşmasına dek, dümdüz yürüdüm, tek söz etmeden, yüzüm bir karış. Surat asmak hiçbir şeyi çözmez biliyorum. Ama bizimkiler üstündeki tüm otoritemi, tüm saygınlığımı yitirmek istemiyorsam, aldatılmamış gibi de davranamam.

İşin kötüsü doğuştan unutkanımdır, yumuşağımdır, her zaman affetmeye yatkınımdır. Tutumumdan vazgeçmemek için bütün gün zorladım kendimi. Bir iki gün daha dayanmalıyım, cezalandırmak istediklerimden daha çok acı çeksem de.

O dördü, arkamda, ancak alçak sesle konuşmaya cesaret edebiliyorlar birbirleriyle; ve böylesi daha iyi.

27 *Ağustos, terzinin köyünde*

Bugün beklenmedik bir yol arkadaşı daha katıldı bize. Ama bu kez iyi biri.

Çok kötü bir gece geçirmiştik. Yol üstünde bir han biliyordum ama uzun zamandır gitmemiştim oraya. Belki da daha uygun bir mevsimde ziyaret etmiştim ve ne bu sivrisinek sürülerini, ne bu küflü ve sıvası çatlamış duvarları, ne de bu durgun su kokularını anımsıyordum... Sonunda geceyi elimi kolumu oynatarak, o tehdit edici vızıltı kulaklarımda çınladıkça, sağa sola vurarak geçirdim.

Sabah yola çıkma zamanı geldiğinde, hiç uyumamıştım. Daha sonra gün boyu, birkaç kez uyukladım eyerimin üstünde, neredeyse düşüyordum; neyse ki Hâtem gelip yanımda durdu hep ve arasıra tuttu beni. İyi bir adam o; en az ona kızgınım.

Öğleye doğru, tam beş saatlik bir yürüyüşün ardından yemek yemek için gözlerimle gölgeli bir köşe ararken, yolumuz ansızın kocaman ve yapraklı bir ağaç dalıyla kesildi. Onu yoldan kaldırmak ya da çevresinden dolaşmak zor değildi ama ben ne yapacağımı bilemedim ve durdum. Öyle dümdüz yolun ortasına yerleştirilmiş olmasında bir tuhaflık vardı.

Bakışlarımı, anlamaya çalışarak çevrede dolaştırırken Bûme gelip kulağımın dibinde, sağımızdan aşağı inen şu patikaya sapıp ana yola biraz ileride çıkmanın daha doğru olacağını mırıldandı.

"Eğer" diyordu, "rüzgâr bu dalı ağacından koparıp buraya dek itmiş ve ona bu duruşu vermişse, bu yalnızca Tanrı'nın bir uyarısı olabilir ve ona meydan okumak çılgınlık olur."

Körinançlara sövüp sayarım hep, ama yine de onun öğüdünü dinledim. Bir yandan da, o benimle konuşurken sağımızda, sapmamızı istediği patikanın uzantısında, aradığım gibi bir koruluk görmüştüm. Yalnızca uzaktan bu sık yeşilliğe bakarken bile serin bir pınarın akışını duyar gibi oluyordum. Üstelik acıkmıştım.

Bu yola saptığımızda, atları üstünde uzaklaşan insanlar gördüm; üç dört kişi gibi geldi bana. Herhalde onlar da bizim gibi düşünmüştür, dedim kendi kendime – yoldan ayrılıp gölgede yemeklerini yemişlerdir; ama çok hızlı at sürüyor, bizden kaçar gibi kamçılıyorlardı atlarını. Biz koruluğa ulaştığımızda onlar çoktan ufukta kaybolmuşlardı.

İlk bağıran Hâtem oldu:

"Haydutlar! Haydutlardı bunlar, yol kesiciler!"

Bir ceviz ağacının gölgesinde bir adam yatıyordu. Giysileri soyulmuştu ve ölü gibiydi. Onu gördüğümüzde uzaktan seslendik önce, ama kıpırdamadı. Alnının ve sakalının kana bulandığı görülebiliyordu. Ben istavroz çıkardım. Ama Marta "Aman Tanrım! Ölmüş!" diye bağırıp bir çığlık attığında, bu kadın sesinin rahatlattığı adam yerinden doğruldu ve elleriyle acele acele çıplaklığını örtmeye çalıştı. O ana kadar, saldırganların geri dönmesinden kortuğunu söyledi bize; pişman olup –deyim yerindeyse– işini bitirmek için geri gelebilirlerdi.

"Yola bir dal yerleştirmişlerdi; ben de kendi kendime orada bir tehlike olabileceğini söyleyip bu patikaya saptım. Ama asıl burada pusu kurmuşlar. Trablus'tan geliyordum; oraya kumaş almaya gitmiştim. Ben terziyim. Adım Abbas. Her şeyimi aldılar, yükleriyle iki eşeğimi, paramı; hem pabuçlarımı, hem de giysilerimi! Allah belalarını versin! Dilerim benden ne çaldılarsa boğazlarına takılsın, balık kılçığı gibi!"

Bûme'ye döndüm.

"Göğün bir uyarısı mı diyordun, bu dal? Bak yanılmışsın! Haydutların bir hilesiymiş!"

Ama sözünü geri almayı reddetti:

"Biz bu patikadan geçmeseydik, bu bahtsızın başına neler gelirdi Tanrı bilir! Bizi gördükleri için onca hızlı uzaklaştı bu uğursuzlar!"

Hâtem'in uzattığı bir gömleğimi sırtına geçirmekte olan adam onayladı:

"Yalnızca Tanrı göndermiş olabilir sizi buraya, talihliymişim! Siz iyi insanlarsınız, yüzünüzden okunuyor bu. Yalnızca namuslu insanlar, kadınlar ve çocuklarla yolculuk eder. Şu iki güzel genç adam, oğullarınız mı? Yüce Tanrı esirgesin onları!"

Marta'ya söylüyordu bunları. Marta, suda ıslattığı bir mendille adamın yüzünü silmek için yaklaşmıştı.

"Yeğenlerimiz" diye yanıtladı Marta, hafif bir kararsızlığın ve özür dilercesine bana yönelen kısa bir bakışın ardından.

"Tanrı sizi kutsasın" diye yineliyordu adam, "Tanrı hepinizi kutsasın, ve hepinize birer giysi armağan etmeden yolcu etmeyeceğim sizi; sakın hayır demeyin, bu kadarcık şey için, hayatımı kurtardınız siz benim, Tanrı sizi kutsasın! Bu akşamı da benim evimde geçireceksiniz, başka yerde değil!"

Onu geri çevirmemiz olanaksızdı; üstelik köyüne geldiğimizde gece olmuştu, onu evine getirmek için yolumuzdan ayrılmıştık; başına gelenlerden sonra yola tek başına devam etmesine izin veremezdik.

Bize büyük bir gönül borcu olduğunu söyledi ve saatin epeyce geç olmasına karşın bizim onurumuza büyük bir şölen vermek için ısrar etti. Köyün bütün evlerinden, bazıları etli bazıları etsiz, en lezzetli yemekler getirildi. Terzi, herkesin sevdiği, saydığı biriydi; bizi, yeğenlerimi, adamımı, "karımı" ve beni, kurtarıcıları olarak tanıttı; Tanrı iradesinin soylu aracılarıydık ve tüm yaşamı boyunca bize minnettar kalacaktı.

Daha iç açıcı bir konaklama düşleyemezdik; hem yolculuğumuzun başındaki tatsızlıkları unutturdu bize, hem de yol arkadaşlarımla benim aramdaki gerginliği azalttı.

Yatma saati geldiğinde, evsahibimiz, yüksek sesle yeminler ederek, benim ve "karımın" onun odasında yatacağımızı, onunla karısının da geceyi büyük salonda, oğulları, yeğenlerim, benim adamım ve yaşlı hizmetçileriyle birlikte geçireceklerini bildirdi. Önerisini geri çevirmek istedim ama kızdı, yemin ettiğini ve yeminini bozduramayacağımı söyledi. Yanımda yolculuk eden kadının karım olmadığını söylemek için kuşkusuz çok geçti artık. Gözden düşer, beni göklere çıkaran bu insanların saygısını yitiriverirdim. Hayır, bunu yapamazdım, yarına kadar oyunu sürdürmekti en iyisi.

Ve "dul"la ben, kendimizi bu odada bulduk; ötekilerden sadece bir örtüyle ayrılmış bir odada, ama bütünüyle yalnız, tüm bir gece için yalnız. Bize bırakılan mumun ışığında, Marta'nın gülen gözlerini görüyordum. Benimkiler gülmüyordu. Benden biraz daha tedirgin olmasını beklerdim onun. Ama değildi. Az daha kahkahayı basacak sanırdınız. Uygunsuz bir durumdaydık. İkimiz için de tedirginlik duyuyordum sanki.

Bir iki kararsız hareketten sonra aynı yatağın üstüne, aynı örtünün altına, birbirimizden iyice uzak ve giysilerimizi çıkarmadan uzanmak zorunda kaldık.

Ardından uzun ve karanlık sessizlik dakikaları, birbirine karışan nefes dakikaları geçti; sonra komşum, başını bana doğru eğdi:

"Habib'e kızmamanız gerek. Sizden gerçeği sakladıysa bu benim suçum; ağzını açmaması için ona yemin ettirdim; kaçma tasarımın ortaya çıkmasından korkuyordum. Sonra kaynım boğazlardı beni."

"Olan olmuş artık."

Biraz kuru bir yanıt vermiştim. Bir konuşma başlatmaya hiç niyetli değildim. Ama kısa süren bir ortak sessizlikten sonra, yeniden sözü aldı:

"Kuşkusuz Habib'in subaya, benim karınız olduğumu söylemesi bir hataydı. Ne diyeceğini bilemedi zavallı çocuk. Saygın bir adamsınız ve bütün bunlar sizi güç durumda bırakıyor sanırım. Ben, karınız? Tanrı esirgesin!"

"Söylenen söylenmiş artık!"

Bu tümceyi düşünmeden söylemiştim Ve ancak daha sonra, Marta'nın ve benim sözlerim kafamda birlikte yankılandığında farkettim tümcemin ne anlama gelebileceğini. Bizi içine soktukları gülünç durumda, her söz kaygan bir döşeme taşı oluveriyordu. "–Ben, karınız? –Söylenen söylenmiş artık!" Baştan alıp açıklamak, düzeltmek geçti içimden. Neye yarardı? Yalnızca daha çok batardım. O zaman, ne anladığını kestirmeye çalışmak için komşuma baktım; yüzüne gençlik yıllarının yaramaz ifadesini takınmış gibi geldi. Bu kez ben de gülümsedim. Ve karanlıkta bir boyun eğme işareti yaptım elimle.

Belki de bu konuşma gerekliydi, birbirimize ne çok yakın, ne de çok uzak, sakin bir biçimde yanyana uyuyabilmemiz için.

28 Ağustos

Uyandığımda çok keyifliydim; "karım" da öyleydi. Yeğenlerim bütün gün bakışlarıyla sorguladılar bizi, şaşkın ve kuşkuluydular; ama adamım eğleniyor gibiydi.

Şafakta yola çıkmayı hesaplamıştık ama vazgeçmek zorunda kaldık. Gece yağmur yağmaya başlamıştı; sabah hâlâ bardaktan boşanırcasına yağıyordu. Bir önceki gün bulutluydu, yoldaki biri için en iyisidir bu; ama bulutların bize gölge yapmakla yetinmeyeceği açıkça hissediliyordu. Evsahiplerimizin yanında bir gün bir gece daha kalmaktan başka çaremiz yoktu; Tanrı onları kutsasın, her an nasıl da hissettiriyorlar bize varlığımızın onlara ne denli iyi ve hafif geldiğini!

Yatma saati geldiğinde terzi, o iyi insan bir kez daha, çatısı altında bulunduğumuz sürece "esirgenmiş eşim"le beni, odası dışında bir yerde yatırmayacağına yeminler etti. İkinci kez, karşı koymadım ona. Belki de biraz fazla yumuşakbaşlıydım bu sefer... Marta ve ben, bu kez seve seve uzandık yanyana. Yine giyimliydik, yine ayrıydık. Sadece iki yatak komşusu; tıpkı dünkü gibi. Şu farkla ki, hiç durmadan gevezelik ediyorduk artık; ondan bundan, evsahiplerimizin konukseverliğinden, yarınki havanın nasıl olacağından söz ediyorduk. "Dul", dün gece hissetmediğim bir koku sürmüştü bu kez.

Tam beni bu yolculuğa iten nedenlerden söz etmeye başlamıştım ki birden Habib girdi odaya. Bizi suçüstü yakalamayı umarcasına sessizce, yalınayak yaklaştı.

"Burada uyumaya geldim" dedi varlığını farkettiğimde. "Öbür odada çok sivrisinek var, yiyip bitiriyorlar insanı."

İçimi çektim.

"Buraya gelmekle iyi ettin. Sivrisinekler buraya giremez, kapı çok dar."

Kızdığımı belli etmiş miydim? Komşum, başını benimkine yapıştırdı ve olabildiğince alçak sesle kulağıma fısıldadı:

"O daha çocuk!"

Bir kez daha hoş görmeye çalışıyordu onu. Belki de bana Habib'deki kıskançlık belirtisinin bir nedeni olmadığını anlatmaya çalışıyordu. Çünkü onunla gizlice iş çevirip kocasının ailesinden kaçması ve bize katılması için yardım etmesinin yalnızca bir şövalyelik duygusundan ileri gelmediğini düşünebilirdim; Habib ona karşı bir şeyler hissetmiş olabilir, o da yedi sekiz yaş daha büyük olmasına karşın ona cesaret vermekten kaçınmamış olabilirdi.

Kuşkum yok artık: Habib kıskanıyor. Önce çarşafına sarınıp duvarın dibine uzandı. Hiçbir şey söylemese de düzensiz soluk alışını duyuyordum – uyumuyordu. Orada olması sinirlendiriyordu beni. Bir yandan sabahtan tezi yok, "dul"un yanında geçirdiğim iki gecenin yalnızca o bildiği koşulların sonucu olduğunu ve bunda bir kötülük görmemesi gerektiğini açıkça anlatmalıyım, diyordum kendi kendime. Öte yandan da bu yumurcağın karşısında kendimi temize çıkarmaya gerek görmüyordum, bugün de görmüyorum. Bu güç duruma sokulmayı ben kendim istemedim! Yumuşak huyluyum ben; ama çok da damarıma basmamalı! Eğer günün birinde Marta'ya kur yapmak gelirse içimden, ne yeğenlerimden izin almam gerekir bunun için, ne de başka birinden!

Kararlı bir edayla ona döndüm ve çok da alçak olmayan bir sesle fısıldadım:

"Eğer gerçekten çocuksa, ben de bir çocuk gibi yola getiririm onu!"

Yaklaşınca kokusunu daha güçlü bir biçimde duydum ve içimden ona daha çok yaklaşmak geldi. Ama Habib duymuştu beni ve ne dediğimi anlamadıysa da en azından fısıltının farkına varmıştı. Çarşafıyla birlikte sürünerek ilerledi ve gelip ayaklarımızın dibine yattı; daha doğrusu tüm bedeniyle en küçük bir hareket yapmamızı engelleyecek biçimde ayaklarımıza yaslandı.

Ona sanki uykumun arasında "dikkatsizlikle" olmuş gibi sıkı bir tekme atmak geçti içimden. Ama başka bir biçimde intikam almayı yeğledim; Marta'nın elini avucumun içine aldım ve örtünün altında sabaha dek tuttum.

29 Ağustos, Asi Irmağı yakınında

Bu sabah artık yağmur yağmıyordu ve yolumuza devam edebildik. Yeğenimin uygunsuz davranışı beni çok sinirlendirmişti ve çok az uyuyabilmiştim.

Ama belki de gecenin böyle bitmesi daha iyi olmuştu. Evet, düşünüyorum da, insanın uyandığında arzunun kerpetenlerini hissetmesi, pişmanlığınkileri hissetmesinden daha iyi.

Evsahiplerimizle vedalaştık; onlar da katırlarımızı birkaç gün yolculuğa yetecek erzakla yükleyerek bir kez daha mahcup ettiler bizi. Umarım Tanrı, onlara konukseverliğimizi gösterme olanağını bize de verir!

Yağmurdan sonra yol çok güzel; ne güneşli, ne fazla sıcak, ne de tozlu. Kuşkusuz çamurlu; ama o da yalnızca hayvanların nallarını kirletiyor. Karanlık basmaya başlayınca durduk ancak.

Humus kentinin çevresini dolanıp geceyi geçirmek için Asi Irmağı kıyılarında inşa edilmiş bir manastırda mola verdik; babamla bir Halep yolculuğunda, önce giderken sonra da dönüşte, iki kez kalmıştım burada; ama manastırda kimse anımsamadı bunu.

Akşam, ırmak kıyısında, manastırın bahçelerinde dolaşırken, patlak gözlü genç bir keşiş, gelip ateşli bir sesle, gelecek yıl konusundaki söylentiler üstüne sorular sordu. İstediği kadar "yalancı dedikoduları" ve "körinançları" lanetlesin, şaşkın görünüyordu. Çevredeki köylülerin haber verdiği endişe verici işaretlerden, iki başlı bir dananın doğumundan, eski bir çeşmenin ansızın kurumasından söz etti. Bunun yanısıra o güne dek duyulmamış biçimde davranan kadınlara değindi; ama çok imalı konuşuyordu ve bana betimlemek istediği şeyi iyi anlamadığımı itiraf etmeliyim.

Bu kez de yine Kutsal Kitap'ı anımsatarak ve ölümlülerin yarın olacakları bilme yetisine sahip olmadığını söyleyerek onu yatıştırmaya çalıştım. Kanıtlarım onu rahatlattı mı bilmiyorum. Sanırım yanından ayrılırken görünürdeki dinginliğimin birazını ona bıraktım; korkusunun birazını, gözkapaklarımın altında alıp götürmek içindi bu.

30 Ağustos, yolda

Az önce, şu son günlerde yazdığım sayfaları okudum ve şaşkına döndüm.

Bu yolculuğa çok soylu nedenlerle çıkmıştım; aklım fikrim evrenin yaşamının süregitmesinde ve geleceği söylenen felaketlere karşı benzerlerimin gösterdiği tepkideydi. Ve şimdi, bu kadın yüzünden, aşağılık yaratıkların hoşlandığı çamurlu sokaklara sapmıştım yeniden. Kıskançlıklar, entrikalar, soysuzluklar – tam da yarın dünya yokolabilecekken!

Şeyh Abdülbâsit haklıydı. Ne gereği vardı dünyayı dolaşmanın, içimde zaten varolanı görmek içinse bu?

Kendimi toplamam gerek! İlk esinimi bulmalı, kalemimi yalnızca en saygıdeğer mürekkebe batırmalıyım, mürekkeplerin en acısı o olsa bile.

2 Eylül

Sık sık deniz tutmasından söz edilir ama binek tutmasından söz edildiğini çok ender duyarsınız; sanki bir geminin güvertesinde acı çekmek, bir katırın, bir devenin ya da bir beygirin sırtında acı çekmekten daha az küçültüçüymüş gibi.

Oysa işte bu acıyı çekiyorum ben üç gündür; yine de yolculuğa ara vermek istemiyorum. Ama çok az yazabildim.

Dün akşam o gösterişsiz Maara kentine vardık ve ancak kentin yarı yıkılmış surlarının içinde yeniden yaşadığımı hissettim, ekmeğin tadını yeniden alır oldum.

Bu sabah, çarşıdaki sokaklarda aylak aylak dolaşırken başıma çok tuhaf bir olay geldi. Buranın sahafları beni hiç görmemişlerdi, bu yüzden onlara doğrudan doğruya *Yüzüncü Ad* konusunda sorular sorabildim. Bilgisizce dudak bükmelerle karşılaştım yalnızca – içten miydi bunlar, sahte miydi bilemem. Ama sonuncu dükkânın, büyük camiye en yakın olanın önünde, tam geri dönmeye hazırlanırken, henüz hiçbir soru sormadığım çok yaşlı bir sahaf, başı açık, yaklaştı bana ve ellerimin arasına bir kitap bıraktı. Rasgele açtım ve –hâlâ kendi kendime açıklayamadığım bir içgüdüyle– gözlerimin önüne ilk gelen satırları yüksek sesle okumaya başladım:

Zaman ölecek dediler yakında
Günlerin soluğu tükendi dediler
Yalan söylediler.

Maaralı kör ozan Ebûlâlâ'nın bir yapıtıydı bu. Neden bu adam ellerime bıraktı bu kitabı? Neden kıtap tam bu sayfadan açıldı? İnsanların gelip geçtiği bir sokakta onu okumaya ne itti beni?

Bir işaret miydi bu? Ama ne biçim bir işaret ki gelip yalanlıyor öbür işaretleri?

Yaşlı sahafın kitabını satın aldım; bu yolculukta yoldaşlarım arasında en az saçmalayanın o olacağından kuşkum yok.

6 Eylül, Halep'te

Dün akşam buraya geldik, sonra da bütün bir günü, açgözlü ve düzenbaz bir kervancıyla pazarlık ederek geçirdik. Binbir dalaveresinin yanısıra kervanda zengin bir Cenevizli tüccarla karısının bulunmasının, onu, üç irikıyım adam daha tutarak muhafız takımını güçlendirmek zorunda bıraktığını söylüyordu. Bense bizim bir kadına karşılık üç erkek olduğumuzu ve haydutlar saldırırsa kendimizi koruyabileceğimizi söyledim. O zaman bakışlarını üstümüzde gezdirdi, yeğenlerimin çelimsiz bacaklarına, pek nazik görünüşlü adamıma baktı; gözleri, zengin tüccar göbeğime gereğinden fazla takıldı, sonra da kaba bir kahkaha attı. İçimden ona kesin olarak sırtımı dönüp gitmek ve başkasına başvurmak geliyordu ama kendimi tuttum. Başka seçeneğim yoktu. Bir iki hafta daha beklemek, Anadolu'nun ilk büyük soğuklarıyla karşılaşmayı göze almak zorunda kalırdım; üstelik daha sevimli bir eşlikçiye düşeceğim de kesin değildi. O zaman gururumu ayaklar altına alarak göbeğimi tapışladım ve onunla birlikte güler gibi yaptım, sonra da istediği parayı uzattım; otuz iki kuruş – en azından iki bin beş yüz maydin!

Paraları elinde tartarken ağzımdan, mallarımızla birlikte sağ salim hedefe ulaşırsak onu bir iki sikkeyle daha ödüllendirme sözünü almaya çalıştı. Ona hiçbir malımız olmadığını, yanımızda yalnızca özel eşyamız ve erzağımız olduğunu anımsattım; ama yolculuk baştan sona iyi geçerse ona minnettar kalacağımı ve ona göre davranacağımı söylemek zorunda kaldım.

Ertesi gün yola çıkacağız; Salı günü, şafakta. Yaklaşık kırk gün sonra, Tanrı izin verirse, Konstantinopolis'te olmak için.

7 Eylül, Pazartesi

Yolculuğun rahatsızlıkları ardından ve gelecek sıkıntılardan önce bir vaha günü yaşamayı umuyordum: Yalnızca bir dinlenme, serinlik, aylak aylak dolaşma ve dinginlik günü. Ama bu Pazartesi bambaşka şeyler hazırlıyormuş bana: Soluğumun tıkanması, bir korku, ardından bir korku daha ve hâlâ çözemediğim bir esrar.

Sabah erkenden uyanmış ve adresini sakladığım şarap tüccarı bir Ermeniyi aramak üzere handan çıkıp eski tabakhane mahallesine yollanmıştım. Adamı bulmakta hiç güçlük çekmedim ve yol için iki testi Malvoisie aldım ondan. Dükkânından çıkarken ansızın tuhaf bir duyguya kapıldım. Komşu bir evin basamaklı sekisinde birtakım adamlar vardı ve sanki kaçamak bakışlarla bana doğru bakıyorlardı. Birinin gözlerinde bir şey parlamıştı; bir bıçak parıltısı görür gibi olmuştum.

Dar sokaklarda ilerledikçe gitgide daha çok gözlendiğim, izlendiğim, kuşatıldığım duygusuna kapılıyordum. Yalnızca bir izlenim miydi bu? Yanımda yeğenlerim, adamım olmadan tek başıma buralara geldiğime pişman olmuştum. Tehlikeyi sezer sezmez hemen Ermeninin dükkânına dönmediğime de pişmandım. Ama artık çok geçti; adamlardan ikisi önümde yürüyordu ve arkama baktığımda, kaçış yolumu kesen iki adam daha gördüm. Çevremde sokak, sanki bir büyücünün marifetiyle boşalıvermişti. Bir iki saniye önce insanların gelip geçtiği bir yolda gibiydim; tıkış tıkış değildi belki ama boş da değildi. Ve şimdi, kimsecikler yoktu ortada. Sanki bir çöl. Şimdiden bir tarafıma bir bıçağın saplandığını sonra da soyulduğumu görür gibiydim. Yolculuğum burada sona eriyor, dedim kendi kendime, titreyerek. Yardım çağırmak isterdim ama tek ses çıkmıyordu boğazımdan.

Umutsuzca çevreme bakınıp bir kaçış yolu ararken, sağımda bir kapı gözüme ilişti. Son bir hamleyle kulpunu çevirdim; kapı açıldı. Ardında karanlık bir koridor vardı. Orada saklanmak hiçbir işime yaramazdı, boğazlanacağım yeri kendim seçmiş gibi olurdum. İzleyicilerim de içeri girerken ben koridordan geçtim. Ucunda hafifçe aralık başka bir kapı buldum. Vuracak zamanım yoktu, kapıyı omzumla ittim, ve bütün gücümle kendimi içeri attım.

İşte o zaman öyle bir olay meydana geldi ki ancak şimdi gülümseyebiliyorum olup bitene; o sırada en az haydutların bıçakları kadar korkutmuştu beni.

Evde bir düzineye yakın adam vardı; pabuçlarını çıkarmış, yere kapanmış, namaz kılıyorlardı. Ve ben, törenlerini bozmakla, seccadelerini çiğnemekle yetinmedim, ileri atılırken aralarından birinin ayağına takılıp sendeledim ve uzak Cenova batakhanelerinden gelme bir küfür savurarak boydan boya yere kapaklandım. Düşme sırasında iki testi birbirine çarptı, biri kırıldı ve kâfir sıvı, oluk oluk mescidin halıları üstüne yayıldı.

Aman Tanrım! Korkmaya gelene dek, utanmıştım her şeyden önce. Bir iki saniye içinde bunca saygısızlığı, günahı, kabalığı, küfürü biraraya getirmek! Ne söyleyebilirim bu adamlara? Nasıl açıklayabilirim? Hangi sözcüklerle anlatabilirim onlara pişmanlığımı? Ayağa kalkacak gücüm bile kalmamıştı. O zaman ilk sırada duran ve duayı yöneten biri, aralarından en yaşlısı, gelip kolumdan tuttu ve şu şaşırtıcı sözleri söyleyerek kalkmama yardım etti:

"Bağışla bizi ey Efendi, duamızı bitirmeden seninle ilgilenemediğimiz için. Ama zahmet edip şu perdenin arkasına gir ve bizi bekle!"

Düş mü görüyordum? Yanlış mı anlamıştım? Bu nazik tavır beni rahatlatabilirdi, eğer böylesi bir kutsallık çiğneme suçu işleyenlerin genellikle nasıl cezalandırıldığını bilmeseydim. Ama ne yapabilirdim? Yeniden sokağa çıkamazdım; özürlerle ya da yakınmalarla dualarını bozmayı sürdürerek durumumu daha ağırlaştırmak da istemiyordum. Uslu uslu perdenin arkasına geçmekten başka seçeneğim yoktu. Bahçeye bakan küçük bir tepe penceresinin aydınlattığı çıplak duvarlı bir oda vardı orada. Duvara yaslandım, başımı geriye atıp kollarımı kavuşturdum.

Çok beklememe gerek kalmadı. Duaları bittiğinde hepsi birden benim hücreme girdiler ve yarım ay biçiminde çevremi sardılar. Kısa bir süre tek söz etmeden, bakışlarıyla birbirlerine sorular sorarak beni incelediler. Sonra yine önderleri, ilk seferindeki gibi nazik bir tavırla konuştu benimle:

"Eğer Efendi, bizi sınamak için böyle çıktıysa karşımıza, onu kabul etmeye hazır olduğumuzu biliyor artık. Ve eğer yalnızca buradan geçen biriysen, Tanrı niyetlerine göre yargılasın seni."

Ne diyeceğimi bilemeden, sessizliğe büründüm kaldım. Gerçi adam bana herhangi bir soru sormamıştı ama hem onun hem de arkadaşlarının gözlerinde bir bekleyiş uçurumu okunuyordu. Yüzüme gizemli bir ifade yerleştirerek girişe doğru yöneldim; onlar da açılıp gitmeme izin verdiler. Dışarıdaki takipçilerim çekip gitmişlerdi; ben de başka bir sorun çıkmadan hana dönebildim.

Olup bitenler konusunda birilerinin beni aydınlatmasını çok isterdim. Ama başıma gelenlerin hiçbirini yakınlarıma anlatmamayı yeğledim. Yeğenlerim ne denli tedbirsiz davrandığımı öğrenirlerse onlar üstündeki otoritemin sarsılacağını düşünüyordum. Ve bundan sonra her türlü çılgınlığı yapma hakkını göreceklerdi kendilerinde; ben de hiçbir şeyden dolayı onları kınayamayacaktım.

Daha sonra anlatırım onlara. Şimdilik, sırrımı bu sayfalara açmak yetiyor bana. Bir günlüğün görevi de bu değil midir zaten?

Bazen soruyorum kendi kendime: Neden bu örtülü yazıyla tutuyorum bu günlüğü, kimsenin hiçbir zaman onu okumayacağını bildiğime göre? Üstelik kimsenin onu okumasını temenni etmediğime göre? Çünkü hem düşüncelerimi hem de anılarımı netleştirmeye yarıyor bu günlük, onları yol arkadaşlarıma açarak kendime ihanet etmeme gerek bırakmadan.

Başkaları konuştukları gibi yazarlar, ben sustuğum gibi yazıyorum.

8 Eylül, yolda

Hâtem erkenden uyandırdı beni ve hâlâ bitirilecek bir düşüm olduğu duygusu içindeydim. Uykuya doymamıştım, ama Antakya kapısı yakınında kervana katılmak için koşmak gerekti.

Uykumda birileri kovalıyordu beni; ne zaman kurtulduğumu sansam, önümde buluyordum onları; yolumu kesiyor, yırtıcı hayvanlarınkine benzer dişlerini gösteriyorlardı.

Dün yaşadıklarımdan sonra böyle bir düş beni şaşırtamazdı. Buna karşılık beni asıl şaşırtan ve huzurumu kaçıran, uyandıktan sonra da gözetlendiğim duygusunun devam etmesi oldu. Kimdi bu gözetleyenler? Beni soymak isteyen haydutlar mı? Yoksa namazını bozduğum o tuhaf tarikatın üyeleri mi? Kuşkusuz ne birileri, ne de ötekiler peşimdeydi, ama dönüp durmaktan alamadım kendimi.

Umarım günüme asılı kalan bu gece kalıntısı uzaklaşıp gider, ben Halep'ten uzaklaştıkça!

9 Eylül

Bu sabah eski kalıntılarla, kumun ve otların altına gömülmüş kırık sütun başlıklarıyla dolu bir tarlada, çadırlar altında geçirilmiş bir gecenin ardından kervancı, ansızın yanıma gelip yanımdaki kadının gerçekten benim karım olup olmadığını sordu. "Evet" diye yanıtladım, sinirlenmiş gibi görünmeye çalışarak. O da özür diledi; kötü bir şey düşünmediğine ve bunu ona söylediğimi anımsamadığına yeminler etti.

Günün geri kalanında huysuz huysuz, kafamdan geçirip durdum bunu. Bir şeyden mi şüpheleniyordu? Yüze yakın yolcu arasından biri, "dul"u tanımış mıydı? Olmayacak şey değil bu.

Ama belki de kervancı Marta'yla Habib arasında bir konuşmaya, bir kaş göz işaretine tanık olmuştu ve sorusuyla beni uyarmak istemişti.

Bu satırları yazdıkça, kuşkularım yoğunlaşıyor; sanki bu kâğıtlara harfler çizerken, özsaygımın yaralarını da kazıyorum kalemimle...

Bugün tek sözcük yazmayacağım artık.

11 Eylül

Bugün bir olay daha meydana geldi; şu anlatmamak için kendi kendime söz verdiğim kötü olaylardan biri. Ama madem kafamı kurcalıyor, ve başka kimseye açılamıyorum, neden bir iki sözcükle aktarmamalı ki...

Kervan, herkesin bir şeyler yiyip kısa bir öğle uykusu uyuyabilmesi için ve daha sonra serinlikte yola çıkmak üzere durmuştu. Her ağacın altına bir iki yolcu, rasgele dağılmıştık çevreye, kimi oturmuş, kimi yatmış; bir ara Habib, Marta'nın kulağına eğildi ve birşeyler fısıldadı; o da gürültülü bir biçimde gülmeye başladı. Çevredekiler bunu duydular; önce ona döndüler sonra da acıyan bakışlarla bana. Kimileri alçak sesle bir iki gözlem aktardılar birbirlerine; hafif gülümseme ya da öksürüklerin eşlik ettiği, benim duyamadığım bir iki söz.

Bu bakışların beni ne denli zor duruma soktuğunu, yaraladığını, aşağıladığını söylememe gerek yok sanırım! O anda, yeğenimle bir konuşma yapmaya ve ona doğru dürüst davranmasını bildirmeye karar vermiştim. Ama ne diyebilirdim ki ona? Kınanacak ne yaptı ki? Marta'yla beni birbirimize bağlayan yalan bana ayrıcalıklar tanıyormuş gibi davranan ben değil miyim?

Bir anlamda da tanıyor. Madem kervandaki insanlar onu karım gibi görüyorlar, hafif davranmasına izin veremem, onurum yara alır.

Böyle günlüğüme açılmakla iyi ettim. Beni rahatsız eden duyguların nedensiz olmadığını biliyorum şimdi. Sorun kesinlikle kıskançlık değil, onur ve saygınlık sorunu: Yeğenimin ortalık yerde, herkesin karım sandığı kadının kulağına birşeyler fısıldamasını ve onun kahkahayı basmasına neden olmasını kabullenemem!

Bunları yazmak beni sinirlendiriyor mu, yoksa sakinleştiriyor mu diye soruyorum kendi kendime. Belki de yazı, daha iyi söndürmek için alevlendiriyor tutkuları; tıpkı oklara daha iyi hedef olsun diye avı sığınağından çıkaran kışkışçılar gibi.

12 Eylül

İçimden taşan, Habib'le Marta'ya söylev çekme isteğine boyun eğmediğim için mutluyum. Onlara söyleyebileceğim her şey, kıskançlık etkisinde söylenmiş gibi olacaktı. Oysa Tanrı tanığımdır, sözkonusu olan kıskançlık değil! Gülünç duruma düşecektim ve ikisi birden benimle alay edecek, fısıldaşıp güleceklerdi. Saygınlığımı koruyayım derken ayaklar altına almış olacaktım onu.

Bambaşka bir biçimde tepki vermeyi yeğledim ben de. Bu öğleden sonra Marta'dan gelip benim yanımda yol almasını istedim ve bu yolculuğa çıkma nedenlerimi ona anlattım. Belki Habib de biraz çıtlatmıştır, ama bunu hiç belli etmedi, tersine her sözcüğü dikkatle dinledi; gelecek yıl konusunda da pek endişeliymiş gibi gelmedi bana.

Konuşmamıza tumturaklı bir hava vermek istedim; şimdiye kadar Marta'nın aramızdaki varlığına bir oldu bitti gibi bakmıştım; kimi zaman sinir bozucu ya da rahatsız edici, kimi zaman gülünç, eğlendirici, ve az çok yüreğe su serpen bir oldu bitti gibi; bugün ona güvendiğimi göstererek, bir bakıma benimkilerin arasına kabul etmiştim onu.

İyi mi yaptım bilmiyorum, ama konuşmamız bana bir rahatlama duygusu verdi; kendimi iyi hissettim. Sonuç olarak Trablus durağından bu yana küçük grubumuzda süregiden gerilimlerden acı çeken yalnızca ben olmuştum. Terslikle beslenen biri değilim, yolculukta bana eşlik eden yeğenlerim sevgi dolu, yardımcım sadık olsun isterim... Marta'ya gelince, içimin derinliklerinde onun ne olmasını diliyorum, henüz bilmiyorum. Bir tür özenli komşu mu? Bundan fazlası mı? Sadece bu yalnız kalmış erkek arzularına kulak veremem, biliyorum; ama yollarda geçirdiğim her gün, onları biraz daha dinlememe yol açacak. Onu fazla yakınlıkla kuşatmamak için kendimi zorlamam gerektiğini de biliyorum; bu yakınlığın bedenimdeki ve ruhumdaki yandaşlarını da tanımıyor değilim.

Terzinin evini terkettiğimizden bu yana onunla başbaşa, tek bir gece geçirmedim. Kimi zaman çadırda, kimi zaman bir handa, ama hep beşimiz birarada ya da başka yolcularla birlikte uyuduk. Başka türlü olması için hiçbir şey yapmadıysam da, arasıra istiyorum onunla yalnız kalmamı zorunlu kılacak yeni bir durumun ortaya çıkmasını.

Gerçeği söylemek gerekirse, hiç durmadan bunu istiyorum.

13 Eylül

Yarın Haç bayramı ve bu akşam, bununla ilgili ciddi bir tartışmaya giriştim kervancıyla.

Geceyi geçirmek için İskenderun yakınlarında bir handa durmuştuk; bacaklarımın uyuşukluğunu gidermek için avluda biraz dolaşmaya çıkmıştım, ansızın bir konuşmaya tanık oldum. Yolculardan biri, şivesinden Halepli, yamalı giysilerinden de oldukça yoksul olduğunu tahmin ettiğim çok yaşlı bir adam, kervancıya yarın saat kaçta yola çıkacağımızı soruyordu; çünkü Haç kilisesinde, kısacık da olsa biraz zaman geçirmek istiyordu ve ona göre Gerçek Haç'ın bir parçası bu kilisedeydi. Adam mahcup bir edayla, hafifçe kekeleyerek konuşmuştu. Bu da sanırım bizim kervancıyı büyüklenmeye itti; çok tepeden bir tavırla adama, günün ilk ışıklarında yola çıkacağımızı, kiliselerde yitirecek zamanımız olmadığını, ille de bir tahta parçası görmek istiyorsa şu yerdekini alabileceğini söyledi – ve yerde duran çürümüş bir kök parçasını gösterdi.

O zaman ben de onlara yaklaştım ve yüksek sesle, Haç bayramında yapılacak ayine katılabilmem için İskenderun'da bir iki saat daha geçirmemiz gerektiğini söyledim.

Kervancı beni duyunca yerinden sıçradı, çünkü kendini yaşlı adamla yalnız sanıyordu. Bir tanık önünde böyle konuşmazdı sanırım. Yine de kısa bir kararsızlıktan sonra, güveni yerine geldi ve bana –öbür zavallıya yaptığından daha terbiyelice de olsa– yola çıkma saatini geciktirmenin olanaksız olduğunu, öbür yolcuların şikâyetçi olacağını söyledi. Giderek bunun tüm kervana zararı dokunacağını ekledi ve bir tazminat ödemek zorunda kalacağımı anıştırdı üstü kapalı biçimde. O zaman ben de sesimi yükselttim, kutsal ayinin sonuna dek beni beklemelerini kesinlikle istediğimi söyledim; durumu Konstantinopolis'teki Ceneviz elçisine, belki de Bâb-ı Âlî'ye şikâyet etme tehdidini savurdum.

Bunu söylerken kendimi tehlikeye atıyordum biraz. Bâb-ı Âlî'ye çıkma olanağım yok; Ceneviz elçisinin de şu aralar pek bir etkisi kalmadı. Geçen yıl o da kimi aşağılamalarla karşılaştı; beni koruması ya da benden özür dilenmesini sağlaması oldukça zor. Tanrı'ya şükür, kervancının bunlardan haberi yoktu. Tehditlerime önem vermemeyi göze alamadı ve bocaladığını hissettim. Yalnız olsaydık, kuşkusuz durumu yumuşatmaya çalışırdı. Ama şimdi çevremizde, yükselen seslerimizle ayaklanmış yolculardan bir çember oluşmuştu ve onların önünde rezil olmadan geri adım atamazdı.

Ansızın bir yolcu yaklaştı ona. Başına, sanki bir kum fırtınasının ortasındaymış gibi yeşil bir atkı sarmıştı. Elini kervancının omzuna koydu ve birkaç saniye hiçbir şey söylemeden ona bakarak durdu – belki de alçak sesle benim duymadığım bir şey söyledi. Sonra da ağır adımlarla uzaklaştı.

O zaman rakibim, onuru kırılmış, canı yanmış gibi bir yüz ifadesiyle yere tükürdü ve kararını bildirdi:

"Bu adam yüzünden, yarın yola çıkmayacağız!"

"Bu adam" bendim. Kervancı, parmağını bana doğru uzatırken suçluyu gösterdiğini düşünüyordu; ama oradaki herkes, galibi göstermekte olduğunu anlamıştı.

Zaferimden hoşnut muyum? Evet hoşnutum, çok sevindim; hem tatmin oldum, hem gurur duyuyorum. Halepli yaşlı Hıristiyan, gelip bana teşekkür etti ve dindarlığımı övdü.

Ona yanıldığını söylemek istemedim ama yaptığım işin dindarlıkla hiçbir ilişkisi yok. Dindarlık değildi beni yönlendiren, dinle hiç ilişkisi olmayan bir tedbirlilikti. Sıradan zamanlarda kiliseye çok ender giderim; Haç bayramını kutlamam; kutsal kalıntıların değeri, akçe değeri kadardır benim için; ama dinimin ve ulusumun simgelerine böyle hakaret edilmesine izin verseydim, bundan sonra kimse saygı göstermezdi bana.

Tıpkı Marta için olduğu gibi. İster gerçekte karım olsun, ister görünüşte, onurum artık ona bağlı ve onurumu korumak zorundayım.

14 Eylül, Haç bayramı

Dünkü olayı düşünmeden edemiyorum. Böyle ateşli bir tepki vermem çok enderdir ve karnımda bir sıkışma hissediyorum şimdi, ama gözüpek davranışımdan pişman değilim.

Dün anlattıklarımı okurken yüreğimin ne denli hızlı attığını yeterince söylemediğimi farkediyorum. Aramızda uzun birkaç saniye süren bir bilek güreşi oldu; kervancı bu süre içinde, dediğim kadar güçlü arkalarım olup olmadığını soruyordu kendi kendine, bense rezil olmadan bu çatışmadan hangi yoldan kurtulacağımı düşünüyordum. Doğaldır ki adamın gözlerine bakmak, söylediklerimden emin olduğumu hissettirmek ve zayıflığımı farketmesini engellemek zorundaydım.

Öte yandan, öyle bir an geldi ki korkmadım artık. Tüccar ruhumdan sıyrılıp bir hayvan terbiyecisi ruhuna büründüğüm andı bu. Görünmesiyle yitmesi bir olsa da gurur duyuyorum bu andan.

Benim istencim mi aldı sonucu? Başı sarılı Arabın araya girmesi mi? Belki de ona teşekkür etmem gerek... Dün ona gitmek istemedim, sırf benim zor durumda olduğum ve onun araya girerek beni kurtardığı düşünülmesin diye. Bugün gözlerim onu aradı; ama bulamadım.

Durmadan onu düşünüyorum; şu an bir bilek güreşine tutuşmadığım, bu defter bir er meydanı, çevremde de bir izleyici kalabalığı olmadığına göre artık yazabilirim, bu adam araya girdiğinde çok büyük bir rahatlama yaşadığımı, zaferimin biraz da onun olduğunu ve kendimi ona borçlu hissettiğimi.

Ne demiş olabilir kervancıyı böyle dize getirmek için?

Yeğenlerim, yardımcım, "dul" ve başka bir düzine yolcuyla Haç kilisesine gittiğimi yazmayı az daha unutuyordum. Marta ilk kez renkli bir giysi giymişti; genç kızlığında, berber babasıyla bayram günleri Cübeyl kilisesine giderken giydiğini gördüğüm, yakası kırmızı şeritli mavi giysi vardı üstünde. Bu yolculuk için bize katıldığı günden beri hep karalar giymişti; bir meydan okumaydı bu, çünkü kara, kayınlarının ona yasakladığı renkti. Ve artık meydan okumanın gereksiz olduğunu düşünmüş olmalıydı.

Tüm ayin boyunca herkes ona baktı, kimileri kaçamak bakışlarla, kimileri ısrarla; ve bu bakışlar –Tanrı tanığımdır!– ne bir sıkıntı ne bir kıskançlık doğurdu içimde.

16 Eylül

Meymûn Toleitli adında Halepli bir Yahudi kuyumcu, bu sabah gelip beni buldu. Çok bilgili biri olduğumu duymuştu ve beni tanıma arzusuyla yanıp tutuşuyordu. Neden daha önce gelmediğini sordum. Sıkıntıyla sustu bir an. Haç bayramını geçirmek istediğini anladım hemen; gerçekten de dindaşlarımın bazıları, bu kutsal günde bir Yahudiye rastlarlarsa kindar görünmek zorunda olduklarını sanıyorlar; sanki bu haklı bir intikam eylemiymiş, çok dindarca bir davranışmış gibi.

Uygun sözlerle ona benim böyle biri olmadığımı anlattım. İskenderun'da bir gün kalmamızı istediysem bunu, dinimi başkalarınınkinin üstüne çıkarmak için değil, yalnızca bana saygı gösterilmesini sağlamak için yaptığımı açıkladım.

"İyi ettiniz" dedi. "Ne yapalım, dünya böyle..."

"Dünya böyle" diye yineledim. "Başka türlü olsaydı, inançlarımdan çok kuşkularımı söylerdim ben."

Gülümsedi ve sesini alçaltarak şunları söyledi:

"Din kindar olduğunda, hamdolsun kuşku duyanlara!"

Ben de gülümsedim ve sesimi alçalttım:

"Hepimiz, yolunu yitirmişleriz."

Ancak beş dakikadır birbirimizle konuşuyorduk ve daha şimdiden kardeş gibiydik. Hiçbir dinin doğuramayacağı, hiçbirinin de yok edemeyeceği o düşünce ortaklığı vardı fısıldaşmalarımızda.

17 Eylül

Bugün kervancımız bizi alışılmış yoldan ayırıp İskenderun körfezi kıyısına götürmeye karar verdi. Bir falcı kadının Çarşamba günü belirli bir yerden geçmesini kesinlikle yasakladığını; bunu yapmazsa boğazlanabileceğini ve neden olduğum gecikmenin onu yol değiştirmeye zorladığını söyledi. Yolcular karşı çıkmadılar – ne diyebilirlerdi ki zaten? Bir kanıt tartışılabilir, bir körinanç tartışılmaz.

Yeni bir olaya neden olmamak için hiçbir şey söylemek istemedim. Ama bu dolandırıcının, kervanın yolunu bir dalavere için değiştirdiğinden kuşkulanıyorum. Üstelik bizi götürdüğü köyün sakinlerinin çok kötü bir şöhreti var. Gemi batırıp soyan haydutlar, kaçakçılar!.. Hâtem ve yeğenlerim türlü söylentiler aktarıyorlar bana. Onlara dikkatli olmalarını öğütlüyorum...

Yardımcım çadırı kurdu, ama yatmak için acele etmiyorum. Marta tek başına dibe, yanlamasına uzanacak; ve biz dört erkek, yanyana, kafalarımızın tepesini ona döndürerek yatacağız. Bütün gece onu görmeden kokusunu duyacak, soluk alışını dinleyeceğim. Kimi zaman ne büyük işkencedir bir kadının varlığı!

Uykumun gelmesini beklerken bir kamp lambasının ışığında üç beş satır yazmak üzere bir taşın üstüne oturmuştum ki Meymûn'u gördüm. O da uyumak için acele etmiyordu; birlikte kumsalda yürüyüşe çıktık. Dalgaların şıpırtısı gizli şeyler konuşmaya her zaman çok elverişlidir ve ben, Halep'te yaşadığım tuhaf macerayı ayrıntılarıyla ona anlattım. Bu kentte oturduğuna göre bir açıklaması olmalıydı. Gerçekten de, beni şimdilik tatmin eden bir açıklama yaptı.

"O insanlar senden, senin onlardan korktuğundan daha fazla korkuyorlardı" diyerek söze başladı, "onlara zulmeden yetkililerden gizli yapıyorlar tapınmalarını. İsyan ve itaatsizlikle suçlanıyorlar.

"Oysa Halep'te herkes, onların varlığından haberlidir. Karşıtları, alay ederek 'Sabırsızlar' diye adlandırmıştı onları; ama bu ad hoşlarına gitti ve bugün ona sahip çıkıyorlar. Onlara göre Tanrı'nın yeryüzündeki son temsilcisi, gizli imam, artık aramızdadır ve saati, zamanı geldiğinde, inananların acılarına son vermek üzere ortaya çıkmaya hazırlanmaktadır. Başka gruplar, imamın ortaya çıkacağı zamanı, uzak ya da yakın, az çok belirsiz bir geleceğe yerleştiriyorlar; oysa Sabırsızlar, bunun çok yakın olduğundan eminler; kurtarıcı onlara göre şu anda burada, Halep'te, Konstantinopolis'te ya da başka bir yerde; dünyayı dolaşıyor, gözlüyor ve sır perdesini yırtmaya hazırlanıyor.

"Ama, diye kendi kendilerine soruyor bu insanlar, eğer

karşılaşırlarsa nasıl tanıyacaklar onu? Hep bunu tartışıyorlarmış aralarında, bana söylendiğine bakılırsa. Madem ki imam saklanmaktadır ve düşmanları tarafından tanınmamalıdır, onu en beklenmedik kılıklarda bulmaya hazır olmak gerekir. O ki dünyanın tüm zenginliklerinin kalıtçısı olacak bir gün, partallar içinde gelebilir; o ki tüm bilgelerden daha bilgedir, bir deli görüntüsünde çıkabilir karşılarına; o ki tepeden tırnağa dindarlık ve inançtır, tüm kutsallıkları hiçe sayabilir. Bu nedenle bu adamlar, dilencilere, delilere ve günahkârlara saygı göstermeye zorluyorlar kendilerini. Ve sen, namaz vakti gelip onlara bir küfür savurduğunda, sonra da seccadelerine şarap döktüğünde, onları sınadığını düşündüler. Kuşkusuz emin değillerdi; ama sen o Beklenen olabilirdin ve seni kötü karşılama tehlikesini göze alamazlardı.

"İnançları, herkese iyi davranmaya zorluyor onları, Yahudi ya da Hıristiyan olsa bile; çünkü imam, farklı bir dinin kılığına da girebilir. Giderek onlara zulmedene bile iyi davranmak zorundalar, çünkü bu da olası kılık değiştirmelerden biri..."

Ama herkese çok iyi davranıyorlarsa neden izleniyor, neden zulüm görüyordu bu insanlar? "Çünkü tüm tahtları devirecek, tüm yasaları ortadan kaldıracak olanı bekliyorlar."

Bu tuhaf müritlerden söz edildiğini hiç duymamıştım... Oysa, dedi Meymûn, uzun zamandır var bu tarikat. "Ama sayılarının gittikçe arttığı, gittikçe daha coşkulu oldukları doğru; daha tedbirsiz oldukları da. Çünkü ortalıkta kıyamet söylentileri dolaşıp duruyor ve zayıf ruhlu insanlar kapılıyor bunlara..."

Bu son sözler canımı acıttı. Yeni dostumun kınadığı şu "zayıf ruhlular"dan biri mi oldum ben de? Arasıra dikilip körinanca, aptallığa lanet okuyorum, bir küçümseme ya da acıma gülümsemesi biçimleniyor dudaklarımda... oysa ben, kendim *Yüzüncü Ad*'ın peşindeyim!

Peki yoluma çıkan işaretlerin sayısı arttıkça nasıl koruyacağım aklımı ben? Halep'te yeni başıma gelen olay, bu açıdan, en şaşırtıcılarından biri değil mi? Tanrı ya da başka bir görünmez güç, şaşkınlığımı güçlendirmeye çalışıyor gibi görünmüyor mu?

18 Eylül

Meymûn bugün bana, gidip Amsterdam'da, Birleşik Eyaletler'de yaşamayı düşlediğini söyledi.

Önce bir kuyumcu gibi konuştuğunu ve bu uzak diyarda yontacak daha güzel taşlar, daha zengin müşteriler bulmayı umduğunu sandım. Ama bir bilge gibi konuşuyordu, özgür biri ve yaralı biri gibi.

"İnsanın yaşamı, malı mülkü ve saygınlığı için endişe etmeden 'ben Yahudiyim' diyebileceği tek kent olduğunu söylediler bana – tıpkı başkalarının kendi ülkelerinde rahatça 'ben Hıristiyanım', 'ben Müslümanım' diyebildiği gibi."

Biraz daha sorgulamak istiyordum onu ama bu birkaç sözcüğü söylerken öyle heyecanlanmıştı ki boğazı sıkışmış, gözleri yaşla dolmuştu. Ben de hiçbir şey söylemedim ve sessizlik içinde yürüdük yanyana.

Daha sonra yolda, sakinleştiğini gördüğümde, elimi koluna koyup şöyle dedim ona:

"Günün birinde, Tanrı isterse, tüm yeryüzü Amsterdam olacak."

Acılı bir gülümseme belirdi yüzünde.

"Senin saf yüreğin bu sözleri söyleten. Dünyanın uğultusu başka şeyler söylüyor, bambaşka şeyler..."

Tarsus'ta, 21 Eylül Pazartesi gününün şafağında

Her gün saatlerce konuşuyorum, konuşuyorum Meymûn'la; servetim, ailem üstüne sırlar veriyorum. Ama iki konu var ki, onları açıkça ele almayı hâlâ hiç canım istemiyor.

Birincisi, beni bu yolculuğa çıkmaya iten gerçek nedenler; bu konuda yalnızca Konstantinopolis'ten bazı kitap alımları yapmak istediğimi söyledim, o da hangileri olduğunu sormama inceliğini gösterdi. İlk konuşmamızdan başlayarak kuşkularımız bizi birbirimize yaklaştırdı, ve bilgelikle usa duyduğumuz bir tür sevgi. Şimdi kalkıp da ona bayağı inançlara ve ortak korkulara boyun eğdiğimi söylersem gözündeki tüm saygınlığımı yitirebilirim. Yolculuğun sonuna dek koruyacak mıyım bu sırrı? Belki de hayır. Belki öyle bir an gelecek ki, dostluğumuza zarar vermeden tüm sırlarımı açabileceğim ona.

İkinci konu Marta'yla ilgili. O konudaki gerçeği dostuma açmamı birşeyler engelledi.

Alışkın olduğum gibi, doğru olmayan hiçbir şey söylemedim; dudaklarımdan bir kez bile "karım" ya da "eşim" sözcükleri çıkmadı; ondan söz etmemeyi yeğliyorum ya da arasıra onu anmak gerektiğinde belirsizlikte kalıyorum, bu ülke insanlarının aşırı bir utanma duygusuyla çoğu kez yaptığı gibi "benimkiler" ya da "yakınlarım" demeyi yeğliyorum.

Yalnızca bir kez, sanırım aştım "inanmaya bırakmakla"la "inandırmak" arasındaki görünmez çizgiyi. Ve biraz pişmanım buna.

Aziz Pavlos'un vatanı Tarsus'a yaklaşırken Meymûn, kentte çok sevdiği bir kuzeni olduğunu, yolcuların geri kalanıyla kervansarayda yatmaktansa onun evinde uyumayı yeğlediğini, "karım"la ben, yeğenlerim ve yardımcımla birlikte geceyi onunla aynı çatı altında geçirirsek bundan onur duyacağını söyledi.

Çağrıyı geri çevirmeli ya da en azından onun ısrar etmesini beklemeliydim. Ama o anda ağzımdan, hiçbir şeyin beni bu kadar mutlu edemeyeceği yanıtı çıktı. Meymûn bu aceleye şaşırdıysa da bunu belli etmedi, tersine böylesi bir dostluk gösterisinin onu çok sevindirdiğini söyledi.

Ve o akşam, kervan kente ulaştığında hepimiz, Eleazar adlı bu kuzenin evine yollandık. Oldukça yaşlı ve çok zengin bir adamdı Eleazar; dut ve zeytin ağaçları dikili bir bahçede yükselen iki katlı evi buna tanıklık ediyordu. Yağ ya da sabun ticareti yapıyordu sanırım; ama işlerimizden değil yalnızca özlemlerimizden söz ettik. Adam, doğduğu kent Musul'u yücelten şiirler okuyordu, durup yorulmak bilmeden; sokaklarını, çeşmelerini, renkli insanlarını ve çocukluğunda yaptığı budalalıkları anımsıyordu gözlerinde yaşlarla; karısının büyükbabasının kurduğu zengin bir işi devralmak zorunda kalınca Musul'dan ayrılıp buraya, Tarsus'a gelmiş ama bu ayrılığın acısını hiçbir zaman teselli bulamamıştı.

Bize yemek hazırlandığı sırada kızını çağırdı ve Marta'yla bana odalarımızı göstermesini istedi. İşte o zaman, aktarmak zorunda olduğum biraz kaba bir sahne geçti aramızda.

Meymûn'un davetini haber verdiğimden bu yana yeğenlerimin, özellikle de Habib'in diken üstünde oturduklarını farketmiştim. Eve girince bu daha da arttı. Çünkü burasının uyumak için beşer altışar tıkıştırılacağımız bir yer olmadığı daha ilk bakışta belliydi. Eleazar, kızından "konuğuyla karısının" odalarını göstermesini istediğinde Habib kıpırdandı ve uygunsuz birşeyler söyleyeceği izlenimine kapıldım. Bunu yapar mıydı bilmiyorum. Ama o an öyle bir izlenime kapıldım; bir rezalet çıkmasını önlemek amacıyla öne atıldım ve evsahibimize onunla ayrı bir yerde bir iki kelime konuşmak istediğimi söyledim. Habib, güvenli bir edayla hafifçe gülümsedi – sonunda yola gelen dayısı Baldassare'nin yeni bir "can sıkıcı" gece geçirmemek için bir bahane bulacağını düşünüyordu herhalde. Tanrı bağışlasın, niyetim hiç de bu değildi.

Evsahibimizle bahçeye çıktığımızda şöyle dedim ona:

"Meymûn benim için bir kardeş gibi oldu ve sizi, onca sevdiği kuzenini de şimdiden bir dost gibi görüyorum. Yalnızca böyle ansızın, dört kişiyle size gelmek rahatsız ediyor beni..."

"Bilin ki ziyaretiniz yüreğimi ısıtıyor ve dostluğunuzu belirtmenin en iyi yolu, kendinizi evimin çatısı altında rahat hissetmeniz, kendi evinizde gibi hissetmenizdir."

Bu cömertçe sözleri sıralarken bir yandan da bakışıyla tartıyordu beni; biraz şaşırmıştı ve büyük olasılıkla sıradan terbiye alışkanlıkları dışına çıkmayan bunca olağan bir şeyi söylemek için neden onu kaldırıp dışarı çıkartmak gereğini duyduğumu soruyordu kendi kendine; belki de evinde yatmamam için itiraf edemediğim başka –kuşkusuz onun diniyle ilgili– bir nedenim olduğunu düşünmüştü; ve gitmek için ısrar etmemi bekliyordu. Ama çabucak boyun eğdim ve konukseverliğinden ötürü teşekkür ettim ona. Ve birlikte kolkola, ikimizin de yüzünde ciddi bir gülümsemeyle döndük salona.

Evsahibimizin kızı yeniden mutfağa dönmüş, bu arada hizmetçilerden biri soğuk içecekler ve kuru yemişler getirmişti.

Eleazar ondan, her şeyi olduğu gibi bırakıp yeğenlerime üst kattaki odalarını göstermesini istedi. Daha sonra kızı yalnız başına geri geldi; ona da yeniden, "karımla" beni odamıza götürmesini söyledi.

İşte böyle oldu her şey. Sonra yemek yedik. Ardından da herkes yatmaya gitti. Benim dışımda. Dışarı çıkıp bir iki adım yürümek istediğimi, böyle yapmazsam uykumun gelmediğini söyledim; Meymûn'la kuzeni de bana eşlik ettiler. Yeğenlerimin, Marta'yla benim aynı odaya çıktığımızı görmelerini istemiyordum.

Oysa onunla birlikte olmak için acele ediyordum; bir iki dakika sonra yanına gittim.

"Evsahibimizle bir kenara çekildiğinde, ona itiraf edeceğini düşündüm, ikimizle ilgili..."

Konuşurken yüzüne bakıyordum, bir sitem mi, yoksa bir rahatlama mı dile getirdiğini anlamak için.

"Davetini geri çevirirsek onu incitirdik sanıyorum" diye yanıtladım onu. "Çok kızmadın umarım..."

"Alışmaya başladım" dedi.

Ne sesinde, ne yüz çizgilerinde en ufak bir hoşnutsuzluk belirtisi vardı. Ne de en ufak bir çekinme belirtisi.

"Öyleyse uyuyalım!"

Bu sözleri söylerken kolumla omzuna sarıldım, tıpkı bir gezintiye çıkar gibi.

Böyleydi işte yanında geçirdiğim geceler, tıpkı ağaçların altında bir genç kızla yapılan gezintiler gibi, hani eller birbirine değdiğinde insanın ürperdiği zamanlar... Böyle yanyana yatıyor olmak ikimizi de utangaç, kibar, ölçülü hale getiriyor. Oysa bu durumda yatarken bir öpücük çalmak daha ince bir davranış olmaz mı?

Ne tuhaf kur yapıyorum ona! Ancak ikinci buluşmada elini tutabilmiş ve karanlıkta kızarmıştım. Bu üçüncü buluşmada kolumla omzuna sarıldım. Ve yine kızarıyorum.

Başını kaldırdı, saçlarını açtı ve çıplak kolumun üstüne kapkara yaydı. Sonra da tek söz söylemeden uyudu.

Yeniden, yeniden tatmak istiyorum bu henüz tam biçimlenmemiş hazzı. Onu hep bu kadar lekesiz bırakmak istediğimden değil. Ama bu birkaç anlama çekilebilir komşuluktan, bu genişleyen suçortaklığından, bu tatlı acılarla örülü arzudan, kısacası üstünde birlikte yürüdüğümüz yoldan bıkmadım henüz; gizlice sevinçliyim ve her seferinde Tanrı'nın bizi birbirimize ittiğini düşünüyorum. Bu oyunu çok seviyorum ve tepelerin ötesine geçmek istediğimden emin değilim.

Tehlikeli bir oyun bu biliyorum. Her an ateş bacayı sarabilir. Ama o gece, nasıl da uzaktı dünyanın sonu!

22 Eylül

Ne yaptım bunca kınanacak? Tarsus'ta dün gece, terzinin köyünde geçirdiğimiz iki gecedekinden fazla ne oldu? Nedense benimkiler yapılmaması gerekeni yapmışım gibi davranıyorlar bana. Hepsi de bakışlarını kaçırıyorlar. Önümde, sanki artık yokmuşum gibi hep alçak sesle konuşan yeğenlerim. Yardımcım Hâtem bile; gerçi efendisinin çevresinde dört dönen her uşak gibi dönüp duruyor çevremde. Ama tavrında, edasında, hareketlerinde özenti bir şeyler, aşırı bir saygı gösterisi var; ve bütün bunlardan kapalı bir kınama kokusu alıyorum. Marta bile benden kaçıyor sanki; suçortağı görünmek istemezmiş gibi.

Neyin suçortağı, yüce Tanrım! Beni suçlayanların yazdığı bu komedyada rolümü oynamaktan başka ne yaptım ki? Ne yapmalıydım? Bütün yol arkadaşlarımıza, öncelikle de kervancıya bu kadının benim karım olmadığını mı söylemeliydim, kovulsun ve hakaret görsün diye! Ya da terzi Abbas'a, sonra da Meymûn'a ve kuzenine Marta'nın benim karım olduğunu ama onun yanında yatmak istemediğimi mi söylemeliydim; hepsinin aklına olmayacak sorular gelsin diye! Onurlu bir adamın yapması gerekeni yaptım ben: Ondan yararlanmadan "dul"u korudum. Bu gülünç durumdan bir avuntu çıkarıyor, ince bir tad alıyorsam bu bir suç mu? Bütün bunları söyleyebilirdim onlara, kendimi temize çıkarmak isteseydim, ama hiçbir şey söylemeyeceğim. Damarlarımda akan Embriaci* kanı, susmamı söylüyor bana. Suçsuz olduğumu ve sevgi dolu elimin lekesiz kaldığını bilmek bana yeter.

Suçsuz, belki de doğru sözcük değil. Beni bunaltan bu sümüklülere hak vermesem de, bu sayfaların gizliliği içinde, başıma gelenleri biraz arandığımı kabul etmem gerek. Dış görünüşlerden yararlandım biraz; şimdi dış görünüşler benden yararlanıyor. İşte gerçek bu. Yeğenlerimin önünde örnek davranışlar sergileyeceğime, bir oyuna kapıldım gittim, arzunun, iç sıkıntısının, yol sarsıntılarının, kendini beğenmişliğin etkisiyle – kimbilir daha nelerin? Biraz da günün havasının, Canavar'ın yılının havasının etkisiyle. Dünyanın batmak üzere olduğu hissedildiğinde birşeylerin ayarı bozulur, insanlar ya en koyu sofuluğa ya da en yoğun sefahate dalar giderler. Bana gelince, Tanrı'ya şükür bu uç noktalara gelmedim henüz; ama sanırım yavaş yavaş uygun davranış ve saygınlık duygularımı yitirmeye başladım. Marta'ya karşı tutumumda, her aşamada büyüyen bir saçmalık izi yok mu? Evsahibimin ve kuzeninin cömertliklerini kötüye kullanarak, karım olduğunu söylediğim bir kadınla aynı yatakta yatmayı olağan bir şey gibi görmeye itmiyor mu bu beni, aynı çatı altında benim yalan söylediğimi bilen dört kişi daha uyurken? Ne kadar daha sürdürebilirim bu felakete giden yolda yürümeyi? Ve nasıl Cübeyl'de yeniden yaşamaya başlayabilirim, bu iş orada da duyulursa.

İşte böyleyim ben! Yazmaya başlayalı çeyrek saat oldu ve daha şimdiden beni eleştirenlere hak vermeye hazırlanıyorum. Neyse ki bunlar yalnızca yazı, birbirine girmiş, kimsenin okumayacağı karınca duaları.

Yanımda büyük bir mum var. Balmumu kokusunu severim ben; hem düşüncelere dalmak, hem de sırlarını açmak için elverişli bir kokudur. Yere oturmuş, sırtımı duvara dayamışım, defterim dizlerimin üstünde. Arkamdan, rüzgârın şişirdiği bir perdeyle örtülü pencereden, avludaki atların kişnemesi, arasıra da sarhoş askerlerin gülme sesleri geliyor. Konya yolunda, Toros yamaçlarının ilk hanındayız; her şey yolunda giderse sekiz on

* Embriaci: İtalyancada "Embriaco" adının çoğul durumu. (Ç.N.)

gün sonra varacağız bu kente. Önümde benimkiler, hepsi bir yana dağılmış, uyuyorlar ya da uyumaya çalışıyorlar. Böyle gözümü alamadan bakınca, kızamıyorum artık onlara; ne kızkardeşimin kendi çocuğum gibi gördüğüm oğullarına, ne kendince beni kınasa da hizmette kusur etmeyen yardımcıma, ne de gittikçe daha az yabancı olan bu yabancı kadına.

Bu Pazartesi gününün sabahında, bambaşka bir ruh hali içindeydim oysa. Yeğenlerime bağırıp çağırdıktan, "dul"u ihmal ettikten, Hâtem'e gereksiz yirmi iş yükledikten sonra Meymûn'un yanında sakin sakin bineğimi sürmek için uzaklaşmıştım onlardan. Ona gelince, akşamkinden farklı bir gözle bakmıyordu bana – ya da kervan harekete geçtiğinde bendeki izlenim böyleydi.

Tarsus'tan çıkarken önümüzde yürüyen bir yolcu, parmağıyla eski bir kuyunun yanında bir kulübe yıkıntısı gösterdi ve Aziz Pavlos'un burada doğduğunu söyledi. Meymûn kulağıma eğilip bundan iyice kuşku duyduğunu, İsa'nın havarisinin Bünyamin soyundan ve zengin bir aileden geldiğini, keçi kılı çadır dokuma tezgâhlarına sahip olduğunu anımsattı.

"Ailesinin evi, en az kuzenim Eleazar'ınki kadar büyüktü herhalde."

Kendisinin olmayan bir dinle ilgili bilgilerinin genişliği karşısında şaşkınlığımı belirttiğimde, alçakgönüllü davrandı.

"Yalnızca bir iki kitap okudum; cahilliğime bir sınır koymak için."

Ben de gerek mesleğim, gerekse merakım nedeniyle birkaç kitap okumuştum, hem günümüzün değişik dinleri, hem de Romalıların ve Yunanlıların eski inanışları üstüne. Ve bir bir, bunların değerli yanlarını karşılaştırmaya başladık, doğal olarak hiçbirimiz öbürünün dinini eleştirmeden.

Yalnızca konuşma sırasında, bana göre Hıristiyanlığın en güzel öğütlerinden birinin "Komşunu kendin gibi seveceksin" olduğunu söylediğimde Meymûn'un yüzünde bir kararsızlık sırıtması farkettim. Hem dostluğumuz, hem de ortak kuşkularımız adına, derinlerdeki düşüncesini açıklaması için yüreklendirdiğimde şunları itiraf etti:

"Bu öğüt, ilk bakışta kusursuz görünüyor; üstelik İsa tarafından yinelenmeden önce de, benzer sözcüklerle Levililer'in on dokuzuncu bölümünün on sekizinci ayetinde yer alıyordu. Yine de bende bazı kararsızlıklar yaratıyor..."

"Ne kusur buluyorsun onda?"

"İnsanlarının çoğunun kendi yaşamlarıyla ne yaptıklarını, zekâlarını nasıl kullandıklarını gördükçe, beni kendileri gibi sevmelerini istemek gelmiyor içimden."

Onu yanıtlamak istiyordum ama elini kaldırdı.

"Dur, çok daha endişe verici bir şey daha var bana göre. Kimi insanların bu öğüdü yücegönüllülükten çok küstahlıkla yorumlamasını önlemek hiçbir zaman mümkün olmayacak: Senin için iyi olan, başkaları için de iyidir; gerçek senin elindeyse, yolunu yitirmiş koyunları doğru yola getirmen gerekir, hangi yolla olursa olsun... Atalarımın bir vakitler Toledo'da yaşamak zorunda kaldığı zorunlu vaftizler, bu yüzdendi işte. Biliyor musun, bu tümceyi, koyunlardan çok daha sık, kurtların ağzından duydum ben; bu yüzden de güvenmiyorum, kusura bakma..."

"Sözlerin beni şaşırtıyor... Sana hak vermeli miyim, vermemeli miyim bilmiyorum, düşünmem gerekiyor... Bu sözün, en güzeli olduğunu düşündüm ben her zaman..."

"Tüm dinlerin en güzel sözünü arıyorsan, bir insan ağzından çıkmış en güzel sözü, aradığın bu değil. Başka bir söz; ama onu da İsa söylemiş. Kutsal Kitap'tan da almamış, yalnızca yüreğini dinlemiş."

Hangisiydi bu söz? Bekliyordum. Meymûn, alıntısına tumturaklı bir hava vermek için bir an bineğini durdurdu:

"Ona ilk taşı, hiç günah işlememiş olan kişi atsın!"

23 Eylül

Meymûn'un dün andığı tümcede Marta'ya yönelik bir ima var mıydı? Bütün gece bunu sorup durdum kendime. Bakışında hiçbir kınama yoktu belki, ama çok incelikli bir konuşma çağrısı sezilebilirdi. Üstelik neden susuyordum ki? Mesih'in sözü, arkadaşımın gözünde bağışlıyordu beni: İşlemiş olabileceğim azıcık günahı ve kimi şeyleri söylemeyerek yaptığım yalancılığı.

Böylece bu sabahtan tezi yok, her şeyi söylemeye karar verdim ona: Marta kim, neden bizimle birlikte, hangi ilişkiler oldu aramızda, hangi ilişkiler olmadı. Eleazar'ın evindeki biraz tuhaf olaydan sonra, hiçbir şey saklamama konusunda acele davranmalıydım, yoksa arkadaşlığımız zarar görebilirdi. Ayrıca her aşamada gittikçe daha karmaşık hale gelen bu işte, ölçülü ve anlayışlı bir dostun öğütlerine gereksinimim olacaktı.

Öğüt faslına gelince, ısrarıma karşın bugün hiç cömert davranmadı bana; yalnızca yolculuk başından bu yana yapıp ettiklerimde hiçbir değişiklik yapmamamı önerdi. Durumu yoğun biçimde düşünmeye ve aklına, ufukta görünen sarsıntılardan kaçınmamı sağlayacak bir düşünce gelirse bunu bana bildirmeye söz verdi.

Sevindiğim şey, bunca ikiyüzlülük için, bu yarıyalanlarım için bana kızmamış olması. Tersine olan biten onu eğlendiriyor sanki. Marta'yı daha büyük bir saygıyla, sanki gizli bir hayranlıkla selamlıyor gibi geldi bana.

Davranışıyla yürekliliğini kanıtlıyor gerçekten de bu kadın. Sürekli kendimi düşünüyorum ben, kendi sıkıntımı, özsaygımı; oysa bir iki kötü niyetli ya da kıskanç dedikodudan başka ne gelebilir ki başıma? Ama o, bu küçük oyunda her şeyini yitirebilir, yaşamını bile. Eğer kaynı, yolculuğun başında onu bulabilseydi, en küçük bir tereddüt göstermeden boğazlardı, bundan hiç kuşkum yok, ve şişinerek dönerdi ailenin yanına. Marta, Cübeyl'e döndüğü gün, elinde umduğu kâğıt bile olsa, aynı tehlikelerle karşı karşıya kalacak.

O gün onu savunacak cesaretim olacak mı acaba?

25 Eylül 1665

Bu sabah Marta'yı grubumuzdan ayrı, yalnız, düşünceli, bineğinin üstünde hüzünlü görünce, geri kalıp bir iki gün önce yaptığım gibi yanında yol almaya karar verdim. Ancak bu kez, ona korkularımı ve umutlarımı anlatmaktan çok onu sorgulamak ve dinlemek istiyordum. Başlangıçta, kaçtı ve sorularımı savuşturdu. Ama ısrarlı göründüm; bana kendisi anlatmalıydı son yıllarda yaşamının nasıl olduğunu ve onu benimle aynı yola iten nedenleri!

Uzun bir yakınmalar dizisine hazırdım ama yaşadığı bahtsızlıklara duyduğum ilginin, bu kadının içinde bir bendi yıkacağını ve bunca büyük bir öfke seli taşıracağını tahmin etmiyordum. Bir öfke ki gülümsemelerinin tatlılığı altında varlığının farkına bile varmamıştım.

"Durmadan dünyanın sonundan söz ediyorlar bana" dedi, "ve korkutacaklarını sanıyorlar. Benim için dünya, sevdiğim adam bana ihanet ettiği gün sona erdi. Üstelik beni kendi babama ihanet ettirdikten sonra. O günden bu yana güneş benim için parlamıyor artık, sönerse de umurumda değil. Şu geleceği söylenen Tufan da beni ürkütmüyor; bütün erkekleri ve kadınları bahtsızlıkta eşit duruma getirir olsa olsa. Bahtsızlıkta benim eşitim olurlar. Yaşasın Tufan, ister sudan, ister ateşten olsun! Bana yaşama iznini verecek bir kâğıdı, yeniden sevebileceğimi ve bir erkekle yaşamımı birleşebileceğimi kanıtlayan lanet olası bir yüce makam fermanını dilenmek için yollarda koşmama gerek kalmaz artık! Koşmama gerek kalmaz, ya da herkes dört bir yana koşmaya başlar o zaman! Evet bütün herkes! Yargıçlar, yeniçeriler, piskoposlar, giderek sultan bile! Kuru otlarda yaz yangınına yakalanmış kediler gibi koşar dururlar! Ah, Tanrı bunu görme olanağını verseydi bana!

"İnsanlar Canavar'ın ortaya çıkmasından korkuyorlar. Ben korkmuyorum. Canavar mı? Hep buradaydı o, benim yanımda; her gün küçümser bakışıyla karşılaştım evimde, sokakta, kilisenin çatısı altında bile. Her gün ısırdı beni! Durmak bilmeden yaşamımı yedi bitirdi."

Marta'nın konuşması, uzun dakikalar boyu bu edayla sürdü gitti. Sözcüğü sözcüğüne olmasa da aklımda kalanları olabildiğince sadık kalarak aktardım buraya. İçimden şöyle diyordum kendi kendime: Tanrım ne çok acı çekmişsin sen, ey kadın, berberimin tasasız ve yaramaz kızı olduğun o çok da geride kalmamış zamandan bu yana!

Bir ara ona yaklaştım ve elimi tatlılıkla elinin üstüne koydum. O zaman sustu, minnet dolu kısa bir bakışla baktı yüzüme, sonra da ağlamak için yüzünü örttü.

Günün geri kalanında sözlerini düşünmekten ve onu gözlerimle izlemekten başka bir şey yapmadım. Bugün ona karşı, eskisinden çok daha fazla, sonsuz bir baba sevgisi duyuyorum. Onun mutlu olduğunu hissetmek istiyorum ama ona mutluluk vaadetmeye cesaretim yok. En azından ona bir daha hiç acı çektirmemeye yemin edebilirim.

Onun acı çekmesini önlemek için daha mı çok yaklaşmam gerek, yoksa uzaklaşmalı mıyım, bunu bilmiyorum işte...

26 Eylül

Sonunda bugün Meymûn'a, beni bu yolculuğa iten nedeni anlattım ve sözlerimin onda uyandırdığı duyguları, bir dost içtenliğiyle benimle paylaşmasını rica ettim. Hiçbir şeyi karanlıkta bırakmadım, ne Moskovalı hacıyı, ne Mazandarânî'nin kitabını, ne Canavar'ın sayısını, ne Bûme'nin zırvalarını, ne yaşlı İdris'in ölümünü. Sahte pırıltıları iyi tanıyan ve gerçeği ayırdedecek bir kuyumcunun gözüne gereksinimim vardı. Ama o benim sorularıma başka sorularla yanıt verdi ve benim kaygılarımı, kendi kaygılarını da yükleyerek ağırlaştırdı. Ya da, en azından, yakınlarınınkileri yükleyerek...

Önce sessizce dinledi beni. Anlattıklarımdan hiçbiri onu şaşırtmıyor gibiydi ve her tümcem biraz daha düşüncelere daldırıyor, biraz daha eziyordu sanki. Sözümü bitirdiğimde iki elimi elleri arasına aldı.

"Bir kardeş gibi konuştun benimle. Şimdi yüreğimi sana açma sırası bende. Benim yolculuğumun nedenleri de seninkilerden çok farklı değil. Ben de bu lanet olası söylentiler yüzünden çıktım yollara. İstemeye istemeye çıktım; saflığa, körinanca, takvim yorumlarına ve sözde 'işaret'lere sövüp sayarak; ama yine de çıktım, başka türlü yapamazdım, yoksa babam ölürdü. Biz, sen ve ben, yakınlarımızın aptallığının kurbanıyız..."

Meymûn'un babası, hiç durmaksızın kutsal metinleri okuyor ve dünyanın sonunun çok yakın olduğuna epeydir inanıyormuş. Ona göre kabalacıların kitabı Zohar'da, toprak altında yatanların 5408 yılında ayağa kalkacağı açıkça yazılıymış. Yahudi takviminin bu yılı da, İsa'dan sonra 1648 yılının karşılığıymış.

"Bundan on yedi yıl öncesiydi, ve Diriliş gerçekleşmedi. Tüm dualarımıza, oruç tutmalarımıza, babamın hepimizi, annemi, kızkardeşlerimi ve beni zorladığı ve o dönemde coşkuyla kabullendiğimiz perhizlere karşın hiçbir şey olmadı. O gün bugündür, tüm hayallerimi yitirdim. Havraya gitmek gerektiğinde giderim, kendimi soydaşlarıma yakın hissetmek için, gülmek gerektiğinde onlarla birlikte gülerim, ağlamak gerektiğinde ağlarım, sevinçlerine ve acılarına duyarsız olmadığımı göstermek için. Ama artık ne bir şeyi, ne de bir kimseyi bekliyorum. Uslanmak bilmeyen babamın tam tersine. Onu, Zohar'ın önceden bildirdiği yılın sıradan bir yıl olduğuna inandırmak olanaksız. O yıl bir şey olduğundan kesinlikle emin; bizim duymadığımız ama yakında hem bize, hem tüm evrene açınlanacak bir şey."

O zamandan beri hep işaretleri gözlemiş Meymûn'un babası, özellikle de boşa çıkan bekleyiş yılı 1648'le ilgili belirtileri. Gerçekten de kimi ciddi olaylar oldu o yıl – ciddi olaysız geçen bir yıl var mı? Otuz yıl kesintisiz süren kıyımların ardından Almanya savaşı sona erdi, barış yapıldı. Yeni bir çağın başlangıcı gibi görmek gerekmez miydi bunu? Aynı yıl Polonya ve Ukrayna Yahudilerine karşı, bir Kazak çetebaşının yönettiği kanlı eylemler başladı ve günümüze dek durmadı bunlar. "Eskiden" derdi babam, "iki felaket dönemi arasında bir ara olurdu; bu lanetli yıldan sonra felaketler kesintisiz bir tespih düzeninde, ardarda geldi; bugüne dek böylesi bir bahtsızlıklar zinciri görmemiştik. Bu bir işaret değil mi?

"Günün birinde dayanamadım ve şöyle dedim ona: 'Baba, bu yılın Diriliş yılı olduğuna, acılarımıza son vereceğine ve onu sevinçle, umutla beklememiz gerektiğine inandım her zaman!' Beni yanıtladı: 'Bu sancılar doğum sancılarıdır ve bu akan kan, doğum sırasında akan kandır!'

"Böylece, on yedi yıldan bu yana babam, sürekli olarak işaretleri kolladı. Ama her zaman aynı coşkuyla yapmadı bunu. Kimi zaman, bu konuda tek söz etmeden aylar geçirir; sonra bir olay meydana gelir, ailede bir acı, veba, kıtlık, ya da önemli birinin ziyareti; ve her şey yeniden başlardı. Şu son yıllarda ciddi sağlık sorunları olmasına karşın Diriliş'i uzak bir umut gibi anıyordu artık. Ama bir iki aydır yerinde duramaz oldu. Hıristiyanlar arasında yayılan, zamanın sonuyla ilgili söylentiler, onu altüst etti. Cemaatimizde, başımıza gelecek ya da gelmeyecek, korkmamız ya da istekle beklememiz gereken şeyler konusunda bitmez tükenmez tartışmalar sürüp gidiyor. Ne zaman Şam'dan, Kudüs'ten, Taberiye'den, Mısır, Gazze ya da İzmir'den bir haham gelip Halep'ten geçse, hemen çevresine üşüşülüyor, bildiği ya da öngördüğü şeyler üstüne ateşli sorular soruluyor.

"Ve çelişik kanılar işitmekten yorgun düşen babam, son olarak bir iki hafta önce, bizim gibi Toledo kökenli ve çok yaşlı bir hahamın görüşünü sormak üzere Konstantinopolis'e gitmeyi koydu kafasına. Bir tek o –babama göre– bilebilirdi gerçeği. 'Bana saatin geldiğini söylesin, her şeyi bırakıp tapınmaya adarım kendimi; saatin gelmediğini söylesin, gündelik yaşamıma dönerim.'

"Onun durumunda birinin yollara düşmesi sözkonusu olmadığına göre –yetmiş yaşını aşkın ve ayakta zor duruyor– babamın sormak istediği tüm sorularla Konstantinopolis'e gidip hahamı görmeye ve yanıtlarıyla geri dönmeye karar verdim ben de.

"İşte böyle buldum kendimi bu kervanda, tıpkı senin gibi, bu saçma sapan söylentiler yüzünden. Oysa içimize bakarsan, ikimiz de ancak gülebiliriz insanların bu saflığına."

Meymûn tutumunu benimkiyle karşılaştırarak çok kibar davranıyor. Oysa bu iki tutum, yalnızca görünüşte benzeşiyor. O yalnızca baba saygısıyla, kanılarında hiçbir değişiklik yapmadan düşmüş yollara; bense çevremi saran saçmalığa kapılıverdim. Ama bunların hiçbirini ona söylemedim; değer verdiğim bir adamın gözünde neden küçülteyim kendimi? Ve neden durayım bizi ayıran şeyin üstünde, o sürekli olarak bizi yaklaştıranları öne çıkarırken?

27 Eylül

Bugün aştığımız yol öncekilerden daha az çetin olacaktı. Çünkü Toroslar'a tırmanan yollarda dört gün harcadıktan, çoğu kez daracık ve tehlikeli geçitlerden geçtikten sonra Anadolu yaylasına ulaşmıştık artık. Aslında bizi yol kesen haydutlardan korumakla görevli olan, ama varlıklarıyla güven vermek yerine bizi kendi bölüklerimize kapanmaya zorlayan serkeş yeniçerilerin kaynadığı, bakımsız kervansaraylardan sonra talihimiz yaver gitmiş, eli yüzü düzgün, yalnızca çevredeki tüccarların uğradığı bir hana ulaşmıştık.

Ama hanı işleten kişi, Konya'dan gelen kimi söylentileri bize aktarınca, sevincimiz kursağımızda kaldı: Söylentilere bakılırsa bu kentte veba vardı ve kapıları tüm yolculara kapalıydı.

Söylentiler tedirgin ediciydi kuşkusuz, ama beni yakınlarıma yaklaştırmak gibi iyi bir de sonucu oldu bunun. Gelip çevremde toplandılar ve ne yapmak gerektiği konusundaki kararımı beklediler. Kimi yolcular daha fazla beklemeden şafakta yola çıkıp geri dönmeye karar vermişlerdi bile. Ama onlar bize ya Tarsus'ta ya da bilemedin İskenderun'da katılmışlardı; bizse Cübeyl'den geliyorduk, neredeyse yarı yoldaydık; böyle ilk korkuda pes diyemezdik.

Kervancı biraz daha ilerlemeyi ve koşullar zorlarsa yolu değiştirmeyi düşünüyor. Bu adamdan en az ilk günkü kadar hoşlanmıyorum, ama davranışı akıllıca görünüyor. Öyleyse ileri! Ve Tanrı yardımcımız olsun!

28 Eylül

Bugün Meymûn'a bazı şeyler söyledim; o da bunları akla yakın bulduğunu belirtti. Söylediklerimi yazıya geçirmeye itiyor bu beni.

İnsanların ikiye ayrıldığını söylemişti Meymûn: Dünyanın sonunun yakın olduğuna inananlar ve bundan kuşku duyanlar – o ve ben, bu sonunculardandık. Bense insanların, dünyanın sonundan korkanlar ve onu isteyenler diye de ikiye ayrıldığını söyleyerek yanıtlamıştım onu; birinciler tufan ve büyük felaket sözcüklerini kullanıyorlardı dünyanın sonundan söz ederken; ikinciler yeniden doğuş ve kurtuluştan dem vuruyorlardı.

Böyle derken yalnızca arkadaşımın babasını ve Halep'teki Sabırsızlar'ı değil, Marta'yı da düşünüyordum.

Sonra Meymûn, "Acaba, dedi, Nuh zamanında da insanlar Tufan'ı alkışlayanlar ve ona karşı olanlar diye ikiye ayrılmışlar mıdır?"

Ve gülmeye koyulduk; o kadar ki katırlarımız bile ürktü.

29 Eylül

Üç dört hafta önce Maaralı yaşlı sahafın avuçlarıma bıraktığı, Ebûlâlâ'nın o kitabından rasgele dizelere çarpıyorum arasıra. Bugün şunları keşfettim:

Bir imam kalksın istiyor kimileri
Ve söz alsın suskun kalabalığın önünde
Boş hayal! İmam yoktur akıldan başka
Yalnız o, gece gündüz yol gösterir bize.

Onları Meymûn'a okudum hemen ve sessiz, sırdaş gülümsemeler belirdi yüzümüzde.

Kuşkunun yollarında bir Hıristiyana ve bir Yahudiye kılavuzluk etmek, kör bir Müslüman şaire mi kalmış diyeceksiniz? Evet ama Anadolu göğünden daha çok ışık var onun feri sönmüş gözlerinde.

30 Eylül, Konya yakınında

Veba söylentileri, ne yazık ki yalan çıkmadı. Kervanımız kentin çevresinden dolandı ve batıya doğru gidip, Meram bahçelerine dikti çadırlarını. Burası oldukça kalabalık, çünkü birçok Konyalı aile, salgından kaçıp çeşmeler arasında uzanan bu temiz havalı yere gelmişler.

Bir öğle vakti geldik buraya ve koşullara karşın neredeyse bir "bayram" havası diyecektim ama değil, daha çok umursamaz ve boyun eğmiş bir gezinti havası vardı. Her yanda şerbetçiler ve kayısı suyu satıcıları, gelip çeşmelerde yıkadıkları bardaklarını çınlatarak dolaşıyor; her yanda büyük küçük herkesin iştahını kabartan, herkesi baştan çıkartan, çevresine toplayan, dumanı tüten tezgâhlar var. Ama ben gözlerimi, sur kulelerini gördüğüm, kubbelerini, minarelerini seçer gibi olduğum, hemen yakınımızdaki kentten ayıramıyorum. Oradan her şeyi örten, her şeyi karartan başka bir duman yükseliyor. Bu koku bize kadar ulaşamıyor Tanrı'ya şükür, ama hepimiz, ruhun burun delikleriyle duyuyoruz onu ve kanımızı donduruyor. Veba, ölümün dumanı. İstavroz çıkarmak için kalemi bırakıyorum. Sonra yine sürdürüyorum yazmayı.

Yemek için bizimkilere katılan Meymûn, uzun uzun yeğenlerimle, biraz da Marta'yla konuştu. Bizi çevreleyen atmosfer içinde zamanın sonundan başka konuşacak konu bulamadık ve ben Bûme'nin, bizim 1648 yılına denk düşen 5408'inci Yahudi yılı konusunda Zohar'ın kehanetlerini çok iyi bildiğini bir kez daha görmüş oldum.

"Altıncı binyılın 408'inci yılında" diye ezberden okudu, "toprağın altında uyuyanlar ayağa kalkacaklar. Heth'in oğulları denecek onlara."

"Kim bu Heth'in oğulları?" diye sordu, kardeşinin derin bilgisi karşısında kendi bilgisizliğini ortaya sermekten her zaman hoşlanan Habib.

"Kutsal Kitap'ta genellikle Hititlere verilen ad bu. Ama burada önemli olan Heth sözcüğünün anlamı değil, sayısal değeri; İbranicede tam 408 sayısını veriyor bu değer."

Sayısal değer! Her duyduğumda, nasıl da sinirlendiriyor beni bu kavram! Sözcüklerin anlamlarını anlamak yerine çağdaşlarım, harflerin değerlerini hesaplıyorlar; işlerine geldiği gibi topluyor, çıkarıyor, bölüyor, çarpıyor ve her zaman onları şaşırtacak, onlara güven verecek ya da yüreklerini korkuyla dolduracak sayıya ulaşıyorlar sonunda. Ve böylece insanların düşüncesi iplik iplik dağılıyor, akılları cılızlaşıyor ve körinançlar içinde eriyip gidiyor!

Meymûn'un bu saçmalıklara inandığını sanmıyorum, ama dindaşlarının çoğu inanıyor, benimkilerin çoğunun ve konuşma olanağını bulduğum Müslümanlardan çoğunun inandığı gibi. Okumuş yazmış, ağırbaşlı ve görünüşte aklı başında insanlar bile, akıl fakirlerinin sahip olduğu bu sefil bilime sahip olmakla övünüyorlar.

Bu sayfalarda sözlerim ne denli keskinse, o denli sessiz kaldım bugün, tartışma sırasında. Yalnızca, "sayısal değer"i duyduğumda yüzümde inançsız bir dudak bükme belirdi. Ama tartışmayı kesmekten kaçındım. Böyleyim ben. Hep böyle oldum, çocukluğumdan beri. Çevremde bir tartışma yapıldığında, işin nereye varacağını, kimin yanlışını kabul edeceğini, tarafların birbirinin kanıtlarına nasıl yanıt vereceğini –ya da vermekten kaçınacağını– merak ederim, ama yüksek sesle kendi kanımı söylemek için dayanılmaz bir istek duymam içimde.

Ve bu öğle vakti, kimi gözlemleri içimden sessiz karşı çıkmalarla karşıladıysam, başka bazı söylenenler de beni ilgilendirdi ya da şaşırttı. Örneğin Bûme'nin bana, içinde Canavar'ın yılından hiçbir ikili anlamaya meydan vermeyecek biçimde söz edildiği, *Gerçek ve Ortodoks Tek Dinin Kitabı*'nın tam da 1648 yılında Moskova'da basıldığını anımsatması gibi. Bu kitap yüzünden yollara düşmemiş miydi Hacı Evdokim? Bu kitap yüzünden Cübeyl'e uğramış, ardından da o korkulu müşteriler geçidi başlamıştı. Canavar bu yılda, deyim yerindeyse, yaşamıma girmişti benim. Meymûn'un babası 1648 yılında, önemi henüz ölçülemeyen bir şey olduğunu söylemişti ona. Evet kabul edebilirim bunu; belki de gerçekten birşeyler oldu o yılda. Yahudiler için, Moskovalılar için. Ben ve yakınlarım için.

"İyi de, neden 1666'da meydana gelecek bir olayın, tam da 1648 yılında haber verilmesi gerekiyordu? Benim anlayamadığım bir giz var bunda!"

"Ben de anlamıyorum" diyerek beni onayladı Meymûn.

"Benim için hiçbir sır yok bunda" dedi Bûme, sinir bozucu bir sakinlikle.

Tüm bakışlar onun dudaklarına yöneldi doğal olarak. O da biraz ağırdan aldıktan sonra açıkladı:

"1648'den 1666'ya on sekiz yıl var."

Ve sustu.

"Eee?" diye sordu Habib, bir ağız dolusu kayısı pestilini burnumuza sokar gibi çiğnerken.

"On sekiz, anladın mı? Altı ve altı ve altı. Kıyamet'e giden son üç basamak."

Ağır, ağır, çok ağır bir sessizlik oldu. Veba dumanının bize yaklaştığı, bizi sarıp örttüğü izlenimine kapıldım ansızın. En düşünceli olan Meymûn'du; Bûme onun için çok eski bir bilmeceyi çözmüştü sanki. Hâtem çevremizde dönüp duruyor, bize ne olduğunu sorup duruyordu kendi kendine, çünkü konuşmanın yalnızca küçücük parçalarını duyabilmişti.

Sessizliği bozan ben oldum:

"Dur biraz Bûme! Bir sürü saçmalık anlatıyorsun bize. Mesih'in ve İncilciler'in zamanında 'altı altı altı'yı bugün bizim Arap rakamlarıyla yazdığımız gibi yazmadıklarını sana ben öğretecek değilim; Roma rakamlarıyla yazıyorlardı. Öyle olunca da hiçbir şeye uymuyor senin o üç altı rakamın."

"Peki Romalılar zamanında 'altı yüz altmış altı'yı nasıl yazdıklarını söyler misin bana?

"Çok iyi biliyorsun. Şunun gibi."

Yerden bir tahta parçası aldım ve toprağın üstüne DCLXVI rakamlarını çizdim.

Meymûn ve Habib, yazdığım sayının üstüne eğildiler. Bûme yerinden kıpırdamadı, yere bakmadı bile ve yazdığım sayıda özel bir şey farkedip etmediğimi sormakla yetindi. Hayır görmüyordum.

"Roma rakamlarının orada, sırasıyla ve hepsi yalnızca bir kez olmak üzere yer aldığını farketmiyor musun?"

"Hepsi değil" dedim, "biri eksik..."

"Evet, devam et, doğru yoldasın. Başta bir rakam eksik. M; yaz onu da! Şimdi MDCLXVI var elimizde. 1666. Sayılar şimdi tamam. Yıllar da tamam. Başka hiçbiri eklenmeyecek onlara."

Sonra elini uzattı ve bir iki ezber tümce mırıldanarak son izine dek sildi.

Lanet olsun! Lanet olsun sayılara ve onlarla uğraşanlara!

3 Ekim

Konya yakınlarını terkettiğimizden bu yana yolcular vebadan değil tuhaf bir masaldan söz ediyorlar artık; doğrudan kervancının yaydığı ve bugüne dek aktarmakta yarar görmediğim bir masal. Bugün anlatıyorum, çünkü yakınlarda örnek bir biçimde sonuçlandı bu öykü.

Adam, birkaç yıl önce Konstantinopolis'e giden bir kervanın, lanetlenip yolunu yitirdiğini ve o gün bugündür, Anadolu yollarında çaresiz dolaşıp durduğunu söylüyordu. Arasıra bu kervan, bir başka kervana rastlıyormuş ve şaşkın yolcuları, ya kendilerine yol gösterilmesini istiyor ya da en beklenmedik türden başka sorular soruyorlarmış; kim onları yanıtlarsa –tek bir sözcükle olsun– laneti kendi üstüne çekiyor ve kıyamete dek onlarla birlikte yollarda dolaşmak zorunda kalıyormuş.

Neden mi lanetlenmiş bu kervan? Söylendiğine göre yolcular, yakınlarına Mekke'ye hacca gideceklerini söylemişler, aslında niyetleri Konstantinopolis'e gitmekmiş. Tanrı da onları, hiçbir zaman hedeflerine ulaşamadan dolaşıp durmaya mahkûm etmiş.

Kervancı iki kez bu hayalet kervana rastladığını ama oyuna gelmediğini söylüyordu. Yolunu yitirmiş yolcular, çevresinde toplanmışlar, ona gülümsemiş, kollarından tutmuş, sırnaşmışlar; ama o, onları görmezden gelmiş, böylece kendini büyüden sakınmış ve yolculuğuna devam edebilmiş.

Nesinden tanınır bu hayalet kervan? diye sordular, yoldaşlarımızın en tedirginleri. Hiçbir yolu yok, diye yanıtladı kervancı; her bakımdan sıradan bir kervana benzer, yolcuları tüm yolcular gibidir; ve işte bu yüzden onca insan onlara aldanmış ve büyülenmiştir.

Aramızdan bazıları, kervancının anlattıklarına omuz silkti; bazılarıysa korkmuş görünüyor ve ufukta kuşkulu bir kervan bulunmadığından emin olmak için durmaksızın uzaklara bakıyorlardı.

Ben, doğal olarak bu söylentilere kulak asmayanlardandım; üç gündür bu söylentinin kervanda, baştan kuyruğa, kuyruktan başa yayılıp dolaşmasına karşın bu sıradan kervancı palavrasını sayfalarıma aktarmakta bir yarar görmemiş olmam da bunun kanıtı.

Ama bugün öğlen vakti, gerçekten de bir kervanla karşılaştık.

Yemek yemek için bir su kenarında durmuştuk. Uşaklar, hizmetçiler çalı çırpı toplayıp ateş yakmak üzere koşuşuyorlardı ki yakın bir tepenin üstünde ansızın bir kervan belirdi. Bir iki dakikada da yanımıza geldi. Bir söz dolaştı ortalıkta: "Bunlar onlar; hayalet kervan bu!" Hepimiz felce uğramış gibiydik, sanki tuhaf bir gölge vardı alınlarımızda; gözlerimiz gelenlerde, alçak sesle konuşabiliyorduk ancak.

Onlarsa bir toz ve sis bulutu içinde yaklaşıyorlardı – çok hızlı yaklaşıyorlar gibi geldi bize.

Yanımıza geldiklerinde hayvanlarından indiler; kendilerine benzer birileriyle karşılaştıkları ve serin bir köşe buldukları için çok sevinmişe benziyorlardı bize doğru koşarken. Yüzlerinde kocaman gülümsemeler, Arapça, Türkçe, Farsça, Ermenice sözlerle selamlamaya başladılar bizi. Bizimkiler zor durumdaydı, ama hiçbiri kıpırdamadı yerinden, hiçbiri kalkmadı, hiçbiri verilen selamı almadı. "Neden konuşmuyorsunuz?" dediler sonunda. "İstemeden sizi incittik mi yoksa?" Kimsenin kılı bile kıpırdamıyordu.

Gelenler belli ki rahatsız olmuşlardı bu durumdan ve tam geri dönüp gitmek üzerelerken ansızın bizim kervancı kahkahalarla gülmeye başladı; karşıdan da öbür kervancının, daha gürültülü kahkahası onu yanıtladı.

"Lanet olsun sana" dedi bu sonuncusu, kollarını açmış yürürken. "Onlara yine şu hayalet kervan hikâyeni mi anlattın? Ve hepsi de yutmuş bu mavalı!"

Herkes ayağa kalktı bu sefer; sarılıp öpüşmeye başladılar, kendilerini bağışlatmak için birbirlerini davet etttiler.

O gece hep bundan söz edildi; herkes, anlatılanların tek sözcüğüne inanmadığını söylüyordu çevresindekilere. Oysa öbür kervanın yolcuları yaklaştığında herkesin beti benzi atmıştı ve kimse onlarla konuşmaya cesaret edememişti.

4 Ekim

Bugün de bir masal anlattılar bana; ama bu seferki beni gülümsetmiyor.

Yemek saatinde bir adam, elini kolunu sallayarak, bağırıp çağırarak beni görmeye geldi. Yeğenimin, kızına fazlaca yaklaştığını söylüyor ve bu işi kanla temizleme tehdidini savuruyordu. Hâtem ve Meymûn onu sakinleştirmeye çalıştılar; kervancı bile adamı tutmak için araya girdi, oysa başımın sıkıştığını görmek onu sevindiriyordu herhalde.

Gözlerimle Habib'i aradım; ortadan kaybolmuştu. Benim için bu kaçış bile yeterli bir itiraftı ve beni bu duruma soktuğu için lanet okudum ona.

Adam bu sırada bas bas bağırıyor, suçluyu boğazlayacağını ve lekelenmiş bir namusun nasıl temizleneceğini herkesin görmesi için kanını kervanın önüne dökeceğini söylüyordu.

Çevremizdeki kalabalık gittikçe büyüyordu. Geçen gün kervancıyla yaptığım tartışmanın tersine bugün ne başım dikti, ne de bu işten zaferle çıkma arzum vardı. Yalnızca bu rezaleti engellemek ve yakınlarımın yaşamlarını tehlikeye atmadan bu yolculuğu sona erdirmek istiyordum.

Bu yüzden boynumu büküp adama doğru gittim, koluna hafifçe vurdum, yüzüne güldüm ve namusunun bu işten bir sultanî altın kadar saf çıkacağını söyledim. Yeri gelmişken söyleyelim: Şu sultanî altın pek de saflık timsali sayılmaz; Osmanlı hazinesi boşaldıkça onun da ayarı düşürülüyor durmadan... Ama ben bu benzetmeyi rasgele yapmamıştım; adamın altından söz edildiğini duymasını ve onurunun bedelini ödemeye hazır olduğumu anlamasını istemiştim. Bir iki saniye daha bağırdı çağırdı, ama biraz alçaltmıştı sesini, sanki yalnızca son havlamalarının yankılarını gönderir gibi.

O zaman koluna girip kalabalıktan uzağa çektim onu. Bir kez uzaklaşınca da özürlerimi yineledim ve zararını karşılamaya hazır olduğumu söyledim.

Bu aşağılayıcı pazarlığı sürdürürken Hâtem gelip kolumdan çekti ve oyuna gelmemem için uyardı. Onu görünce adam sızlanmalarına yeniden başladı; ben de yardımcıma işi bildiğim gibi çözümleyeceğimi ve beni rahat bırakmasını söylemek zorunda kaldım.

Ve ödedim. Bir sultanî altın uzattım ona; eşliğinde de yeğenimi sert biçimde cezalandırma ve bir daha sözü edilen genç kızın yakınlarında dolaşmamasını sağlama sözünü verdim tumturaklı bir edayla.

Habib ancak akşama doğru çıktı karşıma. Yanında Hâtem ve bir ara yanlarında gördüğüm bir başka yolcu vardı. Üçü birden, bir dolandırıcılığa kurban gittiğimi söylediler. Onlara bakılırsa altın sikkeyi verdiğim adam, gözü yaşlı bir baba değildi; yanındaki genç kız da kızı değil, bir orospuydu ve bütün kervanın bundan haberi vardı.

Habib, bu kadını hiç ziyaret etmediğini ileri sürdü; bence yalan söylüyordu – Hâtem'in bile onunla birlikte kadına gidip gitmediğini soruyorum kendi kendime. Ama geri kalanı için sanırım doğru söylüyorlar. Yine de okkalı ikişer tokat aşkettim ikisine de.

Şu işe bakın! Kervanda kendi yeğenimin de ziyaret ettiği gezici bir genelev var – ve ben bunun farkına bile varmadım.

Ticarette geçirilmiş bunca yıldan sonra bir muhabbet tellalıyla gözü yaşlı bir babayı ayırdetmekten âcizim!

Burnumun dibinde olanları görmeyi bilmiyorsam, evreni gözlemenin ne yararı var!

Bunca kırılgan bir topraktan yoğrulmuş olmak ne kadar acı veriyor bana!

5 Ekim

Dün olanlar, hiç beklemediğim kadar sarstı beni.

Zayıflamış hissediyorum kendimi; bitkin, sersemlemiş hissediyorum; gözlerim buğulanıyor sürekli olarak, her yanım ağrıyor. Belki de binek tutuyor beni yeniden... Her adımda acı çekiyorum ve bu yolculuk ağır geliyor bana... Yola çıktığıma pişmanım.

Bizimkiler, teselli etmeye çalışıyorlar beni, ikna etmeye çalışıyorlar; ama sözleri de, hareketleri de, gitgide kalınlaşan bir siste yitip gidiyor. Bu satırlar da birbirine karışıyor; parmaklarım gevşiyor.

Tanrım!

30 Ekim 1665 Cuma, Üsküdar'da

Yirmi dört gün boyunca tek satır yazmadım. Aslına bakarsanız ölmeme ramak kalmıştı. Bugün, sonunda Konstantinopolis'e ulaşmak üzere Boğaz'ı geçeceğimiz günün bir öncesinde, Üsküdar'da bir handa yeniden kalemi alıyorum elime.

İlk kez Konya durağından sonra duymaya başladım hastalığın ilk belirtilerini. Önce yol yorgunluğuna, sonra da yeğenimin kötü davranışının ve benim saflığımın neden olduğu o üzüntüye yorduğum bir başdönmesi. Yine de sıkıntılarım katlanılır gibiydi; ben de ne yol arkadaşlarıma, ne de bu sayfalara aktardım onları. Ansızın kalem tutacak halim kalmadığını hissettiğim ve kusmak için iki kez gruptan ayrılmak zorunda kaldığım güne kadar.

Yakınlarım ve başka bir iki yolcu, çevremde toplanmış, durumumun esinlediği, ne olduğu belirsiz öğütler mırıldanıyorlardı ki kervancı, hafiyelerinden üçüyle birlikte bize doğru geldi ve düpedüz vebaya yakalanmış olduğumu ilan etti. Kuşkusuz Konya yakınlarında kapmış olmalıydım bu hastalığı ve acele olarak kervandan ayrılmalıydım. Bundan sonra kervanın arkasında, en yakın yolcudan altı yüz adım geride yürüyecektim. İyileşirsem, geri alacaktı beni; durmak zorunda kalırsam, Tanrı'ya emanet edecek ve beklemeyecekti.

Marta karşı çıktı buna, yeğenlerimin, yardımcımın, Meymûn'un ve çevremizdeki birkaç yolcunun karşı çıktığı gibi. Yine de söyleneni yapmak gerekiyordu. Neredeyse yarım saat süren tartışma sırasında tek sözcük söylemedim. Ağzımı açarsam, hemen yeniden hastalanacağımı hissediyordum. Bu yüzden onuru incinmiş gibi bir ifadeye bürünürken içimden tüm

Ceneviz küfürlerini sayıyor, adamın kazıkta ölmesini diliyordum.

Bu karantina, Afyonkarahisar'a gelene dek, tam dört gün sürdü. Kara afyon kalesi... Tedirgin edici bir adı olan ve tepesinde gerçekten de çok eski bir kalenin karanlık silueti yükselen bir kasabaydı burası. Yolcu hanına yerleşir yerleşmez kervancı gelip beni buldu. Yanıldığını, vebaya yakalanmadığımın açıkça belli olduğunu, iyileştiğimi gözlediğini ve yarın sabahtan tezi yok kervana katılabileceğimi söyledi. Yeğenlerim onunla tartışacak oldular, ama susturdum onları. Özür dileyen birine çatılmasına dayanamam. Duymayı hakettiği her şeyi, önce söylemek gerekirdi ona. Bu nedenle terbiyeli bir biçimde yanıtladım adamı ve geri dönme davetini kabul ettim.

Ne ona, ne de yakınlarıma söylemediğim şey, görünüşe karşın hiç de iyileşmiş olmadığımdı. Bedenimin derinliklerinde dağınık bir ateşin, kışın yakılmış bir kor yığını gibi beni ısıttığını, durmadan ısıttığını hissediyordum ve çevremdekilerin yüzümdeki kırmızılığı farketmemelerine şaşıyordum.

Ertesi gece bir cehennem oldu. Titriyor, kıpırdayıp duruyor, soluk soluğa kalıyordum; giysilerim çarşaflarım suya batmış gibiydi. Güçsüzleşmiş kafamın içinde dolaşan ses ve yankı karmaşasında, "dul"un başucumda mırıldandığını duydum:

"Yarın gidemez. Bu durumda yola çıkarsa, Listana'ya varmadan ölür."

Listana, Cübeyl'deki insanların dilinde İstanbul'un o sayısız adlarından biriydi: Tıpkı İslambol, Bizans, Dersaadet, Kostantiniyye gibi...

Gerçekten de ertesi sabah ayağa kalkmaya hiç yeltenmedim. Büyük olasılıkla geçen günlerde gücümü tüketmiştim; bedenin kendini toplaması için zamana gereksinimi vardı.

Ama nekahet dönemine girmeme daha çok vardı. Sonraki üç gün içinde yaşadıklarımdan yalnızca gölgemsi görüntüler kaldı aklımda. Sanırım ölüme öyle yaklaştım ki eklemlerimden bazıları bugüne dek kaskatı kaldı; ölüyken dirilen Lazarus'un eklemleri de, bir zamanlar, öyle kalmış olmalı. Bir iki kilo da et yitirdim hastalıkla giriştiğim bu kavgada, sakinleşmesi için bir yırtıcı hayvana atılan bir parça et benzeri. Ve bunları anlatırken dilim dolaşıyor; ruhum da az buçuk katılaşmış olmalı. Sözcükleri zor buluyorum.

Buna karşılık Afyonkarahisar'daki bu zorunlu moladan aklımda kalacak olanlar, ne acı, ne de umutsuzluk. Kervan beni terketmiş, ölüm yolumu gözlüyordu; bundan kuşkum yok. Ama ne zaman gözlerimi aralasam, yanımda, bacaklarını toplamış oturan ve bana endişeli ama sakin bir gülümsemeyle bakan Marta'yı görüyordum. Ve gözlerimi yeniden kapadığımda, sol elim iki elinin arasında kalıyordu: Biri alttan, avucunu avucuma sıkıca yaslıyor; öbürü üstte duruyor, arasıra bir avutma ve sonsuz sabır okşamasıyla, yavaş yavaş parmaklarımın üstünden kayıyordu.

Ne bir sağaltıcıya ne de bir eczacıya başvurdu; ikisi de ateşten daha güvenli biçimde işimi bitirirlerdi. Marta yalnızca varlığıyla iyileştirdi beni, bir iki yudum serin suyla ve gitmemi engelleyen bu iki elle. Gitmedim. Söylediğim gibi üç gün boyunca ölüm dolaştı çevremde; avucuna düşmüş avı gibiydim. Dördüncü gün, ya yoruldu ya da merhamete geldi, uzaklaştı gitti.

Yeğenlerimin ve yardımcımın beni yüzüstü bıraktığı izlenimini vermek istemem. Hâtem hiçbir zaman uzakta değildi; iki genç adamsa, kentte yaptıkları her gezintiden sonra üzüntülü ve kaygılı bir tavırla gelip durumumu soruyorlardı – daha sürekli bir bağlılık onların yaşına göre değildi. Tanrı esirgesin; hiçbir şeyle suçlamıyorum onları, beni bu sefere sürüklemiş olmaktan başka. Ama herkesten önce Marta'ya minnet duyuyorum. Hayır, minnet uygun sözcük değil. Minnet demekle yetinmek, nankörlüğün dikâlâsı olur benim için. Gözyaşıyla ödenmiş bedel, tuzlu suyla geri verilmez.

Bu durağın beni ne denli sarstığını henüz ölçemiyorum. Bir varlık için dünyanın sonu, her şeyden önce kendi sonudur; ve benimki, ansızın çok yakın görünmüştü bana. O kaçınılmaz yılı beklemeden akıp gidiyordum dünyadan dışarı, iki el beni tuttuğunda. İki el, bir yüz, bir yürek; aşkta ani yön değiştirme ve dirençli başkaldırma yetilerini iyi bildiğim, ama bunca güçlü ve insanı bunca saran bir sevgiyle dolu olduğunu tahmin etmediğim bir yürek... Bir karışıklık sonucunda ve karı koca görünümünde bir yatakta buluştuğumuz o menzilden bu yana, –duyuların önüne geçilmez mantığıyla– bir gün arzuyu tutku biçiminde allayıp pullayıp işi sonuna dek götürürüm diyordum kendi kendime; gün doğunca yaptığıma pişman olmaya da razı olabilirdim. Ama şimdi Marta'nın, görünüşte olduğundan çok daha fazla gerçekte karım olduğunu söylüyorum kendi kendime; ve onunla birleşeceğim gün, ne oyun, ne sarhoşluk, ne de duyuların taşkınlığından olacak bu; en coşkulu ve en haklı eylem olacak. O gün, bir zamanlar onu o serseri kocasına bağlayan anttan ister kurtulmuş olsun, ister olmasın.

"O gün" diyorum; çünkü gelmedi henüz. Onun da benim beklediğim kadar beklediğine eminim o günü; ama henüz karşımıza bir fırsat çıkmadı. Şimdi Tarsus yolunda olsaydık ve önümüzdeki gece Meymûn'un kuzeninin evinde geçecek olsaydı, bedenlerimizle birleşirdik orada, nasıl şimdi ruhlarımızda birleştiysek. Ama geriye bakmanın ne yararı var; şimdi burada, Konstantinopolis'in kapılarındayım, yaşıyorum ve Marta uzakta değil. Aşk, arzuyla olduğu kadar sabırla da beslenir; Afyonkarahisar'da Marta'dan aldığım ders bu değil mi?

Ancak bir hafta sonra, Şam'dan gelen bir başka kervana katılarak yeniden yola çıkabildik; tuhaf bir raslantıyla, tanıdığım iki kişi, bir koku tüccarı ve bir papaz vardı bu kervanda. Bir gün Kütahya'da, bir gün İzmit'te mola verdik ve sonuçta bugün, öğle üzeri Üsküdar'a ulaştık. Yol arkadaşlarımızdan bazıları, hiç beklemeden gemiye koşmaya karar verdiler; bense gücümü dikkatli kullanmayı ve yolculuğun son menzilini, yarın, Cumartesi günü, sakin bir biçimde katetmek üzere onarıcı bir öğle uykusu uyumayı yeğledim. Halep'ten bu yana, hesapladığımız kırk günün yerine, yolda tam elli dört gün geçirmiştik ve Cübeyl'den sayarsak altmış dokuz gündür yollardaydık. Umarım *Yüzüncü Ad*'ı da alıp çoktan Fransa'ya yollanmamıştır Marmontel!

31 Ekim 1665, Konstantinopolis'te

Bugün Marta "karım" değil artık. Bundan sonra görünüş, gerçeğe uygun; günün birinde gerçek, görünüşe uyana dek. Kara kara düşünüp iki aydır süregiden ve her menzilde biraz daha alıştığım bir belirsizliğe son vermek istediğim için değil; ama bugün her şey öyle gelişti ki o yalanın sürdürülebilmesi için herkesi yüzsüzce aldatmak gerekiyordu artık.

Boğaz'ı geçtikten sonra –öyle bir insan ve hayvan itiş kakışında geçtik ki bir ara gemi batacak sandım– Barinelli adında bir Cenevizlinin işlettiği hanı aramaya koyuldum; yirmi dört yıl önce babamla Konstantinopolis'e geldiğimizde orada kalmıştık. Adam ölmüş, yapı artık bir han değil; ama aynı ailenin elinde ve eski hancının torunlarından biri, bir ara uzaktan gördüğüm tek hizmetçisiyle hâlâ orada yaşıyor.

Genç Barinelli'ye kendimi tanıtıp adımı söylediğimde, şanlı atalarım Embriaco'ları heyecan verici sözlerle övdü ve onun evinde kalmamız için ısrar etti. Sonra da yanımdaki soylu kişilerin kimler olduğunu sordu. Pek kararsızlık göstermeden yanımda iki yeğenim ve dışarıda hayvanlarla ilgilenen bir adamım olduğunu; bir de Cübeyl'den soylu bir hanımefendinin, bir dulun, kimi yönetsel formaliteler için bizimle Konstantinopolis'e geldiğini ve yolculuğu bizim korumamız altında yaptığını söyledim.

Bir an yüreğimin sıkışmadığını söyleyemem. Ama başka türlü bir yanıt vermem sözkonusu olamazdı. Yol kimi zaman masallarla bezenir, tıpkı uykunun düşlerle bezendiği gibi; ama menzile ulaşıldığında gözleri açmak gerekir.

Benim için uyanışın adı Konstantinopolis. Hemen yarın, Pazar günü, Marmontel şövalyesini aramak üzere tören giysilerim içinde Fransa kralının elçiliğine, daha doğrusu elçilik kilisesine gideceğim. Mazandarânî'nin kitabını onca pahalı sattığım için bana çok kızgın olmadığını umarım. Gerekirse kitabı kopya etme izni karşılığında yüklü bir geri ödeme yapmaya hazırım. Sanırım onu buna ikna etmek için de tüm Cenevizli, antikacı ve Levanten becerilerimi kullanmam gerekecek.

Tek başıma gideceğim onunla görüşmeye, yeğenlerime yeterince güvenmiyorum. Biraz fazla taşkın ya da tersine biraz fazla alttan alan bir söz, ya da bir sabırsızlık hareketi, bu son derece gururlu adamın geri dönülmez biçimde öfkelenmesine neden olabilir.

Kasımın ilk günü

Tanrım, nereden başlamalı bu günün öyküsüne?

Baştan mı? Sıçrayarak uykudan uyandım, Pera mahallesine gidip, elçilikteki ayinde hazır bulunmak için...

Ya da sondan? Cübeyl'den Konstantinopolis'e tüm bu yolcuğu bir hiç için yaptık...

Kilisede karanlık bir kalabalık vardı. Karalar giyinmiş kadınlar, bezgin fısıltılar. Ayine gelenler arasında Marmontel şövalyesinin yüzünü ya da başka bir tanıdık yüz aradım boşu boşuna. Ayin başlarken koşarak geldiğim için, başımı açıp istavroz çıkartacak zamanım ancak oldu ve geride bir sıranın ucuna iliştim.

O zaman ortalıktaki son derece üzüntülü havanın farkına vardım ve en yakın komşuma bir iki sorgulayıcı bakış yönelttim; o da çok dindarca bir tavırla benim varlığımın farkında olmamakta inat etti. Yalnızca Toussaint yortusu değildi bu; besbelli taze bir yas nedeni vardı, önemli biri ölmüş olmalıydı; ben de tahminlere giriştim. Eski elçi Mösyö de la Haye'nin yıllardır çok kötü durumda olduğunu biliyordum. Sultanın buyruğuyla beş ay Yedikule Zindanı'nda hapis yatmış ve orada taş hastalığına yakalanmıştı; hapisten öyle zayıflamış çıkmıştı ki birkaç kez ölüm haberi dolaşmıştı ortalıkta. O olmalı dedim kendi kendime; yeni elçi de onun oğlu olduğuna göre, gözlediğim bu büyük üzüntü şaşırtıcı değildi.

Ayini yöneten papaz, Aziz Francesco tarikatından bir *cappuccino**, ölüye övgüler düzmeye başladığında, büyük kralın

* *Cappuccino*: Aziz Francesco tarikatının bağımsız bir koluna üye keşişlere verilen ad (çoğul durumda *cappuccini*). (Ç.N.)

çok soylu bir aileden gelen sadık hizmetkârından, incelikli görevlerde yaşamını feda etmiş bir güvenilirlik timsalinden dem vurup, örtülü sözlerle, inançsız bir ülkede soylu görevler üstlenenlerin başbaşa kaldığı tehlikelerden söz ettiğinde, hiç kuşkum kalmadı. Fransa'yla Bâb-ı Âlî arasındaki ilişkiler hiçbir zaman bu denli kötü olmamıştı; öyle ki yeni elçi, neredeyse dört yıldır atanmış olmasına karşın babasının maruz kaldığı aşağılamalarla karşılaşma korkusuyla görevinin başına geçemiyordu.

Vaazın her sözcüğü biraz daha güçlendiriyordu düşüncemi. Çok uzun bir tümcenin sonunda ölenin adı, nihayet söylenene dek.

Öylesine sıçradım ki yerimden, tüm yüzler bana doğru döndü; bir uğultu, inananlar topluluğunu bir baştan öbür başa dolaştı; vaiz, bir iki saniye durdu, boğazını temizledi ve bunca üzgün kişinin kim olduğunu görmek için boynunu uzattı; bir yakını olabilir miydi merhum şövalyenin?

Marmontel!

Ayinden sonra onunla konuşmak için buraya gel ve öldüğünü öğren!

Yollarda iki uzun ay geçir, Suriye'yi, Kilikya'yı, Toroslar'ı, Anadolu yaylasını aş, yaşamını yitirmene ramak kalsın, sırf bu adamı bulmak ve *Yüzüncü Ad*'ı bir iki günlüğüne ödünç almak umuduyla. Sonra ikisinin de –evet hem adamın, hem de kitabın– yokolduğunu, denizde yokolup gittiğini öğren!

Ayin bitince gidip papazı buldum; oldukça ünlü bir Fransız tüccarla, Bay Roboly'yle birlikteydi ve adının Thomas de Paris olduğunu söyledi. Onlara şaşkınlığımın nedenlerini açıkladım; şövalyenin, Majesteleri için bazı şeyler almak üzere birkaç kez mütevazı dükkânıma geldiğini anlattım. Bununla onlarda iyi bir izlenim bıraktım sanırım; biraz kaygılı bir edayla şövalyenin Ağustos ayında Cübeyl'e yaptığı ziyaret ve son yolculuğu konusunda bana söyledikleri üstüne sorular sordular; o günlerde önsezi benzeri bazı kaygılar taşıyıp taşımadığını öğrenmek istediler.

Peder Thomas büyük bir dikkatle konuşuyordu; ama Bay Roboly, onun tersine, baklayı ağzından çıkardı hemen: Ona göre şövalyenin geçirdiği deniz kazası, yetkililerin savladığı gibi, kötü hava koşullarının değil, bir korsan saldırısının sonucunda meydana gelmişti; felaket günü İzmir açıklarında denizin sakin olduğu biliniyordu çünkü. Bu korsanların kendi başlarına hareket ettiklerine inanmadığını da söylemek üzereydi ki papaz onu bir kaş çatmasıyla susturdu. "Bütün bunlarla ilgili hiçbir şey bilmiyoruz!" diyerek yargısını bildirdi. Tanrının iradesi yerine gelsin ve herkesi layık olduğuyla ödüllendirsin!"

Belli ki, ne bu felaketin gerçek nedenleri, ne de Osmanlı yetkililerinin karıştırdıkları üstüne daha fazla fikir yürütmenin hiçbir yararı yoktu artık. En azından benim için bunların hiçbir önemi kalmamıştı. Görmeye geldiğim adam ve ondan geri ya ödünç almayı umduğum kitap, Neptün'ün krallığında, Ege Denizi'nin derinliklerinde ya da belki şimdiden balıklarının midelerinde kalıbı dinlendirmekteydi.

İtiraf etmeliyim ki, kendi yazgıma acındıktan ve bir hiç uğruna bunca sıkıntıya katlanmış olmaktan yakındıktan sonra, bu olayın anlamı üstüne sorgulamaya başladım kendimi. Ne ders çıkarmalıydım bundan? Yaşlı İdris'in ölümü, Marmontel'in ve *Yüzüncü Ad*'ın ortadan kaybolmasından sonra bu kitaptan vazgeçip Cübeyl'e dönmek akıllıca olmaz mıydı?

Bizim işaret memurunun kanısı böyle değil. Yeğenim Bûme'ye bakılırsa, Tanrı bize bir ders vermek istemiş olmalı – bir Cenevizli tüccarın kulağını çekmek için Fransa kralının görevlisini denizde boğmak, iyi mantık! Neyse geçelim... Tanrı bizi cezalandırmak, özellikle de beni cezalandırmak istedi, tam elime geçmişken bu yapıtı kaptırdığım için. Ne var ki vazgeçirmek için yapmadı bunu, tersine. Gayretimizi ikiye katlamalı, başka sıkıntılar, başka düş kırıklıkları yaşamaya hazır olmalıydık; yeniden o en büyük ödüle, o kurtarıcı kitaba layık olabilmek için.

Ne yapmalıydık peki, ona göre? Aramayı sürdürmeliydik. Tüm dünyanın en büyük, en eski kitapçıları Konstantinopolis'te değil miydi? Bir bir sormak gerekirdi onlara, raflarını, dükkân arkalarını didik didik etmek gerekirdi; ve sonunda bulacaktık.

Bu noktada –yalnızca bu noktada– haksız bulmuyordum onu. *Yüzüncü Ad*'ın gerçek ya da sahte bir nüshasının bulunabileceği tek yer varsa, orası yalnızca Konstantinopolis olabilirdi.

Gelgelelim, Cübeyl'e hemen dönmeme kararını vermemde, bu gerçeğin pek fazla etkisi olmadı. Beklenmeyen haberin ilk darbesini atlattıktan sonra, umutsuzluğa kapılmanın, özellikle de bütünüyle iyileşmemişken yeniden –üstelik tam da soğuk mevsimin göbeğinde– yol sıkıntılarına atılmanın bir yararı olmayacağına karar verdim. Biraz bekleyelim diye düşünüyordum, sahafların, antikacı meslektaşların dükkânlarının tozunu atalım; bir yandan da Marta'ya girişimleri için zaman tanıyalım; sonra karar veririz.

Bu yolculuğu bir iki hafta daha uzatarak, belki ona yeniden bir anlam da verebilirim. İşte bunları söylüyorum kendi kendime, bu sayfayı çevirmeden önce ve bunun, kaygılarımı susturmak, şaşkınlığımı yatıştırmak için bir hile olduğunu çok iyi biliyorum.

3 Kasım

Durmadan şu zavallı Marmontel'i düşünüyorum; bu gece, ikinci kez ardarda düşümde gördüm onu! Son ziyaretinde daha iyi ilişkiler içinde ayrılmış olmamamıza ne kadar üzülüyorum bilemezsiniz. Mazandarânî'nin kitabı için ondan bin beş yüz maydin istediğimde, içinden Cenevizlinin açgözlülüğüne lanet okumuş olmalı. Yalnızca, yoksul bir adamın bana armağan ettiği bir kitaptan ayrılmak istemediğimi nasıl tahmin edebilirdi? Niyetim alabildiğine soyluydu ama onun bunu anlamasına olanak yoktu. Ve hiçbir zaman gözünde eski saygınlığımı kazanamayacağım artık.

Zaman, pişmanlığımı hafifletir umarım!

Öğleden sonra, sevimli evsahibim Bay Barinelli, beni odamda ziyaret etti. Önce kapıyı nazikçe aralayarak, öğlen uykusundan uyanıp uyanmadığıma baktı; sonra da, benim bir işaretim üzerine, mahcup bir edayla içeri girdi ve öğrendiklerinden sonra ne durumda olduğuma bir bakmak istediğini söyledi. Sonra da sırtı dik, gözleri yerde, sanki bir başsağlığı ziyaretindeymiş gibi oturdu. Ardından hizmetçisi girdi içeriye ve ben oturması için ısrar edene kadar ayakta durdu. Adam, Ceneviz usulü teselli sözcükleri söylüyordu bana; hizmetçiyse hiçbir şey söylemiyor, hiçbir şey anlamıyor, bütünüyle efendisine dönük, sesi müziklerin en güzeliymişçesine onu dinliyordu yalnızca. Bense, "takdir-i ilahî"ler üstüne söylediklerini onaylıyor gibi görünüyor ama asıl teselliyi, bir birini, bir ötekini seyrederek buluyordum.

Bu ikisi, duygulandırıyorlar beni. Marmontel üstüne söyleyecek çok şeyim olduğundan henüz bu sayfalarda onlardan söz etmedim; ama burada olduğumuzdan beri bizimkilerle sık sık ve alçak sesle konuşuyoruz, özellikle de Marta'yla; ve tatlı tatlı şakalar yapıyoruz onlar üstüne.

Öyküleri oldukça tuhaf. Öğrendiğim kadarını aktarmaya çalışacağım bu öykünün; belki böylece, beni hırpalayan kaygılardan bir an olsun kurtulurum.

Barinelli, geçen ilkbahar, bir iş için kuyumcular çarşısına giderken köle satılan çarşıdan geçiyormuş – burada Esir Pazarı deniyor buna. Genç bir kadını elinden tutan bir satıcı, ona yaklaşmış ve kadının niteliklerini övmeye başlamış. Cenevizli, bir köle almak niyetinde olmadığını söylemiş ona, ama satıcı ısrar etmiş:

"Alma istersen" demiş, "ama en azından bak ona!"

Kısa kesmek isteyen Barinelli, kıza bir göz atmış; hemen ardından yoluna devam etmeye kararlıymış. Ama gözleri karşılaştığında, "tutsak bir kızkardeşi bulma duygusu"na kapılmış söylediğine göre. Nereden geldiğini sormuş ona; ama kız, ne Türkçesini, ne İtalyancasını anlamış. Kızın, buralarda kimsenin anlamadığı bir dil konuştuğunu söylemiş satıcı. Sonra küçük bir kusuru daha olduğunu eklemiş; baldırındaki bir yaranın yol açtığı hafif bir topallama. Yara izini göstermek için kızın entarisini kaldırmış; ama Barinelli sert bir hareketle indirmiş entariyi; kızı olduğu gibi alacağını ve daha fazlasını görmek istemediğini söylemiş.

Ve eve, yalnızca adının Liva olduğunu söyleyebilen bu köleyle dönmüş. İşin tuhafı, Barinelli'nin küçük adının da Livio olması.

O günden beri, en duygulandırıcı aşk öyküsünü yaşıyorlar birlikte. Sürekli olarak el ele tutuşuyorlar; gözlerini birbirlerinden ayırmıyorlar. Livio ona kölesiymiş gibi değil, prensesiymiş, taptığı karısıymış gibi bakıyor. Kaç kez gördüm, onlara bakan gözlerimizi unutup, bir öpücük kondurmak için elini dudaklarına götürdüğünü, onun oturması için bir sandalyeyi yaklaştırdığını ya da elini tatlılıkla saçlarının, alnının üstünden geçirdiğini. Dünyanın tüm karı kocaları ve tüm sevgililer kıskanırdı bu ikisini görselerdi.

Liva'nın çekik gözleri ve çıkık elmacık kemikleri var; buna karşılık saçları açık renk, neredeyse sarı. Bir step kavminden geliyor olabilir. Sanırım ataları Moğol, ama Moskova'dan kız kaçırmış bir Moğol olmalı soyunda. Kendisi hiçbir zaman nereli olduğunu ve nasıl tutsak düştüğünü açıklayamadı. Sevgilisi, ona söylediği her şeyi anladığından emin; söyleyiş biçimine bakınca anlaması şaşırtmıyor beni. Sonunda İtalyanca öğrenecek, daha önce Barinelli steplerin dilini öğrenmezse eğer.

Gebe olduğunu söylemiş miydim? Livio'su, yanında durup kolundan tutmadığı sürece merdivenden inip çıkmasını yasaklıyor.

Yazdıklarımı yeniden okuduğumda Liva'ya "hizmetçisi" dediğimi keşfediyorum. Hiçbir yazdığımı silmeme sözü vermiştim kendi kendime; ama bunu düzeltmem gerekiyor. "Köle" demek istemiyordum ona; cariye ya da metres demekte de kararsızdım. Anlattıklarımdan sonra ona düpedüz "karısı" demek gerektiği apaçık ortada. Barinelli, eşi gibi görüyor onu, başkalarının eşlerine davrandığından çok daha iyi davranıyor; Liva yarın çocuklarının annesi olacak.

4 Kasım

Benimkiler, her biri kendi kafasını kurcalayan gölgenin peşinde, sabah sabah kente dağıldılar.

Bûme, gidip sahaf dükkânlarını gezdi; orada, *Yüzüncü*

Ad'ın bir nüshasına sahip büyük bir koleksiyoncudan söz etmişler laf arasında; ama daha fazlasını öğrenememiş.

Habib de kardeşiyle birlikte çıkmış, Haliç'i aynı kayıkta geçmişlerdi; ama ayrı saatlerde döndüler, uzun süre yanyana yürüdüklerinden bile kuşkuluyum.

Marta, kocasının adını taşıyan bir korsanın, iki yıl önce asılıp asılmadığını öğrenmeye çalışmak üzere sultanın sarayına gitti; iyi Türkçe konuşan ve karışık işlerde hepimizden daha becerikli olan Hâtem, ona eşlik etti; henüz bu konuda bir şey elde edemedilerse de böyle durumlarda nasıl davranılması gerektiği üstüne bazı yararlı bilgiler edindiler ve yarın başvurularını yineleyecekler.

Ben de Pera'daki kilisesinde Peder Thomas'ı görmeye gittim. Pazar günkü ilk görüşmemizde, Marmontel'in ölümünün beni neden bu denli etkilediğini ona açıkça itiraf etme olanağını bulamamış – hem de istememiştim bunu. Şövalyenin benden satın aldığı ve Konstantinopolis'te biraraya gelip üstünde yeniden konuşmamız gereken bazı değerli nesnelerden söz etmiştim yuvarlak sözlerle. Bu kez, günah çıkarır gibi, şaşkınlığımın gerçek nedenlerini ona açıkladım. Başka bir şey söylememem için birkaç uzun saniye boyunca bileğimi tuttu; derin düşüncelere dalmıştı ya da dua ediyordu o sırada. Sonra da şöyle dedi:

"Bir Hıristiyan için Yaradan'a seslenmenin tek yolu duadır. Alçakgönüllü ve boyun eğmiş görünürüz; yakınmalarımız ve beklentilerimiz varsa O'na söyleriz ve 'amin'le bitiririz. Tersine, kibirli insan, Tanrı'nın istemini saptırma ya da değiştirme olanağını vereceğini sandığı formülleri arar büyücü kitaplarında; ve bu zavallı ölümlüler, Tanrı'yı, dümenini isteklerine göre çevirebilecekleri bir gemi gibi hayal ederler. Tanrı bir gemi değildir; gemilerin efendisidir o; denizlerin, sakin göğün ve fırtınaların efendisi. Büyücülerin formülleriyle yönlendirilemez; ne sözcüklere ne sayılara hapsedilebilir; ele avuca sığmayan ve önceden bilinemeyendir o. Onu yönlendirme savında olanın vay haline!"

"Siz şimdi, Marmontel'in sizden satın aldığı kitabın olağanüstü özellikleri olduğunu söylüyorsunuz..."

"Hayır Peder" diye düzelttim, "yalnızca anlatılan aptallıkları aktardım size; kitabın özelliklerine inansaydım, ondan ayrılmazdım."

"Öyleyse oğlum, iyi ettiniz ondan ayrılmakla; çünkü siz, Tanrı'ya doğru yolculuk yaptınız ve işte Konstantinopolis'tesiniz; oysa yükleri arasında bu sözde kurtarıcı kitapla yola çıkan şövalye, hiçbir zaman gelemedi buraya! Tanrı onu bağışlasın!"

Deniz kazasının ayrıntılarını sormak için mi gitmiştim Peder Thomas'ya? Öyleyse yeni bir şey öğrenememiştim. Ama teselli aramaya gittiysem, onu hiç esirgememişti benden. Kiliseden çıkarken adımlarım daha bir zindeydi ve şu son günlerdeki cansıkıntım dağılıp gitmişti.

Özellikle yolculukla ilgili o son düşüncesi –ne yalan söyleyeyim– bana bir rahatlama duygusu vermişti. Ve akşam, Bûme geri dönünce, önce bir süre *Yüzüncü Ad*'ın yeni bir kopyasını bulma olasılıklarımız üstüne konuşmasına izin verdim, sonra da bir iç çekmeyle, hiç utanmadan sahiplendiğim o çok zekice gözlemi attım ortaya.

"Geriye bu kitapla döner miyiz bilmiyorum, ama iyi ki onunla gelmemişiz."

"Nedenmiş o?

"Çünkü tam da bu kitapla yolculuk eden şövalye..."

Marta gülümsedi, Hâtem'in gözleri parıldadı, Habib'se elini kardeşinin omzuna koyarak çekinmeden güldü; öteki küçümser bir edayla çekildi ve incinmiş gibi, bana bakmadan yanıtladı:

"Dayımız *Yüzüncü Ad*'ın mucizeler yaratan bir kutsal kalıntı olduğunu sanıyor. Oysa nesnenin kendisinin değil, sadece içinde saklı bir sözcüğün, kitabın sahibini kurtarabileceğini anlatamadım bir türlü. İdris'in sahip olduğu kitap, bir kopyanın kopyasıydı. Ya biz, biz ne yapmaya geldik bu kente? Şövalyeden kitabı ödünç almak –buna izin verirse– ve kopya etmek için! Demek ki aradığımız nesne değil, gizli sözcüktü."

"Hangi sözcük?" diye sordu Marta masumca.

"Tanrı'nın adı."

"Allah mı demek istiyorsun?"

Bûme onu yanıtlamak için en bilgiç, en ukala edasını takındı:

"Allah, 'el-ilah'ın hecelerinin kaynaşmış biçimidir ve yalnızca 'Tanrı' anlamına gelir. Bir ad değil bir belirtmedir. Tıpkı 'sultan' der gibi. Ama sultanın da bir adı vardır: Mehmed, Murad, İbrahim, ya da Osman. Tıpkı Kutsal Baba dediğimiz ama özel bir adı da olan papa gibi."

"Çünkü papalar ve sultanlar ölürler" dedim ona, "ve yerlerini başkaları alır. Ölmeselerdi ve hep aynı kalsalardı, onları bir adla ve bir sayıyla belirtmeye gerek kalmazdı; 'Papa' ya da 'Sultan' demek yeterdi..."

"Haksız değilsin. Madem ki Tanrı ölmüyor ve hiçbir zaman yerine bir başkası geçmiyor, onu başka türlü adlandırmamıza gerek yok. Ama bu, onun başka bir adı, saklı bir adı olmadığı anlamına gelmez. Ve bu adı sıradan insanlara değil, yalnızca bilmeyi hakedenlere bildirir. İşte bunlar gerçek Seçilmiş-ler'dir; ve tüm felaketlerden kurtulmak, tüm belaları uzaklaştırmak için bu tanrısal adı ağızlarına almaları yeter. Buna karşılık şöyle diyeceksin bana: Eğer Tanrı, yalnızca seçtiği kişilere bu adı açınlıyorsa, Mazandarânî'nin kitabına sahip olmak böyle bir ayrıcalık için yeterli değil demektir. Kuşkusuz. Zavallı İdris, tüm yaşamı boyunca bu kitaba sahip oldu; ve ondan hiçbir şey öğrenmemiş olabilir. Yüce adı öğrenmeyi haketmek için insan ya çok büyük bir dindarlık örneği göstermeli ya benzersiz bir bilgi hazinesine sahip olmalı ya da ölümlülerin geri kalanının paylaşmadığı bir başka niteliği olmalı. Ama zaman zaman Tanrı'nın, görünüşte başkalarından hiçbir farkı olmayan biriyle dostluk kurduğu da olur. Ona işaretler gönderir, görevler yükler, sırlar açar ve renksiz yaşamını unutulmaz bir destana dönüştürür. Neden başkasını değil de onu seçtiğini sormak anlamsızdır. Bir bakışta geçmişi ve geleceği görebilenin, bizim bugünlük değerlendirmelerimize gereksinimi yoktur."

Yeğenim gerçekten de kendini Tanrı tarafından seçilmiş mi sanıyordu? Konuşmasını dinlerken böyle bir duyguya kapıldım. Bu hâlâ çocuksu yüzde, bu henüz seyrek sakalın altında beni endişelendiren bir titreşim var sanki. Günü geldiğinde bu çocuğu anasına geri götürebilecek miyim? Yoksa o mu beni hâlâ yollarda sürüklüyor olacak, hepimizi buraya dek sürüklediği gibi.

Hayır, hepimizi değil! Yazdığım şey doğru değil! Marta kendi nedenleri yüzünden geldi buraya; Habib şövalyelik duygusuyla ya da çapkınlıktan; Hâtem de sadece efendisini izleyerek geldi Konstantinopolis'e, tıpkı başka herhangi bir yere gittiğimde beni izleyeceği gibi. Yalnızca ben Bûme'nin buyruklarına boyun eğdim; onun hızını kesme görevi de bana düşüyor. Oysa hiçbir şey yapmıyorum bu konuda. Kibarca dinliyorum onu, mantığının mantıksızlık, inancının dine saygısızlık olduğunu bile bile.

Belki de ona başka türlü davranmalıyım. Söylediklerine karşı çıkmalı, sözünü kesmeli, alaya almalı, kısacası kişiliğine, bilgisine onca değer verir görünmek yerine, bir dayının genç yeğenine davranacağı gibi davranmalıyım. Gerçek şu ki ona karşı bir tür çekinme, giderek bir tür korku duyuyorum ve bunun üstesinden gelmem gerek.

İster Tanrı'nın gönderdiği biri, ister Şeytan'ın habercisi olsun, hâlâ yeğenim benim; ve onu öyle davranmaya zorlamalıyım.

5 Kasım

Marta'nın isteği üzerine sultanın sarayına onunla birlikte gittim. Varlığımın işini zorlaştırdığını söyleyen Hâtem'in isteği üzerine de hemen ayrıldım oradan. Bana saygı gösterilmesini sağlamak için en güzel giysilerimi giymiştim; ama bu, çevredekilerin açgözlülüğünü, doymak bilmezliğini alevlendirmekten başka işe yaramadı.

Yüzlerce başka davacıyla birlikte sarayın birinci avlusuna girmiştik; hepsi de bir tapınma yerindeymişçesine sessizdi. Herkesin üstünde yaşam ölüm hakkı olana yakın olmanın doğurduğu bir dehşetti bu. Bugüne dek hiç böyle bir yere girmemiştim; bu alçak sesle dolaplar çeviren, ayaklarını sürüyerek sağa sola giden, hüzün ve korku terleri döken kalabalıktan bir an önce uzaklaşmak istiyordum.

Hâtem Silahhane'de bir kâtiple görüşmek istiyordu; adam

küçük bir para karşılığı ona bazı bilgiler vereceğine söz vermişti. Eskiden Azize Eirene Kilisesi olan bu yapının kapısına geldiğimizde, yardımcım bana dışarıda beklememi söyledi; memurun beni görüp isteklerini arttırmasından korkuyordu. Ama çok geçti artık. Talihsizliğe bakın ki tam o sırada bir iş için dışarı çıkıyordu adam; beni şöyle bir tepeden tırnağa süzdü. Görevine geri döndüğünde, istekleri on beş misline yükselmişti. Zengin bir Cenevizliden istenen, zavallı bir dula eşlik eden bir Suriyeli köylüden istenmez. On para, yüz elli oldu; üstelik verilen bilgiler de eksik kaldı; çünkü adam bildiklerinin tümünü söyleyeceğine, yeni paralar sızdırmak umuduyla asıl bilgiyi kendine sakladı. Böylece baktığı kütükte, Marta'nın kocası Seyyâf'ın adının hükümlüler arasında bulunmadığını ama ikinci bir kütük daha bulunduğunu ve ona henüz ulaşamadığını söyledi. Parayı ödeyip teşekkür etmekten başka yapacak bir şey yoktu; belirsizlik devam ediyordu.

Hâtem'se Bâbü's-Saade'nin ötesinde, Kubbealtı'ndan birini daha görmek istiyordu. Onu daha fazla izlememem için yalvardı; ben de dışarıda, gelirken farkettiğimiz bir kahvecide onları beklemek üzere ortadan kayboldum; alınmak bir yana hoşnuttum bu durumdan. Bu yöntemler beni çileden çıkartıyor; Marta ısrar etmeseydi buraya asla gelmezdim. Ama artık bu angaryadan kurtulacağım; olabildiğince çabuk –ve en ucuz biçimde– sonuca ulaşmaları dileğimi iletiyorum onlara.

Bir saat sonra çıktılar. Hâtem'in görmek istediği kişi, gelecek Perşembe günü yeniden gelmesini söylemiş. O da bir kâtip; ama Adalet Kulesi'nde görevliymiş ve sayısız dilekçe kabul edip üst makamlara iletiyormuş. Belirlenen görüşme için bir gümüş sikke almış. Ortalıkta görünseydim, bir altın sikke isteyecekti.

6 Kasım, bir Cuma günü

Bugün, olan oldu sonunda. Gece vakti, yatağın karışıklığında, kaçamak bir sarılmanın dolambacıyla değil, güpegündüz, dışarıda sokaklar insan kaynarken oldu. O ve ben, Bay Barinelli'nin evinde, birinci katta, kafesler arkasından sarkmış, iki işsiz güçsüz kadın gibi Galata sakinlerinin gidiş gelişini seyrediyorduk. Cuma burada tapınma günü; kimileri için de gezinti, eğlence ya da dinlenme günü. Yol arkadaşlarımızın hepsi bir yana gitmiş, sonra da evsahibimiz dışarı çıkmıştı. Kapının çarpıldığını duymuş, ardından Barinelli'nin altımızdaki dar sokaktan dikkatle ilerlediğini görmüştük. Yanında koluna asılı, hafifçe aksayan; gebe yavuklusu, her adımda moloz yığınlarının çevresinden dolanarak yürürlerken kadın ansızın tökezledi ve az daha yere kapaklanıyordu; çünkü ayağını bastığı yere bakacağına erkeğinden ayırmıyordu gözlerini. Adam onu tam zamanında yakaladı, koruyucu elini hafifçe alnından geçirirken tatlılıkla azarladı: Parmağıyla gözlerinden ayağına giden hayalî bir çizgi çizdi havada. Kadın başıyla anladığını gösterir bir işaret yaptı ve yeniden, ama daha yavaş yürümeye başladılar.

Sıkıntılarını izlerken Marta ve ben, kıskançlıkla gülmekten alamadık kendimizi. Ellerimiz birbirine değdi, ardından onlarınki gibi kenetlendi. Bakışlarımız birbirini buldu; sonra ikimizin de gözünü ötekinden önce kaçırmak istemediği bir oyundaymışız gibi, uzun süre öyle kaldık birbirimizin karşılıklı aynalarında. Sahne gülünç ya da çocuksu olabilirdi, bir süre sonra Marta'nın yüzünden bir damla gözyaşı akmasaydı eğer. Yüzündeki gülümseme henüz silinmediği için daha da şaşırtıcı gelen bir gözyaşı damlasıydı bu. O zaman ayağa kalktım, üstünde hâlâ dumanı tüten kahve fincanlarımızın durduğu sehpanın çevresinden dolaştım, arkasında durdum, kollarımı omuzlarının ve göğsünün çevresine sardım ve tatlılıkla sıktım onu.

O da başını arkaya devirdi, dudaklarını araladı ve gözlerini kapadı. Aynı anda kendini bırakarak iç geçirdi. Önce alnından öptüm, sonra yavaşça gözkapaklarından, daha sonra çekinerek ağzına yaklaştım, dudaklarının köşesinden öptüm, önce bir, sonra öbür yanından. Bütünüyle ağzıma almamıştım daha ağzını; henüz okşuyordum, arasından durmaksızın "Marta" sözcüğü çıkan titrek dudaklarımla; "Marta", ardından "kalbim", "sevgilim", "arkadaşım", "kızım" anlamına gelen tüm İtalyanca ve Arapça sözcükler ve sonra "istiyorum seni".

Ve kendimizi, birbirimizin kuytuluğunda bulduk. Ev hâlâ sessiz, dışarıdaki dünya gittikçe daha uzaktı.

Üç kez yanyana uyumuştuk, ama henüz bedenini keşfetmemiştim; o da benimkini hissetmemişti daha. Terzi Abbas'ın köyünde, bir meydan okuma duygusuyla, bütün bir gece elini tutmuştum; Tarsus'ta da kara saçlarını kolumun üstüne yaymıştı. Çekinme ve küçük başlangıçlarla iki uzun ay geçirilmişti, iki tarafta da şu ana ulaşmanın korkusu ve umudu içinde. Berberin kızının ne kadar güzel olduğunu yazmış mıydım daha önce? Hâlâ o kadar güzel ve sevecenlikte kazandığını, tazelikte yitirmemiş. Sevecenlikte ve öfkede demeliydim. Öfkenin peşinden gideninkine benzemez hiçbir sarılma. Onun sarılması –eskiden– açgözlü ve ele avuca sığmaz, küstah ve fütursuz olmalıydı. Bunu tadamadım ben; ama kadına ve kollarına dikkatle bakınca nasıl sarıldığını anlamak zor değil. Bugünse şefkatli olduğu kadar, evet, öfkeli bu sarılma; kolları, kurtuluşa doğru yüzercesine sarılıyor insana, başı şimdiye dek hep suyun altında kalmış gibi soluk alıyor; ve tüm umursamazlığı, yakıştırma.

"Ne düşünüyorsun?" diye sordum biraz soluğumuzu toplayıp sakinleştiğimizde.

"Evsahibimizi ve hizmetçisini; her şey ayırmalıydı onları, oysa dünyanın en mutlu insanlarıymış izlenimini veriyorlar bana."

"Biz de dünyanın en mutlu insanları olabilirdik."

"Belki!" dedi iç geçirerek ve öbür yana bakarak.

"Neden yalnızca 'belki'?"

Gözlerimin ve düşüncelerimin derinliklerini görmek ister gibi eğildi üstüme. Sonra gülümsedi, iki kaşım arasına bir öpücük kondurdu.

"Bir şey söyleme artık. Yaklaş bana!"

Yeniden sırtüstü uzandı ve güçlü bir biçimde beni kendine doğru çekti. Ben ki bir manda kadar iriyimdir, göğsünün üstünde yeni doğmuş bir bebek kadar hafif olduğumu hissettirdi bana.

"Yaklaş bana!"

Tanıdık bir yurt oldu bedeni artık: Tepeler, boğazlar, gölgeli patikalar, otlaklar, öylesine geniş ve cömert bir toprak ki; ve ansızın öylesine küçücük... Sarılıyorum ona, o da bana sarılıyor, tırnaklarını sırtıma saplıyor, yuvarlak sayılara benzer izler bırakmak için batırıyor tenime.

Soluğum kesilmiş, hâlâ mırıldanıyordum kendi dilimde: "İstiyorum seni!"; o da kendi dilinde yanıt verdi: "Aşkım!" Sonra da neredeyse ağlayarak yineledi: "Aşk!" İşte o zaman "Kadınım!" dedim ona.

Ama o hâlâ başka birinin kadını; lanet olası başka birinin!

8 Kasım 65

Saraya bir daha gitmemeye ve Hâtem'i istediği gibi dolap çevirmesi için rahat bırakmaya yemin etmiştim. Ama bugün, Marta'ya ve Hâtem'e Bâb-ı Âlî'ye dek eşlik etmeyi ve onları aynı kahvecide beklemeyi yeğledim. Varlığımın, yapılan başvurular üstünde hiçbir etkisi olmasa da orada olmam, yeni bir anlam kazanmıştı artık. Marta'yı özgür kadın yapacak kâğıdı elde etmek, yolculuğun asıl amaçlarına, Marmontel'in ve *Yüzüncü Ad*'ın izlenmesine eklenen ikincil bir kaygı olamazdı bundan sonra benim için. Şövalye yok artık ve Mazandarânî'nin kitabı, peşine hiç düşmemem gereken bir serap gibi geliyor bana bugün. Marta ise burada ve artık bir davetsiz konuk değil, benimkilerin hepsinden daha çok benim olduğuna göre, nasıl yazgısına terkederim onu Osmanlı dolambaçlarının ortasında? Onsuz sakin bir biçimde ülkeme dönmeyi düşünemem bile. O da, elinde onu özgür bir kadın yapacak ferman olmadan Cübeyl'e dönemez, o serseri kayınlarının karşısına çıkamaz. Döndüğünün ertesi günü boğazlarlar onu. Artık yazgısı benimkine bağlı. Ve ben onurlu bir erkek olduğuma göre, benim yazgım da onunkine bağlı demektir.

Bir zorunluluktan söz eder gibi söz ediyorum şimdi bundan. Yalnızca bir zorunluluk değil oysa; ama bir zorunluluk var ki yadsınması aldatıcı olur. Ben Marta'yla bir kaza sonucunda ya da ani bir içgüdüyle birleşmedim. İsteğimi uzun süre olgunlaştırdım, bıraktım zamanın sağduyusu etkisini göstersin, sonra da bir gün, o kutlu Cuma günü oturduğum yerden kalktım, onu kollarıma aldım ve tüm benliğimle onu istediğimi söyledim; o da teslim etti kendini. Ne biçim bir adam olurum, bütün bunlardan sonra ortada bırakırsam onu? Bunca saygın bir ad taşımanın ne anlamı kalır, Barinelli gibi bir hancı oğlunun benden daha soylu davranışlarda bulunmasına seyirci kalırsam?

Madem takınmam gereken tavırdan bunca eminim, neden tartışıyorum peki, neden kendimi ikna etmek istiyormuşçasına kanıtlar sıralıyorum ardarda? Çünkü yapmakta olduğum seçim, sandığımdan çok ötelere sürükleyebilir beni. Eğer Marta burada istediğini elde edemezse, kocasının öldüğünü ona yazılı olarak bildirmeyi reddederlerse, ülkesine bir daha dönemez; demek ki ben de dönemem. Ne yaparım o zaman? Bu kadını terketmemek için sahip olduğum her şeyi, atalarımın inşa ettiği her şeyi terketmeye razı olabilir miyim, dünyanın orasında burasında serseri gibi dolaşmak için?

Bütün bunlar başımı döndürüyor ve sanırım günlerin neler getireceğini beklemek çok daha akıllıca.

Hâtem ve Marta yemek saatinde saraydan çıktılar; yorgun ve umutsuzdular. Ceplerindeki son kuruşa kadar harcamış, daha da vermek için söz vermiş, ama karşılığında hiçbir şey elde edememişlerdi.

Silahhane'deki kâtip, söze başlarken ikinci kütüğe baktığını bildirmiş ve bulduklarını açıklamadan önce biraz daha para sızdırmıştı onlardan. Para ödendikten sonra da Seyyâf'ın adının orada bulunmadığını söylemiş. Hemen ardından da alçak sesle, en ağır suçları kapsayan üçüncü bir kütük daha bulunduğunu öğrendiğini, ama çok üst düzeyden iki kişiye para yedirmeden bu kütüğe bakmanın olanaksız olduğunu eklemiş. Bu iş için de yüz altmış para istemiş, sonra da yücegönüllülük göstererek ziyaretçilerin üstünde kalan yüz kırk sekiz paraya razı olmuş ve bir daha böyle tedbirsiz davranırlarsa onları hiç kabul etmemekle tehdit etmiş.

9 Kasım 65

Bugün olanlar, bir an önce bu kenti terketme arzusunu doğuruyor içimde; Marta da bunu yapmamız için yalvarıyor. Ama nereye gitmek için? Şu lanet ferman olmadan Cübeyl'e geri dönemez ve yalnızca burada, Konstantinopolis'te onu elde etme umudu var.

Dünkü gibi girişimlerimizi sürdürmek üzere saraya gitmiştik, dünkü gibi ben yine kahveye yerleşmiştim, Hâtem ve tepeden tırnağa karalar giyinmiş "dul", bir davacılar kalabalığıyla birlikte "yeniçeriler avlusu" da denilen birinci avluya girmişlerdi. Dünkü gibi üç dört saat beklemeyi göze almıştım, ama bu beni hiç tasalandırmıyordu, çünkü kahveci çok sıcak karşılıyordu artık beni. Kandiye kökenli bir Rumdu kahveci ve bir Cenevizliyi konuk etmekten çok mutlu olduğunu, böylece birlikte Venediklilerin kötülüğünden istediğimiz kadar söz edebileceğimizi yineleyip duruyordu. Bana hiçbir şey yapmamıştır Venedikliler; ama babam her zaman onları lanetlememiz gerektiğini söylerdi ve anısına saygılı olmak için bunu değiştirmemem gerek. Kahvecinin onlardan hoşlanmamak için çok daha önemli gerekçeleri vardı; açıkça pek bir şey söylemedi, ama yaptığı anıştırmalardan bir Venediklinin annesini ayarttığını, sonra da bırakıp gittiğini, kadının üzüntüden ve utançtan öldüğünü, onun de kendi öz kanına karşı nefret içinde büyütüldüğünü anlar gibi oldum. İtalyanca ve Türkçe sözcüklerle karışık bir Rumca konuşuyor; arada müşterilerin siparişleriyle kesilen uzun sohbetlere girişiyoruz onunla. Müşteriler çoğunlukla çok genç yeniçeriler; kahvelerini bineklerinin üstünde kafalarına dikiyor, sonra da boş fincanı havaya fırlatıveriyorlar. Adamımız, kahkahalar arasında fincanı yakalamaya çabalıyor; onların önünde eğlenmiş görünüyor ama uzaklaştıklarında parmaklarını çaprazlayıp Rumca bir beddua mırıldanıyor.

Bugün çok uzun konuşmadık. Yarım saat sonra Hâtem ve Marta, benizleri solmuş, titreyerek geri geldiler. Onları oturttum, yudum yudum soğuk sular içirdim, sonra da başlarına gelenleri dinledim.

Birinci avluyu geçmişler, bir kez daha Kubbealtı'na gitmek üzere ikinci avluya doğru yürüyorlarmış ki iki avluyu ayıran Bâbü's-Saade'nin yanıbaşında alışılmadık bir kalabalık görmüşler. Bir taşın üstünde kesik bir baş varmış. Marta bakışlarını kaçırmış, ama Hâtem duraksamadan yaklaşmış.

"Bak" demiş ona, "tanıdın mı?"

Marta da bakmak zorunda kalmış. Adalet Kulesi'ndeki kâtipmiş bu; geçen Perşembe Kubbealtı'nda görmeye gittikleri ve onlara bir sonraki Perşembe gelmelerini söyleyen kâtip! Bu cezaya neden çarptırıldığını öğrenmek istemişler ama sormaya cesaret edememişler; birbirlerine destek olarak ve şaşkınlıklarının idam edilen adamla olası bir suçortaklığı gibi yorumlanmaması için yüzlerini gizleyerek çıkışa doğru yönelmişler.

"Bir daha bu saraya adımımı atmam" dedi bana Marta bizi Galata'ya doğru götüren kayıkta.

Onu korkutmamak için karşı çıkmadım; ne var ki alması gerekiyor şu lanet olası kâğıdı!

10 Kasım

Marta'nın gözlerinden kesik başın görüntüsünü uzaklaştırmak için kentte biraz gezdirdim onu. Kervanla Afyonkarahisar'dan ayrılırken Meymûn bana, evinde kalmayı düşündüğü kuzenlerinden birinin adresini bırakmıştı. Kendi kendime, gidip ondan haber sormanın zamanıdır dedim. Biraz zor buldum evi; oysa Galata'daydı ve bizim kaldığımız yerden bir iki sokak ötedeydi. Kapıyı çaldım. Bir süre sonra adamın biri gelip kapıyı araladı ve içeri davet etmeden önce üç dört soru sordu bize. Sonunda kapıdan çekilmeye karar verip bir iki soğuk terbiye sözcüğü söylediğinde, evine adım atmamaya çoktan yemin etmiştim içimden. Biraz ısrar etti ama benim için iş bitmişti. Yalnız ondan Meymûn'un Konstantinopolis'te sadece bir iki gün kaldığını ve nereye gittiğini söylemeden ayrıldığını öğrendim – belki de kuzeni bunu bilmeye layık görmedi beni. Her olasılığa karşı adresimi bıraktım, Barinelli'ninkini demek istiyorum; biz yola çıkmadan arkadaşım geri dönebilirdi ve ben bir kez daha haber almak üzere, bu pek konuksever olmayan adamın evine gelmek istemiyordum.

Sonra Haliç'ten karşıya geçerek kente gittik ve Marta, benim ısrarım üstüne iki güzel kumaş satın aldı: Biri kara, ama üstü sim işli, öbürüyse gök mavisi yıldızlarla kaplı ham ipekten. "Bana geceyi ve şafağı armağan ettin" dedi. İnsanların ortasında olmasaydık kollarıma alırdım onu.

Yeni baharat çarşısında, henüz birkaç aydır oraya yerleşmiş, ama şimdiden Konstantinopolis'in en güzel koku dükkânlarından birine sahip olan bir Cenevizliyle karşılaştım. Atalarımın kentine hiç ayak basmamış olsam da arasıra saygı duyulan, gözüpek ve zengin bir yurttaşımla karşılaştığımda gurur duymaktan kendimi alamam. Marta için, bir hanımefendinin sürünebileceği en etkileyici kokuyu hazırlamasını istedim ondan. Açıkça söylemeden karım ya da nişanlım olduğunu ima ettim. Adam dükkânın arkasındaki bölüme kapandı ve öğlen uykusuna yatacak bir paşa gibi göbekli, koyu yeşil, çok gösterişli bir şişeyle geri döndü. Sarısabır, menekşe, afyon ve çifte amber kokusu saçılıyordu şişeden.

Cenevizliye borcumu sorduğumda, hiçbir şey istemiyormuş gibi yaptı; ama yalnızca bir tüccar nezaketiydi bu. Sonunda kulağıma bir fiyat söyledi; Marta'nın verdiğim armağan karşısında büyülenen gözlerini görmeseydim bütünüyle mantık dışı gelebilirdi bu fiyat bana.

Biraz kendini beğenmişlik değil mi bu cömert nişanlı oyunu, bir fatih edasıyla durmaksızın kesenin ağzını açmam, fiyatını sormadan siparişler vermem? Olsun, ne önemi var! Ben mutluyum, o mutlu; ve kendini beğenmişliğimden utanmıyorum.

Dönerken bir Galata terzihanesinde, Marta'nın ölçülerini aldırmak üzere durduk. Sonra da dükkânının girişinde zarif iskarpinler sergileyen bir ayakkabıcıda. Marta her seferinde karşı çıkıyor, sonra da söz dinlemeyeceğimi bildiği için boyun eğiyordu. Kuşkusuz yasal eşi değildim onun, ama daha şimdiden öbüründen fazla kocası olmuştum; ve yükümlülüğümün tüm görevlerini, hepsi birer ayrıcalıkmış gibi yerine getiriyordum. Soyduğu kadını giydirmek, sarıldığına güzel kokular sürmek erkeğe düşen bir görevdir. Adımlarına katılan o kırılgan adımı, hayatı pahasına korumak nasıl göreviyse.

Sevdalı bir delikanlı gibi konuşmaya başladım şimdi de. Bu akşamlık kalemi bırakmanın ve parıldayan yaramaz mürekkebi üflemenin zamanı geldi...

14 Kasım

Dört gündür korkularını engellemesi ve yeniden saraya gitmesi için Marta'ya ısrar üstüne ısrar ediyorum; ancak bugün kabul ettirebildim. Böylece Hâtem'i de alarak yola çıktık; Haliç'ten karşıya geçtik, bir şemsiyeyle ara ara yağan yağmurdan korunarak yürüdük. Onu oyalamak için neşeli bir edayla şundan bundan söz ediyor, çevredeki güzel evleri, yoldan geçenlerin tuhaf giysilerini gösteriyordum; karşılıklı göz kırpıyorduk birbirimize, ansızın gülmemek için. Sarayı çevreleyen duvara kadar böyle sürdü bu. Ama orada yüzü karardı ve artık yumuşatamaz oldum çizgilerini.

Eskisi gibi Kandiyeli kahvecimde kaldım ben ve "dul", her adımda geri dönüp, bir daha hiç görüşmeyecekmişiz gibi bana veda bakışları fırlatarak Bâb-ı Âlî'ye doğru yola çıktı. Yüreğimi paralıyordu bu bakışlar; ama özgür olmamız ve birbirimizi sevebilmemiz için şu lanet olası fermanı alması gerekiyordu! Olduğumdan daha katı göründüm bu yüzden ve gidip kapıdan girmesi için elimle işaret ettim ona. Yapamadı. Her adımda biraz daha titriyor ve yavaşlıyordu. İyi yürekli Hâtem istediği kadar destek olsun, alçak sesle yüreklendirsin, bacakları bedenini taşımıyordu artık. Hâtem de neredeyse sürükleyerek bana doğru geri getirmek zorunda kaldı onu. Gözleri yaş içindeydi, yıkılmıştı ve böylesine zayıflık gösterdiği için iki hıçkırık arasında özür diliyordu benden.

"Kapıya her yaklaştığımda kesik başı görür gibi oluyorum. Ve tükürüğümü yutmayı bile beceremiyorum."

Elimden geldiğince teselli ettim onu. Hâtem, bu durumda

hâlâ gitmesi gerekip gerekmediğini sordu. Biraz düşündükten sonra yalnızca Silahhane'deki kâtibe gidip üçüncü kütükte ne bulduğunu sormasını, sonra da hemen geri gelmesini söyledim. O da söyleneni yaptı. Ve görevlinin yanıtı tam da korktuğum gibi oldu: "Üçüncü kütükte de bir şey yok. Ama dördüncü bir kütük daha olduğunu öğrendim..." Çabası için bir yarım kuruş daha istemiş. Bizim felaketimiz, düzenli bir gelir olmuştu bu yürek karartıcı adama.

Oradan öylesine cesaretimiz kırılmış, öylesine bitkin ayrıldık ki tüm dönüş yolu boyunca üç kelime bile konuşmadık aramızda.

Ne yapmalı şimdi? En iyisi bırakalım gece kaygılarımı sakinleştirsin. Uyumayı başarabilirsem eğer...

15 Kasım

Gece sorunuma hiçbir çözüm getirmeyince ben de kaygılarımı dinde sakinleştirmek istedim. Ama şimdiden biraz pişmanım buna. İnsan öyle rasgele dinsiz olamayacağı gibi rasgele dindar da olamıyor. Yüce Tanrı bile sıkılmış olmalı benim böyle sağımın solumun belli olmamasından.

Bu Pazar sabahı Pera'daki kiliseye gittiğimde, ayinden sonra Peder Thomas'ya günah çıkartmak istedim. O da önemli bir şeyler olduğunu düşünerek çevresini saran dindarlar kalabalığından özür diledi ve beni günah çıkartma hücresine doğru sürükledi; Marta'yla ve kendimle ilgili –çok acemice!– anlattıklarımı dinledi. Günahlarımı bağışlamadan önce, karım olmadığı sürece "bu kişi"den uzak durmamı istedi. Sonra da beni kınayacağına içimi rahatlatan kimi sözler söyledi. Bu sözleri anımsayacağım, ama sözümü tutacağımdan emin değilim.

Ayinin başlangıcında günah çıkartmaya hiç de niyetli değildim. Yarı karanlıkta, günlük dumanları arasında, görkemli sivri kemerlerin altında diz çökmüş sıkıntılarımı kafamdan geçiriyordum ki birden içimden geldi. Beni buna itenin bir dindarlık nöbetinden çok bir umutsuzluk nöbeti olduğunu sanıyorum. Hepsi de benimle birlikte kiliseye gelen yeğenlerim, yardımcım ve Marta, uzun süre beklemek zorunda kaldılar. Düşünmüş olsaydım günah çıkartmayı erteler ve yalnız giderdim. Çok ender günah çıkartırım ve Cübeyl'de herkes bilir bunu; papazla iyi geçinmek için ona arasıra eski bir dua kitabı armağan ederim; o da az günah işlediğime inanmış görünür. Dolayısıyla bugünkü hareketim, herkesin önünde yapılan bir günah çıkartmaya eşdeğerdi; dışarı çıktığımda benimkilerin tavrında açıkça gördüm bunu. Hâtem'in kih kih gülen gözleri, yeğenlerimin kâh beni kınayan kâh benden kaçan gözleri; ve özellikle de Marta'nın "Hain!" diye bağıran gözleri. Bildiğim kadarıyla o günah çıkartmadı.

Eve geldiğimizde hepsini çok tumturaklı bir tavırla çevreme toplama gereğini hissettim; onlara, Marta ilk evliliğinden aklanma belgesini alır almaz onunla evlenme niyetinde olduğumu ve bunu papaza açıkladığımı söyledim. Eğer şansımız var da dulluğu önümüzdeki günlerde resmen doğrulanırsa burada, Konstantinopolis'te evleneceğimizi, pek da inanmadan ekledim sözlerime.

"Sizler benim çocuklarım gibisiniz; Marta'yı kendi anneniz gibi sevip saymanızı istiyorum."

Hâtem, önce benim elimi öptü, sonra da müstakbel eşiminkini. Habib ikimize de öyle bir coşkuyla sarılıp öptü ki yüreğim yağ bağladı. Marta onu uzun süre göğsüne bastırdı ve bu kez, yemin ederim, en ufak bir kıskançlık duymadım; şimdiye dek hiçbir zaman birbirlerine bu denli yakın durmadıklarından eminim artık. Bûme'ye gelince o da gelip öptü bizi; kendi tarzında, daha kaçamak, daha gizemli bir edayla. Hiçbir zaman anlayamamayacağımız düşüncelere dalmış gibiydi. Bu beklenmedik karmaşanın yeni bir işaret olduğunu, zamanın sonundan önce ruhlarda meydana gelen sayısız karışıklıktan biri olduğunu düşünüyordu belki de.

Bu akşam, odamda tek başıma bu satırları yazarken, küçük bir pişmanlık sızısı var içimde. Bu günü baştan yaşayabilseydim, başka türlü yaşardım. Ne günah çıkartırdım, ne de o tumturaklı açıklamayı yapardım. Neyse! Olan oldu artık! Yaşamını hiçbir zaman bir tepenin üstünden seyredemiyor insan!

16 Kasım

Uyandığımda pişmanlıklarım aynen sürüyordu. Onları dindirmek için günah çıkartmanın beni bunaltıcı bir yükten kurtardığını söyledim kendi kendime. Doğru değildi bu oysa. Tensel eylem, ancak kilisede diz çöktüğüm an omuzlarımda ağırlığını hissettirmişti, daha önce değil. Daha önce, Cuma günü olanlara günah demiyordum. Ve şu an, böyle dediğim için kızıyorum kendime. Günah çıkartma hücresinde bir yükten kurtulmak istemiştim belki, ama tersine, daha da ağırlaştı yüküm.

Üstelik, bana kaygı veren sorular olduğu gibi duruyor: Nereye gitmeli şimdi? Benimkileri nereye götürmeliyim? Marta'ya ne önermeliyim? Evet, ne yapmalıyım?

Hâtem gelip ona göre en az kötü çözümün, görevlinin birinden, iyi bir para karşılığında, Marta'nın kocasının idam edildiğini bildiren sahte bir belge almak olduğunu söyledi. Öneriyi, dürüst bir adamın yapması gerektiği gibi öfkeli bir edayla geri çevirmedim; hâlâ saflığa, adalete ya da masumluğa inanmayacak kadar çok saç ağarttım bu yeryüzünde ve doğruyu söylemek gerekirse, insanı özgür bırakan sahte bir belgeye, boyunduruk altına alan gerçek bir belgeden daha çok saygı göstermeye yatkınım ben. Ama düşündükten sonra hayır dedim; çözümü çok akıllıca bulmadım. Cübeyl'e geri dönüp, sahte olduğunu bildiğim bir kâğıdın tanıklığıyla kilisede evlenmek mi? Ve ömrümün geri kalanını, ansızın kapının açılmasını ve karısıyla yaşayabilmek için ölmeden gömdüğüm adamın içeri girmesini bekleyerek geçirmek mi? Hayır, bunu göze alamazdım!

17 Kasım

Bu Salı, tasalarımdan uzaklaşıp oyalanmak için, en çok tad aldığım uğraşlardan birine ayırdım günümü: Tek başıma kentin sokaklarına vuracak ve bir gün süreyle sahaflar çarşısında kendimi unutacaktım. Ama Süleymaniye camisi yakınlarında ne aradığımı soran bir satıcıya safça Mazandarânî'nin adını söylediğimde adam kaşlarını çattı, hemen sesimi alçatmam için işaret etti, başka kimsenin beni duymadığından emin olduktan sonra da içeri çağırdı ve tanıksız konuşabilmemiz için oğluna dışarı çıkmasını buyurdu.

Yalnız kaldıktan sonra bile konuşmasını o kadar alçak sesle sürdürdü ki onu duymak için sürekli bir çaba harcamam gerekiyordu. Ona göre kısa süre önce, kıyamet gününün çok yakın olduğunu bildiren kimi kehanetler, en tepedeki yetkililerin kulağına gitmişti; bir müneccim, tüm masaların kısa süre sonra ters döneceğini, tüm sofraların kalkacağını, en büyük sarıkların onları taşıyan kafalarla birlikte yerlerde yuvarlanacağını, tüm sarayların, içinde oturanların üstüne yıkılacağını söylemişti sadrazama. Bu söylentilerin paniğe ya da ayaklanmaya neden olmaması için zamanın sonunun yakın olduğunu bildiren tüm kitapların toplanması ve yok edilmesi buyruğu verilmişti; onları kopya eden, satan, yayan ya da yorumlayanlar, en ağır cezalara çarptırılıyordu. Bütün bunların son derece gizli olup bittiğini söyledi iyi yürekli satıcı ve bir komşunun kapalı dükkânını gösterdi: Adam yakalanmış, işkence görmüş ve kardeşleri, gidip başına neler geldiğini sormaya bile cesaret edememişlerdi.

Zahmete girip beni tehlikeden haberdar ettiği ve böylelikle –kökenime karşın– bana güvendiği için sonsuz bir gönül borcu duyuyordum bu meslektaşıma. Ama belki de daha çok kökenim nedeniyle güven duymuştu bana. Eğer yetkililer onu denemek ya da gözetlemek isteselerdi bir Cenevizli yollamazlardı herhalde!

Bugün öğrendiklerim, hem Halep'te başıma gelenleri, hem de önlerinde *Yüzüncü Ad*'ı andığım zaman Trablus'taki sahafların gösterdiği alışılmadık tepkiyi aydınlatıyor.

Daha ağzısıkı, daha dikkatli davranmam ve özellikle dudaklarımın ucunda bu kitabın adıyla kitapçılarda dolaşmamam gerekiyor. Gerekiyor, evet, bugün böyle diyorum kendi kendime, ama bu akıllıca tutumu uzun zaman sürdürebileceğimden emin değilim. Bu iyi adamın söyledikleri beni tedbirli olmaya itiyor, ama aynı zamanda, bana meydan okumaktan vazgeçmeyen bu lanetli kitap konusundaki merakımı da alevlendiriyor.

18 Kasım

Bugün de, gece olana kadar sahaflarda dolaştım. Baktım, gözledim, karıştırdım, ama *Yüzüncü Ad* üstüne hiçbir bilgi edinemedim.

Bir iki kitap aldım; özellikle de uzun zamandır aradığım ender bir yapıtı, İbn Vahşiyye'ye ait olduğu söylenen *Gizli Alfabeler Bilgisi*'ni satın aldım. Bilenler dışında kimsenin okuyamadığı onlarca değişik yazı var içinde; ona daha önce sahip olabilseydim, bu günlüğü tutmak için ondan esinlenebilirdim. Ama artık geç; artık kendi alışkanlıklarım var benim, kendi kılık değiştirme biçimim var ve bundan sonra onları değiştiremem.

27 Kasım 1665 Cuma günü yazıldı

Hiç nedeni yokken uzun bir kâbus haftası geçirdim ve korkusu kemiklerime işledi. Ama yola çıkmayı reddediyorum. Yenilmiş, aldatılmış, aşağılanmış bir biçimde alıp başımı gitmeyi reddediyorum.

Gereğinden fazla kalmayacağım Konstantinopolis'te ama başıma gelenler için özür dilenmedikçe gitmeyeceğim.

Felaketim ayın 19'u Perşembe günü, Bûme, sonunda *Yüzüncü Ad*'ın bir kopyasını elinde bulunduran koleksiyoncunun adını öğrendiğini söylediğinde başladı. Oysa yeğenimin bu kitabı aramasını yasaklamıştım; ama biraz fazla yumuşak bir edayla yapmış olmalıydım bunu. Ve o gün biraz azarlasam da öğrendikleri konusunda onu sorgulamaktan kendimi alamadım.

Sözkonusu koleksiyoncu, tanımadığım biri değildi. Eflaklı bir soylu, Mircea adında bir voyvodaydı bu adam; sarayında tüm imparatorluğun en güzel kütüphanelerinden birini oluşturmuştu ve çok zaman önce babama, ikonalarla bezeli ve olağanüstü güzellikte tezhipli, parşömen üstüne yazma bir mezmurlar kitabını satın almak üzere bir adamını göndermişti. Gidip kendimi tanıtırsam bu alışverişi anımsar ve Mazandarânî'nin kitabının bir kopyasının elinde bulunup bulunmadığını bana söyler dedim kendi kendime.

İkindi üstü, insanların öğle uykusundan uyandığı bir saatte gittik voyvodanın oturduğu yere. Bûme'yle ben, yalnız ve Cenevizli giysileri içindeydik; konuşmayı benim yönlendirmeme izin vermesi konusunda yeğenime söz verdirmiştim daha önce. Ziyaretine gittiğimiz adamı, daha girer girmez, hem gerçekliği hem de içeriği kuşkulu bir yapıt üstüne sorular sorarak kızdırmak istemiyordum. Biraz dolaylı bir yerden girmek gerekiyordu konuya.

Eflak voyvodasının, çevredeki Türk evleri arasından görkemle yükselen sarayı, biraz haksızca taşıyordu bu saray nitelemesini ve kuşkusuz mimarisinden çok, içinde oturanın özelliğinden alıyordu bu nitelemeyi. On iki kez büyütülmüş bir kunduracı evi diyebilirdiniz buna; ya da aynı kişi tarafından satın alınmış ve birleştirilmiş, on iki kunduracı evi; altta sağır –ya da neredeyse sağır– duvarlar, birinci katta ahşap cumbalar ve koyu renk kafesler. Ama herkes saray diyor bu yapıya; o kadar ki çevresindeki küçük sokaklar yumağı, onun adını taşıyor artık. Kunduracılardan söz ettim, çünkü burası bir kunduracılar mahallesi; kunduracılar, sahtiyancılar ve koleksiyoncumuzun en devamlı müşterilerinden olduğunu tahmin ettiğim ünlü ciltçiler var çevrede.

Kapıda, altında bir kılıç ve bir piştov seçilen, uzun, yeşil ipekten bir ceket giymiş, Eflaklı bir partizan tarafından karşılandık; adımızı ve mesleğimizi söyler söylemez, neden geldiğimizi belirtmeye gerek kalmadan, duvarları tek kapısının üstüne dek kitaplarla kaplı, küçük bir çalışma odasına alındık. "Baldassare Embriaco" demiştim, "antika ve eski kitap tüccarı ve yeğenim Câbir." Mesleğimin, burada her kapıyı açacak şaşmaz bir büyülü sözcük olacağını tahmin ediyordum.

Voyvoda az sonra yanımıza geldi; arkasında birincisi gibi giyimli, eli kılıcının siperinde başka bir partizan vardı. Neye benzediğimizi gördükten sonra efendisi ona, rahatça gidebileceğini işaret etti ve karşımızda bir divana oturdu. Hemen ardından bir hizmetçi, hepimize kahve ve şerbet getirdi, her şeyi bir sehpanın üstüne bıraktı ve kapıyı kapayarak çıktı.

Nazik evsahibimiz, yolculuk yorgunlukları üstüne sorular sorarak başladı konuşmaya, sonra da nedenlerini sormadan ziyaretimizden onur duyduğunu belirtti. İyice yaşlı, yetmişine yakın görünen, ince bir adam; zayıf yüzü, beyaz bir çember sakalla çevrili. Adamlarından daha gösterişsiz giyimliydi; yalnızca uzun, işlemeli beyaz bir gömlek ve aynı kumaştan bir pantolon giymişti. İtalyanca konuşuyordu ve sayısız sürgün yılları sırasında zamanının bir bölümünü Floransa'da, Grandük Ferdinand'ın sarayında geçirdiğini, sonra da Katolik olmaya zorlandığı için orayı terketmek zorunda kaldığını açıkladı. Uzun uzun Medici'lerin inceliğini ve cömertliğini övdü, sonra da bugünkü zayıflıklarından üzüntüyle söz etti. Güzel şeyleri sevmeyi onların yanında öğrenmiş ve servetini, prenslik entrikaları yerine eski kitaplara sahip olmak için kullanmaya orada karar vermişti.

"Ama gerek Eflak'ta, gerekse Viyana'da birçok insan, benim hâlâ komplolar hazırladığımı ve kitaplarımın bir şaşırtmaca olduğunu sanıyor. Oysa bu deriden yaratıklar, gece gündüz kafamı meşgul ediyor. Bir kitabın varlığını keşfetmek, bir ülkeden öbürüne izini sürmek, sonunda kuşatmak, almak, ona sahip olmak, sırlarını itiraf ettirmek üzere onunla yalnız kalmak, sonra da evimde ona layık bir yer bulmak, işte benim tüm savaşlarım, fetihlerim. Ve hiçbir şey, şu çalışma odasında bu işten anlayan kişilerle söyleşmekten daha büyük bir keyif veremez bana."

Yaptığı bunca sevimli girişten sonra, evine gelmemin nedenini, uygun sözcükleri seçerek, açıklayabilecek duruma gelmiş hissediyordum kendimi.

"Zatıâlinizdeki tutku bende de var; ama daha az övgüye değer bir biçimde; çünkü sizin nesnelere duyduğunuz aşkla yaptığınız şeyi, ben ticaret gerekleriyle yapıyorum. Bir kitap aradığımda, çoğu kez onu ısmarlayan birine satmak içindir bu. Yalnızca bu Konstantinopolis yolculuğunda başka bir nedenim oldu. Pek de alışık olmadığım ve soranlara açıklamaktan çekindiğim bir neden. Ama siz bana, benden çok sizin düzeyinize yaraşır bir konukseverlik gösterdiniz; siz gerçek bir koleksiyoncu, bir bilgi insanısınız, bu nedenle hiçbir dolambaca başvurmadan konuşacağım sizinle."

Gerçekten de hiç hazırlanmadığım bir biçimde, konuşmaya giriştim; hiçbir hileye başvurmadan, sözü dolandırmadan 1666 yılında ortaya çıkacak Canavar'la ilgili kehanetlerden, Mazandarânî'nin kitabından, yaşlı İdris'in onu bana teslim ettiği koşullardan söz ettim, onu nasıl Marmontel'e bırakmak zorunda kaldığımı ve şövalyenin denizde başına gelenleri anlattım.

Bu sonuncu noktada voyvoda, olanları öğrendiğini gösterircesine başını salladı. Geri kalanına hiçbir tepki vermedi, ama benden sonra sözü aldığında, gelecek yılla ilgili değişik kehanetlerin kulağına geldiğini söyledi ve benim kısa kesme kaygısıyla adını vermediğim Rus din kitabından da söz etti.

"Bu kitabın bende, doğrudan doğruya Patrik Nikon'un gönderdiği bir nüshası var – bir zamanlar, gençliğimde Nijni-Novgorod'da tanımıştım onu. İtiraf etmeliyim ki insanın kafasını karıştıran bir yapıt. *Yüzüncü Ad*'a gelince, gerçekten de yedi ya da sekiz yıl önce onu bana sattılar; ama pek önem vermedim bu kitaba. Satıcı bile büyük olasılıkla bir sahte olduğunu itiraf etmişti. Yalnızca merak nedeniyle almıştım, koleksiyoncuların karşılaştıklarında üstünde konuşmayı sevdikleri kitaplardan biri olduğu için. Avcıların sofrada söz etmekten hoşlandığı o efsanevi hayvanlar gibi bir şeydi. Sırf kendini beğenmişlikten sakladım onu, hiçbir zaman derinliklerine dalmayı düşünmedim. Zaten Arapçayı çok az bildiğim için, bir tercüman olmadan okumam olanaksızdı."

"Peki ondan ayrıldınız mı?" diye sordum, yürek çarpıntımın dilimi titretmesini engellemeye çalışarak.

"Hayır, hiçbir zaman bir kitaptan ayrılmam. Çoktandır gözüme ilişmedi, ama buralarda olmalı, belki ikinci katta, başka Arapça kitaplarla birlikte..."

O sırada aklıma bir düşünce geldi. Uygun biçimde sunmak için kafamın içinde evirip çeviriyordum ki, öğütlerimi hiçe sayan yeğenim, sözü ağzımdan aldı.

"İsterseniz, bu kitabı İtalyancaya ya da Rumcaya çevirebilirim sizin için."

Hemen kınayan bir bakış fırlattım ona. Önerisi saçma olduğu için değil –çünkü ben de böyle bir şeyler önerecektim–, araya girişinde, önceki konuşmamızdan farklı, sert bir eda olduğu için. Evsahibimizin diklenmesinden korkuyordum ve gözlerinden, vereceği yanıt konusunda biraz duraksadığını hissettim. Yerimde duramıyordum. Ben olsaydım, başka türlü götürürdüm işi.

Voyvoda, Bûme'ye küçümseyici bir gülümsemeyle baktı.

"Öneriniz için size teşekkür ederim. Ama tanıdığım bir Rum keşiş var; Arapçayı çok iyi okuyor ve böyle bir kitabı çevirip güzel bir elyazısıyla yazmak için gereken sabrı gösterebilecek biri. Benim yaşımda bir adam bu; gençler, böyle çalışmalar için fazla sabırsız oluyorlar. Ama siz ikiniz, *Yüzüncü Ad* kitabına şöyle bir göz atmak ve bir iki satırını kopya etmek isterseniz onu size getirebilirim. Bu çalışma odasından çıkmaması koşuluyla."

"Size minnettar kalırız."

Kalktı, çıktı ve kapıyı arkasından kapadı.

"Bana söz verdiğin gibi sussaydın daha iyi ederdin" dedim yeğenime. "Sen ağzını açar açmaz, kısa kesti konuşmayı. Şimdi de bize 'koşuluyla' deme hakkını görüyor kendinde..."

"Ama kitabı bize getirecek; önemli olan da bu. Bu yolculuğu onun için yaptık biz."

"Neyi okuyacak zamanımız olacak?"

"En azından bizim elimizde olana benzeyip benzemediğini doğrulayabiliriz. Ayrıca öncelikle neyi arayacağımı çok iyi biliyorum ben."

Biz böyle tartışırken, dışarıdan bağırmalar ve koşan insanların ayak sesleri duyuldu. Bûme gidip neler döndüğünü anlamak üzere ayağa kalktı, ama ben tersledim onu.

"Otur oturduğun yerde! Ve bir prensin konağında olduğunu unutma!"

Çığlıklar çalışma odasından uzaklaştı, bir dakika sonra da yeniden yaklaştı; aynı anda odanın duvarlarını titreten sert darbeler duyuluyordu. Ve endişe verici bir koku. Dayanamayıp kapıyı açtım ve ben de bağırdım. Duvarlar ve halılar ateş almıştı; kapkara bir duman evi dolduruyordu. Ellerinde su kovalarıyla erkekler, kadınlar, bağıra çağıra bir o yana, bir bu yana koşuyorlardı. Tam çıkmak üzereyken Bûme'ye doğru döndüm ve hâlâ yerinde oturduğunu gördüm.

"Oturmayı sürdürelim" dedi alaylı bir edayla, "bir prensin konağındayız şu anda."

Küstah! Bir tokat aşkettim suratına, hem şu an söylediği şey için, hem de şimdiye dek içime attığım başka birçok şey için. O sırada duman odaya dolmaya ve bizi öksürtmeye başlamıştı. Üç kez alev engellerinden geçerek çıkışa doğru koştuk.

Canımızı kurtarıp, ellerimizde, yüzlerimizde küçük yanıklarla kendimizi sokakta bulduğumuzda, bir soluk almaya zaman kalmadan çok daha ciddi bir tehlikeyle karşı karşıya kaldık. Neredeyse yaşamımızı yitirmemize neden olacak bir yanlış anlama yüzünden.

Yüzlerce mahalleli, yangını seyretmek üzere oraya toplanmıştı; o sırada, geldiğimizde bize kapıyı açan muhafız, eliyle bizi gösterdi. Efendisine ya da başka bir muhafıza artık evde olmadığımızı ve kendimizi kurtarabildiğimizi anlatmak istiyordu bu hareketle. Ama çevredeki işsiz güçsüz takımı, bu hareketi bambaşka bir anlama çekti. Felakete bizim neden olduğumuzu ve muhafızın suçluları gösterdiğini sanan bu insanlar, bize taş atmaya başladılar. Atılanlardan korunmak için koşmak zorunda kaldık; bu da yangını çıkaranların biz olduğumuzu ve suçu işledikten sonra kaçmaya çalıştığımızı kanıtlar gibi göründü. Ellerinde sopalar, bıçaklar, kunduracı falçatalarıyla peşimize atıldılar; artık onları sakinleştirmek için durmamız sözkonusu bile değildi. Ama koştukça daha çok korkmuş görünüyorduk, arkamızdakiler de daha çok kuduruyor ve sayıları gitgide artıyordu. Şimdi artık tüm bir mahalle koşuyordu peşimizden.

Çok uzağa gidemeyecektik. Bir iki adım sonra bizi yakalayacaklardı. Ve soluklarını ensemde hissediyordum sanki.

Ansızın önümde iki yeniçeri belirdi. Sıradan bir zaman olsaydı, uzun sarkık tüylü başlıklarını görür görmez solumdaki ya da sağımdaki ilk sokağa atardım kendimi onlarla karşılaşmamak için. Ama o an onları bize Tanrı göndermişti. Bir kunduracı dükkânının önünde duruyorlardı; şaşkınlıkla gürültünün geldiği yere doğru dönmüş ve ellerini kılıçlarının siperine koymuşlardı. "Aman! Aman!" diye bağırdım. "Canımızı kurtarın!" demekti bu ve annesinin kollarına atlayan çocuk gibi, birinin kollarına atıldım. Bir bakışta, yeğenimin de aynı hareketi yaptığından emin oldum. Askerler birbirlerine baktılar, sonra da güçlü bir hareketle bizi arkalarına çekerek, bu kez onlar kalabalığa "Aman!" diye bağırdılar.

Bizi izleyenler, camdan bir duvara çarpmışçasına birdenbire durdular. Biri dışında: Şeytan gibi bağırıp çağıran genç bir adamdı bu ve –şimdi düşünüyorum da– dengesiz biri olmalıydı. Ötekiler gibi duracağına hamlesini sürdürdü ve Bûme'nin gömleğini tutmak üzere kollarını uzattı. Bir ıslık sesi duyuldu. Yeniçerinin kılıcını çekip sonra da vurduğunu hissetmedim bile. Ayakları dibinde yatan zavallının sırtında kılıcını silip temizlediğini gördüm yalnızca. Kılıç adamın boynunun hemen altına rastlamış ve öylesine derin bir yara açılmıştı ki omzu, budanan bir dal gibi uzaklaşmıştı bedeninden. Son bir soluk bile alamamıştı. Yalnızca şimdiden hareketsiz kalan bedenin boğuk düşme sesi duyulmuştu. Uzun süre gözlerim yaraya takılı kaldım; kapkara bir kan yükseliyordu içinden, bir yeraltı pınarından fışkırır gibi fokur fokur kaynıyordu ve kesilmesi epeyce bir zaman aldı. Gözlerimi ayırabildiğimde, kalabalık çoktan buharlaşmıştı. Yalnızca titreşen üç kişi kalmıştı sokağın ortasında. Yeniçeriler onlara, öbürleri gibi kaçmama ve olan biteni açıklama buyruğunu vermişlerdi. Önce arkalarındaki yangının alevlerini sonra da yeğenimle beni gösterdiler. Ben de hemen hiçbir suçumuz olmadığını, Eflak voyvodasının evine iş için gelmiş dürüst kitap tacirleri olduğumuzu ve bunun kanıtlarını gösterebileceğimizi söyledim.

"Suçluların bunlar olduğuna emin misiniz?" dedi yeniçerilerin daha yaşlı olanı.

Üç mahalleli, kendi kellelerini tehlikeye atmak korkusuyla ne diyeceklerini bilemediler. Sonunda içlerinden biri, hepsi adına konuştu:

"Bize bu yabancıların sarayı ateşe verdiğini söylediler. Onları sorgulamak istediğimizde de yalnızca suçluların yapacağı gibi kaçtılar."

Yanıt vermek istedim ama yeniçeriler bir hareketle beni susturdular ve Bûme'yle bana önlerinden yürüme emrini verdiler.

Arasıra omzumun üstünden bakıyordum. Kalabalık yeniden toplanmıştı ve bizi izliyorlardı, ama bu kez saygılı bir uzaklıktan. Daha da geride alevlerin kızıllığı ve kurtarıcıların kargaşası seçiliyordu. Yeğenime gelince, sakin bir biçimde yürüyor, ne bir kaygı ne de bir dayanışma bakışı yöneltiyordu bana. Haksız bir suçlamayla, iki yeniçeri arasında Konstantinopolis sokaklarından bilinmeyen bir yazgıya doğru sürüklenen benim gibi sıradan bir ölümlünün düşeceği korkulardan çok başka şeylerle ilgili olduğuna eminim bu yüce ruhun.

Eşlikçilerimiz bizi, önemli biri olduğu anlaşılan Mürşid Ağa'nın konağına götürdüler. Adını hiç duymamıştım, ama sözlerinden, zamanında bir yeniçeriağası olduğunu ve bu ünvanla Şam'da önemli görevlerde bulunduğunu çıkardım. Zaten bizimle de Arapça konuştu; belli ki oldukça geç öğrenmişti Arapçayı ve çok belirgin bir Türk şivesiyle konuşuyordu.

Onda ilk dikkatimi çeken şey dişleri oldu. Öylesine ince, öylesine yıpranmıştı ki bu dişler, sanki simsiyah bir sıra iğne gibi duruyorlardı ağzında. Görüntü bana iğrenç geldi, ama besbelli o bundan ne utanıyor ne de sıkılıyordu. Her gülümsemede dişlerini ortaya seriveriyordu ve hiç durmadan gülümsüyordu. Gerçek şu ki, geri kalanıyla saygıdeğer birinin görüntüsüne sahipti; benim gibi göbekliydi, kenarları gümüş şeritli ve lekesiz beyaz bir takkenin altından gri saçları görünüyordu, sakalı bakımlı, tavırları sevimliydi.

Yanına götürüldüğümüzde, hoşgeldiniz dedi; yeniçeriler bizi bir kadıya ya da zindana götürmek yerine ona getirdiği için talihli olduğumuzu söyledi.

"Bu gençler, çocuklarım gibidir; bana güvenirler, adaletli ve merhametli bir adam olduğumu bilirler. Yükseklerde, çok yükseklerde dostlarım vardır –beni iyi anlıyor musunuz bilmiyorum– ve hiçbir zaman ilişkilerimi bir suçsuzu mahkûm ettirmek için kullanmadım. Buna karşılık, zaman zaman, beni acındıran bir suçluyu bağışlattığım oldu."

"Suçsuz olduğumuza yemin edebilirim size; basit bir yanlış anlama oldu. Size açıklayacağım."

Duygularıma katılır gibi birkaç kez başını sallayarak, dikkatle dinledi beni. Sonra da beni yatıştırdı:

"Saygıdeğer bir insana benziyorsunuz; bilin ki sizin için bir dost ve koruyucu olacağım."

Yalnızca halılar, örtüler ve yastıklarla döşeli, geniş bir salondaydık. Çevremizde Mürşid Ağa ve bizim iki yeniçeri dışında yarım düzine daha silahlı adam vardı ve ansızın hepsi de ordudan ayrılmış eski askerler gibi göründü bana. Dışarıda bir karışıklık oldu, muhafızlardan biri çıktı, sonra da gelip, birdenbire kaygılanan evsahibimizin kulağına bir şeyler mırıldandı.

"Görünüşe bakılırsa yangın yayılıyor. Kurbanların sayısı belli değil."

Yeniçerilerden birine döndü.

"Mahalleli, dostlarımızı buraya getirdiğinizi gördü mü?"

"Evet, bir iki kişi uzaktan bizi izledi."

Mürşid Ağa gittikçe daha kaygılı görünüyordu.

"Bütün gece tetikte olmamız gerek. Hiçbiriniz uyumamalı. Ve dostlarımızın nerede olduğunu soran olursa, yargılanmaları için hapishaneye götürdüğümüzü söylersiniz."

Bize doğru göz kırptı, kara iğnelerini ortaya çıkardı ve güven verici bir tavırla şöyle dedi:

"Hiçbir şeyden korkmayın, bana güvenin, bu baldırıçıplaklar bir daha ele geçiremeyecek sizi."

Sonra da adamlarından birine atıştıracak fıstık getirmesi için işaret etti. İki yeniçeri bu anı uygun bularak çekildiler.

Ama bu gecelik öykümü kesmek zorundayım. Gün çok yorucuydu ve kalem elime ağır geliyor. Yarın şafakta kaldığım yerden başlarım.

Daha sonra bize yemek yedirdiler, ardından da evin içinde, yeğenimle benim yalnız başımıza yatabileceğimiz bir odaya çıkardılar. Uykum gelmedi, bütün gece gözümü kırpmadım ve şafakta Mürşid Ağa beni sarsmak için üstüme eğildiğinde hâlâ uyumamıştım.

"Hemen kalkmanız gerek."

Oturdum.

"Ne oluyor?'

"Dışarıda kalabalık toplandı. Anlaşıldığına göre mahallenin yarısı yanmış ve yüzlerce ölü varmış. Babamın mezarı üstüne yemin edip sizin burada olmadığınızı söyledim. Biraz daha ısrar ederlerse, girip kendi bakmaları için bir ikisini içeri almak zorundayım. Sizi saklamam gerek. Gelin!"

Yeğenimi ve beni, bir koridordan geçirip bir gömme dolaba doğru götürdü; bir anahtarla kapısını açtı.

"Bir iki basamak ineceksiniz. Dikkatli olun içeride ışık yoktur. Duvara yaslanarak yavaş yavaş inin. Aşağıda küçük bir oda vardır. Elimden geldiğince çabuk yanınıza geleceğim."

Dolabın kapağını kapattığını ve kilidin içinde anahtarı iki kez döndürdüğünü duyduk.

Aşağıya indiğimizde el yordamıyla oturacak bir yer aradık, ama zemin çamurluydu ve ne bir sandalye ne de bir sehpa vardı ortalıkta. Evsahibimizin bizi uzun süre bu delikte bırakmaması için dua ederek bir duvara yaslanabildim yalnızca.

"Bu adam bizi koruması altına almasaydı, bir zindanın dibinde olacaktık şimdi" dedi ansızın, saatlerdir ağzını açmayan Bûme.

Karanlıkta gülümseyip gülümsemediğini göremiyordum.

"Alay etmenin tam da sırası" dedim ona. "Belki de Mürşid Ağa'nın bizi yem olarak kudurmuş kalabalığın önüne atmasını isterdin! Ya da ortalığı yatıştırmak için bizi hemen mahkûm edecek bir kadı'nın önüne çıkarmasını! Bu kadar nankör olma! Ve bu kadar kendini beğenmiş görünme! Unutma ki beni bu voyvodanın evine sen sürükledin. Bu yolculuğa da beni sen çıkardın! Aslında Cübeyl'i hiçbir zaman terketmemeliydik biz!"

Onunla Arapça değil Ceneviz dilinde konuşmuştum; Doğu'nun terslikleriyle ne zaman karşılaşsam hep böyle gelir içimden.

Önce saatler sonra da günler geçtikçe ben de, alay ettiğini düşündüğüm, nankörlükle suçladığım Bûme'ninkinden pek de farklı olmayan sözler söylemeye başladım kendi kendime. En azından arasıra; çünkü geri kalan zamanda Mürşid Ağa'yı yoluma çıkartan talihime şükrediyordum. Ve sürekli olarak bu iki izlenim arasında gidip geliyordum. Zaman oluyor bu adamda akıllı uslu, saçları ağarmış önemli kişiyi görüyordum; bizim yazgımızla yakından ilgilenen, iyiliğimizi isteyen, istemeden bir rahatsızlık verdiğinde özür dileyen kişiyi. Ve zaman oluyor, o simsiyah yırtıcı balık ağzını görüyordum yalnızca. Zamanı uzun bulduğumda ve bizi tehdit eden tehlikeler uzaklaşmış göründüğünde, ne düzeni sağlamakla görevli bir memur, ne de dostumuz olan, tanımadık birinin evinde böylesine kapalı kalmanın saçma olup olmadığını düşünüyordum. Bizim için neden yapıyor bunu? Neden mahalleliyle, giderek yetkililerle –ki ilk günden bizi onlara teslim etmesi gerekirdi– arasını bozuyor? Sonra zindanın kapısını açtırıyor, bizi çağırıyor, yukarıya, eve çıkartıyor –genellikle gece vakti–, kendisinin ve adamlarının yemeğini paylaşıyordu bizimle; bizi başköşeye oturtuyor, tavuğun ya da kuzunun en iyi parçalarını ikram ediyordu, durumumuzun geldiği noktayı açıklamadan önce.

Yazık ki, diyordu, ölüm tehlikesi gittikçe yaklaşıyor.

"Mahalleli, sürekli olarak kapımı gözlüyor; hâlâ benim evimde saklı olduğunuza inanmışlar bir kez. Bütün kentte yangının sorumluları aranıyor. Yetkililer suçlulara örnek bir ceza vermeye söz verdiler..." Yakalanırsak, gerçekten yargılanma umudumuz bile yoktu. Herkes çok öfkeliydi; hemen o gün kazığa oturtulur ve meydanlarda sergilenirdik. Kurtarıcımızın evinde kaldığımız sürece bir tehlike yoktu. Ama orada da çok fazla kalamazdık. Bütün sırlar, sonunda açığa çıkar. Zaten kadı, zabıt kâtibini göndermişti bir inceleme için. Birşeylerden kuşkulanıyor olmalıydı.

Şimdi bu satırları titremeyen bir elle yazıyorum. Ama dokuz gün dokuz gece, bir karabasan yaşadım; ve o uğursuz yeğenimin varlığı, hiçbir biçimde hafifletmedi umutsuzluğumu.

Olay ancak dün çözüldü. Kadı'nın her an kurallara uygun bir arama yapmaya gelebileceği korkusunu bana yaşattıktan ve bizi böyle evde tutmasının gittikçe tehlikeli hale geldiğini söyleyip durduktan sonra, iyi haberi sonunda verdi evsahibimiz:

"Kadı bugün beni çağırttı. Son duamı mırıldanarak gittim yanına. Sonra da sizin evimde olduğunuzu bildiğini, yeniçerilerin olan biteni itiraf ettiğini söyleyince, ayaklarına kapandım ve yaşamımı bağışlaması için yalvarmaya başladım. O zaman ayağa kalkmamı, iki suçsuzun savunmasını üstlenerek sergilediğim soylu davranışı onayladığını söyledi. Çünkü o da sizin suçsuz olduğunuza inanıyor. Herkes çok öfkeli olmasaydı, başınız dik dışarı çıkmanızı söyleyebilirdi. Ama tedbirli olmakta yarar var. Çıkmadan önce bir izin belgesi almanız gerekecek. Yalnızca Zatıâliniz, dedim, böyle bir belge verebilir onlara. Düşünmem gerek, dedi ve öğleden sonra gelip kendisini görmemi istedi. Ne dersin bütün bunlara?"

Çok sevindiğimi ve insanı rahatlatmak için bundan iyi haber olamayacağını söyledim.

"Kadıya, böylesi bir iyiliğe uygun bir armağan vermemiz gerekli."

"Elbette. Ne kadar vermeliyiz acaba?"

"Titizlikle düşünmelisin bunu. Bu kadı önemli biridir. Gururludur ve pazarlık etmekten hoşlanmaz. Yalnızca şöyle bir bakar ona sunduğumuza. Yeterli bulursa alır ve bize izin belgesini verdirtir. Yeterli bulmazsa, benim suratıma atar onu; o zaman da sen, yeğenin ve ben, sonsuzluğa doğru yola çıkarız hep birlikte!"

Yavaşça boynunun üstünde dolaştırdı elini, önce bir yanda sonra öbüründe; düşünmeden ben de aynı hareketi yaptım elimle.

Ne kadar para vermeliydim yaşamımı kurtarmak için? Nasıl yanıtlayacaktım bu soruyu? Ötesine geçeceğime, hem kendi yaşamımı, hem de yeğenimin yaşamını yitirmeyi yeğleyeceğim bir miktar var mıydı?

"Üstümde yalnızca dört kuruş ve altmış para var. Bunun yetersiz olduğunu biliyorum..."

"Dört buçuk kuruşu, yalnızca bizi korudukları ve on gün hizmet ettikleri için teşekkür etmek üzere benim adamlarıma dağıtmak gerekecek."

"Ben de bunu yapmaya niyetliydim. Sana gelince, iyiliksever evsahibim, eve döner dönmez armağanların en görkemlisini göndereceğim sana."

"Beni unut; hiçbir şey istemem. Burada, evimdesin; gece gündüz, bir kez bile sana kesenin ağzını açtırmadım. Armağanlar almak için şu yaptığım gibi yaşamımı tehlikeye atmam ben. Seni ve yeğenini buraya kabul ettim, çünkü ilk andan başlayarak suçsuzluğunuzdan kuşku duymadım. Başka hiçbir nedenle değil. Ve güvende olduğunuzdan emin olmadan rahat uyumayacağım. Kadıya gelince, ona uygun armağanı bulmamız gerek ve en küçük bir değerlendirme yanlışı yaparsak, vay halimize!"

"Hangi yolla ödeyeceğiz ona parayı?"

"Bir kardeşi var; saygın ve zengin bir tüccar. Onun adına bir senet yazarsın, sana belli bir miktar karşılığı mal teslim ettiğini ve borcunu bir hafta içinde ödeyeceğine söz verdiğini söylersin. Evinde bu para yoksa, borç alırsın birinden."

"Bana borç vermeleri koşuluyla tabii..."

"Dinle dostum! Saçları beyazlanmış bir adamın öğüdünü dinle. Önce kafan omuzlarının üstündeyken bu kötü durumdan kurtulmaya çalış. Kimden borç alacağını sonra düşünürsün. Zaman kaybetmeyelim, belgeyi yazmaya başlayacağım. Kâğıt kalem getirin bana!"

Tam adımı, her zaman oturduğum yeri, bu kentteki adresimi, dinimi, soyumu sopumu, kesin mesleğimi sordu bana ve hepsini kararlı bir elle yazıya geçirdi. Yalnızca bir satırı boş bıraktı.

"Kaç yazayım?"

Duraksıyordum.

"Sence?"

"Ben sana yardım edemem. Servetinin ne kadar olduğunu bilmiyorum."

Servetim ne kadar mı? Sayılacak her şeyi sayarsam, belki iki yüz elli maydin, aşağı yukarı üç bin kuruş... Ama sorulacak soru bu mu? Onun yerine bu tür hizmetler verdiğinde kadı ne alıyor, bunu bilmek gerekmez mi?

Ne zaman aklıma bir sayı gelse, boğazım daralıyor. Ya kadı hayır derse! Bir kuruş daha ekleyemez miydim? Ya da üç? Ya da on iki?

"Ne kadar?"

"Elli kuruş!

Adam pek tatmin olmuş görünmedi.

"Yüz elli yazacağım!"

Yazmaya koyuldu, ben de karşı çıkmadım. Sonra da tanık yerine iki adamına, bana ve yeğenime imzalattı.

"Şimdi her şeyin iyi gitmesi için Tanrı'ya dua edin. Yoksa hepimiz ölürüz."

Dün sabah erkenden Mürşid Ağa'nın konağından ayrıldık; sokaklarda henüz kimseler yoktu ve adamları, kimsenin bizi gözlemediğinden emin olduktan sonra dışarı çıktık. Biraz üstünkörü yazılmış bir izin belgesi vardı elimizde ve buna göre herhangi bir sorun yaşamadan imparatorluğun her yanında yolculuk yapabilecektik. Belgenin altındaki imzadan yalnızca "kadı" sözcüğü okunabiliyordu.

Duvarlara sürünerek Galata'daki evimize geldik; dilenciler kadar değilse de, birkaç menzil sonunda yorgun düşmüş ve yolculuğu boyunca birkaç kez ölüm tehlikesiyle karşılaşmış yolcular kadar pis ve perişan durumdaydık. İzin belgemiz olsa da bir müfreze tarafından kontrol edilmekten ve daha da çok, felakete uğrayan mahallenin sakinleriyle burun buruna gelmekten korkuyorduk.

Ancak eve geldikten sonra öğrendik gerçeği: Yangının hemen ertesi günü, suçsuzluğumuz anlaşılmıştı. Soylu voyvoda, acılar içinde ve evini, kitaplarını yitirdiği için bitkin durumda olmasına karşın, mahallesinin insanlarını toplamış ve bizi haksız yere suçladıklarını söylemişti; yangına, bir hizmetçinin yün halılar üstüne düşürdüğü nargile közleri neden olmuştu. Adamlarından birkaçında az çok yüzeysel yanıklar vardı ama kimse ölmemişti. Yeniçerilerin bizim önümüzde öldürdüğü genç kaçık dışında.

Ortadan kayboluşumuza endişelenen Marta, Habib ve Hâtem, hemen ertesi gün haber almaya gelmişler ve doğal olarak Mürşid Ağa'nın konağına yönlendirilmişlerdi. O da, bizi kalabalıktan kurtarmak için bir gece evinde yatırdığını, sonra da hemen gittiğimizi söylemiş. Belki de, demiş, yakalanmaktan korktukları için bir süreliğine kenti terketmişlerdir. Bizimkiler, kurtarıcımıza sıcak bir biçimde teşekkür etmişler; o da haber alır almaz ona da ulaştırmaları için söz verdirtmiş ve aramızda büyük bir dostluk doğduğunu söylemiş. Onlar bu nazik konuşmaları yaparken Bûme ve ben, ayaklarının altındaki zindanda, gardiyanımızın bizi kalabalığın pençesinden kurtarmaya çalıştığını sanarak çürüyormuşuz.

"Ona bunu ödetmezsem" dedim, "bana da Embriaco demesinler! Parayı geri verecek ve o çürüyecek zindanda, kazığa çakılmazsa eğer."

Benimkilerden hiçbiri söylediklerime karşı çıkmadı; ama Hâtem'le yalnız kaldığımda, yalvar yakar oldu o:

"Sevgili efendim, bu adamın peşine düşmekten vazgeçseniz iyi olur!"

"Sözkonusu bile değil. Sadrazama çıkmak gerekse çıkacağım!"

"Bir kenar mahalle beyi kesenize el koyup, özgür bırakmak için sizden yüz elli kuruşluk bir senet sızdırdıysa, herhangi bir sonuca ulaşmak için sadrazamın bekleme odalarında ne paralar harcamak gerekir sanıyorsunuz?"

Yanıt verdim:

"Ne ödemek gerekirse öderim, ama bu adamı kazığa oturtulmuş görmek istiyorum!"

Hâtem, bana bir kez daha karşı çıkmaktan kaçındı. Önümdeki masayı temizledi, boş bir fincanı aldı, sonra da gözleri yerde, çıktı. Özsaygımı incitmemesi gerektiğini biliyor. Ama o an ne yanıt verirsem vereyim, bana söylenen her sözün kafamda derin bir iz bıraktığını da biliyor.

Nitekim bugün, dünkü ruh hali içinde değilim. Bu kenti terketmeden önce intikam almayı düşünmüyorum artık. Benimkileri alıp gitmek istiyorum. O lanetli kitabı da istemiyorum; ne zaman ona yaklaşsam, bir felaket oluverecek sanki. Önce yaşlı İdris, sonra Marmontel. Şimdi de yangın. Bu kitabın bize getirdiği kurtuluş değil; yalnızca felaket! Ölüm, deniz kazası, yangın. İstemiyorum bütün bunları; ve gidiyorum.

Marta da gecikmeden bu kenti terketmemiz için yalvarıyor. Saraya bir daha adımını atmak istemiyor. Orada yapacağı başvuruların hiçbir işe yaramayacağından emin. Şimdi de İzmir'e gitmek istiyor – bir zamanlar kocasının oralara yerleştiğini söylememişler miydi? Ona özgürlüğünü geri verecek kâğıdı ancak oradan alabileceğine inanıyor. Olsun, ben de İzmir'e götürürüm onu. Aradığını orada bulursa, birlikte Cübeyl'e döneriz. Orada da onunla evlenir ve evime götürürüm. Şimdiden bunun sözünü vermek istemiyorum ona, böylesi bir yarınla aramızda daha bir sürü tuzak var. Ama gelecek yılın –ki Canavar'ın ve önceden haber verilmiş binbir felaketin yılı olacağı söyleniyor– benim için düğün yılı olması düşüncesini içimde evirip çevirmekten hoşlanıyorum. Zamanın sonu değil, başka bir başlangıç olacak bu yıl.

DEFTER II

Sabetay'ın Sesi

29 Kasım 1665 Pazar, limanda

Defterimde epeyce boş sayfa kalmıştı; ama bu satırlarla, limanda az önce satın aldığım başka bir defterin açılışını yapıyorum şimdi. Birincisi artık bende değil. Ağustostan bu yana o deftere emanet ettiklerimi düşünüyorum da, onu bir daha görmeyecek olsaydım, yazmaktan aldığım tadı yitirirdim sanıyorum; biraz da yaşamaktan aldığım tadı. Ama onu kaybetmedim; bu sabah aceleyle çıkarken Barinelli'nin evinde bırakmak zorunda kaldım; ve bu gece, Tanrı izin verirse ona yeniden kavuşmak umudundayım. Hâtem, başka bir iki eşyayla birlikte onu almaya gitti. Beceriklidir, ona güvenirim...

Ve şimdilik, bir sürü onur kırıcı davranışla karşılaştığım bu uzun günün olaylarına dönüyorum. Kimilerini bekliyordum bunların, kimilerini beklemiyordum.

Bu sabah, tam bizimkilerle birlikte Pera'daki kiliseye gitmeye hazırlanıyordum ki peşinde kalabalık eşliğiyle, üst düzeyden bir Türk çıktı geldi. Ayağını yere basmadan adamlarından biriyle beni çağırttı. Mahalle sakinleri onu büyük saygıyla selamlıyor, bazıları şapkalarını çıkartıyor, sonra da ilk sokağa sapıp ortadan kayboluyorlardı.

Kendimi tanıttığımda, beni bineğinin üstünden Arapça selamladı, ben de yanıtladım selamını. Çoktandır tanışıyormuşuz gibi konuştu benimle; dostum ve kardeşim diye hitap etti. Ama çatık kaşlı gözleri, bambaşka şeyler söylüyordu. Bir gün onu evinde ziyaret ederek onurlandırmamı istedi; ben de nazik bir tavırla bunun beni onurlandıracağını söyledim, kendi kendime bu adamın kim olabileceğini ve benden ne isteyebileceğini sorarken. Bunun üzerine adamlarından birini göstererek onu, gelecek Perşembe evine dek eşlik etmek üzere bana göndereceğini söyledi. Son günlerde başıma gelenler yüzünden kuşkuluydum ve böyle tanımadığım birinin evine gitmeye hiç niyetim yoktu; ne yazık ki acele bir iş için Perşembeden önce kenti terketmek zorunda olduğumu ve cömert davetini bu kutlu başkente gelecek gelişim için sevinçle kabul ettiğimi söyledim. İçimden de mırıldanıyordum, pek yakında olmayacak bu diye!

Ansızın cebinden, beni zindana tıkan adamın hileyle ve zorla imzalattığı anlaşmayı çıkarttı. Ruloyu açtı, adının bu belgede bulunduğunu ve borcumu ödemeden yola çıkmayı düşünmemden önce şaşkınlık duyduğunu söyledi. Demek ki kadı'nın kardeşi bu, dedim kendi kendime. Ama zindancımla suçortaklığı kurmuş herhangi bir başka güçlü kişi de olabilirdi. Bana kadı'nın kardeşinin adının yazdığını söyleyip sonra da borç senedimi bu adamın adına düzenlemiş olabilirdi Mürşid Ağa. Böyle bir kadı da yoktu belki; tümüyle onun uydurmasıydı. "Ah, siz kadı'nın kardeşisiniz demek" dedim yine de, hem biraz düşünme zamanı kazanmak, hem de bizi dinleyenlere bu adamın kim olduğunu bilmediğimi belli etmek için.

O zaman tavrı sertleşti:

"Canım kimi isterse onun kardeşiyim! Bir Cenevizli köpeğin değil elbet! Ne zaman ödeyeceksin bana borcunu?"

İncelikler sona ermişti belli ki.

"Şu senede bir bakmama izin verir misiniz?"

"Üstünde ne yazılı olduğunu çok iyi biliyorsun!" diye yanıtladı sabırsızmış gibi davranarak.

Yine de uzattı, elinden bırakmadan; ben de okumak için yaklaştım.

"Bu para" dedim, "ancak beş gün sonra sizin 'alacağınız' olacak."

"Perşembe, gelecek Perşembe! Tam bu kadar parayla geleceksin bana, bir kuruşu eksik olmayacak. O günden önce kaçmaya kalkışırsan da ömrünün geri kalanını hapiste geçirtirim sana. Şu andan sonra adamlarım seni gece gündüz gözetim altında tutacak. Nereye gidiyordun şimdi?

"Bugün Pazar, kiliseye gidiyordum."

"İyi ediyorsun, kiliseye git! Yaşamın için dua et! Ruhun için dua et! Ve iyi bir tefeci bulmak için de acele et!"

Adamlarından ikisine, evin kapısı önünde nöbet tutmalarını buyurdu ve geldiğinden çok daha az nazik bir edayla beni selamlayıp, eşliğindekilerle birlikte çekti gitti.

"Şimdi ne yapacağız?" diye sordu Marta.

"Bu adam gelmeden önce yapmaya hazırlandığımız şeyi. Ayine gideceğiz."

Sık sık kilisede dua etmem. Gittiğim zaman da, şarkı söyleyen seslerin, günlük kokusunun, resimlerin, yontuların, kemerlerin, vitrayların, altın yaldızların beşiğinde sallanmak içindir bu ya da bitmez tükenmez düşüncelere dalmak için... Düşünceden çok düştür bunlar, din dışı düşler, kimi zaman açık saçık düşler...

Dua etmeyi, çok iyi anımsıyorum, on üç yaşında kestim. Mucizelere inanmaz olduğum gün dindarlığım da uçup gitti. Bunun hangi koşullarda olageldiğini anlatmalıyım – anlatacağım ama daha sonra. Kafamı kurcalayan çok şey oldu bugün ve uzun sapmalar yapacak halim yok. Yalnızca bugün dua ettiğimi söylemek istemiştim; ve dua edip Tanrı'dan bir mucize dilediğimi. Güvenerek bekliyordum, umuyordum böyle bir mucizeyi; dahası –Tanrı beni bağışlasın!– onu hakettiğim duygusunu taşıyordum. Her zaman dürüst bir tüccar oldum ben; ondan da öte, iyi bir insan oldum. Kaç kez elimi uzattım O'nun bile –bir kez daha bağışlasın beni!– terkettiği zavallılara. Hiçbir zaman benden zayıfların malına el koymadım, yaşamlarının süregitmesi bana bağlı olanları hiçbir zaman aşağılamadım. Neden izin versin öyleyse, insanların benimle böyle uğraşmalarına, beni iflas ettirip, özgürlüğümü, yaşamımı tehdit etmelerine?

Pera'daki kilisede ayakta durdum, sunağın üstünde, altın ışıklar arasındaki tahtında bir antik Zeus gibi oturan Yaratıcı'nın resmine hiç çekinmeden gözlerimi diktim ve bir mucize istedim O'ndan. Bu satırları yazdığım sırada mucizenin gerçekleşip gerçekleşmediğini bilmiyorum. Yarından önce, şafak sökmeden önce de bilmeyeceğim. Ama sanırım ilk işareti geldi bu mucizenin.

Peder Thomas'nın Küçük Perhiz dönemiyle ilgili vaazını ve bize Mesih'i gönderdiği için, perhiz sırasında Tanrı'ya şükretmek amacıyla yapmamız gereken fedakârlıkları dalgın bir kulakla dinlemiştim. Ama son tümcelerde birdenbire kulak kabarttım: Orada bulunanlar arasından ertesi gün denize çıkacak olanların yolculukları tehlikesiz geçsin, Yüce Tanrı'nın inayetiyle sular, rüzgârlar zincirden boşanmasın diye herkesin içtenlikle dua etmesini istedi papaz. Gözler, ilk sırada duran ve koltuğunun altına bir kaptan şapkası sıkıştırmış, soylu görünümlü adama döndü; o da vaaz verene doğru hafifçe eğilerek teşekkür etti.

Tam o anda aradığım çözüm, kafamın içinde beliriverdi: Bay Barinelli'nin evine bile uğramadan, hemen yola çıkmak. Doğrudan gidip gemiye binmek, geceyi orada geçirmek ve peşimizdekilerden olabildiğince çabuk uzaklaşmak. Ne kötü bir zamandayız ki kaçmaktan başka çaresi yok suçsuzun! Ama Hâtem'in hakkı var. Sorunu yetkililere götürürsem, servetimi de, yaşamımı da yitirebilirim. Bu haydutlar kendilerinden emin görünüyorlar; ve en yukarılarda suçortakları olmasa, böyle şişinerek dolaşamazlar ortalıkta. Ben, yabancı, "gâvur", "Ceneviz köpeği" hiçbir zaman hakkımı arayamam onlara karşı. Direnirsem hem kendi yaşamımı, hem de yakınlarımınkini tehlikeye atmış olurum.

Kiliseden çıkarken gidip Beauvoisin adındaki kaptanla konuştum ve kazara İzmir yakınlarında karaya yanaşmayı düşünüp düşünmediğini sordum. Aslına bakarsanız peşimdeki adamın bu sabah yaptığı ziyaret beni öyle bir ruh haline sokmuştu ki, nereye olsa gitmeye hazırdım. Ama kaçmak istediğimi hissettirirsem, karşımdakini ürkütebilirdim. Neyse ki geminin gerçekten de İzmir'e yanaşmaya niyetli olduğunu sevinçle öğrendim; hem bazı mallar yükleyecek, hem de Bay Roboly'yi, Peder Thomas'nın yanında rastladığım ve elçinin yerine bakan o Fransız tüccarı İzmir'e bırakacaktı. Hem yolculuk, hem de yeme içme için bir fiyatta anlaştık: Yarısını gemiye bindiğimizde, yarısını vardığımızda vermek üzere, on Fransız "ekü"sü ödeyecektik – üç yüz elli maydin ediyordu bu. Kaptan, yola çıkışta geç kalmamamız için ısrarla uyardı. Günün ilk ışıklarında hareket edecektik; ben de her türlü gecikme tehlikesine karşı gemiye bu akşamdan bineceğimizi söyledim.

Öyle de yaptık. Kalan katırlarımı sattım ve Hâtem'i, hem erken yola çıkışımızın nedenlerini açıklaması, hem de defterimi ve bazı başka eşyalarımı getirmesi için Barinelli'ye yolladım. Sonra Marta ve yeğenlerimle gemiye bindim. Şimdi de oradayız. Yardımcım hâlâ gelmedi. Ama her an gelebilir. Bizi gözetleyenleri atlatmak için hancının evine arkadan, gizli bir kapıdan girecek. Becerikliliğine güveniyorum ama kaygısız değilim. Çok hafif bir yemek yedim: Ekmek, hurma ve kuru yemiş. Deniz tutmasına engel olmanın en iyi yolu buymuş.

Şu anda deniz tutması değil beni korkutan. Gemiye bu kadar çabuk binmekle ve Barinelli'nin evine uğramamakla kuşkusuz iyi yaptım. Ama birkaç saattir bu kentte bazı insanların, bizi aramaya başladığını düşünmeden edemiyorum. Kolları biraz uzunsa ve liman taraflarında aramak akıllarına gelirse, sıradan hırsızlar gibi yakayı ele vermemiz işten bile değil. Belki de kaptana acelemin nedenlerini itiraf etmeliydim; en azından bizim gemideki varlığımız konusunda ağzını sıkı tutması ve kuşkulu biri gelip birşeyler sorarsa ne yanıt vereceğini bilmesi için. Ama bizi götürmekten vazgeçer korkusuyla başımdaki felaketleri anlatmaya cesaret edemedim.

Bu gece uzun bir gece olacak. Yarın sabah limanı terkedene dek her gürültü endişelendirecek beni. Tanrım, nasıl hiçbir suç işlemeden, namuslu bir tüccar konumundan, bir kanun kaçağı durumuna böyle sürükleniverdim?

Konuyu açmışken: Kilisenin önünde Kaptan Beauvoisin'le konuşurken, bir de baktım ki yardımcım, yeğenlerim ve "karım"la yolculuk yaptığımı söylüyorum ona! Oysa Konstantinopolis'e gelir gelmez bu aldatmacaya bir son vermiştim ben; ve şimdi, yola çıkışımın arifesinde, bu kalp parayı –deyim yerindeyse– kullanıma sürüyordum yeniden. Üstelik olabilecek en düşüncesiz biçimde: Birlikte yola çıkmaya hazırlandığım bu insanlar, Halep kervanının adsız yolcuları değil; adımı bilen, belki de bir gün işim düşecek soylu kişiler var aralarında.

Bu arada kaptan, Peder Thomas'ya, beni gemiye, karımla birlikte kabul ettiğini söylemiş olabilir. Pederin yüzünü hayal edebiliyorum. Günah çıkartma yemini yüzünden düzeltememiştir söyleneni; ama ne düşüneceğini tahmin etmek hiç zor değil.

Ne itiyor beni böyle davranmaya? Sıradan insanlar, aşk olduğunu söyleyeceklerdir; onlara göre aşk insanı aklından eder. Kuşkusuz, ama aşktan başka şeyler de var. O uğursuz yılın yaklaşması var; eylemlerimizin herhangi bir sonuç doğurmayacağı, olayların sürekliliğinin bozulacağı, ceza gününün bir daha hiç gelmeyeceği, iyiyle kötünün, kabul edilebilirle edilemezin, kısa süre sonra aynı tufan altında birbirine karışacağı, avcıların avlarıyla aynı anda öleceği duygusu.

Ama bu defteri kapama zamanıdır artık... Beklenti ve kaygı, bu akşam bu yazdıklarımı yazdırdı bana. Yarın belki bambaşka şeyler yazarım.

30 Kasım 1665 Pazartesi

Şafağın bana selamet getireceğini sanmıştım ama düşkırıklığına uğradım; kaygılarımı yol arkadaşlarımdan gizlemekte zorluk çekiyorum.

Bütün gün beklemekle geçti ve tüm öbür yolcularla tayfalar, çarşının tozunu atmak için bu gecikmeden yararlanırken, neden benim gemide kaldığımı soranlara yanıt vermekte zorluk çekiyorum. Bulabildiğim tek açıklama, kentte kaldığım sırada öngördüğümden çok para harcadığım, bunun sonucunda parasız kaldığım ve yeğenlerimle "karıma", bana yeni harcamalar yaptırma fırsatını vermek istemediğim oldu.

Gecikmemizin nedenine gelince: Bizim kaptan, gecenin bir vaktinde, Fransız elçisi Mösyö de la Haye'nin, babasının yerine atandıktan beş yıl sonra, sonunda Konstantinopolis'e gelip görevinin başına geçtiğini öğrenmişti. Bölgedeki bütün Fransızlar için çok önemli bir olaydı bu ve Fransa tahtıyla Osmanlı sultanı arasında daha iyi ilişkiler kurulmasına yol açacağı umuluyordu. Geçen yüzyılda I. François ile Kanunî Sultan Süleyman arasında imzalanan kapitülasyonların yenileneceğinden söz edenler vardı. Bizim kaptan, armatör ve Bay Roboly, hoşgeldiniz demek ve saygılarını sunmak üzere elçinin huzuruna çıkmak istemişlerdi.

Bu akşam duyduklarımdan, kimi karışıklıklar sonucunda elçinin hâlâ karaya ayak basmadığı, Osmanlı yetkilileriyle görüşmelerin henüz sonuçlanmadığı ve gemisi *Le Grand César*'ın, limanın girişinde demirli beklediği sonucunu çıkardım. Bu da en erken yarın akşam, belki de ertesi gün yola çıkacağımız anlamına geliyor korkarım.

Bu arada peşimizdekiler gelip bizi limanda aramayı düşünürler mi acaba? Tek şansımız, kara yoluyla Cübeyl'e geri döndüğümüzü sanmaları ve bizi daha çok Üsküdar'da ve İzmit yolunda aramaları.

Öte yandan bu aşağılık adamlar, yalnızca beni ürkütmek ve para vermeye zorlamak için zart zurta başvurmuş olabilirler; limanda çıkacak bir olayın doğuracağı sorunlar, benim kadar onları da korkutuyor olabilir; olaya karışan kişiler yabancı olunca elçiler, konsoloslar, bunları korumaya kalkışabilir.

Hâtem sağ salim, ama elleri boş geldi. Hem önden hem arkadan gözetlendiği için Barinelli'nin evine girememişti. Yalnızca, evsahibimize, biz gelip alma olanağına kavuşana dek eşyalarımızı iyi saklaması için bir mesaj yollayabilmişti.

Defterimin artık yanımda olmaması ve kimi hoyrat gözlerin, o çok özel ve kişisel sayfaları giysilerinden soyabileceği düşüncesi, acı veriyor bana. Üstüne serdiğim örtü, onu korumaya yetecek mi acaba? Bununla fazla kafamı yormamalıyım; ne kaygılanmanın ne de pişmanlık duymanın anlamı var. En iyisi Tanrı'ya, talihime ve özellikle de Barinelli'ye güvenmek; büyük bir sevgi duyuyorum bu adama karşı ve incelik dışı bir şey yapmasının olanaksızlığına inanmak istiyorum.

1 Aralık 1665, denizde

Uyandığımda, sürprizlerin en ferahlatıcısıyla karşılaştım: Artık limanda değildik. Mide bulantıları içinde, uykusuz bir gece geçirmiş ve ancak şafak söktüğünde uyuyabilmiştim; sabah, oldukça geç uyandığımda, Marmara Denizi'nin ortasında buldum kendimi.

Böyle yola çıkışımızın nedeni, Bay Roboly'nin sonunda yolculuktan vazgeçmesi ve bir süre büyükelçinin yanında kalıp, yerine baktığı zaman içinde olup biteni ona aktarmak istemesiydi. O zaman da bizim armatör daha fazla gecikmeyi gereksiz görmüştü. Onun gidip Mösyö de la Haye'ye saygılarını sunması için hiçbir neden yoktu; yalnızca Bay Roboly'yle birlikte yapmak istemişti bunu.

Yelken açtığımızı anlar anlamaz, deniz tutmasından duyduğum rahatsızlık hafifledi; oysa genellikle limandan uzaklaşıldığında artar bu rahatsızlık.

Rüzgârlar uygun eserse ve deniz sakin olursa, bir haftadan önce İzmir'de oluruz diyorlar. Ama Aralık ayındayız ve denizin hep sütliman kalması biraz şaşırtıcı olur.

Madem daha sakinim artık, kendi kendime söz verdiğim gibi, beni dinden uzaklaştıran, özellikle de mucizelerden kuşku duymama neden olan olayı aktaracağım şimdi.

İnancımı on üç yaşımda yitirdiğimi söylemiştim. O zamana dek beni her zaman elimde büyük bir tespihle, karalar giyinmiş kadınlar arasında diz çökmüş halde görebilirdiniz ve tüm azizlerin erdemlerini ezbere bilirdim. Sık sık da Efrem şapeline, Cübeyl yöresinde mucizeleri bugün de dillere destan olan çok sofu bir keşişin bir vakitler yaşadığı, kayaya oyulmuş gösterişsiz bir hücreden oluşan o kiliseciğe giderdim.

Günün birinde, on üç yaşlarında, bu hac gezilerinden birinden dönüyordum; kulaklarımda bir dizi mucize öyküsünün yankıları vardı hâlâ ve babama, dağdan yürüyerek inen felçlinin, eskiden içinde azizin yaşadığı soğuk kayaya alnını değdirir değdirmez aklı yerine gelen İbrinli deli kadının öyküsünü anlatmaktan alamadım kendimi. Babamın dinle ilgili konulardaki kayıtsızlığı üzüyordu beni. Özellikle de Cübeylli sofu bir kadının söylediklerinden sonra: Annemin zamansız ölümüne –ben dört yaşımdaydım, annemse yirmisinden fazla değildi öldüğünde– başucunda yeterince tutkuyla dua edilmemesinin neden olduğunu ima eden sözler söylemişti kadın. Bundan dolayı kızmıştım babama ve onu doğru yola getirmek istiyordum.

İbretlik öykülerimi, herhangi bir kuşku ya da şaşkınlık belirtisi göstermeden dinledi. Yüzü kayıtsızdı ve durmadan başını sallıyordu. Gündelik heybemi boşalttığımda, kıpırdamamam için hafifçe omzuma vurarak kalktı; gidip odasından, elinde birkaç kez gördüğüm bir kitabı aldı.

Kitabı masanın üstüne, lambanın yanına koydu ve hepsi de mucize eseri iyileşmelerden söz eden, birbirinden farklı, Rumca öyküler okumaya başladı. Bu mucizeleri hangi azizin gerçekleştirdiğini söylemiyor ve –dediğine göre– benim bulmamı yeğliyordu. Bu oyun hoşuma gitti. Mucize sahiplerinin biçemlerini tanıyacak kadar bu alanda yetkili görüyordum kendimi. Aziz Arsenios olabilir mi? Ya da Bartolomeo? Simeon Stylites olmasın? Ya da belki Proserpina? Bulacağım kesinlikle!

Bana en hayranlık verici gelen ve "aleluya" diye bağırtan öykü, ciğeri bir okla delinmiş adamın öyküsüydü. Ok ciğerin içine saplanmış kalmıştı üstelik. Azizin yanında bir gece geçiren adam, onun kendisine dokunduğunu görmüş düşünde; sabaha da iyileşmiş. Sağ eli kapalıymış; açtığında bedenine saplı okun ucunu elinde bulmuş. Bu ok öyküsü, kutsal kişinin Aziz Sebastianus olabileceğini düşündürttü bana. Hayır, dedi babam. Biraz daha aramak için izin vermesini söyledim. Ama oyunu daha fazla uzatmak istemedi ve heyecansız bir sesle, bu mucize iyileştirmeleri yapanın... Asklepios olduğunu söyledi. Evet, Asklepios, eski Yunan'ın tıp tanrısı; yüzyıllar boyu hacıların eşiğini aşındırdığı Epidauros'taki tapınağında gerçekleştirmişti bu mucizeleri. Bu öyküleri anlatan kitapsa ünlü *Periegesis*'ti, İsa'dan sonra ikinci yüzyılda Pausanias'ın yazdığı *Hellen Ülkesinin Betimi.*

Babam bu gerçeği açıkladığında, inancımın en derinliklerine dek sarsıldığını hissettim.

"Bütün bunlar yalan değil mi?"

"Bilemem. Belki de yalandır. Ama insanlar her yıl bir daha, bir daha gelip iyileşme bekleyecek kadar inanmışlardı bu öykülere."

"Sahte tanrıların mucize gerçekleştirmesi olanaksızdır!"

"Kuşkusuz. Sanırım haklısın."

"Ya sen, inanıyor musun bunlara?

"Hiçbir fikrim yok."

Kalktı ve Pausanias'ın kitabını götürüp aldığı yere koydu.

O günden sonra bir daha Efrem Şapeli'ne hacca gitmedim. Bir daha dua da etmedim. Ama bütünüyle dinsizleştiğim anlamına gelmiyordu bu. Bugün tüm diz çökenlere, secdeye varanlara babamın bakışıyla bakıyorum: Uyanık, mesafeli, ne saygılı ne de küçümser, bazen biraz kuşkulu, ama her zaman kesin yargılardan kurtulmuş bir bakışla. Ve Tanrı'nın, tüm yaratıkları arasında, böyle özgür olmayı bilenleri yeğlediğini düşünmekten hoşlanıyorum. Bir baba, oğullarının çocukluktan çıkıp erkek olmalarından hoşnut olmaz mı, yeni doğan pençeleriyle orasını burasını azıcık çizseler de! Neden daha az iyi bir baba olsun ki Tanrı!

2 *Aralık Çarşamba, denizde*

Çanakkale Boğazı'nı geçtik ve doğru güneye yöneldik. Deniz sakin; kolumda bir Fransız hanımefendisi gibi salınan Marta'yla güvertede geziniyorum. Tayfalar ona kaçamak bakışlar atıyorlar; çok saygılı davransalar da beni ne denli kıskandıklarını göstermeye yetecek bakışlar bunlar. Öyle ki ben de kıskanmıyor, yalnızca gurur duyuyorum.

Günden güne, anlaşılmaz bir biçimde Marta'nın varlığına alıştım; o kadar ki "dul" demiyorum ona artık, sanki bu takma adı artık ona uygun bulmuyormuşum gibi. Oysa İzmir'e onun dulluğunun kanıtını ele geçirme umuduyla gidiyoruz. O istediğini elde edeceğinden emin; ben biraz daha kuşkuluyum. Elimizde kalan parayı son kuruşuna kadar sızdıracak paragöz görevlilerin eline düşmekten korkuyorum. Bu durumda Hâtem'in bana verdiği öğüdü tutup sahte bir ölüm kâğıdı almak daha iyi. Bu çözümden hoşlanmıyorum hâlâ, ama bütünüyle de gözardı etmiyorum; dürüst yolların hepsi tıkanırsa belki son bir çare olarak başvurabiliriz. Her durumda sevdiğim kadını terkederek Cübeyl'e dönmem sözkonusu olamaz artık ve elimizde, bize aynı çatı altında yaşama olanağını verecek, gerçek ya da "imal edilmiş" bir kâğıt olmadan memlekete dönemeyeceğimiz apaçık ortada.

Belki bu sayfalarda yeterince belli etmedim. Gençliğimde hiç olmadığım kadar âşığım şimdi. Eski yaraları alevlendirmek için söylemiyorum; biliyorum derin ve yılların geçmesine karşın hâlâ kapanmamış yaralar bunlar – yalnızca ilk evliliğimin bir mantık evliliği olduğunu, Marta'yla yapmayı tasarladığımınsa bir tutku evliliği olacağını söylemek istiyorum. On dokuz yaşında bir mantık evliliği, kırk yaşında da bir aşk evliliği! Yaşamım böyle olacakmış demek, şikâyetçi değilim. Şikâyetçi olmam gereken kişiye karşı çok büyük saygım var ve bir Cenevizliyle evlenmemi istemiş olmasından dolayı onu kınayamam. Atalarım hep Cenevizli kadınlarla evlenerek dillerini, törelerini ve anayurtlarına bağlılıklarını koruyabilmişler. Bu açıdan babam haklıydı ve ne olursa olsun, hiçbir biçimde ona karşı çıkmak istemezdim. Talihsizliğimiz, Elvira'ya düşmek oldu.

Kıbrıslı, Ceneviz asıllı bir tüccarın kızıydı, on altı yaşındaydı ve babası, tıpkı benimki gibi, karım olmasının alnında yazılı olduğunu düşünüyordu. Bir bakıma dünyanın bu bölgesindeki tek genç Cenevizli bendim ve birleşmemiz doğal görünüyordu. Ama Elvira, kendiliğinden Kıbrıslı bir Rum genciyle sözlenmişti; onu deli gibi seviyordu; ailesi de, nasıl olursa olsun, onu bu gençten uzaklaştırmak istiyordu. Daha ilk günden, ona acı çektiren biri gibi gördü beni ya da en azından ona acı çektirenlerin bir suçortağı gibi; oysa ben de, en az onun kadar, bu evliliğe zorlanmıştım. Belki daha söz dinler, daha saftım; eşsiz olduğu söylenen o zevkleri merak ediyordum; şenlikler ve törenler eğlendiriyordu beni; ama eninde sonunda aynı baba buyruklarına boyun eğiyordum.

Boyun eğmeyecek kadar gururlu, beni dinlemeyecek, bana bakmayacak ya da gülümsemeyecek kadar ötekine âşıktı; onunla birlikteliğim, yalnızca erken ölümünün kısalttığı hüzünlü bir sayfa oldu yaşamımda. Bu ölümün beni rahatlattığını söylemeye cesaret edemiyorum. Onunla ilgili hiçbir şey, bana rahatlama, dinginlik ya da erinç gibi şeyler anımsatmıyor. Tüm bu kötü macera, bende hem evliliğe ve törenlerine, hem de kadınlara karşı dirençli bir önyargı bıraktı. Yirmi yaşımdan beri dulum ve öyle kalmaya kararlıydım. Duaya daha yatkın olsaydım gidip bir manastırda yaşardım. Gelgelelim bu yolculuğun özel koşulları, kökleşmiş korkularımı gözden geçirmeye yöneltti beni. Yine de, nasıl inananların hareketlerini taklit etmeyi biliyorsam, bu alanda da kuşku duyan biri olarak kalıyorum...

Nasıl da acı veriyor bana bu eski öyküyü anımsamak! Ne zaman düşünsem, yeniden acı çekmeye başlıyorum. Zaman hiçbir şeyi onarmamış sanki ya da pek azını onarmış...

6 Aralık, Pazar

Üç gündür sis, fırtına, gökgürültüleri, sağnaklar, mide bulantıları, baş dönmeleri içindeyim. Ayaklarım, boğulmuş birinin ayakları gibi kayıp gidiyor altımdan. Ahşap duvarlara, gelip geçen hayaletlere yaslanmaya çalışıyorum. Bir kovaya takılıp sendeliyorum, iki yabancı kol ayağa kaldırıyor beni, bir an sonra aynı yere düşüyorum. Neden evimde kalıp, dükkânımın dinginliğinde hesap defterime dümdüz sütunlar çizerek yaşamımı sürdürmedim? Hangi çılgınlık sürükledi beni bu yolculuğa? Hangi çılgınlık sonucunda, özellikle, denizlere açıldım?

İnsanoğlu, yasak meyvayı dişleyerek değil denize açılarak Yaratıcı'yı kızdırmış olmalı! Ne büyük kendini beğenmişlik, kaynaşan enginliğin üstüne böyle canıyla malıyla, dibe gömülmüş canavarların sırtını küreklerin ucuyla kaşıyarak atılıvermek! Aşağıda Behemot, Rahab, Leviathan, Abbadon, yılanlar, canavarlar, ejderler!.. Budur işte doymak bilmez gururu, her türlü cezaya karşın durmaksızın yenilenen günahı insanoğlunun!

Bir gün, diyor Vahiy, dünyanın sonundan çok sonra, Kötülük nihayet yere serildikten sonra, deniz sıvı olmayacak artık, üstünde kuru ayaklarla yürünebilecek camlaşmış bir kıta haline gelecek. Ne fırtına olacak, ne kimse boğulacak, ne de kimseyi deniz tutacak. Yalnızca dev bir mavi kristal olacak ortada.

Ama şimdilik deniz, deniz olmaya devam ediyor. Bu Pazar sabahı, biraz soluklanabildik. Temiz giysiler giydim ve bir iki satır yazabildim. Ama güneş yeniden kara bulutlarla örtülüyor, saatler birbirine karışıyor, mağrur kadırgamızın üstünde tayfalarla yolcular oraya buraya koşuşuyor.

Dün fırtınanın en azgın olduğu bir sırada Marta gelip bana yaslandı. Başı göğsüme, kalçası kalçama yapıştı. Korku, bir dost, bir suçortağı olmuştu sanki. Ve sis, hatır gönül sayan bir hancı. Birbirimize sarıldık, birbirimizi arzuladık, dudaklarımızı birleştirdik; çevremizde insanlar, bizi görmeden dolaşıyorlardı.

8, Salı

Pazarın kısa aydınlanmasından sonra yine kötü havanın ortasında bulduk kendimizi. Kötü hava doğru deyim mi bilmiyorum, olay öyle tuhaf ki... Kaptan, yirmi altı yıldır dünyanın tüm denizlerini katettiğini ve hiçbir zaman böyle bir şey görmediğini söyledi. En azından Ege Denizi'nde, kesinlikle. Yapış yapış, ağır bir sis, öyle duruyor ve rüzgâr sürükleyip götüremiyordu onu. Hava kalınlaşmış, kül rengini almıştı.

Gemimiz, sürekli olarak sarsılıyor, çarpıyor, itilip kakılıyor, ama ilerlemiyor. Sanki bir çatalın dişlerine geçirilmiş gibi. Ansızın hiçbir yerde olmadığım ve hiçbir yere gitmediğim izlenimine kapılıyorum. Çevremdeki insanlar durmaksızın istavroz çıkarıyorlar, dudakları kıpır kıpır. Korkmamalıyım; ama geceleyin ahşap bir evde kalmış çocuk, son mum söndüğünde ve döşeme tahtaları gıcırdadığında nasıl korkarsa öyle korkuyorum. Gözlerimle Marta'yı arıyorum. Sırtı denize dönük, oturmuş, yazmayı bitirmemi bekliyor. Çabucak yazı takımımı kaldırıyorum, gidip elini elimin içine alıyorum ve uzun uzun tutuyorum, tıpkı terzinin köyünde geçirdiğimiz ve bir yatakta uyuduğumuz o gece olduğu gibi. O zaman davetsiz bir konuktu yolculukta; şimdiyse yolculuğun pusulası oldu. Aşk her zaman davetsiz bir konuktur. Raslantı ete kemiğe bürünür; tutku bükemediği eli öper.

Sis daha da kalınlaşıyor; şakaklarımda kan davul gibi.

9, Çarşamba

Öğle vakti alacakaranlık bastı ama deniz sallamıyor artık. Gemide her şey sakin, insanlar birbirine seslenmiyor; konuşurlarsa, bir kralın huzurundaymış gibi kısık ve korkulu bir sesle konuşuyorlar. Başımızın üstünde alçaktan uçan albatroslar var; ve kara tüylü, adını bilmediğim, sevimsiz çığlıklar atan başka kuşlar.

Marta'yı ağlarken yakaladım. Nedenini açıklamak istemedi; yalnızca yorgunluktan ve yolculuğun sıkıntılarından ağladığını söyledi. Israr edince, sonunda itiraf etti:

"Denize açıldığımızdan bu yana içimden bir ses, İzmir'e hiçbir zaman varamayacağımızı söylüyor."

Bir önsezi miydi bu? Yoksa sıkıntıların, yaşadığı tüm felaketlerin bir yankısı mı?

Hemen susturdum onu; tümcesinin ağzından çıkıp göğe uçmasını ve Tanrı'nın kulaklarına ulaşmasını engelleyebilirmişim gibi elimle ağzını kapattım. Bir gemide bir daha böyle sözler söylememesi için yalvardım. Onu konuşturmak için ısrar etmemeliydim. Ama –Tanrım!– körinançlardan bu denli uzak olduğunu nasıl bilebilirdim! Bunun için ona hayran mı olmalıyım, yoksa korkmalı mıyım, bilmiyorum.

Hâtem ve Habib, sürekli olarak aralarında fısıldaşıyorlar; kimi zaman ağırbaşlı, kimi zaman eğlenir gibiler ve ben yanlarından geçerken susuyorlar.

Bûme'ye gelince, o, engin düşüncelere dalmış, güvertede geziniyor. Sessiz, dalgın, dudaklarının köşesinde o gülümseme olmayan gülümseme. Çenesindeki tüy tüy sakallar hâlâ çok seyrek; oysa küçük kardeşi üç yıldır traş oluyor. Belki de kadınlara yeterince bakmıyor. Hiçbir şeye bakmıyor zaten, ne insanlara, ne atlara, ne de güzel giysilere. Aklı fikri kitapların teninde. Birkaç kez yanımdan geçti ve beni görmedi.

Ama akşam, gelip bir bilmece sordu bana:

"Vahiy'in yedi kilisesini sayabilir misin?"

"Bir zamanlar adlarını okumuştum: Biri Ephesos, sonra Philadelphia var ve Bergama, sanırım ve Sardes, Thyatire...

"Tamam, Thyatire, onu unutmuştum."

"Bekle, yalnızca beş ediyor bunlar!"

Ama yeğenim, beklemeden ezberden okumaya başladı, kendisi için okur gibi:

"Ben, Yuhanna, zulümde, krallıkta ve İsa'nın çilesinde birlikte olduğunuz kardeşiniz, yoldaşınız; Patmos Adası'ndaydım bir zaman, Tanrı'nın sözü ve İsa'nın tanıklığı için. Tanrı'nın günüydü; Ruh'la esinlendim ve ardımda güçlü bir ses duydum, boru sesine benzer. Şöyle diyordu: 'Bu gördüğünü bir kitaba yaz ve gönder yedi Kilise'ye: Ephesos'a, İzmir'e, Bergama'ya, Thyatire'ye, Sardes'e, Philadelphia'ya ve Laodikeia'ya.'"

Tanrım! Neden unutmuştum İzmir'i?

11, Cuma

Marta'nın önsezisi doğru çıkmadı, İzmir'e geldik.

Şimdi ayaklarım sağlam toprağa bastığına göre, elim titremeden yazabilirim artık: Tüm yolculuk boyunca ben de onunla aynı izlenimi taşıdım. İzlenimden de öte, korkunç bir kanıydı bu. Ve çevremdekilerden kararlı bir biçimde gizlediğim bir yürek sıkışması. Evet, ben de son yolculuğuma çıktığım duygusunu taşıyordum. Belki de gerçekten son yolculuğumdur; ama belli ki İzmir durağından önce sonuçlanmayacak. Yalnızca sonun nasıl geleceğini soruyordum kendi kendime. Başlangıçta fırtınalar zincirden boşandığında, bir deniz kazasında ölüp gideceğimizden kuşku duymuyordum. Daha sonra, deniz ve gök bir yandan sakinleşip, bir yandan karardıkça, korkularım daha anlaşılmaz ve daha zor itiraf edilir hale geldi. Gemiye binenlerin sıradan korkuları değildi artık korkularım; korsanları, fırtınayı ya da söylence canavarlarını gözleyerek ufuklara bakmıyordum; ne yangından, ne salgın hastalıktan, ne geminin su almasından, ne de güverteden denize düşmekten korkuyordum. Ufuk da, güverte de yoktu artık. Yalnızca şu kesintisiz alacakaranlık, yalnızca şu yapış yapış sis, şu dünyanın sonuna yakışır alçak bulut.

Yol arkadaşlarımın da aynı duyguları taşıdığından kuşku duymuyordum. Mahkûmlarınkine benzer kuşkulu bakışlarından, fısıldaşmalarından anlıyordum bunu. Gemiyi nasıl da aceleyle terkettiklerini görmüştüm.

Tanrı'ya şükür, artık İzmir toprağındayız. Üstelik yine alacakaranlık, ama saati geldiği için alacakaranlık. Körfeze girer girmez, bulutlar dağıldı. Yarın güneşi görürüz.

12 Aralık 1665, İzmir'de

Geceyi bir *cappuccini* manastırında geçirdik ve bütün gece deniz kazası düşleri gördüm. Denizdeyken günlerimi korku içinde geçiriyordum, ama uyuduğumda, kendimi sağlam toprağın üstünde, Cübeyl'deki evimde görüyordum.

Keşişler bizi nezaketle ama fazla yakınlık göstermeden konuk ettiler. Peder Parisli Thomas'nın tavsiyesiyle geldiğimi söylemiştim onlara ama aslında pek doğru değildi bu. Ondan bir tavsiye mektubu yazmasını isteseydim, yazardı. Ama her şey o kadar çabuk olup bitti ki acele yola çıkışımı ona haber bile veremedim. Konstantinopolis'te beni izleyenlerin, kiliseye gidip, onun ağzından nereye gittiğimi öğrenmelerini istememiştim. Gerçi hiçbir şey söylememesini rica edebilirdim. O zaman da neden izlendiğimi açıklamak ve beni korumak için yalan söylemesini istemek gerekecekti... Kısacası tavsiyesiz geldim, ama tavsiye edilmişim gibi yaptım. Dahası Peder Thomas'nın kişisel "günah çıkartıcım" olduğunu söyledim; bu da yalan değil ama abartılıydı ve biraz övünme payı vardı içinde.

Ama bugün özellikle söz etmek istediğim şey, bu değil. Notlarımın zamandizinini izlemek ve önce, geçirdiğim geceden, düşümden söz etmek istemiştim. Asıl konuya gelmeden, bu kentte olagelen ve herkesten duyduğum tuhaf şeyleri aktarmadan önce. Çok kaynağım var. En önemlisi de çok yaşlı bir *cappuccino:* Douai'li Peder Jean-Baptiste. Yirmi yıldır Doğu'da yaşıyor; daha önce on beş yıl Cenova'da yaşamış, bu kenti özlemle anıyor, orada doğmuşçasına seviyor; şanlı Embriaco'ların soyundan biriyle konuşmaktan gurur duyduğunu söylüyor ve sanki çocukluğumdan beri tanıyormuşçasına açılıyor bana. Ama aktaracaklarım konusunda, bugün rastladığım başka yabancıların söylediklerine de güveniyorum, buralı insanların söylediklerine de.

Herkes, bu kentten bir adamın, Sabetay, Şabtay ya da Şabetay adında bir Yahudinin kendini Mesih ilan ettiğini, 1666 yılının dünyanın sonu olacağını söylediğini, üstelik Haziran ayı için –sanırım– kesin bir tarih verdiğini söylüyor. İşin tuhafı, İzmirlilerin büyük bölümü, giderek Hıristiyanlar ya da Türkler, dahası bu kişiyle alay edenler bile bu kehanetin doğru çıkacağından emin görünüyorlar. Peder Jean-Baptiste'e varana dek; ona göre de yalancı mesihlerin ortaya çıkışı, zamanın sonunun hemen yakında olduğunu kanıtlıyor.

Bana söylendiğine göre Yahudiler çalışmak istemiyor, günlerini dua ederek ve oruç tutarak geçiriyorlarmış. Dükkânları kapalıymış ve yolcular tek bir sarraf bulmakta zorluk çekiyorlarmış. Bütün bunları ne bugün ne de dün akşam doğrulayabildim, çünkü onların sebt günüydü; ama yarın durumu göreceğim. Yarın Pazar ve yalnızca bizim için Tanrı'nın günü, Yahudiler ve Türkler için değil. Yarın onların mahallesine gideceğim. Yahudi mahallesi, eski kale yönünde tepenin yamacına kurulu; yabancılarsa –ki çoğunlukla İngiliz ya da Hollandalılar var burada– limanı çevreleyen yolun iki yanında, deniz kıyısında oturuyorlar. Ve bana söylenenlerin gerçek olup olmadığını gözlerimle göreceğim.

31 Aralık 65

Yahudiler, mucize diye bağırıyor ve benim gibi hep Osmanlı toprağında yaşamış biri için de gerçekten mucize bu: Sözde mesihlerinin sağ salim ve özgürce sokağa çıktığını sonra da avaz avaz şarkı söylediğini gördüm! Oysa bu sabah herkes ölü gözüyle bakıyordu ona.

İzmir'de yasayı temsil eden ve toplum düzeni için bir tehlike belirdiğinde çok sert davrandığı bilinen kadı'nın huzuruna çağırılmıştı. İzmir'de olanlar, yetkililer için bir tehlikeden çok daha fazlasıydı; hiç duyulmamış bir meydan okumaydı bu, bir hakaret değilse eğer. Artık kimse çalışmıyor. Yalnızca Yahudiler değil üstelik. En fazla yabancı tüccarın bulunduğu kentlerden biri olan bu kentte artık hiçbir şey satın alınmıyor, satılmıyor. Limandaki hamallar, mal yüklemek ya da boşaltmak istemiyorlar. Dükkânlar, işlikler kapalı; insanlar meydanlara toplanmış, zamanın sonu ve imparatorlukların yıkılışı üstüne söyleşiyorlar. En uzak ülkelerden, Sabetay denen adamın ayaklarına kapanmak üzere heyetlerin gelmeye başladığı söyleniyor; yandaşları yalnızca mesih değil, krallar kralı diyorlar ondan söz ederken.

"Yandaşları" diyorum, "Yahudiler" değil; çünkü bu sonuncular iyice bölünmüş durumdalar. Çoğu, peygamberlerin haber verdiği Beklenen'in o olduğuna inanıyor; ama kimi hahamlar da onun bir sahtekâr, kutsal şeylere saygısız biri olduğunu düşünüyor. Çünkü Sabetay, Tanrı'nın adını açıkça ağzına almaktan çekinmiyor; bu da Yahudilere yasaklanmış bir şey. Yandaşları, Mesih'e hiçbir şeyin yasaklanamayacağını ve yasağı böyle çiğnemesinin, Sabetay'ın öbürleri gibi sıradan bir "mümin" olmadığının işareti olduğunu söylüyorlar. Bu iki grup arasındaki çatışmalar, cemaatin dışına pek sızmadan aylardır sürüp gidiyormuş anlaşılan. Ama bir iki gündür tartışma bambaşka bir biçime büründü. Sokaklarda olaylar patlak verdi; bazı Yahudiler, öbür Yahudileri, olaydan habersiz bir Hıristiyan ve Türk kalabalığı önünde dinsizlikle suçladılar.

Ve dün dua saatinde, burada Portekiz Havrası adı verilen bir sinagoğun önünde çok ciddi bir olay meydana geldi. Sabetay'ın karşıtları havrada toplanmışlardı ve onun içeri girmesini istemiyorlardı. O da yandaşlarıyla çevrilmiş olarak geldi ve balta darbeleriyle kapıyı kırmaya kalkıştı. Kadı, işte bu olayın ardından, onu huzuruna çağırmaya karar vermiş. Olan biteni bu sabah çok erken, bu olaylarla yakından ilgilenen Peder Jean-

Baptiste'in ağzından öğrendim. Gidip kadı'nın konağı önünde beklemem, Sabetay'ın gelişini görmem ve gördüklerimi ona aktarmam için o bana cesaret verdi. Ben de pek yalvartmadım onu; merakım her gün biraz daha bileniyor ve böylesine ciddi kargaşalara tanık olmanın bir ayrıcalık olduğunu hissediyorum. Bir ayrıcalık ve aynı zamanda –neden bu sözcükten korkmayı sürdüreyim?– bir işaret. Evet, bir işaret. Olanları başka türlü nasıl adlandırabilirim ki? Canavar'ın yılı konusundaki onca söylenti yüzünden Cübeyl'den yola çıktım; yolda bir kadın takıldı peşime, ona da sürekli olarak İzmir'den söz etmişlerdi, çünkü kocası en son burada görülmüştü. Onun aşkı yüzünden kendimi burada buldum ve dünyanın sonunun, tam da bu kentte ilan edildiğini görüyorum şimdi. 1666'ya yalnızca birkaç gün kaldı ve nasıl başkaları inançlarını yitiriyorsa, ben de kuşkularımı yitirmekteyim. Sahte bir mesih yüzünden mi diye soracaksınız? Hayır, bugün gördüğüm ve aklımın almadığı şeyler yüzünden.

Kadı'nın konağı, Kostantinopolis'teki saraylarla karşılaştırılacak gibi değil ama yine de uzaktan bakıldığında İzmir'in en görkemli yapısı. Üç kat üstünde ince sırakemerler, altından baş eğip geçilen bir taçkapı ve muhafızların atlarının otladığı geniş bir bahçe. Çünkü kadı yalnızca yargıç değil, valilik görevini de yapıyor. Ve nasıl sultan, Tanrı'nın yeryüzündeki gölgesiyse, kadı da sultanın kentteki gölgesi. İster Türk, ister Ermeni, Yahudi ya da Rum, isterse yabancı olsun, uyrukları korku içinde tutmak onun görevi. Hafta geçmiyor ki birisi işkence görmesin, asılmasın, kazığa oturtulmasın, kafası kesilmesin; ya da sözü edilen kişi üst düzeyden biriyse ve Bâb-ı Âlî böyle uygun görmüşse, saygıyla boğdurulmasın. Bu yüzden insanlar pek yakınlarında dolaşmıyor konağın.

Bu sabah da epeyce kalabalık bir işsiz güçsüz takımı vardı ortalıkta, ama mahallenin küçük sokaklarına dağılmışlardı; çevreyi kolluyor, en küçük bir işarette tüymeye hazır bekliyorlardı. İçlerinde alçak sesle, ateşli ateşli söyleşen, çok sayıda kırmızı takkeli Yahudi seçiliyordu; benim gibi sahneye tanık olmak için gelmiş çok sayıda yabancı tüccar da vardı.

Ansızın bir uğultu koptu: "İşte!" dedi Hâtem, parmağıyla

kızıl sakallı, uzun bir harmaniye ve değerli taşlarla süslü bir takke giymiş bir adamı göstererek. Hemen ardından on, on beş yakını yürüyor, yüz kişi kadar da uzaktan izliyordu onları. Adam, önemli birine yakışır, yavaş ama kararlı adımlarla yürüyordu ve birden, yüksek sesle, kalabalığa seslenmek ister gibi ellerini sallayarak şarkı söylemeye başladı. Arkasındaki yandaşlarından birkaçı da şarkı söyler gibi yaptılar; ama sesleri boğazlarından çıkmıyor ve yalnızca onun sesi duyuluyordu. Çevremizdeki kimi Yahudiler, hoşnutlukla gülümsüyor ama göz ucuyla da, nöbet tutan küçük bir yeniçeri takımını gözlüyorlardı. Sabetay, onlara bakmadan ve avaz avaz şarkı söylemeyi sürdürerek hemen yakınlarından geçti. Onu yakalayacaklarından ve kötü davranacaklarından hiç kuşkum yoktu. Ama gülerek bakmakla yetindiler. Eğlenmiş görünüyor ve sanki şöyle diyorlardı ona: "Kadı hükmünü verdikten sonra hangi gırtlakla şarkı söyleyeceksin, görelim bakalım!"

Bekleyiş uzun sürdü. Yahudilerin çoğu, bedenlerini sallayarak dua ediyordu; bazıları şimdiden ağlamaya başlamıştı. Avrupalı tüccarlara gelince, bazıları kaygılı, bazıları da ruh durumlarına göre alaycı ya da küçümser görünüyordu. Bizim küçük grupta bile hepimiz aynı tavrı sergilemiyorduk. Bûme ışıl ışıldı ve olayların gidişinin, gelecek yıl için ortaya attığı kehanetleri şimdiden doğrular gibi görünmesinden gurur duyuyordu; uzakgörüşlü olması, sanki kıyamet saatinde ona ayrıcalıklı bir muamele yapılmasını sağlayacakmış gibi! Bu arada kardeşi, sahte mesihi ve kıyameti çoktan unutmuş; bizden birkaç adım ötede, bir ayağını pabucundan çıkartıp kıvırmış ve gevşek bir edayla duvara yaslanmış, genç bir Yahudi kızını gözlemekten başka tasası yok. Kız ara ara yeğenime bir bakış fırlatıyor ve yüzünün alt yanını örterek gülümsüyor. Önünde duran ve kocası ya da babası olabilecek bir adam, arasıra bir şeyden kuşkulanmış gibi kaşlarını çatarak dönüyor, ama hiçbir şey görmüyor. Yalnızca Hâtem, benim gibi, bu âşıkane oyunu izliyor; ve herkes bunun bir sonuca varmayacağını biliyor. Ama sanırım çoğu kez yalnızca istekleriyle besleniyor yürek; dahası, bu istek yerine getirildiğinde boşalıveriyor.

Marta'ya gelince, çok acıdığını söyledi bu kendini mahkûm

ettirmeye giden adama, sonra da bana doğru eğilip sordu: Acaba kendi kocası da, bir iki yıl evvel aynı yapıda, aynı kadı'nın önüne mi çıkartılmıştı, asılmadan önce. Ve mırıldanarak ekledi: "Tanrı ona merhamet etsin!" Oysa o da benim gibi: "Keşke bunun bir kanıtını elde edebilsek!" diye düşünüyor olmalıydı.

Ansızın bir başka uğultu: Mahkûm dışarı çıktı! Mahkûm falan da değildi, özgürce çıktı dışarıya, ardında yandaşlarıyla. Onu bekleyenler, gülümsediğini ve onlara işaret ettiğini gördüklerinde bağırmaya başladılar: "Tanrı'nın sağ eli, gücünü herkese saçtı!" Sabetay onlara, benzer bir tümceyle yanıt verdi ve geldiğinde yaptığı gibi şarkı söylemeye başladı; bu kez başka sesler de, onunkini örtecek kadar olmasa da, yükselmeye cesaret ettiler. Ciğerlerini yırtacak gibi bağırıyordu çünkü ve yüzü kıpkırmızı olmuştu.

Nöbetteki yeniçeriler, ne diyeceklerini bilemiyorlardı. Sıradan bir zamanda, kılıçlarını kaldırıp çoktan el koyarlardı duruma. Ama bu adam, kadı'nın yanından özgür çıkıyordu; nasıl durdururlardı onu? Bu kez kendileri itaatsizlik etmiş olurlardı. Onlar da karışmamaya karar verdiler. Dahası, komutanlarının bağırarak verdiği bir buyruğa uyup sarayın bahçesine sığındılar. Bu geri çekilme hareketi, kalabalığın üstünde hızla etkisini gösterdi. İnsanlar İbranice ve İspanyolca bağırmaya başladılar: "Yaşasın Kral Sabetay!" Sonra da tören alayı biçiminde ve gittikçe daha güçlü bir sesle şarkı söyleyerek Yahudi mahallesine yürüyüşe geçildi. O andan beri kent kaynayıp duruyor.

Bir mucize mi demiştim? Evet, bir mucize; başka türlü nasıl adlandırabilirim ki bu olayı? Bu ülkede, bugün gördüklerimin otuzda biri için kafalar kesilmiştir! Gece olduktan sonra bile, durmaksızın alaylar geçti bir o yana, bir bu yana; tüm dinlerden herkesi, kimi zaman kutlamaya, kimi zaman tövbe etmeye ve oruca çağırarak! Yeni zamanın gelişini, Diriliş'i ilan ederek. Gelecek yıla "Canavar'ın yılı" demiyorlar; "Şenlik yılı" diyorlar. Hangi nedenle? Bilmiyorum. Buna karşılık, onlara aşağılanma, zulüm ve acı dışında hiçbir şey getirmeyen bu zamanın sona ermesinden mutlu oldukları açıkça belli. Ama gelen zaman nasıl olacak? Dünyanın sonundan sonraki dünya neye benzeyecek? Diriliş'in gerçekleşmesi için önce hepimizin bir doğal felakette can vermesi mi gerekecek? Yoksa yalnızca yeni bir dönemin, yeni bir krallığın, Tanrı'nın yeryüzüne inmiş krallığının başlangıcı mı olacak, insan yönetimleri yüzyıllar, yüzyıllar boyu adaletsizliklerini ve çürümüşlüklerini kanıtladıktan sonra?

Bu akşam İzmir'de herkes, bu krallığın hemen kapımızda olduğu ve geri kalanların, sultanınki de aralarında olmak üzere, süpürülüp gideceği izlenimini taşıyor. Acaba bunun için mi kadı Sabetay'ı özgür bıraktı? Rüzgârın döndüğünü hissettiklerinde yüksek görevlilerin sık sık yaptığı gibi, yarının hükümdarı ile iyi geçinmeye mi çalışıyor? Bugün bir İngiliz tüccar bana, "krallarını" sağ salim salıvermesi için Yahudilerin kadıya çok büyük bir para ödediklerini kesin bir edayla söyledi. Buna inanmakta zorluk çekiyorum. Bâb-ı Âlî'nin bugün İzmir'de olanlardan haberi olduğunda, kadı'nın kellesi düşecek yere. Aklı başında hiç kimse böyle bir tehlikeye atılmaz! Ancona'dan yeni gelmiş bir Yahudi tüccarın sözlerine mi inanmalıyım yoksa: Güya Sabetay'la karşı karşıya kaldığında Türk yargıcın gözleri gizemli bir ışıkla kamaşmış ve bedeni titremeye başlamış; onu ayağa kalkmadan karşılamış ve aşağılayıcı bir tavırla konuşmuş olmasına karşın çıkarken ona saygılarını sunarak kapıya dek uğurlamış, önceki davranışı için onu bağışlamasını rica etmiş. Buna da inanmakta zorluk çekiyorum. Şaşkınlık içindeyim ve duyduğum hiçbir şey beni tatmin etmiyor.

Yarın belki daha iyi anlarım olan biteni.

Pazartesi, 14 Aralık 1665

Bugün de hâlâ mucize diye bağırmaya yatkınım; ama bu sözcüğü halk arasındaki anlamıyla kullanarak aşındırmak istemem. Daha çok "beklenmedik", "birdenbire", "kutlu raslantı" sözcüklerini kullanacağım: Çünkü dünyada en çok konuşmak istediğim adamla İzmir'in bir sokağında karşılaşıverdim.

Geçen gece pek uyumamıştım. Olan biten çok fazla rahatsız ediyor beni; bir o yana, bir bu yana dönüp duruyorum, hem yatağımda, hem de kafamın içinde; kime, neye inanacağımı, ufukta görünen kargaşalara nasıl hazırlanacağımı bilemiyorum.

Yanlış anımsamıyorsam yola çıkmadan önce aklımın tökezlemek üzere olduğunu yazmıştım. Nasıl tökezlemesin ki? Hiç durmaksızın gizemin ipliklerini çözmeye çaba harcıyorum oysa, sakin bir biçimde, olabildiğince sakin bir biçimde. Ama gece gündüz aklın kalesine kapanıp kalamam; yumruklarımı kulaklarıma bastırıp, bütün bunların yalan olduğunu, bütün dünyanın yanıldığını, işaretlerin ancak onları beklerseniz işarete dönüştüğünü söyleyemem.

Cübeyl'i terketmemden Konstantinopolis'teki günlerimin sonuna dek, kabul ediyorum, olağanüstü hiçbir şey gelmedi başıma, yaşamın olağan akışıyla açıklanamayacak hiçbir şey. Ya ihtiyar İdris'ten sonra Marmontel'in ölümü? Karşılaştığım anda bu ölümler sarsmıştı beni. Ama yaşlı bir adamın ölmesi ve bir geminin batması olağan şeylerdir. Eflaklı soylu koleksiyoncumuzun sarayının yanması da öyle. Bu kadar çok yapının ahşap olduğu büyük bir kentte, böyle felaketler alışılmış şeylerdir. Bütün bu olaylarda hep Mazandarânî'nin kitabı vardı işin içinde; burası doğru. Olağan bir zamanda aklıma takılır, kafamı karıştırırdı bu; duruma uygun bir iki atasözü söyler sonra da tüccar tasalarıma geri dönerdim.

Aklımın kalesi, deniz yolculuğum sırasında yıkıldı; bütünüyle bilinçliyim bunu söylerken. Yine bütünüyle bilinçliyken kabul ediyorum, bunu haklı gösterebilecek hiçbir olayın meydana gelmediğini. En belirsizinden kimi izlenimler vardı yalnızca: o olağandışı karanlık günler; o ansızın patlak veren sonra da ansızın dinen fırtına; sonra da sisin içinde sessizce, daha şimdiden başıboş ruhlar gibi dolaşan insanlar.

Sonra İzmir limanına ayak bastım. Adımlarım çok güvenli değildi, ama yavaş yavaş kafamı toplamayı ve onca Avrupalı tüccarın yaşamaktan hoşlandığı bu kentte yeniden Cenevizli tüccar kimliğime, her zaman sahip olduğum o kimliğe kavuşmayı umuyordum.

Ne yazık ki, geldiğimden bu yana olup bitenler, kafamı toplama zamanı bırakmıyor bana. Raslantısal koşullardan söz edemiyorum artık ve gelecek yılın doğurduğu korku yüzünden çıkılan bu yolculuğun sonunda, zamanın sonunun ilan edildiği bu yere beni yalnızca saf raslantının getirdiğini düşünemiyorum. İzmir'deyim işte; oysa Cübeyl'den ayrılırken hiç aklımda yoktu bu kente gelmek! Yolculuğa katılması hiç hesapta olmayan bir kadın yüzünden yolumu değiştirmek zorunda kaldım. Sanki Marta, beni yazgımın beklediği yere götürmekle görevliymiş gibi. Yolda olan bitenlerin, sonunda ansızın bir anlam kazandığı bu yere.

Beni buraya ulaştıran olayların her biri –birer işaret değilse bile– kendi kendimin kılavuzu olduğumu sanarak menzilden menzile izlediğim dolambaçlı yolun birer kilometre taşı gibi görünüyor bana şimdi. Kararları kendim alıyormuş gibi yapmayı sürdürmeli miyim bundan sonra da? Akıl ve özgür istem adına, beni İzmir'e dek kendi istemimin getirdiğini ve tam da burada, zamanın sonunun ilan edildiği bir anda karaya ayak basmamın raslantı olduğunu iddia etmeli miyim? Körleşmeyi bilinç diye adlandırıyor olmaz mıyım bu durumda? Bu soruyu daha önce sordum kendime, sanırım daha defalarca sormalıyım, yanıt almayı ummadan...

Neden bütün bunları söylüyorum ve tartışıyorum kendi kendimle? Bugün yeniden bulduğum dost, birkaç ay önce benim söyleyeceğim sözleri bana söyledi de ondan; gözlerinin içine baka baka ona karşı çıkmaktan ve böylece ruhumun zayıflığını açığa vurmaktan utandım da ondan!

Ama bu karşılaşmayı daha uzun anlatmadan önce bugünün olaylarını aktarmalıyım belki de.

Dün olduğu gibi, önceki gün olduğu gibi İzmirliler yine çalışmadılar. Sabahtan başlayarak Sabetay'ın bu Pazartesiyi, tıpkı Cumartesi gibi gereklerine uyulacak yeni bir sebt günü ilan ettiği söylentisi dolaştı. Sorduğum kişiler, yalnızca bugünden mi söz ettiğini, yoksa gelecek tüm Pazartesileri mi kastettiğini söyleyemediler. Yolda karşılaştığım bir İngiliz tüccar, Türklerin Cuması, Yahudilerin Cumartesisi, bizim Pazarımız ve şimdi de Sabetay'ın Pazartesisiyle tam çalışma haftalarının pek kısa olacağını anımsattı. Şimdilik, yukarıda da söylediğim gibi, kimsenin çalışmaya niyeti yok, şekerciler dışında; bu eğlence günleri beklenmedik bir fırsat oluyor onlara. İnsanlar durmaksızın ortalıkta dolaşıyor –yalnızca Yahudiler değil ama özellikle onlar– bir şenlikten öbürüne, bir alaydan öbürüne koşuyor, harıl harıl tartışıyorlar.

Öğleden sonra Portekiz havrasının yakınlarında dolaşırken küçük bir meydanda tuhaf bir sahneye tanık oldum. Bir evin kapısı önünde yere düşmüş, çırpınır gibi hareketler yapan genç bir kadının çevresinde bir kalabalık toplanmıştı. Kadın, hiçbir şey anlamadığım kesik kesik sözler söylüyordu; bir iki dağınık sözcüğünü kavrayabildim yalnızca: "Tanrı", "tutsaklar", "senin krallığın". Ama insanlar her soluğuna dikkat ediyorlardı ve arkamdan biri, yanındakine kısaca açıkladı: "Eliakim Haber'in kızı bu. Kehanette bulunuyor. Kral Sabetay'ı tahtına oturmuş görüyor." Kız kehanetini sürdürürken uzaklaştım oradan. Kendimi iyi hissetmiyordum. Aileden, dahası mahalleden biri olmadığım halde ölen birinin evine girmiş gibiydim. Öte yandan yazgı beni başka bir yerde bekliyordu sanırım. Meydandan uzaklaşırken kararlı adımlarla birbiri ardınca uzanan dar sokaklara dalmıştım; nereye gittiğim ve kiminle buluşacağım konusunda en küçük bir kuşkum yoktu sanki.

Daha geniş bir sokağa çıktım; insanlar toplanmışlardı burada ve hepsi aynı yöne bakıyorlardı. Bir tören alayı yaklaşıyordu. Başında Sabetay vardı ve bir günde ikinci kez görüyordum onu. Bu kez de yüksek sesle şarkı söylüyordu. Ama ne bir mezmur, ne bir dua, ne bir aleluya'ydı söylediği; çok garipti ama bir aşk şarkısı, eski bir İspanyol romansı söylüyordu: "Kralın kızı Meliselda'ya rastladım, ışık saçan o güzele." Adamın yüzü de, sakalı gibi kızıldı ve gözleri âşık bir genç adamınkiler gibi parlıyordu.

Sokaktaki bütün evlerden insanlar en değerli halılarını çıkartmış ayaklarının önüne yere sermişlerdi; o kadar ki ayağı bir kez bile kuma ya da çakıla değmedi. Aralık ayında olmamıza karşı ne soğuk ne de yağmur vardı; hafifçe örtülü bir güneş, kenti ve insanları bir ilkyaz ışığıyla aydınlatıyordu. Tanık olduğum sahne, yağmur altında olanaksızdı zaten. Halılar çamura bulanır, İspanyol romansı gözyaşı ve özlem esinlerdi herkese. Tersine, bu ılık kış gününde dünyanın sonuna ne hüzün ne de pişmanlık eşlik ediyordu. Dünyanın sonu, bir şenlik sonsuzluğunun başlangıcı gibi göründü bir an gözüme. Evet, kendi kendime sormaya başlamıştım şimdiden, ben davetsiz misafir –ama bugün Yahudi mahallesinde benden başka da bir sürü davetsiz misafir vardı–, acaba hata mı etmiştim yazgısal yılın yaklaşmasından korkmakla. Öte yandan, diyordum kendi kendime, bu yaşadığım ve korkuyla özdeşleştirmeyi alışkanlık edindiğim dönem, aşkı tanıtmıştı bana ve yaşamımın hiçbir döneminde olmadığı kadar yoğun bir biçimde yaşatıyordu beni. Giderek bugün, kendimi yirmi yaşımda olduğumdan daha genç hissettiğimi söyleyebilirdim; bu gençliğin sonsuza dek süreceğine inanma kertesine gelmiştim neredeyse. Bir dost gelip, kıyametle aramı yeniden bozduğunda...

Meymûn. Lanet olsun ona, Tanrı kutsasın onu.

Bozguna uğramış aklımın son suçortağı, hayallerimin mezarcısı.

Birbirimizin kollarına atıldık. Ben, en iyi Yahudi arkadaşıma sarılmanın, o da dünyanın tüm Yahudilerinden kaçıp bir "soylu"nun kollarına sığınmanın mutluluğuyla.

Alayın en sonunda yürüyordu, orada değil gibiydi, bitkindi. Beni görür görmez, hiç duraksamadan sıradan çıktı ve beni uzağa sürükledi.

"Çıkıp gidelim bu mahalleden! Seninle konuşmam gerek!"

Tepeden aşağı, yabancı tüccarların oturduğu Büyük Kordon'a doğru yürüdük.

"Gümrüğün yanında yeni açılmış bir Fransız ahçı dükkânı var" dedi Meymûn, "gidip akşam yemeğimizi orada yiyelim ve şarabından içelim."

Yolda, başına gelen felaketleri anlatmaya başladı. Babası, apansız bir coşkuya kapılıp tüm malını mülkünü bir ekmek parasına satmış ve İzmir'e gelmişti.

"Bağışla beni, Baldassare dostum, o uzun sohbetlerimizde senden sakladığım şeyler var. Bugüne dek gizliydi bunlar; bizimkilerin güvenine ihanet etmek istemezdim. Ama şimdi her şey ortaya saçıldı ve bizim felaketimiz oldu. Sen İzmir'e gelmeden önce Sabetay Sevi'nin adını hiç duymamıştın herhalde. Belki yalnızca Konstantinopolis'te..."

"Hayır" dedim, "orada bile duymadım. Yalnızca İzmir'e geldiğimden beri duyuyorum bu adı."

"Ben onunla geçen yıl, Halep'te karşılaştım. Orada haftalarca kaldı, dahası babam onu bizim eve davet etti. Bugün gördüğün adamdan epeyce farklıydı. Davranışlarında ölçülü, konuşurken alçakgönüllüydü; ne kral, ne de mesih olduğunu söylüyor, sokaklarda şarkı söyleyerek salınmıyordu. Dolayısıyla Halep'i ziyareti, bizim cemaat dışında herhangi bir çalkantı yaratmadı. Ama bizim evde, hâlâ süren bir tartışmanın başlangıcı oldu. Çünkü Sabetay'ın çevresinde, onun beklenen Mesih olduğunu fısıldamaya başlamışlardı bile; söylentiye göre Natan Eskenazi adında Gazzeli bir ermiş onu böyle tanımlamıştı ve çok geçmeden ortaya çıkacaktı. İnsanlar değişik kanılar taşıyorlardı; bugün de öyleler. Mısır'dan, bu adamın kesinlikle Mesih olduğunu bildiren üç mektup aldık; ama Kudüs'ten çok saygın bir haham, bu adamın bir sahtekâr olduğunu, sözlerinden ve tüm hareketlerinden sakınmamız gerektiğini yazdı bize. Tüm aileler bölünmüştü; en çok da bizimkisi. Babam, Sabetay'dan söz edildiğini duyduğu andan sonra, hep onun gelişini bekleyerek yaşadı. Oysa ben, onun tek oğlu, eti kemiği, bir an bile inanmamıştım söylenenlere. Bence bütün bunların sonu kötüye varacak. Yüzyıllardır ölçülü, ağırbaşlı bir yaşam süren, sesini hiç yükseltmeyen insanlarımız, ansızın bağıra bağıra krallarının yakında tüm dünyayı yöneteceğini, Osmanlı sultanının onun önünde diz çökeceğini ve tahtını ona sunacağını söylemeye başladılar. Evet, böylesine saçmalıkları yüksek sesle söylüyorlar ve sultanın öfkesinin üstümüze çökebileceğini bir an bile düşünmüyorlar. Sultandan korkma artık, diyor bana babam, o ki Bâb-ı Âlî'nin gönderdiği en küçük görevlinin gölgesinden bile korkmakla geçirdi tüm yaşamını! Neden korkuyorsun sultandan? Onun sultanlığı bitti artık, çok yakında Diriliş çağı başlayacak!

"Sana da anlattığım gibi, babam mutlaka Konstantinopolis'e gitmek istiyordu ve yol sıkıntılarına dayanamayacağını düşünerek ben onun yerine çıkmıştım yola. Beni beklemeye söz vermişti, ben de ona, bizimkilerin hepsinin saygı duyduğu en büyük hahamların görüşleriyle geri dönme sözünü vermiştim.

"Ben sözümü tuttum, babam tutmadı. Başkente gelir gelmez, birbiri ardından en bilgili kişileri ziyaret ettim ve bütün söylediklerini özenle not ettim. Ama babam çok sabırsızdı, beni beklemedi. Günün birinde, yanında iki haham ve başka bir iki önemli kişiyle Halep'ten ayrıldığını duydum. Kervanları, bizimkinden iki hafta sonra Tarsus'tan geçmiş ve kıyı yolunu izleyerek İzmir'e ulaşmış.

"Evden ayrılmadan önce, sahip olduğumuz her şeyi, yok pahasına elden çıkartmış. 'Bunu neden yaptın?' diye sordum. 'Halep'te bir iki taş parçası nemize yarar Diriliş çağı başladıysa eğer?' diyerek yanıtladı beni. 'Ya bu adam Mesih değilse? Ya Diriliş zamanı henüz gelmediyse?' Babam şöyle yanıtladı beni: 'Sevincimi paylaşmak istemiyorsan, artık oğlum değilsin benim!'

"Evet, her şeyi sattı ve gelip parayı Sabetay'ın ayaklarına attı. O da minnetini göstermek için onu kral ilan etti! Evet, Baldassare, babam kral ilan edildi, onun tahta çıkışını kutlamalıyız. Kuyumcu İzak'ın değil, Kral Asa'nın oğluyum ben artık! Bana saygıda kusur etmemelisin" dedi Meymûn, kadehine Fransız şarabını doldururken.

Biraz şaşırmıştım ve alaylarına nereye kadar katılabileceğimi bilemiyordum.

"Öte yandan" diye ekledi arkadaşım, "Sabetay'ın bugün en az yedi, dün de on kadar kral ilan ettiğini belirtmeliyim. Hiçbir kent bu kadar çok kralı birarada ağırlamamıştır bugüne dek!"

Böyle sunulduğunda, tanık olduğum bunca tuhaf olay, gerçekten de üzüntü verici bir maskaralık gibi görünüyor. Meymûn'un bana söylediklerine inanmalı mıyım? Ya da tersine, ona karşı çıkıp, neden benim bile –ben ki uzun zamandır mucizelere inanmıyordum ve inananları hep sessizce küçümsedim– sarsıldığımı açıklamalı mıyım?

Hayır, onunla tartışmadım, ona kafa tutmadım. Yahudilikle ilişkim olmamasına ve onların beklediklerini beklemememe karşın bunca anlaşılmaz raslantının, bunca işaretin beni bile sarstığını itiraf etmek utanç verici olurdu. Nasıl bir "akıl fakiri" haline geldiğimi görünce gözlerinde belirecek düşkırıklığını, küçümsemeyi okumak, utanç verici olurdu. Düşündüklerimin tersini söylemek istemediğim için de onu dinlemekle yetindim.

Haklı olmasını diliyorum. Bütün varlığımla 1666 yılının sıradan bir yıl olmasını, sıradan sevinçler, sıradan acılar getirmesini umuyorum; bu yılı bütün yakınlarımla birlikte, bir yılbaşından öbürüne, bugüne dek katettiğim kırk yıl gibi katetmeyi diliyorum. Ama bundan emin olamıyorum. O yılların hiçbiri, bu yıl gibi göstermedi kendini. Hiçbirinin öncesinde böyle bir sürü işaret görülmedi. O yaklaştıkça dünyanın dokusu da çözülüyor, sanki iplikleri yeni bir dokumada kullanılacakmış gibi. Bağışla beni Meymûn, benim akıllı dostum, yolumu yitiriyorsam; benim seni bağışlayacağım gibi, eğer sen yolu yitirmişsen. Ayrıca, şu Fransız ahçının dükkânında masada otururken seni onaylamış gibi yaptığım, sonra da gelip bu sayfalarda, senin haberin olmadan sana yanıt verdiğim için de bağışla beni. Nasıl başka türlü davranabilirdim? Ağızdan çıkan sözler yürekte izler bırakır; yazılanlarsa ölü deriden yapılmış bir kapağın altında soğur gider. Özellikle de kimsenin gelip okumayacağı benimkiler.

15 Aralık 1665

Bu yıldan yalnızca on yedi gün kaldı geriye ve İzmir'i bir baştan bir başa, gümrükten eski kaleye, fısıltı rüzgârları yalayıp geçiyor. Kimileri bozguncu bu fısıltıların: Bir söylentiye göre sultan bizzat emretmiş Sabetay'ın zincire vurulmasını ve sıkı gözetim altında Konstantinopolis'e gönderilmesini. Oysa akşam olduğunda sözde mesih, yandaşlarının saygı gösterileri arasında hâlâ yerinde duruyor; yedi yeni kral ilan etmiş diyorlar, aralarında kentin dilencilerinden Kızıl Abraham adında biri bile varmış. Başka söylentilere göre bir havranın kapısında gizemli bir adam belirmiş; uzun, ipek gibi sakallı, kimsenin daha önce görmediği, yaşlı bir adam. Kim olduğu sorulduğunda Peygamber İlya olduğunu söylemiş ve Yahudileri Sabetay'ın çevresinde birleşmeye çağırmış.

Meymûn, hem hahamlar, hem de cemaatin zengin tüccarları arasında Sabetay'ın çok karşıtı olduğunu, ama ona açıkça saldırmaya cesaret edemediklerini ve dinsiz ya da günahkâr suçlamasıyla karşı karşıya kalmamak için evlerine kapandıklarını söylüyor. Dahası, aralarından bazıları İzmir'i terkedip Manisa'ya yollanmışlar bile.

Bu öğlen Meymûn'u aynı Fransız ahçıya yemeğe davet ettim. Dün akşam hesabı o ödemişti. Babası servetlerini yok pahasına elden çıkardığına göre sıkıntıda olmalıydı ya da kısa süre sonra olacaktı; ama onu incitmemek için bunu ona hissettirmek istememiş ve hesabı ödemesini kabul etmiştim. İmparatorluğun en iyi yemekleri yapılıyor burada ve bunu keşfetmiş olmak beni sevindiriyor. Bu kentte uzun zamandır açık iki Fransız ahçı daha var; ama en rağbet göreni burası. Şarabını övmekten çekinmiyor; Türkler de çekinmeden içiyorlar bu şarabı. Buna karşılık yemekte jambon vermekten kaçınıyor ve incelik göstererek kendisinin de jambonu pek sevmediğini söylüyor. Bir kez daha sofrasına oturmaktan hiç pişman değilim ve İzmir'de kaldığım sürece geleceğim buraya.

Yalnızca bu keşfimi Peder Jean-Baptiste'e aktarmakla hata ettim; bir *huguenot*'nun çatısı altına girmekle ve dinsizliğin şarabından içmekle suçladı beni. Ama bu gülünç sözleri söylerken yalnız değildik ve sanırım onu dinleyenlerin duymak istediği şeyleri söyledi böylece. İyi bir şarabın kendi renginden başka rengi, kendi ruhundan başka ruhu olmadığını bilecek kadar Doğu'da yaşamış biri o.

16 Aralık

Bu öğlen Marta'yı, Bay Moineau Ézéchiel'in dükkânına davet ettim – *huguenot* ahçımızın adı böyle. Yemekleri sevdi mi bilmiyorum, ama davete sevindi ve şarabı da biraz fazla kaçırdı. Neşeyle sarhoşluk arası bir yerde durdurdum onu.

Manastıra döndüğümüzde, öğle uykusu saatinde yapayalnız bulduk kendimizi. Birbirimize sarılmak için acele ediyorduk ve hiçbir tedbir almadan yaptık bunu. Kulağım sürekli olarak kirişteydi; yeğenlerimin ya da Aziz Francesco keşişlerinden birinin bizi yakalamasından endişe ediyordum. Yardımcımdan korkmuyordum; gerektiği zaman hiçbir şey görmemeyi, işitmemeyi bilir o. Bu endişe, mutluluğumuzu hiç de azaltmadı, tersine arttırdı. Her saniye kendi zevk ağırlığını istiyor gibiydi, bir öncekinden biraz daha fazla, sanki sonuncusu o olacakmış gibi. Öyle ki sarılmamız gittikçe daha güçlü, daha çılgın, daha hoyrat, daha soluk soluğa oluyordu. Bedenlerimiz sıcak şarap kokuyordu ve yıllarca mutlu olma sözü verdik birbirimize, dünya yaşasa da, ölse de!

Kimse gelmeden çok önce bitkin düştük. O uyuyup kaldı. Ben de aynısını yapma niyetindeydim; ama bu fazla tedbirsizlik olurdu. Yavaşça entarisini düzelttim sonra da edepli bir örtüyle, boynuna dek üstünü örttüm. Defterime bu birkaç satırı yazmadan önce.

Yeğenlerim ancak geceyarısından sonra döndüler. Peder Jean-Baptiste'i de yeniden görmedim; dün ziyaretçileri gelmişti, bütün günü onlarla geçirmiş olmalı. Hepsinden Tanrı razı olsun. Bir sürü yeni söylenti toplamış olmalılar. Ben yalnızca bir şarap çiği toplayabildim, bir kadının doygun dudaklarından. Keşke her gün dünya bizden habersiz olabilse, bugün habersiz olduğu gibi! Keşke her gün, böyle yarı gölgede, bütün kehanetlere boşverip, yaşayabilsek, sevişebilsek! Dinsizlerin şarabıyla ve hükümlü aşklarla sarhoş olabilsek!

Tanrım! Yalnızca sen sağlayabilirsin kendi İsteminin yerine gelmemesini!

17 Aralık

Bugün *cappuccini* manastırını terkettim ve bugüne dek hiç rastlamadığım bir İngiliz tüccarın evine yerleştim. Başıma gelen ve sıradan bir zamanda yaşamadığımızı unutmamı engelleyen, olağanüstü olaylardan biri daha! Kendi evimmiş gibi yerleşiverdim bu yabancı eve; bu akşam, sayfalarımı, kuşkirazı ağacından yapılma, kızıl renkte, yepyeni cilası pırıl pırıl parlayan bir yazı masasında, som gümüş bir şamdanın ışığında yazıyorum. Marta beni bekliyor. Benimkine açılan özel bir odası var burada ve bu gece –ve gelecek gecelerde– onun yatağında yatacağım, başka hiçbir yerde değil.

Her şey çok çabuk olup bitti; sanki işin pazarlığı önceden ve ayrıntılı biçimde Tanrı tarafından yapılmıştı ve bizim bunu bir el sıkışmasıyla mühürlemek için burada buluşmamız gerekiyordu. Buluşma yeri, tabii ki, *huguenot* ahçının sofrasıydı; buraya artık her gün, giderek günde birden fazla gelir olmuştum. Bu sabah, manastırda yemek yemeye gitmeden önce, sadece bir kupa şarap içip bir iki zeytin yemek üzere uğramıştım. Sofraya oturmuş iki adam vardı dükkânda ve patron beni onlarla tanıştırdı. Biri İngiliz, biri Hollandalıydı; ama bu ulusların –herkesin bildiği gibi– hiç anlaşamamasına karşın iyi dost görünüyorlardı. Bay Moineau'ya ne iş yaptığımı söylemiştim bir ara; raslantı bu ya, adı Cornelius Wheeler olan İngiliz dostumuz da bir antika tüccarıydı. Öbürü, Hollandalı, Protestan papazıydı ve adı Coenen'di; uzun boylu, çok zayıf bir adamdı; kafası iri yapılı yaşlılarınki gibi kel ve kemikliydi.

Az sonra meslektaşımın, akşamüstü İngiltere'ye doğru yola çıkmak üzere İzmir'den ayrılmaya hazırlandığını ve gemisinin rıhtımda beklediğini öğrendim. Yola çıkma kararı, bana açıkça belirtilmeyen ailesel nedenler yüzünden çok hızlı alınmış ve ev için hiçbir karar verilmemişti. Masada bir çeyrek saatten fazla oturmamıştık henüz ve papazla, nazik bir biçimde Embriaco'ların geçmişi üstüne, Cübeyl üstüne, Sabetay ve şu ara olup bitenler üstüne söyleşiyorduk; Wheeler'se, kendi tasalarına öylesine dalmıştı ki pek bir şey söylemiyor ve söylediklerimize yarım yamalak kulak verir görünüyordu. Ansızın uyuşukluğundan silkindi ve aceleyle, bir süre onun evine yerleşmeyi kabul edip etmeyeceğimi sordu.

"Kısa süre sonra kargaşanın egemenliği başlayacaksa eğer" dedi açık bir duygulanma belirtisiyle, "soylu ruha sahip birinin evime göz kulak olması beni çok sevindirir."

Öneriyi fazla acele kabul etmiş olmamak için İzmir'de kısa bir zaman kalacağımı belirterek onu uyardım; yapılması gereken acele bir işimin olduğunu ve ardından benim de hemen yola koyulabileceğimi söyledim. Ama sanırım söylediklerime yeterince inanarak karşı çıkmamıştım ona; çünkü ileri sürdüğüm bahaneye yanıt vermeyi gereksiz buldu ve "yeni evimi" gösterebilmesi için papaz ve onunla bir iki adım yürüme zahmetine katlanıp katlanamayacağımı sordu yalnızca.

Sanırım daha önce de söylemiştim, yabancıların mahallesi, kumsal boyunca uzanan tek bir caddeden oluşuyordu. Yolun iki tarafına, bir baştan öbürüne, mağazalar, depolar, atölyeler, en azından yüz kadar ev, ünlü bir iki ahçı dükkânı ve dört kilise dizilmişti – *cappuccino*'larınki de bunlardan biriydi. Denize bakan konutlar, tepeye, eski kaleye ve yöre insanlarının oturduğu, Türklerin, Rumların, Ermenilerin ya da Yahudilerin yaşadığı mahallelere bakanlara göre daha değerliydi. Wheeler'in evi, bunların ne en büyüğü ne de en güvenlisi, çünkü caddenin en sonunda ve deniz gelip kapıları vuruyor neredeyse. Çok sakin bile olsa –bugün olduğu gibi– homurtusu duyuluyor uzaktan. Kabarık olduğunda, kulakları sağır edici bir gürültüsü olmalı.

Bu evdeki en güzel şey, şu an içinde bulunduğum sofa; odalar bunun çevresine dizilmiş. Bir sürü yontu, yontucuk, eski sütun parçası ve mozaiklerle süslü bir yer burası; hepsini de, kazılarını kendi yapan ve bu nesnelerden büyük para kazanan Wheeler topraktan çıkarmış.

Çevremde hayranlıkla seyrettiğim ve bana bir Yunan tapınağının ya da antik bir villanın yerinde bulunduğum izlenimini veren şeyler, aslında ıskartanın ıskartası olsa gerek; yalnızca çatlamış, kırık, sakat ya da üçer dörder bulunan nesneler bunlar. En güzel parçalar çoktan Londra'ya yollanmıştır kuşkusuz ve evsahibim, ağırlıklarınca altına satmıştır onları. İyi de etmiştir! Kendi deneyimimle biliyorum: Buralı insanlar, hiçbir zaman bu eski yontulara sahip olmak istemezler. Olanağı olanların beğenisi yoktur ve Türklerin çoğu, küçümseyerek bakar bu nesnelere; dindarlık bahanesiyle yüzlerini parçalamaya kalkışmazlarsa eğer.

Bugün gemiye binerken Wheeler'in yanında, çok acele yola çıkıyor olmasına karşın, çok sayıda sandık vardı; en büyük ve en ağır olanının içinde de –bana kendi söylediğine göre–

Philadelphia'da bulunmuş, kabartmalarla bezeli, görkemli bir lahit bulunmaktaydı. Çağrısını kabul ettikten sonra onu limana, yalnızca papazın eşliğinde göndermem sözkonusu olamazdı. İyi ki de böyle düşünmüşüm, çünkü rıhtıma geldiğimizde hamalların, önerilen ücret ne olursa olsun, sandıkları yüklemeyi reddettiklerini gördük. Hangi nedenle? Bunu öğrenemedim; ama direnmeleri genel havanın bir parçasıydı: Kafalardaki karışıklıktan, davranışlardaki bozulmadan, herkese yayılan sinirlilikten, biraz da hiçbir şeyin ceza görmemesinden doğan o atmosferin bir parçası. Hâtem'le yeğenlerimi çağırdım ve böylece on dört kolla –papazınkileri ve Wheeler'in adamınınkileri de sayarsak– kasalar gemiye yüklenebildi. Yalnızca lahit, gücümüze direndi; onun için de tayfalara para verip işe karışmalarını sağladık; halatlar yardımıyla sonunda güverteye çektiler sandığı.

Cappuccino'lara konukseverliklerinden ötürü teşekkür ettikten ve son depremde –söylediklerine göre– duvarı zarar gören kiliselerinin onarımı için cömertçe bir bağışta bulunduktan sonra, gelip bizimkilerle birlikte buraya yerleştim.

Wheeler, evde, insandan gözlerini kaçıran genç bir hizmetçi kız bırakmış, kısa süredir yanında olduğunu ama tabak çanak ve yiyecek çaldığından kuşku duyduğunu söylemişti. Emin değildi ama belki para ve giysi de çalıyordu. Onu kovmak istersem, hiç çekinmeden yapabilirdim bunu. Neden kendisi kovmamıştı kızı? Bunu ona sormadım. Çok fazla görmedim de kızı. İki kez evin içinden geçti; ayakları çıplak, başı öne eğikti ve kırmızı siyah kareli bir şala sarınmıştı.

Odaları bölüştük. Çatıya inşa edilmiş ve basit bir merdivenle çıkılan hizmetçi odasını saymazsak altı oda var evde. Hâtem, evsahibimizin yardımcısının işgal ettiği odayı aldı; yeğenlerimin birer odası oldu; Marta'yla ben de –görünüşü kurtarmak için– birer oda ayırdık kendimize; ama ondan uzak yatmaya hiç niyetim yok.

Şimdi de yanına gidiyorum, daha fazla gecikmeden.

18 Aralık

Wheeler'in evinde altıncı bir oda daha var ve onu bu sabah Meymûn'a önerdim.

İzmir'e geldiğinden beri, babasıyla birlikte İzak Laniado adlı birinin evinde oturuyor; o da Halepli, Sabetay'ın ateşli bir yandaşı ve bizim mesihin ailesinin kapı komşusu. Bu yüzden sürekli gizlenmek zorunda kalıyor Meymûn. Bana açıldı ve ardarda iç geçirerek bu insanların gürültü patırdısına daha fazla katlanıp katlanamayacağını bilmediğini söyledi.

Yine de davetimi geri çevirdi. "Asıl" dedi, "yakınlarımız yollarını yitirdiğinde onların yakınında bulunmamız gerekir." Ben de daha fazla ısrar etmedim.

Kentte hâlâ o tatlı kargaşa sürüyor. Yasa korkusu kaybolup gidiyor; sanki gelecek olan krallık, merhametin ve bağışlamanın krallığı olacak, ama kesinlikle bir düzen getirmeyecekmiş gibi. Buna karşılık yapılanların cezasız kalması, ne tutkuların zincirden boşanmasına, ne ayaklanmaya, ne kan dökülmesine, ne de yağmaya yol açıyor. Kurt, kuzunun yanında duruyor ama onu parçalayıp yemeye yeltenmiyor; tıpkı Kutsal Kitap'ın bir yerlerinde yazılı olduğu gibi. Bu akşam, kadınlı erkekli yirmi kadar Yahudi, ellerinde meşalelerle ve "Kralın kızı Meliselda" şarkısını söyleyerek, tören alayı düzeninde, mahallelerinden limana dek indiler; bununla hem Cuma akşamı ateş yakmayı yasaklayan kendi dinlerine, hem de gece meşaleyle aydınlanarak sokağa çıkma hakkını yalnızca yabancı tüccarlara tanıyan ülke yasalarına meydan okuyorlardı. Bizim evden az ötede, subaylarının arkasında uygun adım yürüyen bir yeniçeri takımına rastladılar. Şarkılar bir an hafifler gibi oldu, sonra daha da güçlü bir biçimde sürdü gitti; iki grup da birbiriyle ilgilenmeden yoluna devam etti.

Daha ne kadar sürecek bu sarhoşluk? Bir gün mü? Üç gün mü? Kırk gün mü? Sabetay'a inananlara göre: Yüzyıllar boyu. Yeni bir çağ başlayacak, diyorlar ve hiçbir şey bitirmeyecek bu çağı. Diriliş bir kez başladı mı, bir daha durmayacak. Diriliş'in ardından ölüm gelmeyecek. Sona erecek olan, aşağılanma, alçalma, kölelik, sürgün, bölünme olacak.

Ya ben, bütün bunların arasında ben neredeyim ve ne dilemeliyim? Meymûn babasını, mesih kralını izlemek üzere her şeyini terketmekle suçluyor. Ben çok daha kötüsünü yapmadım mı? Kıyamet dedikoduları yüzünden kentimi, ticaretimi, sakin yaşamımı terketmedim mi; üstelik ortada bir Kurtuluş umudu bile olmadan?

Bu insanlar, sebt gecesinin içinden ellerinde meşalelerle geçen bu şaşkınlar, en az onlar kadar çılgın değil miyim ben de; yakınlarımın gözü önünde benim olmayan, belki hâlâ bir başkasının karısı olan bir kadının yatağına girip hem dinin hem de hükümdarın yasalarını çiğnerken? Daha ne kadar yaşayabileceğim böyle yalanlar içinde? Ve daha da önemlisi, daha ne kadar cezasız kalacağım?

Bir ceza olasılığı arasıra kafamı yokluyorsa da isteklerimden alıkoyamıyor beni. Tanrı'nın bakışı, insanların bakışından daha az endişe veriyor bana. Geçen gece ilk kez, pencereleri kapıları gözlemek zorunda kalmadan, bir ayak sesine karşı kulağım kirişte olmadan kollarıma aldım Marta'yı. Sonra da yavaş yavaş soydum onu, yavaş yavaş kurdelaları çözdüm, düğmeleri açtım, tüm kumaşları yavaş yavaş gevşetip yere bıraktım, sonra da mumu üfledim. Kaldırdığı ve büktüğü bir koluyla gözlerini kapatıyordu, yalnızca gözlerini. Elinden tutup onu yatağa götürdüm, yatırdım ve hemen yanıbaşına uzandım. Konstantinopolis'te şu Cenevizli satıcıdan birlikte aldığımız kokuyu duydum bedeninde. Onu sevdiğimi ve her zaman seveceğimi fısıldadım. Sözlerimin soluğunu kulağında hissedince kollarıyla bana sarıldı; sevinç, acele, boyun eğme ve kendini bırakma sözcükleri mırıldanarak ılık bedenine doğru çekti beni.

Bir sevgilinin coşkusu ve bir kocanın dinginliğiyle sarıldım ona. Acaba böyle sevebilir miydim onu, çevremizde, bu kentte ve dünyada hüküm süren şu sarhoşluk olmasaydı?

19 Aralık

Hollandalı papaz bugün erkenden beni ziyarete geldi ve yalnızca dostunun evinde rahat ettiğimden emin olmak istediğini belirtti. Ben biraz heyecana kapılıp daha şimdiden burada sanki kendi evimmiş gibi yaşadığımı söyleyince buna karşılık olarak evin benim olmadığını hiçbir zaman unutmamam gerektiği yanıtını verdi. Gereksiz bir anımsatmaydı bu, beni öylesine rencide etti ki, hemen çok kuru bir biçimde, yalnızca minnettarlığımın altını çizmek istediğimi, bu eve salt hizmet amacıyla yerleştiğimi, *cappuccino*'ların manastırında çok rahat ettiğimi ve derhal oraya dönebileceğimi söyledim. Şapkasını alıp gideceğini ya da belki hemen kalabalık ailemi toplayıp gitmemi isteyeceğini sanıyordum; ama bir an duraksadıktan sonra hafifçe güldü, özür diledi, öksürdü, pek parlak olmayan İtalyancasının bir yanlış anlamaya neden olduğunu ileri sürdü –oysa en az benim kadar iyi konuşuyor bu dili!– ; kısacası, durumu düzeltmek istediğini açıkça belli etti. O kadar ki, beş dakika sonra kalkmak istediğinde elimi kolunun üstüne koydum, kalkmamasını ve bir dost olarak "eşimin" hazırladığı kahveyi beklemesini rica ettim.

Bu biraz beceriksizce başlangıçtan sonra sohbeti bütünüyle farklı bir havada sürdürdük ve karşımdakinin hem çok bilgili hem de bilge biri olduğunu keşfetmekte gecikmedim. Örneğin, aylardır değişik Avrupa kentlerinde dolaşan, İsrail'in kayıp kabileleriyle ilgili söylentileri öğrendim ondan; bu kabileler rivayete göre İran'da ortaya çıkmış ve sayısız askerden oluşan bir ordu toplamışlardı. Arabistan'ı ele geçirdikleri, Osmanlı güçlerini bozguna uğrattıkları, giderek Fas'a kadar ilerledikleri iddia ediliyordu. Tunus'ta bu yıl, hacıların kervanı, yolda onlarla karşılaşmamak için Mekke'ye gitmekten vazgeçmişti. Bütün bunlara inanmayan Coenen'e göre bu söylentiler, önce sultanın ordularının kuşattığı Viyana'dan, sonra da otuz yıldır Bâb-ı Âlî'yle savaşta olan Venedik'ten yayılmış olmalıydı; Müslümanları geriden vurmaya hazırlanan beklenmedik müttefikler hayal ederek kendi kendine cesaret vermeye çalışıyordu besbelli Venedik.

Papaz, İzmir'i durak yapan yolcuların ona her ay bu yönde mektuplar getirdiğini söyledi: Hollanda'dan, Fransa'dan, İsveç'ten, özellikle de çok sayıda insanın, zamanın sonu ya da İsa'nın ikinci gelişini haber verebilecek tüm olağanüstü olayları tetikte beklediği İngiltere'den. Bu açıdan bakıldığında İzmir'de olanlar sabırsızlıklarını keskinleştiriyor olmalı.

Benim de bu gelişmeleri büyük bir merakla izlediğimi, şu mesih denen adamı iki kez gözlerimle gördüğümü, olanların biraz kafamı karıştırdığını ama dostlarımdan bir Yahudinin bu olaylar karşısında benden çok daha kuşkucu göründüğünü söylediğimde Coenen heyecanla onu tanımak istediğini söyledi. Ben de bu dileğini ilk fırsatta Meymûn'a iletmeye söz verdim.

Şu günlerde kafamı en çok karıştıran şeyleri sıralarken bence açıklanması olanaksız bir olaydan söz ettim; geçen Pazar kadı'nın Sabetay'ı huzurundan özgür olarak göndermesine ve yetkililerin, taşkınlıklara son verip insanların işlerine güçlerine dönmelerini sağlayacak hiçbir tedbir almamalarına şaştığımı söyledim. Papaz, güvenilir kaynaklardan aldığı bilgilere göre kadı'nın, Sabetay'a sadık bazı zengin Yahudi tüccarlardan, ona hiçbir kötülük yapılmaması için yüklü bir para aldığını söyleyerek yanıt verdi.

"Osmanlı yüksek görevlilerinin ne denli ahlaksız olabileceğini ve açgözlülüklerinin onları nerelere sürükleyebileceğini bilmiyor değilim. Ama şu içinde bulunduğumuz durumda, ortalığa karmaşa egemen olmaya başladı. Buradaki olaylar Konstantinopolis'te duyulduğunda, kelleler düşecektir yere. Kadı'nın, bir iki altın için kendi kellesini tehlikeye atmaya hazır olabileceğine inanıyor musunuz?"

"Genç dostum, eğer insanların her zaman akıllarıyla hareket ettiklerini varsayarsak, dünyanın gidişatından hiçbir şey anlayamayız. Akılsızlık Tarih'in en güçlü ilkesidir."

Ardından da, eğer kadı Sabetay'ı serbest bıraktıysa, bunu yalnızca para aldığı için değil, mezmurlar söyleyerek konağına gelen bu adamın, belki kendi cemaati için zararlı, ama sultanın gücünü hiçbir biçimde tehdit etmeyen bir deli olduğunu düşündüğü için yapmıştır bence, diye ekledi. Hollandalı tüccarları korumakla görevli bir yeniçeri de böyle demişti papaza. Büyük olasılıkla kadı'nın, gösterdiği hoşgörünün bahanesi olarak yeniçerilerin kulağına fısıldadığı da buydu.

Bambaşka bir konuya atlarsak, yeğenim Bûme'nin sakalını ve saçlarını uzattığını farkettim bugün. Onu kimi dervişlere benzeten beyaz, havada dalgalanan bir gömlek giymiş olmasaydı farketmeyecektim. Bütün gün ortalardan kayboluyor ve akşam geldiğinde hiç konuşmuyor. Neden böyle tuhaf bir kılığa girdiğini sormalıyım belki de.

20 Aralık

Meymûn gelip evime sığındı. Onu sevinçle, coşkuyla karşıladım ve zaten ona ayırdığım, son boş odaya yerleştirdim. Şimdiye dek çağrımı geri çevirmişti; ama bu sabah meydana gelen bir olay, düşüncesini değiştirmesine neden oldu. Ve hâlâ bu olayın sarsıntısını yaşıyor.

Babası Sabetay'ın evine giderken ona eşlik etmesini istemiş. İlk kez gidişi değilmiş bu, ama hep bir yolunu bulup uzakta duruyor, yandaşlar kalabalığının içinde kayboluyor ve uzaktan, bağlılık gösterilerini ve sevinç dışavurumlarını izliyormuş. Bu kez, artık "kral" olmuş babası, velinimetlerine yaklaşmasını ve onun tarafından kutsanmasını istemiş. Dostum söz dinlemiş, gözleri yerde ilerlemiş ve "mesih"in elini biraz kaçamak bir biçimde öpmüş, sonra da yerini başkalarına bırakmak üzere geriye bir adım atmış. Ama Sabetay kolundan tutmuş, gözlerini yerden kaldırtmış ve sevecen bir edayla bir iki soru sormuş. Sonra ansızın sesini yükselterek, ondan, babasından ve onlarla birlikte bulunan Halepli iki hahamdan Tanrı'nın Ağıza Alınmaz Adı'nı söylemelerini istemiş. Ötekiler hemen söyleneni yapmışlar, ama Meymûn –aralarında en az sofu o olduğu halde– duraksamış. Dinin gereklerine uymadığı olurmuş arasıra; ve havrada hiç coşku duymadan gevelermiş duaları, sanki yüreği dudaklarının inandığından uzak kalmış gibi. Ama oradan, bunca büyük bir günah işlemeye, hayır! Ve Ad'ı ağzına almaktan kaçınmış; öbür üçünün boyun eğmiş olmasının Sabetay'a yeteceğini düşünmüş. Onu iyi tanımamakmış bu. Meymûn'u kolundan tutmaya devam eden sözde mesih, topluluğa, bu yeni zamanlarda, eskiden yasak olanın artık olmadığını açıklamaya koyulmuş; yeni çağ geldiğinde inananların, günah işlemekten korkmamaları gerektiğini; ona iman edenlerin, kendilerinden, o Çok Yüce'nin gerçek istemine aykırı bir şey istemeyeceğini biliyor olmaları gerektiğini söylemiş; özellikle de, demiş, bu istenen, Tanrı'nın görünürdeki istemine ters gibi duruyorsa.

O zaman, aralarında babasınınkiler de olmak üzere tüm bakışlar dostuma çevrilmiş. Babası "kral mesih"imize güvenmesini ve isteğini yerine getirmesini söylüyormuş.

"Asla inanmazdım" dedi Meymûn, "beni her zaman dinsel yasamıza saygı içinde yetiştiren babamın, onu en kötü biçimde çiğnememi istediği günü görene dek yaşayacağıma. Eğer böyle bir şey olduysa, eğer dindarlıkla küfür birbirine karıştırılıyorsa, dünyanın sonu gerçekten de yakın olmalı."

Düşüncelere ve hüzne daldı gitti. Öykünün devamını anlatması için onu sarsmak zorunda kaldım.

"Ya sen ne yaptın?"

"Sabetay'a, benden istediği şeyin çok ciddi olduğunu ve bunu yapmadan önce gidip bir iki dua okuma gereğini duyduğumu söyledim. Sonra, iznini bile istemeden çekildim. Kendimi dışarı atınca da dosdoğru buraya yürüdüm."

"Bu çılgınlık" durulmadan Yahudi mahallesine bir daha adım atmayacağına yemin etti. Ben de davranışını onayladığımı ve onu evimde konuk etmekten mutluluk duyduğumu söyledim.

Sonra da Hollandalı Protestan papazın ziyaretinden ve onunla tanışma isteğinden söz ettim. Reddetmedi, ama ona bir iki günden önce gitmek istemediğini, olan biteni bir yabancıyla konuşmayı şu an hiç arzu etmediğini söyledi.

"Kafam hâlâ karmakarışık, şaşkınlık içinde yüzüyorum ve yarın pişman olacağım şeyler söylemek istemiyorum."

Hiçbir acelemiz olmadığını, her ikimizin de bu kargaşanın uzağında durmakla çok iyi edeceğimizi söyleyerek yanıtladım onu.

21 Aralık 1665, Pazartesi

Osmanlı ülkesinde dürüst görevliler de mi varmış? Evet demeye dilim varmıyor henüz; ama bu soruyu kendi kendime sorabilmem bile şaşırtıcı!

Bir iki gündür Marta, Konstantinopolis'teki başvurularımızı burada da yinelememiz için ısrar ediyor ve daha iyi sonuçlar alacağımızı umuyor. Ben de kalktım İzmir hapishanesinin kâtibini görmeye gittim; Abdüllatif adında biriydi bu kâtip ve bana söylendiğine göre Küçük Asya'nın bu bölümünde ve Ege adalarında verilen tüm mahkûmiyet kararlarının kaydını tutuyordu. Adam isteğimi dinledi, notlar aldı, bir iki ayrıntıyı sordu, sonra da tatmin edici bir yanıt verebilmek için bir haftalık bir araştırma süresine gereksinme duyduğunu söyledi. Bu da bana hemen öbür kâtibi, sultanın sarayındaki Silahhane'nin, değişik kütüklere bakma bahanesiyle bizden onca para sızdıran kâtibini anımsattı. Ama fazla surat asmadan ödemeye kararlıydım bu kez; en azından Marta'ya hiçbir özveriden kaçınmayacağımı göstermek için. Ve adama, âdet olduğu üzere "bilgi alacağı kişilere ne kadar ödemek gerektiği"ni sordum. Bir yandan da elimi keseme atmıştım. Adam, anlamı açık bir hareketle elimi kesemden çekmemi işaret etti:

"Neden ödeyeceksiniz ki Saygıdeğer Efendim, henüz hiçbir şey elde etmediğinize göre?"

Israr edersem onu kızdıracağımı düşündüm ve bir hafta sonra geri gelme sözü vererek çekildim; ayrılırken de Yüce Tanrı'nın ona hakettiği şeyleri bağışlaması temennisinde bulundum; hiçbir namuslu insanın alınmayacağı bir dilekti bu.

Dışarıda bir ceviz ağacının gölgesinde beni bekleyen Marta'yla Hâtem'e, olan biteni, şimdi yaptığım gibi sözcüğü sözcüğüne aktardım. Marta içinde bir güven duygusu olduğunu söyledi; belki de Tanrı, şimdiden sonra olumlu biçimde eğilecekti yazgısının üstüne. Yardımcım daha kuşkulu göründü; ona göre güçlülerin hoşgörülü davranışı, gelecekteki daha büyük bir felaketin habercisiydi her zaman.

Göreceğiz bakalım. Başka zaman olsaydı ben de onunla aynı kanıda olurdum; ama bugün umutsuz değilim. Öyle çok duyulmadık şey oluyor ki! Bir tuhaflık rüzgârı yalıyor tüm dünyayı... Artık hiçbir şey, ama hiçbir şey beni şaşırtmamalı!

23 Aralık 1665

Titriyorum, dilim dolanıyor.

Her satırda bir çığlık atmadan ve durmaksızın "Mucize!" diye bağırmadan olan biteni, sanki başka birinin başına gelmiş gibi anlatabilecek miyim acaba?

İçimdeki heyecanların biraz dibe çökmesini beklemeliydim belki, ruhumun döşemesine çökmelerini, tıpkı kahvenin dibine çöken telve gibi. Bırakmalıydım iki gün, bir hafta geçsin aradan. Ama bugünün olayları soğuduğunda yenileri gelecek, belki daha yakıcıları...

Demek ki, yapabildiğim sürece, sadık kalmalıyım eski kararıma: Her günün acısını yazmak. Bir açıklama vermek, bir tarih atmak. Yazdığımı okumadan, gelecek şaşkınlıklara hazır olması için sayfayı çevirmek. Bembeyaz kalacağı güne dek – sona, benim kendi sonuma ya da dünyanın sonuna dek.

Ama şimdi başlangıca dönüyorum...

Bu öğle üstü, Meymûn'un çekingenliğini biraz yendikten sonra, onunla papaz Coenen'in evine gittik. Bizi sevinçle karşıladı, kahveyle birlikte nefis Türk şekerlemeleri ikram etti, sonra da ölçülü sözlerle ve gözünün ucuyla arkadaşımın tepkilerini ölçmeye çalışarak Sabetay'dan söz etmeye koyuldu. Önce sözde mesihin İsa'dan söz ederken kullandığı övgü dolu sözlere değindi; "Onun ruhu ayrılmaz biçimde benimkine bağlı" dediğini aktardı. Yine İsa için, tanıklar önünde "Artık peygamberler arasında yerini alması için gereğini yapacağım" demişti söylendiğine göre. Meymûn da Sabetay'ın İsa'dan yalnızca saygı ve sevgi sözcükleriyle bahsettiğini ve ona çektirilen acıları, sık sık üzüntüyle anımsattığını doğruladı.

Papaz bu sözleri şaşkınlıkla ve sevinçle karşıladığını söyledikten sonra, Sabetay'ın kadınlardan söz ederken aynı bilgeliği sergilememesinden üzüntü duyduğunu belirtti.

"Onları kocalarına eşit kılma ve Havva'nın lanetinden kurtarma sözünü verdiği doğru değil mi? Güvenilir kaynaklar bana böyle aktardılar. Ona bakılırsa kadınlar, gelecekte bütünüyle istedikleri gibi, hiçbir erkeğe itaat etmeden yaşayacaklarmış."

Bakışıyla sorguladığı Meymûn, pek acele etmeden doğruladı.

Papaz devam etti:

"Dahası Sabetay, erkeklerle kadınların artık ayrı olmaması gerektiğini söylemiş; ne evlerde ne de havralarda. Ve yarın, kurmak istediği krallıkta isteyen istediğiyle gidebilecekmiş, hiçbir sınırlama, hiçbir utanma olmadan."

"Bunu hiç duymadım" dedi Meymûn, kesin bir edayla, "ne de buna benzer bir şeyi." Ve bana bir bakış fırlattı: Baldassare, dostum, diyordu gözleriyle, neden bu tuzağa düşürdün beni?

O zaman aniden ayağa kalktım.

"Bu evde çok güzel eşyalarınız var. Bir tüccar olarak onlara bir göz atmama izin verir miydiniz?"

"Tabii, istediğiniz gibi yapın!"

Dostumun da bu arada benimle ayağa kalkacağını, bu rahatsız edici konudan uzaklaşmak için ortaya attığım oyalamadan yararlanacağını ve bir sorgulamaya dönüşen konuşmaya son vereceğini umuyordum. Ama o, evsahibimizi rencide etme korkusuyla oturmaya devam etti. Gerçekten de ikimiz birden, aynı anda ve hiç duraksamadan ayağa kalksaydık, kaçış çok açık ve biraz kabaca olacaktı. Bu yüzden sohbet bensiz devam etti; ama tek sözcüğünü bile kaçırmıyor, çevremdeki mobilyalara, kitaplara, biblolara boş bakışlarla bakıyordum.

Arkamda Meymûn, Coenen'e, hahamlardan çoğunun Sabetay'a inanmadığını, ama cemaati tümüyle ele geçirdiği için düşüncelerini açıkça söylemekten çekindiklerini anlatıyordu. Onu kral mesih olarak kabul etmeyenler, sokakta kötü davranışlarla karşı karşıya kalma korkusuyla ya gizleniyor ya da kimi zaman kenti terketmek zorunda kalıyorlardı.

"Sabetay'ın, sultanın tacını ele geçirmek ve onun yerine tahta çıkmak üzere birkaç gün sonra Konstantinopolis'e gideceğini söylediği doğru mu?"

Meymûn bu savdan dehşete kapılmış göründü, sesini yükseltti:

"Söylediklerimin sizin gözünüzde herhangi bir değeri var mı?"

"Tabii ki" diye yanıtladı biraz afallayan papaz. "Şimdiye dek soru yönelttiğim kişiler arasında en açık seçik konuşan, en bilge ve en anlayışlısı sizsiniz..."

"Öyleyse, Sabetay'ın hiçbir zaman bu türden iddialar dile getirmediğini söylüyorsam bana güvenin."

"Ama bu sözleri bana aktaran, onun yakınlarından biri."

Sesini alçalttı ve duyamadığım bir ad söyledi. Yalnızca Meymûn'un parladığını duyabildim:

"O haham, delinin biri! Böyle sözler edenlerin hepsi de deli! İster dünyanın artık kendilerine ait olduğunu sanan Sabetay yandaşlarından olsun, ister onu ne pahasına olursa olsun yok etmek isteyen karşıtlarından. Bu saçmalıklar yarın sultanın kulağına giderse, tüm Yahudiler kılıçtan geçirilir, onlarla birlikte de tüm İzmir halkı!"

Coenen ona hak verdi, sonra başka bir konuya atladı:

"Mısır'dan bir mektup geldiği doğru mu..."

Sorunun gerisini duyamadım. Bakışlarım dondu kaldı. Önümde alçak bir sehpanın üstünde, Zelanda işi, tek ayaklı bir masanın arkasına yarı gizlenmiş duran bir yontucuk! Tanıdığım bir yontucuk! Benim yontucuğum! "İki sevgili" yontucuğum! Eğildim, sonra da çömeldim, onu aldım, okşadım, evirdim çevirdim.

Hiç kuşkum yoktu. Şu altın yaprakla örtülü, huni biçimli iki kafa, şu iki eli birleştiren ve ölümün de ötesinde birbirine kaynatan tuhaf pas... Dünyanın hiçbir yerinde buna benzer bir nesne daha olamazdı!

Bir iki saniye bekledim, sesimin beni ele vermemesi için iki üç kez tükürüğümü yuttum.

"Saygıdeğer rahip, bunu nereden almış olabilirsiniz?"

"O yontucukları mı soruyorsunuz? Wheeler bana armağan etti."

"Onları topraktan kendi mi çıkartmış; size söyledi mi?"

"Hayır. Bir gün onu ziyaret etmiştim. Adamın biri kapıyı çaldı ve iki tekerlekli bir yük arabasıyla taşıdığı bazı eşyaları satmak istediğini söyledi. Cornelius, adamın mallarının neredeyse hepsini satın aldı ve benim, büyük olasılıkla bir antik tapınaktan gelme bu adak yontucuklarıyla ilgilendiğimi görünce, ısrarla bana armağan etti. Siz ki büyük bir antika tüccarısınız, bu tür nesneler sizin için çok sıradan olmalı."

"Gerçekten de arasıra elime geçer böyle şeyler. Ama bu hiçbirine benzemiyor."

"Bu nesneleri benden iyi tanıyor olmalısınız. Ne özelliği var bunun sizce?"

Papaz, anlattıklarımla pek ilgili görünmüyordu. İlgisiz görünmemek için gerektiği kadar nezaketle beni dinliyor ve sorular soruyordu; ticaretine tutkun bir adamın normal tepkilerini gösterdiğimi düşünüyor olmalıydı ve bugün onu ilgilendiren tek konuya, Sabetay'a dönebilmek için yeniden ve sessizce, odadaki inceleme turuma devam etmemi bekliyordu. O zaman "iki sevgili"yi dikkatle tutarak yaklaştım ona.

"Bu yontucuğun özelliği, gördüğünüz gibi, bir raslantı sonucu pasın birleştirdiği iki kişiden oluşması. Bu çok ender rastlanır bir olaydır ve ben bu nesneyi binlercesi arasından ayırdedebilirim. Bu nedenle size kesinlikle söyleyebilirim ki önünüzde tuttuğum bu yontucuk, bundan dört ay önce Cübeyl'de, benim mağazamda bulunmaktaydı. Benden değerli bir kitabı çok pahalıya satın alan, Fransa kralının özel görevlisi Marmontel şövalyesine incelik olsun diye vermiştim. Bu nesneyi de yanında götürerek Trablus'tan denize açılmıştı. Konstantinopolis'e ulaşmadan önce gemisi battı. Ve şimdi yontucuğumu bu sehpanın üstünde buluyorum."

Coenen ayağa kalktı; ayakları bükülü durmaya dayanamamıştı. Sanki onu hırsızlık ya da cinayetle suçlamışım gibi bembeyaz olmuştu.

"Wheeler'i uyarmıştım gelip ayaküstü değerli şeyler satan, dilenci kılıklı haydutlara karşı. Hepsi dinsiz imansız, yasa tanımaz uğursuzlar. Ve şimdi hem marifetlerinin suçortağı olmuş, hem de onlara yataklık etmiş gibi hissediyorum kendimi. Evim kirlendi! Tanrı seni cezalandırsın Wheeler!"

Onu sakinleştirmeye koyuldum; ne onun, ne de İngilizin hiçbir suçu yoktu bu işte, malın geldiği yeri bilmediklerine göre. Bunun yanısıra kibarca, satıcının, benim "sevgililer" dışında neler taşıdığını sordum ona. *Yüzüncü Ad* kazadan kurtulmuş muydu, bunu öğrenmek istiyordum tabii ki. O da aynı gemide, aynı yükler içinde yola çıkmamış mıydı? Bir kitap, madenî bir yontucuktan daha ölümlüdür, biliyorum; ve geminin batmasına neden olan, gemideki zenginlikleri ele geçirmek için insanları öldüren batık soyguncuları, bir altın tabakasıyla örtülü yontucukları saklarken bir kitabı güverteden denize atmış olabilirlerdi.

"Cornelius çok şey aldı bu adamdan."

"Kitaplar aldı mı?"

"Bir kitap, evet."

Böylesine açık bir yanıt bekliyor idiysem ne olayım!

"Onu hayran bırakmışa benzeyen Arapça bir kitap."

Coenen'in dediğine göre satıcı oradayken, dostu kitaba önem veriyor gibi görünmemişti. Ama bunca malı elden çıkarabildiği için pek hoşnut olan adam gider gitmez, İngiliz kendini tutamaz olmuştu; kitabı elinde evirip çevirmeye başlamış, ilk sayfayı birkaç kez üst üste okumuştu.

"Bu satınalmadan o denli mutlu görünüyordu ki, ona yontucukların yaşı üstüne bir soru sorduğumda, hemen bana armağan etti onları. Karşı çıkmama karşın, hiçbir dediğimi dinlemedi; yardımcısına armağanı paketlemesi, sonra da götürüp evime teslim etmesi emrini verdi."

"Kitap konusunda hiçbir şey söylemedi mi size?"

"Çok az şey. Nadir bir kitap olduğunu ve birçok müşterinin ondan yıllardır bu kitabı istediğini söyledi; kitabın, ne olduğunu iyi anlamadığım bazı güçler ve tanrısal korumalar sağladığına inanıyormuş bu insanlar. Bir tür tılsımmış yani. Ona, gerçek bir inananın bu tür hilelere gereksinimi olmadığını, Tanrı'nın kayrasını kazanmak için iyilik yapmanın ve Kurtarıcımızın bize öğrettiği duaları yinelemenin yeterli olduğunu anımsattım. Wheeler beni onayladı; bu saçmalıklara kendinin de kesinlikle inanmadığını, ama bir tüccar olarak bunca aranan ve iyi bir fiyata satabileceği bir malı satın almış olmaktan çok mutlu olduğunu söyledi."

Bunları söyleyip bitip tükenmez yakınmalarına döndü Coenen; nereden geldiği belirsiz bir armağanı, bir dikkatsizlik anında kabul ettiği için Tanrı onu bağışlayacak mıydı acaba! Bana gelince, artık zamanı geçmiş sandığım ikilemlerin içine dalmış buldum yeniden kendimi – şu anda da onların içindeyim. *Yüzüncü Ad* kitabı yokolmadıysa, yeniden peşine düşmem gerekmiyor muydu? Bir denizkızıdır bu kitap ve şarkısını bir kez duyan, bir daha unutamaz onu. Ben şarkısını dinlemekten fazlasını yaptım, kollarımda tuttum denizkızını, okşadım; elimden kaçıp açık denize açılmadan önce, kısa bir an sahip oldum ona. Denize dalıp gitti ve bir daha hiç çıkmayacak sandım; ama denizkızları, denizde boğulmazlar. Tam onu unutmaya başlamıştım ki, işte yeniden beliriverdi yanıbaşımda; işaretler ediyor ve büyülenmiş yavuklu görevlerimi yerine getirmeye çağırıyor beni.

"Bu kitap şimdi nerede?"

"Wheeler, bir daha ondan söz etmedi bana. Yanında İngiltere'ye mi götürdü, yoksa İzmir'de evinde mi bıraktı bilmiyorum."

İzmir'de? Evinde? Yani benim evimde?

Kim bu satırları yazarken titrediğim, dilim dolandığı için kınayabilir beni?

24 Aralık

Bugün yaptığım şeylerin hiçbiri ceza gerektiren bir suç sayılmaz; ama konukseverliği kötüye kullanma sayılabileceği kuşkusuz. Bana emanet edilmiş evi, bir eşkıya yatakçısının mağarasıymış gibi böyle didik didik aramak! İngiliz dostum bağışlasın beni, ama yapmak zorundaydım bunu, beni yollara düşüren bu kitabı bulmaya çalışmak zorundaydım. Üstelik çok da umutlu olmadan. Bu kitabın değerini anlayan meslektaşım, yine de onu burada bıraktıysa çok şaşarım. Evini, malını mülkünü, benim gibi bir yabancının korumasına bırakıp ansızın gitmeye karar vermesinin bile *Yüzüncü Ad* nedeniyle olduğunu söylemeye dek vardıracak değilim işi. Ama böyle bir varsayımı da hemen göz ardı edemiyorum.

Coenen, Cornelius Wheeler'in uzun süredir Londra'da, eski Saint Paul çarşısında mekân tutmuş bir kitapçı ailesinden olduğunu söyledi. Ne o çarşıya, ne de o kente gitmedim, ama eski kitap alım satımı yapan benim gibiler için tanıdık bir yer orası. Tıpkı Londra ya da Oxford'daki kitapçı ya da koleksiyoncular için Cübeyl'den Embriaci adının tanıdık olması gibi – ya da en azından böyle olduğunu düşünmekten hoşlanıyorum ben. Sanki görünmez bir iplik, aynı şeylere tutkuyla bağlananları, denizler ötesinden birleştiriyormuş gibi; tüccar ruhum, bu iplikler sayılmayacak kadar çoğalırsa ve dokuma daha kalın, daha sık hale gelirse dünyanın daha sıcak bir yer olacağını söylüyor bana.

Şimdilik, dünyanın öbür ucunda birinin, benimle aynı kitaba sahip olmak istediğini ve bu kitabın şu anda İngiltere'ye giden bir gemide olduğunu bilmek hoşuma gitmiyor. Onun gemisi de, şu zavallı Marmontel'inki gibi batacak mı acaba? Bunu temenni etmiyorum. Tanrı tanığımdır. Yalnızca akıl sır ermez bir büyü marifetiyle, kitabın hâlâ bu evde bulunuyor olmasını isterdim. Onu bulamadım; gerçi tüm köşe bucağı aradığımı söyleyemem ama onu bulamayacağımdan eminim artık.

Bizimkiler de hep birlikte bu hazine avına katıldılar; bütün gün evde olmayan Bûme dışında. Son zamanlarda, çoğunlukla evde değil; ama bugün onu bu nedenle kınamak aklımdan bile geçmedi. Mazandarânî'nin kitabını aradığımızı bilmemesinden çok hoşnuttum; hepimizden çok istediği bu değerli nesnenin şu anda nerede bulunduğunu öğrenmesini de istemiyordum. Peşinden İngiltere'ye dek sürükleyebilirdi bizi! Tüm ev halkına, bütün bunlarla ilgili olarak ağızlarından tek sözcük kaçırmayacakları sözünü verdirttim. Dahası, sözümü dinlemezlerse onları çok kötü cezalara çarptıracağım tehdidini savurdum.

Öğleden sonra hepimiz salonda, hem düşkırıklığından hem de yorgunluktan çökmüş otururken "Eveet" dedi Habib, "şu Noel armağanını alamayacağımız anlaşıldı!" Hepimiz güldük; ben de, bu Noel arifesinde gerçekten çok iyi bir armağan olurdu hepimize diye düşündüm.

Daha henüz gülüyorduk ki kapı vuruldu. Gelen, Coenen'in uşağıydı ve erguvan rengi bir şala sarılı, "iki sevgili" yontucuğunu getirmişti. "Dün öğrendiklerimden sonra bu nesneyi evimde tutamazdım" diyordu ekteki not.

Papaz bize bir Noel armağanı verme niyetinde değildi herhalde; ama gönderisi böyle göründü bize. Hiçbir şey, *Yüzüncü Ad* kitabı dışında, bu denli sevindiremezdi beni.

Ama hemen yontucuğu gizlemem ve yine herkese dillerini tutmaları için söz verdirtmem gerekiyordu. Yoksa yeğenim, onu görür görmez her şeyi anlardı.

Gerçeği ne kadar saklayabilirim ondan? Bunun yerine ona hayır demeyi öğrenmem gerekmez mi? Bu yolculuğa çıkmamızı ilk istediğinde öyle yapmalıydım. Tutunacak hiçbir yeri olmayan bu kaygan ve eğimli yüzeye kendimi bırakmadan önce. Yalnızca, belki, bazı tarihlerin çıkıntıları var bu eğimde. Bir hafta sonra, o Yıl...

27 Aralık

Pek gurur verici sayılmayacak bir olay meydana geldi az önce. Yalnızca kendimi sakinleştirmek için bu deftere aktarıyorum onu; ve bir daha söz etmeyeceğim.

Birkaç hesap yapmak üzere erkenden odama çekilmiş ve bir ara Bûme'nin gelip gelmediğini anlamak üzere kalkmıştım yerimden. Son zamanlarda gitgide daha sık yokoluyordu ortadan; hem onun, hem de kentin ruh hali gözönüne alındığında endişe verici bir durumdu bu.

Bûme'yi odasında bulamayınca, bir gece gereksinimi için bahçeye çıkmış olabileceğini düşündüm, ben de dışarı çıktım ve eşiğin dibinde bir ileri bir geri yürümeye başladım. Gece sakindi, bir Aralık gecesi için şaşırtıcı derecede sakin; epeyce yakın olmalarına karşın dalgaları duymak için kulak kabartmak gerekiyordu.

Ansızın tuhaf bir ses, bir hırıltıya ya da bastırılmış bir çığlığa benzer bir ses. Hizmetçi odasının bulunduğu çatıdan geliyordu. Gürültü etmeden yaklaştım ve yavaş yavaş merdiveni çıktım. Hırıltılar devam ediyordu.

"Kim var orada?" diye sordum. Kimse yanıt vermedi ve gürültüler kesildi. Hizmetçiyi adıyla çağırdım: "Nesme! Nesme!" Ve Habib'in sesini duydum: "Benim, dayı. Her şey yolunda. Gidip uyuyabilirsin!"

Gidip uyumak mı? Başka bir şey söyleseydi daha anlayışlı olabilirdim, gözlerimi kapatabilirdim, ben de şu son zamanlarda kusursuz olmadığıma göre. Ama benimle nasıl böyle konuşurdu, bir bunakla ya da geri zekâlıyla konuşur gibi!

Odaya çılgın gibi daldım. Küçük ve karanlıktı, ama iki silueti seçtim hemen, yavaş yavaş da tanıdım. "Bana mı söylüyorsun gidip uyumamı..." Bir araba Ceneviz küfürü savurdum ona; sonra da yaradana sığınıp bir tokat aşkettim. Terbiyesiz! Hizmetçiye gelince, ona da eşyalarını toplayıp gitmesi için sabaha kadar izin verdim.

Şimdi öfkem biraz yatışmışken, o zavallıdan çok yeğenimin cezayı hakettiğini düşünüyorum. Nasıl baştan çıkarıcı olabileceğini bilmiyor değilim. Ama hiçbir zaman gerektiği gibi ceza veremiyor insan; yapabildiği gibi veriyor. Hizmetçiyi kovup yeğenime nasihat vermek haksızlık, biliyorum. Ama ne yapabilirdim? Hizmetçiyi tokatlayıp, yeğenimi mi kovmalıydım?

Ben başka türlü davransam meydana gelmeyecek çok şey oluyor evimde. Bunu yazarken acı çekiyorum, ama yazmazsam belki daha çok acı çekeceğim. Benim olmayan bir kadınla keyfimin istediği gibi yaşama hakkını kendimde görmeseydim, Tanrı'nın ve insanların yasalarını böylesine hafife almasaydım, yeğenim bu yaptığı gibi davranamazdı, ben de onu cezalandırmak zorunda kalmazdım.

Bu yazdığım, doğru. Ama şu da doğru ki, sözünü ettiğim yasalar bunca acımasız olmasaydı ne Marta, ne de ben, onları çiğnemek zorunda kalmazdık. Her şeyin keyfe göre yönetildiği bir dünyada neden yalnızca ben, yasaları çiğnediğim için suçluluk duymalıyım? Neden yalnızca ben, pişmanlık çekmeliyim?

Bir gün artık saçma sapan düşüncelere kapılmadan adaletsiz olmayı öğrenmeliyim.

28 Aralık 1665

Bugün yine şu Osmanlı görevlisini, İzmir hapishanesi kâtibi Abdüllatif'i görmeye gittim ve sanırım onun namuslu olduğunu söylerken yanılmamışım. Üstelik sandığımdan çok daha namuslu. Umarım önümüzdeki günler bunun tersini kanıtlamaz!

Marta ve Hâtem'le birlikte ve sıradan istekleri karşılamak üzere yeterince dolu bir keseyle gitmiştim ona. Aynı anda kendi "müşteri"lerini kabul eden üç başka görevliyle paylaştığı karanlık yazıhanede, çok terbiyeli bir tavırla kabul etti beni. Omzunun üstünden eğilmemi işaret etti; alçak sesle, eldeki tüm kütüklere baktığını ve ilgilendiğimiz adamla ilgili hiçbir bilgiye rastlamadığını söyledi. Zahmeti için ona teşekkür ettim ve keseme dokunarak, araştırmalarının ona kaça malolduğunu sordum. Ansızın sesini yükselterek yanıtladı: "İki yüz paraya olur!" Bu para bana biraz fazla geldi ama mantıksız ya da beklenmedik bir miktar değildi. Zaten tartışmaya da niyetim yoktu ve paraları avucuna saydım. Alışılmış bir tümceyle teşekkür etti ve beni geçirmek için yerinden kalktı. Bu da epeyce şaşırttı beni: Neden geldiğimde beni kabul ederken yerinden kalkmaya tenezzül etmeyen bu adam, şimdi kalkıyor, eski bir dostu ya da velinimetiymiş gibi koluma giriyordu?

Dışarı çıktığımızda elimi açtı, ona verdiğim tüm sikkeleri avucuma boşalttı ve şöyle diyerek parmaklarımı üstüne kapattı: "Bu parayı bana borçlu değilsiniz. Yalnızca bir kütüğe baktım; bu da zaten, karşılığında para aldığım işimin bir parçası. Haydi, Tanrı sizi korusun ve aradığınızı buldurtsun!"

Şaşırıp kalmıştım. Bilemiyordum; gerçek bir pişmanlık mıydı bu, yoksa daha çok para sızdırmaya yönelik, ek bir Osmanlı hilesi miydi? Israr etmeli miydim, yoksa onun dediğine uyup basit bir teşekkürle yoluma mı gitmeliydim? Tam bu sırada, bu şaşırtıcı olayı izleyen Marta ve Hâtem, bir mucizeye tanık olmuşçasına avaz avaz bağırmaya başladılar: "Allah senden razı olsun! İnsanların en iyisi! Efendimiz padişaha hizmet edenlerin en değerlisi! Tanrı seni ve yakınlarını esirgesin!"

"Yeter!" diye gürledi adam. "Felaketimi mi istiyorsunuz? Çabuk gidin; bir daha gözüm görmesin sizi!"

Sorularımızı da birlikte götürerek uzaklaştık oradan.

29 Aralık 1665

Adamın bizi paylamış olmasına bakmadan bugün bir kez daha onu görmeye gittim. Bu kez yalnız başıma. Neden öyle davrandığını anlamak istiyordum. Beni nasıl karşılayacağını bilmiyordum, dahası yabancı tüccarlar mahallesinden kaleye giden yol boyunca, yerini boş bulacağım gibi bir önseziyle yürüdüm. Çoğunlukla insan, önsezilerini yalnızca gerçekleştikleri zaman anımsar ve onlardan o zaman söz eder. Bu sefer önsezim yanıltıcıydı ve Abdüllatif oradaydı. Yaşlıca bir kadın ona birşeyler anlatıyordu; onunla işini bitirene dek beklemem için bana işaret etti. Kadın gittikten sonra defterine birşeyler karaladı, sonra kalktı ve beni dışarıya çıkardı.

"O iki yüz parayı yeniden vermek için geldiyseniz, boşuna zahmet ettiniz."

"Hayır" dedim, "ilginiz için size teşekkür etmeye geldim. Dün dostlarım hemen şakımaya başladılar; ben de size ne kadar minnettar olduğumu söyleyemedim. Aylardır başvurular yapıyorum ve her seferinde, bağışlayın beni, sövüp sayarak dönüyorum geriye. Sizin sayenizde –hedefime daha fazla yaklaşmamış olsam da– ilk kez Tanrı'ya ve Bâb-ı Âlî'ye şükrederek ayrıldım buradan. Günümüzde namuslu insanlara öylesine ender rastlanıyor ki. Dostlarımın böylesi bir tepki göstermiş olmalarını çok iyi anlıyorum. Ama taşkınlıkları, alçakgönüllülüğünüze dokundu ve onları susturdunuz.

Dudaklarımı gıdıklayan soruyu açıkça sormamıştım. Adam gülümsedi, içini çekti, elini omzuma koydu.

"Yanılıyorsunuz" dedi, "alçakgönüllü olduğum için değil, akıllı ve tedbirli olduğum için susturdum onları."

Bir an duraksadı; sözcükleri arar gibiydi. Sonra kimsenin onu gözetlemediğinden emin olmak için gözlerini çevrede gezdirdi.

"Çoğunluğun kirli parayı kabul ettiği bir yerde onu geri çeviren kişi, ötekilerin gözünde bir tehlike, olası bir ihbarcı gibi görünür ve ondan kurtulmak için her şeyi yaparlar. Üstelik bunu bana söylemekten de çekinmediler: Kellen omuzlarının üstünde kalsın istiyorsan, bizim gibi davranmalı, ne daha kötü, ne daha iyi görünmelisin dediler. Ne ölmek istiyorum, ne de kirlenmek ya da lanetlenmek; bu yüzden de size davrandığım gibi davranıyorum. Binanın içinde satıyorum, dışarıda geri alıyorum kendimi."

Ne tuhaf bir zaman bu bizimkisi ki iyilik, kötülüğün yaldızları altında saklanmak zorunda kalıyor.

Belki de zamanıdır, zamanın sona ermesinin...

30 Aralık 1665

Bu sabah Sabetay, Konstantinopolis'e gitmek üzere yola çıktı; onu orada nasıl bir yazgının beklediğini kimse bilmiyor. Söylenenlere bakılırsa biri Halep, biri Kudüs, biri de Polonya'dan gelen üç hahamla birlikte bir kayığa binip gitmiş. Yolculuğa üç kişi daha katılmış; Meymûn'un babası da bunlardan biriymiş. Dostum babasının yanında olmak için onlara katılmak istemiş ama sözde mesih buna karşı çıkmış.

Deniz çalkantılı görünüyor ve ufuk, kara bulutlarla sarılı; ama bu adamlar, şarkı söyleyerek binmişler tekneye, sanki efendilerinin yanlarında olması fırtınayı ve dalgaları ortadan kaldırıyormuş gibi.

Yola çıkmalarının az öncesinden başlayarak çok sayıda söylenti yayıldı ortalığa; Meymûn da, kaygılarını ve şaşkınlığını paylaşmak için, sürekli olarak yukarı kentten bana taşıdı bunları. Sabetay'ın yandaşları, onun Konstantinopolis'e sultanla görüşmek için gittiğini söylüyorlar; yeni zamanların geldiğini ona haber vermek için; kurtuluş ve özgürlük zamanının geldiğini söylemek ve direnmeden boyun eğmesini buyurmak için. Bu görüşme sırasında Yüce Tanrı'nın, gözalıcı bir mucizeyle İstemini belirteceğini; sultanın da, dehşete düşüp diz çökmekten ve tacını, onun yerine Tanrı'nın yeryüzündeki gölgesi olacak kişiye sunmaktan başka bir şey yapamayacağını ekliyorlar sözlerine.

Sabetay'ın karşıtlarıysa, bunun tersini savunuyorlar; hiç de bir fatih gibi gitmediğini, aslında Osmanlı yetkililerinin, kadı'nın ağzından ona üç gün içinde İzmir'i terkedip Konstantinopolis'e gitme emrini verdiğini, oraya varır varmaz da yakalanacağını söylüyorlar. Bu dedikleri gerçekten akla yakın; dahası, tek akla yakın sav bu. Hangi aklı başında insan inanır, dünyanın en güçlü hükümdarının, tacını, şarkılar söyleyen bir kızıl saçlının ayakları dibine bırakmasına yol açacak, böylesine mucizevi bir görüşmeye? Hayır, ben inanmıyorum; Meymûn benden de az inanıyor. Ama bu akşam, Yahudi mahallesindeki insanların çoğu, oldu bitti gözüyle bakıyor bu işe. Kuşkuları olanlar, bunları saklıyor ve kutlamalara hazırlanır gibi yapıyorlar.

Bûme de dünyanın tepetaklak olmak üzere olduğuna inanıyor sanki. Tersi beni şaşırtırdı. Ne zaman iki olasılık olsa, yeğenim hep en aptalca olanı seçer. Aptalca, ısrar ediyorum, ama her zaman tartışmayı bilir; bizi düşündürtmeyi becerir ya da iyice şaşkınlığa düşürüverir.

"Eğer yetkililer" dedi, "Sabetay'ı karaya ayak basar basmaz tutuklama niyetindeyseler, neden böyle özgürce, kendi seçtiği gemide gitmesine izin verdiler, elini kolunu bağlayıp hapishaneye göndermek yerine? Nerede karaya çıkacağından nasıl emin olabilirler?"

"Bize ne söylemek istiyorsun Bûme? Sultanın, başka hiçbir şeye gerek kalmadan, bu adam ona emir verir vermez boyun eğeceğini mi söylüyorsun?"

"Aklın bir günden fazla yaşayacak zamanı kalmadı. Yeni yıl başlayacak, yeni çağ başlayacak, eskiden akıllıca görünen, gülünç olacak; akıl dışı görünen, kesinliğin ta kendisi gibi çıkacak karşımıza. Gözlerini açmak için son anı bekleyenleri ışık kör edecek."

Habib alaycı bir tavırla güldü, ben omuz silktim ve onun onayını istercesine Meymûn'a döndüm. Ama dostum orada değildi sanki. Babasını düşünüyordu büyük olasılıkla; hasta ve yolunu şaşırmış yaşlı babasını; ona bakmadan, hiçbir veda işareti yapmadan kayığa binerken görür gibi oluyordu babasını ve aşağılanmaya mı, ölüme mi gittiğini soruyordu kendi kendine. İnanmak ya da daha çok temenni etmekten başka ne yapabilir, bilemiyordu. Ya da biliyordu, ama bildiği, ona teselli vermiyordu.

Birlikte oturduğumuzdan bu yana, ikileminin tam olarak nasıl ortaya konduğunu bilebilecek kadar çok tartıştım onunla. Eğer babası haklıysa, eğer Sabetay kral mesihse, eğer beklenen mucize gerçekleşecekse, eğer sultan eski zamanların sona erdiğini, artık güçlülerin güçlü, küstahların küstah olmayacağını, boynu büküklerin aşağılanmayacağını kabul edip dizüstü çökecekse, eğer bu çılgın düş Tanrı'nın iradesiyle gerçekleşecekse, Meymûn nasıl olur da sevinçten ağlamazdı? Ama olacaklar bunlar değil, diye yineliyor bana durmaksızın. Sabetay hiçbir güven duygusu vermiyor ona, ne bir dinsel saygı uyandırıyor, ne bir beklenti ne de bir sevinç.

"O umutla beklenen Amsterdam'dan çok uzağız daha" dedi bir ara. Ağlamamak için gülüyordu.

31 Aralık 1665

Tanrım, son gün!

Sabahtan beri hiçbir şey yiyemeden döndüm durdum bugün; ne konuşabiliyor, ne düşünebiliyorum. Korkumun nedenlerini kafamda evirip çeviriyorum durmaksızın. Sabetay'a ister inanalım, ister inanmayalım, onun bu belirli anda, bu yazgısal yılın arifesinde, Vahiy'in iletisiyle doğrudan ilgili kılınmış yedi kiliseden biri olduğu Havari Yuhanna tarafından belirtilmiş bu kentte ortaya çıkışının, tümüyle bir raslantılar demetinin sonucu olamayacağı kuşkusuz. Şu son aylarda benim başıma gelenleri de yeni zamanların yaklaşmasına –ister Canavar'ın, ister Kurtuluş'un zamanları olsun– ve bunu haber veren işaretlere bağlamadan açıklamak olanaksız. Bir kez daha bir bir saymalı mıyım onları?

Benimkiler öğlen uykusuna yatmışken, bugünün esinlediklerini yazmak için masama oturmuştum. Tüm bir vasiyetname yazmayı düşünmüştüm, sonra da bu soru imiyle biten birkaç satırı yazıp durdum; elimi uzun bir süre havada asılı tutmuştum, ömrümün ve yakınlarımın ömrünün son birkaç ayı boyunca sıralanan işaretleri yeniden sıralamaya koyulmadan. Sonunda, kalemimi bir daha mürekkebe daldırma olanağını bulup bulamayacağımı kendi kendime sorarak yazı takımımı kaldırmıştım. Çıkıp neredeyse bomboş sokaklarda yürümüştüm biraz; sonra da, bir o kadar ıssız kumsal boyunda; orada dalgaların ve rüzgârın sesi iyi geldi, sersemleterek yatıştırdı beni.

Eve döndüğümde birkaç dakika yatağıma uzandım; neredeyse oturuyor gibiydim, o kadar yüksekteydi yığılmış yastıklar üstündeki başım. Sonra çok keyifli kalktım, son günümü –gerçekten sonuncusu olacaksa– hüzün ve korku içinde geçirmemeye kararlıydım.

Tüm ailemi Fransız ahçının dükkânına yemeğe götürmeyi tasarlamıştım. Ama Meymûn özür diledi; Yahudi mahallesine gidip Konstantinopolis'ten yeni gelmiş olan ve belki orada Sabetay'la yakınlarını neyin beklediğini anlatabilecek bir hahamı görmek istediğini söyledi. Bûme, odasına kapanıp –hepimizin yapması gerektiği gibi– şafak sökene kadar düşüncelere dalmak istediğini ileri sürdü. Hâlâ yasını ve somurtmasını sürdüren Habib de dışarı çıkmak istemiyordu. Cesaretim kırılmadan Marta'ya bana eşlik etmesini söyledim, o hayır demedi. Üstelik, bugünün tarihi onu hiçbir biçimde etkilemiyormuş gibi çok da sevindi.

Bay Moineau'dan sofraya yalnızca en iyi şeylerini getirmesini istedim. Bir ahçı olarak en gurur duyduğu yemeği ve mahzeninin en iyi şarabını. "Sanki son yemeğimizmiş gibi" diye düşündüm, bunu söylemeden ve bu olasılığın fazla keyfimi kaçırmasına izin vermeden. Sanırım her şeye razıydım artık.

Eve döndüğümde herkes uyuyor gibiydi; ben de Marta'nın odasına gittim ve kapıyı içeriden sürgüledim. Sonra da sabaha dek birbirimize sarılıp uyumaya yemin ettik – ya da en azından, diye düşündüm kendi kendime yarı şaka, yarı dehşetle, Canavar'ın yılında sabahın yerini tutacak şeye dek. Ama sarıldıktan sonra arkadaşım hemen uyudu ve benim uykum kaçtı.

Uzun süre göğsüme yaslı tuttum onu, belki bir saat, sonra yavaşça kendimden uzaklaştırdım, kalktım, örtündüm ve yeniden yazı takımımın başına geçtim.

Yine şu son ayların bilançosunu çıkartmayı düşünüyordum; işaretleri bir bir sayarken kâğıt üstündeki dizilişlerinin ansızın her şeyin gizli anlamını bana açıklayacağı umudu içindeydim. Gelgelelim bugün ikinci kez vazgeçtim bunu yapmaktan. Öğleden sonra ve akşam yaptığım sıradan işleri aktarmakla yetindim ve şimdi hiçbir şey yazmayacağım artık.

Saat gecenin kaçı olabilir? Bilmiyorum. Gidip Marta'nın yanına süzüleceğim, onu uyandırmamaya özen göstererek ve uykumun gelmesi için düşüncelerimin yatışmasını umarak.

1 Ocak 1666, Cuma

Canavar'ın yılı başladı ve sabahın, herhangi bir sabahtan farkı yok. Kepenklerin arkasında aynı ışık, dışarıda aynı gürültüler; yakınlarda bir horozun öttüğünü bile duydum.

Ama Bûme henüz geri adım atmıyor. Dünyanın bir gecede yokolacağını hiçbir zaman söylemediğini ileri sürüyor. Bu doğru, hiçbir zaman açıkça söylemedi, ama dün Cehennem'in kapıları açılmak üzereymiş gibi davranıyordu. Şu küçümseyici tavrı bırakıp en az bizim kadar cahil olduğunu itiraf etse iyi olacak. Ama bu aklına bile gelmez. Hâlâ kendine göre kehanetler yumurtluyor.

"Yeni zamanlar, kendi hızlarına göre yerleşecekler dünyaya" diye açıklıyor benim bilici yeğenim.

Bu bir günde olabilir; bir hafta, bir ay, giderek tüm bir yıl alabilir – kesin olan, diyor, ilk itkinin verilmiş, dünyanın başkalaşımının başlamış olması; 1666 sona ermeden önce her şeye mührünü vuracaktır bu. O ve kardeşi, hiçbir zaman korkmadıklarını, yalnızca benim, dayılarının korkuya kapıldığını ileri sürüyorlar bugün. Oysa dün, sabahtan akşama zorlukla soluk alarak, izi sürülen av hayvanı bakışlarıyla dönüp durdular ortalıkta.

Dün akşam ve bu sabah Yahudi mahallesine giden Meymûn yeni haberlerle geldi: Söylendiğine göre Konstantinopolis'teki cemaat, sabah akşam İzmir'den gelen haberleri bekliyormuş; ve zengini fakiri, okumuşu cahili, hırlısı hırsızı, hepsi –bir iki aklı başında insan dışında– aşırı bir umutla bekliyorlarmış Sabetay'ın gelişini. Evler ve sokaklar temizleniyor, bir düğüne hazırlanır gibi süsleniyormuş; İzmir'de olduğu gibi –görünüşe bakılırsa başka birçok yerde olduğu gibi– sultanın, canının bağışlanması ve gelecek krallıkta, Tanrı'nın Yeryüzündeki Krallığı'nda ona da bir yer verilmesi vaadi karşılığında kavuğunu ve hükümdar tacını, kral mesihin ayakları dibine bırakacağı söylentisi yayılıyormuş ortalığa.

3 Ocak 1666, Pazar

Cappuccino'ların kilisesinde vaiz, dünyanın sonunu haber verenlere, sayılar üstüne yorumlar yapanlara ve bile bile yanılgıya sürüklenenlere çullanıyor. Bu başlayan yılın öbürleri gibi bir yıl olacağını söylüyor ve İzmirli mesihi alaya alıyor. İnananlar, alaycı sözlerine gülümsüyor ama ne zaman Canavar'dan ya da Vahiy'den söz etse dehşet içinde istavroz çıkartıyorlar.

4 Ocak

Bu öğlen, benim hatam yüzünden çok kötü sonuçlar doğurabilecek bir olay meydana geldi. Ama, Tanrı'ya şükür, durumu çabuk kavradım ve batmaya başlayan kayığın dengesini düzeltebildim.

Marta ve Hâtem'le gezmeye çıkmıştım ve adımlarımız bizi, çevresinde çok sayıda kitapçı bulunan yeni caminin yakınlarına götürmüştü. Orada kitap istiflerini seyrederken birden *Yüzüncü Ad*'ı sormak geldi içimden. Aslında Trablus ve Konstantinopolis'te başıma gelenleri anımsayıp tedbirli davranmam gerekirdi; ama bu kitaba sahip olma isteği baskın çıktı ve tedbiri bir kenara bırakmak için, bile bile, çok iyi nedenler buldum kendime.

İzmir'de egemen olan hava içinde, Sabetay'ın gidişinden sonra kaynaşma biraz dinmiş olsa da, bir zaman yasaklanmış ya da kuşkuyla bakılmış şeylerin artık hoşgörüyle karşılanabileceğini düşündüm. Her durumda korkularımın biraz abartılı, belki de bütünüyle yersiz olduğuna kendimi inandırdım.

Öyle olmadıklarını şimdi biliyorum oysa. Mazandarânî'nin ve kitabın adını daha ağzıma alır almaz, bakışların çoğu benden kaçıp gitti; birkaçı kuşkulu bir havaya büründü, bir ikisi tehdit edici hale bile geldi. Kesin hiçbir şey söylenmedi, bana karşı hiçbir şey yapılmadı; her şey sessizce, elle tutulması, kanıtlanması olanaksız bir biçimde olup bitti; ama bugün yetkililerin, bu kitap ve onu arayan kişiler konusunda kitapçıları uyardığından kesin olarak eminim artık. İzmir'de, Konstantinopolis'te; Trablus ya da Halep'te ve imparatorluğun tüm kentlerinde olduğu gibi.

Sultanın tahtını sarsmaya niyetli, gizli bir tarikatın üyesi olmakla suçlanmamak için hemen sözü değiştirdim ve kitabın cildinin ayrıntılı ve tuhaf bir betimlemesine giriştim, "tıpkı bana aktarıldığı gibi" diyerek; sonra da benim gibi bir tüccarı yalnızca bunun ilgilendirdiğini ileri sürdüm. Böyle bir saptırmayla karşımdakileri atlatmış olduğumdan pek emin değilim; yine de aralarından becerikli bir tüccar, koşarak dükkânına gitti ve bana, cildi benim betimlediğime benzer –tümüyle ahşap telkâri, başlığı sedef kakma yazılmış, çekmece menteşesi gibi menteşeleri olan– bir kitap getirdi. Dükkânımda bir zamanlar bunun gibi oldukça alışılmamış biçimde bezenmiş bir kitabım olmuştu, ama tabii ki *Yüzüncü Ad* değildi gelen...

Sahafın getirdiği kitap, Hicret'in VIII. yüzyılında, bizim takvimimizle XIV. yüzyılda ölmüş Yunus Emre adlı Türk ozanından söz ediyor. Kitabı biraz karıştırdım ve sadece bir derleme olmadığını, içinde şiirler, yorumlar, ozanın yaşamı üstüne öyküler olduğunu gördüm. Özellikle cildini inceledim; telkâri süslemesinin iyi ve pürüzsüz yapılıp yapılmadığını anlamak için parmaklarımı birkaç kez üstünde gezdirdim. Ve tabii satın aldım. Beni gözleyen onca insan arasında az önce söylediklerimi yalanlamam sözkonusu değildi. Kitabı bana altı kuruşa satan sahaf, kârlı çıktı bu işten. Ama ben de kârlı çıktım. Altı kuruşa, ağırlığınca altın değerinde bir ders aldım: Bir daha hiçbir zaman Osmanlı toprağında *Yüzüncü Ad*'ı ağzıma almayacağım!

5 Ocak 1666, Salı

Dün akşam uykuya dalmadan önce, dün bana satılan kitaptan bazı bölümler okudum. Yunus Emre'nin adını bir iki kez duymuş, ama şimdiye dek hiçbir şeyini okumamıştım. On, onbeş yıldır her ülkeden ozanların şiirlerini okurum; kimi zaman dizelerini ezberlerim; ama bugüne dek böyle bir şey okumamıştım. Ozanların en büyüğü olduğunu söylemeye cesaret edemiyorum ama benim için en şaşırtıcısı olduğu kesin:

Bir sinek bir kartalı
Kaldırdı vurdu yere
Yalan değil gerçektir
Bende gördüm tozunu.

Balık kavağa çıkmış
Zift turşusun yemeğe
Leylek goduk doğurmuş
Baka şunun sözünü.

Uyandığımda bu kitabı keşfettiğim için mutluydum. Ama gece, bir öğüt vermişti bana: Bu kitabı kendime saklamamalı ve hem onu hakeden, hem de dilini benden iyi değerlendirebilecek birine, dürüst kâtip Abdüllatif'e armağan etmeliydim. Ona mutlaka ödemek istediğim bir borcum vardı ve bunu hangi yoldan yaparsam daha uygun düşeceğini bilemiyordum. Ne ilkelerinin geri çevirteceği bir mücevher ya da değerli bir kumaş, ne de bir Müslümanın benim gibi bir Cenevizlinin elinden kabul etmekte zorluk çekeceği tezhipli bir Kuran iş görürdü bu durumda. Ama keyifle okunacak, din dışı bir kitap, biçilmiş kaftandı bunun için; zaman zaman tad alarak sayfalarını karıştıracağı ve ona minnettarlığımı anımsatacak bir kitap.

Sabah, kolumun altında armağanımla kaleye yollandım.

Adam önce şaşırmış göründü. Biraz kuşkulandığını hissettim sonra; karşılığında onu vicdanıyla karşı karşıya bırakacak bir hizmet beklememden korkmuş gibiydi. Bakışlarıyla yavaş yavaş tarttı beni; o kadar ki yaptığımdan pişman olmaya başlamıştım neredeyse. Ama hemen ardından yüzünün çizgileri yumuşadı, boynuma sarıldı, dostum olduğunu söyledi ve kapının yanında oturan bir adamcağıza, bize kahve getirmesi için seslendi.

Birkaç dakika sonra gitmek için kalktığımda koluma girerek dışarıya kadar eşlik etti. Hiç beklemediği davranışımın etkisinde gibiydi hâlâ. Ondan ayrılmadan önce ilk kez bana evimin nerede olduğunu, İzmir'de nerede kaldığımı ve Marta'nın kocasının başına gelenlerle neden ilgilendiğimi sordu. Sözü hiç dolandırmadan bu adamın onu yıllar önce terkettiğini, Marta'nın ondan hiç haber alamadığını ve hâlâ evli olup olmadığını bilmediğini anlattım. Abdüllatif, bu kuşkuyu giderecek bir şeyler yapamadığına daha da üzüldüğünü söyledi.

Dönüş yolunda bir iki hafta önce Hâtem'in ortaya attığı öneriyi, Marta'nın kocasının öldüğünü bildiren sahte bir belge edinme önerisini yeniden düşünmeye başladım. Ne var ki günün birinde bu yola başvurmak zorunda kalırsak, bu yeni dosttan, bu onca dürüst adamdan yardım isteyemezdim bunun için.

Bugüne dek hep daha az tehlikeli yolları keşfetmeye çalışmıştım. Ama daha ne kadar sabredecektik? Daha kaç kâtibi, kaç kadıyı, kaç yeniçeriyi sorgulayacak, besleyecektim hiçbir sonuç elde edemeden. Harcamalar değil beni endişelendiren; Tanrı bana yeterince vermiş. Ama eninde sonunda Cübeyl'e dönmemiz gerekecek ve o zaman elimizde "dul"a özgürlüğünü geri veren herhangi bir belge olması şart. Yazgısını yeniden kocasının ailesinin eline bırakmak sözkonusu bile olamaz!

Kafam düşüncelerle uğultulu, "evime" gelip herkesi sofraya oturmak için beni bekler bulduğumda, bir an herkese, tek tek Cübeyl'e dönme zamanımızın gelip gelmediğini sorma isteğine kapıldım. Ama çevreme şöyle bir göz gezdirince hemen susma kararını verdim. Sağımda Meymûn, solumda Marta oturuyordu. Ona memlekete dönme önerisinde bulunmak, onu terketmek ya da daha kötüsü, ona zulmedenlere eli kolu bağlı teslim etmek anlamına gelecekti; öte yandan burada, benim evimde oturan Meymûn'a, İzmir'i terketme zamanımın geldiğini nasıl söylerdim. Sanki onu konuk etmekten yorulmuşum, sanki onu kovuyormuşum gibi.

Tam susmakla çok iyi ettiğimi ve düşünmeden ağzımı açsaydım ömrümün sonuna dek bundan pişmanlık duyacağımı kafamdan geçiriyordum ki Bûme, bana döndü ansızın ve şöyle dedi:

"Madem ki aradığımız kitap orada, biz de Londra'ya gitmeliyiz."

Yerimden sıçradım. İki nedenle. Birincisi, yeğenimin konuşurken bana bakış biçimiydi – yuttuğum soruyu duymuş gibiydi ve onu yanıtlıyordu sanki. Bu yalnızca bir izlenim, biliyorum, yanlış bir izlenim, saçma bir izlenim. Hiçbir şey bu hayalcinin benim düşüncelerimi okumasına yol açmış olamaz! Yine de bakışında, sesinin tınısında öyle bir özgüven ve alaycılık karışımı vardı ki rahatsız etti beni. Şaşırmamın ikinci nedeni, bulduğum yontucuk ve Mazandarânî'nin kitabının Wheeler'de olma olasılığından Bûme'ye söz etmemeleri için herkese tek tek söz verdirmiş olmamdı. Kim bu sırrı açığa vurmuş olabilirdi? Habib tabii ki. Ona baktım, o da dimdik, küstahça ve meydan okuyarak benim gözlerime baktı. Bunu beklemeliydim. Noel'in ertesi günü olanlardan, yediği şamar ve hizmetçinin kovulmasından sonra intikam almasını beklemeliydim!

Bûme'ye dönerek sinirli bir sesle, yeniden onun tavsiyelerini dinlemeye hiç niyetim olmadığını, İzmir'den ayrılacağım gün, bunun yalnızca Cübeyl'e dönmek için olacağını ve başka hiçbir yere gitmeyeceğimi söyledim. "Ne Londra'ya, ne Venedik'e, ne Peru'ya, ne Çin'e, ne de Bulgarların ülkesine!" diye bağırdım.

Masanın çevresinden hiç kimse bana karşı çıkma cesaretini gösteremedi. Habib dahil hepsi, boyun eğip gözlerini yere indirmişlerdi. Ama bu tartışmanın kapandığını sanmak yanlış olur. Kitabın nerede olduğunu bildiğine göre Bûme, çok iyi bildiği yöntemlerle usandırana dek hırpalayacaktır beni.

7 Ocak

Bütün gün yağmur yağdı; iğne ucu gibi sivri, ince ve soğuk damlacıklarla. Günü, burnumu bir kez bile dışarı çıkartmadan ve maltızdan fazla uzaklaşmadan geçirdim. Göğsümde bir ağrı vardı; belki de soğuktandı, çünkü ısındığımda geçti. Kimseye söz etmedim ondan, Marta'ya bile; onu endişelendirmenin ne gereği var.

Salıdan beri ne geri dönmekten, ne de gelecek durağımızdan söz etmiştik; ama Bûme, konuyu bu akşam yeniden gündeme getirdi. Bu uzun yolculuğu *Yüzüncü Ad* kitabını bulmak için yaptıysak, onu ele geçirmeden Cübeyl'e dönmenin ve felaketli yılın geri kalanını büzüşüp titreyerek geçirmenin akıl kârı olmadığını söyledi. Önceki günün sertliğiyle cevap vermeye niyetlendim bir an, ama havada herhangi bir gerginlik yoktu ve ortam, yetke bildiren sözlere pek uygun değildi; ben de o zaman tek tek herkese, ne yapılması gerektiğini sormayı yeğledim.

İşe Meymûn'la başladım; o da ailemizi ilgilendiren bir işe burnunu sokmak istemediğini söyledi. Ben ısrar edince de yeğenlerime nazikçe, yaşıma ve akıl yürütme yeteneğime güvenmelerini öğütledi. Saygılı bir konuk bundan başka ne yanıt verebilirdi ki. Ama Bûme'den şu yanıtı aldı: "Gün olur, bir ailede oğul babasından daha akıllıca davranır!" Meymûn bir an afalladı, ardından kocaman bir kahkaha attı. Sonra da kastettiği şeyi anladığını, hazırcevaplığını takdir ettiğini ve ona kızmadığını söylemek ister gibi omzunu tapışladı. Ama bütün akşam başka tek sözcük çıkmadı ağzından.

Ben de bu konuşma ve gülüşmelerden, Bûme'yle yeni bir tartışmaya girmemek için yararlandım. Üstelik yeniden göğsümdeki o ağrıyı duymaya başlamıştım ve sinirlenmek istemiyordum. Marta da herhangi bir görüş belirtmek istemedi. Ama Habib, kardeşine: "Eğer bulunacak bir şey varsa onu burada, İzmir'de bulacağız. Neden olduğunu bilmiyorum, ama böyle hissediyorum. Biraz sabır göstermemiz yeterli!" yanıtını verdiğinde kocaman bir gülümsemeyle onayladı onu ve şöyle dedi: "Tanrı seni esirgesin; ne denmesi gerekiyorsa onu söyledin."

Her gün biraz daha kuşkucu olan bense, Habib'in davranışının gönüle bağlı nedenlerle açıklanabileceğini düşünüyorum. Bugün bütün gün ortada yoktu, dün de öyle. Artık surat da asmadığına göre, yeni bir güzelin peşinde olmalı.

8 Ocak

Bugün öğrendiğim şey yaşamımın yönünü değiştirecek. Kimileri, bir yaşamın zaten her zaman yön değiştirerek, aslında eskiden beri onun olması gereken yatağa kavuştuğunu söyleyeceklerdir size. Bu da yanlış olmasa gerek...

Bundan henüz hiç kimseye söz etmedim, özellikle de birinci dereceden ilgili Marta'ya. Sonunda tabii söyleyeceğim ona; ama önce yalnız başıma, kimsenin etkisinde kalmadan uzun uzun düşüneceğim ve izlenmesi gereken yola karar vereceğim.

Bu öğleden sonra, tam öğlen uykumdan kalkmıştım ki Hâtem gelip bir çocuğun beni görmek istediğini söyledi. Çocuğun elinde kâtip Abdüllatif'ten bir pusula vardı; kâtip, onu evinde onurlandırmamı rica ediyor ve oğlunun yolu gösterebileceğini söylüyordu.

Kaleden pek uzak olmayan bir yerde, umduğumdan daha gösterişli bir evde oturuyordu Abdüllatif, ama sanırım evi, üç kardeşi ve aileleriyle paylaşıyordu. Sürekli bir gürültü vardı ortalıkta: Kavga eden çocukların, onları kovalayan yalınayak kadınların ve sözlerini geçirebilmek için seslerini yükselten erkeklerin gürültüsü.

Nezaket gerekleri yerine getirildikten sonra Abdüllatif beni üst katta, daha sakin bir odaya götürdü ve yere, yanına oturttu.

"Aradığınız adamın nerede olduğunu bildiğimi sanıyorum."

Yeğenlerinden bir kız çocuğu, bize soğuk şerbetler getirdi. Kâtip söze devam etmek için onun odadan çıkıp kapıyı ardından kapamasını bekledi.

Sonra da bana, Seyyâf adlı adamın gerçekten de İzmir'de, bundan beş altı yıl önce bir hırsızlık nedeniyle tutuklandığını ama ancak bir yıl hapiste kaldığını söyledi. O tarihten sonra adalardan birinde, Sakız'da yerleşmiş ve Tanrı bilir hangi kaçakçılıkla zengin olmanın yolunu bulmuştu.

O günden sonra rahatsız edilmediyse, bazı koruyucuları olduğu içindi... Yöre insanlarının bile ondan korktuğu söyleniyordu.

Dostum soluk almak ister gibi bir an sustu.

"Sizi çağırtmadan önce biraz tereddüt ettim. Bu tür bilgileri bir Cenevizli tüccara vermemem gerekir. Ama iyi bir insanın, bir serserinin peşinde zamanını ve parasını harcamasına seyirci kalmak bana üzüntü verecekti."

Dilimin ucuna gelen tüm Arapça ve Türkçe cümlelerle ona minnettarlığımı belirttim, kollarımla uzun uzun sarıldım ve bir erkek kardeşi öper gibi sakalından öptüm. Sonra da beni nasıl bir şaşkınlığa ittiğini anlamasına hiçbir biçimde meydan vermeden izin alıp ayrıldım oradan.

Ne yapmam gerekiyor şimdi? Ve Marta ne yapmalı? Bu yolculuğa çıkarken tek amacı, kocasının gerçekten öldüğünün kanıtını elde etmekti. Oysa şimdi bunun tersi ortaya çıktı. Adam bal gibi yaşıyor ve o artık dul değil. Aynı çatının altında yaşamaya devam edebilir miyiz hâlâ? Cübeyl'e bir daha birlikte dönebilir miyiz? Başım dönüyor bunları düşündükçe.

Abdüllatif'in evinden döneli henüz iki saat olmadı ve bizimkilere, beni yalnızca ailesinden kalma bir altın ibriği göstermek için çağırttığını söyledim. Marta buna inanmış görünmedi ama kendimi, gerçeği söylemeye hazır hissetmiyorum. Bunu yarın yaparım sanırım ya da en geç ertesi gün. Ne yapması gerektiği konusunda düşüncemi soracaktır kesinlikle ve şu an, ona öğüt vermekten âciz hissediyorum kendimi. Sakız'a gitmeye niyetlenirse, onu bundan vazgeçirebilir miyim? Ve inat ederse onunla gitmeli miyim?

Bu akşam Meymûn'un burada olmasını çok isterdim; Tarsus'ta ve başka birçok yerde yaptığım gibi, bu konuda da düşüncelerine başvururdum. Ama o da sebt gününü Konstantinopolis'ten gelen hahamla geçirmeye söz vermiş; Cumartesi gece-yarısı ya da Pazardan önce dönmeyecek.

Hâtem de iyi öğütler veren, sağduyu sahibi bir insandır. Yazmayı bitirdiğimde gelip konuşmak üzere odanın öbür ucunda oyalandığını görüyorum. Ama o benim yardımcım, ben onun efendisiyim ve önünde bu kadar kararsız ve çaresiz görünmek istemiyorum.

9 Ocak

Sonunda Marta'ya gerçeği söyledim; öngördüğümden önce.

Dün akşam yatağa girmiştik ve onu kollarıma almıştım. Başı, göğsü ve bacaklarıyla bana yaslandığında onu aldattığım duygusuna kapıldım ansızın. Yatakta doğrulup oturdum, sırtımı duvara yasladım, sonra onu da oturttum ve iki elini şefkatle ellerimin arasına aldım.

"Bugün kâtibin evinde bir şey öğrendim ve sana söylemek için başbaşa kalmamızı bekliyordum.

Olabildiğince yansız bir tavırla konuşmaya çalışıyordum; ne iyi bir haber verir gibi ne de bir başsağlığı dileme edasıyla. Adamın birinin ölmediği haberini, çok üzüntülü bir sesle vermek yakışık almaz gibi geliyordu bana. Gerçi bu adamdan nefret etmeye başlamıştı ama ne olursa olsun hâlâ kocasıydı, bir zamanlar büyük aşkı olmuştu ve benden çok önce kollarına almıştı onu.

Marta hiçbir şey belli etmedi: Ne afallama, ne sevinç, ne düşkırıklığı, ne de şaşkınlık! Yalnızca hareket etmez oldu. Tuzdan bir yontu gibi kıpırdamadan durdu kaldı. Sessiz. Belli belirsiz soluk alarak. Elleri hâlâ ellerimdeydi; ama besbelli unuttuğu için.

Ben de hareketsiz ve suskun, bekledim. Onu gözledim. Dalgınlığından tam olarak kurtulmadan şunları söyleyene dek:

"Ne diyebilirim ki ona?"

Gerçek bir soru olmayan bu soruyu yanıtlamak yerine, herhangi bir karar vermeden önce bu gecenin geçmesini bekleme öğüdünü verdim. Beni duymuş gibi görünmedi, sırtını döndü ve sabaha kadar hiçbir şey söylemedi.

Uyandığımda yatakta değildi. Bir an endişelendim, ama odadan çıkar çıkmaz kapı tokmaklarını parlatıp rafların tozunu aldığını gördüm. Kimi insanlar bir bunalımın pençesine düştüklerinde ayakta duracak gücü bulamazlar kendilerinde; bazılarıysa, tersine, hareket ederler ve yorgunluktan bitkin düşene dek koşuşup dururlar ortalıkta. Gece, Marta'nın birinci türden olduğunu sanmıştım. Anlaşılan yanılmışım. Uyuşukluğu geçiciymiş besbelli.

Kararını verdi mi? Bu satırları yazdığım şu anda, henüz bilmiyorum. Kendini, gece bana söyledikleriyle bağlı hissetmesinden korktuğum için de soramadım. Eğer gerçekten gitmeye karar verseydi, eşyalarını toplamaya başlardı. Hâlâ duraksıyor olmalı.

Onu sıkıştırmıyorum, bırakıyorum duraksasın.

10 Ocak

Ne tatlıydı o ilk geceler. Yazgı'nın cilvesine boyun eğer gibi yanyana uzanıyorduk yatağa ve bir oyun oynuyorduk: O benimmiş gibi yapıyor, ben de ona inanıyormuş gibi davranıyordum. Oysa şimdi birbirimizi seviyoruz, oyun oynamıyoruz ve yatağımız hüzün içinde artık.

Düşlerden uyanmış gibiyim çünkü Marta kararını verdi ve onu vazgeçirmek için hiçbir şey söyleyemiyorum. Ne diyebilirim ki ona? Kocasını görmeye gitmemesini mi? O bu kadar yakınımızdayken ve Marta bu yolculuğu, sırf bu sorunu çözmek ve kuşkularını ortadan kaldırmak için yapmışken. Öte yandan karşılaşmalarının hiçbir iyi sonuç vermeyeceğine de eminim. Eğer bu adam yasal eşi üstündeki haklarına sahip çıkmaya niyetlenirse kimse karşı çıkamaz buna, ne Marta, ne de –özellikle– ben.

"Ona ne demeyi düşünüyorsun?"

"Neden gittiğini soracağım, neden hiç haber yollamadığını; ve memlekete dönmeyi düşünüp düşünmediğini."

"Ya onunla kalmaya zorlarsa seni?"

"Beni o kadar isteseydi, bırakıp gitmezdi."

Bu yanıtın hiçbir anlamı yok. Omuz silktim, yatağın kenarına dek çekildim, sırtımı döndüm, sustum.

Takdiri neyse öyle olsun! Hiç durmadan yineliyorum: Takdiri neyse öyle olsun! Bir yandan da takdirinin –kimi zaman olduğu gibi– çok acımasızca olmaması için dua ediyorum.

13 Ocak

Yollarda, kumsallarda dolaşıp duruyorum, kimi zaman yalnız, çoğu zaman Meymûn'la. Şundan bundan söz ediyoruz; Sabetay'dan, papadan, Amsterdam'dan, Cenova'dan, Venedik'ten, Osmanlılardan – Marta dışında her şeyden. Ama eve döner dönmez güzel sözlerimizi unutuyorum ve hiçbir şey yazmıyorum. Üç gündür tek bir satır bile yazmadım. Bir yolculuk güncesi tutmak için değişik kaygıları olmalı insanın; benimse tek kaygım var artık. İçime kapanarak Marta'yı yitirme düşüncesine hazırlanıyorum.

Kocasına gitme kararını bana bildirdiğinden beri hiçbir şey söylemedi. Herhangi bir tarih belirtmedi; Sakız'a yolculuğun koşullarıyla da ilgilenmedi. Acaba hâlâ kararsız mı? Kendini acelede hissetmemesi için hiçbir soru sormuyorum. Kimi zaman babasından söz ediyorum, kimi zaman Cübeyl'den, Trablus çıkışındaki beklenmedik karşılaşmamız ya da terzi Abbas'ın –Tanrı onu korusun!– evindeki gecemiz benzeri bir iki keyifli anıdan...

Gece, kollarıma almıyorum artık onu. Gözümde yeniden başkasının karısı durumuna geldiği için değil bu; ama kendini suçlu hissetmesini istemiyorum. Onun odasında uyumayıp, son zamanlarda çok az kullandığım kendi odama geçmeyi bile düşündüm. Bir günlük kararsızlıktan sonra düşüncemi değiştirdim. Bağışlanmaz bir değerlendirme suçu işlemiş olurdum böyle yapmakla. Sevgilisini zor durumda bırakmamak için kendini feda eden şövalye ruhlu âşığın davranışı olmazdı bu; bir kaçış, bir yüzüstü bırakma olurdu. Hiç gecikmeden "yuvasına" dönmesi için bir çağrı anlamı çıkarırdı Marta bu hareketten.

Bundan dolayı onun yanında uyumayı sürdürüyorum. Alnından öpüyorum, kimi zaman fazla yaklaşmadan elini tutuyorum. Eskisinden çok arzu ediyorum onu, ama ürkütecek hiçbir şey yapmak istemiyorum. Kocasıyla konuşmak, yıllardır kafasında dönüp duran soruları ona sormak istemesini anlıyorum. Ama hiçbir şey, bunları hemen yapmaya zorlamıyor onu. Adam, yıllardır Sakız'da oturuyor; yarın gidecek değil oradan. Ne yarın, ne ertesi gün, ne bir hafta, ne de bir ay içinde. Hayır, hiçbir acelemiz yok. Sofra kaldırılmadan önce masadaki son bir iki kırıntıyı toplayabiliriz hâlâ.

17 Ocak

Marta, akşamı odasında, hiç durmaksızın ağlayarak geçirdi. Gelip birkaç kez alnını, saçlarını, ellerinin üstünü okşamıştım. Bana hiçbir şey söylememiş, gülümsememiş, ama şefkat gösterilerimden de kaçmamıştı.

Yatağa girdiğimizde hâlâ ağlıyordu. Kendimi çaresiz hissediyordum. Suskun kalmamak için, onu teselli etmesi olanaksız, basmakalıp şeyler söyledim –"Göreceksin, her şey yoluna girecek!"– başka ne diyebilirdim ki?

Ansızın bana döndü ve hem kızgın, hem de acıklı bir edayla sordu:

"Neyim olduğunu sormayacak mısın?"

Hayır, sormam için hiçbir neden yoktu. Neden ağladığını biliyordum, en azından bildiğimi sanıyordum.

"Gecikmem var" dedi.

Yanakları balmumu rengi, gözleri korkudan yusyuvarlaktı.

Bana ne söylemek istediğini anlamam için sayısız saniyelerin geçmesi gerekti aradan.

"Gebe misin?"

Benim suratım da, en az onunki kadar, bir ceset suratını andırıyor olmalıydı şimdi.

"Sanıyorum. Şimdiden bir haftalık gecikmem var."

"Bir haftada insan emin olamaz."
Elini dümdüz karnının üstüne koydu.
"Ben eminim. Çocuk burada."
"Oysa bana gebe kalamadığını söylemiştin."
"Bana hep öyle söylemişlerdi."
Ağlamayı kesti; ama öyle şaşkın bir halde, eliyle karnını yoklamayı sürdürerek kaldı bir süre. Mendilimle gözlerinin altını kuruladım, sonra da gelip yanına, yatağın kenarına oturdum ve omzuna sarıldım.
Onu teselli etmeye çalışıyordum ama en az onun kadar çaresiz hissediyordum kendimi; en az onun kadar da suçlu! Karı koca gibi yaşayarak Tanrı'nın ve insanların tüm yasalarını çiğnemiş ve yaptıklarımızın hiçbir ceza görmeyeceğine inanmıştık. Marta'nın varsayılan kısırlığı yüzünden. Bu kısırlığı Tanrı'nın bir laneti gibi görmeliydik; oysa Tanrı'nın bir lütfu gibi, bir ceza görmeme vaadi gibi gelmişti bize.
Bu vaat yerine gelmedi ve şimdi bir çocuk var ortada.
Çocuk. Benim çocuğum. Bizim çocuğumuz.
Ben ki bir vârisim olmasını düşledim her zaman, işte Tanrı bir tane gönderiyor bana, sevdiğim kadının rahmine düşmüş bir vâris!
Ve kısır olduğu ya da kendini öyle sandığı için onca acı çeken Marta, bir çocuk taşıyor şimdi karnında; gençliğinde bir ara yolunu şaşırıp peşinden gittiği serserinin yatağında değil, onu seven ve sevdiği, iyi bir adamın evinde peydahlanmış bir çocuk!
İkimiz de çok büyük bir sevinç içinde olmalıydık; bu an yaşamımızın en güzel anı olmalıydı aslında. Ama dünya, başka bir tepki vermeye zorluyor bizi. Çocuğu bir lanet gibi, bir ceza gibi görmemiz gerekiyor. Yas tutarak karşılamamız gerekiyor onu; ve kutlu kısırlık dönemine özlem duyarak.
Dünya buysa eğer, varsın yokolup gitsin diyorum ben! Bir su ya da ateş tufanıyla, ya da Canavar'ın soluğuyla süpürülüp gitsin! Yokolsun, batsın, gebersin!
Geçen yaz Marta, Anadolu dağlarında yanıbaşımda at sürerken, dünyanın sonundan korkmadığını, tersine onu umutla beklediğini söylediğinde öfkesini çok iyi anlamamıştım. Artık çok iyi anlıyorum ve paylaşıyorum bu öfkeyi.

Ama şimdi gücünü yitirme sırası onda.

"Gidip bir an önce o adada kocamı bulmam gerek."

"Çocuğun kendinden olduğunu sansın diye mi?"

Başıyla evet işareti yaptı ve perişan bir tavırla alnımı, yüzümü okşadı.

"Ama bu çocuk benim!"

"Ona piç denmesini ister miydin?"

"Ya sen, bir serserinin çocuğu densin mi istiyorsun?"

"Böyle olması gerektiğini biliyorsun. Elimizden hiçbir şey gelmez!"

Yazgıya karşı çıktığı için Marta'ya hayranlık duyan ben, düşkırıklığımı saklayamıyordum bu kez.

"Taşıdığı çocuk anaya cesaret verirmiş derler. Oysa karnındaki çocuk seni korkaklaştırdı."

Benden uzaklaştı.

"Cesaretin yok mu diyorsun? Gidip beni sevmeyen, beni aşağılayacak, dövecek, ömrümün sonuna dek eve kapatacak bir adamın ellerine bırakacağım kendimi. Sırf yarın çocuğuma piç demesinler diye. Bu anneye mi korkak diyorsun sen?"

Belki de onu kınamamalıydım; ama tıpkı söylediklerim gibi düşünüyorum. Kendini feda etmeye hazırlandığı yanıtını mı veriyor bana? Kendini feda etmek, hem cesaret hem de korkaklıktır biraz. Saf cesaret, dünyaya meydan okuyabilmektir; saldırılarına karşı adım adım kendini korumak ve ayakta ölmektir. Kendini darbelere teslim etmek onurlu bir kaçıştır olsa olsa.

Sevmeye başladığım kadının, artık sahip olmayı hiç ummadığı, ama benim ona verdiğim çocuğu da götürerek, gidip bir haydutla yaşamasını neden kabul etmeliyim ki? Neden? Günün birinde Cübeylli sarhoş bir papaz, üç beş tören tümcesi geveleyerek elini başlarının üstüne koydu diye mi?

Lanet olsun insanların yasalarına, yapmacık törelerine, cübbelerine, törenlerine!

18 Ocak 1666, Pazartesi

İçimi döktüğüm Meymûn, Marta'yı haklı, beni haksız buluyor. Kanıtlarıma kulak vermeden dinliyor beni ve ağzından tek söz çıkıyor: "Dünya böyle!"

Çocuğu karnında taşıyıp kocasının evi dışında doğurmasına izin vermenin delilik olacağını, bunun onu sıkıntı ve utançtan öldürebileceğini ileri sürüyor. Her geçen günün onu biraz daha sinirli yapacağını ve onu daha fazla tutmamam gerektiğini söylüyor.

Acımı hafifletmek için de, çok geçmeden bana geri geleceğinden emin olduğunu belirtiyor. "Tanrı, felaketlerini çoğu kez onları haketmeyenlere verir; ama kimi zaman hakedenler de payını alır bundan" diye güvence veriyor bana, birşeylerin içyüzünü görmek ister gibi gözlerini kısarak. Bununla Marta'nın kocasının, haydutların layık olduğu sona kavuşabileceğini, gerçeğin söylentiyi yakalayabileceğini ve çocuğumun müstakbel annesinin yeniden dul kalabileceğini söylemek istiyor... Bunu biliyorum. Tabii ki her şey olabilir. Ama bir rakibin ölümünü bekleyerek, her gün onun suda boğulması ya da asılması için Tanrı'ya dua ederek yaşamak acınası bir durum değil mi? Benden daha genç bir adam, üstelik de yaşıyor! Hayır, ömrümün geri kalanına böyle bakmak istemiyorum.

Kanıtlar sıralıyorum, debeleniyorum, savaşın benim için önceden kaybedilmiş olduğunu bilerek. Madem Marta, karnının benim evimde yuvarlaklaşmasını beklemeye cesaret edemeyecek; madem gidip nefret ettiği bir adamın yatağında suçunu gizlemekten başka bir şey düşünmüyor, isteğine karşın burada tutamam onu. Gözyaşları kurumak bilmiyor; saatten saate zayıflıyor, soluyor sanki.

Daha ne bekleyebilirim ki? Kocasını bulduktan sonra, herhangi bir nedenle onun evinde kalmamaya karar verebilir belki ya da koca onu kovabilir. Ya da ben bu adama bir miktar para ödeyebilirim, evliliğini –hiçbir zaman gerçekleşmediğini söyleyerek– geçersiz saydırması karşılığında. Adam paraya duyarlı biri ve iyi fiyat verirsem Marta, çocuğumuz ve ben, birlikte çıkabiliriz evinden.

Şu işe bakın: Tüm bir peri masalı kuruyorum kendi kendime! Ne yapalım; hayalî de olsa, bir iki yaşama nedeni bulmam gerek. Felaketlerin üstünden aşabilmek için kimi zaman, yeri doldurulmaz bir köprü kurmaktır kendi kendine yalan söylemek...

19 Ocak

Dün gece Marta, yarın Sakız'a gitmek üzere yola çıkacağını haber verdi bana. Ona eşlik edeceğimi söyledim, ardından da hiçbir biçimde kocasıyla arasına girmeyeceğime ve bir tehlike durumunda bana başvurabilmesi için ortalıkta dolanmakla yetineceğime söz verdim hemen. Kabul etti; ama o açıkça yardım istemedikçe hiçbir şey yapmayacağıma iki kez yemin ettirdikten sonra. Aramızda geçenlerden kuşkulanırsa kocasının daha kapının eşiğinde boğazını kesivereceğini söyledi.

İzmir'den adaya iki biçimde ulaşılıyor. Ya kara yoluyla yarımadanın ucuna kadar gidiyor, sonra da düz dipli bir tekneyle, bir saatten az bir sürede boğazı geçip Sakız kentine ulaşıyorsunuz. Ya da bütünüyle denizden, bir limandan öbürüne yolculuk yapıyorsunuz. Marta'nın isteği üzerine geniş bir araştırma yapan Hâtem, bu ikinci çözümü öğütledi bana. Rüzgâr uygun eserse bir, esmezse iki günlük bir yolculuğu hesaba katmak gerekiyor.

Yardımcım bizimle birlikte gelecek. Önce yeğenlerimi de götürmeyi düşünmüştüm. Kızkardeşim Piasenza'ya onlardan hiç ayrılmayacağıma söz vermemiş miydim? Ama enine boyuna düşündükten sonra onları İzmir'de bırakmayı yeğledim. Sakız'da çözmemiz gereken nazik bir sorun var ve ikisinden birinin bir sakarlık yapmasından korkarım. Bizimle gelmek için ısrar etselerdi, belki düşüncemi değiştirirdim. Ama hayır, ikisi de böyle bir şey istemedi; bu beni şaşırttı ve doğrusunu isterseniz biraz da endişelendirdi. Dönüşüme dek bir baba gibi onlara gözkulak olmasını Meymûn'dan rica ettim..

Adada ne kadar kalacağım? Hiç bilmiyorum. Bir iki gün

mü? İki üç hafta mı? Göreceğiz. Marta benimle geri dönecek mi? Hâlâ umuyorum bunu. Onunla birlikte İzmir'deki "evimize" geri dönmek, başıma gelebilecek en güzel şey gibi görünüyor şimdiden; oysa hâlâ bu evdeyim ve bu satırları yazarken duvarlarını, kapılarını, halılarını, mobilyalarını hâlâ gönlümce seyredebiliyorum.

Meymûn, ben döndükten sonra çok uzun bir yolculuğa çıkacağını, Roma'ya, Paris'e, tabii Amsterdam'a ve başka birkaç yere daha gideceğini söyledi. Kafam onu dinleyecek kadar rahatladığında bu yolculukla ilgili benimle konuşmaya söz verdi. Ama Sakız dönüşünde kafam daha rahat olacak mı acaba?

Yolculuğunda ona eşlik etmemi istiyor. O zaman görürüz bakalım. Şimdilik en küçük tasarı bile yoruyor beni. Düşlerim sınırlı: Marta'yla birlikte Sakız'a gitmek, Sakız'dan onunla birlikte dönmek.

22 *Ocak*

Gemiyle Sakız'a yaklaşmak, kıyı çizgisinin yavaş yavaş biçimlenişini, geride yükselen dağları, denize komşu sayısız değirmeni görmek, ağır ağır gelen bir ödül gibi yüreğini hafifletir herhalde yolcunun. Vaadedilmiş bir ülke gibi, Cennet'in kapısının önü gibi kendini arzulattırıyor ada. Ama ben zoraki bir yolcuyum ve dönüş anından başka hiçbir şey beklemiyorum.

Yol boyunca Marta hep sessiz kaldı ve gözlerini özenle benimkilerden kaçırdı. Hâtem, önceki gün İzmir limanında ona anlattıkları bir öyküyü aktararak beni neşelendirmeye çalıştı bir ara: Söylendiğine göre Sakız'da, adanın içlerinde bir yerde tuhaf rahibelerin yaşadığı bir manastır varmış. Başka kimi manastırlar gibi bu manastır da yolcuları konuk ediyormuş, ama çok farklı bir biçimde: Gece olunca bu kutlu kadınlar –söylenti bu ya– gelip yolcuların yanına süzülüveriyor ve yakınını sevme gereğinin çok ötesine geçen bir ilgi gösteriyorlarmış konuklara.

Hemen ve çok kuru bir tavırla yardımcımın umutlarını yıkıverdim; buna benzer masalları, başka birçok yer için okuduğumu, duyduğumu söyledim. Ama bana inandığını ve gözlerindeki ışığın söndüğünü görünce biraz pişman oldum düşünü böyle kırdığıma. Eski neşem olsaydı, sanırım biraz daha sevecen davranırdım.

23 Ocak 1666, Sakız Adası'nda

Geldiğimizden beri Hâtem, eski limanın dükkânlarında, meyhanelerinde, dar sokaklarında, insanlara aradığımız adam üstüne sorular sorarak geçiriyor zamanını. İşin tuhafı, kimse onu tanıyora benzemiyor.

Abdüllatif beni aldatmış olabilir mi? Bunun için bir neden göremiyorum. Acaba onu da bilgi aldığı kişiler mi yanılttı? Belki de yalnızca adada yanıldılar; Sakız'ı Patmos'la, Sisam'la ya da eskiden Mytilene de denen Kastro'yla karıştırdılar.

Her ne olursa olsun olayların gidişinin hoşuma gitmediğini söyleyemem. Böyle bir iki gün daha araştırma yapar, sonra İzmir'e döneriz. Marta karşı çıkacaktır belki, ağlayacaktır; ama sonunda boyun eğmek zorunda kalacaktır.

Ve ona, ateş pahasına satın alınmış –gerekirse servetimin üçte birini dökerim bu işe!– ve kocasının kesin olarak öldüğünü belgeleyen bir ferman getirdiğim gün boynuma atlayacaktır. O zaman evleniriz işte; eğer Tanrı âşıklarla daha fazla uğraşmazsa, eski koca da bir daha Cübeyl'e ayak basmama inceliğini gösterir artık.

Yaşlılık günlerimizde çocuklarımız, torunlarımız arasında bu Sakız seferini dehşetle anımsar, böyle sonuçsuz kaldığı için de Tanrı'ya şükrederiz.

24 Ocak

Ne güzellikler bulurdum ben bu adada, başka koşullarda gelmiş olsaydım eğer! Beni buraya sürükleyen şeyi bir an bile unutsam, her şey hoş gelmeye başlıyor yüreğime. Evler güzel, sokaklar tertemiz ve iyi döşeli; kadınlar zarafet içinde dolaşıyorlar ortalıkta ve yabancılara gözleriyle gülümsüyorlar. Burada her şey Cenova'nın geçmiş görkemini anımsatıyor bana: Kale Ceneviz yapısı, giysiler Cenevizli, bütün güzel anılar da öyle. Rumlar bile adımı duyup soyumu sopumu öğrendiklerinde Venedik'e lanet okuyarak beni bağırlarına basıyorlar. Türklere de lanet okuduklarını biliyorum ama hiçbir zaman yüksek sesle yapmıyorlar bunu. Yüz yıl önce Cenevizliler buradan gitmişler ve onlardan sonra ada, hiçbir zaman iyiliksever bir yönetime kavuşamamış; son günlerde rastladığım herkes, başka başka biçimlerde de olsa kabul ediyor bunu.

Bu sabah Marta'yı ayine götürdüm. Bir kez daha –umarım sonuncusu olmaz bu!– kilisenin eşiğinden içeri kolumda girdi; benimse başım dik ama yüreğim perişandı. Cizvit papazlarının kilisesi San Antonio'ya gittik. Burada kilise çanları, Hıristiyan toprağındaymışız gibi çalıyor ve yortularda tören alayları düzenleniyor; Ekmek ve Şarap Kutsaması'nın altınları, bayrakları, cübbeleri, sayvanları geçiyor sokaktan. Bir zamanlar Fransa Kralı, Latin kilise törenlerinin böyle açıkta yapılabilmesi iznini padişahtan koparmış; Bâb-ı Âlî, bu ayrıcalığa bugün de saygı gösteriyor. Bu çok sıradan Pazar günü bile en zengin aileler, kalabalık eşlikçileriyle gelmişler ayine. Yanımdaki ortahalli insanlar, ünlü adları kıskançlıktan çok gururla sayıyorlar: Giustiniani, Burghesi, Castelli... Kiliseden iki adım ötede bir tepeciğin üstünde nöbet tutan iki yeniçeriyi görmeseydim kendimi İtalya'da sanabilirdim.

Ayinden sonra Marta, gidip uzun uzun bir papazla konuştu. Onu dışarıda bekledim ve çıktığında hiçbir şey sormadım; o da kendiliğinden hiçbir şey söylemedi. Belki de yalnızca günah çıkartmıştır. Günah çıkartanlara tuhaf gözle bakıyor insan, günahın ta kendisi olmuşsa.

25 Ocak

Hâtem hâlâ adamımızı arıyor; Marta her taşın altına bakması için yalvarıyor ona; bense hiçbir şey bulamaması için Tanrı'ya dua ediyorum.

Akşam yardımcım, belki bir ipucu bulduğunu söyledi. Rum mahallesinde bir meyhanedeyken, bir denizci gelip Seyyâf'ı tanıdığını söylemiş; Sakız kentinde değil, daha güneyde, Cabo Mastico burnuna giden yol üstünde, Katarraktis adlı köyün yakınında oturuyormuş aradığımız kişi. Bizi oraya götürmek için bir sultanî altın istemiş haberi getiren adam. Miktar bana çok geliyor ama kabul ettiğimi söyledim. İleride Marta'nın, onu tatmin etmek için her şeyi yapmadığımı söyleyerek beni kınamasını istemem. Artık gebeliğinden kesinlikle emin olduğunu söylüyor ve kocasının yanında sürdüreceği yaşam ne olursa olsun, olabildiğince çabuk bulmak istiyor onu. "Daha sonra Tanrı'nın eline kalacak yaşamlarımız; O'nun dilediği gibi olacak!"

Böylelikle aracıya para vermeyi kabul ettim –Drago adında biri bu adam– ve Hâtem'den yarın onu bana getirmesini istedim; gözlerimle görmek, duymak ve tartmak istiyordum adamı. İçin için, bunun da yine sıradan bir düzenbaz, yüklü parasını cebine atar atmaz ortaya çıktığı gibi kaybolacak biri olmasını umuyorum hâlâ. Bir tüccar olarak sanırım ilk kez yalvarıyorum Tanrı'ya, param çalınsın, bana yalan söylenmiş olsun, aldatılmış olayım diye!

Gece, belki de son kez Marta'yı kollarıma almak istedim. Ağlayarak kendinden uzaklaştırdı beni ve bir kez bile konuşmadı. Belki de beni onsuz olmaya alıştırmak istiyor, kendini de omzumun çukurunda uyumamaya.

Yokluğu başladı bile.

26 Ocak

Şu an, tıpkı merhum babamın dediği gibi, hem denizler ötesinin hem de Cenova'nın en mutlu insanı olduğumu yazmak geliyor içimden. Ama bunun için hâlâ erken. Yalnızca çok umutlu olduğumu söyleyeceğim. Evet, büyük, çok büyük bir umut var içimde. Marta'yı geri alma, önce İzmir'e, sonra da çocuğumuzun doğacağı Cübeyl'e, evime geri götürme umudu. İnşallah bu coşku, beni sardığı kadar çabuk kaçıp gitmez içimden.

Çok neşeli görünüyorum, çünkü bizi Marta'nın kocasına götürecek adam, çok iyi haberlerle geldi bugün. Ben ki onun doğanın içinde yitip gitmesini istiyordum, artık hiç pişman değilim onunla karşılaştığıma, konuştuğuma, onu dinlediğime. Aslında adamın bir ucuz meyhane faresi olduğunun ve bana anlattıklarını, yalnızca ikinci bir altın sikke sızdırmak için anlattığının bal gibi farkındayım; birinciyi o kadar çabuk bayılmış olmam, onu iştahlandırmış olmalı.

Beni bunca sevindiren olaylara geliyorum şimdi: Drago adındaki adam, Seyyâf'ın geçen yıl yeniden evlendiğini ve yakında bir çocuk babası olacağını söyledi; yeni karısı, adanın ileri gelenlerinden, zengin ve güçlü birinin kızıymış. Bu adam da, doğal olarak, damadının zaten evli olduğunu bilmiyormuş. Bana kalırsa kayınbabayla kaynana, günün birinde bu serserinin başka gizli yüzlerini de keşfedecekler ve bu evliliğe izin verdiklerine bin pişman olacaklar; ama –Tanrı beni bağışlasın!– onların gözünü açmaya hiç niyetim yok. Herkes kendi hatalarının bedelini ödesin, herkes kendi haçını taşısın; ben zaten kendiminkinin ağırlığı altında ezilmişim. Beni bu ağırlıktan kurtarsınlar, arkama bile bakmadan giderim bu adadan.

Bu haberler çok hoşuma gidiyor, çünkü Marta'nın kocasının davranışını tepeden tırnağa değiştirebilir bunlar. Eğer evlenmemiş olsaydı Seyyâf onu yeniden isteyebilirdi; oysa şimdi Marta'nın adaya gelişini, kurduğu yeni yaşam için bir tehdit olarak görecektir. Onu çok iyi tanıyan Drago, durumunu korumak için her türlü anlaşmaya razı olacağından emin görünüyor; tanıklar önünde, ilk evliliğinin hiçbir zaman tamama ermediğini, dolayısıyla da geçersiz olduğunu belirten bir kâğıt imzalamaya dek varabilir bu. Eğer böyle olursa, Marta yakında özgürlüğüne kavuşacak demektir! Yeniden evlenme, benimle evlenme, çocuğuna bir baba adı verme özgürlüğüne.

Henüz oraya gelmedik, biliyorum. "Dul"un kocası, henüz ne bir şey imzaladı, ne de bir söz verdi. Ama Drago'nun söyledikleri, sağduyunun ta kendisi. Büyük umutlar içindeyim, evet; Marta'ysa, gözyaşları, mide bulantıları ve dualar arasında, gülümsemeye çalışıyor şimdi.

27 Ocak

Drago bizi Seyyâf'a yarın götürecek. "Biz" diyorum, çünkü böyle olsun istiyorum; ama Marta yalnız başına gitmeyi yeğliyor. Kocasıyla başbaşa konuşursa istediğini daha rahat elde edebileceğini ileri sürüyor; onu erkeklerle çevrili görürse ve benimle ilişkisinden kuşkulanırsa isyan edebilir diye korkuyor. Kuşkusuz haksız değil; ama yazgısını –bir saat için bile olsa– böylesi bir serserinin eline bırakacağını düşündükçe endişelenmekten kendimi alamıyorum.

Sonunda bana da akıllıca gelen bir ara çözümde anlaştık: Katarraktis köyüne dek birlikte yol alacağız. Söylendiğine göre orada, birçok yolcunun konakladığı küçük bir Rum manastırı varmış; en güzelinden Pytha şarabı ve iyi yiyecekler sunuyormuş konuklara ve en önemlisi, adamımızın evinden iki adım ötedeymiş bu manastır. Marta'nın dönüşünü orada rahatça bekleyebiliriz.

28 Ocak

İşte manastırdayız ve zaman çabuk geçsin diye yazmaya koyuluyorum hemen. Kalemimin ucunu mürekkebe batırıyorum, tıpkı başkalarının göğüs geçirdiği, karşı çıktığı ya da dua ettiği gibi. Sonra da uzun sözcükler çiziktiriyorum kâğıdın üstüne, tıpkı gençliğimde dolaşırken attığım kocaman adımlar gibi.

Marta bir saat önce ortadan kayboldu. Daracık bir sokağa girdiğini gördüm. Yüreğim hopladı, soluğumu tuttum, adını mırıldandım, ama geri dönmedi. Yazgısına boyun eğmiş hükümlüler gibi kararlı adımlarla yürüyordu. Önünde yürüyen Drago, bir kapı gösterdi ona. O da içeri daldı, kapı kapandı. Haydudun evini, çevre duvarının ve yüksek ağaçların arkasından zorlukla seçebildim.

Bir keşiş gelip birşeyler yememi önerdi; ama ben Marta'nın dönmesini beklemeyi ve onunla birlikte yemeyi yeğliyorum. Zaten boğazım daralmış, midem kasılmış durumda; o benimle olmadan ne bir şey yutabilirim ne de bir şey hazmedebilirim. Sabırsızlanıyorum. Hiç durmadan, oraya gitmesini engellemeliydim diyorum kendi kendime, gerekirse güç kullanarak. İyi de, onu zorla hapsedecek değildim ya! İnşallah korkularım boşa çıkar ve sağ salim geri gelir bana, yoksa ömrümün geri kalanını pişmanlıklar içinde geçireceğim.

Ne kadar oldu gideli? Kafam o kadar dumanlı ki, saati dakikadan ayırmaktan âcizim. Oysa bir sabır insanıyım ben; bütün antika tüccarları gibi kimi zaman haftalarca beklerim, geri gelme sözü veren ama bir daha gelmeyecek zengin müşteriyi. Ama bugün hiç sabrım yok. O ortadan kaybolduğu an, zaman çok uzun gelmeye başladı bana. O ve taşıdığı çocuk.

Hâtem'le birlikte, serpiştirmeye başlayan ince yağmura bakmadan gidip bir tur attık sokaklarda. O daracık sokağa girdik, Seyyâf'ın evinin kapısına dek yürüdük. Hiçbir ses duymadık, çam dallarının perdesi arkasından seçilen sarı duvar parçaları dışında hiçbir şey görmedik. Sokak bir çıkmazmış; geriye döndük.

Kapıyı vurmak geçiyordu içimden, ama Marta'ya, böyle bir şey yapmayacağıma ve sorunu bildiği gibi çözmesine izin vereceğime yemin ettim. Ona ihanet etmeyeceğim.

Neredeyse alacakaranlık oldu, Marta geri gelmedi, Drago'yu da bir daha görmedim. Marta yanımda olmadıkça ağzıma bir şey koymayı reddediyorum hâlâ. Az önce yazdığım satırları, "ona ihanet etmeyeceğim" tümcesini okuyorum bir kez daha ve kendi kendime soruyorum: İşe karışırsam mı, karışmazsam mı ihanet etmiş olurum ona?

Gece olmaya başladı ve içine kırmızı şarap kattıkları bir tabak çorba içmeyi kabul ettim. Çorbaya pancar kırmızısı bir renk ve katışık bir şurup tadı veren şarabı, bol bol akıttılar kâseye, kaygılarımın sakinleşmesi, parmaklarımın titremesinin kesilmesi ve yerimde tepinip durmaktan vazgeçmem için. Ağır bir hasta ya da gözü yaşlı bir dulmuşum gibi sarıyorlar çevremi, beni iyileştirmeye, idare etmeye çalışıyorlar.

Hiçbir zaman koca olamamış bir dulum ben. Bilinmeyen babayım. Aldatılmış sevgiliyim. Korkaklıkla kuruntu arasında gide gele, kül rengi geceyi getirdim sonunda; ama şafakta Cenevizli kanım yeniden dolaşacak damarlarımda, şafakta başkaldıracağım yeniden.

Güneş doğuyor, ben uyumadım ve Marta hâlâ geri gelmedi. Yine de kendime hâkimim ve sağduyumu koruyorum. Olmam gerektiği kadar zincirden boşanmış değilim. Daha şimdiden olup bitene razı mı oluyorum acaba? İsterse öyle sansın ötekiler, ben onu bulmak için neler yapabileceğimi biliyorum.

Hâtem, çılgınca bir şey yapmamdan korktuğu için bütün gece beni gözledi. Bu mumu yakıp yazı takımını açtığımda, hokkayı yerleştirip, kâğıtlarımı düzeltip, sonra da bu bir iki sözcüğü yazdığımda farkettim adamımın başının, ağzı açık, geriye kaykıldığını.

Çevremde herkes uyuyor, ama Marta nerede uyuyor acaba? Nerede olursa olsun, bir adamın yatağında ya da bir zindanda, hiç gözünü kırpmadığından ve ben nasıl onu düşünüyorsam, onun da beni düşündüğünden eminim.

Yüzü gözümün önünden gitmiyor; şu mumun ışığında görür gibi görüyorum düşüncemde. Ama başka hiçbir şey görmüyorum. Bulunduğu yeri, çevresindeki insanları, üstünde bulunan ya da bulunmayan giysileri hayal edemiyorum. Yataktan, zindandan söz ediyorum; oysa kamçıdan, öküz siniri kırbaçtan, tokattan, şişmiş bir yüzden de söz edebilirdim.

Aslında korkularım bunun da ötesine geçiyor. O haydut kocasının, yeni evliliğini tehlikeye atmamak için Marta'yı ortadan kaldırmak isteyebileceği geliyor aklıma. Dün de hafifçe kafamdan geçmişti bu düşünce; ama uzaklaştırmıştım onu. Fazla tanık var ve Seyyâf bunun farkında. Ben, Hâtem, Drago; giderek keşişler bile, o kapıya götürmemizden önce Marta'nın bizimle birlikte buraya geldiğini gördüler. Yeniden korkmaya başladıysam, uykusuz geceler kaygıları canlandırdığı için olmalı. Ve Marta'nın bu geceyi nerede geçirdiğini bilemediğim için.

Aslına bakarsanız her şey olası, her şey. Bunun içinde karıyla kocanın sıcak bir kavuşma yaşamaları olasılığı da var; ansızın eski aşklarını anımsayabilirler ve birbirlerine affettirecekleri çok şey olduğu için daha da coşkuyla sarılabilirler birbirlerine. İçinde bulunduğu durum gözönüne alınırsa Marta için, hemen ilk gece adamın koynuna girmekten daha rahatlatıcı bir çözüm olamaz. Böylece tarihlerde birazcık hile yaparak Seyyâf'ı, çocuğun ondan olduğuna inandırabilir.

Ama geriye öbür eş ve kaynanayla kayınbaba kalıyor. Onların varlığı, bu uyumlu bayramı, düşünülmesi olanaksız kılıyor. Marta için üzülmem gerekiyor buna; kendim içinse belki de sevinmem. Ama hayır, sevinemiyorum. Çünkü yeniden bu adamın başvurabileceği uç çözümler aklıma geliyor. Bu lanet olası işte hiçbir şey beni sevindiremez, rahatlatamaz. Özellikle de ruhumun yalnızca kapkara resimler çizebildiği bu sabaha onca yakın, onca geç saatte. Resim falan da çizmiyor artık, yalnızca karalamalar yapıyor.

Bu sayfanın dibine geldim ve bir iki dakika uzanmak için bundan yararlansam iyi ederim. Bırakalım mürekkep kendi kendine kurusun.

DEFTER III

Yıldızsız Bir Gök

3 Nisan 1666, Cenova'da

Beş ay boyunca, neredeyse her gün, yolculuğun olaylarını yazdım ve yazdıklarımın zerresi yok şimdi elimde. İlk defter, Konstantinopolis'te, Barinelli'nin evinde kaldı; ikincisi Sakız'daki manastırda. Şafakta odamda, mürekkebi kurusun diye son sayfası açık bırakmıştım. Akşamdan önce dönüp, o her şeyi belirleyecek günün olaylarını yazmaya söz vermiştim kendi kendime. Hiçbir zaman geri dönmedim.

Her şeyi belirleyecekti o gün. Heyhat! beklediğimden çok daha kesin bir biçimde ve umduğumdan çok başka bir yönde belirledi. Sevdiğim herkesten, yakınlarımdan ayrı düştüm; üstüne üstlük hastalandım. Tanrı'ya şükür, beni bir eliyle terkeden Talih, öbür eliyle yakaladı. Her şeyden yoksun kaldım, evet, ama annesinin kucağında, yeni doğmuş bir bebek gibiyim şimdi. Yeniden bulduğum annem. Toprak-annem. Kıyı-annem.

Cenova, anne-kentim benim!

Burada olduğumdan beri, her gün yazmayı düşünüyorum, yolculuğumu anlatmak için, cesaret kırılmasıyla taşkınlık arasında durmaksızın gidip gelen duygularımı aktarmak için. Bugünden önce hiçbir şey yazmadıysam bunun nedeni, her şeyden önce defterimi yitirmiş olmamdı. Sözlerimin günün birinde unutulup gideceğini bilmiyor değilim; tüm varlığımız, sırtını unutulmaya yaslamış aslında, ama en azından süregitmeye benzer bir şeye gereksinimimiz var, bir süreklilik yanılsamasına belki, birşeylere girişebilmek için. Nasıl karartabilirim bu sayfaları, nasıl olayları ve duyguları en doğru sözcüklerle betimlemeye çalışabilirim hâlâ, on yıl sonra, yirmi yıl sonra gelip eski yaşamımı olduğu gibi bu defterde bulamayacaksam? Yine de yazıyorum oysa, hâlâ yazıyorum ve yazacağım. Ölümlülerin onuru, karasızlıklarındadır belki de.

Gelelim öyküme. O sabah Sakız'da, bir gecelik bir bekleyişten sonra, ne pahasına olursa olsun gidip Marta'yı bulmaya karar vermiştim. Bunları yazarken, önceki bir yaşamdan söz ediyormuşum gibi geliyor bana, sevdiğim kadının gidişinden beri bir tür hileli "ölümden sonra"ya sürüklenmiş gibiydim çünkü. Şimdi karnı biraz daha yuvarlanmış olmalı ve kendi kendime soruyorum: Tohumumdan doğacak çocuğu günün birinde görebilecek miyim? Ama sızlanmayı kesmem gerek; kendimi toplamalı ve yeniden ayağa dikilmeliyim. Yazdığım sözcükler, canlandıracağına dindirmeli hüznümü; kendi kendime söz verdiğim gibi her şeyi serinkanlılıkla anlatabilmek için.

Az önce söylediğim gibi Katarraktis keşişlerinin manastırhanında bir saat kadar uyuklamış, sonra da sıçrayarak uyanmıştım ve Marta'nın kocasının evine gitmeye karalıydım. Beni yola getirmeye çalışmaktan vazgeçen Hâtem'in de, peşimden gelmekten başka seçeneği yoktu.

Kapıyı çaldım, bir bekçi açtı. Gür sakallı, gür bıyıklı, kafası traşlı bir devdi bu ve bizi içeri davet etmeden ne istediğimizi sordu. Bir korsan Rumcasıyla, en küçük bir terbiye sözcüğüne başvurmadan konuşmuştu bizimle; yüzünde hiçbir gülümseme belirtisi yoktu ve eliyle, eğri bir kamanın sapına vuruyordu hafifçe. Arkasında, bir iki adım geride, aynı türden iki gözükara yaratık daha vardı; nalları üstünde biraz daha kısa duruyorlardı ama aynı hoşnutsuz ifade vardı yüzlerinde. Ben patlamak üzereydim, oysa yardımcım, alt tabaka ağırkanlılığını koruyordu. Gülücükler saçtı, temennahlar etti; bu görgüsüzler için bana göre gereğinden fazlaydı bunlar. Onlara Cübeyl'den, efendilerinin ülkesinden geldiğimizi, ve adasından geçtiğimizi duyarsa mutlu olacağını söyledi.

"Burada değil!"

Adam kapıyı kapatmaya hazırlanıyordu ama Hâtem cesaretini kaybetmedi:

"O yoksa, belki girip eşini selamlayabiliriz; akrabamız olur da..."

"O yokken karısı kimseyi kabul etmez!"

Bu kez kapı üstümüze kapandı, kafalarımızı, ayaklarımızı, parmaklarımızı zor çektik aradan.

Çakallar gibi davranıyorlardı; ne var ki yasaların gözünde ben, şu dürüst tüccar, hatalıydım; oysa o serseri ve paralı adamları haklıydılar. Marta bu adamla evlenmiş bir kez ve madem ki adam onu dul bırakma inceliğini göstermemiş, hâlâ karısı sayılır; hiçbir şey onu geri alma hakkını vermez bana; göstermek istemezse bir daha göremem bile. Asla izin vermemeliydim böyle teslim olmasına ve onun sultası altına girmesine. Yineleyip duruyorum kendi kendime, Marta'nın kendi istediğini yaptığını ve onu engellemek için hiçbir kanıtım olmadığını, ama pişmanlık duygularım hafiflemiyor bile. Buna karşılık bir değerlendirme hatası yapmışsam ve bunun cezasını çekmem gerektiğinin bilincindeysem, boyun eğmek niyetinde de değilim. Hatamı ödemek, ama akla yakın bir bedelle! Marta'nın sonsuza dek bu adamın evinde kokuşması sözkonusu değildi zaten. Onu bu zor duruma ben sokmuştum, çıkarmanın da bir yolunu bulmam gerekiyordu.

Bir yol, ama hangisi? Düşüncemin, yarı uykusuz bir gecenin de yoğunlaştırdığı sisleri içinden baktığımda, tek çatlak görüyordum düşmanın zırhında: İkinci evliliği. İlk düşüncem de buydu zaten. Güçlü ve zengin kayınbabasının gerçeği öğrenebileceğini hissettirerek Seyyâf'ı korkutmak ve onu anlaşmaya zorlamak...

Sayfalar boyu anlatabilirim, olayların nasıl gelişmesini istediğimi ve nasıl sonuçlandıklarını; ama hâlâ çok zayıfım ve yeniden hüzünlere kapılmaktan korkuyorum. Bu yüzden kısa kesiyorum ve yalnızca bir iki sözcükle aktarıyorum bu felaket gününün geri kalanını.

Kısa seferimizden hana dönerken, şu Drago denen adamın yeşil gömleğini gördük uzaktan; bir duvarın gölgesinde bizi bekler gibiydi. Ama Hâtem ona yaklaşması için işaret edince döndü ve tabanları yağladı. Davranışı bizi o kadar şaşırttı ki peşinden koşmaya bile kalkışmadık. Zaten köyün dolambaçlı yollarında hiçbir zaman bulamazdık onu.

Ansızın her şey berraklaştı kafamda: Ne bir ikinci eş, ne de buranın ileri gelenlerinden bir kayınbaba hiçbir zaman varolmamıştı. Marta'nın kocası, sürekli olarak oynamıştı bizimle. Onu aradığımızı öğrenince, zokayı yutmamız için hempalarından birini, şu Drago'yu bize yollamış ve işimize gelecek kolay bir çözümü gözlerimiz önünde parıldatarak, kuşkularımızı uyutmayı başarmıştı. Ben de bu evliliğin hiçbir zaman tamama ermediğini Seyyâf'a söyletmek ve geçersiz kılınmasını istemek için fazla pazarlığa gerek olmadığına inanmış ve sevgilimin gitmesine izin vermiştim.

Şimdiye dek tasarılarımız dışarı sızmasın diye hiçbir şey söylemediğimiz hancı keşişlerden biri, koskoca bir kahkaha attı: Cübeylli komşusu, Kandiye limanından toplanmış bir orospuyla açıkça yaşıyordu ve bu kız kesinlikle, ama kesinlikle, Sakız'dan önemli bir kişinin kızı değildi.

Başka ne yapabilirdim? Bu lanetli günün geri kalanını ve gecenin bir bölümünü kıpırdamadan, yemek yemeden, o Cenevizli tüccar kafamın köşe bucağında, yıkıma karşı son bir savunma çaresi arar gibi yaparak geçirdim; ama aslında yalnızca üzüntülere boğuyor ve insafsızca kınıyordum kendimi.

Bir ara, sabaha karşı, yardımcım yanıma geldi; üzgün ve kararlı bir edayla, artık denenecek hiçbir şey kalmadığını, her yeni girişimin, hem bizim hem de Marta'nın durumunu daha zor ve daha tehlikeli bir hale getirmekten başka işe yaramayacağını söyledi.

Gözlerimi bile kaldırmadan yanıtladım hemen:

"Hâtem, bugüne dek seni hiç dövdüm mü?

"Efendim bana karşı her zaman çok iyi oldu!"

"Bir kez daha bana Marta'yı bırakıp gitme önerisinde bulunmaya cesaret edersen seni öyle bir döverim ki, sonsuza dek unutursun bir zamanlar iyi olduğumu!"

"Öyleyse efendim beni hemen dövse iyi eder; çünkü o Tanrı'ya meydan okumaktan vazgeçmedikçe, ben de onu uyarmaktan vazgeçmeyeceğim."

"Defol! Gözüm görmesin seni!"

Öfke, kimi zaman düşünce ebesidir; tam Hâtem'i kovduğum, tehdit ettiğim, susturduğum sırada, birden bir kıvılcım çaktı kafamın içinde. Kısa süre sonra yardımcımın en kötü tahminlerini doğrulayacaktı bu düşünce; ama o an bana akıllıca göründü.

Niyetim, gidip yeniçerilerin komutanını görmek ve ona bazı korkularımdan söz etmekti. Bu adamın karısı, benim yeğenim olur ve kulağıma, adamın onu boğarak öldürdüğü söylentileri geldi diyecektim. Biraz ileri gidiyordum, biliyorum; ama yetkilileri işe karıştırmanın tek çaresiydi buydu. Üstelik korkularım yapmacık değildi. Marta'nın başına bir felaket gelmiş olmasından gerçekten korkuyordum. Yoksa, diyordum kendi kendime, neden o eve girmemizi engellesinler ki?

Subay, kötü bir Rumcayla kötü bir Türkçe karışımı, içine yer yer İtalyanca ve Arapça sözcükler serpiştirilmiş bir dille yapıldığı için anlaşılması daha da güç hale gelen açıklamalarımı dinledi. Cinayetten söz ettiğimde, yalnızca söylentilerden mi kuşkulandığımı sordu; emin miydim bu söylediklerimden? Emin olduğumu söyledim, olmasaydım gelip sizi rahatsız etmezdim dedim. O zaman başımın üstüne yemin edip edemeyeceğimi sordu. Tabii ki korktum, ama geri dönmemeye kararlıydım. Ve tehlikeli sorusuna yanıt vermek yerine kesemin ağzını açtım; üç gözalıcı sikke çıkarıp önündeki masaya koydum. Alışık bir hareketle kaptı onları, tüylü başlığını kafasına geçirdi ve adamlarından ikisine onu izleme emrini verdi.

"Ben de gelebilir miyim?"

Biraz duraksayarak sormuştum bu soruyu. Bir yandan karısının yazgısıyla ne denli ilgili olduğumu Seyyâf'a göstermeye pek niyetim yoktu; onunla benim aramda geçenleri keşfetmesinden korkuyordum. Ama öte yandan subay Marta'yı tanımıyordu; ona herhangi bir kadın gösterip Marta olduğunu, sağlığının da iyi olduğunu söyleyebilirlerdi. Marta bile, beni görmezse bir şey söylemeye cesaret edemeyebilirdi.

"Sizi yanımda götüremem; duyulursa başım derde girebilir."

Hayır dememiş ve dudaklarında anlamlı bir gülümseme belirmişti; gözleriyle de masaya, ona karar verdirten paraları koyduğum yere bakıyordu. Ek bir bahşiş için kesemin ağzını açtım ve parayı bu kez doğrudan avucuna koydum. Adamları da bunu izliyordu; ama olanlar, onları ne şaşırtıyor ne de rahatsız ediyor gibiydi.

Müfreze harekete geçti; üç asker ve ben yola koyulduk. Yolda bir duvarın arkasından bana işaretler yapan Hâtem'i gördüm, ama farketmemiş gibi yaptım. Manastır-hanın önünden geçerken bir pencerede keşişlerden ikisini ve yaşlı hizmetçileri seçer gibi oldum; gösteri onları eğlendiriyordu sanki.

Marta'nın kocasının evine yetkinin gücüyle girdik. Subay kapıyı yumruklamış ve bağırarak bir emir savurmuştu; kel dev kapıyı açtı, sonra da hiçbir şey söylemeden çekilip geçmesine izin verdi. Az sonra Seyyâf koşup geldi; en sevgili dostları beklenmedik bir ziyarette bulunmuş gibi telaşlıydı ve gülücükler saçıyordu. Evine neden geldiğimizi sormuyor, yalnızca hoşgeldiniz anlamında sözler çıkıyordu ağzından. Önce Osmanlı subayına, sonra da bana yönelikti bu sözler. Beni yeniden gördüğüne çok sevindiğini söyledi, dostum, yeğenim, kardeşim diye hitap etti ve bana duyduğunu tahmin ettiğim nefreti hiçbir biçimde belli etmedi.

Memlekette onu son gördüğüm günlerden bu yana kalınlaşmış ama saygınlaşmamıştı; ayakları çarıklı, sakallı, koca bir domuza dönmüştü. Pırıl pırıl parlayan yağlarının, yaldızlı giysilerinin altında asla tanıyamazdım bir zamanlar Cübeyl sokaklarında yalınayak koşan yaramaz çocuğu.

Biraz nazik davranma, biraz da dikkatli olma kaygısıyla bu buluşmadan ben de hoşlanmış gibi yaptım, kucaklamalarından kaçınmadım, açıkça "kuzenim" bile dedim ona. Bu da, salonda oturur oturmaz "kuzinimiz, eşi Marta hanım"ın nasıl olduğunu sorma olanağını verdi bana. Subayın konuşmamızdan hiçbir şey kaçırmaması için kendimi zorlayarak Türkçe sormuştum soruyu. Seyyâf, yol yorgunluğuna karşın Marta'nın iyi olduğunu söyledi; sonra da Osmanlıya dönüp, karısının, denizler dağlar aşıp, Tanrı eliyle teslim edildiği kişinin yanına geldiğini açıkladı.

"Umarım" dedim, "gelip kuzenini selamlayacak kadar yorgun değildir."

Koca tedirgin olmuş göründü; gözlerinden korkunç bir suç işlediği okunuyordu sanki. Ve "Kendini daha iyi hissediyorsa, sizi selamlamak için kalkıp gelecektir; dün gece başını kaldıracak hali yoktu" dediğinde korkunç bir felaketin meydana geldiğinden en küçük bir kuşkum kalmamıştı. Öfke, kaygı ve umutsuzlukla fırladım yerimden; bu katilin boğazına sarılmaya hazırdım. Yalnızca düzenin temsilcisinin varlığı engelledi üstüne atılmamı. Hareketlerimi dizginledim; ama sözlerimi değil. Uzun zamandır yüreğimde beslediğim her şeyi boşaltıverdim adamın ve yamaklarının üstüne. Hakettiği bütün adlarla hitap ettim ona: Serseri, düzenbaz, haydut, korsan, yolkesen, boğazkesen, kaçak koca, utanmaz koca... Ona kendini vermiş olan kadının iskarpinlerinin tozunu almaya bile layık olmadığını ve kazığa oturtularak ölmesini dilediğimi söyledim.

Adam konuşmamı kesmedi. Beni yanıtlamadı ve suçsuz olduğu savıyla karşı çıkmadı. Yalnızca, ben ateşlendikçe ateşlenirken adamlarından birine bir işaret yaptı; o da ortadan kayboldu. O an dikkat etmedim buna ve gittikçe sesimi yükselterek, çeşitli dilleri birbirine karıştırarak saldırımı sürdürdüm. O kadar ki, sonunda dayanamayan subay, susmamı emretti. Emrine boyun eğmemi ve yerime oturmamı bekledi, sonra da ötekine dönüp sordu:

"Karın nerede, görmek istiyorum. Git çağır onu!"

"İşte, bakın geldi."

Ve Marta, peşinde demin ortadan kaybolan haydutla içeri girdi. O anda kocasının beni bir kez daha oyuna getirdiğini anladım. Onun tam zamanında ortaya çıkmasını istemişti; ben kendimi iyice gözden düşürdükten ve büyük ölçüde ele verdikten sonra.

Yaptığım bütün yanlışlardan bugün hâlâ, en çok bunun pişmanlığını çekiyorum; sanırım yaşamımın sonuna dek acısını taşıyacağım içimde. Aslına bakarsanız gerçekten nereye kadar kendimi ele verdim, onu ele verdim, aşkımızı ve suçortaklığımızı ele verdim, bilemiyorum. Çünkü öfkenin etkisi altında neler söylediğimi anımsamıyorum. Bu haydudun onu öldürdüğünden emindim, davranışlarındaki her şey bunu kanıtlar gibiydi ve ağzımdan çıkanı kulağım duymaz olmuştu artık. O ise, tersine, soğukkanlı ve mağrur bir tavırla dinlemişti beni, zina suçu işlemiş bir kadının itiraflarını dinleyen yargıç gibi.

Bağışla beni Marta, sana yapmış olabileceğim tüm kötülükler için! Ben, hiçbir zaman bağışlamayacağım kendimi. Şimdi görür gibi oluyorum seni; gözlerin yerde, ne kocana ne de sevgilin olmuş adama bakmaya cesaret edemeyişini. Perişan, uzak, yazgısına boyun eğmiş, kendini kurban etmiş. Sanırım taşıdığın çocuğu düşünüyordun artık yalnızca; ve bir an önce bu maskaralığın sona ermesini, kocanın seni yeniden yatağına almasını bekliyordun; bir iki ay sonra gebeliğinin ondan olduğuna inandırabilmek için. Senin yaşamında bir felaket anından, bir yanılsama, bir aldanma ve bir utanç anından başka bir şey olmadım belki ben; ama Tanrı adına, kadın, seni sevdim ben ve son günüme dek seveceğim. Yaptığım hataları onarmadığım sürece ne bu dünyada, ne de ötekinde huzur bulamayacağım. Şu anda, bir adalet savaşçısı gibi gelip kendimi suçlu giysileri içinde bulduğum bu tuzağa benzer evde, benim gevezeliklerimin bedelini ödeyenin sen olmaması için söylediklerimi baştan almayı çok isterdim. Ama seni temize çıkarmaya çalışırken daha da perişan etmekten korktum ve sustum. Şaşkın, afallamış, bir uyurgezer gibi ayağa kalktım, sana tek bir söz söylemeden, tek bir veda bakışı yöneltmeden çıktım dışarı.

Manastıra dönerken, uzaktan Türk mahallesinin minaresi gözüme ilişti; oraya dek yürümek, merdivenleri çıkmak ve kendimi boşluğa fırlatmak isteği geçti bir an içimden. Ama insan böyle apansız bir içgüdüyle öldürmez kendini; ben ki ne asker ne de katilim, hiçbir zaman kendimi alıştıramadım ölme düşüncesine; hiçbir zaman böyle bir cesaretim olmadı; ve korkarım. Bilinmedik ölümden korkarım, atlayacağım zaman yaşayacağım korkudan korkarım, kafamın yere çarpacağı, kemiklerimin kırılacağı an duyacağım acıdan korkarım. Üstelik Seyyâf içkiler içip bayram ederken ve Marta'yı el çırpmaya zorlayıp halay çekerken, kendi yakınlarımın aşağılanmasını istemem.

Hayır kendimi öldürmeyeceğim, diye mırıldandım kendi kendime. Yaşamım henüz sona ermiyor, ama yolculuğumun sonuna geldim artık. *Yüzüncü Ad* kitabı kayboldu gitti, Marta kayboldu gitti; ne gücüm ne de nedenim kaldı artık dünyayı dolaşmak için; gidip İzmir'den yeğenlerimi alacağım, sonra da hiç gecikmeden evime, Cübeyl'e, o güzel antikacı dükkânıma döneceğim ve orada sabırla bekleyeceğim şu lanetli yılın geçmesini.

Beni handa bekleyen yardımcıma tasarladıklarımı hemen söyledim ve akşamdan önce yola çıkmaya hazır olmasını istedim. Geceyi Sakız'da, kentte geçirecek ve yarın İzmir'e doğru yola çıkacaktık. Orada Meymûn'a, Papaz Coenen'e ve başka bir iki kişiye veda ettikten sonra da Trablus'a giden ilk gemiye binecektik.

Hâtem'in bunlara çok sevinmiş olması gerekirken, yüzünde büyük bir korkunun izlerini gördüm ansızın. Ama bunun nedenini soracak zamanım olmadı, arkamdan biri bağırdı:

"Sen, Cenevizli!"

Döndüm ve adamlarıyla subayı gördüm. Ona doğru gitmem için işaret etti.

"Diz çök şuraya, önüme!"

Şuraya mı? Sokağın ortasına? Şimdiden alçak duvarların, pencerelerin, ağaç gövdelerinin arkasına toplanmaya başlayan ve gösteriyi kaçırmak istemeyen bunca insanın önünde?

"Beni rezil ettin, Ceneviz köpeği, şimdi seni aşağılama sırası bende! Bana yalan söyledin; beni ve adamlarımı kullandın!"

"Size yemin ederim ki söylediğim her şeye kesinlikle inanmıştım!"

"Sus! Sen ve senin gibiler, her şeye hakkınız var sanırsınız; başınıza hiçbir şey gelmeyeceğini düşünürsünüz, çünkü son dakikada konsolosunuz gelip sizi kurtarır. Ama bu kez öyle olamayacak! Hiçbir konsolos kurtaramaz seni benim ellerimden! Ne zaman anlayacaksınız bu adanın artık sizin olmadığını, şimdi ve sonsuza dek, efendimiz, sultanımız, padişaha ait olduğunu? Çıkart pabuçlarını, omuzlarına koy ve peşimden yürü!

Sokağın iki yanından baldırıçıplakların gülüşmeleri yükseliyordu. Zavallı geçit alayımız harekete geçtiğinde yeniçerilerden başlayarak herkesi –Hâtem dışında– eğlendiren bir panayır havası sardı ortalığı. Laf atmalar, zılgıt çekmeler, sonra yine gülüşmeler. Biraz teselli bulmak için, böyle bir aşağılanmayla Cübeyl'de değil de burada karşılaştığım için talihli olduğumu söylüyordum kendi kendime; burada kimse tanımıyordu beni ve bu halde gören insanlardan biriyle bakışlarımız bir daha hiç karşılaşmayacaktı nasıl olsa.

Karakola geldiğimizde ellerimi bir sicimle arkadan bağladılar, sonra da yapının döşemesinde kazılmış bir tür sığ çukura indirdiler beni; çukur o kadar dardı ki kıpırdamamam için ellerimi bağlamalarına hiç gerek yoktu aslında.

Bir iki saat sonra gelip beni aldılar, ellerimi çözdüler ve subayın önüne çıkardılar. Adam sakinlemişti ve oynadığı oyundan hâlâ hoşnut görünüyordu. Ve hemen, bir pazarlık önerdi bana örtülü bir biçimde.

"Seni ne yapacağımı bilmiyorum. Aslında sahte cinayet suçlamasıyla mahkûm ettirmem gerekiyor. Kırbaçlama, hapis ya da daha kötüsü gelebilir başına, eğer suçuna zinayı da eklersek."

Sustu. Ben de ağzımı açmadım onu yanıtlamak için; suçsuzluk itirazlarım, artık kimseyi inandırmazdı, kendi kızkardeşimi bile. Sahte cinayet suçlamasından suçluydum; zinadan da suçluydum. Ama adam, izlenecek iki yol arasında duraksadığını söylemişti. Devam etmesini bekledim.

"Ama merhamete de gelebilirim; tüm yaptıklarını görmezden gelebilir ve seni sınır dışı edip ülkene göndermekle yetinebilirim..."

"Minnettar davranmayı bilirim."

"Minnettar" derken "ikna edici" demek istiyordum aslında. Subay satılıktı; ama fiyatı belirlenecek mal benmişim gibi davranmam gerekiyordu. İşler buraya vardığında cesaretimi topladığımı inkâr edemem. Yasaya karşı, ister insanların ister Tanrı'nın yasası olsun, çaresiz hissederim hep kendimi. Ama bir fiyat belirlemek sözkonusu olunca dilim çözülür. Tanrı, bir haksızlıklar dünyasında zengin etmiş beni; her zaman güçlülerin açgözlülüğünü körüklemişimdir, ama bu açgözlülüğü doyuracak şeye de sahibim.

Bir fiyatta anlaştık. "Anlaştık" doğru deyim mi bilmiyorum. Aslında subay kesemi masaya koymamı istedi yalnızca. Ben de suratımı ekşitmeden yaptım bunu; ve hemen, bir anlaşmayı pekiştirmek istedikleri zaman satıcıların yaptığı gibi elimi uzattım. Bir an duraksadı, sonra da mağrur bir edayla dudağını bükerek elimi sıkmayı kabul etti. Hemen ardından odayı terketti; bu kez adamları içeri girdiler, beni yeniden bağladılar ve hücreme geri götürdüler.

Şafakta –ki hâlâ uyumamıştım– gelip gözlerimi bağladılar, kefene sarar gibi bir çuval bezine sardılar ve bir el arabasına yatırdılar; arabayı sarp patikalardan bir yere çekip beni hiç özen göstermeden yere atıverdiler. Kumsalda bir yerde olduğumu tahmin ediyordum; zemin sert değildi ve dalgaların sesini duyuyordum. Sonra da bir sandık ya da paketlenmiş bir balyaymışım gibi, insan sırtında, bir gemiye yüklediler.

4 Nisan, Cenova'da

Bir dost evinin terasına oturmuş, ilkyaz kokularını içime çekip kentin yumuşacık seslerine ve o baldan tatlı diline –ki benim kanımın dili o– kulak vererek öykümün devamını anlatmaya hazırlanıyorum. Bir yandan da bu cennetin orta yerinde, hâlâ, o uzaktaki kadını, suçu özgür olmayı istemek ve beni sevmek olan, karnı yüklü mahpusu düşünüp ağlıyorum.

Götürüldüğüm yeri, gemiye bindikten çok sonra öğrenebildim. Ambarın dibine yatırılmıştım ve kaptan, Sakız kıyıları gözden kaybolmadan gözümdeki bandı çıkartmama emri almıştı. Titizlikle uydu bu emre. Ya da yaklaşık olarak diyelim – güverteye çıkmama izin verdiğinde, dağların tepeleri görünüyordu hâlâ. Denizciler uzaklarda bir kalenin siluetini bile gösterdiler: Polienu ya da Apolienu'ymuş adı. Ne olursa olsun, Katarraktis'ten çok uzaklardaydık ve batıya doğru yol alıyorduk.

Yetkililer tarafından sınır dışı edilişim, tuhaf bir biçimde kaptanın güvenini kazanmama neden olmuştu; uzun beyaz saçlı, Domenico adında bir Kalabriyalıydı kaptan; sahipsiz bir köpek gibi zayıftı, durmadan küfür ediyordu –"Ceddine yandığımın!"– durmadan tayfalarını asmak ya da denize atmakla tehdit ediyordu, ama beni sevdi nedense. O kadar ki, yaptığı vurgunları bile anlatmaya başladı.

Gemisinin adı *Charybdos*'tu ve bir *brigantina*'ydı tekne. Katarraktis köyünün, yalnızca balıkçı kayıklarının uğradığı o küçük koyuna demirlemesi, çok kârlı bir kaçakçılık işiyle uğraşıyor olmasındandı. Hemen anladım sakızdan söz edildiğini; Sakız Adası dışında dünyanın hiçbir yerinde üretilmeyen bu madde, Türk yetkililer tarafından bütünüyle sultanın haremine gönderiliyordu. Buradaki soylu kadınlar arasında sabahtan akşama sakız çiğnemek moda olmuştu; böylelikle dişlerini beyazlatıyor ve soluklarının güzel kokmasını sağlıyorlardı. Sakızağacı adı verilen –ve tıpatıp şamfıstığına benzeyen– bu değerli ağacı yetiştiren ada köylüleri, ürünlerini yetkililere, yine onların belirlediği bir ücret karşılığında teslim etmek zorundaydılar. Ellerinde fazla ürün kalanlar, kendi hesaplarına satmaya çalışıyorlardı bunu; ama karşılığında uzun yıllarını hapiste ya da kürek cezasında geçirebiliyor, bazen de ölüme mahkûm edilebiliyorlardı. Yine de, bu tehlikeye karşın, kârın çekiciliği her şeye ağır bastı ve kaçakçılık yerleşti; çoğu kez gümrükçüler ve başka yasa temsilcileri de bulaşıyordu kaçağa.

Kaptan Domenico, kaçakçıların en cesuru ve en ustası olmakla övündü bana. Son on yıl içinde adaya en az otuz kez gelip yasak malı yüklediğine ve hiç yakalanmadığına yemin etti. Eliaçıklığından yeniçerilerin de yararlandığını açıkça söyledi; sınır dışı ediliş biçimim gözönüne alındığında hiç de şaşırtıcı değildi bu.

Kalabriyalı için, padişaha kendi saltanat sınırları içinde meydan okumak ve gözdelerine ayırdığı küçük armağanları koparıp almak, yalnızca bir ekmeğini kazanma biçimi değil, aynı zamanda bir yiğitlik gösterisi ve neredeyse dinsel bir eylemdi. Denizde geçirdiğimiz uzun geceler boyunca tüm serüvenlerini, ayrıntılarıyla anlattı bana. Özellikle de yakalanmaktan kıl payı kurtulduğu durumları; bunları anlatırken ötekilere güldüğünden daha gürültüyle gülüyor, korktuğunu anımsamak için de o sert içkisini içiyordu arada. İçme biçimi eğlendiriyordu beni. Hep elinin altında tuttuğu, hayvan derisinden yapılma bir tulumun ağzına dudaklarını dayıyor, tulumu iyice havaya kaldırıyor ve uzun süre böyle kalıyordu, ağzı havada, bir obua tutuyormuş ve içine ezgisini üfleyecekmiş gibi.

Arasıra, köylülerin Osmanlı yasalarından kurtulmak için başvurduğu binbir hileden söz ettiğinde, yeni birşeyler öğreniyordum kaptandan. Ama öbür söyledikleri, hiç de yeni değildi benim için. Ailemin, Cübeyl'e gelmeden önce Sakız'da yerleştiğini, üstelik de sakız ticareti yaptığını söylemiş miydim, anımsamıyorum. Bütün bunlar büyükbabamın babasının babası zamanında sona erdi; ama anısı yaşadı bugüne dek. Embriaco'lar hiçbir şeyi unutmaz, hiçbir şeyi inkâr etmezler: Savaş başarısı ya da ticaret, şan şöhret ya da yıkım... Ardarda gelen yaşamları, meşenin gövdesine her yıl eklenen çizgiler gibi eklenir birbirine; sonbaharda yapraklar ölür, kimi zaman dallar kırılır, ama meşe hep aynı kalır. Büyükbabam, Haçlı Seferleri'nden söz eder gibi söz ederdi sakızdan; sakızağacının kabuğunun nasıl çizildiğini ve bu değerli gözyaşının nasıl toplandığını –o ki hiç görmemişti bu ağacı– büyükbabasından öğrendiği hareketleri benim önümde yineleyerek anlatırdı.

Ama ben kaçakçı kaptanımıza ve sürdürdüğü tehlikeli ticarete geliyorum yeniden ve en iyi müşterilerinin, Cenovalı hanımlar olduğunu söylemek istiyorum hemen. Bunun nedeni, Cenevizli kadınların, soluklarına ya da dişlerinin beyazlığına Venedikli, Pisalı ya da Parisli kadınlardan daha fazla önem veriyor olmaları değil kuşkusuz. Sadece, Sakız Adası uzun süre Cenevizli kalmış ve kimi alışkanlıklar edinilmiş. Üstelik Osmanlılar adayı ele geçireli yüz yıl olduğu halde, bizim hanımefendiler sakızlarından hiçbir zaman vazgeçmemişler. Bu yeri doldurulmaz ürünü elde etmeyi bir onur sorunu yapan erkekler de vazgeçmemişler; sanki bu, yazgıdan ve onun canlı simgesi padişahtan bir öç alma biçimiymiş gibi. Çeneyi yukarıdan aşağıya, aşağıdan yukarıya oynatmak bir gurur eylemine dönüşmüş olabilir mi? Kadınların bu lastiklere ödedikleri fiyat gözönüne alındığında, bu ağız hareketi, en pahalı süslerden daha kesin biçimde belli ediyor olmalı toplumdaki düzeylerini.

Nasıl da nankörlük ediyorum bu acı alaylarımla! Bu hanımlar ve sevgili sakızları sayesinde burada değil miyim ben şu an, Cenova'daki bu taraçada, bir Osmanlı zindanında kuruyup gidecekken? Çiğneyin hanımlar, çiğneyin sakızlarınızı!

Kaptan, Osmanlı gümrükçülerinin gemiye çıkmaya niyet etmelerinden korktuğu için Ege adalarının hiçbirinde durmak istemedi. Doğrudan Kalabriya'ya, doğduğu kent Catanzaro'ya yakın bir koya sürdü gemiyi; dediğine göre, Doğu'dan her sağ salim gelişinde burada koruyucu azizine bir adak sunmaya yemin etmişti. Bu nedenle San Domenico Kilisesi'ne giderken ben de ona eşlik ettim; dua etmek için ondan daha çok nedenim vardı. Loş ve soğuk bir salonda diz çöküp, günlük kokuları arasında ve söylediklerime fazla inanmadan, pek masraflı sayılmayacak bir yemin mırıldandım ben de: Eğer Marta'yı ve taşıdığı çocuğu geri alabilirsem, Domenico adını verecektim çocuğa, erkek olursa; kız olursa Domenica.

Bu duraktan sonra çizme boyunca yukarı çıkarken üç kez daha durduk, fırtınalardan korunmak ve Cenova'ya varmadan önce su, şarap ve yiyecek almak için.

5 Nisan

Her zaman, günün birinde Cenova kenti önünde ağlayacağımı ama bu kavuşmanın koşullarının, hayal ettiğim gibi olmayacağını söylemişimdir kendi kendime. Doğumumdan çok önce bu kentte doğdum ben ve onu hiç görmemiş olmak, çok daha yürekten sevmeme neden oluyor sanki; onu terketmişim ve beni bağışlaması için daha fazla sevmem gerekiyormuş gibi.

Kimse, Doğu Cenevizlilerinin olduğu kadar ait değildir Cenova kentine. Kimse onların sevdiği kadar sevemez bu kenti. Düşse, ayakta görürler onu; çirkinleşse güzel görürler; yıkılsa, hakarete uğrasa, zengin ve dünyaya egemen görürler. İmparatorluğundan hiçbir şey kalmamıştır geriye. Korsika dışında hiçbir şey ve o cılız kıyı cumhuriyeti; her mahallenin birbirine sırtını döndüğü, her ailenin öbürünün mahvını istediği, herkesin

Katolik kralı lanetlediği ama kralın temsilcilerinin kapısında birbirini çiğnediği o zavallı kent. Oysa sürgündeki Cenevizlilerin göğünde sayısız ad parlamaktadır hâlâ: Yafa, Tana, Yalta, Mavocastro, Famagusta, Tenedos, Foça, Pera, Galata, Semadirek ve Kassandreia, Midilli, Limni, Sisam, İkaria... Tıpkı Sakız ve Cübeyl adları gibi. Onca yıldız, onca gökada, onca aydınlık yol!

Babam her zaman vatanımızın bugünkü Cenova değil, sonsuz ve ölümsüz Cenova olduğunu söylerdi. Ama ardından, ölümsüz Cenova adına bugünkü Cenova'yı da sevmem gerektiğini eklerdi; ne kadar küçülürse küçülsün, çaresizliği ölçüsünde sevgi göstermeliydim ona, tıpkı kötürüm bir anneye gösterilmesi gereken sevgi gibi. Özellikle de onu ziyaret ettiğimde beni tanımazsa kentimize kızmamam gerektiğini söylüyordu ısrarla. Hâlâ çok gençtim o zamanlar ve ne demek istediğini iyi anlamıyordum. Nasıl olur da Cenova beni tanıyabilir ya da tanımayabilirdi? Oysa denizdeki son günümün seherinde, uzaktan, ardındaki dağa yaslanmış kenti seçmeye başladığımda, göğe yükselen incecik kulelerini, sivri çatılarını, dar pencerelerini, öncelikle de içlerinden birinin hâlâ ailemin adını taşıdığını bildiğim, kare ya da yuvarlak, mazgallı burçlarını gördüğümde, Cenova'nın da bana baktığını düşünmekten alamadım kendimi ve o an, beni tanıyıp tanımayacağını sordum kendi kendime.

Kaptan Domenico'ya gelince, o beni tanımamıştı. Adımı söylediğimde hiçbir tepki göstermedi. Ne Embriaco'lardan, ne onların Haçlı Seferleri'ndeki rollerinden, ne de Cübeyl'deki beyliklerinden söz edildiğini duymuştu besbelli. Kaçakçılıktaki başarılarını anlatacak kadar bana güvenmesinin nedeni, Cenevizli olmam ve Sakız'dan kovulmuş olmamdı – ona göre bir daha adımımı bile atmamalıydım oraya. Ama malı almaya gelen Cenevizli ortağı Bay Gregorio Mangiavacca'yla durum böyle olmadı. Kızıl sakallı bir devdi bu adam, bir ada papağanı gibi sarı, yeşil giysiler giymiş, tüyler takınmıştı ve adımı duyduğunda hiç unutamayacağım bir hareket yaptı. Önce gülecek gibi olduğum, ama sonunda heyecandan ağlamama neden olan tumturaklı bir el hareketi.

Henüz kıyıya çıkmamıştık, tüccar iki gümrükçüyle gemiye

çıkmıştı; ben kendimi tanıtmıştım, "Cübeyl'den Baldassare Embriaco"; ve bu gemide hangi nedenlerle bulunduğumu açıklamaya hazırlanıyordum ki beni durdurdu, elleriyle omuzlarımı kavradı ve kavga çıkartmak ister gibi sarstı beni.

"Baldassare Embriaco... kimin oğlu?"

"Tommaso Embriaco'nun oğlu."

"Tommaso Embriaco, kimin oğlu?"

"Bartolomeo'nun oğlu" dedim alçak sesle, gülmekten puflamamak için.

"Bartolomeo Embriaco, Ugo'nun oğlu, Bartolomeo'nun oğlu, Ansaldo'nun oğlu, Pietro'nun oğlu..."

Ve dokuzuncu kuşağa dek tüm soyağacımı, ezberden ardarda saydı; bana kalsa zor yapardım bunu.

"Nereden tanıyorsunuz atalarımı?"

Yanıt olarak adam koluma girdi ve sordu:

"Evimde kalarak beni onurlandırır mısınız?"

Gidecek hiçbir yerim olmadığı ve cebimde ne Ceneviz ne de Osmanlı parası, tek kuruş kalmadığı için bu çağrıyı Tanrı'nın bir kayrası gibi görmekten başka ne yapabilirdim. Bu nedenle alışılmış kibarlık tümcelerine, "İstemezdim...", "Yapmalıyım...", "Sizi rahatsız etmekten utanç duyarım..." gibi sözlere başvurmadım. Belli ki Bay Gregorio beni evine kabul etmekten mutlu olacaktı; dahası, sanki Cenova limanının bu rıhtımında yüzyıllardır benim dönüşümü bekliyormuş gibi tuhaf bir duygu uyandırıyordu içimde.

Adamlarından ikisini çağırdı ve Embriaco adını yine aynı tumturaklı tavırla söyleyerek beni onlara tanıttı. Adamlar saygıyla şapkalarını çıkarttılar, yerlere kadar eğildiler, sonra da doğrularak, ilgilenebilmeleri için bavullarımı onlara göstermemi rica ettiler. Sahneyi başından beri izleyen kaptan Domenico, bunca soylu bir yolcu getirdiği için gururlu, ama adımı söylediğimde aynı tepkiyi vermediği için biraz mahcup, Osmanlı yeniçerileri tarafından *manu militari* sınır dışı edildiğimi, bu nedenle de hiçbir bavulum olmadığını açıkladı alçak sesle.

Olayı kendine göre yorumlayan Sinyor Gregorio, ona göre içinden çok soylu bir kanın aktığı damarlarıma daha da hayran kaldı; adamlarına –ve bizden iki yüz adım uzaklıkta bulunan herkese– dinsiz sultanın yasalarına meydan okuyan ve zindanın ağır kapılarını zorlayan bir kahraman olduğumu ilan etti. Benim gibi kahramanlar, bayağı antika tüccarları gibi bavullarla, denklerle gezmezlerdi herhalde denizler üstünde!

İnsanı duygulandırıyordu Gregorio ve coşkusuyla böyle alay etmekten utanıyorum biraz. Tepeden tırnağa bellekti bu adam ve tepeden tırnağa bağlılık; onu üzersem çok kızardım kendime. Beni evine, kendi evimmiş gibi yerleştirdi; ve sanki sahip olduğu her şeyi, ulaştığı her mertebeyi atalarıma borçluymuş gibi davrandı. Oysa böyle bir şey yok tabii ki. Gerçek şu ki Mangiavacca'lar, eskiden atalarımın yönettiği klanın bir parçasıydılar. Müşteri ve müttefik bir aile; diğerleri arasında bizimkilere, eskiden beri en yürekten bağlı olanı. Sonraları, ne yazık ki talih ters dönmeye başladı Embriaci klanı için – babam ve büyükbabam sadece "l'albergo" derlerdi ona, geniş ve ortak bir evden söz eder gibi. Yoksullaştılar, denizötesi ticaret acenteliklerine yayılıp dağıldılar; savaşlarla, deniz kazalarıyla, vebayla kırıldılar; soyları azaldı, daha yeni ailelerle rekabete düştüler ve yavaş yavaş etkinliklerini yitirdiler. Sesleri duyulmaz, adları saygı görmez oldu ve müşteri ailelerin tümü, onları terkedip başka efendilerin, özellikle de Doria'ların peşinden gittiler. Tümü değil, diye ısrar ediyor evsahibim, çünkü Mangiavacca'lar, babadan oğula kuşaklar boyu, o mutlu dönemin anısını yaşatmışlardı.

Bay Gregorio, bugün Cenova'nın en zengin adamlarından biri. Servetinin bir bölümünü de Sakız'dan getirilen sakıza borçlu; tüm Hıristiyan dünyasına yalnızca o satıyor bu maddeyi. Santa Maddalena Kilisesi'nin yakınında, limana bakan yamaçlarda yükselen ve şu an içinde bulunduğum bu saray, ona ait. Varenna Irmağı kıyısında, sanırım daha geniş bir sarayı daha var; orada da karısı ve üç kızı oturuyor. Kiraladığı gemiler, dünyanın tüm denizlerini harmanlıyor; en yakındakilerden en tehlikelilere, Malabar kıyılarına, Amerika'lara dek. Servetinden hiçbir şeyi Embriaco'lara borçlu değil, ama atalarımın anısını, hâlâ velinimetleriymiş gibi onurlandırmayı sürdürüyor. Böyle yapmakla bir tür körinanca boyun eğip eğmediğini soruyorum kendi kendime; geçmişe yüzçevirirse Tanrı'nın himayesini yitireceğine inanıyor belki.

Her neyse, şimdi her şey tersine dönmüş durumda ve bu kez o, iyilikleriyle şımartıyor bizi. Kutsal Kitap'taki savurgan oğul gibi, iflas etmiş, yitik, umutsuz geldim ben bu kente; ve o, bir baba gibi karşıladı beni, besili danayı benim için kesti. Kendi evimdeymişim gibi oturuyorum evinde; bahçesinde geziniyorum, gölgeli taraçasında oturuyorum, şarabını içiyorum, uşaklarına emirler yağdırıyorum, kalem uçlarımı onun mürekkeplerine daldırıyorum. Ve hâlâ bir yabancı gibi davrandığımı söylüyor; çünkü dün, henüz goncada bir güle yaklaştığımı, kokusunu içime çektiğimi ama koparmadığımı görmüş. Yemin etmek zorunda kaldım, Cübeyl'de, kendi bahçemde de koparmazdım onu diye.

Gregorio'nun konukseverliği, acılarımı daha katlanılır hale getirdiyse de bütünüyle unutturmadı. Sakız'da, yeniçerilerin hücresinde geçirdiğim o lanetli geceden bu yana, bir ara İzmir'de, göğsümde hissettiğim o acıyı yeniden duymadığım tek gün olmadı. Yine de tüm acılarımın en hafifi o; yalnızca beni yakaladığında kaygılanıyorum biraz, bıraktığında da hemen unutuyorum. Oysa adı Marta olan acı, hiç terketmiyor beni, ne gündüz, ne de gece.

Kendini özgür kılacak kanıtı bulmak için çıkmıştı o bu yolculuğa, ama şimdi hapiste. Benim korumam altına sokmuştu kendini ve ben onu koruyamadım.

Ya bana iki oğlunu emanet eden ve onlardan hiç ayrılmama sözünü verdirten kızkardeşim Piasenza, ona ihanet etmedim mi?

Ya Hâtem, onca sadık yardımcım, bir biçimde onu da terketmedim mi? Aslına bakarsanız onun için daha az tasalanıyorum; balıkçı ağlarına takıldığı zaman bile hâlâ kayıktan kaçıp denize atlayacak gücü bulan o çevik balıklara benzetirim onu bazen. Ona güvenirim ve Sakız'da bulunuşu azıcık içimi rahatlatıyor. Marta için bir şey yapamazsa da İzmir'e dönecektir, orada yeğenlerimle birlikte beni beklemek ya da onları Cübeyl'e geri götürmek için.

Ama o, Marta? Hiçbir zaman kaçamayacaktır karnındaki o çocukla!

6 Nisan

Bugün, bütün günü yazarak geçirdim, ama bu yeni deftere değil. Kızkardeşim Piasenza'ya uzun, yeğenlerimle Meymûn'a da –hâlâ İzmir'de olabileceklerini düşünerek– daha kısa birer mektup yazdım. Bunları onlara nasıl ulaştırabileceğimi bilemiyorum; ama Cenova, yolcuların ve tüccarların durmaksızın gelip geçtiği bir kent ve Gregorio'nun yardımıyla bir yolunu bulacağımı umuyorum.

Kızkardeşimden, oğullarının ve Hâtem'in sağlık haberlerini alır almaz bana yazmasını istedim; biraz da başımdan geçen tatsız olayları, Marta'yla ilgili olanların fazla üstünde durmadan anlattım. Buna karşılık yazdığım sayfaların en az yarısını, Cenova'ya, buraya gelişime, evsahibimin beni karşılamasına ve ailemizin şanlı geçmişi üstüne söylediklerine ayırdım.

Yeğenlerime, olabildiğince çabuk Cübeyl'e dönmelerini öğütledim – hâlâ yapmadılarsa bunu.

Ayrıca hepsinden ısrarla, bana ayrıntılı mektuplar yazmalarını istedim. Ama yanıtları geldiğinde ben burada olacak mıyım acaba?

7 Nisan

On gündür Cenova'dayım ve ilk kez dolaşıyorum kentte. Şimdiye dek evsahibimin konağından ve onu çevreleyen bahçeden hiç çıkmadım; bitkin, kimi zaman yatağa serili, bir sandalyeden öbürüne, bir banktan öbürüne süründüm durdum. Ve ancak yeniden yazmaya başlama gayretini gösterdiğimde yeniden yaşamaya da başladım. Sözcükler yeniden sözcük oldu, güller yeniden gül.

İlk gün gemide onca tumturaklı sözler söyleyen Bay Mangiavacca'nın, daha sonra, çok nazik bir evsahibi olduğu da ortaya çıktı. Atlattığım vartalardan sonra bir nekahet dönemine ihtiyacım olduğunu kestirmiş ve beni telaşa sokmaktan kaçınmıştı. Bugün biraz kendimi topladığımı hissetmiş olmalı ki, her gün işleri için gittiği limana birlikte inmemizi önerdi. Araba sürücüsünden, bizi önce Doria'ların sarayının bulunduğu San Matteo Meydanı'ndan, sonra da o yüksek ve kare planlı Embriaci Kulesi'nin önünden geçirmesini istedi; ardından da kordonu izleyerek, onu bir sürü adamının beklediği rıhtıma ulaştık. İşleriyle ilgilenmek üzere benden ayrılırken arabacısına, dönüşte beni, adlarını saydığı bir iki yere götürmesini söyledi. Özellikle de Balbi Sokağı'na; Cenova'nın eski görkeminin hâlâ görülebildiği bir yermiş burası. Her anıtın ya da birşeylerin anısını taşıyan yerin önünden geçtiğimizde arabacı bana dönüyor ve gördüklerimizle ilgili birşeyler söylüyor, açıklamalar yapıyordu. Efendisiyle aynı gülümseme vardı yüzünde ve geçmişin şanlı sayfalarından söz ederken onun gibi heyecanlanıyordu.

Başımı sallıyor, gülümsüyor ve bir bakıma gıpta ediyordum ona. Ona ve efendisine gıpta ediyordum, bütün bu manzaraya gurur dolu bakışlarla bakabildikleri için. Bense, bir tür geçmişe özlem duyuyordum yalnızca bunların karşısında. Ne kadar isterdim, Cenova tüm kentlerin en parlağıyken, ailem de bu kentin en parlak ailesiyken yaşamayı. Dünyaya bu çağda gelmiş olmak, teselli kabul etmeyen bir acı benim için. Ne kadar geç, Tanrım! Nasıl da solup buruşmuş dünya! Zamanın alacakaranlığında doğmuşum gibi geliyor bana ve öğlen güneşinin nasıl olduğunu hayal bile edemiyorum.

8 Nisan

Bugün evsahibimden üç yüz lira temiz para ödünç aldım. Ona bir borç senedi yazmamı istemedi ama yine de yazdım, usulünce tarih attım ve imzaladım. Senedin süresi dolunca parayı geri vermek için onunla yine tartışmak zorunda kalacağımı biliyorum. 1667 Nisan ayında dolacak süre, Canavar'ın yılı geçmiş olacak, korkunç vaatlerinin yerine gelip gelmediğini görecek yeterli zamanımız olacak. Borçlarımız ne olacak o zaman?

Evet, yeryüzü ve zenginlikleri sönüp gittiğinde borçlar ne olacak? Unutulup gidecekler mi? Yoksa herkesin son yazgısını belirlemek üzere hesaba mı katılacaklar? Borcunu ödemeyenler ceza görecek mi? Borcunu süresinde ödeyenler daha mı kolay girecek Cennet'e? Borç ödemeyenlerden Büyük Perhiz'e uyanlara, zamanında ödeyip uymayanlardan daha mı hoşgörüyle davranılacak? Bunlar hep tüccar tasaları denecek bana! Evet, kuşkusuz! Ama bu soruları sormaya hakkım var sanırım, sözkonusu benim yazgım olduğuna göre. Bütün yaşamımı dürüst bir tüccar olarak geçirmem, Tanrı'nın gözünde birazcık daha kayraya değer görülmemi sağlayacak mı? Sürekli olarak müşterilerini, ortaklarını aldatmış, ama hiçbir zaman komşusunun karısına göz dikmemiş birinden daha mı insafsızca yargılanacağım acaba?

Yüce Tanrı bağışlasın beni, her şeyi böyle açık açık dile getirdiğim için: Hatalarımdan, tedbirsizliklerimden pişmanlık duyuyorum; ama günahlarımdan asla! Marta'yı elde etmiş olmam değil beni üzen, yitirmiş olmam.

Bakın nasıl da uzaklaştım söylediğim şeylerden. Borcumdan söz etmeye başlamıştım ki zincirleme düşünceler beni Marta'ya ve onca yakıcı pişmanlıklarıma götürdü. Unutmak, benim hiçbir zaman elde edemeyeceğim bir kayra. Üstelik de istemediğim bir şey. İstediğim, benden özür dilenmesi; bir gün almayı başaracağım öç, hiç çıkmıyor aklımdan. Sakız'dan sınır dışı edilmemle sonuçlanan o acıklı olayı düşünüp duruyorum ve kafamda kurmaya çalışıyorum: Ne yapmalıydım, hileleri, dalavereleri nasıl boşa çıkarabilirdim? Tıpkı bozgunun ertesi gününde bir amiral gibi, kafamın içinde durmadan kalyonların, filoların, topçu gemilerinin yerlerini değiştiriyor ve zafer kazanmamı sağlayabilecek bileşimi bulmaya çalışıyordum.

Bugün tasarılarımla ilgili hiçbir şey söylemeyeceğim artık, içimde soluk alıp verdikleri ve beni yaşattıkları dışında hiçbir şey.

Öğleye doğru havaleyi Piazza Banchi'ye götürdüm ve Gregorio'nun bana övgüyle söz ettiği Baliani kardeşlere yatırdım. Bir hesap açtırarak neredeyse tüm parayı bıraktım; yalnızca küçük alışverişler yapmak ve evsahibimin, bana onca içten hizmet eden uşaklarına bahşiş dağıtmak üzere yanıma yirmi florin kadar bozukluk aldım.

Yürüyerek eve dönerken, sanki yeni bir yaşama başlıyormuşum gibi tuhaf bir duygu vardı içimde. Başka bir ülkede, şu son bir iki günden önce hiç görmediğim insanlar arasında. Ve cebimde yepyeni sikkelerle. Ne var ki borçlanılmış bir yaşam bu; her şeyim var ama hiçbiri benim değil.

9 Nisan

Gregorio'nun ailesinin neden onunla birlikte yaşamadığını anlayamıyordum bir türlü. İki, üç ya da dört saraya sahip olması beni şaşırtmıyor; zengin Cenevizlilerde oldukça eski bir âdettir bu. Ama böyle karısından ayrı yaşaması, kafamı kurcalıyordu. Bunun nedenini az önce açıkladı bana; öyle ufacık bir şeyden kızaracak biri olmamasına karşın anlatırken sıkılganlıktan hafifçe kekeliyordu. Çok dindar bir kadın olan eşinin –adı Orietina'ydı– her yıl tüm Büyük Perhiz süresince, kendinden uzaklaştığını söyledi; kocasının, iffetli kalma zorunluluğunu çiğneyerek ona yaklaşmasından korktuğu için.

Ama Gregorio'nun bu zorunluluğu yine de çiğnediğinden kuşkulanıyorum ben; kimi akşam ya da gece ziyaretlerinden, bakışında hiç kuşkuya meydan bırakmayan kıvılcımlarla dönüyor. İnkâr etmeye de çalışmıyor bunu: "Perhiz, bana göre değil; ama en azından günahı, bu kutlu çatının altında işlememeli insan". Dinin katı yanlarıyla böyle uzlaşmalara gidilmesine hayranlık duyabilirim ancak; ben ki kuralları bilmez görünür ama büyük bir kural çiğnemenin eşiğinde duraksarım her zaman.

10 Nisan

Bugün, Sabetay ve Konstantinopolis'teki günleri üstüne şaşırtıcı haberler getirdiler. Masala benziyor bu haberler, ama işin içinde olduğum için onlara inanıyorum.

Kaynağım, son iki yılını Galata'da bir manastırda geçirmiş, Lerici doğumlu bir din adamı ve evsahibimin yakın bir kuzeni; Gregorio, onunla tanışmam ve öyküsünü dinlemem için akşam yemeğine eve çağırdı. "Yüce, saygıdeğer Egidio birader, en kutlusu, en bilgilisi..." diye hararetle sayıyor Gregorio. Bu "birader"lerden, "peder"lerden, "başkeşiş"lerden çok gördüm ben; kimi zaman aziz, ama çoğu kez sahtekâr, kimi zaman bir bilgi kuyusu, ama çoğu kez körcahildirler ve onlara, adamına göre saygı göstermek gerektiğini öğreneli epeyce zaman oldu. Bu nedenle, bunu da önce dinledim, gözlemledim, hiçbir önyargı taşımadan sorular sordum. Sonunda bana güven verdi. Kendi gözleriyle görmediği ya da çok güvenilir tanıkların doğrulamadığı hiçbir şey anlatmıyordu zaten. Geçen Ocak ayında, Konstantinopolis'te bulunduğu sırada tüm kent halkının heyecan içinde olduğunu, yalnızca Yahudilerin değil, Türklerin ve çeşitli mezheplerden Hıristiyanların bile –yabancı ya da Osmanlı tebaası– olağanüstü olaylar beklediğini söyledi.

Egidio biraderin bize anlattığı öykü kısaca şöyle: Sabetay, onu İzmir'den getiren kayıkla Marmara Denizi'nden geçerek kente geldiğinde, daha kıyıya yanaşma fırsatı bulamadan Türkler tarafından yakalanmış; cemaati arasından onu karşılamak üzere toplananlar da, iki inzibat tarafından bir hırsız gibi yaka paça götürüldüğünü görünce büyük bir üzüntüye kapılmışlar. Ama kendisi bundan hiç etkilenmemiş görünüyor ve yakınanlara, hiç korkmamalarını, çünkü yakında bütün kulakların hiç duyulmadık şeyler duyacağını söylüyormuş bağırarak.

Bu sözler, kararsızlara yeniden güven vermiş; gözlerinin gördüğünü unutup, yalnızca umduklarına inanır olmuşlar. İler tutar bir yanı da yokmuş bu umudun, çünkü sadrazam, bizzat bu ciddi konuyla ilgilenmek niyetindeymiş. Sabetay'ın yandaşları arasında söylenenler, onun Konstantinopolis'e kendini kral ilan etmek üzere geldiği, sultanın bile onun önünde secdeye varacağı söylentileri sadrazama iletilmiş; ayrıca Yahudilerin artık çalışmadığı, sarrafların her günü sebt saydığı ve imparatorluk ticaretinin bundan ciddi zarar gördüğü de aktarılmış. Kimse kuşku duymuyormuş artık, Edirne'de bulunan padişahının yokluğunda sadrazamın en katı tedbirleri alacağından ve sözde mesihin kafasının, çok kısa sürede gövdesinden ayrılarak yüksek bir kaide üstünde sergileneceğinden; kimsenin bir daha Osmanlı hanedanına kafa tutmaya cesaret edememesi ve işlerin alışılmış akışına yeniden kavuşması için.

Ama Konstantinopolis'te de, benim İzmir'de tanık olduğum olay meydana gelmiş. Sultandan sonra imparatorluğun en güçlü adamının huzuruna çıkartılan Sabetay, ne tokatlanmış, ne azarlanmış, ne de bir ceza tehdidiyle karşılanmış. Anlaşılır şey değil ama, sadrazam iyi karşılamış onu; muhafızlardan bağlarını çözmelerini istemiş, oturtmuş, sabırla sohbet etmiş onunla; kimi tanıklar, birlikte güldüklerine ve birbirlerine "saygıdeğer dostum" dediklerine yemin bile ediyorlarmış.

Kararı bildirme zamanı geldiğinde, ne ölüm, ne de kırbaç olmuş ceza. O kadar hafifmiş ki, bir onurlandırma gibi görülmüş: Sabetay, şimdi bir kalede tutukluymuş; sabahtan akşama kadar yandaşlarını kabul etmesine, onlarla dua edip şarkı söylemesine, onlara vaaz vermesine, tavsiyelerde bulunmasına izin veriliyormuş. Daha da inanılmazı, diyor Egidio birader, sahte mesih, suyla arınma törenlerini yapabilmek için askerlerden kendisini deniz kıyısına götürmelerini istiyor, onlar da sanki emrindeymiş gibi boyun eğiyor, onu istediği yere götürüyor, işinin bitmesini bekleyip sonra geri getiriyorlarmış. Söylendiğine göre sadrazam, elli paralık bir ödenek bile ayırmış ona; herhangi bir eksiklik çekmemesi için hapiste her gün ona ödeniyormuş.

Daha ne denebilir ki? Sağduyuya meydan okuyan büyük bir mucize değil mi bu? Aklı başında biri, bu masala kuşkuyla bakmaz mı? Ben bile, eğer Aralık ayında İzmir'de benzer şeylere tanık olmasaydım, veriştirip durmaz mıydım buna inananların saflığına? Üstelik burada sözkonusu olan sadrazam, bir taşra kadısı değil ve başarı daha da inanılmaz hale geliyor bu durumda. Yine de mucize, aynı mucize; bundan kuşku duymuyorum artık.

Bu akşam, odamın dinginliğinde, bir şamdanın ışığında yazarken, Meymûn'u düşünüyorum ve bu öyküyü dinleseydi ne tepki verirdi diye soruyorum kendime. Sonunda babasına hak verip, onun gibi, kendilerine "inananlar", başka Yahudilere de "inançsızlar" diyenlere katılır mıydı acaba? Hayır, sanmıyorum. O bir us insanı olmak ister her zaman ve onun için bir mucize, iyi bir akıl yürütmenin yerini tutmaz. Bu akşam aramızda olsaydı, dudaklarını büker, bakışlarını kaçırırdı sanırım, çevrede konuşulanlar onu rahatsız ettiğinde çoğu kez yaptığını gördüğüm gibi.

Tüm varlığımla onun haklı, kendimin haksız olmasını diliyorum! Yeter ki tüm bu mucizeler yalancı, tüm bu işaretler aldatıcı çıksın! Bu yıl, öbürleri gibi bir yıl olsun; ne süresi dolmuş zamanların kapanışı, ne de bilinmedik zamanların açılışı olsun! Sağduyu sahiplerinin kafasını karıştırma Tanrım! İzin ver, zekâ, körinanca galebe çalsın!

Tanrı, insanların söyledikleri konusunda ne düşünür diye arasıra sorarım kendime. Sonsuz iyiliğinin ne yana eğilim gösterdiğini bilmeyi çok isterdim. Dünyaya ani bir son muştulayanlardan yana mı, yoksa hâlâ uzun bir yolu olduğu kehanetinde bulunanlardan yana mı? Akla yaslananlardan yana mı, yoksa aklı horgören ve küçültenlerden yana mı?

Bu defteri kapamadan önce, yazdığım iki mektubu Egidio biradere verdiğimi, bugünün tarihi altında belirtmem gerek. Yakında Doğu'ya geri dönecek ve onları yazıldıkları kişilere ulaştırmaya söz verdi; kendi elleriyle olmazsa, en azından bir başka din adamının aracılığıyla.

11 Nisan

Gregorio, evsahibim, velinimetim, beni kızıyla evlendirmeyi düşünüyor olabilir mi?

Kız, büyük kızı; on üç yaşında ve adı Giacominetta. Bu akşam bahçede dolaşırken bana ondan söz etti; çok güzel olduğunu ve ruhunun yüzünden ak olduğunu söyledi. Sonra da birdenbire, ona evlenme önerisinde bulunacaksam fazla gecikmememin iyi olacağını, çünkü çok yakında taleplerin yağmur gibi yağmaya başlayacağını ekledi sözlerine. Kahkahayla gülüyordu bunları söylerken; ama neyin gülme olduğunu, neyin olmadığını ayırdetmeyi bilirim. Bunu uzun uzun düşündüğünden ve usta bir tüccar olarak kafasında bir plan olduğundan eminim. Genç kızların düşlediği, genç ve yakışıklı kısmet değilim ben; servetim de onunkiyle boy ölçüşemez. Ama adım Embriaco ve kızına böyle bir soyadı vermekten çok mutlu olacağına hiç kuşkum yok. Dahası, onun için zahmetli bir yükselişin zirvesi olabilir bu.

Benim de ancak yüzümü güldürebilirdi böyle bir evlilik, Marta ve karnında taşıdığı çocuk olmasaydı!

Yaşamın benden çoktan ayırdığı bir kadın için evlenmeyi böyle yasaklayacak mıyım kendime; üstelik bu kadın Tanrı'nın ve insanların gözünde hâlâ başkasının karısıyken?

Böyle ortaya konulduğunda davranışım bütünüyle saçma görünüyor, biliyorum. Öte yandan bunun, yüreğimin eğilimi olduğunu ve tersine gitmenin de saçma olduğunu biliyorum.

12 Nisan

Gregorio bütün gün üzüntülü, bitkin bir yüzle dolaştı; alışkanlığının tersine hiç konuşkan de değildi; o kadar ki dün bana kızından söz ettiğinde, onu yeterince coşkuyla yanıtlamayıp onurunu zedelemiş olmaktan korktum bir an. Ama sorun bu değilmiş. Bütünüyle başka bir şeymiş onu endişelendiren: Marsilya'dan gelen söylentilere göre, bir yanda Fransız ve Hollanda donanmaları, öbür yanda da İngiliz donanması arasında büyük bir deniz savaşı hazırlanmaktaymış.

Cenova'ya geldiğimde Fransa kralının Ocak ayında İngiltere'ye savaş açtığını öğrenmiştim; ama aslında istemeye istemeye, bir antlaşmanın maddelerine biçim olarak uyma kaygısıyla yapmıştı bunu ve buralarda kimse, işin çatışmaya dek varacağına ihtimal vermiyordu. Oysa bugün kehanetler eskisi gibi değil; herkes gerçek savaştan, Kuzey Denizi'ne doğru yol alan, binlerce asker yüklü, onlarca savaş gemisinden söz ediyor. Gregorio'nun kaygıları da herkesten fazla. Oralarda yedi sekiz gemisinin olması gerektiğini düşünüyor; kimileri Lizbon'un da ötesinde, Bruges, Anvers, Amsterdam ve Londra'ya yol alıyor olabilir; bütün bu gemiler durdurulabilir ya da tahrip edilebilir. Akşam olunca açıldı bana; bir kâğıt üstüne tarihler, adlar, sayılar karalamıştı. Başka koşullarda ne kadar taşkın olabiliyorsa, şimdi o kadar bitkin görünüyor.

Akşam bir ara, gözlerini kaldırmadan sordu:

"Ne dersin, Büyük Perhiz'e uymadığım için Tanrı beni cezalandırıyor mu acaba?"

"Fransa kralının, donanmasını İngiltere üstüne, Sinyor Gregorio Büyük Perhiz'de sofrasından yağlı yemekleri eksik etmedi diye sürdüğünü mü söylemek istiyorsun? Yarın en büyük tarihçilerin bu ciddi sorun üstüne eğileceklerinden eminim."

Bir an afalladı, sonra da uzun bir kahkaha attı.

"Siz Embriaco'lar hiçbir zaman fazla sofu olmadınız; ama Tanrı sizi terketmiyor nedense!"

Evsahibimin yüz çizgileri yumuşamış ama içi rahat etmemişti. Eğer gerçekten gemilerini ve yüklerini yitirirse, talih yıldızının onu terkettiği anlamına gelecekti bu.

13 Nisan

Söylentiler haberlere, savaş sesleri, beklenen kıyametin gürültü patırdısına karışıyor. Cenova, veba zamanıymış gibi neşesiz, didiniyor, uyukluyor. İlkbahar kentin kapılarında, Büyük Perhiz'in sona ermesini bekliyor. Çiçekler tek tük açtı, geceler nemli, insanlar kısık sesle gülüşüyor. Dünyanın aynasında seyrettiğim kendi bunalımım mı bu benim? Yoksa dünyanın bunalımı mı, benim gözlerimin yüzeyinde yansıyan?

Gregorio, yine kızından söz etti bana. Onunla evlenecek olanın onun için yalnızca damat değil, aynı zamanda bir oğul olacağını söyledi. Tanrı'nın ona vermek istemediği oğul. Zaten bu oğul dünyaya gelseymiş yalnızca kas gücü ve gözüpeklikte kızkardeşlerinin önüne geçebilirmiş. İnce zekâya ve düşünceyle atbaşı giden cesarete gelince, Giacominetta kimseyi aratmıyormuş ona; baba sevgisi ve sofuluğu da cabasıymış. Sonuç olarak yazgısına gönülden razı Gregorio; ama kızlarının evlendiği gün oğul eksikliğinin doldurulması koşuluyla.

Bir dostun dinlemesi gerektiği gibi dinledim söylevini; her sessizlikte iyilik dileklerimle araya girdim ama beni bağlayabilecek hiçbir şey söylemedim; buna karşılık bir duraksama ya da kaygı belirtisi taşıyan herhangi bir söz de çıkmadı ağzımdan. O da eğilimlerim konusunda daha fazla bir şey öğrenmeye çalışmadı; ama dileğini sık sık yineleyeceğinden hiç kuşkum yok.

Acaba kaçmayı düşünmeli miyim?

Bu soruyu kabaca ve nankörce soruyorum, biliyorum. Bu adamın büyük iyiliği dokundu bana; en kötü günümde yaşamıma karıştı ve ona yeniden tad verdi. Aşağılanmayı onurlandırmaya, sürgünü sılaya dönüşe çevirdi. Tanrı'nın işaretler gönderdiğine birazcık inanıyorsam, Gregorio'nun bu işaretlerden biri olduğunu kabul etmeliyim. Tanrı, beni dünyanın pençelerinden ve öncelikle de kendi yanılgılarımdan kurtarmak için onu çıkarttı yolumun üstüne. Evet tam da bunu yapmaya niyetli; ve ben, tam da bunun için suçluyorum onu. Çıkmaz bir yoldan, amaçsız bir takipten vazgeçirmeye çalışıyor beni. Sonuç olarak, yıpranmış yaşamımı derleyip toplamamı ve yeni bir yaşam kuşanmamı öneriyor. Yeni bir ev, saf bir kadın, yeniden bulunmuş ve sınırları içinde hiçbir zaman yabancı, gâvur olmayacağım bir ülke... Bir insana yapılabilecek en akıllıca, en cömertçe öneri bu. En yakın kiliseye koşup diz çökmeli ve şükretmeliyim aslında. Sonra da ruhu hiçbir zaman benden çok uzaklarda olmayan babama, sonunda Cenevizli bir kızla evleneceğimi fısıldamalıyım, hep benden istediği gibi. Bunları yapacağıma karşı çıkıyorum ben, aceleye getirildiğimi düşünüyorum, sıkıntıya sokulduğumu söylüyorum, kaçmayı tasarlıyorum. Nereye gitmek için? Bir haydudun yasal karısını elinden almaya çalışmak için mi?

Ama yalnızca onu seviyorum ben!

Tanrı ve Gregorio ve babam, bağışlasınlar beni; yalnızca onu seviyorum ben!

Marta... Şu an onun yanına uzanmak, ona sarılmak, onu teselli etmek ve çocuğumu taşıyan karnını yavaşça okşamak istiyorum.

15 Nisan

Evsahibim her gün biraz daha ısrarcı oluyor ve onun evinde kalmak, başlangıçta büyük bir talih gibi görünürken şimdi ağır geliyor bana.

Bugün Kuzey'den gelen haberler kötü ve Gregorio yakınıp duruyor. Ona anlatılanlara bakılırsa İngilizler, Hollanda limanlarına giden ya da bu limanlardan ayrılan kimi gemileri durdurup aramışlar, Hollandalı ve Fransızlar da İngiliz limanlarına uğrayan tüm gemilerin yolunu kesmeye başlamışlardı. "Eğer bütün bunlar doğruysa, tüm servetim sulara gömülecek demektir. Asla bunca işe bir arada girişmemeliydim. Hiç bağışlamayacağım kendimi; savaş tehlikesi konusunda beni uyardılar ama kimseyi dinlemek istemedim!"

Basit söylentiler için bu kadar çok ağlarsa, gerçekten kötü haberler geldiğinde dökecek gözyaşı kalmayacağını söyledim. Her zamanki teselli etme biçimimdir bu benim. Sözlerim kısa bir gülümseme kopardı ondan, sonra da Embriaco'ların soğukkanlılığı üstüne sevecen ve hayranlık belirten bir gözlem.

Ama hemen ardından bitip tükenmez yakınmalarına geri döndü. "İflas etseydim, her şeyimi yitirseydim, Giacominetta'ya evlenme teklif etmekten vazgeçer miydin?"

Artık, fazla ileri gidiyordu. Sıkıntıdan mı böyle sapıtıyordu, yoksa felaketinden yararlanarak benden bir vaat mi koparmaya çalışıyordu, bilmiyorum. Her ne olursa olsun kızıyla evlenmem, sanki aramızda daha önceden kararlaştırılmış bir şeymiş gibi konuşuyordu, öyle ki göstereceğim her kararsızlık, bir vazgeçme gibi görülebilir ve en kötü zamanda, batar korkusuyla gemiyi terkediyormuşum gibi yorumlanabilirdi. Çok kızgındım. Evet, için için kaynıyordum. Ama ne yapabilirdim? Evinde oturuyorum, birden fazla konuda ona borçluyum; bu felaketin içinden geçerken nasıl aşağılarım onu? Üstelik benden istediği bir kayra değil; bana bir armağan veriyor ya da verdiğini zannediyor ve şimdiye dek bu kadar az heyecan göstermiş olmam bile, neredeyse bir hakaret sayılabilir.

Kendimi tehlikeye atmadan onu biraz teselli edebilecek bir

yanıt verdim: "Eminim ki üç gün sonra iyi haberler gelip, bu kara bulutları dağıtacaktır."

Dediklerimi bir kaçış gibi yorumladı ve kızıl burun delikleriyle iç geçirerek, bana oldukça yersiz görünen şu sözleri söyledi: "Kendi kendime soruyorum: Eğer iflas edersem, kaç dostum kalır acaba..."

O zaman ben de iç geçirerek yanıtladım: "Sana minnettarlığımı kanıtlama olanağını vermesi için Tanrı'ya dua etmemi mi istiyorsun yoksa?"

Sadece bir an düşündü.

"Bunu yapmana gerek yok" dedi hafif bir özür dileme öksürüğüyle.

Sonra da koluma girerek beni bahçeye sürükledi; orada yeniden iki dost gibi konuşmaya başladık.

Ama sinirlerim yatışmadı ve yola çıkmayı düşünmenin zamanı geldi diyorum kendi kendime. Nereye doğru? İzmir'e mi, benimkiler hâlâ oradalar mı acaba? Hayır, bence Cübeyl'e. Oysa İzmir'de, Abdüllatif'in de yardımıyla belki bir şeyler yapabilirim Marta için. Arasıra bunu düşünüyorum, aklıma bazı düşünceler geliyor...

Kuşkusuz, hayallerle avutuyorum kendimi. İçimden, onu kurtarmak için çok geç olduğunu biliyorum. Ama vazgeçmek için de çok erken değil mi?

17 Nisan

Bu sabah gidip İzmir'e kalkan gemiler üstüne bilgi aldım. On gün içinde, Paskalya'dan sonraki Salı günü demir alacak bir gemi buldum. Tarih bana uygun geliyor. Böylece Gregorio'nun eşi ve kızlarıyla, biraraya gelen aile içinde fazla oyalanmadan, kısaca görüşebilirim.

Evsahibime henüz hiçbir şey söylemedim. Bunu yarın yaparım ya da ertesi gün. Acelesi yok; ama "firar"ımın arifesine dek beklemek de kabalık olur...

18 Nisan

Büyük Perhiz'in bu son Pazar gününde –kimse itiraf etmese de– herkes perhizin yaklaşan sonunu kutlarken, evsahibim gemileri ve yükleri konusunda biraz daha rahatlamış görünüyordu. Yeni bir haber almış değildi, ama yataktan daha keyifli kalkmıştı.

Tam zamanıydı; ben de fırsatı kaçırmadım. Ona gideceğimi haber vermeden önce, yolculuğumun, şimdiye dek söylemediğim ya da başka kılığa soktuğum olaylarını, ayrıntılı biçimde anlattım. Başıma gelenlerin, insanın ancak yakının da yakını kişilere açabileceği şeyler olduğunu söylemem gerekir. Ama şunu da söylemem gerekir ki ne zaman biraraya gelsek, sözü hep ağzımdan alıyor ve bir daha bana bırakmıyordu. Onunla, atalarıyla –tabii benim atalarımla da–, karısıyla, kızlarıyla, işleriyle ilgili her şeyi biliyordum artık. Kimi zaman neşeliydi gevezeliği, kimi zaman üzüntülü, ama hiç susmuyordu; o kadar ki bana bir soru sorduğunda bile, tümcemi zorlukla tamamlayacak zamanı ancak tanıyor, sonra da hemen konuşmaya başlıyordu. Sözü kaptırmamaya çalıştığım filan da yoktu zaten; durumdan şikâyetçi değildim. Hiçbir zaman çenesi düşük biri olmadım ben. Her zaman dinlemeyi, düşünmeyi –ya da daha çok– düşünür gibi yapmayı yeğledim; gerçeği söylemek gerekirse, düşündüğümden çok daha sık düş kurarım ben.

Ama bugün, hem onun alışkanlıklarını, hem de benimkileri altüst ettim. Binbir hileyle sözümü kesmesine engel olarak her şeyi anlattım ona; önemli olan her şeyi; önemsizlerin de büyük bir bölümünü. *Yüzüncü Ad* kitabını, Marmontel şövalyesini ve geçirdiği deniz kazasını, yeğenlerimi ve kusurlarını, sahte dul Marta'yı, beklediği çocuğu –evet bundan bile söz etmem gerekiyordu– sonra da Anadolu'da, Konstantinopolis'te, denizde, İzmir'de ve en sonunda Sakız'da yaşadığım, pek parlak sayılmayacak maceraları. Şu an yaşadığım pişmanlıklara ve umut kalıntılarıma dek.

Ben öykümde ilerledikçe, evsahibim gitgide daha bitkin görünüyordu. Anlamış değildim: Yaşadığım felaketler mi onu etkiliyordu, yoksa bunların kendi tasarılarına yansıyan sonuçları mı? Çünkü bu konuda, her şeyin farkına varmıştı. Ona gitmeyi düşündüğümü hâlâ söylememiştim; yalnızca neden kızıyla evlenemeyeceğimi ve neden Cenova'da sonsuza dek yaşayamayacağımı anlatmıştım ki, ilk kez kısa ve özlü bir soru sordu:

"Ne zaman terkediyorsun bizi?"

Ne sinirli, ne de kaba bir edayla sormuştu bu soruyu, hayır, beni kovmuyordu. Bu konuda en küçük bir kuşkum olsaydı, o anda terkederdim evini. Hayır, sorusu basit bir saptamaydı; hüzünlü, acılı, dertli bir saptama.

Belirsiz yanıtımı mırıldandım: "Birkaç gün içinde" ve hemen teşekkürlere, duyduğum minnettarlığa, ona olan borcuma bağlamak istedim sözü. Ama eliyle hafifçe omzuma vurdu ve yalnız başına dolaşmak için bahçeye çıktı.

Utançtan çok rahatlama mı verdi bu olanlar bana? Rahatlamadan çok utanç mı yoksa?

19 Nisan

Gün doğuyor ve henüz gözümü bile kırpmadım. Bütün gece boyunca, beni bitkin düşüren ama hiçbir yere vardırmayan yararsız düşünceleri döndürüp durdum kafamda: Ona şöyle demeliydim böyle diyeceğime ya da şunu söyleyeceğime bunu söylemeliydim... Ve onu yaraladığım için duyduğum utancı geçirdim durmaksızın içimden. Israrını, kaba manevralarını çoktan unuttum, yalnızca kendi pişmanlıklarımı düşünüyorum şimdi.

Gerçekten de bana duyduğu güvene ihanet mi ettim? Oysa hiçbir şey vaadetmemiştim ona. Yine de beni, ona karşı nankörce davrandığıma ikna etmeyi becerdi.

Gregorio'nun tepkisine, beni nasıl anımsayacağına o kadar çok kafa yoruyorum ki, asıl önemli soruları sormayı unutuyorum kendime: Doğru kararı aldım mı? Bana sunduğu yeni yaşamı kabullenmek yerine gitmekte haklı mıyım? İzmir'de ne yapacağım? Hangi serabın peşine düşeceğim? Marta'yı geri alacağıma, çocuğu geri alacağıma nasıl inanabilirim? Uçuruma doğru koşmuyorsam bile yalıyarın dibine doğru koşuyorum; ve yolum kesilecek orada.

Bugün evsahibimi rencide ettiğim için acı çekiyorum. Yarın ona boyun eğmediğim için ağlayacağım.

20 Nisan

Bir iç dökme tutkusuna kapıldım, tıpkı ilk aşkını yaşayan bir genç kız gibi. Ben ki genellikle sessizimdir, suskunluğumla tanınırım, dirhemle konuşurum ve yalnızca bu sayfalara döküyorum içimi, şimdiden iki kez yaşamımı anlattım birilerine: Pazar günü evsahibime, haklı olduğumu göstermek için; bugün de kesinlikle tanımadığım birine.

Sabah, kafamda sabit bir düşünceyle kalkmıştım yataktan: Gregorio'ya üzüntüleri unutturacak ve dost olarak ayrılmamızı sağlayacak gösterişli bir armağan vermek istiyordum. Kafamda kesin bir şey yoktu; ama limana yakın bir sokakta koskocaman bir antikacı dükkânını gözüme kestirmiştim. Oraya bir "meslektaş" olarak gitmeyi düşünüyordum ve uygun nesneyi – belki Mangiavacca konağının bahçesinde yükselecek ve sonsuza dek benim geçişimi anımsatacak büyük ve güzel bir antik yontuyu– orada bulacağımdan emindim.

Daha içeri adımımı atar atmaz, dükkân tanıdık geldi bana. Malların yerleştiriliş biçimi, az çok benim dükkânımdaki gibiydi: Raflara yatırılmış eski kitaplar; en üstte doldurulmuş kuşlar; yerde, köşelerde insanın atmaya kıyamadığı, yıldan yıla, kimsenin almayacağını bile bile sakladığı, büyük çatlak vazolar... Dükkânın sahibi de bana benziyor: Kırk yaşlarında, sakalsız bıyıksız, oldukça iriyarı bir Cenevizli.

Kendimi tanıttım ve çok sıcak bir biçimde karşılandım. Benden söz edildiğini duymuştu – yalnızca Embriaco'lardan değil özel olarak benden söz edildiğini de; kimi müşterileri, Cübeyl'e bile uğramışlardı. Ne aradığımı söylemeden önce, gölgeli, serin, küçük bir avluya davet edip oturttu beni; bir hizmetçiye buzlu şerbetler söyledi ve gelip karşıma oturdu. Anlattıklarına bakılırsa onunkiler de uzun süre denizaşırı yerlerde, değişik kentlerde yaşamışlardı. Ama yetmiş yıl önce yurtlarına geri dönmüşler ve o, Cenova'dan hiç ayrılmamıştı.

Bir süre önce Halep'te, Konstantinopolis'te, İzmir'de ve Sakız'da olduğumu söylediğimde, gözleri yaşardı. Böyle "her yere" gitmiş olmama gıpta ettiğini, kendisinin her gün en uzak menzilleri düşlediğini, ama hiçbir zaman böyle bir serüvene atılmaya cesaret edemediğini söyledi.

"Günde iki kez limana inerim, giden ya da gelen gemileri izlerim, denizcilerle, armatörlerle konuşurum, uğradıkları kentlerin adlarını duymak için onlarla gidip tavernalarda içki içerim. Hepsi beni tanıyor şimdi; arkamı döndüğümde deli olduğumu fısıldıyorlardır birbirlerine. Tuhaf adlar duymaktan sarhoş olurum olmasına; ama yola çıkmak için yeterince aklı başında olamadım hiçbir zaman."

"Yeterince deli, demek istiyorsunuz herhalde!"

"Hayır, yeterince aklı başında dedim bilerek. Çünkü gerçek aklı başındalığı oluşturan bileşenler arasında bir yudum delilik olması gerektiği, çoğu kez unutuluyor."

Konuşurken gözleri yaşarıyordu; o zaman şöyle dedim ona:

"Siz benim yerimde olmak istediğinizi söylüyorsunuz; oysa ben de sizin yerinizde olmak isterdim."

Pişmanlığını hafifletmek için söyledim bunu ama –tüm azizler adına!– böyle düşünüyordum aslında, böyle düşünüyorum. Şu anda dükkânımda, elimde serinletici bir içkiyle oturuyor olmayı, bu yolculuğa çıkmayı hiç düşünmemiş olmayı, felaketine neden olduğum ve benim felaketime neden olan kadınla hiç karşılaşmamış olmayı, *Yüzüncü Ad*'dan söz edildiğini hiç duymamış olmayı ne kadar isterdim!

"Neden peki?" diye sordu, yolculuklarımı ona anlatmam için. Ben de konuşmaya koyuldum. Beni yollara düşüren şeyi, kısacık sevinçlerimi, başımdan geçen kötü olayları, pişmanlıklarımı... Yalnızca Gregorio'yla aramızdaki anlaşmazlığa değinmedim; geldiğimde beni çok cömert bir biçimde karşıladığını söylemekle yetindim ve onu terketmeden önce, cömertliğine layık bir armağanla tüm minnettarlığımı göstermek istediğimi söyledim.

Konuşmamızın bu noktasında, meslektaşım –adının Melchione Baldi olduğunu söylemedim hâlâ–, iyi bir tüccar olarak, düşündüğüm armağanın ne olduğunu söylememi istemeliydi. Ama sanırım sohbetimiz hoşuna gidiyordu; yeniden yolculuklarım konusuna geri döndü, orada burada gördüklerim üstüne çeşitli sorular yöneltti; sonra da adını hiç duymadığı şu Mazandarânî'nin kitabı konusunda sorguladı beni. Uzunca bir süre yaptığım açıklamaları dinledikten sonra da, şimdi nereye gitmeyi düşündüğümü sordu.

"Doğrudan Cübeyl'e mi dönmeliyim, yoksa önce İzmir'de durmalı mıyım, daha bilmiyorum."

"Bu yolculuğa çıkmanıza neden olan kitabın şimdi Londra' da bulunduğunu söylemediniz mi az önce?"

"Onu oraya dek izlemem için bir neden mi bu?"

"Yo, hayır! Benim gibi iki ayağı toprağa dikili biri, hangi hakla böyle bir yolculuğa çıkmanızı önerebilir size! Ama kazara gitmeye karar verirseniz, gördüklerinizi anlatmak için dönüşte bana uğrayın."

Bunun ardından kalktık ve dükkânın öbür yanındaki ikinci bir avluya, bir iki antika ya da yeni yontuya bakmaya gittik. Ravenna taraflarında bulunmuş bir tanesi, evsahibimin bahçesine uygun gibi geldi. Belki Bacchus'u, belki de elinde kupası, yeryüzünün tüm yemişleriyle çevrili, şölen sofrasında bir Roma imparatorunu betimleyen bir yontu. Daha hoşuma giden bir şey bulamazsam, bunu alırım.

Yürüyerek Gregorio'nun evine dönerken adımlarım hafiflemişti sanki ve bu konuksever meslektaşın dükkânına yeniden gelmeye söz verdim kendi kendime. En azından yontuyu almak için uğramak zorundaydım zaten.

Yontuyu olduğu gibi mi armağan etmeliyim, yoksa bir kaide üstüne mi diktirmeliyim? Bunu Baldi'ye sorsam iyi olur; bu konudaki alışkanlıkları biliyor olmalı.

21 Nisan

Gregorio, ona birkaç gün önceden haber vermeden evinden gitmeyeceğime söz verdirtti. Nedenini bilmek istedim ama gizemli bir hava takınarak yanıtlamadı.

Sonra da gideceğim yere karar verip vermediğimi sordu. Hâlâ Cübeyl'le İzmir arasında tereddüt ettiğimi söyledim; arasıra neden Londra'ya gitmediğimi kendi kendime sorduğumu da.

Bu yeni hevese şaşırmış göründü ama bir iki dakika sonra gelip, belki de kötü bir fikir olmadığını söyledi. Bunun da ötekiler gibi bir fikir olduğunu ve henüz hiçbir karar vermediğimi belirterek yanıtladım onu. O da karşılığında hiç acele etmememi öğütledi ve duraksamam "Noel'e kadar" sürerse dünyanın en mutlu insanı olacağını söyledi.

İyi yürekli Gregorio! Bana söylediği her sözcüğü düşünerek söylediğine eminim.

Onun evinden gittiğim gün, bu dinginlik durağını özlemle anımsayacağımdan da eminim. Ama benim yollara düşmem gerekiyor ve Noel'den çok çok önce.

22 Nisan

Gregorio'nun karısı ve üç kızı, bugün geldiler; Kutsal Perşembe geleneğinin gerektirdiği gibi yedi kiliseye uğramışlar yolda. Hanımefendi Orientina, zayıf, kuru ve tepeden tırnağa karalar içinde. Perhiz yüzünden mi böyle giyinmiş, bilmiyorum; ama sanırım onun için bütün yıl, baştan sona perhiz.

Aslında Paskalya arifesi olan Cumartesi günü gelecekti; ama kocasının ölçüsüzlüğüne iki gün önce meydan okumayı yeğledi. Kocası ben olsaydım eğer –Tanrı esirgesin– ateşliliğimden korkmasına hiç gerek olmazdı, ne perhiz sırasında ne de başka zaman.

Neden ondan bu kadar acımasızca söz ediyorum? Çünkü daha gelir gelmez, geri dönüşü nedeniyle onu kutlayan kocasına ve evin öbür insanlarına katıldığımda, evine hiç de hoşgelmediğimi, dahası eşiğinden bile girmemiş olmam gerektiğini belirten bir bakış fırlattı bana.

Beni Gregorio'nun sefahat arkadaşı mı sanmıştı yoksa? Ya da tersine kocasının, kızıyla ve benimle ilgili tasarılarını öğrenmiş, böylesi bir girişime taraftar olmadığını göstermek mi istiyordu? Belki de kızıyla evlenmeye pek can atmadığımı duymuş ve buna kızmıştı. Her neyse, geldiği andan başlayarak, kendimi bu evde yabancı hissetmeye başladım. Hemen gitmeyi bile düşündüm aslında, ama kendimi tuttum. Beni bir kardeş gibi konuklayan kişiye karşı hakaret sayılabilecek bir davranışta bulunmak istemiyordum. Karısının, yorgunluğu nedeniyle böyle davrandığına inanmış göründüm; perhiz ve bu kutsal hafta içinde Efendimiz'in katlandığı acılar, sevinç taşkınlıklarına izin vermiyordu ne de olsa. Ama burada fazla oyalanmayacağım artık. Bu akşam bile, bir meslektaşımı ziyaret etme bahanesiyle yemeğe kalmaktan kaçındım.

Babasının bana onca övdüğü ünlü Giacominetta'ya gelince, onu neredeyse hiç görmedim. Kimseyi selamlamadan koşup odasına kapandı; annesinin onu bile bile sakladığından kuşku duyuyorum.

Zamanı geldi, çoktan zamanı geldi gitmemin.

Çok zor geçiriyorum bu geceyi, herhangi bir acı çekiyor olmasam da. Hiç mi acı çekmiyorum? Çekiyorum. Bu evde artık iyi karşılanmadığım için acı çekiyorum. Uyumakta zorluk çekiyorum; sanki uykuyu evsahiplerimden çalmış ya da dilenmişim gibi. Gregorio'nun karısının yüzünde beliren tatsız ifade, gece boyunca büyüdü ve çirkinleşti. Burada kalamam artık. Ne Noel'e, ne iki gün sonraki Paskalya'ya kadar. Yarın sabaha kadar bile kalamam. Nazikçe bir pusula yazıp parmak uçlarıma basa basa uzaklaşırım buradan. Limana yakın bir handa uyurum ve bir gemi bulduğumda biner giderim.

Doğu'ya mı, Londra'ya mı? Hâlâ aynı kararsızlıklar içindeyim. Önce kitabı mı bulmalı? Ya da onu unutup Marta'yı kurtarmaya mı çalışmalı – ama nasıl? Ya da tüm deliliklerimi unutup Cübeyl'e, yakınlarımın yanına mı dönmeliyim? Her zamankinden çok kararsızlıklar içindeyim.

23 Nisan, Kutsal Cuma

Malta Haçı adlı handa, yeni odamdayım. Penceremden, limanın havuzunu, yelkenleri toplanmış onlarca tekneyi görüyorum. Belki beni götürecek gemi de gözlerimin önündedir. Hâlâ Cenova'dayım ama çoktan terkettim bu kenti. Belki bu yüzden, daha şimdiden onun eksikliğini duyuyorum ve yeniden sürgün özlemlerime kavuşuyorum.

Dediğim gibi tehdidimi eyleme dönüştürdüm ve son dakikada önüme çıkan, tahmin etmediğim şeylere karşın Gregorio'nun evinden kaçtım. Sabah erken, çok erken, üç beş eşyamı topladım, konukseverliğine teşekkür eden kısa bir pusula yazdım. Hiçbir örtülü kötülemenin, hiçbir çiftanlamlı sözün girmesine izin vermedim pusulaya; yalnızca teşekkür, minnet ve dostluk sözleri yazdım. Ona borçlu olduğum üç yüz lirayı geri verme vaadine bile yer vermedim; böyle bir şey onu rencide ederdi. Mektubu ortalık bir yere bıraktım, üstüne, ağırlık niyetine, evdeki hizmetçiler için bir iki madenî para koydum; odayı hiç oturmamışım gibi düzenledim ve çıktım.

Dışarıda gün ağarmaya başlamıştı, ama ev hâlâ karanlıktı. Ve sessizdi. Hizmetçiler kalkmış olsalar bile besbelli hiç gürültü etmiyorlardı. Yattığım oda, birinci katta, ahşap bir merdivenin tepesindeydi ve gıcırdamaması için dikkatle inmeyi düşünüyordum bu merdivenden.

Henüz üst basamakta, karanlıkta sendelememek için trabzanı sıkıca tutmuş dururken, bir ışık göründü. Nereden çıktığını bilmediğim bir genç kızdı bu ve Giacominetta'dan başkası olamazdı. Elinde tuttuğu çift kollu şamdan, ansızın basamakları ve yüzünü aydınlattı. Gülümsüyordu. Neşeli, sır saklar bir gülümsemeyle. Yüzgeri etmek sözkonusu olamazdı. Elimde yükümle görmüştü beni ve yoluma devam etmek dışında yapabileceğim bir şey yoktu; onun gibi gülümseyerek ve sırrımı onunla paylaşırcasına göz kırparak. Annesi ne kadar donuksa, kız o kadar ışıl ışıldı. Kendi kendime sormadan edemedim: Kızın tabiatının farklı olması, babasının neşesini almış olmasından mıydı, yoksa yalnızca yaş farkı mıydı davranışlarını açıklayan?

Aşağı geldiğimde, tek sözcük söylemeden yalnızca başımla selamladım onu, sonra kapıya yöneldim, açtım ve yavaşça ardımdan kapadım. Elinde ışıkla peşimden gelmiş ama hiçbir şey söylememiş, hiçbir şey sormamış, beni tutmaya da çalışmamıştı. Bahçe yolundan, bahçıvanın açtığı parmaklıklı kapıya kadar yürüdüm. Eline biraz para sıkıştırdım ve uzaklaştım.

Kızı uyarırsa Gregorio beni yakalamaya çalışabilir korkusuyla en karanlık sokakları seçtim; hızla ve dosdoğru, limana dek yürüdüm. Az önce adını verdiğim hana dek; geçen hafta tabelasını görmüştüm buralarda.

Bu birkaç satırı yazdıktan sonra, perdeleri indireceğim, pabuçlarımı çıkaracağım ve şu yatağa uzanacağım. Bir iki dakika bile olsa uyumak, çok iyi gelecek bana. Oda lavanta kokuyor ve çarşaflar temize benziyor.

Öğle olmuştu ve en az iki üç saat uyumuştum ki bir cehennem patırdısıyla uyandım. Kapıyı yumruklayan Gregorio'ydu bu. Beni bulmak için Cenova'nın tüm hanlarını hallaç pamuğu gibi atmıştı söylediğine göre. Ağlıyordu. Ona ihanet etmiş, onu hançerlemiş, aşağılamıştım ona göre. Otuz üç kuşaktır Mangiavacca'lar, Embriaco'lara bağlıydılar, tıpkı elin kola kaynamış olduğu gibi; ve ben, bir öfke anında, tek vuruşta koparmıştım sinirleri, damarları ve kemikleri. Ona sakin olmasını, oturmasını söyledim; ne bir ihanet, ne bir kol bacak kesme, ne bunların bir benzeri vardı ortada; üzülecek bir şey bile yoktu. Başlangıçta gerçek duygularımı ona açıklamaktan sakındım; gerçek, hakedilir ve o, böyle davranarak haketmiyordu. Onu, yeniden kavuştuğu ailesiyle bir arada bırakmak istediğimi ve evinden, olabilecek en iyi anılarla ayrıldığımı ileri sürdüm. Bunun doğru olmadığını ve gitmeme, karısının soğukluğunun neden olduğunu söyledi. İnkâr etmekten yorulduğum için, evet, doğru, dedim; eşinin tavrı, kalmam için cesaretlendirmemişti beni. O zaman yatağa oturdu ve bugüne dek bir erkekte hiç görmediğim gibi ağlamaya başladı.

"Bütün arkadaşlarıma karşı böyle" dedi sonunda, "ama yalnızca bir görüntü bu. Onu daha iyi tanımaya başladığında..."

Geri gelmem için defalarca ısrar etti. Ama iyi dayandım. Böylesi bir ayrılıştan sonra süklüm püklüm yuvaya dönmek olacak iş değildi; herkesin gözünden düşüverirdim. Yalnızca Paskalya yemeğini onların sofrasında yemek üzere söz verdim; bu da onurlu bir uzlaşma sayılırdı.

24 Nisan, Kutsal Cumartesi

Bugün, Bacchus yontusunu istediğimi bir kez daha söylemek ve onu Gregorio'nun evine teslim edip edemeyeceğini öğrenmek için yeniden Melchione Baldi'nin dükkânına uğradım. Oturmamı rica etti, ama mağazasında üst düzeyden bir kadın müşteri –sanırım Fieschi'lerden bir hanımefendi– ve kalabalık eşlikçileri vardı; ben de başka bir zaman uğramaya söz vererek ortadan kaybolmayı yeğledim. Meslektaşıma, belki beni ziyaret etmek ister diye, iki adım uzaklıktaki hanın adresini bıraktım.

Armağanın evsahibime, yarın ikindiye doğru, onlarla birlikte yiyeceğim bayram yemeğinden sonra, bir teşekkür gibi ulaşmasını istiyordum. Ama Baldi, bu Paskalya ve Pazar gününde, taşıyıcı bulabileceğinden emin olmadığını söyledi ve Pazartesiye kadar sabır göstermemi rica etti.

25 Nisan, Paskalya günü

Melchione Baldi, isteklerimi karşılamaya çalışayım derken, bugün beni utanca ve sıkıntılara düşürdü.

Yontuyu evsahiplerime, Pazar günü ikindiye doğru teslim etmesini istememiş miydim? Böylece ben, Paskalya yemeklerini paylaşıp konaklarını terkettikten sonra, minnettarlığımı belirten armağanımı alacaklardı. Teslimin böyle bir günde yapılması olası görülmediğinde, bu soylu davranışımın rahatça ertesi güne kalabileceğini düşünmüştüm; belki daha da zarif olacaktı böylesi. Nezaket, biraz yavaşlıkla çok daha iyi gider.

Ne var ki Baldi, beni düşkırıklığına uğratma tehlikesini göze alamamıştı. Bu nedenle, dört genç hamal bulmak için elinden geleni yaptı ve hamallar, biz tam yemeğin ortasındayken evsahibimin kapısını çaldılar. Herkes ayağa kalktı, oraya buraya koşuşmalar başladı; öyle bir patırdı, öyle bir karmaşa oldu ki sormayın! Yüzümü hangi masa örtüsünün altına gizleyeceğimi bilemedim, özellikle de, hepsi deneyimsiz, belki de biraz sarhoş taşıyıcılar, bahçede bir taş bankı yere devirip ortadan yarılmasına neden olduklarında ve çiçekli çimenlerin üstünde bir yabandomuzu sürüsü gibi tepindiklerinde.

Yaşadığım utancı düşünün!

Gregorio gemlediği bir kızgınlıkla kızarıyor, karısı acı acı alay ediyor, kızlar gülüyorlardı. Zarif bir hareket olması gereken şey, gürültülü bir maskaralığa dönmüştü!

Daha önce, başka bir iki şaşkınlık daha yaşatmıştı bana bugün.

Öğle saatine doğru Mangiavacca konağının kapısından –belki de son kez– içeri girdiğimde, Gregorio beni bir kardeş gibi karşılamış ve koluma girip çalışma odasına götürmüştü; karısıyla kızlarının hazırlanmasını beklerken bir süre sohbet ettik orada. Bana yola çıkmakla ilgili herhangi bir karar verip vermediğimi sordu; ben de önümüzdeki birkaç gün içinde gitme kararından vazgeçmediğimi, hâlâ Cübeyl'e dönme eğiliminde olduğumu, ama gideceğim yer konusunda arasıra tereddütler yaşamaktan da geri kalmadığımı belirterek yanıtladım onu.

O zaman yine, gitmemin ona acı vereceğini, evinin kapısının bana her zaman açık olduğunu ve her şeye karşın Cenova'da kalmak istersem, buna hiç pişman olmamam için elinden gelen her şeyi yapacağını söyledi; ve sonra, Londra'ya gitmekten tümüyle vazgeçip geçmediğimi sordu. Ben de henüz tümüyle vazgeçmediğimi, ama *Yüzüncü Ad* kitabının bana bu denli çekici gelmesine karşın, sağduyumun, bana Doğu'ya dönmeyi öğütlediğini söyledim; bunca zamandır başıboş bıraktığım ticaretimi yeniden ele almak ve kızkardeşimin çocuklarına kavuştuğundan emin olabilmek için.

Beni yarım yamalak dinlediği belli olan Gregorio, eğer İngiltere'ye gidecek bir gemiye binersem geçeceğim kentlere övgüler düzmeye başladı yine de: Nice, Marsilya ya da Agdu, Barselona ya da Valensiya, özellikle de Lizbon.

Sonra da elini omzuma bastırarak sordu:

"Eğer fikir değiştirirsen, bana bir hizmette bulunur musun?"

Büyük bir içtenlikle, benim için yaptıklarından sonra hiçbir şeyin beni, manevi borcumun birazını olsun ödemekten daha çok sevindiremeyeceğini belirttim. O da İngiltere-Hollanda savaşı nedeniyle ortaya çıkan durumun, işlerini biraz karıştırdığını ve Lizbon'daki acentesine –Cristoforo Gabbiano adındaki biriydi bu– önemli bir mesaj iletmek istediğini söyledi. Sonra da çekmecesinden önceden yazılmış ve kendi mührüyle mühürlenmiş bir mektup çıkarttı.

"Al bunu" dedi, "ve özenle sakla. Eğer deniz yoluyla Londra'ya gitmeyi seçersen, zorunlu olarak Lizbon'dan geçeceksin. Ve orada bu mektubu elinle Gabbiano'ya teslim edersen sonsuza dek sana minnettar olurum. Bana çok büyük bir hizmette bulunmuş olursun! Buna karşılık başka bir yöne gitmeyi seçer ve bu mektubu bana geri verme zamanını bulamazsan, mührünü bile açmadan onu yakacağına söz ver!"

Söz verdim.

Başka ve oldukça hoş bir şaşkınlığı da, yemeğe oturmamızdan az önce Gregorio, büyük kızından bana bahçeyi gezdirmesini istediğinde yaşadım. Bu bir iki dakika, genç kız konusundaki bütün olumlu izlenimlerimi doğruladı. Her an gülümsüyor, zarif adımlarla yürüyor ve her çiçeğin adını biliyordu. Konuşmasını dinlerken, yaşamım başka türlü gelişseydi, Marta'yı tanımamış olsaydım, evim, ticaretim ve kızkardeşim denizin öbür ucunda olmasalardı, belki de Gregorio'nun kızıyla mutlu olabilirdim, dedim kendi kendime. Ama çok geç artık ve bensiz mutlu olmasını diliyorum.

Bu Paskalya gününün önemsiz olaylarını saymayı bitirirken arkadaşımın karısı, erdemli hanımefendi Orietina'nın, bugün beni yüzü gülerek ve bir tür sevinç belirtisiyle karşıladığını eklemeli miyim bilmiyorum. Gitmek üzere olduğumu ve bir daha geri gelmeyeceğimi bildiği için olmalı.

26 Nisan 1666, Pazartesi

Odamda, pencerenin önünde, bakışlarım uzaklarda oturuyordum ki ansızın kapı açıldı. Geriye döndüm. Eşikte çok genç bir denizci vardı; kapı kulpunu bile elinden bırakmadan, nefes nefese, Londra'ya gitmek isteyip istemediğimi sordu. O an başımı döndürdü bu olay, yazgının bir çağrısı gibi gördüm ve evet yanıtını verdim. O da iskele almak üzere olduklarını söyledi ve acele etmemi rica etti. Tek tük eşyamı toplayıp iki bohça haline getirdim. Çocuk, iki melek kanadı gibi açtığı kollarının altına aldı bohçaları; bol bir takkenin altında topladığı, uzun sarı saçları vardı. Peşinden merdiveni indim, hancının karısının eline bir iki metelik sıkıştırmak ve veda etmek için bir an durdum.

Önce dar sokaklardan, sonra da rıhtımdan iskeleye dek koştuk; dilim bir karış dışarıda çıktım iskeleden. "Sonunda gelebildiniz" diye seslendi kaptan, "az daha siz olmadan gidecektik." Ona tek bir soru soramayacak kadar soluk soluğaydım; yalnızca gözlerim şaşkınlıkla büyüdü, ama kimse bunun farkına varmadı.

Bu satırları *Sanctus Dionisius* adlı gemide yazıyorum. Evet, açık denizdeyim artık.

Cenova'ya tasarlamadan geldim; bir ay sonra aynı biçimde –neredeyse aynı biçimde– ayrılıyorum şimdi oradan. Cübeyl'e hızlı bir dönüş yapmakla, önce İzmir ve Sakız'dan geçmenin ya da başka bir yerlere uğramanın yarar ve zararlarını tartmaktaydım hâlâ; oysa yazgı, benim haberim bile olmadan, çoktan belirlemişti yolumu.

Bir sandığın üstüne yığılıp soluğumu toplamaya çalışırken, gerçekten beni mi beklediklerini sorup duruyordum kendi kendime. Genç denizcinin *Malta Haçı* hanından almaya gittiği, başka bir yolcu muydu yoksa? Ayağa kalktım ve gözlerimle bütün rıhtımı taradım; elini kolunu sallayıp bağırarak koşan birini görmeyi bekliyordum. Ama kimse koşmuyordu. Yalnızca beli bükülmüş hamallar, sakin gümrükçüler, memurlar, işsiz güçsüzler ya da şık giysiler içinde dolaşan insanlar vardı rıhtımda.

Bu sonuncular arasında tanıdık bir yüze rastladım. Baldi. Melchione Baldi. Dün Gregorio'nun evinde yüz kez lanetlediğim adam. Bir duvara yaslanmış bana işaret ediyordu. Yüzü terden ve mutluluktan pırıl pırıldı. Pazarlarını, bayram günlerini ve tüm boş saatlerini limanda geçirdiğini, gemilerin gidiş gelişini seyrettiğini, denizcileri konuşturduğunu söylemişti bana. Tüccar olduğu kadar düş kurmayı seven biriydi o, bir "yolculuk hırsızı" ya da daha çok yolculuklara "yataklık" eden biri... Dün beni soktuğu sıkıntıdan sonra gülümsemek yerine onu paylamak geliyordu içimden ve bir an, bakışlarıyla karşılaşmamak için gözlerimi kaçırmayı düşündüm. Ama bu da biraz ayıp kaçardı; üstelik tam da geri dönmemecesine Cenova'dan ayrılmak üzereyken. Adam beni memnun etmek istemişti; şu anda da Bacchus yontusuyla ilgili her şeyin yolunda gittiğini ve ona minnettar olduğumu sanıyor olmalıydı. Kızgınlığımı unutup, sanki uzaktan yeni farketmişim gibi telaşlı ama sıcak bir dostluk işareti yaptım ona. O da hareketlendi, elini kolunu salladı; bu son karşılaşmadan mutlu olduğu açıkça belliydi. Ben de –kendi kendime her zaman eleştirdiğim bir huyumdur bu– bu sessiz barışmadan rahatlamıştım.

Gemi yavaş yavaş rıhtımdan uzaklaşmaya başladı. Baldi, beyaz bir mendille işaretler yapıyordu hâlâ; ben de ara ara, elimle küçük bir işaret yapıyordum ona. Aynı zamanda durmadan çevremi gözden geçiriyor ve hangi mucize sonucunda bu gemide bulunduğumu anlamaya çalışıyordum. Ne hüzünlü, ne de neşeliydim o an; şimdi bu satırları yazarken de olmadığım gibi. Yalnızca şaşkındım.

Belki bu sayfanın altına "Takdiri neyse o olsun!" diye yazmak akıllıca olur, çünkü ne olursa olsun, öyle olacak belli ki...

27 Nisan, denizde

Dün Yazgı'dan söz ettim, çünkü ozanların ve büyük gezginlerin hep öyle yazdığını gördüm. Ama aptal değilim. Hepimizin –güçlü ya da zayıf, becerikli ya da saf– onun kör oyuncakları olduğumuz gerçeği bir yana bırakılırsa, yazgının bu yolculukta hiçbir katkısı olmadığı açık! Hangi elin yolumu çizdiğini, hangi elin beni denize, Batı'ya, Londra'ya yolladığını bal gibi biliyorum.

O anda, soluk soluğa kalmışlığım, şaşkınlığım, yola çıkışın gürültü patırdısı içinde anlamamıştım. Oysa bu sabah, her şey apaçık gözümde. Her şey derken çok az abartıyorum. Beni itenin kim olduğunu biliyorum, Gregorio'nun hangi ustaca manevralarla İngiltere'ye gitme düşüncesini bana kabul ettirdiğini seziyorum, ama henüz bütün hesaplarını kestiremiyorum. Beni hâlâ kızıyla evlendirmek istediğini ve büyük olasılıkla bir daha hiç geri gelmeyeceğim Cübeyl'e doğru yola çıkmamı engellemeyi amaçladığını tahmin ediyorum. Dünyanın öbür yanına doğru bu bir iki aylık yolculuk, belki beni biraz daha kucağında tuttuğu duygusunu veriyor ona.

Ama Gregorio'ya kızmıyorum; ne ona, ne de bir başkasına. Kimse beni zorlamadı yola çıkmam için. Sarı saçlı haberciye hayır demem yeterdi; bir süre daha Cenova'da kalacağımı ya da Doğu'ya yol alacağımı söyleyebilirdim. Ama ben koştum bu "nave"yi yakalamak için!

Eğer Gregorio suçluysa, ben de suçortakları arasında sayılırım; tıpkı yazgı, Canavar'ın yılı ve *Yüzüncü Ad* gibi.

28 Nisan, denizde

Dün akşam o birkaç boyun eğmiş satırı yazdıktan sonra, beni handan almak üzere gönderilen genç sarışın denizcinin güverteden geçtiğini gördüm. Yaklaşması için işaret ettim; iki üç ısrarlı soru sormaya niyetliydim ona. Ama gözlerinde çocuksu bir korku vardı; ben de, tek sözcük söylemeden avuçlarına iri bir gümüş sikke yerleştirmekle yetindim.

Deniz, yola çıktığımızdan beri sakin; yine de beni tutmasını engelleyemedim. Denizde beni dalgalardan çok tersliklerin hasta ettiğine inanacağım neredeyse.

Şu anda ne başım dönüyor, ne de içim bulanıyor. Ama sayfaların üstüne daha fazla eğilmeye cesaret edemiyorum. Başka zaman duymadığım mürekkep kokusu, bugün rahatsız ediyor beni.

Birden duruyorum.

3 Mayıs

Bu Pazartesi sabahı, bir haftadan beri ilk kez sağlama yakın adımlarla güvertede yürürken geminin cerrahı, yanıma gelip gerçekten de Sinyor Gregorio Mangiavacca'nın müstakbel damadı olup olmadığımı sordu. Bu biraz aşırı ya da en azından erken tanımlamaya gülümseyerek, gerçekten de dostlarından biri olduğumu ama aramızda hiçbir aile bağı olmadığını söyledim; sonra da tanıştığımızı nereden bildiğini öğrenmek istedim. Bunu bana söylediği için ansızın rahatsız olmuş göründü ve kaptanın onu çağırttığını bahane ederek ortadan kayboldu.

Bu olaydan, birçok şeyin arkamdan fısıltıyla konuşulduğunu anladım. Belki de karavana saatinde hepsi matrak geçiyor benimle. Buna kızmam gerek, ama önemi yok diyorum. İstedikleri kadar alay etsinler! İyi yürekli ve göbekli antika tüccarı Baldassare Embriaco'yla alay etmek kolay iş. Oysa kaptanla dalga geçseler, kırbaç cezasına çarptırılabilirler. Tanrı biliyor ki o da gerçekten hakediyor alayı, belki daha da fazlasını!

Gelin siz karar verin: Alışılmış yolu izleyip Nice ve Marsilya'da ya da en azından bu iki limanın birinde duracağına, kuzeydoğu rüzgârının bizi beş günde oraya götüreceği bahanesiyle gemiyi doğrudan İspanya'nın Valensiya limanına yöneltmeye karar verdi. Ama rüzgâr oynak çıktı. Bizi açık denize kadar sürdükten sonra soluğu kesildi; sonra da her gece yön değiştirdi. O kadar ki, sekiz günlük bir yolculuk sonunda hâlâ hiçbir yerde değiliz! Ne İspanya, ne de Fransa kıyısını görebiliyoruz; Korsika, Sardunya ya da Balear Adaları bile yok görünürlerde. Neredeyiz biz şimdi? Tam bir bilmece. Kaptan bildiğini söylüyor; gemide hiç kimse, tersini söylemeye cesaret edemiyor. Göreceğiz bakalım. Kimi yolcuların yiyeceği, çoğunun neredeyse hiç suyu kalmadı. Henüz bir felakete uğramış değiliz ama fora yelken, ona doğru gidiyoruz!

5 Mayıs

Sanctus Dionisius'un güvertesinde iki kişi bir köşede fısıldaşıyorsa, kaptandan söz ediyorlar demek bu. Kimileri gözlerini göğe kaldırıyor o zaman, bazıları artık gülmeye de cesaret ediyor. Ama düşüncesizliği bizi daha ne kadar yalnızca güldürecek ve fısıltıyla konuşturacak bilmiyorum?

Bana gelince, ben bütünüyle kendime geldim; dolaşıyorum, bol bol yiyorum, onunla bununla tartışıyorum, çevremde hâlâ deniz tutmasından rahatsız olanları biraz küçümseyerek izliyorum.

Yemek için, burada satılan şeyler dışında bir şey almayı düşünmemiştim. Bir ahçı tutmadığıma ve yiyecek almadığıma pişmanım şimdi; ama her şey o kadar çabuk oldu ki! Özellikle de Hâtem'in yanımda olmaması üzüyor beni. Umarım başına bir şey gelmemiştir ve sağ salim Cübeyl'dedir şimdi...

... o Cübeyl'e ki –yeri gelmişken söyleyeyim– aslında ben dönmüş olmalıydım. Bugün böyle düşünüyorum; oysa ters yöne doğru yola çıkmadan önce, böyle düşünmüyordum. Ne yapalım, böyle. Omuz silkiyorum. Yakınmak istemiyorum. Denize karşı bir Ceneviz şarkısı mırıldanıyorum. İki yazgı kararı arası, yoğun kararsızlıklarımı aktarıyorum defterime. Evet, böyle, boyun eğiyorum. Madem ki her şey toprağın altında sonuçlanıyor, hangi yoldan gittiğin ne farkeder! Ve neden kestirmelerden gideyim, yolu uzatmak yerine?

6 Mayıs

"İyi bir kaptan, Atlantik'i Akdeniz'e döndürür; kötü bir kaptansa Akdeniz'i Atlantik haline getirebilir" – gemideki yolculardan biri, bir Venedikli, bugün yüksek sesle söylemeye cesaret etti bunu. Bana değil, küpeştenin yakınında toplanmış herkese hitap ediyordu. Onunla konuşmaktan kaçındımsa da tümcesini aklımda tuttum; bu sayfalara aktarmayı düşünerek.

Gerçekten de hepimiz, denizin sonsuzluğunda kaybolmuş hissediyoruz kendimizi ve birinin "Kara!" diye bağıracağı anı kaygıyla bekliyoruz. Oysa en bildik sularda ve en iyi mevsimdeyiz.

Son söylentiye göre yarın akşam Barselona'yla Valensiya arasında bir yerde karaya yanaşacakmışız. "Marsilya", "Aigues-Mortes", "Mahon" ya da "Cezayir" denseydi, ona da inanırdık, o denli yitirdik tüm kerterizlerimizi.

7 Mayıs 1666, Akdeniz'de bir yerde

Bugün kaptanla bir iki kelime konuştuk. Kırk yaşında; adı Centurione ve hiç çekinmeden deli olduğunu yazabilirim buraya!

"Deli" sözcüğünü gözüpek, tedbirsiz, hayalci ya da dengesiz anlamında yazmıyorum. Deli demek isteyerek "deli" yazıyorum. Kaptan peşinde kanatlı cinler olduğunu düşünüyor ve onlardan kaçmak için dolambaçlı yollar izliyor!

Bir yolcu bana böyle şeyler söyleseydi, bir tayfa, cerrah ya da marangoz, derhal kaptana koşar ve onu zincire vurup ilk iskelede indirmesini isterdim. Kaptan deli olunca ne yapılır peki?

Kudurmuş, azgın, bağırıp çağıran bir deli olsaydı en azından, biraraya gelip elini kolunu bağlardık, uğrayacağımız limanın yetkililerini uyarırdık!

Ama durum hiç de böyle değil! Adam sakin bir deli; ortalıkta saygıdeğer bir tavırla dolaşıyor, insanlarla tartışıyor, şakalaşıyor, ve emirlerini bir önderin güvenli edasıyla veriyor.

Bugüne dek onunla neredeyse hiç konuşmamıştım. Cenova'da, koşarak geldiğimde ve geminin neredeyse bensiz yola çıkacağını söylediğinde topu topu bir iki kelime konuşmuştuk. Ama bu sabah güvertede dolaşırken yanımdan geçti; nazikçe selamladım onu ve ilk ağzından çıkanlar, en alışılmışından sözler oldu. Birbirine saygı gösteren Cenevizliler arasında olması gerektiği gibi önce ailelerimizden söz ettik; o da Embriaco'ların şöhreti ve Cenova'nın geçmişi üstüne akıllıca sözler söyledi.

Tam ortalıkta onunla ilgili dolaşan alaylı sözlerin haksız olduğunu düşünmeye başlamıştım ki bir kuş gelip başlarımızın üstünden ve çok alçaktan uçtu. Çığlığını duyunca gözlerimizi yukarı kaldırdık ve o sırada karşımdakinin endişeli olduğunu farkettim.

"Bu ne kuşu? diye sordum. Bir martı mı? Karamartı mı? Yoksa albatros mu?"

Kaptan, ansızın sinirli bir edayla yanıt verdi: "Bu bir cin!"

Önce bunun, verebileceği zararlar nedeniyle bu kuşu lanetlemenin bir biçimi olduğunu sandım. Sonra da, denizcilerin böyle adlandırdığı bir tür kuş mu var diye sordum kendi kendime.

Ama adam, gittikçe daha tedirgin devam ediyordu sözüne:

"Benim peşimdeler! Nereye gidersem gideyim, buluyorlar! Hiçbir zaman rahat bırakmayacaklar beni!"

Çılgınlığına gömülüvermesi için iki kanat çırpması yetmişti.

"Yıllardır izliyorlar beni, dünyanın tüm denizlerinde..."

Artık benimle konuşmuyordu, yalnızca tanık olmamı istiyordu kendi kendiyle ya da cinleriyle konuşmasına.

Bir iki saniye sonra, bizi izleyenlerden kurtulabilmemiz için rota değiştirilmesi emrini vereceğini mırıldanarak ayrıldı yanımdan.

Yüce Tanrım, bizi nerelere götürecek bu adam?

Bu olanları kimselere anlatmamaya karar verdim, en azından şimdilik. Zaten kime anlatabilirim ki? Ne söylemek için? Ne yapmak için? Bir isyana kalkışmak için mi? Gemiye korkuyu, kuşkuyu, başkaldırıyı yaymak ve dökülebilecek kanın sorumluluğunu almak için mi? Bütün bunlar çok ciddi şeyler. Ve susmak en cesaretli çözüm değilse de sanırım beklemem, gözlemem, düşünmem, bir yandan da uyanık olmam gerekiyor.

Ne mutlu ki bu defter var, susmak zorunda kaldığım şeyleri kulağına fısıldamak için.

8 Mayıs

Bu sabah Venedikli yolcuyla biraz konuştum. Adı Girolamo Durrazzi. Konuşmamız kısa ama kibarca oldu. Sevgili babacığım bu satırları okuyabilecek olsaydı "kibarca ama kısa oldu..." diye yazardım...

Gemideki herkesin kısık sesle "prens" diye andığı bir de İranlı var. Gerçekten prens mi bilmiyorum ama hali tavrı benziyor; iki iriyarı adam, yaşamından endişe edercesine her an onu izliyor, sağı solu kolluyorlar. Kısa bir sakalı var; başındaki siyah sarık öylesine ince, öylesine yassı ki sapsade bir ipek sargı gibi duruyor. Kimseyle, iki muhafızıyla bile konuşmuyor; önüne bakarak yürüyor yalnızca ve arasıra, ufka ya da göğe bakmak için duruyor.

9 Mayıs 1666, Pazar

Sonunda demir attık. Ama ne Barselona'ya, ne de Valensiya'ya; Balearlar'dan Minorka Adası'na, daha kesin söylemek gerekirse Mahon limanına. Son sayfalarımı okuyunca, gerçekten de fısıltılarda öngörülen birçok hedeften biri olduğunu gördüm bu limanın. Sanki bu ad, Tanrı'nın bizim için attığı zarın yüzlerinden birinde yazılı imiş gibi.

Deliliğin yüreğinde son bir tutarlılık belirtisi aramaktansa, bu çılgın "nave"yi terketmek daha doğru olmaz mı? Şöyle demeliydim aslında: Gidip bensiz kaybolsunlar istedikleri yerde! Kaptan, cerrah, Venedikli tüccar ya da İranlı prens! Oysa, gitmiyorum. Oysa, kaçıp kurtulmuyorum. Bu tanımadığım insanların sağ kalması önemli mi benim için? Ya da benim sağ kalmam mı artık önemli olmayan? Çok büyük bir cesaret mi bu, çok büyük bir boyun eğme mi? Bilmiyorum, ama kalıyorum.

Son anda, kayıkların çevresindeki itiş kakışı görünce karaya bile çıkmamaya ve o sarışın genç tayfayı çağırıp alışveriş yaptırmaya karar verdim. Çocuğun adı Maurizio ve bana oynadığı oyun yüzünden biraz kendini borçlu hissediyor sanırım.

Aslına bakarsanız ona hiç kızmıyorum artık; sarı perçemlerini görmek içimi biraz rahatlatıyor bile– ama onun bunu bilmemesi daha iyi.

Onun için bütün istediklerimin bir listesini yapmıştım; sıkıntılı görüntüsünden hiçbir zaman okumayı öğrenemediğini anladım. Bunun üzerine listeyi ezberlettim; ödemesi için de bol bol para verdim. Dönüşünde paranın üstünü ona bıraktım; bundan çok hoşnut kaldı. Sanırım artık her gün gelip bir şey isteyip istemediğimi soracak; benim hizmetime girecek. Hâtem'in yerini tutamaz ama tıpkı onun gibi, hem kurnaz, hem de dürüst bir havası var. İnsan, yanında çalışan birinden daha fazla ne bekleyebilir ki?

Günün birinde Maurizio'nun ağzından, onu *Malta Haçı* hanına, beni aramaya gönderen kişinin adını alacağım. Buna gereksinimim var mı, söyleyeceği şeyi kesinlikle bildiğime göre? Evet, düşününce gereksinimim olduğunu görüyorum. Kendi kulaklarımla duymak istiyorum Gregorio Mangiavacca'nın ona para verdiğini, o gün beni çağırması ve şu anda beni İngiltere'ye götüren gemiye dek koşturması için! İngiltere'ye ya da Tanrı bilir başka nereye...

Öte yandan, hiç de acele etmiyorum. Daha haftalarca bu gemide birlikteyiz ve bu çocuğun her şeyi itiraf etmesi için benim biraz sabırlı ve becerikli olmam yeterli.

11 Mayıs

Bir Venedikliyle dost olacağım aklımın ucundan geçmezdi!

Aslına bakarsanız ne zaman iki tüccar, denizde uzun bir yolculukta biraraya gelseler, birşeyler bulup konuşmaya başlarlar. Ama onunla, işler bunun çok ötesine geçti; kurduğumuz ilk tümcelerden başlayarak o kadar çok ortak konumuz olduğunu keşfettik ki, babamın kafama kazıdığı uyarıları bir anda unutuverdim.

Aramızdaki uyuşmayı asıl kolaylaştıran şey, Girolamo

Durrazzi'nin Venedik'te doğmuş olmasına karşın çocukluğundan beri çeşitli Doğu semaları altında yaşamış olmasıydı kuşkusuz. Önce Kandiye'de, sonra Volga Nehri üstündeki Çariçin'de. Kısa süredir de Moskova'nın içinde yaşıyormuş; anlattıklarından bu kentte büyük bir saygınlığı olduğu anlaşılıyor. Evi, Yabancılar Mahallesi'ndeymiş ve dediğine göre bu mahalle, kent içinde bir başka kent olmuş. Orada Fransız ahçılara, Viyanalı pastacılara, İtalyan ya da Polonyalı ressamlara, Danimarkalı ya da İskoç askerlere rastlamak olasıymış ve tabii tüm uluslardan tüccarlara ve maceraperestlere. Dahası, kentin dışında, takım halinde oyuncuların karşı karşıya gelip İngiliz tarzı ayak topu oynadığı bir alan bile düzenlemişler. Kral Charles'ın elçisi Carlisle kontu, zaman zaman gelip izliyormuş bu oyunları.

12 Mayıs

Venedikli dostum, bugün beni akşam yemeğine kendi kamaralarına davet etti. (Her "Venedikli dostum" yazışımda duraksıyor ve sıkıntıyla gülümsüyorum; ama sürdüreceğim bunu ve günün birinde alışacağım!) Yanında bir ahçısı, bir uşağı, bir de hizmetçisi var. Ben de böyle bir donanımla çıkmalıydım yola, gemiye böyle tek başıma, bir serseri, bir sürgün gibi bineceğime!

Yemek sırasında arkadaşım, Londra'ya gitme nedenlerini açıkladı. Moskova'ya yerleşecek İngiliz zanaatkârlar bulma görevi verilmiş kendisine. Gerçek anlamda Çar Aleksey tarafından görevlendirilmiş değil ama çar, onu koruma sözü vermiş ve yüreklendirmiş. Mesleği ne olursa olsun, işinde usta ve becerikli herkese kapılarını açacakmış ülke; tek koşul, kendi inançlarını yaymaya kalkmamalarıymış. Bilge bir kişiliğe sahip olan hükümdar, kentinin, o Hıristiyan Cumhuriyeti yandaşı bağnazların yatağı haline gelmesini istemiyormuş; söylendiğine göre bunlardan çok varmış İngiltere'de, ama Kral Charles'ın altı yıl önce geri dönüşünden bu yana ya saklanıyor ya da ülkeyi terkediyorlarmış.

Girolamo beni de, gidip Moskova'ya yerleşmem için ikna etmeye çalıştı. Yabancılar Mahallesi'ndeki yaşamı, çok çekici bir biçimde betimledi. Nezaketen ve öykünün gerisini getirmesi için cesaretlendirmek amacıyla "belki" dedim; ama önerisi hiç de heyecanlandırmadı beni. Kırk yaşındayım ve dilini, törelerini hiç bilmediğim bir ülkede yaşamımı baştan almak için çok yaşlıyım. İki yurdum var: Cenova ve Cübeyl; ve birini terkedersem ötekine gitmek için olur bu ancak.

Üstelik denizi seyretmeyi severim ben; bir gün ondan uzaklaşmak zorunda kalırsam, özlerim. Bir gemide kendimi pek rahat hissetmediğim doğru; ayaklarımın sağlam toprağa basmasını yeğlerim. Ama deniz kıyısında! O yakıcı kokularını duymak isterim denizin! Ölen, doğan, yeniden ölen dalgalarını görmek isterim! Bakışlarımın, sonsuzluğunda yitip gitmesini isterim!

Başka bir sonsuzluğa, çöl kumlarının ya da karlı ovaların sonsuzluğuna uyum sağlanabilmesini de anlıyorum; ama insan benim gözlerimi açtığım yerde dünyaya gözlerini açarsa ve damarlarında Cenevizli kanı varsa, olacak şey değil!

Buna karşılık günün birinde yurtlarını ve bütün yakınlarını terkedenleri, kimi zaman adlarını bile değiştirerek, sınırsız bir ülkede yeni bir yaşama atılanları kolayca anlıyorum. İster Amerika kıtasında, ister Moskovya'da olsun. Benim atalarım da aynı şeyi yapmadılar mı? Hem benim atalarım, hem de bütün insanların ataları. Tüm kentler, başka yerlerden gelen insanlar tarafından kuruldu, iskân edildi; tüm köyler de öyle; ancak ardarda gelen göçler doldurabildi yeryüzünü. Eğer yüreğim eskisi gibi dalgalı, bacaklarım hâlâ hafif olaydı, belki ben de doğduğum denizden yüz çevirir, yalnızca adı bile yeterince baştançıkarıcı bu Yabancılar Mahallesi'ne giderdim.

13 Mayıs

Fransa kralının, Osmanlı topraklarını işgal etmeyi tasarladığı ve bakanlarına ayrıntılı bir saldırı planı bile yaptırdığı haberi gerçek olabilir mi? Girolamo kesinlikle emin bundan ve sözlerini, hiçbir nedenle kuşku duyamayacağım, çeşitli tanıklıklarla destekliyor. Giderek kralın, sultanın büyük düşmanı İran şahı ile temasa geçtiğini; şahın da belirli bir tarihte karışıklıklar çıkararak Türk ordularını Gürcistan, Ermenistan ve Azerbaycan taraflarına çektiğini iddia ediyor. Bu arada Kral Louis, Venediklilerin de yardımıyla, Kandiye'yi, Ege adalarını, Boğazlar'ı ve belki de Kutsal Topraklar'ı ele geçirme niyetindeymiş.

Sözü edilenler, hiç de olmayacak şeyler değil; ama bizim Venediklinin, bunları, bu kadar kısa süredir tanıdığı bir adama böyle açıkça anlatması beni şaşırtıyor. Gevezenin biri o, bundan kuşkum yok; ama ona kızmamalıyım; çünkü hem çok şey öğreniyorum, hem de boşboğazlığının tek nedeni, bana duyduğu dostluk ve güven.

Bütün gece Fransa kralının tasarılarını kafamda döndürdüm durdum ve hiç hoşuma gitmedi bunlar. Tabii ki savaşta talihi yaver gider de kalıcı bir biçimde adaları, Boğazlar'ı ve Doğu'nun bütününü ele geçirebilirse bundan şikâyetçi olmam. Ama Venediklilerle birlikte gözüpek ama sonuçsuz bir girişimde bulunursa bunun faturası bana ve benzerlerime çıkar; sultan, bunun intikamını bizlerden, Doğu'nun limanlarına yerleşmiş Avrupalı tüccarlardan alır. Böylesi bir savaşın ben ve yakınlarım için bir felaket olduğunu, düşündükçe daha çok görüyorum. Umarım Tanrı, hiçbir zaman meydana gelmesine izin vermez!

Şu son satırları ve öncekileri bir daha okudum; ve ansızın böyle şeyler yazmanın ve böyle dilekler belirtmenin tehlikeli olup olmadığı düşündüm. Elbette ki benden başka kimsenin çözemeyeceği, kendi özel ve anlaşılmaz dilimle yazıyorum bunları. Ama yalnızca yakınlarımdan ya da burnunu sokacak herhangi birinden saklamak istediğim özel yazılarım için geçerliydi bu. Günün birinde yetkililer işe karışırsa, bir vali, bir paşa ya da bir kadı, burada neler yazılı olduğunu öğrenmeyi kafasına koyarsa ve kazığa oturtma tehdidiyle ya da işkence ederek, şifremin anahtarını vermemi isterse nasıl kafa tutabilirim ona?

Ve şifremin sırrını verirsem, Fransa kralının Doğu'yu işgal etmesinden pek hoşnut kalacağımı okuyabilir rahatça.

Belki de Doğu'ya döneceğim gün bu sayfayı yırtmam gerekecek. Ve gelecekte, buna benzer şeylerden söz etmekten kaçınmalıyım. Büyük olasılıkla fazlaca tedbirli davranıyorum; ne bir vali, ne de bir paşa gelip karıştıracaktır notlarımı. Ama insan benim durumumdaysa, bunca kuşaktır yabancı bir ülkede yaşıyorsa ve yazgısı, her an uğrayabileceği bir hakarete ve rasgele bir ihbara bağlıysa, tedbir, yalnızca bir davranış biçimi değildir artık, kişinin yoğurulduğu hamurun ta kendisidir.

14 Mayıs

Bugün, "prens" diye adlandırılan İranlıyla bir iki kelime konuştum. Prens mi, yoksa tüccar mı, hâlâ bilmiyorum; bana hiçbir şey söylemedi.

Her zamanki gibi dolaşıyordu; ben de yolunun üstündeydim. Bana gülümsedi; bu da yanına yaklaşmam için cesaret verdi. Ona doğru bir adım attığımda adamları telaşlandılar; ama bir el işaretiyle rahat durmalarını söyledi ve hafifçe eğilerek beni selamladı. O zaman ona Arapça karşılama sözleri söyledim; o da bana uygun karşılıklarını verdi.

Her Müslümanın bildiği o alışılmış tümceler dışında adam Arapçayı zorlukla konuşuyor. Yine de karşılıklı kendimizi tanıtabildik ve sanırım yeri gelirse konuşabileceğiz onunla. Adının Ali İsfahânî olduğunu ve işleri için yolculuk yaptığını söyledi. Bunun asıl adı olduğundan kuşkuluyum. Ali onlarda en yaygın küçük addır; İsfahan da başkentleri. Gerçeği söylemek gerekirse şu "prens" kendiyle ilgili pek bir şey açıklamadı. Ama artık birbirimizle tanıştık ve yine konuşacağız.

Venedikli dostum Girolamo'ya gelince, bana Moskova'yı ve büyük değer verdiği Çar Aleksey'i övmeye devam ediyor. Uyruklarının yazgısıyla yakından ilgili olduğunu, krallığına tüccarları, zanaatkârları ve bilginleri çekmek istediğini söylüyor. Ama Rusya'da herkes yabancılara onun kadar iyi gözle bakmıyor. Çar istediği kadar, o güne dek geniş ve iç karartıcı bir kasaba olan başkentindeki değişikliklerden hoşnut kalsın, istediği kadar gidip ressamlara poz versin, son moda tuhaflıklardan haberli olsun, istediği kadar Fransa kralı gibi kendi özel tiyatro trupunu kurmak istesin, Moskova'nın göbeğinde –ama daha çok ülkenin geri kalanında– tüm bu yeniliklerde Deccal'ın damgasını gören binlerce huysuz Rus papazı var. Yabancılar Mahallesi'nde olanlar, onlara göre sefahat, kokuşma, dinsizlik ve küfür; hepsi de Canavar'ın çok yakındaki egemenliğini haber veren işaretler.

Bu konuda Girolamo bana çok şeyi açıklayan bir olay aktardı. Geçen yıl Napolili bir grup, Moskova'ya, çarın kuzenlerinden birinin konağına temsil vermeye gitmişler. Aralarında oyuncular, müzikçiler, hokkabazlar, karnından konuşanlar varmış... Bir ara Percivale Grasso adında bir adam, çok etkileyici bir gösteri sunmuş: Önce yerde yatan kurt kafalı bir kukla, birden ayağa kalkmış, ardından konuşmaya, şarkı söylemeye, sallana sallana yürümeye, sonra da dans etmeye başlamış; üstelik perde arkasına gizlenmiş bir yükseltinin üstünden onu hareket ettiren adamın eli bir an bile görülmeden. İzleyicilerin hepsi de büyülenmiş gibiymiş. Ansızın bir Ortodoks papaz ayağa fırlamış ve önlerindekinin şeytanın ta kendisi olduğunu bağırmaya başlamış; Vahiy'den tümceler okuyormuş bu arada: "Ve ona, hayvanın imgesini canlandırma ve bu imgeyi konuşturma yetisi verildi..." Sonra cebinden bir taş çıkartmış ve sahneye atmış. Onunla birlikte gelen birkaç kişi daha, aynı şeyi yapmış. Ardından hep birlikte Napolililere, yabancılara, şeytan işi ve dinsizlik diye nitelendirdikleri şeylerle bir biçimde ilişkili herkese lanetler savurmuşlar. Ve zamanın sonunun, Son Yargı gününün gelip çattığını ilan etmişler bağırarak. İzleyiciler birbiri ardından kaçışmaya başlamış; çarın kuzeni bile bu kudurmuşlara karşı çıkmaya cesaret edememiş; ve trup, şafakta Moskova'yı terketmek zorunda kalmış.

Arkadaşım bütün bunları ayrıntılarıyla anlatırken, birkaç yıl önce elinde bir kitapla –tam da şu içinde bulunduğumuz 1666 yılında dünyanın sonunun geleceğini haber veren bir kitapla– Cübeyl'e, evime gelen o ziyaretçiyi anımsadım. Adı Evdokim'di. Ondan Girolamo'ya söz ettim. Bu ad, ona bir şey anımsatmadı; ama *Gerçek ve Ortodoks Tek Din'in Kitabı*'nı iyi tanıyor; gün geçmiyormuş ki birileri ona bu kehanetten söz etmesin. Girolamo bu kehanete aldırmıyor, yoğun aptallıktan, bilgisizlikten, körinançtan dem vuruyor ondan söz ederken, bu da beni büyük ölçüde rahatlatıyor; ama orada, insanların çoğunun buna inandığını da ekliyor. O kadar ki bazıları, belirli bir tarih bile ileri sürüyorlarmış. Kimbilir hangi takvim düzenine göre, dünyanın Saint-Siméon gününden öteye yaşamayacağını iddia ediyorlarmış; bu da Eylülün birine geliyor ve onlar için yılbaşı günü.

15 Mayıs 66

Bugün sanırım İsfahanlı "prens"in güvenini kazandım; ya da daha doğrusu, ilgisini çektim.

Bir gezinti sırasında karşılaşmış ve birlikte bir iki adım atmıştık; yürürken de, şu son aylarda uğradığım kentleri saymıştım ona. Her adda nazikçe başını sallıyordu ama İzmir'in adını söylediğimde bakışında bir değişiklik olduğunu farkettim. Belki bu kentten biraz daha söz etmem için, anlamlı bir edayla "İzmir, İzmir!" diye yineledi.

Ona orada kırk gün geçirdiğimi ve mesih olduğunu iddia eden Yahudiyi gözlerimle gördüğümü söyledim. O zaman koluma girdi, bana saygıdeğer dostum diye hitap etti ve şu "Sabetay Levi" konusunda kendisine çok çelişkili şeyler anlatıldığını belirtti.

Düzelttim:

"Bu ad, Yahudilerden duyduğum kadarıyla daha çok Sabetay Zevi ya da Tsevi biçiminde söyleniyor."

Yanlışını düzelttiğim için bana teşekkür etti; bu kişiyle ilgili aktarılanlar içinde akla karayı ayırdedebilmesi için tam olarak ne gördüğümü anlatmamı istedi.

Ona bazı şeyler anlattım, daha anlatacağıma da söz verdim.

16 Mayıs

Dün "prens"in güveninden söz etmiş, sonra da bundan cayarak onda ilgi uyandırdığımı söylemiştim. Bu ayrımı yapmakta haklıydım, ama bugün yeniden "güven" sözcüğünü kullanabilirim. Çünkü dün adam yalnızca beni konuşturmuşken, bugün kendinden de söz etti.

Gerçek anlamda bana sırlarını açtığını söyleyemem – zaten neden böyle bir şey yapsın ki? Ama onun gibi birinden, yani yabancı bir ülkede bulunan ve gizliliğe önem verdiği açıkça belli olan birinden geldiğinde, söylediği azıcık şey bile bana değer verdiğini kanıtlıyor, güven duyduğunu belli ediyor.

En önemlisi de, sıradan anlamıyla "iş" için gezmediğini, dünyayı gözlemek ve orada olup biten tuhaf şeyler konusunda bilgi almak amacıyla yolculuk yaptığını söyledi. Bana söylemedi ama çok üst düzeyden bir kişi olduğuna eminim onun: Belki büyük şahın kardeşidir, ya da bir kuzeni.

Onu Girolamo'yla tanıştırmayı düşündüm. Ne var ki Venedikli dostum biraz geveze; öteki bundan korkabilir ve utangaç bir gül gibi yavaş yavaş açılacağına, birdenbire kapanabilir.

Demek ki ayrı ayrı görüşeceğim bu ikisiyle; benim aracılığım olmadan, kendiliklerinden karşılaşmazlarsa eğer.

17 Mayıs

Prens bugün beni "sarayına" davet etti. Her şeyi göreceliği içinde ele alırsak bu deyim abartılı sayılmaz. Denizciler bir tahıl ambarında yatıyorlar, ben bir kulübede, Girolamo ve eşlikçileri bir evde; ardarda birkaç odayı işgal eden ve onları İran tarzı halılarla, yastıklarla döşeyen Ali İsfahânî ise sanki bir sarayda yaşıyor. Adamları arasında bir sofracıbaşı, bir çevirmen, bir ahçı ve yamağı, bir giydirme uşağı ve her işe bakan dört adam var; bunların dışında da "yırtıcılarım" adını verdiği iki muhafızı.

Çevirmen, bir Fransız din adamı; Toulouse kökenli ve kendine "Peder Ange" dedirtiyor. Ali'nin yanındaki varlığı beni şaşırtıyor; özellikle de Farsça konuştuklarını duyduktan sonra. Hakkında başka bir şey öğrenemedim; çünkü efendisi birbirimizle Arapça konuşabildiğimizi söyler söylemez, ortadan kayboldu.

Bu akşam, çok tuhaf bir masal anlattı prens bana; bu masala göre, bu yılın başından beri her gece birçok yıldız kayboluyormuş gökyüzünden. Karanlıkta gökkubbeyi gözlemek ve yıldızların çok yoğun olduğu köşelere bakmak yeterli diyor, birkaçının ansızın sönüp bir daha yanmadığını görmek için. Gökyüzünün yıl boyunca yavaş yavaş boşalacağından ve sonunda bütünüyle kapkara kalacağından emin görünüyor.

Söylediklerini doğrulamak için, gece uzun süre güvertede oturdum, başım arkada, gökyüzünü gözledim. Belirli noktalara sabit bir biçimde bakmaya çalıştım, ama her seferinde gözlerim bulandı. Bir saatin sonunda üşüdüm ve hiçbir şeyden emin olamadan gidip yattım.

18 Mayıs

Yıldız masalını Venedikli arkadaşıma da anlattım; daha sonunu getirmeden kahkahayı patlattı. İyi ki bu öyküyü kimden duyduğumu söylememişim. Ve iyi ki bu iki dostumu birbiriyle tanıştırmama akıllılığını göstermişim.

Zamanın sonu söylentileriyle dalga geçmeyi sürdürürken Girolamo, beni endişelendiren şeyler de söyledi. Onunla birlikteyken, bir zamanlar Meymûn'la sohbet ederken duyduğum sıkıntıyı duyuyorum; bir yandan soğukkanlılığını, her türlü körinancı küçümseyen tavrını paylaşmak istiyorum; bu nedenle de söylediklerini açıkça onaylıyorum. Bir yandan da bu körinançların –aralarında en aptalcalarının bile– kafamda yuvalanmasını engelleyemiyorum. "Ya bu insanlar haklıysa?", "Ya kehanetleri doğru çıkarsa?", "Ya dünyanın sönüp gitmesine dört aydan az kaldıysa?" – Bu sorular, bana rağmen, dönüp duruyor kafamda ve saçma olduklarını kesin olarak bilsem de onlardan kurtulmayı başaramıyorum. Bu da beni üzüyor ve utandırıyor, iki kez utandırıyor. Hem cahillerin korkusunu paylaştığım için utandırıyor, hem de dostuma bu denli ikiyüzlülük ettiğim için utandırıyor: Onunla aynı düşüncedeymiş gibi başımı sallıyorum, ama yüreğim bu hareketi yalanlıyor.

Bu duyguları dün bir kez daha, Girolamo bana Kapitonlar adı verilen bazı Moskovalılardan söz ettiğinde yaşadım; söylediğine göre ölümü yürekten arzu ediyormuş bu adamlar "çünkü İsa'nın, kısa süre içinde, krallığını kurmak üzere dünyaya geri geleceğine inanıyorlarmış ve onun yıldırımlarıyla yanacak günahkârlar kalabalığı olmak yerine, onunla birlikte gelecekler arasında, onun eşlikçileri arasında olmak istiyorlarmış. Her türlü yetkeden uzakta, ülkenin sonsuzluğuna dağılmış küçük gruplar halinde yaşıyormuş bu insanlar. Tüm dünyanın artık Deccal tarafından yönetildiğine, tüm yeryüzünün lanetlilerle dolu olduğuna inanıyor ve ne Moskova'yı, ne de kilisesini ayrı tutuyorlarmış bundan; bu yüzden de dualarına, kutsal törenlerine uymuyorlarmış artık bu kilisenin. Başkanları, açlıktan ölmelerini öneriyormuş onlara, çünkü böylece kendini öldürme günahından suçlu olmazlarmış. Ama bazıları, kendilerini acelede hissediyor ve tanrısal yasayı en kötü biçimde çiğnemekte tereddüt etmiyorlarmış. Hafta geçmiyormuş ki bu geniş ülkenin şu ya da bu köşesinden, korkunç olaylar duyulmasın. Az ya da çok kalabalık gruplar, bir kilisede, kimi zaman sıradan bir ambarda toplanıyor, kapıları sıkıca kapatıyor ve bile bile ateşe veriyorlarmış yapıyı; böylece dualar ve çocuk çığlıkları arasında tüm fertleriyle aileler kurban ediyorlarmış kendilerini."

Girolamo'nun anlattığı andan beri bu sahneler aklımdan hiç çıkmıyor. Gece gündüz onları düşünüyorum ve bunca insanın bir hiç için ölmesi, olacak şey mi diye soruyorum kendi kendime. İnsan bu denli yanılabilir mi ve bir akıl yürütme hatası yüzünden yaşamını, bunca acımasız bir biçimde kurban edebilir mi? Yalnızca saygı duyabilirim ben bu insanlara, ama Venedikli dostum saygı filan duymadığını söylüyor. Cahil hayvanlara benzetiyor onları ve yaptıklarının hem aptallık, hem suç, hem de günah olduğunu söylüyor. Olsa olsa bir tür merhamet duyuyor onlara karşı; ama bu merhamet, küçümsemenin dış kabuğu yalnızca. Ve bu tavrını acımasızca bulduğumu itiraf ettiğimde, onlara karşı hiçbir zaman, onların kendilerine, karılarına ve çocuklarına karşı oldukları kadar acımasız olamayacağını söyledi.

19 Mayıs

Yıldızların sönmesini doğrulamak olası görünmüyorsa da İranlı dostumun anlattığı masalın en ufak bir kuşkuya meydan vermeyecek biçimde kanıtladığı şey, onun da benim gibi bu lanetli yıl konusunda söylenen her şeye ilgi duyduğu.

Hayır, benim gibi değil, benden çok daha fazla. Ben, aşklarım, işlerim, sıradan düşlerim, gündelik kaygılarım arasında parçalanmış durumdayım ve *Yüzüncü Ad*'ı kovalamaktan vazgeçmemek için uyuşuk mizacıma sert davranmak zorunda kalıyorum her gün. Kıyamet, arada sırada aklıma geliyor, fazla inanmadan inanıyorum her şeye, babamın içimde yetiştirdiği kuşkucu, büyük dinsel taşkınlıklardan koruyor beni – ya da belki, her türlü sebattan koruyor demeliydim, ister akıllıca davranışta olsun, ister sanrıların peşinden koşmada.

Benim "prens" dostuma gelince, içinde bulunduğumuz yıl konusunda saptadığı tüm kehanetleri bugün bir bir saydı bana. Bu kehanetler, dünyanın dört bir yanından geliyor ve sayıları çok fazla. Bazılarını biliyorum, bazılarını bilmiyorum ya da yarım yamalak biliyorum. O benden çok fazlasını biliyor; ama ben de, onun bilmediği bazılarını biliyorum.

Her şeyden önce, tabii ki Moskovalıların ve Yahudilerin kehanetleri geliyor. Ardından Halepli tarikatçıların ve İngiliz fanatiklerinkiler. Portekizli bir Cizvitin çok yeni kehanetleri. Sonra da –onun gözünde en endişe verici olanlar bunlar– İran'ın en büyük dört yıldız falcısının kehanetleri: Aslında hiç uyuşmazmış söyledikleri ve hükümdarın kayrasını paylaşamazlarmış; ama bu kez dördü tek ses olup, bu yıl insanların, Tanrı'ya İbranice adıyla sesleneceklerini söylemişler, tıpkı Nuh'un yaptığı gibi ve Nuh'tan bu yana olmamış şeylerin meydana geleceğini muştulamışlar.

"Yeni bir tufan mı kaplayacak dünyayı?" diye sordum.

"Evet, ama bu kez bir ateş tufanı!"

Yeni dostumun bu son tümceyi söyleyiş biçimi, bana yeğenim Bûme'yi anımsattı. En korkunç felaketleri haber vermek için bürünülen şu zafer edası! Sanki Tanrı, sırlarını onlara açarken açıkça dokunulmazlık da vaadetmiş gibi!

20 Mayıs

Gece, İranlı yıldız falcılarının kehanetlerini yeniden düşündüm. Dünyanın sonu üstüne tüm kehanetlerde rastlanan o yeni tufan tehlikesine pek değil de, daha çok Tanrı'nın adı, özellikle de İbranice adıyla ilgili anıştırmaya aklım takıldı. Anladığıma göre kimsenin ağzına almaması gereken o kutsal dört harfli sözcük, o kutsal *tetragramma* bu –Kutsal Kitap'ı doğru okuduysam–; yalnızca büyük rahip, o da yılda bir kez, kutsal günlerin en kutsalında, Kefaret gününde söyleyebiliyor onu. Ya binlerce insan, Sabetay'ın isteğine uyup, tüm dünyada o ağıza alınmaz adı yüksek sesle söylemeye başlarsa ne olacak? Tanrı buna öfkelenmez mi; ve bu öfkeyle yeryüzünü ve üstünde oturanları yok etmez mi?

Bugün uzun uzun tartıştığım İsfahânî, benimle hiç de aynı görüşte değil. Ona göre insanların ağıza alınmaz adı söylemeleri, Tanrı'nın niyetlerine meydan okumak için değil, tersine onların gerçekleşmesini hızlandırmak, zamanın sonuçlanmasını hızlandırmak, kurtuluşu hızlandırmak için olacak; anladığım kadarıyla İzmirli sözde mesihin, bu evrensel kuralın çiğnenmesine önayak olmasından hiç de rahatsız olmuş görünmüyor.

O zaman ona, Musa'ya açınlanmış *tetragramma*'yla, kimi Kuran yorumcularının aradığı yüzüncü adın aynı şey olup olmadığını sordum. Sorum o denli hoşuna gitti ki sağ eliyle omzuma sarıldı ve neredeyse beni iterek bir iki adım attı benimle; ve ondan gelen böylesi bir samimiyet belirtisi, yüzümü kızarttı.

"Büyük bir zevk bu" dedi sonunda, sesinde hafif bir heyecan belirtisiyle, "engin bilgileri olan biriyle yolculuk yapmak, büyük bir zevk."

Onu yalanlamak istemedim, oysa benim gözümde engin bilgileri olan biri, bu soruyu sormaktan çok yanıtlayabilecek kişiydi.

"Gelin, beni izleyin!"

Beni alıp "gizli çalışma odam" dediği küçük bir mekâna götürdü. Hazret bu gemiye binmeden önce buranın herhangi bir adı yoktu bana sorarsanız; ne "çalışma odası", ne "oda", ne de "kulübe"; olsa olsa karnı deşilmiş bir iki çuvalın atılıp unutulacağı, tanımsız bir yer. Ama şimdi ahşap bölme duvarları, perdelerle örtülüydü; ama şimdi döşeme, kendi ölçüsünde bir halıyla kaplanmıştı; şimdi havada günlük kokuları vardı. Yüzyüze, kalın yastıklara oturduk. Tavana bir yağ lambası asılmıştı. Bize kahve ve şekerlemeler getirdiler, solumda duran bir sandığın üstüne bıraktılar. Öbür yanda mavi ufka bakan, geniş ve biçimsiz bir açıklık vardı. İçimi ısıtan bir izlenime kapıldım birden, denize karşı sanki yeniden, Cübeyl'de, çocukluk odamda hissettim kendimi.

"Tanrı'nın, bildiğimiz doksan dokuz adına eklenecek yüzüncü bir adı var mı? Varsa nedir bu? İbranice bir ad mı? Süryanice mi? Arapça mı? Bir kitapta görür ya da bir yerde duyarsak, nasıl tanırız onu? Geçmişte kim bildi bu adı? Ve hangi güçleri verir bu ad, onu elinde tutanlara?"

Dostum, acele etmeden, bir bir sıralamaya koyulmuştu soruları. Arada bana da bakıyordu, ama daha çok açıklara dönüktü yüzü. O zaman istediğim gibi seyredebiliyordum zayıf kartal profilini, düzgün sürülmüş kaşlarını.

"İslamın ilk günlerinden bu yana bilginler Kuran'ın bir ayeti çevresinde tartışıp duruyorlar; üç kez aynı sözcüklerle geçiyor kitapta ve değişik biçimlerde yorumlanıyor."

İsfahânî tek tek hecelerin üstüne basarak okudu: "Fe sabbih bi-ismi Rabbike'l-azîm". Bizim dilimize şöyle çevrilebilir bu: "Ulu Tanrı'nın adını yücelt."

Anlamdaki belirsizlikse şundan doğuyor: Arapça tümcenin kuruluşunda, "ulu" anlamındaki "el-azîm" sıfatı, Tanrı'yı olduğu kadar adını da tamlayabilir. Birinci durumda bu ayette yalnızca, çok doğal bir biçimde Tanrı'nın adının yüceltilmesi çağrısı yer almaktadır. Ama ikinci yorum doğruysa, ayet "Tanrı'nı ulu adıyla yücelt" biçiminde anlaşılabilir; bundan da Tanrı'nın değişik adları arasında, bütün öbürlerinden üstün, ulu, yüce bir adı olduğu ve bu ada yakarmanın, özel erdemleri olduğu anlamı çıkabilir.

"Tartışma yüzyıllardır sürüp gidiyordu; her iki yorumun yandaşları da Kuran'da ya da Peygamber'in sözlerinde, kendi savlarını destekleyecek ve karşı savı çürütecek şeyler buluyorlar ya da bulduklarını sanıyorlardı. Yeni bir sav ortaya çıkana, Mazandarânî adı verilen Bağdatlı bir bilgin, yeni ve güçlü bir kanıt ileri sürene kadar sürdü bu. Herkesi ikna ettiğini söyleyemem; insanlar bugün hâlâ farklı görüşleri savunuyorlar. Üstelik pek sağlam ayakkabı da değildi bu adam; simyayla uğraştığı, büyülü alfabelerle yazı yazdığı ve çeşitli gizli bilimlerle uğraştığı iddia ediliyordu. Yine de sözü dinlenmiş, çok sayıda yandaşı olmuş ve evi hiç boş kalmamıştı söylenenlere bakılırsa. Bunun yanısıra savı da kesin görüşleri sarstı, hem bilginlerin hem de konuya yabancı kişilerin iştahını uyandırdı."

"Prens"e göre Mazandarânî'nin savı şöyle özetlenebilirdi: Eğer sözkonusu ayet iki biçimde anlaşılabilmişse, Tanrı –ki Müslümanlara göre Kuran onun sözüdür– bu çiftanlamlılığı istemiş olmalıydı.

"Bu nedenle" diye ısrar etti İsfahânî bu görüşü onayladığını açıkça belli etmese de, "eğer Tanrı başka bir söyleyiş biçimini değil de bunu seçtiyse ve çok yakın sözcüklerle üç kez yinelediyse, bu ne bir hata, ne bir beceriksizlik, ne bir dalgınlık, ne de dili iyi bilmeme sorunudur – bütün bunlar düşünülemez O sözkonusu olduğunda. Böyle yaptıysa, kesinlikle bilerek yapmıştır!

"Böylelikle, bir biçimde kuşkuyu kesinliğe, karanlığı aydınlığa çeviren Mazandarânî, kendi kendine sordu daha sonra: Neden Tanrı böyle bir çiftanlamlılığı istemiş olabilirdi? Neden açıkça söylemedi yarattıklarına, yüce bir adın varolmadığını? Ve yanıtladı: Eğer Tanrı yüce ad konusunda sözünü çiftanlamlı bir biçimde söylemişse, bu bizi aldatmak ya da yanıltmak için olamaz; böylesi niyetler, O'nun katında –bir kez daha söyleyelim– düşünülemez bile; eğer yüce bir ad yoksa, onun varolabileceğine inanmamıza izin vermezdi Tanrı! Demek ki yüce ad vardır, zorunlu olarak; ve Tanrı onu bize daha açık biçimde söylemiyorsa, sonsuz bilgeliği, O'na, yolu yalnızca hakeden insanlara göstermesini öğütlüyor olmalıdır. Sözkonusu ayet okunduğunda –"Ulu Tanrı'nın adını yücelt"– başka birçok Kuran ayetinde olduğu gibi çoğunluk, anlaması gereken her şeyi anladığından emin olacaktır; oysa seçilmişler, sırrı bilenler, Tanrı'nın onlar için araladığı ince kapıdan süzülebileceklerdir içeri.

"Böylelikle yüzüncü adın varolduğunu ve Tanrı'nın onu aramamızı yasaklamadığını, hiçbir kuşkuya yer vermeyecek biçimde kanıtladığını düşünen Mazandarânî, bu adın ne olmadığını ve ne olduğunu bir kitapta söyleme sözünü vermişti çömezlerine."

"Bu kitabı yazdı mı peki?" diye sordum biraz utanmış bir sesle.

"Bu konuda da kanılar birbirinden ayrılıyor. Kimileri hiç yazmadığını ileri sürüyorlar; kimileriyse yazdığını ve kitabın adının *Yüzüncü Adın Kitabı, Yüzüncü Ad Üstüne* ya da *Gizli Adın Örtüsünün Kaldırılması* olduğunu söylüyorlar."

"Dükkânımdan bu adı taşıyan bir kitabın geçtiğini gördüm; ama gerçekten Mazandarânî'nin elinden çıkıp çıkmadığını hiçbir zaman bilemedim." – Kendimi ele vermeden söyleyebileceklerimden en az yalan olanı buydu.

"Hâlâ sizde mi?"

"Hayır. Daha okumaya bile fırsat bulamadan Fransa kralının bir görevlisi onu benden istedi; ben de verdim."

"Sizin yerinizde olsaydım, bu kitabı vermezdim, en azından okumadan önce. Ama üzülmeyin, sahte olduğundan hiç kuşkum yok..."

İsfahânî'nin sözlerini oldukça sadık bir biçimde aktardığımı sanıyorum; en azından önemli yanlarını, çünkü onunla tamı tamına üç saat sohbet ettik.

İçtenlikle konuşmuştu benimle, sanıyorum; ve gelecek karşılaşmalarımızda ben de içtenlikle konuşmak istiyorum. Ama bir yandan onu sorgulamayı sürdürerek; çünkü eminim, bana anlattıklarından çok daha fazla şey biliyor.

21 Mayıs

Tatsız tuzsuz bir gün.

Dün, bana ne kadar çok sevinç ve bilgi getirmişti; bugünse, düşkırıklıkları ve sinirlenme nedenleri taşıdı yalnızca.

Daha uyandığımda bir bulantı duygusu vardı üstümde. Ya teknenin sarsılmaları yüzünden yeniden deniz tutmaya başlamıştı ya da dün akşam yediğim çamfıstığı, Antep fıstığı, nohut ve kakule esaslı İran şekerlemelerini biraz fazla kaçırmıştım.

Kendimi ne iyi, ne de iştahlı hissettiğim için günü, dar kamaramda perhiz yaparak ve okuyarak geçirmeye karar verdim. "Prens"le konuşmamızı sürdürmek isterdim gerçi, ama kimsenin önüne çıkacak durumda değildim; avunmak için de belki çok aceleci ve çok meraklı görünmememin, ağzından laf almak istiyormuş gibi davranmamamın daha iyi olacağını söyledim kendi kendime.

Öğleden sonra, herkesin öğle uykusuna yattığı saatte gidip biraz dolaşmaya karar verdiğimde, güvertede gerçekten de kimse yoktu. Ama ansızın benden birkaç adım ötede, küpeşteye sırtını vermiş ve derin düşüncelere dalmış gibi görünen kaptanı gördüm. Onunla konuşmayı hiç istemiyordum ama, kaçar gibi görünmek de istemiyordum. Bu nedenle gezintimi aynı hızda sürdürdüm ve yanına geldiğimde nazikçe selamladım onu. O da aynını yaptı; ama pek orada değil gibiydi. Sessizliği uzatmamak için, ne zaman ve hangi limanda karaya yanaşacağımızı sordum.

Bir yolcunun kaptana sorabileceği en sıradan, en alışılmış soruydu bence bu; ama Centurione adındaki kaptan kuşkulu bir çene ifadesiyle döndü bana:

"Neden bu soru? Neyi bilmek istiyorsunuz?

Şeytan alsın, bir yolcu neden bindiği geminin nereye gittiğini bilmek ister ki? Yine de gülümsemeye devam ettim ve neredeyse özür dileyerek açıkladım:

"Son durağımızda yeterince erzak almamışım, bu nedenle bazı şeylerin sıkıntısını çekmeye başladım..."

"Hata etmişsiniz! Yolcu, tedbirli davranmak zorundadır."

Neredeyse cezalandıracaktı beni. Kalan tüm sabır ve nezaketimi toplayıp bir izin isteme tümcesi geveledim ve uzaklaştım yanından.

Bir saat sonra, Maurizio'yla bir çorba gönderdi bana.

Bütünüyle sağlıklı olsam da dokunmazdım ona; özellikle bugün, bağırsaklarımın bu nazik durumunda, asla!

Bu arada genç tayfaya teşekkürlerimi iletmesini söyledim; sonra da kaptana yönelik, içimden gelen bir iki alaylı söz söyledim. Ama Maurizio beni duymamış gibi davranmakta ısrar etti; bana da hiçbir şey söylememiş gibi davranmaktan başka yapacak şey kalmadı.

İşte böyle geçti günüm; ve şimdi sayfamın önünde, elimde kalemim, gözlerim yaşlı, oturuyorum. Birden her şeyi özlemeye başladım burada. Karayı, Cübeyl'i, İzmir'i, Cenova'yı, Marta'yı... Gregorio'yu bile!

Tatsız tuzsuz bir gün.

24 Mayıs

Bugün Tanca limanına demir attık; Cebelitarık'ın ve Herakles Sütunları'nın dışında bir liman burası ve bir süredir İngiltere'ye aitmiş – itiraf etmeliyim ki bu sabaha dek bunu bilmiyordum. Aslında iki yüzyıl boyunca, burayı zorla ele geçiren Portekiz'in mülkü olmuştu; ama dört beş yıl önce prenses Catherina de Bragança, Kral Charles'la evlendiğinde, drahoma olarak iki yer götürmüş kocasına: Biri Tanca, biri de Hindistan'daki Bombay'mış. Söylendiğine göre Tanca'ya gönderilen İngiliz subayları, buradan hiç hoşlanmamışlar ve değersiz bir armağan diye niteledikleri kentle ilgili küçültücü sözler söylüyorlarmış sağda solda.

Oysa bana çok sevimli geldi bu kent; düz ve geniş ana yollarının iki yanında sağlam yapılı evler yükseliyor. Çevreye alabildiğine başdöndürücü kokular saçan portakal ve limon bahçeleri de gördüm. Akdeniz'in, Atlantik'in, pek uzak olmayan çölün ve Atlas Dağları'nın yakınlığıyla ilişkili, yumuşak bir hava egemen bu kente. Başka hiçbir yöre, böyle bir dört iklim kavşağında yer almıyor sanırım. Benim gözümde her kralın sahip olmaktan mutluluk duyacağı bir yer burası. Gezerken, kralının askerleriyle birlikte kenti terketmeyi reddeden, yaşlı bir Portekizli kentsoyluyla tanıştım. Adı Sebastiao Magalhaes. (Şu ünlü denizcinin torunlarından olabilir mi? Hayır. Olsa, herhalde söylerdi...) Dolaşan söylentileri o aktardı bana; ona göre İngiliz subaylarının alaylarının tek nedeni, krallarının eşinin "papacı" olmasıymış; kimileri de bizzat papanın, İngiltere'yi kendi dinsel topluluğuna almak için el altından bu evliliği desteklediğini düşünüyorlarmış.

Ama konuştuğum kişiye bakılırsa, bu evliliğin başka bir açıklaması var: Portekiz, onu yeniden işgal etme düşüncesinden vazgeçmeyen İspanya'yla sürekli bir savaş içinde ve düşmanının düşmanlarıyla bağlarını güçlendirmeye çalışıyor.

Gemide kimseyi ağırlama olanağım bulunmadığı için ilk iskelede, İranlı ve Venedikli iki dostuma görkemli bir ziyafet çekme sözü vermiştim kendi kendime. Buranın en iyi lokantaları konusunda bir araştırma yapmayı düşünüyordum ve Bay Magalhaes'e rastladığımda ona sordum. O da hemen beni konuklamaktan mutlu olacağını söyledi; teşekkür ettim ve içtenlikle, karşılık vermem gereken davetler olduğunu ve dostlarıma borçlarımı ödemeden gemiye dönersem kendimi rahatsız hissedeceğimi söyledim. Ama beni dinlemedi bile.

"Eğer bu kentte bir kardeşiniz olsaydı, dostlarınızı onun sofrasına davet etmez miydiniz? Böyle olduğunu kabul edin ve limanda bir meyhane yerine benim kitaplığımda dostlarla sohbet etmenin çok daha iyi olacağından emin olun."

25 Mayıs

Dün akşam kalemi bir daha alamadım elime. Magalhaes'ten dönüşte hava kararmıştı ve yeniden yazmaya koyulamayacak kadar çok yemiş ve içmiştim.

Dahası, evsahibimiz geceyi onda geçirmemiz için ısrar etti; sallanan yataklar üstünde geçirilmiş onca geceden sonra reddedilecek şey değildi bu. Ama kaptanın şafaktan önce demir almasından korktuğum için ondan izin istemeyi yeğledim.

Şimdi öğlen vakti ve gemi hâlâ rıhtımda. Çevremizde her şey nasıl da sakin görünüyor. Yola çıkmak üzere değiliz sanki.

Dün akşam oldukça hoş geçti; ama aramızda hiçbir ortak dil yoktu, bu da bir araya gelmemizin ilginçliğini azalttı biraz. Tabii ki Peder Ange, çevirmenlik yapmak üzere efendisiyle birlikte gelmişti; ama biraz tembelce yaptı bu görevi. Kimi zaman yemek yemekle oyalanıyor, kimi zaman dinlememiş oluyor ve söylenenin yinelenmesini istiyordu; kimi zaman da uzun bir açıklamayı iki kısacık sözcükle çeviriyordu, ya aklında tutamadığı için, ya da söylenenlerin kimisi işine gelmediği için.

Örneğin bir ara, Moskovya'yla ve Venediklinin bu ülke insanları ve âdetleri üstüne anlattıklarıyla çok ilgilenen İsfahânî, Ortodokslarla Katolikler arasındaki dinsel farklılıklar konusunda bilgi almak istedi. Girolamo da, Moskova patriğinin papaya yönelttiği tüm eleştirileri aktarmaya başladı. Peder Ange buna benzer şeyleri yinelemekten hiç hoşlanmıyordu ve Durrazzi, Moskovalıların –tıpkı İngilizler gibi– papaya "Deccal" demekten hoşlandıklarını söylediğinde, papazımızın yüzü kıpkırmızı oldu, bıçağını gürültüyle masaya attı ve dudakları titreyerek Venedikliye çıkıştı:

"Farsça öğrenip böyle şeyleri kendiniz söyleseniz iyi olur; ben ne ağzımı ne de prensin kulağını böyle sözlerle kirletmek istemem."

Kızgınlık Peder Ange'ı Fransızca konuşturmuştu; ama orada bulunan herkes, dilleri ne olursa olsun "prens" sözcüğünü anlamışlardı. Papaz istediği kadar durumu kurtarmaya çalışsın, olan olmuştu bir kere. Bir zamanlar *traduttore, traditore* [çevirmen, hain] sözünü söyleyen kişi, böylesi bir olayı mı düşünmüştü acaba?

Böylece, bir aylık bir yolculuk süresi sonunda İsfahânî'nin gerçekten prens olduğunu öğrenmiş bulunuyorum. Londra'da karaya çıkana kadar, tam olarak kim olduğunu ve hangi nedenle yolculuk yaptığını da öğrenirim belki.

Dün akşam, sofrada bir kez daha Tanca'nın Portekizlilerce

devredilmesinden söz ederken bana doğru eğildi ve bir gün, değişik Hıristiyan ulusları arasındaki yakınlık ve düşmanlıkları, ayrıntılarıyla anlatmamı istedi. Ben de bildiğim kadarını anlatmaya söz verdim ve bir önsöz olarak, biraz şakayla karışık, insanın çevresinde neler olup bittiğini anlayabilmesi için her zaman İngilizlerin İspanyollardan nefret ettiğini, İspanyolların İngilizlerden nefret ettiğini, Hollandalıların her ikisinden de nefret etttiğini, Fransızların üçünden de kıyasıya nefret ettiğini aklından çıkarmaması gerektiğini söyledim...

Ansızın Girolamo, biraz sakınarak ve Arapça söylediğim bu sözleri, Tanrı bilir nasıl anladıysa anladı ve laf çaktı bana:

"Ona Siennalıların Floransalılara lanet okuduğunu ve Cenevizlilerin, Türkleri Venediklilere yeğ tuttuğunu da anlat..."

Önce çok sadık biçimde çevirdim sonra da en ikiyüzlüsünden bir ateşlilikle itiraz ettim.

"Venedik'e karşı artık hiçbir düşmanlığımız olmadığının kanıtı ortada: Seninle benim birer dost gibi konuşmamız."

"Şimdi evet, birer dost gibi konuşuyoruz. Ama başlangıçta, beni her selamladığında sağa sola bakıyordun seni gören bir Cenevizli var mı diye."

Yine inkâr ettim. Ama belki de haksız değildi. Şu farkla ki, sağa sola bakmak yerine göğe çeviriyordum daha çok gözlerimi; atalarımın –ruhları huzur içinde olsun!– orada bulunduğunu farzederek.

Konuştuklarımızı "alteslerine" çevirdim ama anladı mı bilmiyorum. Evet, büyük olasılıkla anlamıştır. İran taraflarında da Cenova'lar ve Venedik'ler, Floransa'lar ve Sienna'lar, sapkınlar, bağnazlar ya da bizim İngilizlerimiz, bizim İspanyollarımız, bizim Portekizlilerimiz gibi birbiriyle kavga eden uluslar, krallıklar yok mudur?

Sanctus Dionisius ancak gün batarken rıhtımdan palamarı çözebildi. Önceki geceyi Magalhaes'in bize önerdiği konuksever çarşaflarda geçirebilirmişiz demek ki. Nasıl da dinlendirici bir gece olurdu bu! Ama Tanca'dan pişmanlık tümceleriyle ayrılmakla haksızlık ediyorum; onun yerine bu durağı aydınlatan o beklenmedik karşılaşma için Tanrı'ya şükretmem gerekiyor.

Umarım evsahibimize, en az onun bize verdiği kadar mutluluk vermişizdir. Ve buradan geçişimiz, hüznünü hafifletmiştir biraz. Portekizliler zamanında, çok saygın biriymiş Magalhaes; kent İngilizlere geçtikten sonra tüm saygınlığını yitirdiği duygusuna kapılmış. "Ama ne yapabilirdim?" dedi bana. Altmışını geçtikten sonra evini, topraklarını terkedip başka bir yerde yaşamına yeniden başlayacak değilmiş ya. Dahası İngilizler düşman da değil, müttefikleriymiş ve kraliçeleri Catherina de Bragança adını taşıyormuş.

"Şu işe bakın ki yurdumu terketmeden sürgün haline geldim."

Bunlar deniz ötesinden bir Cenevizlinin anlayacağı sözler değil mi?

Kutlu ol, Sebastiao Magalhaes, ve Tanrı sabır versin sana!

26 Mayıs

Belki de belirli bir tutarlılık var kaptanın deliliğinde.

Girolamo'ya bakılırsa, Centurione'nin İspanyol kıyılarındaki bütün limanlardan kaçınarak Tanca'da durmuş olması, İngiltere'ye önemli bir yük götürüyor olmasından; bu yükün yakalanmasından korkuyor. Ve yine bu yük nedeniyle şimdi Lizbon'a yöneliyor; ne Cadiz'de, ne Sevilla'da durmaya niyetli görünüyor.

Durrazzi'ye –ya da başka herhangi birine– uçan cinler öyküsünü anlatmadım; ama kaptanın dolambaçlı rotasını maskelemek için deli taklidi yaptığını kabul etmeye çoktan hazırım.

Tam olarak inanamıyorum buna; ama o kadar çok isterdim ki doğru olmasını. Geminin, katıksız bir deli yerine şeytan ruhlu bir hilebaz tarafından yönetildiğini bilmek çok daha iyi.

Prens Ali, bugün bizi yemeğe davet etti; Girolamo'yu ve beni. Peder Ange'ın da bizimle olacağını sanıyordum; ama prens, tercümanının bugün için perhiz yapma ve sessiz kalıp düşüncelere dalma kararı aldığını söyledi. Bence aslında günahkârca sözler çevirmek istemiyordu papaz. Bundan dolayı da İtalyancayı Arapçaya, Arapçayı da İtalyancaya çevirme görevi bana düştü. Tabii ki bu iki dili de iyi biliyordum ve birinden birine geçerken hiç rahatsızlık hissetmiyordum; ama hiçbir zaman, böyle uzun bir yemek boyunca söylenen her sözcüğü çevirmek zorunda kalmamıştım ve bu iş çok yorucu geldi bana. Ne yemeğin tadını çıkarabildim, ne de sohbetin.

Çevirinin kendisiyle ilgili zorluk dışında, tıpkı Peder Ange gibi, Durrazzi'nin yaratmaya çalıştığı bir sıkıntıyı da yaşadım.

Dilinin ucuna geleni söylemeden duramayan insanlardan biri Durrazzi. Bu sefer de Fransa kralının Osmanlı sultanına savaş açmayı tasarladığı ve İran şahının Osmanlıları arkadan vurmayı kabul ettiği söylentilerini bir kez daha açmadan duramadı. Prensin bize böyle bir antlaşmanın gerçekten yapılıp yapılmadığı söylemesini istiyordu. Dostumu bu nazik soruyu sormaktan vazgeçirmeye çalıştım; ama neredeyse kabalığa varan bir inatla, sözcüğü sözcüğüne çevirmem için ısrar etti. Ben de fazla nezaketten, belki de zayıflığımdan, yaptım istediğini; tam beklediğim gibi prens, soğuk bir sesle yanıt vermeyi reddetti. Bundan da kötüsü, ansızın kendini yorgun hissettiğini ve uykusunun geldiğini söyledi ve hemen kalkmak zorunda kaldık.

Aşağılandığım ve aynı anda iki dostumu birden kaybettiğim duygusu var şimdi üstümde.

Bu akşam, babam acaba Venediklilerden nefret etmekte, onlara küstah ve sinsi demekte haksız değil miydi acaba, diye soruyorum kendi kendime. Sonra da –özellikle evinde başka İtalyan ziyaretçiler varken– "en az gizlendikleri zaman, yüzlerinde maskeleri olduğu zamandır" diye eklemekte?..

27 Mayıs

Bu sabah gözlerimi açtığımda, Prens Ali'nin "yırtıcı"larından biri önümde dikili duruyordu. Bir korku çığlığı atmış olmalıyım ama adam kıpırdamadı bile. Oturmamı, gözlerimi ovuşturmamı bekledi, sonra da efendisinin, gelip sabah kahvesini onunla içmemi rica eden bir pusulasını uzattı.

Yine *Yüzüncü Ad*'dan söz edeceğini umuyordum; ama yalnızca dün akşam bizi neredeyse kapının önüne koymuş olmasının bende bırakabileceği izlenimleri silmek istediğini çok çabuk anladım.

Beni Girolamo'suz çağırarak aramızdaki farkı da vurgulamak istiyordu.

Bir daha ikisini bir araya getirmeye çalışmayacağım...

1 Haziran

Sabetay'ın kehanetini anımsadım az önce: Diriliş Çağı'nın, bu sabah girdiğimiz Haziran ayında başlayacağını söylemişti. Haziranın hangi günü? Bilmiyorum. Birader Egidio bu kehanetten söz etmişti bana ve sanırım tarihi tam belirtmemişti.

10 Nisan tarihli ilgili sayfayı okuyorum ve orada bu kehanetten söz etmediğimi farkediyorum. Oysa duyduğumu anımsıyorum. Kimbilir, belki de o gün değildi.

Şimdi anımsadım: İzmir'de kente gelişimden birkaç gün sonraydı. Evet, eminim; doğrulama olanağım olmasa da – defterim elimde olmadığına göre...

Durrazzi, Haziran ayında kıyamet kopacağının ilan edildiğinden haberdar değil. Gülüyor buna, tıpkı Moskovalı meczupların 1 Eylülüne güldüğü gibi.

"Benim için dünyanın sonu, ancak denize düşersem gelmiş olur" diyor saygısızca.

Bir kez daha soruyorum kendi kendime, akıllılık mı, yoksa körleşme mi bu diye...

3 Haziran, Lizbon'da

Sekiz günlük bir seyirden sonra *Sanctus Dionisius*, bugün Lizbon körfezine demir attı. Ve gelir gelmez, az daha felakete dönüşecek, ciddi bir yanlış adımın sonuçlarıyla yüzyüze geldim. Hiçbir suçum yoktu gerçi bunda; başkalarının daha önceden bildiğini bilmiyor olmak dışında. Ama cahillikten daha büyük suç var mı dünyada!..

Karaya çıkmamızdan az önce, Gregorio'nun benimle gönderdiği mektubu vermek üzere hızla Bay Cristoforo Gabbiano'ya gitmeye hazırlanıyordum ki İsfahânî, o güzel yazısıyla, gidip onu kamarasında görmemi rica eden bir pusula ulaştırdı bana. Kendine karşı saygısızlıkla, darkafalılıkla ve nankörlükle suçladığı Peder Ange'a ateş püskürüyordu. Biraz sonra papazın da bir barakadan, elinde eşyalarıyla ve bir o kadar kızgın çıktığını gördüm. Tartışmalarının nedeni, prensin, bana daha önceden, yolculuk sırasında sözünü ettiği bir Portekizli Cizviti görmeye gitmek istemesiydi. Peder Vieira adındaki bu rahip, kimileri dünyanın sonuyla ilgili, kimileri de Osmanlı İmparatorluğu'nun çok yakında yıkılacağını haber veren kehanetlerde bulunmuş. Birkaç ay önce bu rahibin varlığından haberdar olan İranlı, eğer Lizbon'dan geçerse onu mutlaka görmeye söz vermiş kendi kendine; onu son derece ilgilendiren kehanetleriyle ilgili daha çok ayrıntı vermesini isteyecekmiş. Ama Peder Ange'ın bu ziyarette ona eşlik etmesini ve çevirmenlik yapmasını istediğinde, rahip ona karşı çıkmış; bu Cizvitin bir sapkın, bir inançsız olduğunu, geleceği bildiğini iddia ederek kibir günahı işlediğini ve onunla karşılaşmayı reddettiğini söylemiş. Ona kararını değiştirtemeyen prens, yerine benim gelebileceğimi umuyordu. Ben de bunda hiçbir sakınca görmediğimi söyledim; tersine, bu adamın bize söyleyebilecekleri, beni de en az onun kadar ilgilendiriyordu. Hem zamanın sonu, hem de topraklarında yaşadığım imparatorluğun yazgısı konusunda. Dolayısıyla hemen kabul ettim ve böylelikle İsfahânî'yi sevindirmiş olmamdan yararlanarak, Peder Ange'a kızmama sözü verdirdim ona; rahibin, inancına ve ettiği yeminlere uyduğunu, tavrını bir ihanet gibi değil, kesin bir ödeve bağlılık gibi yorumlamak gerektiğini söyledim.

Karaya ayak basar basmaz, prens, "yırtıcıları" ve ben, liman mahallesindeki büyük bir kiliseye yöneldik. Kilisenin önünde genç bir papaz okulu öğrencisine rastladım ve ona, kazara Peder Vieira'yı tanıyıp tanımadığını, tanıyorsa oturduğu yeri gösterip gösteremeyeceğini sordum. Öğrencinin bakışları biraz gölgelendi ama sonra, papaz evine dek onu izlememi rica etti. Ben de öyle yaptım; prens ve adamlarıysa dışarıda kaldılar.

İçeri girdiğimizde öğrenci, oturmamı istedi ve beni daha iyi yanıtlayabilecek bir üstünü arayacağını söyledi. Bir iki dakika ortadan kayboldu, sonra dönüp "başpapaz yardımcısı"nın geleceğini söyledi. Bekledim, bekledim, sonra da sabırsızlanmaya başladım. Prensin hâlâ sokakta bekliyor olması, sabırsızlığımı arttırıyordu. Sonunda dayanamayıp ayağa kalktım ve genç adamın çıktığı kapıyı açtım. Hâlâ orada, kapının bir yarığından beni gözetliyordu ve beni görünce şeytan görmüş gibi sıçradı.

"Belki sizce uygun olamayan bir zamanda geldim" dedim nazikçe. "İsterseniz yarın yeniden gelirim. Gemimiz az önce yanaştı ve Pazara kadar Lizbon'da kalacağız."

"Peder Vieira'nın dostları mısınız?"

"Hayır, onu henüz tanımıyoruz, ama yazdıklarından söz edildiğini duyduk."

"Onları okudunuz mu?"

"Hayır, ne yazık ki henüz okumadık."

"Şu an nerede oturduğunu biliyor musunuz?"

Sinir bozucu biri olduğunu düşünmeye başlamıştım. Ve büyük olasılıkla aptalın birine çattığımı söylüyordum kendi kendime.

"Kutsal Engizisyon'un emriyle zindanda!"

Karşımdaki, Cizvitin hangi nedenlerle Engizisyon tarafından içeri alındığını anlatmaya başlamıştı ama acelem olduğunu bahane ederek hemen yapıdan çıktım; İsfahânî ve adamlarına da, arkalarına bakmadan hızlı adımlarla yürümelerini söyledim. Tam olarak neden korktuğumu söylemem olanaksızdı. Ama suçlanacak hiçbir şey yapmadığımdan emin olsam da, bu kente geldiğim ilk günden bir başpapaz yardımcısının, bir piskoposun, bir yargıcın ya da herhangi bir yetke temsilcisinin önüne çıkmaya hiç niyetim yoktu; özellikle de Kutsal Engizisyon'un önüne!

Gemiye dönünce, başımıza gelenleri Durrazzi'ye anlattım; o da Engizisyon'un Vieira'yı mahkûm ettiğini çoktandır bildiğini ve Cizvitin geçen yıldan beri hapiste olduğunu söyledi.

"Bu papazı görmek istediğini söyleseydin seni uyarırdım. Benim sana ettiğim kadar sen de bana gevezelik etseydin, bu hatayı yapmazdın!" diyerek azarladı beni.

Kuşkusuz. Ama büyük olasılıkla binlerce başkasını çekerdim üstüme.

Öte yandan –biraz da yolculuğun iyi yanlarını anımsayalım– Lizbon'un en iyi lokantaları konusunda bilgi aldım; Tanca durağında yapamadığım şeyi yapıp, dostlarımı davet etmek istiyorum yarın akşam. Dünyanın dört bir yanından gelme baharatlarla balık pişirilen çok ünlü bir tavernadan söz ettiler bana. İranlıyla Venedikliyi bir araya getirmeme sözü vermiştim kendime; ama prens artık Girolamo'yla aramdaki farkı biliyor; ben de tüm tedbirlerimi almalı, tüm inceliklerimi göstermeliyim. Soylu soyluya sohbet edecek çok fazla kişi değiliz şu gemide!

4 Haziran 1666, denizde

Bu sabah erkenden Sinyor Gabbiano'ya gittim ve aslında çok kısa, nezaket kurallarına uygun ve sonuç olarak epeyce sıradan olması gereken bu ziyaret, yolculuğumun akışını değiştirdi – benimkiyle birlikte yol arkadaşlarımınkini de.

Yazıhanesi liman yakınında olduğu için adresini hiç zorluk çekmeden buldum. Babası Milanolu, annesi Portekizliymiş; otuz yılı aşkın bir süredir Lizbon'da oturuyor ve şu anda kendi işleri dışında çeşitli ülkelerden çok sayıda tüccarın çıkarlarıyla ilgileniyormuş. Gregorio bana ondan söz ettiğinde, adamın Gregorio'nun hizmetinde bir acente, neredeyse bir memuru olduğu izlenimine kapılmıştım; ama belki de yanlış yorumlamışımdır söylediklerini. Her neyse, adam zengin bir armatöre benziyordu; yazıhaneleri, dört katlı bir yapının tümünü kaplıyor, içeride sürekli olarak altmışa yakın insan çalışıyordu. Sabahın erken saati olmasına karşın sıcak boğucuydu ve Gabbiano, arkasında duran bir melez kadına yelpazelettiriyordu kendini; ama görünüşte bu da ona yetmiyor ve arasıra okuduğu kâğıtları sallayarak gözkapaklarını serinletmeye çalışıyordu.

Aynı anda konuşan beş ziyaretçinin dileklerini dinlerken bile, adımın –ve Mangiavacca adının– söylenmesi onu harekete geçirdi; mektubu derhal açtı, çatık kaşlarla sessizce okudu; sonra da sekreterini çağırarak kulağına birşeyler fısıldadı ve bir an öbür ziyaretçilerle ilgilenmesi gerektiği için benden özür diledi. Sekreter, bir iki dakika ortadan kayboldu ve yüklü bir miktar parayla geri döndü – yaklaşık iki bin florinle.

Ben şaşkınlığımı belli ettiğimde Gabbiano, daha önce mühürlü teslim aldığım mektubu uzattı. Alışılmış nezaket tümceleri dışında Gregorio, sözü edilen miktarı Cenova'ya, ona geri götürmek üzere eliyle bana vermesini istiyordu.

Ne yapmak istiyor, sözde "kayınbabam"? Londra dönüşünde beni ona uğramaya zorlamak mı istiyor? Kuşkusuz. Böyle hesaplar ona çok yakışıyor.

Gabbiano'ya bu kadar büyük bir parayı üstümde taşımaktan çekindiğimi, üstelik Cenova'ya da uğramaya niyetim olmadığını açıklamaya çalıştım. Ama beni dinlemedi bile. Bu parayı gerçekten de Gregorio'ya borçluydu ve istediğine göre göndermemesi sözkonusu olamazdı. Öte yandan Cenova'dan geçip geçmemekte ve parayı başka bir yoldan ona ulaştırmakta özgür olduğumu da anımsattı.

"Ama gemide güvenli hiçbir yerim yok..."

Nezaketini korumakla birlikte adam, biraz sıkıldığını gösteren bir bakışla baktı bana ve bir el hareketiyle, çevresinde sabırsızlanan insanları gösterdi. Kendi sorunlarının yanında benimkilerle de uğraşamayacağını söylemek istiyordu açıkça!

Ağır keseyi, bez çantama yerleştirdim. Sonra kalktım, boyun eğmiş ve kaygılı bir edayla, kendi kendimle konuşur gibi, bir tümce savurdum ortaya:

"Bunca parayı bir de Londra'ya taşıyacağım şimdi!"

Bu körlemesine atılmış son ok, hedefi vurdu.

"Londra'ya mı dediniz? Hayır, inanın bana, bu delilik olur. Gitmeyin oraya! Yeni aldığım çok güvenilir haberlere göre, İngiltere'ye giden birkaç gemi, Hollandalılar tarafından durdurulmuş. Üstelik tam yolunuzun üstünde çok büyük bir deniz savaşı süregidiyor. Şu an yola çıkmak delilik olur."

"Kaptan, ertesi gün, Pazar günü yola çıkmak niyetinde."

"Çok erken! Gidin ve benim tarafımdan denize açılmaması gerektiğini söyleyin ona. Gemisini tehlikeye atmış olur. Ya da daha iyisi, gelsin bu öğleden sonra mutlaka beni görsün; neler olduğunu ona anlatayım. Kaptanınız kim?"

"Adı Centurione, sanıyorum. Kaptan Centurione."

Gabbiano onu tanımadığını belirten bir yüz işareti yaptı. Az daha bir kenara çekip kaptanın deliliğinden söz edecektim; ama bunun doğru olmayacağını hissettim. Çevremizdeki insanlar sabırsızlanıyorlar ve sinirli bakışlarla bakıyorlardı bana; söyleyeceğim şey çok nazikti; üstelik bu adam Centurione'yle doğrudan konuşacaksa, benim açıklamaya çalışacağım şeyi kendisinin farkedeceğinden hiç kuşkum yoktu.

Hemen gemiye koştum ben de ve doğrudan kaptanın kamarasına yöneldim. Yalnızdı ve düşüncelere dalmıştı; belki de cinleriyle sessiz bir sohbete. Nazikçe karşısına oturmamı söyledi, sonra da büyük bir bilgenin yavaşlığıyla bana doğru başını kaldırdı.

"Neler oluyor?"

Öğrendiklerimi ona aktarırken, dikkatle beni dinliyor gibiydi. Bay Gabbiano'nun onunla konuşmak ve Londra yolculuğunu tehlikeli hale getiren koşulları ona aktarmak istediğini söylediğimde, Centurione gözlerini yuvarladı, oturduğu yerden kalktı, hafifçe omzuma vurdu. Adamlarına bir iki emir vermek üzere biraz ortadan kaybolacağını, sonra da birlikte gidip şu Gabbiano'yu görebileceğimizi söyledi.

Ben hâlâ beklemekteyken, kaptan bir ara rüzgâr gibi geçti kamaradan ve gidebilmemiz için bütün hazırlıklarını yapmakta olduğunu belirtti. Bunu söylediğinde "birlikte Gabbiano'ya gidebilmemiz için" demek istediğinden emindim. Yanlış anlamıştım; ya da o beni aldatmıştı. Ben beklerken yaptığı şey, bir an önce Lizbon'u terketmek üzere adamlarına palamarları çözme ve yelken açma emrini vermek olmuştu.

Bu kez hiçbir yanlış anlamaya meydan vermeyecek biçimde gelip haber verdi zaten:

"Açık denize doğru yol alıyoruz!"

Deli gibi fırladım oturduğum yerden. Ama kaptan, sakin olup oturmamı rica etti ve böylece bazı gerçekleri açıklayabileceğini söyledi.

"Görmeye gittiğiniz bu herifte hiçbir şey dikkatinizi çekmedi mi?"

Birçok şey dikkatimi çekmişti, ama neden söz ettiğini anlıyamıyordum. Bir de neden böylesi saygın bir kişiye "herif" dediğini.

O zaman kaptan yeniden sordu:

"Şu Gabbiano'da herhangi bir şey dikkatinizi çekmedi mi?"

Bu adı söyleyiş biçiminden anladım sonunda. Ve dehşete düştüm. Önümdeki deli, tek bir martı ya da karamartı gördüğünde saçmalamaya başlıyorsa, ona yolculuğu geciktirme önerisinde bulunan kişinin adının *gabbiano* (İtalyanca: martı) olduğunu öğrendiğinde nasıl bir çılgınlık ummanına dalacağını kestirmek zor değildi. Ne mutlu ki beni, gelip komployu haber veren bir dost gibi görmüştü; Cenevizli tüccar kılığına girmiş bir cin gibi de görebilirdi. Neyse ki adım Embriaco'ydu; bir zamanlar babamın iş yaptığı Amalfili tüccar gibi Marangone (İtalyanca: karabatak) adını taşısaydım, yanmıştım!

Ve böylece Lizbon'dan ayrıldık işte!

İlk tasalanmam, zincirden boşanmış topçu gemileri arasında, ölüm ve tutsaklık tehdidi altında seyredecek, ben ve talihsiz yol arkadaşlarım için olmadı; hayır, her şeyden önce –ne tuhaf– Lizbon'da terkettiğimiz zavallılar için tasalandım, üzüldüm. Kaptanın, onların gemiye dönmelerini beklememesi, olacak iş değildi; oysa bu suç sayılabilecek savsaklama, belki onların yaşamlarını kurtaracak ve kaçınılmaz biçimde üstümüze çökecek felaketlerden koruyacaktı.

Öncelikle –tabii ki– bu yolculukta edindiğim iki dostum, Durrazzi ve İsfahânî geldi aklıma. Benimle aynı zamanda, ayrı ayrı gittiklerini görmüştüm bu sabah ve araştırınca, ne yazık ki, geri gelmediklerini anladım. Bu gece konuğum olma sözünü vermişlerdi bana ve onlara hem düzeylerine hem de dostluğumuza yakışır, hiç unutamayacakları bir şölen vermeyi tasarlamıştım...

Ama bütün bunlar geçti artık. Ben bir delinin boyunduruğu altında, bilinmeyene doğru yol alıyorum. Dostlarım belki de yakınmaya başlamışlardır bile rıhtımda, *Sanctus Dionisius*'un anlaşılmaz bir biçimde uzaklaştığını gördüklerinde.

Bu akşam gemideki tek şaşkın, ne diyeceğini bilemeyen kişi ben değilim. Tek tük yolcular ve tüm tayfalar, kimsenin fidyesini ödemeyeceği rehineler gibi görüyorlar kendilerini. Kaptanın ya da onu izleyen cinlerin rehinesi, yazgının rehinesi, geleceğin savaş kurbanları – hepimiz, tüccar ya da gemici, zengin ya da yoksul, soylu ya da uşak, süprülüp atılacak bir yitik yaşamlar yığını gibi hissediyoruz kendimizi.

7 Haziran 1666, denizde

Sanctus Dionisius, kuzeye yönelip Portekiz kıyıları boyunca seyretmek yerine üç gündür batıya doğru yol alıyor; sanki Yeni Dünya'ya gidecekmiş gibi doğru batıya! Şimdi Atlantik'in sonsuzluğu içindeyiz; deniz dalgalanmaya başlıyor ve her sallantıda çığlıklar duyuyorum.

Korkmuş olmam gerekirken değilim. Kızgın olmam gerekirken değilim. Debelenmem, koşmam, deli kaptana bin soru sormam gerekirken bağdaş kurup oturuyorum kamaramda, sekize katlanmış bir battaniyenin üstünde. Kuzuların dinginliği var üstümde. Yaşlı ve ölmekte olanların dinginliği.

Şu anda ne batmaktan, ne tutsak düşmekten korkuyorum. Yalnızca deniz tutmasından korkuyorum.

•

8 Haziran

Dördüncü günün akşamında kaptan, peşindeki cinleri yeterince şaşırttığını düşünmüş olmalı ki, rota değiştirdi ve kuzeye döndü.

Bense hâlâ kurtulamıyorum baş dönmelerimden ve mide bulantılarımdan. Odadan çıkmıyorum ve fazla yazmaktan kaçınıyorum.

Maurizio bu akşam tayfaların yemeğinden getirdi bana. Hiç dokunmadım.

12 Haziran

Bugün, Londra'ya doğru yolculuğumuzun dokuzuncu gününde *Sanctus Dionisius*, açık denizde üç saat hareketsiz kaldı – ama okyanusun neresinde ve hangi kıyıların açığındaydık bilemem.

Alegrancia adında başka bir Ceneviz gemisiyle karşılaşmıştık; bize işaretler yaptı ve güverteye çektiğimiz bir haberci yolladı. Hemen ardından, Hollandalılarla İngilizler arasında çetin bir savaş olduğunu ve tuttuğumuz yolun tehlikeli olduğunu doğrulayan fısıltılar yayıldı gemiye.

Haberci yalnızca birkaç dakika kaldı kaptanın kamarasında. Ardından kaptan, uzun süre tek başına ve adamlarına hiçbir emir vermeden içeri kapandı; bu süre içinde gemi, yelkenleri sarılı, olduğu yerde sallandı durdu. Centurione, ne karar vereceğini bilemiyordu besbelli. Geri mi dönmek gerekiyordu? Bir yere sığınıp haberleri kollamak daha mı doğru olurdu? Ya da rotayı değiştirip çatışma bölgesinin çevresinden mi dolanmalıydı?

Akşam sorguya çektiğim Maurizio, çok hafifçe kuzeydoğuya dümen kırarak, neredeyse aynı rotayı tutturduğumuzu söyledi. Ona kaptanın böyle bir tehlikeye atılmasını çok akılsızca bulduğumu söyledim; ama genç tayfa bir kez daha beni duymazdan geldi. Ben de yine ısrar etmedim; bunca ağır tasaları, onun çocuksu omuzlarına yüklemek istemedim.

22 Haziran

Dün gece hem uykusuzluktan, hem de yeniden başlayan deniz tutmasından rahatsız olunca güverteye, biraz yürümeye çıktım; ve uzakta, sağımızda şüpheli bir ışık farkettim. Yanan bir gemi gibi göründü o an gözüme.

Sabah, benden başka kimsenin onu görmediğini kabul etmek zorunda kaldım. Tam gözlerim mi beni yanılttı acaba diye düşünmeye başlamıştım ki, bu akşam uzaktan top sesleri duydum. Artık bütün gemi heyecan içinde. Güle oynaya savaş alanına gidiyoruz ve kimse kaptanı akla davet etmeye ya da yetkesini tartışmaya yanaşmıyor.

Tek ben miyim onu deli bilen?

23 Haziran

Savaş gürültüleri yoğunlaşıyor, hem önümüzde hem de arkamızda; ama biz hiç şaşmadan, hedefimize – yazgımızın götürdüğü yere doğru ilerliyoruz.

Londra'ya sağ salim varırsak çok şaşarım... Tanrı'ya şükür, ben ne yıldız falcısı ne de kâhinim ve sık sık yanılırım. İnşallah bu kez de yanılıyorumdur. Tanrı'dan beni yanılgıdan esirgemesini istemedim hiç; yalnızca felaketten esirgemesini istedim.

Yolumun bundan sonra da uzun ve kaybolmalarla dolu olmasını isterim. Evet, uzun yaşayayım ve daha bin yanlışım, bin hatam olsun... Ve birkaç da unutulmaz günahım...

Bu çılgınca satırları bana korku yazdırıyor. Mürekkebimi kurutup defterimi kaldıracağım artık, yaklaşan savaşın seslerini bir erkek gibi, sakin bir biçimde dinlemek için.

26 Haziran 1666, Cumartesi

Bir kez daha özgürüm ve tutsağım.

Bu sabah şafakta bir Hollanda topçu gemisi bize doğru geldi. Yelkenlerimizi indirmemizi ve beyaz bayrak çekmemizi emretti; biz de söyleneni yaptık.

Güverteye çıkan askerler gemiye el koydular ve Maurizio'nun söylediğine bakılırsa şimdi Amsterdam yönüne götürüyorlar onu.

Bizi orada ne tür bir yazgı bekliyor? Bilmiyorum.

Sanırım yükümüze el koyarlar, ki bu benim umurumda değil.

Sanırım bizi de tutsak ederler ve mallarımıza el koyarlar. Böylece Gabbiano'nun bana verdiği parayı yitirmiş olurum; bunun yanında kendi paramı da, bu yazı takımını da...

Bütün bunlar yazma isteğimi alıp götürüyor...

28 Haziran 1666, tutsaklıkta

Denizcilerden ikisi, Hollandalılar tarafından denize atıldı. Biri İngiliz, ama öteki Sicilyalıydı. Dehşet çığlıkları duyuldu ve büyük bir karışıklık oldu. Haberi duyunca koştum ama kalabalığı ve el kol hareketleri yaparak, kendi dillerinde bağıran askerleri görünce geri döndüm. Biraz sonra Maurizio, olanları anlattı. Eli ayağı titriyordu; ben kendimi hiç güvende hissetmesem de onu teselli etmeye çalıştım.

Şu ana kadar her şey heyecansız geçmişti. Geminin yolunun Amsterdam'a doğru değiştirilmesine hepimiz razı olmuştuk; kaptanın tutumunun sonuna dek cezasız kalamayacağını herkes biliyordu zaten. Ama bugünkü katliam, bal gibi tutsak olduğumuzu anımsattı bize; hep öyle de kalabilirdik ve aramızdan en tedbirsizlerin –ya da en talihsizlerin– başına çok kötü şeyler gelebilirdi.

İngiliz tayfa, tedbirsizlik etmişti; besbelli biraz fazla içmiş ve Hollandalılara donanmalarının sonunda yenileceğini söylemek gafletinde bulunmuştu. Talihsiz Sicilyalı da kazara oradaymış ve askerlerin öldürmeye çalıştığı arkadaşını korumak üzere araya girmek istemiş.

29 Haziran, tutsaklıkta

Artık barakamdan hiç çıkmıyorum, tek böyle davranan da ben değilim. Maurizio, güvertelerin ıssız olduğunu ve sadece Hollandalıların ortalıkta dolaştığını söylüyor. Tayfalar, kamaralarından yalnızca kendilerine verilen komutları yerine getirmek için çıkıyorlarmış. Kaptanın yanında onu izleyen ve yöneten bir Hollanda subayı varmış artık – ama buna üzüldüğümü söyleyemem.

2 Temmuz

Dün gece, lambamı üfledikten sonra ansızın üşüdüm; önceki gün ve daha önceki gün de bu kadar örtülüydüm oysa ve gündüz hava oldukça ılıktı. Belki de soğuktan çok korkuydu beni üşüten. Zaten düşümde, Hollandalı denizcilerin beni yakaladıklarını, yerlerde sürüdüklerini, soyduklarını ve kan çıkarıncaya dek kırbaçladıklarını görmüştüm. Acıdan bağırdım sanırım ve bu çığlıklar uyandırdı beni. Bir daha da uyuyamadım. Uyumaya çalıştım oysa, ama kafam olgunlaşmayı reddeden bir yemiş gibiydi ve gözlerim bir daha kapanmadı.

4 Temmuz

Hollandalı bir denizci bugün gelip kulübemin kapısını açtı, değirmi bir bakışla içeriye göz gezdirdi sonra da hiçbir şey söylemeden gitti. Bir çeyrek saat sonra arkadaşlarından biri gelip, bütünüyle aynı hareketleri yaptı; ama bu sonuncusu "günaydın" anlamına geldiğini sandığım bir de sözcük geveledi ağzında. Bir şey değil, birini arıyorlar gibi geldi bana.

Hedefimizden çok uzakta değildik sanırım ve oraya vardığımızda ne tavır takınacağımı sorup duruyorum kendime. Özellikle de bana Lizbon'da emanet edilen parayı, kendi paramı ve bu defteri ne yapacağımı.

Aslına bakarsanız iki davranıştan birini seçmem gerek.

Ya yabancı bir tüccar muamelesi ve saygı göreceğim, belki Birleşik Eyaletler'e girme iznini bile alabileceğim – bu durumda karaya çıkarken tüm "hazinemi" üstümde taşımam gerekiyor.

Ya da *Sanctus Dionisius* bir savaş ganimeti gibi görülecek, yüküne el konulacak, gemideki insanlar bir süre tutsak kalıp sonunda gemileriyle birlikte sınır dışı edilecekler – bu durumda "hazinemi" gizli bir yere saklamak, sonra da kimsenin onu bulamaması ve bu felaketin ardından gelip onu geri alabilmem için Tanrı'ya dua etmek daha akıllıca gibi görünüyor.

İki saatlik bir kararsızlıktan sonra, ikinci tutumu izlemeyi seçiyorum. Umarım, buna pişman olmam!

Şimdiden sonra defterimi ve yazı takımımı, duvarda, iyi çakılmamış bir ahşap levhanın arkasına, Gregorio'nun parasını daha önceden koyduğum gizli bölmeye kaldıracağım, kalan paranın yarısını da oraya saklayacağım; üstümde akla yakın bir miktar paranın bulunması gerek, yoksa kurnazlığım anlaşılır ve sırrımı ele vermek zorunda bırakırlar beni.

Defterimi yanımda tutma eğilimindeyim biraz. Para kazanılır, kaybedilir; oysa bu sayfalar, yaşadığım günlerin eti kemiği, özellikle de son yol arkadaşlarım. Onlardan uzak kalmak tedirgin ediyor beni. Ama sanırım ayrılmamız gerekecek...

14 Ağustos 1666

Kırk günden fazladır tek satır yazamadım. Ben karada ve hapisteydim; defterimse denizde, gizli yerindeydi. Tanrı'ya şükür! İkimiz de sağ salim bir araya geldik sonunda.

Bugün yazı yazamayacak kadar heyecanlıyım. Yarın sevincimi biraz bastırmış olurum ve anlatırım.

Hayır. Bu durumda yazmak zor, ama kendimi yazmaktan alıkoymak daha da zor geliyor. Bu nedenle, sonu iyi biten bu kötü macerayı anlatacağım şimdi. Ama fazla ayrıntıya girmeden, taştan taşa atlayarak bir dereyi geçer gibi.

8 Temmuz Çarşamba günü *Sanctus Dionisius*, Amsterdam limanına başı önde, boynundan iple çekilen tutsak bir hayvan gibi girdi. Ben güvertedeydim, bez çantam omzumda, ellerim küpeşteye yaslı, gözlerim pembemsi duvarlarda, kahverengi çatılarda, rıhtımdaki siyah şapkalarda – oysa düşüncelerim bambaşka yerlerdeydi.

Kıyıya yanaşır yanaşmaz, herhangi bir sertlik kullanmadan ama özel bir saygı da göstermeden gemiyi terketmemiz ve rıhtımın ucundaki bir yapıya kadar yürümemiz istendi; sonra da oraya kapatıldık. Tam anlamıyla bir hapishane değildi burası; sadece çatılı ve çevresi duvarlarla çevrili, kapalı bir yerdi; iki kapısının önünde nöbetçiler vardı ve çıkmamızı engelliyorlardı. İki, belki de üç gruba ayrıldık; gemide kalmış tek tük yolcular ve tayfaların bir bölümü benimle birlikteydi, ama ne Maurizio ne de kaptan yanımızdaydı.

Üçüncü gün kentin ileri gelenlerinden biri, buraları denetledi ve bana bakarak güven verici sözler söyledi; ama konuşma boyunca asık yüzlüydü ve hiçbir kesin vaatte bulunmadı.

Bir hafta sonra kaptanın, yanında tanımadığım birileriyle geldiğini gördüm. En güçlü denizcileri, tek tek adlarıyla çağırdı; bunun gemideki yükü indirmek için olduğunu anladım hemen. Onları günün sonuna doğru "içeriye" geri getirdiler; sabah yeniden götürmek için. Bir sonraki gün de aynı şeyler oldu.

Bir soru, dudaklarımı yakıyordu: Gemiyi boşaltırken yolcuların barakalarını da aramışlar mıydı acaba? Uzun süre, kimseyi kuşkulandırmadan merakımı giderecek bir soru biçimi aradım sormak için; ama sonunda vazgeçtim. Böyle bir durumda sabırsızlık en kötü öğütleri verir insana.

Bu uzun ve sıkıntılı bekleyiş günlerinde kaç kez Meymûn'u ve bana Amsterdam'la ilgili söylediklerini düşündüm; ve benim bu konuda söylemeyi alışkanlık edindiğim şeyleri. O zaman çok uzağımızdaki bu kent, ortak gizli düşlerimiz için bir mekân ve bir umut ufku olmuştu bizim için. Bir iki kez buraya birlikte gelme ve bir süre yaşama sözü verdik birbirimize; kimbilir, belki de Meymûn buradadır, tasarısını gerçekleştirmiştir.

Bana gelince, ben üzgünüm buraya bugün ayak bastığım için. Özgür insanların ülkesine bir tutsak olarak geldiğim için üzgünüm. Amsterdam'da onca gece, onca gün geçirip duvarların ardından başka hiçbir şey görmediğim için üzgünüm.

İki hafta daha geçtikten sonra, bizi yeniden *Sanctus Dionisius*'a bindirdiler. Ama demir alma iznini vermemişlerdi henüz. Hâlâ özgür değildik; kendi gemimizdeydik ama asker müfrezeleri, durmaksızın devriye geziyorlardı gemide.

Daha iyi gözaltında tutabilmek için, hepimizi geminin bir yanına topladılar. Benim barakam öteki yandaydı, ama tedbirli davranıp sırrımı ele vermemek için kesinlikle oraya gitmemeye zorladım kendimi.

Dahası, gemi sonunda hareket ettiğinde bile, bir süre eski kamarama gitmekten alıkoydum kendimi; çünkü bir Hollanda müfrezesi, bir tür içdeniz olan Zuiderzee'den çıkıp Kuzey Denizi'ne ulaşana dek gemide kaldı.

Ancak bugün, hazineme dokunulmamış olduğunu ve gizli yerinde durduğunu gözümle görme olanağına kavuştum. Yine orada bıraktım onu; yalnızca yazı takımını ve bu defteri aldım.

15 Ağustos

Gemide bütün denizciler sarhoş; ben bile biraz içtim.

Ne tuhaf ki, limandan çıkarken bu kez deniz tutmadı beni. Bütün tıkındıklarıma karşın sağlam adımlarla yürüyorum güvertede.

En az kendinden yaşça büyük tayfalar kadar çakırkeyif olan Maurizio anlattı: Gemi durdurulduğu zaman kaptan, yükün yalnızca üçte birinin Londra'ya gittiğini, üçte ikisinin de Amsterdamlı bir tüccarın malı olduğunu söylemiş. Kente gelindiğinde de çok iyi tanıdığı bu adamı çağırtmış. Adam kentte olmadığı için dönüşünü beklemek gerekmiş. Ama geldikten sonra işler çok çabuk çözümlenmiş. Olan biteni hemen kavrayan ve bu işten kâr edeceğini anlayan tüccar, Centurione'nin sözlerini doğrulamış ve malları teslim almış. Böylece yetkililer yükün üçte birine el koymakla yetinmişler, sonra da gemiyi ve adamları salıvermişler.

Deli –sözümü geri alacak değilim!– ama belli ki becerikli biri bizim kaptan! Kimbilir, belki de üst üste iki ruh var bu adamda; ve biri ötekini gizliyor sırayla.

17 Ağustos

Maurizio'ya bakılırsa kaptan bir kez daha aldatmış Hollandalıları; onlara Cenova'ya gideceğini söylediği halde doğrudan Londra'ya kırmış dümeni!

19 Ağustos

Thames Nehri'nin ağzından yukarı doğru çıkıyoruz ve gemide hiçbir dostum yok – oturup iki saygıdeğer kişi gibi konuşacak kimse yok demek istiyorum. Başka yapacak bir şeyim olmadığına göre, yazmalıydım; ama kafam bomboş ve elim ısınmıyor bir türlü.

Londra'ya ulaşıyorum, hiçbir zaman bu kenti düşlemeye fırsatım olmadı.

23 Ağustos 1666, Pazartesi

Londra Köprüsü'nün iskelesine günün ilk ışıklarında, nehirden yukarı çıkarken üç kez yolumuz kesildikten sonra ulaştık; Hollandalılarla son çatışmalarından sonra İngilizler bu denli tetikteler.

Gelir gelmez azıcık eşyamı, Thames kıyısında, dokların yanıbaşında bir hana bıraktım ve Cornelius Wheeler'i aramaya koyuldum. Rahip Coenen'den mağazasının Saint Paul Katedrali'ne yakın olduğunu öğrenmiştim ve başka tüccarlara, beni oraya götürmeleri için bir iki soru sormam yeterli oldu.

İçeri girip Bay Wheeler'i görmek istediğimde, genç bir görevli, beni üst kata, zayıf ve mahzun yüzlü, çok yaşlı bir adamın yanına çıkarttı; Cornelius'un babasıydı bu adam. "Oğlum Bristol'de ve iki üç hafta içinde gelecek" dedi bana; ama bir bilgi ya da bir kitap peşindeysem, isteğimi yerine getirmekten mutlu olacaktı.

Kendimi tanıtmıştım, ama adımın ona bir şey ifade etmediğini gördüğüm için, Cornelius'un İzmir'deki evini emanet ettiği şu Cenevizli olduğumu söyledim.

"Umarım bir felaket gelmemiştir başına" diyerek tedirginliğini belirtti yaşlı adam.

Hayır, evin başına hiçbir şey gelmedi, rahat edebilir; bu yolculuğu ona bir felaket haberi vermek için yapmadım, kendi işlerim için Londra'dayım. Biraz ticaretimden söz ettim ona; bu da ancak ilgilendirebilirdi onu, çünkü onunkiyle aynı türdendi. Satılan kitaplardan ve artık istenmeyenlerden söz açtım.

Konuşmanın bir yerinde, *Yüzüncü Ad*'la ilgili bir iki sözcük sıkıştırdım araya, Cornelius'un onu İzmir'den getirdiğini bildiğimi de ima ederek. Karşımdaki açıkça sıçramadı yerinden, ama gözlerinde çok keskin bir merak ışığı yandığını görür gibi oldum. Belki de bir kuşku ışığıydı bu.

"Ne yazık ki ben Arapça okuyamıyorum. İtalyanca, Fransızca, Latince ve Yunanca sözkonusu olsaydı, şu raflarda ne kitaplarımız olduğunu tam olarak söylerdim. Ama Arapça ve Türkçe için Cornelius'u beklemeniz gerek."

Israrla kitabın görüntüsünü, boyunu, yeşil deriden cildi üstündeki içiçe geçmiş baklava biçimli, altın yaldızları betimledim. İşte o zaman, orada oyalanıp bizi dinleyen genç görevli, araya girmenin yararlı olacağını düşündü.

"*Chaplain*'in* gelip aldığı kitap olmasın bu ?"

Yaşlı Wheeler, bakışıyla onu delip geçti, ama olan olmuştu bir kez. Artık herhangi bir şeyi gizlemenin yararı yoktu.

"Evet o kitap olmalı, bir iki gün önce sattık onu; ama biraz

Chaplain: (İngilizce) Saray, okul, ordu vb'de papaz veya vaiz.

çevrenize bakın, sizi ilgilendirecek birşeyler bulacağınızdan eminim."

Genç adama, adlarını bile aklımda tutmak istemediğim bir iki yapıt adı söyleyip onları getirmesini istedi; ama tuttuğumu bırakmam sözkonusu değildi.

"Bu kitaba sahip olmak için çok uzun bir yol yaptım; bu *chaplain*'i nerede bulabileceğimi bana söylerseniz size minnettar kalırım; kitabı ondan satın almaya çalışacağım."

"Beni bağışlayın ama, kimin neyi satın aldığını size söylemek durumunda değilim; özellikle de müşterilerimizin adreslerini vermem olanaksız."

"Oğlunuz evini, tüm içindekilerle birlikte bana emanet edecek kadar güvendiğine göre..."

Gerisini getirmeme gerek kalmadı.

"Peki, Jonas sizi götürsün."

Yolda, büyük olasılıkla ağzımdan duyduğu bir iki İngilizce sözcüğün yanılttığı genç çocuk, bana içini açarcasına, neredeyse hiçbirini anlamadığım bir yığın şey anlattı. Ben de, bir yandan sokakların itiş kakışını izlerken başımı sallamakla yetindim. Yalnızca, görmeye gittiğimiz kişinin eskiden Cromwell'in ordusunda papazlık yaptığını öğrenebildim ondan. Adamın gerçek adını söyleyemedi Jonas; sanırım sorumu bile anlamıyordu ve *chaplain* dışında bir adla anıldığını da duymamıştı.

Kitabımın alıcısı bir din adamı olduğuna göre, ya hemen yakındaki katedrale ya bir küçük kiliseye ya da bir papaz evine gideceğimizi düşünüyordum. Jonas bir birahanenin önünde durduğunda *–ale house* yazılıydı tabelada– nasıl da şaşırdım! Kapıdan girdiğimizde on iki çift buğulu göz tarafından, uzunca bir süre incelendik. Öğle vakti olmasına karşın içerisi alacakaranlıktı. Konuşmalar fısıltıya dönüşmüştü ve tek konusu kuşkusuz bendim bu fısıltıların; buralarda sık sık Cenevizli giysileri görülmüyor olmalıydı. Onları başımla selamladım ve Jonas birahane sahibine –memeleri yarı açık, saçları hareli, iriyarı, tombul bir kadındı bu– *chaplain*'in orada olup olmadığını sordu. Kadın, parmağıyla bir işaret yaptı yalnızca ve üst katı gösterdi. Bir koridora yöneldik hemen; koridorun ucunda basamakları gıcırtılı bir merdiven vardı. Sonra da yukarıda, kapalı bir kapının önünde durduk. Jonas kapıya vurdu, sonra da alçak sesle "*Chaplain*!" diye seslenerek kapının kulpunu çevirdi.

Bu *chaplain* denen kişinin, bir kilise adamına benzer hiçbir yanı yoktu bana sorarsanız. "Hiçbir" derken biraz abartıyorum. Kuşkusuz doğal bir gösterişi vardı adamın. Önce uzun boyu, sonra da onu –bir İngiliz din adamına değilse bile– bir Ortodoks Rus papazına benzeten gür sakalı. Kafasına bir külah, sırtına bir cübbe geçirip eline bir de âsâ verdiniz mi, bal gibi inançlı kuzucuklarını güden bir piskoposa dönebilirdi. Ama ne bir iffet kokusu, ne de bir sofuluk ve azla yetinme duygusu yayıyordu çevresine. Tersine, ilk bakışta yeme içme düşkünü bir zındık izlenimi bıraktı bende. Önündeki sehpanın üstünde, ikisi boş, biri dörtte üçüne dek dolu, üç bira bardağı vardı. Az önce bir yudum içmiş olmalıydı; çünkü bıyıklarında beyaz köpükler görülüyordu hâlâ.

Kocaman bir gülümsemeyle oturmaya davet etti bizi. Ama Jonas özür diledi; efendisinin dükkânına geri dönmesi gerekiyordu. Avucuna biraz para sıkıştırdım, papaz da çıkarken bize iki ölçek bira söylemesini rica etti. Az sonra patron kadın, iki birayı kendi eliyle getirdi; çok telaşlı ve saygılıydı, din adamı da kaba etlerine bir şaplak atarak teşekkür etti ona; gizli bir vuruş değildi bu, o kadar açıkçaydı ki amacının yalnızca beni şaşırtmak olduğu belliydi. Rahatsızlığımı saklamaya çalışmadım; olayı çok sıradan bulsaydım ikisini de çok gücendirmiş olurdum.

Kadın yukarı çıkmadan önce kendimi tanıtma ve Londra'ya yeni geldiğimi söyleme fırsatını bulmuştum. İngilizce konuşmaya çalışmıştım zorlukla. Daha fazla sıkıntı çekmemi engellemek için adam beni Latince yanıtladı. Bu mekânda çok tuhaf tınlayan bir bilgin Latincesiyle. Ve sanırım Vergilius'u ya da bir başka antik Latin ozanını açımlamak istedi şu tümceyle:

"Kayra'nın suladığı bir ülkeyi terkedip, Lanet'in sürdüğü bu topraklara geldiniz demek!"

"Şu ana kadar çok az şey gördüm; ama gördüklerim hiç de böyle bir izlenim bırakmıyor üstümde. Geldiğimden bu yana gözlediğim, belirgin bir davranış özgürlüğü ve yadsınmaz bir güleryüzlülük oldu hep..."

"İşte lanetli ülke diye buna denir! İnsanın kendini özgür sanması için üst kata kapanıp sabahtan başlayarak içmesi gerekiyor burada. Eğer kıskanç bir komşu, küfür sayılan bir şey yaptığınızı iddia ederse herkesin önünde kırbaçlanırsınız. Yaşınıza göre fazla sağlıklı görünürseniz, büyücülük yaptığınızdan kuşkulanılır. Türklerin orada hapiste olmayı yeğlerim ben..."

"Böyle söylüyorsanız, sultanın zindanlarının tadına hiç bakmadınız demektir!"

"Belki" diyerek kabul etti.

Patron kadının gelip gitmesinden sonra –ve o an yaşadığım sıkıntıya karşın– hava yumuşamıştı artık ve bu adama sözü dolandırmadan ziyaretimin nedenini açıklayacak kadar güvende hissettim kendimi. Daha *Yüzüncü Ad*'ı ağzıma alır almaz yüzü aydınlandı ve dudakları titredi. Bu kitap konusunda bana birşeyler söyleyeceğini düşündüm ve yüreğim çarparak sustum. Ama ahşap bira bardağının bir hareketiyle devam etmemi işaret etti; gittikçe daha fazla gülümsüyordu. O zaman oyunu açık oynayarak, bu kitapla tam olarak neden ilgilendiğimi söyledim. Tehlikeyi göze alıyordum böyle yaparak. Kurtarıcı ad gerçekten bu yapıtın içindeyse, onu bana bırakmasını bu din adamından nasıl isteyebilirdim? Ve hangi fiyata? Daha iyi bir tüccar, bu kitaptan ve içeriğinden daha ölçülü sözcüklerle söz ederdi; ama kurnazlık etmenin akıllıca olmayacağını içgüdülerimle hissediyordum. Ben ki kurtuluşun kitabını arıyordum, Tanrı'nın gözü önünde nasıl dalavereyle elde edebilirdim onu? Yazgıdan daha iyi hile yapabilir miydim ki?

Böylece *chaplain*'e bu metnin gerçek değerini açıklamaya zorladım kendimi. Sahaflar arasında bu kitapla ilgili söylenenleri, gerçekliğiyle ilgili kuşkuları, savlanan erdemleri üstüne ileri sürülen çeşitli düşünceleri aktardım.

"Ya siz, dedi, sizin kanınız nedir?"

Çözmeyi başaramadığım ve biraz rahatsız edici bulmaya başladığım aynı değişmez gülümsemeyi koruyordu yüzünde. Yine de hiçbir şey belli etmemeye çalıştım.

"Hiçbir zaman kesin bir kanıya varamadım. Bir gün bu kitabın dünyanın en değerli şeyi olduğunu düşünüyorum; ertesi gün bunca saf ve körinançlı olduğum için utanç duyuyorum."

Yüzündeki gülümseme silinmişti. Bardağını bana doğru bir övgü hareketiyle kaldırdı, sonra da bir dikişte bitirdi. Bu hareketle içtenliğime saygılarını sunmak istediğini söyledi; bu hiç beklemediği içtenliğe.

"Bana bir satıcı mavalı okuyacağınızı, bu kitabı bir koleksiyoncu için aradığınız ya da babanızın ölüm döşeğinde onu bulmanızı istediğini söyleyeceğinizi düşünmüştüm. Yapınız gereği mi dürüst davrandınız yoksa çok zeki olduğunuz için mi, bilmiyorum; ama tutumunuz hoşuma gitti."

Sustu. Boş bardağını kavradı, sonra hemen sehpanın üstüne koydu ve sözü uzatmadan şöyle dedi:

"Şu arkanızdaki örtüyü kaldırın! Kitap orada!"

Bir an aptallaşıp kaldım; iyi anlayıp anlamadığımı soruyordum kendime. Tuzaklara, düşkırıklıklarına, baştan almalara o kadar alışmıştım ki kitabın orada olduğunun bu kadar basit bir biçimde söylenmesi, şaşkına çeviriyordu beni. Biranın etkisi mi bu acaba, sorusunu bile sordum kendi kendime; öylesine susamıştım ki bir dikişte içmiştim bardağı.

Yine de kalktım. Bana gösterdiği koyu renk ve tozlu örtüyü, törensel bir tavırla açtım. Kitap gerçekten oradaydı. *Yüzüncü Ad*. Bir tür mücevher mahfazası içinde, iki mum arasında ya da bir rahle üstünde açılmış bulmayı beklerdim onu. Hayır, hiç de böyle değildi; bir rafın üstüne yanlamasına konmuş, bir iki başka yapıt, kalemler, iki hokka, bir top beyaz kâğıt, bir kutu topluiğne ve dağınık başka nesnelerle birlikte duruyordu. Kararsız bir elle aldım onu, baş sayfasından açtım. Emindim artık: Gerçekten de geçen yıl yaşlı İdris'in bana armağan ettiği ve geri gelmemecesine sulara gömüldüğünü sandığım kitaptı bu.

Şaşırmış mıydım? Evet şaşırmıştım. Ve haklı olarak sarsılmıştım. Bütün bunlarda mucizeye benzer birşeyler vardı! Londra'da ilk günümdü; ayağım sağlam toprağa daha yeni alışmıştı ve bir yıldır peşinden koştuğum kitap elimdeydi şimdiden! Evsahibim heyecanımın geçmesi için gerekli zamanı tanıdı bana. Kitabı yürek vuruşlarımın üstüne bastırarak, yavaş yavaş yerime gelmemi ve oturmamı bekledi. Sonra da hiçbir soru edası taşımayan şu sözleri söyledi:

"Aradığınız kitap bu herhalde..."

"Evet" dedim. Aslına bakarsanız fazla bir şey seçemiyordum, oda aydınlık değildi. Ama başlığını görmüştüm ve görmeden önce de dışından tanımıştım kitabı. En küçük bir kuşkum yoktu.

"Arapçayı kusursuz biçimde okuyorsunuzdur sanırım."

Yine "evet" dedim.

"O zaman bir alışveriş önereceğim size."

Bu yeniden bulunmuş hazineye daha sıkı sıkı sarılırken gözlerimi kaldırdım. *Chaplain* çok yoğun biçimde düşünüyor gibiydi ve kafası bana daha da görkemli, daha da hacimli geldi – sakalı ve beyazlaşmaya yüz tutmuş yelesini hesaba katmasam bile.

"Size bir alışveriş öneriyorum" diye yineledi, bir iki saniye daha düşünme zamanı kazanmak ister gibi.

"Siz bu kitabı istiyorsunuz; bense yalnızca içindekileri anlamak istiyorum. Okuyun onu bana; baştan sona, sonra da alıp götürün istediğiniz yere."

Buna da evet dedim, en küçük bir tereddüt göstermeden.

Ne iyi ettim de Londra'ya geldim! Demek talih yıldızım burada bekliyormuş beni! Dirençliliğim, karşılığını ödedi. Atalarımdan miras kalan inatçılık, sonunda işime yaradı. Onların kanından olduğum, soyumu inkâr etmediğim için gurur duyuyorum şimdi!

24 Ağustos 1666 Salı, Londra'da

İşim kolay olmayacak, biliyorum.

Çok sayıda seans yapmam gerek, bu iki yüz sayfayı okumak, Arapçadan Latinceye çevirmek ve daha önemlisi, anlaşılır hale getirmek için – yazarı hiçbir zaman anlaşılır olmak istememiş olsa da. Ama papazın beklenmedik önerisini bir fırsat gibi gördüm hemen, bir işaret demezsek eğer. Bana sunduğu yalnızca Mazandarânî'nin kitabını geri alma olanağı değildi, kendiliğimden hiçbir zaman yapmayacağım bir şeyi, özenle ve dikkatle kitabı okumayı, derinliklerine dalmayı öneriyordu bana.

Bu metni tümce tümce okumak, zor beğenir bir dinleyiciye anlaşılır kılmak için sözcüğü sözcüğüne çevirmek; işte size bu sayfalarda büyük bir gizli gerçeğin saklı olup olmadığını kesin olarak anlamanın tek yolu.

Bu konuyu ne kadar düşünsem, o kadar şaşırıyorum ve coşkuya kapılıyorum aynı anda. Bu kitabı Cübeyl'den Konstantinopolis'e, sonra da Cenova'dan Londra'ya, bu meyhaneye, bu tuhaf papazın inine dek izlemem gerekiyormuş demek, sonunda yapılması en gerekli şeyi yapmaya koyulmam için. Bir yıldır yaşadıklarım, sanki yalnızca bir başlangıçmış gibi bir izlenime kapılıyorum neredeyse; sanki Tanrı, o gizli Ad'ını bilmeye layık olmadan önce beni bir dizi sınamadan geçirmek istemiş gibi.

Son paragrafta "Bir yıldan beri" diye yazdım. Bir yaklaşıklıktan söz etmiyorum bunu yazarken; gerçekten de yolculuğum başlayalı, günü gününe tam bir yıl oldu; çünkü geçen yılın 24 Ağustosunda çıkmıştım Cübeyl'den yola. Bu vesileyle yazmaya başladığım defter artık elimin altında değil – umarım Barinelli bulmuş ve saklamıştır onu; ve bir gün bana ulaştırabilir!

Ama konuyu dağıtıyorum yine... Demek istediğim şuydu: Eğer yolculuğun başlangıcında yazdığım sayfalar elimin altında olsaydı, sanırım pek ortak bir şey bulamazdım başlangıçtaki tasarımla, izlemek zorunda kaldığım yol arasında. Konstantinopolis'ten öteye gitmeyi düşünmüyordum; hele İngiltere'ye, kesinlikle hayır! Benimle birlikte yola çıkan insanlardan ayrılıp, onlara ne olduğunu bile bilmeden böyle yapayalnız kalmayı da beklemiyordum doğrusu. Bu yıl boyunca çevremde ve içimde her şey değişti. Yalnızca Cübeyl'deki evime kavuşma isteğim hiç değişmedi sanıyorum. Hayır, daha yakından baktığımda çok da emin değilim bundan. Cenova'da geçirdiğim günlerden sonra, artık oraya dönmem gerektiğini düşünüyorum zaman zaman. Bir anlamda oradan yola çıktım ben. Ben değilsem de en azından ailem. Uzak atalarımdan Bartolomeo'nun, yeniden yerleşmek istediğinde yaşadığı sıkıntıya karşın bir Embriaco'nun yalnızca orada kendini evinde hissedebileceğini düşünüyorum. Cübeyl'de her zaman yabancı olacağım ben... Oysa kızkardeşim Doğu'da yaşıyor, atalarım orada gömülü, evim orada, bana görece zenginliğimi veren dükkânım orada. Az daha sevdiğim kadının da orada yaşadığını söyleyecektim. Kafam karışıyor besbelli. Marta artık Cübeyl'de değil; bir gün oraya dönebilecek mi bilmiyorum, hâlâ yaşıyor mu onu bile bilmiyorum.

Belki de yazmayı kesmem gerek, bu akşamlık...

25 Ağustos

Uyandığımda yeniden defterimi açtım; tarihlerden söz etmek için. Dün akşam bu konuya girecektim ama Marta'yı anımsayınca unuttum. Londra'da, gelmeden önce hiç tahmin etmediğim bir karışıklıkla karşılaştım. Bugün 25 Ağustos; oysa buranın insanları için ayın daha 15'i! Burada herkesin "Deccal" dediği Papa'dan nefret ettikleri için İngilizler –tıpkı Moskovyalılar gibi– bizde seksen yılı aşkındır kullanılan Gregoryen takvime uymayı reddediyorlar.

Bu konuda söyleyebileceğim başka şeyler de var, ama beni birahanede bekliyorlar. Okuma seanslarımız orada olacak ve bundan sonra orada oturacağım. Bu sabah eşyalarımı oraya taşımaya söz verdim.

Papaz ve birahanenin sahibi Bess, Pazartesi'den beri birkaç kez, gelip orada yaşamam için ısrar ettiler; krallık polisinin kuşkulu bulabileceği gidip gelmeleri önlemek için. Başlangıçta reddettim bunu; bu çok konuksever, ama tüm gündüz ve gecelerimi paylaşacak kadar uzun süredir tanımadığım insanlarla uzaklığımı biraz korumak istiyordum. Ama dün akşam yemekten sonra, hana gitmek üzere çıktığımda, izlendiğim duygusuna kapıldım. Bir duygudan da öte, kesinlikle emindim bundan. Serseriler miydi? Yönetimin adamları mıydı? Her iki durumda da bu sıkıntıyı her akşam yaşamaya hiç niyetim yoktu.

Bir zamanlar etkin bir kişi olmuş ve yetkililerin hâlâ çekindiği bu papaz gibi birinin bu kadar yakınında dolaşmanın çok tedbirli bir davranış olmadığını biliyorum. Yalnızca güvenliğimi düşünseydim, gerçekten de uzaklığımı korumam gerekirdi. Ama güvenlik, benim birinci kaygım olmamıştır hiçbir zaman; olsaydı *Yüzüncü Ad*'ın peşinden Londra'ya dek gelmezdim ve başka bir sürü şeyi daha yapmaktan alıkoyardım kendimi. Hayır, bugünkü tasam, bu kitabı geri almak ve koltuğumun altında bu kitapla bir an önce buradan uzaklaşmak. Ve ancak bu adamın yakınında yaşayarak, onunla yaptığım anlaşmanın koşullarını yerine getirerek, en kısa sürede ulaşabilirim bu hedefe.

Bess, beni büyük salonun gürültüsünden uzakta, üst katta ve papazınkinin hemen üstünde bir odaya yerleştirdikten sonra, üç kez merdiveni çıktı ve gelip bir şeye gereksinimim olup olmadığına baktı.

Bu insanlarla ilişki kurmak çok keyifli; konuksever ve eliaçıklar; gülmeyi, yiyip içmeyi seviyorlar. Burada geçireceğim günler çok hoş olacak belli ki; ama sonsuza dek burada kalmaya da hiç niyetim yok.

26 Ağustos

Bugün *Yüzüncü Ad*'ı yüksek sesle okumaya başlamam gerekiyordu. Ama beni son derece endişelendiren ve kafamı karıştıran tuhaf bir nedenle, başladıktan hemen sonra durmak zorunda kaldım.

Papazın yaşadığı odada dört kişiydik; çömezi gibi görünen ve yazmanlık görevini üstlenecek iki genç adam çağırtmıştı *chaplain*. Bunlardan birinin adı Magnus'tu ve metnin Latince çevirisini özenle yazıya dökecekti; Calvin adlı ikincisi de açıklamaları not edecekti.

Yazarken "dökecekti", "edecekti" diyorum, çünkü olaylar öngördüğümüz gibi gelişmedi. Kitabın tam başlığını okuyarak ve çevirerek başladım işe: *Yaratılmışların Efendisinin Gizli Adı Üstündeki Örtünün Kaldırılması*; sonra da Mazandarânî'nin tam adını: Ebû Mâhir Abbas, falancanın oğlu, falancanın oğlu, falancanın oğlu... Tam ilk sayfayı çevirmiştim ki oda ansızın karardı; sanki bir is bulutu gelip güneşi örtmüş ve ışınlarının bize dek ulaşmasını engellemiş gibi. Bana dek, demeliydim, çünkü odadaki öbür kişiler, olan biteni farketmiş gibi görünmüyorlardı.

Aynı anda Bess kapıyı açtı ve bize bira getirdi; bu da küçük bir zaman kazandırdı bana. Ama hemen ardından bakışlar yeniden bana döndü ve sessizliğimin meraka düşürdüğü papaz, neyim olduğunu ve okumayı neden sürdürmediğimi sordu. Ben de başağrısına yakalandığımı, kafamın sanki bir mengenede sıkıştırıldığı duygusuna kapıldığımı ve bunun gözlerimi kararttığını söyledim. Papaz da gidip dinlenmemi ve okumayı yarın sürdürebileceğimizi söyledi.

O bunları söyler söylemez kitabı kapadım ve aynı anda ışığa geri döndüğümü hissettim. Sonsuz bir erince kavuştum birden ve bunu ötekilerden özenle sakladım, sıkıntımın yapmacık olduğunu düşünmelerinden korktuğum için.

Defterime bu satırları yazdığım şu saatte, bu kararmanın hiçbir zaman meydana gelmediği ve yalnızca düş gördüğüm izlenimini taşıyorum. Ama bunun böyle olmadığını da, en küçük bir kuşku duymadan biliyorum. Ne diyeceğimi, nasıl yorumlayacağımı bilmediğim bir şey geldi başıma – bu yüzden de neden durduğumu sorduğunda papaza gerçeği söyleyemedim. Ne olduğunu anlamadığım ama belleğimde bir yıldan biraz eski bir anıyı çağrıştıran bir şey. Zamanında hiçbir gizem içerdiğini düşünmemiştim bu anımsadığımın. Bana armağan ettiği kitapla birlikte yaşlı İdris'in evinden dönmüş ve dükkânımda kitabın sayfalarını karıştırmıştım; o sırada da ışık yeterli gelmişti bana, ama okumayı başaramamıştım. Bir gün önce de aynı şey olmuştu ve ben yine farkında olmamıştım. Bu kez de İdris'in kulübesindeydim. Evet, orası epeyce karanlıktı ama kitabın iç sayfalarını bütünüyle okunmaz hale getirecek kadar değil; üstelik harfleri içeridekilerden pek de büyük olmayan başlık sayfasını rahatça okuyabilmiştim.

Kendi kendime açıklayamadığım, beni endişelendiren, kafamı allak bullak eden ve beni korkutan bir iş var bunda.

Bu metinle bağıntılı bir lanet sözkonusu olabilir mi?

Benim kendi korkum mu yüce adın harflerini önüme serili görünce gözümü karartan?

Yüzüncü Ad'ın kapağını açanların hepsi aynı şeyleri hissetti mi, aynı körlüğe uğradı mı diye soruyorum kendi kendime. Belki de koruyucu bir büyünün, düğümlü bir muskanın, bir tılsımın gücü altına yerleştirilmiştir bu metin.

Eğer böyleyse, hiçbir zaman sonuna dek gidemeyeceğim demektir. Eğer şöyle ya da böyle ilenç kaldırılmaz ya da "çözülmezse".

Ama böylesi bir düğümün, böylesi bir lanetin varlığı bile, bu kitabın sıradan bir kitap olmadığının, gerçekten de en değerli, en ağıza alınmaz, en korkunç gerçekleri içerdiğinin apaçık kanıtı değil mi?

27 Ağustos 1666

Dün akşam, henüz gün ışığında yolculuk güncemi yazarken –buralarda hava çok geç kararıyor– birden Bess'in odama girdiğini gördüm şaşkınlıkla. Kapı aralıktı, o da kapıyı vurmuş ve aynı hareketle iterek girmişti içeri; telaşsız görünmeye çalışarak ve gittiğinde çıkartmak üzere defteri yatağımın altına kaldırdım. Ama uzunca bir süre kaldı ve çıktığında, yazmaya hazırlandığım şey aklımda kalmamıştı.

Başağrımın onu endişelendirdiğini ve kendi kendine, beni ondan kurtarmaya söz verdiğini söyledi. Omuzlarımda ya da boynumda bir şeyi "çözmekten" söz etti, bu da merakımı uyandırdı. Beni alçak bir tabureye oturttu, arkama geçti; sonra da parmakları ve avuçiçiyle etimi kemiğimi yoğurmaya başladı. Sıkıntım öne sürdüğüm gibi başağrısı değil de sinsi ve itiraf edilmesi olanaksız bir sıkıntı olduğu için, yönteminin işe yararlığı konusunda bir karara varamadım. Ama gösterdiği özen heyecan vericiydi ve onu üzmemek için kendimi birden çok iyi hissettiğimi söyledim. O da, ben kendimi okumaya verdiğimde gelip sanatını aynı biçimde icra etmeyi önerdi. Hemen geri çevirdim bu önerisini. Odadan çıktığında da kendi kendime gülmeye başladığımı farkettim. Birden hayal ettim kendimi; papazın ve iki çömezinin önünde okumayı, çevirmeyi sürdürürken iyi yürekli bir kadının omuzlarımı, sırtımı yoğurup durduğunu. Dinleyicilerin serinkanlılığı, bundan biraz zarar görürdü, sanırım...

Öte yandan, bu sakatlığıma bir çare bulmam da gerekiyor; yoksa yakında okumayı kesmem gerekecek. Bugün Mazandarânî'nin önsözünden birkaç satır okumama olanak veren kısa bir aydınlanma oldu, sonra kararma geri geldi. Biraz pencereye yaklaştım ve burada sayfaların biraz daha okunaklı olduğu izlenimine kapıldım; ama bu sürmedi, ışık hafiflemekte gecikmedi ve az sonra hiçbir şey görmez oldum. Gözlerim ve ben, koyu karanlıklarla çevrildik. Papazla çömezlerinin canları sıkıldı, biraz da sinirlendiler; yine de beni herhangi bir şeyle suçlamadılar ve okumayı yarına ertelemeye razı oldular.

Güçlü bir iradenin, bu metni açgözlü bakışlardan koruduğuna eminim artık. Benimkiler de içinde olmak üzere. Ermiş değilim ben; başkalarından daha değerli de değilim ve Yüce Tanrı'nın yerinde olsaydım, bu en değerli gizi, benim gibi birine kesinlikle açıklamazdım! Ben, Baldassare Embriaco, antika tüccarı, dürüstüm yalnızca ama pek sofu değilim, ermişlikle hiçbir ilişkim yok; sözü edilmeye değer ne acı çekmişim ne yoksulluk, ne bir şeyimi feda etmişim, neden Tanrı'nın yüce adının emanet edileceği kişi olma ayrıcalığı bana tanınsın ki? Neden Nuh, İbrahim, Musa ya da Eyûb gibi yakınlarının arasına beni de alsın Tanrı? Bir an olsun Tanrı'nın beni ayrıksı bir yaratık gibi görebileceğini düşünmek için, çok fazla kendini beğenmiş ya da kör olmam gerekir. Yaratıklarının kimileri, güzellikleriyle dikkat çekici, kimileri zekâlarıyla, sofulukları, bağlılıkları ya da iyi huylarıyla. Onların yaratıcısı olmakla, handiyse övünebilir Tanrı. Beni yaratmış olmakla ise ne övünebilir, ne de yakınabilir. Göklerdeki tahtından, haydi küçümseyerek demeyelim, ama en azından kayıtsızca izliyor olmalı beni...

İşte Londra'dayım oysa, dünyanın yarısını bu kitabın peşinde katetmişim ve hiç beklemediğim halde bulmuşum onu! Tüm söylediklerime karşın, Yüce Tanrı'nın beni bakışlarıyla izlediğini ve O olmadan tanıma olanağını bulamayacağım kimi yollara yönelttiğini söylemek delice mi olur? Her gün *Yüzüncü Ad*'ı ellerimde tutuyorum, bir iki sayfasını söktüm ve labirentinde adım adım ilerliyorum. Yalnızca şu tuhaf körlük yavaşlatıyor ileri gitmemi; ama belki bu da ötekiler gibi bir engeldir, ötekiler gibi bir sınamadır ve sonunda bunu da aşarım. Direncim ve inadım sayesinde ya da yaratıkların Efendisinin akıl sır ermez istenciyle...

28 Ağustos 1666

Bugün yine bir aydınlanma anı oldu ve dünkünden biraz daha uzun sürdü. Direncim meyvalarını veriyor sanırım. Tüm bu süre içinde kitabın ya da gözlerimin üstünde gölgeden bir örtü vardı sanki, ama sözcükleri karartmıyordu. Böylece karanlık yoğunlaşmadan ve satırlar bulanıklaşmadan önce, üç tam sayfa okuyabildim.

Bu sayfalarda Mazandarânî, çok ünlü bir kanıyı çürütmeye çalışıyor; bu kanıya göre eğer bir yüce ad varsa, insanlar bu adı ağızlarına alamamalıydılar; çünkü adını söylebildiğimiz varlık ve nesneler, üstlerinde bir tür yetkeye sahip olduğumuz varlık ve nesnelerdir, oysa hiç kuşku yok ki Tanrı'nın herhangi bir egemenlik altına girmesi sözkonusu değildir. Bu karşı savı ortadan kaldırmak için yazar, İslamı Yahudilikle karşılaştırıyor. Gerçekten de Musa'nın dini, o ağıza alınmaz adı söyleyenleri cezalandırıp, Yaratıcı'nın adının her türlü doğrudan kullanımından sakınmanın yollarını ararken, Muhammed'in dini, tümüyle karşıt bir tavır takınmıştı ve inananları gece gündüz Tanrı'nın adını söylemeye teşvik etmekteydi.

Bu nedenle, diye doğruladım papaza ve çömezlerine, İslam toprağında hiçbir konuşma yoktur ki içinde Allah adı on kez yinelenmesin; hiçbir pazarlık yoktur ki iki taraf da durmadan onun adıyla "vallahi", "billahi", "bismillah" diye yemin etmesin; hiçbir konuklama, veda, tehdit, yüreklendirme ya da yorgunluk cümlesi yoktur ki içinde açıkça O'nun adı anılmasın.

Tanrı adının böyle durmaksızın yinelenmesi için yapılan yüreklendirme, yalnızca Allah sözcüğü için değil, onun olduğu söylenen doksan dokuz ad için de geçerlidir, yüzüncü ad için de, eğer onu biliyorsanız tabii. Mazandarânî, yüce ad üstündeki bütün tartışmaların kaynağı sureyi de alıntılamış buraya –"Ulu Tanrı'nın adını yücelt"– ve Kuran'ın bize "çok büyük" bir ad olduğunu öğretmekle kalmadığını, bizi açıkça, Tanrı'nın bu adını yüceltmeye çağırdığını da belirtmiş.

Bu bölümü okurken, Prens Ali İsfahânî'nin denizde bana söyledikleri geldi aklıma. Yadsımasına karşın, Mazandarânî'nin yapıtını daha önce okuma fırsatını bulduğuna emindim. O da, sayfaları karıştırırken, benim gibi bu geçici körlükle karşı karşıya kalmış mıydı acaba, diye sordum kendi kendime. Ve tam bu soruyu kafamdan geçirdiğim anda, karanlık geri geldi ve okumayı sürdürmemi engelledi... Başımı ellerimin arasına aldım, ağır bir başağrısına tutulmuş gibi yaptım; dostlarım üzüntülerini belirttiler, bana güven vermeye çalıştılar, ilaçlar önerdiler. "En iyisi" dedi, arasıra bu tür ağrılardan ızdırap çeken Magnus, "tam bir karanlığa dalmak". Ah, bir bilseydi!

Seansımız kısa da olsa, dostlarım bugün daha az düşkırıklığına uğradılar. Onlara okudum, çevirdim, açıkladım; ve her gün aynısını yapabilirsem, bu kitabın hiçbir sırrı kalmayacak onlar için – tabii benim için de.

Okumaya, yarın değil, Pazartesi devam edeceğiz. Umarım bugünkü koşullarda sürdürebilirim "vaaz"ımı. Gözlerimi karartan örtüyü bir seferde yırtıp atmasını dilemiyorum Tanrı'dan; yalnızca her gün, birazını kaldırmasını istiyorum. Hâlâ çok şey mi istiyorum?

29 Ağustos Pazar

Bu sabah hepsi, erkenden ayine gittiler. Burada bir zorunluluk bu. Dikkafalılar, çoğunlukla komşuları tarafından ihbar ediliyor; hapis, kimi zaman kırbaçlanma cezasına çarptırılıyor ya da çeşitli biçimlerde tedirgin ediliyorlar. Ben, bir yabancı ve bir "papacı" olarak ayine gitmekle yükümlü değilim; yine de o kâfir kellemi sokaklarda fazla gezdirmememi öğütledi dostlarım. Ben de, meraklı bakışlardan uzakta, dinlenmek, okumak ve yazmak üzere odamda kaldım. Çok az tembellik etme fırsatı çıkar önüme; onun için değerini iyi bilirim.

Odam, kentin üstünde küçük bir kule gibi yükseliyor; sağda bir çatılar dizisine, soldaysa, boyutları nedeniyle çok yakın gibi görünen Saint Paul katedraline bakıyor. Yatağımın çevresindeki alan oldukça dar; ama bir iki sandığın üstünden atlayıp kirişlerin arasından süzüldüm mü, serinliğin hâkim olduğu çatı arasında buluyorum kendimi. Uzunca bir süre oturdum bugün orada, alacakaranlıkta. Belki çevremde fareler ve tahtakuruları vardı, ama ben hiçbir şey görmedim. Tüm sabahı erinç içinde geçirdim; beni unuttukları için hoşnuttum ve uzun, çok uzun bir süre daha unutmalarını diliyordum, orada akşama kadar aç oturmam gerekse de.

30 Ağustos

Bugün yeniden okumaya başlayacaktık ama *chaplain* bana haber vermeden ortadan kayboldu. Genç çömezleriyle birlikte. Bess, üç dört gün içinde geri döneceklerini söylüyor. Endişeli görünüyordu ama düşündüklerini bana açmadı.

Bir aylaklık günü daha ve hiç şikâyetçi değilim bundan. Sadece odamda tembellik etmek yerine Londra sokaklarında dolaşmaya karar verdim.

Nasıl da yabancı hissediyorum kendimi bu kentte! Her an bakışları üstüme çektiğim izlenimine kapılıyorum. Sevimlilikten uzak bakışlar bunlar; başka hiçbir yerde yolcunun, buradaki kadar düşmanca gözetlendiğini görmedim. Hollandalılar ve Fransızlarla süregiden savaş yüzünden mi böyle acaba? Kardeşi kardeşe, oğulu babaya karşı ayaklandıran, kafalara acıyı ve kuşkuyu yerleştiren eski iç savaşlar mı bunun nedeni? Yoksa hâlâ ortalıkta bolca bulunan ve rastlandığında aceleyle asılan Fanatikler mi? Belki de hepsi birden; öyle ki –gerçek ya da hayal ürünü– düşman sayısız bu ülkede.

Saint Paul Katedrali'ni gezmek niyetindeydim; ama papaz yamaklarından biri alınıp beni ihbar edebilir diye vazgeçtim. Her "papacı" şüpheli sayılıyor burada, özellikle de İtalya kökenliyse; en azından, uzun gezintimin sonunda edindiğim izlenim bu. Adım adım peşimden gelen bir tedirginlik duygusunu yenebilmek için her an mücadele ettim kendi kendimle.

Kendimi güvende hissettiğim tek yer, Saint Paul Mezarlığı çevresini mekân tutmuş kitapçıların dükkânları oldu. Onlar için bir yabancı, bir papacı değildim artık, bir meslektaş ve müşteriydim yalnızca.

Her zaman böyle düşündüm; bugün daha da fazla böyle düşünüyorum: Ticaret tek saygın etkinliktir dünyada ve tüccarlar tek uygar yaratıklardır. İsa, tüccarları değil askerleri ve papazları kovmalıydı tapınaktan!

31 Ağustos

Kitapçılardan yana bir tur daha atmak üzere dışarı çıkmaya hazırlanıyordum ki Bess, onunla birlikte bir bira içmeye davet etti beni. İkimiz de birer müşteri gibi meyhanenin bir köşesinde, masaya oturduk. O birkaç kez kalktı, içkileri getirmek ya da devamlı müşterilerle bir iki laf etmek için. Ama genel olarak çok az git-gel oldu; gürültü düzeyi tam olması gerektiği gibiydi: Ne bizi fısıldaşmak zorunda bırakacak kadar alçak, ne de ciğerlerimizi yırtmamızı gerektirecek kadar yüksek.

Bess'in kimi sözcüklerini kavrayamadım, ama sanırım her şeyi anladım; o da beni anladı. Öykümün heyecanına kapılıp tümcelerime İngilizceden çok İtalyanca sözcük koyduğumda bile, başını sallayıp duruyor ve her şeyi anladığını belirtmek istiyordu. İnanıyorum ona. Akıllı ve iyi niyetli herkes, biraz anlayabilir İtalyancayı!

Her birimiz, iki üç ölçek bira içtik sanırım – o belki benden biraz daha fazla; ama sarhoşluk değildi bizi yönlendiren. Ne iç sıkıntısı, ne yalnızca merak, ne de gevezelik etme isteği. İkimiz de birer dost kulağı ve dost eli bulmuştuk. Hayranlıkla söz ediyorum bundan, çünkü kırk yıllık yaşamdan sonra ancak şimdi keşfediyordum yabancı bir kadınla, çok yakın ve iffetli bir birliktelik içinde geçirilen birkaç saatin, insanda ne tür bir doygunluk duygusu doğurabileceğini.

Uzun konuşmamızın başlangıcında, bir tür çocuk oyunu oynadık. Oturmuştuk; birşeyler söylerek tokuşturduğumuz bardaklarımız elimizdeydi; o bana gülümsüyordu ve birbirimize söyleyecek bir şeyimiz olup olmadığını soruyordum kendi kendime; tam o sırada önlüğünün cebinden küçük bir çakı çıkardı ve onunla masanın üstüne bir dikdörtgen çizdi.

"Bu, masamız" dedi.

Önce benim tarafıma, sonra da kendi tarafına birer küçük yuvarlak çizdi.

"Bu benim, bu da sen."

Anlamıştım ve gerisini bekliyordum.

Elini masanın ucuna dek uzattı ve beni simgeleyen küçük yuvarlakta sonuçlanan, dolambaçlı bir çizgi çizdi hiç sakınmadan; sonra öbür uca gitti ve kendinde biten, daha da dolambaçlı bir çizgi çizdi.

"Ben buradan geldim, sen de buradan. Bugün aynı masada oturuyoruz. Ben sana yolumu anlatacağım; sen de bana seninkini."

Yeterince kesinlikle hiçbir zaman anımsayamam sanıyorum, bugün Bess'in bana, kendi üstüne, şu son yılların Londra'sı ve İngiltere'si üstüne öğrettiklerini – savaşlar, devrimler, idamlar, kıyımlar, Fanatikler, büyük veba... Onu dinlemeden önce bu ülke üstüne birşeyler bildiğimi sanıyordum; şimdi biliyorum ki hiçbir şey bilmiyormuşum.

Bütün bunlardan ne kadarını emanet etmeliyim bu sayfalara? Öncelikle buraya geldiğimden beri yanlarında bulunduğum insanlarla ilgili konuları aktarmalıyım. Ve yolculuğumun hedefiyle, zamanın sonunu haber veren söylenti ve inanışlarla ilgili olanları. Başka hiçbir şeye gerek yok.

Anlatmayı düşündüklerimi bu akşam yazmayacağım. Ansızın kafam çok ağırlaştı; sözcükleri ve düşünceleri tutarlı biçimde sıralayacak gibi hissetmiyorum kendimi. Gece olmasını beklemeden yatağa gireceğim. Yarın erkenden kalkarım ve salim kafayla yazmaya başlarım.

1 Eylül 1666, Çarşamba

Sabah yerimden sıçrayarak uyandım. Venedikli dostumun, bizi Cenova'dan getiren gemide söylediği bir şeyi anımsamıştım; bu elimdeki deftere de yazmış olmalıyım bunu. Moskovyalıların, dünyanın sonunu bugün beklediklerini söylememiş miydi? Onlar için yılbaşı sayılan 1 Eylül günü? Ancak yüzüme biraz soğuk su çarptıktan sonra, bu başlayan günün Moskova'da –tıpkı Londra'da olduğu gibi– 22 Ağustos Çarşamba olduğunu anımsadım. Yanlış bir uyarıydı bu demek. Dünyanın sonu yalnızca on gün sonra gelecek. Keyfimce dinlenecek, Bess'le gevezelik edecek, kitapçıları ziyaret edecek zamanım olacak.

Umarım on gün sonra da her şeye böyle sevinçle bakarım!

Bu kadar yalancı pehlivanlık yeter; Bess'ten öğrendiklerimi anlatmaya başlamalıyım hemen, unutmadan önce. Aradan geçen bir gün, bir geceden sonra kimi tümceleri karıştırmaya başladım bile.

Önce vebadan söz etti. Meyhanenin büyük salonuna çok genç bir adam girmişti; çenesiyle onu göstererek onun, ailesinden geriye kalan tek kişi olduğunu söyledi. Ve kendisinin de, yakınlarından kimilerini kaybettiğini. Ne zaman olmuştu bu? Geçen yaz. Sesini alçalttı ve kulağıma eğilerek fısıldadı: "Bugün de insanlar vebadan ölüyorlar; ama bunu yüksek sesle söylersen başına iş açılır." Kral, salgına son verdiği için Tanrı'ya teşekkür etmek amacıyla ayinler bile yaptırmıştı. Kim sona ermediğini söylemeye cesaret ederse, hem kralı, hem de Tanrı'yı yalancılıkla suçlamış olacaktı! Ama gerçek şu ki veba, hâlâ kol geziyordu kentte ve öldürüyordu. Her hafta, yirmi kişi; kırk ya da altmış değilse eğer. Aslında çok şey değil bu, bir yıl önce vebanın Londra'da her gün binden fazla insan öldürdüğü düşünüldüğünde! Önceleri halkın korkuya kapılmasına meydan vermemek için kurbanlar gece gömülüyordu; işler daha da kötüleştiğinde bu tedbir bile alınamaz oldu. Gece gündüz toplamaya başladılar o zaman cesetleri. Sokaklardan yük arabaları geçiyor ve insanlar, yakınlarının, çocuklarının ya da komşularının cesetlerini atıyorlardı bu arabalara, çürümüş şiltelerini atar gibi!

"Başlangıçta yakınların için korkuyorsun" diyor Bess. "Ama insanlar bir bir öldükçe, tek düşünce kalıyor kafanda: Kendini kurtarmak! Yaşamak! Tüm dünya ölsün isterse! Ne kızkardeşime ağladım, ne kızlı erkekli beş yeğenime, ne kocama – Tanrı beni bağışlasın! Gözlerimde akacak yaş kalmamıştı!

Bu dönemi, ürkmüş gözlerle, tam bir uyurgezer gibi geçirdim sanırım. Bir gün biter mi bu, diye soruyordum yalnızca kendi kendime..."

Kraldan ve kilise büyüklerinden başlayarak, zenginler ve güçlüler, kenti terketmişlerdi. Yoksullar kalmıştı, çünkü gidecek hiçbir yerleri yoktu; yollarda başıboş dolaşanlar, açlıktan ölüyorlardı. Ama birkaç kişi de olsa kötülükle savaşmakta direnen, en azından başkalarının acılarını hafifletmeye çalışan soylu ruhlu insanlar da olmuştu. Bir iki doktor, bir iki din adamı... Bizim *chaplain*, bunlardan biriydi işte. "O da gidebilirdi" diye açıkladı Bess. "Yoksul değildi; kardeşlerinden birinin, Oxford'da bir evi vardı ve bu kent, krallığın tüm kentleri arasında en az zarar göreni olmuştu. Ama kaçmak istemedi. Mahallede kaldı; inatla hastaları ziyaret etti, onları avutmaya çalıştı. Onlara, dünyanın da sönmek üzere olduğunu ve yalnızca biraz önden gittiklerini söylüyordu; bir zaman sonra, tatlı yemişlerle dolu cennet bahçelerine yerleştiklerinde, geride kalanların da geldiğini görecekler ve gelenleri avutma sırası onların olacaktı.

"Onu kızkardeşimin başucunda gördüm; elini tutuyor ve onu sakinleştirmeyi başarıyordu; yüzünde bir mutluluk gülümsemesi belirmesini bile sağladı. Ziyaret ettiği herkese böyle yapıyordu. Dostlarının öğütlerini dinlemiyor, karantinaya bile meydan okuyordu. Görülecek şeydi, o sefalet günlerinde, insanlar deliklerine çekilmişken sokaklarda yürüyüşü. Bembeyaz ve kocaman bir gölge... Bembeyaz giysileri, uzun beyaz saçları, uzun beyaz sakalıyla, sanki Tanrı babanın ta kendisiydi! İnsanlar, bir evin üstüne çizilmiş kırmızı bir haç gördüklerinde istavroz çıkarıyor ve yollarını değiştiriyorlardı uzaklaşmak için. O ise, doğrudan kapıya yöneliyordu. Tanrı, bir gün ödüllendirecektir onu...

"Ama yetkililer hiçbir minnet belirtisi göstermediler bu özveri karşılığında; halk da onlardan aşağı kalmadı. Geçen yaz sonu, vebanın zayıflamaya başladığı sıralarda, vebalılara yaptığı ziyaretlerle hastalığın yayılmasına neden olduğu gerekçesiyle bir mızraklı süvari tarafından tutuklandı. Sekiz gün sonra serbest bırakıldığında evini, tepeden tırnağa yanmış buldu. Onu hastalıktan koruyan gizli bir ilacı olduğu ve başkalarını bundan yararlandırmak istemediği dedikodusunu yaymışlardı ortalığa. Tutukluluğu sırasında bir baldırıçıplaklar ordusu, varolduğu iddia edilen bu ilacı bulmak amacıyla eve girmiş, her yanı yağmalamış, taşınabilir her şeyi götürmüş, hem öfkelerine belirtmek, hem de marifetlerini örtbas etmek için de geri kalanları ateşe vermişlerdi.

"Onu kenti terketmeye zorluyorlardı, bundan hiç kuşkum yok" diyor Bess. Oysa, yaşayacak bir yer sunmuştu ona meyhaneci kadın, minnettarlığı nedeniyle ve bundan gurur duyuyordu. Neden kızıyorlardı bu yaşlı adama? Geçmişteki etkinlikleri yüzünden belli ki. Bess bunları bana uzun uzun anlattı, çoğunu hiç tanımadığım sayısız ad sıralayarak; bu yüzden de pek bir şey kalmadı aklımda. Topu topu, bizim *chaplain*'in Cromwell ordusunda din görevlisi olduğunu, sonunda onunla çatıştığını ve ona karşı bir ayaklanma çıkarmaya niyetlendiğini anımsıyorum. Zaten, altı yıl önce monarşi geri getirildiğinde, devrimin tüm önde gelenleri işkenceyle, sürgünle cezalandırıldığında, Cromwell'in cesedi bile topraktan çıkarılıp halkın önünde asılıp yakıldığında, *chaplain*'e görece iyi davranılmış olmasının nedeni de buydu. Ama hiçbir zaman bağışlanmadı; monarşiye karşı ayaklanmış ve uzaktan yakından Kral Charles'ın idamına bulaşmış birinin, kim olursa olsun, hiçbir zaman tam olarak bağışlanmayacağı gibi. Bess'e bakılırsa *chaplain*, o sevilmeyen insanlardan biri oldu hep; ölümüne ve ölümünden sonrasına dek de onlardan biri olarak kalacaktı.

Bu özeti kesmeden önce son bir şeyi, ileride yeniden bu konuya dönmek üzere, çabucak söylemem gerekiyor; yoksa belleğimden uçuverecek: İngiltere'de de felaketler –söylemem gerek mi bilmiyorum– 1648 yılında başlamış. Bu tarih sürekli olarak kalemimin ucuna geliyor: Almanya savaşlarının sonu, Yahudi Diriliş yılının haber verilişi ve Meymûn'un uzun uzun anlattığı zulümlerin başlangıcı; dünyanın sonunun bu yıl geleceğini söyleyen Rus din kitabının yayımlanışı; ve İngiltere'de kralın başının kesilmesi; bura takvimine göre 1648 yılı sonlarında meydana gelen bu olayın lanetini hâlâ sırtında taşıyor ülke; benim için de bu yıl, felaketlerimin başlangıcını oluşturan bir olayın, Moskovalı hacı Evdokim'in ziyaretinin yılı oldu; bir de Temmuz ayında babamın ölümünün...

Sanki bir kapı açılmış bu yıl dünyaya, bir kötülük kapısı, ve bu kapıdan çeşitli belalar üşüşmüş dünyanın –ve benim– üstümüze. Son üç basamaktan söz ettiğini anımsıyorum Bûme'nin, başlangıç yılından sonuç yılına götürecek, üç kere altı yıldan.

Aklım bir kez daha, ardarda sayılar sıralamanın insana çok şey esinleyebileceğini söylüyor, hiçbir şey kanıtlamasa da. Ve şimdilik, en azından bu akşam, hâlâ aklımın söylediklerini dinlemeye çalışıyorum ben.

2 *Eylül*

Önceki gün Bess'le uzun konuşmamızdan ve yakın, iffetli birlikteliğimizden söz etmiştim. Dün geceden beri, artık biraz daha yakın ve daha az iffetli bu birliktelik.

Bütün günü yazarak geçirmiştim ve çok yavaş ilerliyordum. Seçtiğim yöntemle hiçbir zaman hızlı ilerleyemiyorum zaten. Kendi dilimde, ama Arap harfleriyle ve bana özgü bir şifreyle yazıyorum; bu da her sözcüğün, kâğıda düşülmeden önce bir sürü işlemden geçirilmesi demek. Bunun dışında bir de Bess'in bana İngilizce anlattıklarını anımsamaya çalıştığımda, iş iyice yorucu hale geliyor.

Yine de ilerledim, kanıtı da dün satırlara döktüğüm bu metin: Tüm sabah boyunca yazdım, öğleden sonra da bitirdim. Kaydetmeye niyetli olduğum her şeyi bu sayfalarda saptadım diyemem; yalnızca kolay yitirilebilecek şeyleri yazıp belleğimi hafiflettim.

İki kez Bess, bana yiyecek içecek birşeyler getirdi ve bu gizemli harfleri sağdan sola çiziktirmeme bakarak oyalandı biraz. Geldiğini duyduğumda defterimi saklamıyorum artık; bütün gizlerimi biliyor ve ona güveniyorum. Sadece, bırakıyorum Arapça yazdığıma inansın; hiçbir zaman açıklamam ona –ne de başka birine!– bana özgü, kılık değiştirmiş bir dil kullandığımı.

Kapanma saatine doğru alt salon boşaldığında Bess, gelip dün akşam yaptığımız gibi birlikte yemek yiyip gevezelik etmemizi önerdi. Yazmakta olduğum paragrafı bitirir bitirmez, dün oturduğumuz masaya, yanına ineceğime söz verdim.

Ama paragraf uzadıkça uzadı; ben de kısaltmak ya da kesmek istemiyordum yazdıklarımı; yeni bir konuşmanın ardından, daha önce duyduklarımı hatırlamamaktan korkuyordum. Verdiğim sözü unutarak yazdım da yazdım; başka hiçbir şey düşünmeden yazdım, o kadar ki aşağıdaki salonda her şeyi toplayacak zamanı oldu evsahibimin ve yeniden yukarı çıktığında, ben kalemi elimden bırakmamıştım daha.

Herhangi bir sinirlenme belirtisi göstermekten çok uzak, ayaklarının ucunda çıktı gitti; birkaç dakika sonra elinde bir tepsiyle geri geldi ve tepsiyi yatağımın üstüne bıraktı. Ona gerçekten son satırlarda olduğumu ve ardından birlikte yiyeceğimizi söyledim; acele etmememi işaret etti ve yeniden çıktı.

Ama yeniden dalıp gittim anlattıklarıma, kadını ve yemeği unuttum; onun da beni unuttuğundan emindim üstelik. Oysa çağırdığımda hemen girdi odaya, sanki kapının ardında bekliyormuş gibi; aynı gülümsemeyle gülümsüyordu ve yüzünde hiçbir sabırsızlık belirtisi yoktu. Bunca incelik beni etkiliyor ve şaşırtıyordu. Bunun için teşekkür ettim; o da kızardı. Kabaetlerine vurulan koca bir şaplaktan kızarmayan bu kadın, bir teşekkür sözcüğüne kızarıyordu!

Getirdiği tepside, ince dilimler halinde kesilmiş kuru et, bir peynir, ekmek ve onun "tereyağlı" dediği ama aslında çok baharatlı o biradan vardı. Benimle yemek isteyip istemediğini sordum; gün boyu müşterilere servis yaparken sürekli olarak birşeyler çöplenmeyi alışkanlık edindiğini, bu nedenle de hiçbir zaman yemek saatlerinde aç olmadığını söyledi. Yalnızca benimkinin aynısından bira getirmişti kendine, bardaklarımızı tokuşturabilmemiz için. Yazmamı seyrettikten sonra bu kez de yemek yememi seyretti. Her şeyiyle kızkardeşim Piasenza'nınkine benziyordu bakışları; ya da çok eskilerden zavallı anneminkilere; her yandan yiyeni ve yiyeceği sarıp sarmalayan, her lokmaya eşlik eden, insanı yeniden çocuk yapan bakışlar. Ansızın evimdeydim, bu yabancı kadının çatısı altında. İsa'nın sözlerini düşünmekten kendimi alamadım: "Açtım ve sen beni doyurdun". Kıtlık tehlikesiyle karşı karşıya değildim oysa; yaşamım boyunca açlıktan çok oburluğumun sıkıntısını çektim her zaman; ama bu kadının beni doyurma biçiminde, bir emzirme kokusu vardı sanki. Şu an ona karşı, ekmeğine, tereyağlı birasına, varlığına, özenli gülümsemesine, sabırlı duruşuna, lekeli önlüğüne, acemice içtenliğine karşı, sınırsız bir sevgi duyuyordum içimde.

Yalınayak, elinde bardağı, sırtını duvara yaslamış duruyordu. Kadeh tokuşturmak üzere ben de, elimde biramla kalktım; sonra onu şefkatle omuzlarından kavradım, alçak sesle yeniden teşekkür ettim ve alnının alt yanına, kaşları arasına bir öpücük kondurdum hafifçe.

Geri çekildiğimde, gözlerinin yaşla dolu olduğunu gördüm; ve dudaklarının gülümsemeye çalışırken bekleyiş içinde titrediğini... Parmaklarımı acemice, tombul eline aldı ve kuvvetle sıktı. Ben de kendime çektim onu, avucumla saçlarını, entarisini düzelttim. Bana yaslandı, soğuk bir günde bir battaniyenin altına büzülür gibi. O zaman tüm ellerimle, tüm kollarımla sarıldım ona, çok fazla sıkmadan, daha çok okşar gibi, sanki parmak uçlarım ve iki avucumla, el yordamı, bedeninin, titreyen yüzünün, ıslak gözlerini gizleyen gözkapaklarının sınırlarını yokluyormuşum gibi, ta kalçalarına dek uzanarak.

Odama iki gelişi arasında entarisini değiştirmişti; şimdi üstündeki, koyu yeşildi, ışıkta hareleniyor ve ipek duygusu veriyordu parmaklarıma. Çok yakındaki yatakta üstüne uzanmak istiyordum aslında onun, ama ayakta kalmayı yeğledim. Olayın ritminin tadını çıkarıyordum; özellikle de hiçbir şeyi hızlandırmak istemiyordum. Henüz gece olmamıştı, dışarısı neredeyse gündüzdü daha ve yaşadığımız hazları bir an önce bitirmemiz için hiçbir neden yoktu – başka zamanlarda insanın acıyı bir an önce bitirmek istemesi gibi.

Kendini yatağa atmak istediğinde bile ayakta tuttum onu; biraz şaşırdı buna sanırım –sorular belirmiş olmalı kafasında– yine de dansı yönetmeyi bana bıraktı. Sevgililer, tadların yarısını yitirirler, çabuk uzanırlarsa yatağa. Sevişmenin ilk zamanı ayakta geçer; insan birbirine tutunup, şaşkın, körleşmiş, sendeleyerek dolaştığında; çok daha iyi değil mi bu gezintinin uzaması, bu kulaktan kulağa fısıldaşmaların sürüp gitmesi; ayakta dudakların birbirini okşaması, yavaşça ve yine ayakta birbirini soyması sevgililerin ve her aradan çıkan giysinin ardından çılgınca sarılmaları birbirine?

Uzunca bir zaman sürüklenip durduk böyle odanın içinde, yavaş fısıltılar ve yavaş hareketlerle. Ellerimle soydum onu, sonra da ellerimle sarıp sarmaladım; dudaklarım, sabırla seçiyordu titreyen bedeninin üstünde ganimet alacağı, konacağı, sonra yeniden ganimet alacağı yerleri, gözlerini örten gözkapaklarından başlayıp, memelerini gizleyen ellerine, çıplak, beyaz, geniş kalçalarına uzanarak. Çiçekli bir çayırdı sevgili; ellerim, dudaklarımsa, bir kovanın arıları gibiydi...

İzmir'de bir Çarşamba günü, *cappuccino*'ların manastırında, çok yoğun bir haz anı yaşamıştım Marta'yla, her an birilerinin, yeğenlerimin, Hâtem'in ya da bir keşişin gelebileceği korkusuyla sevişirken. Burada, Londra'da yaşadığım bu sevişme Çarşambası da en az o kadar büyüleyici; ama tersine bir tarzda. Orada acele ve telaş, çılgınca bir yoğunluk veriyordu her saniyeye; burada sınırsız zaman, her harekete bir tınlayış, bir süre, onu zenginleştiren ve yoğunlaştıran yankılar veriyor. Kovalanan hayvanlar gibiydik orada, başkalarının ve yasağa meydan okuma duygusunun kovaladığı. Burada bunlardan eser yoktu; kent varlığımızdan habersizdi, dünya varlığımızdan habersizdi; hiç de suçlu hissetmiyorduk kendimizi, iyiden kötüden uzakta, yasaklanmışın alacakaranlığında yaşıyorduk. Zamanın bile dışında. Suçortağımız güneş tatlı bir yavaşlıkla batıyor, suçortağımız gece uzun olmayı vaadediyordu. Damla damla tüketebilecektik birbirimizi, son tad zerresine kadar.

7 Eylül

Papaz geri döndü; çömezleri de onunla birlikte. Kalktığımda evdelerdi. Ortadan kaybolmasının nedenleriyle ilgili hiçbir şey söylemedi, ben de hiçbir şey sormadım. Bir özür dileme tümcesi mırıldandı yalnızca.

Bu sayfanın hemen başından yazmakta yarar var: Bu insanlarla ilişkilerimde birşeyler yozlaştı bugün. Bu bana üzüntü ve acı veriyor, ama sanırım, olanları engelleyemezdim.

Papaz canı sıkkın ve sinirli döndü eve; ve hemen çok sabırsız olduğunu gösterdi:

"Bugünden tezi yok, bu metin üstünde ilerlemeliyiz, içeriğini çıkarıp almak için, bir içeriği varsa tabii. Gece gündüz burada kalacağız ve yorulanın aramızda yeri yok artık."

Hem bu sözler, hem söyleyişteki eda, hem de çevremdeki asık yüzler, şaşırtmıştı beni; okumanın sonunu getirmek için elimden gelen her şeyi yapacağımı, ama okumamı geciktiren acılara kendim neden olmadığımı söyleyerek yanıt verdim. Sağda solda kuşkulu sırıtmalar görür gibi oldum ama aldırmadım, haksız olduğumdan emindim çünkü. İşin esası konusunda yalan söylememiştim gerçi; okumamı geciktiren bu körlük nöbetleri konusunda hiçbir suçum yoktu; ama belirtiler konusunda yalan söylemiş ve başım ağrıyor gibi yapmıştım birkaç kez. Belki de en baştan, ne tür bir sıkıntıya uğradığımı itiraf etmem gerekirdi; ne kadar gizemli olursa olsun. Ama artık çok geçti; tüm kuşkularını doğrulamış olurdum yalan söylediğimi kabul edersem ve böylesine inanılmaz belirtiler anlatmaya kalkışırsam. Bu nedenle söylediklerimi yalanlamaktan vazgeçtim ve elimden geldiğince okumaya karar verdim.

Ne var ki bugün Tanrı, benim safımda olmadı. İşimi biraz kolaylaştıracağına, daha karmaşık hale getirdi. Daha kitabı açar açmaz karanlıklar kapladı ortalığı. Yalnızca kitap değildi benden gizlenen; tüm oda, insanlar, duvarlar, masa, giderek pencere bile mürekkep rengiydi şimdi.

Bir an, görme yetimi sonsuza dek yitirdiğim hissine kapıldım ve anlamamakta inat ettiğim bir iki uyarı gönderdikten sonra Tanrı'nın, beni hakettiğim cezaya çarptırmaya karar verdiğini düşündüm.

Hızla kitabı kapadım ve anında yeniden görebildim. Öğle vakti olması gerektiği gibi tam bir görme değildi bu; sanki akşam olmuş ve oda bir şamdanla aydınlanıyor gibiydi. Hafif bir örtü kalmıştı gözlerimin üstünde ve şu satırları yazdığım sırada hâlâ orada. Gölgesi yalnızca benim üstüme düşen bir bulut var sanki gökte. Ve bu defterin sayfaları, bir günde yüz yıl yaşlanmış gibi esmerleşti gözümde. Söz ettikçe endişelendiriyor bu beni ve öykümü anlatmamı zorlaştırıyor.

Ama anlatmam gerek.

"Yine ne var?" diye sordu papaz, kitabı kapattığımı görünce.

Ben de şöyle bir yanıt verme akıllılığını gösterdim:

"Size bir önerim var. Odama çıkacağım ve salim kafayla okuyacağım kitabı, notlar alacağım; sonra da yarın buraya Latince metinle geleceğim. Bu yöntem başağrılarından kurtulmamı sağlarsa, her gün yineleriz onu ve böylece, okumada düzenli biçimde ilerlemiş oluruz."

İkna edici olmayı başardım ve yaşlı adam, pek istekli olmasa da, en az yirmi sayfa çeviriyle gelme sözü verdirdikten sonra önerimi kabul etti; tek sayfa eksik olmayacaktı ama!

Odama çıkarken sanırım çömezlerden biri peşimdeydi; kapımın önünde gidip geldiğini duydum daha sonra. Bu kuşkucu tavrın farkında değilmişim gibi davrandım, rahatsız olmuş görünmemek için.

Masama oturduğumda *Yüzüncü Ad*'ı önüme, ortasından açık ama yüzü yere bakacak gibi yerleştirdim, sonra da onun yerine bu defterin sayfalarını karıştırmaya başladım ve 20 Mayıs günü İranlı dostumun sözleriyle ilgili yazdıklarımı bulunca keyfim yerine geldi. Yüce adla ilgili tartışma ve Mazandarânî'nin kanıları üstüne bana anlattıklarını esas alarak, yarın Mazandarânî'nin sözlerinin bir çevirisi olduğunu iddia edeceğim şeyi yazmaya koyuldum. Bu lanetli kitabın başlangıcından okuyabildiğim kadarı, biçemini taklit etmeme yardımcı oluyordu bir yandan...

Neden "lanetli" diye yazdım ki? Gerçekten lanetli mi bu kitap? Yoksa kutsanmış mı? Büyülü mü? Hâlâ bilmiyorum. Tek bildiğim, bir kalkanla korunduğu. En azından benden korunduğu.

8 Eylül

Her şey çok iyi geçti. Metnimi Latince okudum; Magnus da sözcüğü sözcüğüne yazdı onu. Papaz baştan beri böyle hareket etmemiz gerektiğini söyledi. Yalnızca okumamı biraz daha hızlandırmamı istedi.

Umarım yalnızca yeniden kavuştuğu coşkusunun bir belirtisidir bu ve zamanla beklentileri daha ölçülü hale gelir. Yoksa kötü şeyler gelebilir başımıza. Başvurduğum kurnazlık, sonsuza dek sürdürülemez. Bugün İsfahânî'nin anlattıklarından çıkardım yazdıklarımı, biraz da kendi belleğimden. *Yüzüncü Ad* konusunda duyduğum başka birşeyler daha anımsayabilirim belki, ama bu oyunu sonsuza dek sürdüremem. Eninde sonunda bu kitabın sonuna dek gitmek ve beklenen adı telaffuz etmek gerekecek, ister gerçekten Yaratıcı'nın gizli adı olsun bu, ister yalnızca Mazandarânî'nin varsayımı.

Belki de yeni bir okuma denemesi yapmalıyım önümüzdeki günlerde...

Bu sayfaya umut dolu başlamıştım, ama geleceğe güvenim bir iki satırda azalıverdi, tıpkı yasak cildi her açışımda ışığın azalması gibi.

9 Eylül

Dün akşamı ve bu sabahı, Mazandarânî'nin çevirisi olma savındaki Latince sayfaları karalayarak geçirdim. Bu yüzden kendi yazılarımı yazmak üzere kalemi elime almaya ne zamanım oldu, ne de gücüm; kısa notlar almakla yetineceğim bir süre.

Papaz, şimdiye dek kaç sayfa çevirebildiğimi sordu; kırk üç yanıtını verdim, on yedi ya da altmış altı diyebileceğim gibi. Geriye kaç sayfa kaldığını sorduğunda, yüz otuz diye yanıtladım. O da okumayı bir iki gün içinde, en azından gelecek hafta sonuna kadar bitireceğimi umduğunu söyleyerek karşılık verdi.

Ona söz verdim; ama tuzağın kapandığını hissediyorum. Belki de buradan kaçmam gerek artık...

10 Eylül

Gece, Bess odama geldi. Karanlıkta yanıma süzülüverdi. Papazın döndüğü günden beri hiç gelmemişti. Şafaktan önce de çıkıp gitti.

Kaçmaya karar verirsem, ona haber vermeli miyim?

Sabah, günün metnini bitirdim. Düşgücüm, tükenen bilgilerimi yedekledi. Buna karşılık, ötekiler daha da dikkatle dinlediler beni. "Tanrı'nın yüce adını söylediğimde, bu ad herkesi şaşkınlığa ve dehşete düşürecek" dedirtmiştim Mazandarânî'ye; daha ne olsundu!

Büyük olasılıkla üç dinleyicim katında zaman ve saygınlık kazanmıştım. Ama insan oyuna sürdüğünü arttırarak talihi kendi yanına çekemez ki!

11 Eylül

Rusların yeni yılı bugün başlıyor ve bütün gece durup durup bunu düşündüm. Beni yıldırımlarla tehdit eden ve tövbe etmeye çağıran hacı Evdokim'i bile gördüm düşümde.

Öğleye doğru papazın odasında toplandığımızda, biraz oyalanma umuduyla bu tarihi anımsatarak söze başladım. Çok az abartarak, *Sanctus Dionisius*'ta dostum Girolamo'nun bana anlattıklarını aktardım onlara: Moskovya'da çoğu insanın, yeni yılı başlatan bu Saint-Simeon gününün, son gün olacağına ve dünyanın bir ateş tufanında yokolacağına inandığını söyledim.

Çömezlerinin ona yönelttiği ısrarlı bakışlara karşın papaz sesini çıkartmadı. Dalgın, neredeyse kayıtsız bir edayla dinliyordu beni. Söylediklerimle ilgili kuşkularını dile getirmedi ama bir sessizlik anından yararlanarak konumuza dönmemizi istedi. İsteksizce sayfaları düzelttim elimle ve günün yalanlarını okumaya başladım...

12 Eylül 1666, Pazar

Tanrım! Tanrım! Tanrım!
Ne diyebilirim bundan başka?
Tanrım! Tanrım!
Böyle bir şey olmuş olabilir mi?

Gecenin bir yarısında Londra, alev alev yanmaya başladı. Ve şimdi bir bir bütün mahallelerin tutuştuğu söyleniyor. Penceremden kızıla çalan kıyameti izliyorum; sokaklardan dehşete kapılmış yaratıkların çığlıkları yükseliyor ve tek yıldız yok gökyüzünde.

Tanrım! Dünyanın sonu böyle mi olacak yoksa? Hiçliğin apansız baskınıyla değil de bir ateşle mi yokolacak dünya? Gittikçe yaklaşıp yayılan, tufanın suları gibi yükselişini izleyeceğim ve gelip beni dalgaları altına aldığını hissedeceğim bir ateşle mi?

Kendi sonum mu bu, pencereden seyrettiğim, yaklaştığını gördüğüm ve sayfamın üstüne eğilip betimlemeye çalıştığım?

Her şeyi yok edecek ateş, yaklaşıyor gitgide ve ben, bu ahşap odada, bu ahşap masaya oturmuşum, son düşüncelerimi emanet ediyorum, kolayca alev alacak bir kâğıt tomarına! Delilik! Delilik! Ama bu delilik, ölümlü olma durumumun bir özeti değil mi zaten? Mezarım kazılmış beni beklerken ölümsüzlük hayalleri kuruyorum ve ruhumu, onu benden koparıp alacak olana açıyorum sofuca. Doğumumda, birkaç yıl vardı ölümle aramda; bugün belki birkaç saat; ama sonsuzluk karşısında nedir ki bir yıl? Bir gün? Bir saat? Bir saniye? Bu ölçülerin yalnızca çarpan bir yürek için anlamı var.

Bess benimle uyumaya gelmişti. Henüz birbirimize sarılmış yatıyorduk, yakınlardan çığlıklar yükseldiğinde. Pencereden, uzakta –ama çok uzakta değil– Thames yönünde o korkunç kırmızılık ve arasıra gökyüzüne fışkıran, sonra da düşen alev dilleri görülüyordu.

Bu alevler ve kırmızılıktan daha kötüsü o korkunç çıtırtıydı; sanki dev bir hayvan ağzı, evlerin ahşabını ısırıyor, dişleri arasında eziyor, çiğniyor, çiğniyor, sonra da tükürüyordu.

Bess, örtünmek üzere odasına koştu –çünkü yarı çıplak gelmişti odama– ve az sonra geri döndü; papaz ve bu gece evde yatan iki çömezi de onu izlediler. Şafakta hepimiz benim odamdaydık; çünkü yangın en iyi, evin en yüksek penceresi olan benim odamın penceresinden görülebiliyordu.

Ünlemler, ağlamalar, dualar arasında bir biri, bir öteki, ateşin ulaştığı ya da sardığı bir sokağın ya da yüksek bir yapının adını söylüyordu arasıra. Bütün bu yerleri tanımadığım için, ne zaman heyecanlanmam ya da endişelenmem, ne zaman biraz rahatlamam gerektiğini bilmiyordum. Ve bir yabancının soracağı sorularla canlarını sıkmak istemiyordum. Bu yüzden biraz geri çekildim, pencereyi onların çevreyi tanıyan gözlerine bıraktım ve açıklamalarını, korkularını, hareketlerini saptamakla yetindim.

Bir iki dakika sonra hep birlikte, kırılgan ahşap merdivenlerden aşağıdaki salona indik; orada artık ateşin gürültüsünü değil, durmaksızın büyüyen ve öfkeli görünen kalabalığın gürültüsünü duyuyorduk yalnızca.

Eğer anılar biriktirecek kadar yaşayabilirsem, bir iki acıklı sahneyi saklayacağım belleğimde. Bir an için sokağa çıkan Magnus, gözleri yaş içinde geri dönüp, kilisesinin –koruyucu azizi Saint Magnus'un, Londra Köprüsü yakınındaki kilisesinin– alev alev yanmakta olduğunu söyledi. Bu felaket günü boyunca buna benzer yüzlerce haber alacaktık; ama hiçbir zaman unutmayacağım ben, dinine onca bağlı, ama kendisine ihanet ettiği için Tanrı'yı sessizce suçlayan bu genç adamın sonsuz üzüntüsünü.

Ale house'un kapısı bütün sabah kapalı durdu. Magnus, Calvin ya da Bess haber toplamaya gittiklerinde, onları dışarı çıkartmak, sonra da döndüklerinde içeri almak için kapıyı aralıyorduk yalnızca. Papaz, sıkıca demir attığı koltuğundan bir kez bile kalkmadı. Şafaktan başlayarak ortalığa yayılan ve yangını, buralıların deyimiyle "papacı"ların çıkardığını savlayan söylentiler yüzünden benim de sokakta görünmeye hiç niyetim yoktu.

"Şafaktan başlayarak" diye yazdım; oysa bu doğru değil. Son nefesime dek kesin doğruları yazmak isterim ve tam böyle olmadı olanlar. Sabaha karşı fısıltılar, yangının kentteki bir ekmekçide çıktığını söylüyordu; iyi söndürülmemiş bir fırın ya da uyuyakalmış bir hizmetçi kadın, alevlerin önce Pudding Lane adındaki bu sokağa yayılmasına neden olmuştu – benim Londra'da ilk iki gecemi geçirdiğim hana çok yakındı bu sokak.

Bir saat sonra bizim sokakta biri, Calvin'e, Hollanda ve Fransız donanmalarının saldırıya geçtiğini, büyük bir kargaşa yaratmak için kenti ateşe verdiklerini, bundan yararlanarak baskınlar düzenleyeceklerini ve çok daha kötü durumlara hazırlıklı olmamız gerektiğini söylemiş.

Bir saat daha geçtikten sonra artık donanmalar değildi sözkonusu olan; bu iyi Hıristiyanlar ülkesini "bir kez daha" yıkmaya kalkışan hainlerden, "Deccal" papanın ajanlarından söz ediyordu herkes. Dahası, yalnızca buralı olmadıkları için kalabalık tarafından yakalanan insanlar olduğunu söylediler. Kent alevler içindeyken yabancı olmak iyi değildi besbelli; ben de bu yüzden tedbirli davranıp gün boyunca saklandım. Önce aşağıdaki büyük salonda, daha sonra, kapıyı yüzlerine kapatamayacağımız komşular gelmeye başlayınca, daha uzakta, daha yukarıda, odamda, ahşap "gözlemevi"mde saklanmak zorunda kaldım.

İçimdeki sıkıntıyı yatıştırmak için, penceredeki uzun nöbetlerim arasında şu birkaç satırı yazmaya başladım defterime.

Güneş battı ve yangın hâlâ kasıp kavuruyor ortalığı. Gece kızıl renkte ve gök bomboş görünüyor.

Bütün öbür kentler de Londra gibi alevler içinde mi acaba? Ve her biri, Londra gibi, tek Gomorra'nın kendisi olduğunu düşünüyor olabilir mi?

Şu aynı günde Cenova da yanıyor mu acaba? Ya Konstantinopolis? Ya İzmir? Ya Trablus? Ya da Cübeyl?

Işık azalıyor ve bu gece hiç mum yakmayacağım. Karanlıkta uzanacağım yatağa, kışı anımsatan yanmış odun kokusunu içime çekeceğim ve bir kez daha uyuyakalma cesaretini vermesi için Tanrı'ya dua edeceğim.

13 Eylül 1666, Pazartesi

Kıyamet bitmedi, kıyamet sürüp gidiyor. Benim sınanmam da öyle.

Londra bir türlü kurtulamadı alevlerden ve ben kuru ahşaptan yapılmış bir yuvada saklanıyorum bu yangından.

Uyandığımda büyük salona inmiştim oysa; Bess'i, papazı ve çömezlerini orada bulmuştum; hepsi birer sandalyeye yığılmış ve bütün gece oturdukları yerden kıpırdamamışlardı. Bess, gizlendiğim yere geri dönmem için yalvarmak üzere açtı yalnızca gözlerini; beni görmeleri ya da duymalarından korkuyordu. Bu gece birçok yabancı yakalanmıştı ve aralarında iki Cenevizli vardı. Ona adlarını söylememişlerdi ama haber kesindi. Bana yiyecek birşeyler getirmeye söz verdi ve gözlerinde bir kucaklaşma vaadi okudum. Ama nasıl sevişebilirdik ki yanan bir kentte?

Tedbirli davranıp merdivenin yolunu tutarken papaz kolumdan yakaladı beni.

"Bana öyle geliyor ki kehanetiniz gerçekleşiyor böylece" dedi zoraki bir gülümsemeyle.

Ben de şiddetle, bu kehanetin benim değil Moskovyalıların kehaneti olduğunu, Venedikli bir dostumun bunu bana deniz yolculuğum sırasında anlattığını, benim de onlara aktarmaktan başka bir şey yapmadığımı söyleyerek yanıtladım onu. Bu zamanda bir felaket tellalı gibi görünmek istemediğimi, bundan daha azı için nice zarasız gevezeyi yaktıklarını da ekledim! Adam endişemi anladı ve böyle konuşmakla hata ettiğini söyleyerek özür diledi.

Bess biraz sonra yanıma geldiğinde, özürlerini yineledi; papazın bu kehanetten kimseye söz etmediğini ve böyle bir söylentiyi yaymakla beni ne tür bir tehlikeye düşüreceğinin bilincinde olduğunu söyledi.

Olay kapanmıştı; yangınla ilgili haberleri sordum ben de. Kısa bir yavaşlamadan sonra doğu rüzgârının beslediği yangın yeniden yayılmaya başlamıştı; bugün alevlerin sardığı ve adlarını anımsayamadığım bir düzine sokak saydı bana. Tek güven verici haber, bizim sokağımızda –adının Wood Street (Orman

Sokağı) olmasına karşın– yangının yavaş ilerlemesiydi. Bundan dolayı, henüz herhangi bir boşaltma düşünülmüyordu. Tam tersine, Bess'in kuzenleri, Thames'e daha yakın olan evlerinin kısa süre sonra yanıp kül olacağı korkusuyla eşyalarını getirip ona bıraktılar.

Ama yalnızca bir soluklanma bu. Bu ev bugün güven içindeyse, yarın öyle olmayacak artık; ve öbür gün daha da az, korunma olasılığımız. Ve rüzgârın birazcık güneyden esmesi, kaçmamıza fırsat vermeden yangının bize ulaşması için yeterli. Bunu, bu sayfalara emanet ediyorum yalnızca; Bess'e söylemedim, şom ağızlı bir Kassandra gibi görünmekten korktuğum için gözüne.

14 Eylül 1666, Salı

Çatı aralığına sığınmak zorunda kaldım. Bir ertelemeyi yaşıyorum, tıpkı bu ev gibi, bu kent gibi, bu dünya gibi.

Bu alev alev kent görüntüsü önünde, Neron'un şarkı söylediği gibi yazabilmeliydim ben de; ama sesim eklemsiz tümceler biçiminde çıkıyor yalnızca.

Bess beklememi, hiç ses çıkartmamamı, korkmamamı söylüyor.

Bekliyorum. Kıpırdamıyorum artık, alevleri seyretmeye çalışmıyorum, yazmayı bile bırakacağım.

Yazmak için biraz acele, biraz da dinginlik gerek bana. Fazla dinginlik parmaklarımı tembelleştiriyor; fazla acele, başa çıkılmaz hale getiriyor.

Görünüşe göre halk, evleri arıyormuş artık, gizlenmiş suçluları bulmak için.

Bu yıl nereye gitsem, suçlu hissettim kendimi. Amsterdam'da bile! Evet, Meymûn, dostum, kardeşim, duyuyor musun beni? Amsterdam'da bile!

Sonum nasıl gelecek? Ateşle mi öleceğim? Halkın elinde mi? Artık yazmıyorum. Bekliyorum.

DEFTER IV

Cenova'nın Ayartması

23 Ekim 1666 Cumartesi, Cenova'da

Yeniden yazmaya başlamadan önce uzun süre kararsız kaldım. Sonunda bu sabah, birbirine dikili sayfalardan oluşan bir defter aldım; onun ilk sayfasını karalıyorum şimdi ve kösnüye benzer bir tad aldığımı yadsıyamam. Ama yazmayı sürdüreceğimden pek emin değilim.

Üç kez, böyle kızoğlankız defterlerin açılışını yapmıştım şimdiye dek; tasarılarımı, arzularımı, sıkıntılarımı, kentlerden ve insanlardan edindiğim izlenimleri bu defterlere emanet etme sözü vermiştim kendi kendime; benden önce onca gezginin ve tarih yazarının yaptığı gibi, buna bir nebze mizah, bir nebze de bilgelik katmayı düşünmüştüm. Onların yeteneği bende yok, biliyorum ve yazdığım sayfalar, dükkânımın raflarında arasıra tozunu aldıklarım kadar değerli değil; yine de başıma gelen her şeyi aktarmaya özen göstermiştim, tedbir ya da gurur beni susmaya ittiği ya da yorgunluk elimi ayağımı kestiği zaman bile. Hasta ya da hapiste olduğum zamanlar dışında, neredeyse her akşam yazdım. Üç ayrı defterde, yüzlerce sayfa doldurdum ve bunların hiçbiri elimde kalmadı. Ateş için yazmışım demek!

Yolculuğumun başlangıcını anlatan ilk defter, Konstantinopolis'i acele terketmek zorunda kaldığımda kayboldu; ikincisi, sınırdışı edildiğimde Sakız'da kaldı; üçüncüsü, büyük olasılıkla

Londra yangınında yokoldu. Ve ben, ölümü unutmuş ölümlü, zavallı Sisyphos, dördüncünün sayfalarını düzlüyorum şimdi elimle.

Cübeyl'deki dükkânımda, arasıra çürümüş ve parçalanmış bir kitabı ateşe atmak zorunda kaldığımda, bir an için ve sevecenlikle, onu yazan zavallıyı düşünmekten alamazdım kendimi. Yaşamının tek yapıtı, ardında bırakmayı umduğu tek izdir kimi zaman bu onun. Gelgelelim şanı şöhreti, gri bir dumana dönüşecektir az sonra, tıpkı bedeninin toza dönüşeceği gibi.

Adsız birinin ölümünü betimliyorum, oysa aslında sözkonusu olan benim!

Ölüm. Ölümüm. Ne önemi olabilir onun, ne önemi olabilir kitapların, şanın şöhretin, eğer tüm dünya, Londra gibi tutuşacaksa yarın!

Kafam öylesine karışık ki bu sabah! Oysa yazmam gerek. Kalemimin, her şeye rağmen ayağa kalkması ve yürümesi gerek. İster yaşasın, ister yansın bu defter, yazacağım, yazacağım.

Önce Londra cehenneminden nasıl kaçtığımı anlatmalıyım.

Yangın çıktığında, papacıları boğazlamak isteyen çılgın bir kalabalığın öfkesinden kaçmak için saklanmak zorunda kalmıştım. "Deccal"la aynı yarımada kökenli bir yabancı olmam dışında suçluluğumun hiçbir kanıtı olmasa da, o sıradan kent sakinleri, beni yakalayabilir, eziyet edip işkenceden geçirebilir, sonra da paramparça, fırın ateşinin içine atabilirlerdi, üstelik ruhlarına huzur verdikleri duygusuyla. Ama kaybolan defterde bu çılgınlıktan daha önce de söz ettim ve aynı konuya dönecek gücüm yok. Hâlâ biraz değinmek istediğim tek şey, korkum. Daha doğrusu, korkularım. Çünkü iki korkum vardı; sonra da bir üçüncüsü... Zincirden boşanmış alevlerden korkuyordum, zincirden boşanmış kalabalıktan korkuyordum; ve bir de Moskovyalıların kıyamet günü ilan ettiği günde patlak veren bu facianın taşıyabileceği anlamdan korkuyordum. "İşaret" sözcüğü üstünde yorumlarda bulunmak istemiyorum yine. Ama böylesi bir denk düşme, nasıl korkutmaz ki insanı? Tüm bu lanetli 11 Eylül günü –İngilizlerin takvimine göre ayın ilk günü– boyunca bu felaket kehanetini düşünüp durmuş ve *chaplain*'le uzun

uzun tartışmıştım bunu. Her dakikayı, yırtılan dünyanın o korkunç çatırtısını ve Kutsal Kitap'ta haber verilen kargaşayı bekleyerek geçirdiğimizi söylemeye dek vardıracak değilim işi, ama yine de kulaklarımız kirişteydi. Ve tam da o günün akşamında, geceyarısı yükseldi o ölümcül uğultu. Odamdan alevlerin ilerleyişini gözleyebiliyor, çığlıkları duyabiliyordum.

Bahtsızlığımın içinde bir de teselli var: Çevremdeki bu insanların fedakârlığı. Ailem olmuşlardı sanki benim, oysa üç hafta önce varlığımdan haberleri bile yoktu, benim onların varlığından haberim olmadığı gibi. Bess, papaz ve iki çömezi.

Bess'e duyduğum minnettarlığın, anlayışlı bir meyhaneci kadının çıplak kollarında teselli bulmuş yalnız bir adamın minnettarlığı olduğu sanılmasın sakın! Bu kadının bende yatıştırdığı şey, bir yolcunun tensel açlığı değildi, kökenimde varolan hüzündü. Yabancı doğdum ben, yabancı yaşadım, daha da yabancı öleceğim. Düşmanca davranışlardan, aşağılamalardan, kırgınlıktan, acılardan söz açmayacak kadar gururluyum, ama bakışları ve hareketleri ayırdetmeyi bilirim. Sürgün yeri olan kadın kolları vardır, ama kimileri de anayurt toprağı gibidir.

Beni gizledikten, koruduktan, doyurduktan ve yatıştırdıktan sonra, yangının üçüncü günü, bir çıkış denemesi yapmamız gerektiğini söyledi Bess. Alevler amansız biçimde yaklaşıyor, bu nedenle kalabalık da uzaklaşıyordu. Bu iki çılgınlık arasından süzülüp köprüye dek koşmayı deneyebilir, ilk tekneye binebilir ve bu cehennemden uzaklaşabilirdik.

Bess, papazın da bu girişimi onayladığını söyledi; ama kendisi bir süre daha evde kalmayı yeğliyormuş. Ev yangından korunursa orada bulunmasının, evi yağmadan koruyacağını düşünüyormuş. İki çömezi, çevreyi kollamak ve kaçmaları gerekirse kollarıyla ona destek olmak üzere yanında kalacaklarmış.

Veda zamanı geldiğinde, kaçıp canımı kurtarmayı düşüneceğime aklım fikrim *Yüzüncü Ad* kitabındaydı hâlâ. Bu son günler ve geceler boyunca aklımdan hiç çıkmamıştı zaten. Londra'da geçirdiğim sürenin sonunun yaklaştığını gördükçe, papazı ikna edip, kitabı bana bırakmasını sağlamak için yeterli bahaneleri bulabilecek miyim diye sorup duruyordum kendi kendime. Ona sormadan alıp götürmeyi bile düşünmüştüm. Evet, çalmayı bile düşünmüştüm! Başka koşullarda, sıradan bir yılda, böyle bir şey yapabileceğim aklıma bile gelmezdi. Öte yandan, bu iğrenç tasarımın sonuna dek gidebilir miydim, onu da bilmiyorum. Neyse ki buna fırsat bulamadım. Hazırladığım bahaneleri bile sıralamama gerek kalmadı. Ona veda etmek üzere kapısını vurduğumda yaşlı adam, bir saniye beklememi istedi; sonra da girmemi söyledi. Her zamanki yerinde buldum onu; uzattığı avuçlarının üstünde kitabı tutuyordu. Bir sunu hareketiydi bu yaptığı; hem benim, hem de onun, uzunca bir süre suskun, kıpırdamadan durmamıza neden olan bir hareket.

Sonra da Latince ve biraz tumturaklı bir tavırla şunları söyledi:

"Alın onu, sizindir artık; onu hakettiniz. Çevirmeniz karşılığında size vermeye söz vermiştim ve şimdi ne anlattığını yeterince biliyorum. Siz olmayınca daha fazlasını da öğrenemeyeceğim. Ve zaten artık çok geç."

Heyecanlı sözcüklerle teşekkür ettim ona ve boynuna sarıldım. Sonra, pek de inanmadan, bu dünyada olmasa bile en azından ötekinde görüşme sözü verdik birbirimize. "Bu pek gecikmeyecek gibi görünüyor, sözkonusu ben olunca" dedi yaşlı adam. "Hepimiz için öyle!" diye sürdürdüm sözü, anlamlı bir el hareketiyle çevremizde olan biteni işaret ederek. Bess, yalvaran bir edayla acele etmemi söylemeseydi bir kez daha dünyanın yazgısı üstüne bir tartışmaya girişecektik neredeyse. Hemen yola çıkmamızı istiyordu!

Kapıdan çıkarken, son bir kez bana dönüp İngiliz tarzı giyimimi gözden geçirdi Bess; bir kere bile ağzımı açmamamı, geçenlerin gözlerine bakmamamı ve yalnızca üzgün ve bitkin bir tavır takınmamı sıkı sıkıya tembihledi.

Bizim *ale house*'dan Thames'e, düz bir çizgi izleyerek, çeyrek saatte gidilebilirdi. Ama "düz çizgide" gitmek sözkonusu değildi bugün; yolda yangınla karşılaşabilirdik. Bess haklı olarak tüm yanan bölgenin çevresinden dolaşmayı yeğledi. Önce sola, bütünüyle ters yönde gibi görünen, daracık bir sokağa girerek işe başladı. Hiç tartışmadan izledim onu. Ardından başka bir dar sokak geldi, sonra bir üçüncüsü ve belki on beş, yirmi başka sokak; saymadım, nerede bulunduğumuzu anlamaya da çalışmadım. Çukurlara düşmemek, yıkıntılara çarpmamak ve pisliklere basmamak için gözlerim ayaklarımdaydı. Savaşta, bir sorgucu ya da bir sancağı izlercesine Bess'in dağınık, kızılımsı saçlarını izliyordum. Canımı emanet ediyordum ona, annesinin elinden tutan çocuk benzeri. Ve buna pişman olmadım.

Yalnızca bir kez, tehlike uyarısı aldık. Yolumuz küçük bir meydana, surların dibindeki "Köpek Çukuru" adı verilen yere çıktığında, birini itip kakan, elli altmış kişilik bir insan kalabalığıyla karşılaştık. Bess, kaçıyor gibi görünmemek için kalabalığa yaklaştı, oralarda duran genç bir kadınla konuştu ve mahallede yeni bir yangın çıktığını öğrendi. Bu yabancı –bir Fransızdı adam– çevrede dolaşırken yakalanmıştı.

Ne kadar isterdim, işe karışıp bu kudurmuşları bir cinayet işlememeye ikna ettiğimi söyleyebilmeyi. Haydi bu olmadı, en azından işe karışmak istediğimi, ama Bess'in beni engellediğini söyleyebilseydim. Ne yazık ki gerçek böyle değil: Olabildiğince hızlı adımlarla yoluma devam ettim ve farkedilmemiş olmaktan, o zavallının yerinde olmamaktan –bal gibi olabilirdim oysa– fazlasıyla hoşnuttum. O insanlara bakmadım bile, bakışları benimkilerle karşılaşır korkusuyla. Ve arkadaşım, hiç acele etmeden, neredeyse ıssız bir sokağa daldığında, ben de yürüdüm arkasından. Hımışlı bir evden dumanlar çıkıyordu. İşin tuhafı, yalnızca üst katta bir iki alev dili görünüyordu. Bess ilerledi yine de, arkasına dönmeden ve acele etmeden; ben de aynı hızla izledim onu. Ne olursa olsun, eğer seçmem gerekseydi, kalabalığın ortasına düşmektense ateşle çevrilip ölmeyi seçerdim.

Yolun geri kalanında, neredeyse hiçbir engelle karşılaşmadık. Yakıcı bir koku soluyorduk, gökyüzü dumanlarla örtülüydü, ikimizin de eli ayağı tutmaz olmuş, soluk soluğa kalmıştık; ama Bess en güvenli yolu seçmeyi becermişti. Thames'e Londra Kulesi'nin ötesinde bir yerde ulaştık, kalenin tam dibinde, "Irongate Stairs" ya da "Demir Kapı" merdivenlerinin önünde bulunan iskeleye doğru, geri yürüdük biraz.

Kırka yakın insan vardı burada bekleyen, aralarında ağlayan kadınlar seçiliyordu. Çevreye sandıklar, küçüklü büyüklü denkler yığılmıştı; mobilyalar bile vardı ortalıkta ve bunların buraya nasıl getirildiğini soruyordu insan kendi kendine. Bess'le ben en hafifleri olmalıydık; çünkü Bess'in bana ödünç verdiği bez bir çantadan başka hiçbir şey yoktu ellerimde. Çok yoksul görünüyorduk herhalde, ama en az mutsuzları bizdik. Kentte oturanların büyük çoğunluğu gibi, ötekiler, besbelli evlerini yitirmiş ya da yitirmeye razı olmuşlardı. Ben, o cılız çantamın içinde, elde etmek için dünyanın yarısını aşıp geldiğim kitabı götürüyordum ve sağ salim terkediyordum bu cehennemi.

Çevremizdeki çökmüş yüzlere bakınca, bir tekne bulmak için uzun süre bekleyeceğimizi anlayıp kaderimize razı olmuştuk. Ama bir iki dakika sonra bir tekne geliverdi. Yakınımızda bir yere yanaştı; kaçan kent sakinleriyle yarı yarıya doluydu, öbür yarısına üstüste fıçılar yığılmıştı. Hâlâ bir iki yer vardı teknede, ama girişi iki adam tutuyordu; kafalarına ıslak mendiller sarmış, kolları butlarım gibi kalın, sakallı iki izbandut.

Biri, hiç de konuksever olamayan bir tavırla bağırdı:

"Erkek, kadın ya da çocuk, adam başı bir 'gine'. Para peşin. Yoksa binemezsiniz!"

Bess'e işaret ettim, o da pek hoşnut kalmamış gibi yanıtladı adamı.

"Tamam, vereceğiz."

Adam elini bana uzattı, tek tek binilebilmesi için yanlamasına yanaşmış tekneye atladım. Güverteye ayağımı basar basmaz geri döndüm ve atlamasına yardım etmek üzere elimi Bess'e uzattım. Yalnızca dokundu elime, sonra da geriledi ve başıyla "hayır" işareti yaptı.

"Gel!" diye ısrar ettim.

Başıyla "hayır" dedi yine ve eliyle bir veda işareti yaptı. Yüzünde hüzünlü bir gülümseme vardı, bir de –sanırım– bir pişmanlık ya da bir kararsızlık belirtisi.

Birisi, başkalarının da tekneye binebilmesi için, beni gömleğimden tutup geriye çekti. Sonra gemicilerden biri gelip parayı istedi. Kesemden iki "gine" çıkardım, ama yalnızca birini ona verdim.

Bu satırları yazdığım şu an, hâlâ bir yürek sancısı var içinde. Bu vedalaşma çok kısa ve çok kötü oldu. Gemi gelmeden önce Bess'le konuşmalı ve ne istediğini öğrenmeliydim. Hep benimle gelmesi kararlaştırılmış gibi davrandım – en azından yolun bir bölümü için. Oysa açıkça belliydi gelmeyeceği; meyhanesini ve dostlarını bırakıp benimle gelmesi için hiçbir neden yoktu; ben de hiçbir zaman ondan böyle bir şey istememiş, istemeyi de düşünmemiştim. Nereden geliyor öyleyse, ne zaman ondan ya da Londra'dan söz etsem içimde alevlenen bu suçluluk duygusu? Büyük olasılıkla yabancı bir kadını terkeder gibi terkettiğim için onu; oysa birkaç gün içinde, ondan çok daha yakın insanların bir ömür boyu veremeyeceği şeyler verdi bana; çünkü hiçbir zaman ve hiçbir biçimde ödeyemeyeceğim bir borcum var ona; çünkü ben Londra cehenneminden kaçtım ama o, oraya geri döndü ve ben onu engellemek için yeterince çaba göstermedim; çünkü tek bir teşekkür sözcüğü söyleyemeden, sevgi belirten tek bir hareket yapamadan o rıhtımda bırakıp gittim onu; çünkü son anda duraksıyor gibiydi ve söyleyeceğim kararlı bir sözcük, belki de tekneye atlamasına neden olabilirdi; ve daha başka birçok nedenle... Bana kızmadı, eminim bundan; ama ben, daha uzun süre kızacağım kendime.

Limandan dönen Gregorio'nun sesini duyuyorum. Gidip onunla oturmam ve birşeyler yemem gerek. Yazmayı öğleden sonra sürdürürüm artık, onun öğle uykusu uyuduğu sırada.

Yemekte evsahibim, hem onun geleceğini, hem de benimkini ilgilendiren bazı işlerden söz etti. Hâlâ Cenova'da kalmaya ikna etmeye çalışıyor beni. Kimi zaman daha fazla ısrar etmemesi için yalvarıyorum, kimi zaman umut veriyorum ona. Çünkü ben de, tam olarak ne yapacağımı bilmiyorum. Şimdiden geç kaldığımı, acele etmem gerektiğini hissediyorum. O ise artık koşmamam, bir o yana, bir bu yana dolaşmamam gerektiğini söylüyor; bir oğul gibi, gelip yanındaki yerimi almamı istiyor. Çok çekici bir öneri bu; ama başka çekicilikler, başka görevler, başka ivedilikler de var yaşamımda. Bess'ten çok kaba bir biçimde ayrıldığım için kendime kızıyorum şimdi; ya Marta'yı yazgısına terkedersem kendimi nasıl hissederim? O ki çocuğumu taşıyor benim ve bugün tutsak olmayacaktı, onu daha iyi koruyabilseydim.

Bana kalan azıcık zamanı, borçlarımı ödemeye, verdiğim zararları onarmaya kullanmak istiyorum; oysa Gregorio, geçmişi unutmamı, evimi, kızkardeşimi, kızkardeşimin oğullarını unutmamı, eski aşklarımı unutmamı söylüyor, Cenova'da yeni bir yaşama başlamak için.

Uğursuz yılın son haftalarındayız; yeni bir yaşama başlayacak zaman mı bu?

Bu sorular, yordu bitirdi beni; öykünün gerisini anlatabilmek için onları kafamdan atmalıyım.

O gemiyle Londra'yı terkettiğim anda kalmıştım. Yolcular, alçak sesle, bizi götüren yabanilerin sonunun kesinlikle darağacı olacağını söylüyor; onlarsa neşeli suratlarla ortalıkta dolaşıyor ve şarkılar mırıldanıyorlardı; besbelli çok büyüktü kazançları. Birkaç gün içinde, bir yılda kazandıklarından fazlasını kazanmış olmalıydılar ve ateşi körükleyip hasadı sürdürmesi için büyük olasılıkla dua ediyorlardı Tanrı'ya.

Zaten bizden bunca para koparmakla yetinmeyip kentten çıkar çıkmaz kıyıya yanaştılar ve hepimizi, bir hayvan sürüsünü boşaltır gibi kovdular gemiden. Yaklaşık yirmi dakika yol almıştık, daha fazla değil. Karşı çıkmayı göze alanlara, bizi yangından kaçırıp canımızı kurtardıklarını ve yol parasını tartışmak yerine diz çöküp onlara dua etmemiz gerektiğini söylediler. Yabancı şivemin beni ele vermesinden korktuğum için ağzımı bile açmadım; "Velinimetlerimiz" yeni "gine"ler toplamak üzere Londra'ya geri dönüp, talihsiz yol arkadaşlarımın büyük çoğunluğu, kısa bir duraksamadan sonra hep birlikte kara yolundan en yakın köye yollandığında, ben başka bir teknenin geçmesini beklemeye karar verdim. Başka biri daha beklemeye karar vermişti: Oldukça şişman, iriyarı, sarışın bir adam; benim gibi tek söz etmiyor ve bana bakmaktan kaçınıyordu. Kalabalıkta onun farkına bile varmamıştım, ama artık yalnız kaldığımıza göre, birbirimizi yok saymayı sürdürmek zor olacaktı.

Kaç dakika daha, hiç konuşmadan, birbirimizi omuz üstünden gözleyerek, ikimiz de ufukta görünecek bir gemiyi bekler gibi ya da yanına almayı unuttuğu bir şeyi çantasında arar gibi yaparak durduk, bilmiyorum.

Durum ansızın çok gülünç göründü gözüme. Kalkıp ona doğru yürüdüm ve içtenlikle gülümseyerek, elimden gelen en iyi İngilizceyle şöyle dedim:

"Sanki yangın yetmiyormuş gibi, bir de bu akbabaların eline düştük."

Adam, sözlerimi duyunca, gereğinden çok sevindi. Kollarını açıp bana doğru geldi.

"Demek ki siz de 'yabancı'sınız!"

Tuhaf bir edayla söylemişti bunu, sanki "yabancı" *–from abroad–* sözü, kesin bir köken belirtiyordu onun için. "Yaban" belirli bir ülkeymiş ve bu nedenle ikimiz, vatandaşmışız gibi. İngilizcesi, benimkine göre daha az ilkeldi; ama ona kökenimi itiraf ettiğimde, kibarca İtalyancaya geçti hemen; ya da onun İtalyanca sandığı ama kulaklarımın, tanımlanabilir hiçbir dile benzetemediği bir dile. Ve aynı tümceyi üç kez yineletmek zorunda kaldığımda, sonunda Latince söyledi tümceyi, böylece ikimiz de rahatladık.

Çok geçmeden onunla ilgili bir sürü şey öğrendim: Bavaryalı ve benden beş yaş büyük olduğunu; on dokuz yaşından başlayarak çeşitli yabancı kentlerde, Saragossa'da, üç yıl Moskova'da, Konstantinopolis'te, Göteborg'da, Paris'te, üç buçuk yıl Amsterdam'da, sonra da dokuz ay Londra'da yaşadığını.

"Dün evim yandı ve hiçbir şey kurtaramadım. Yalnızca bu çantanın içindekiler kaldı elimde."

Hafife alır gibi söyledi bunu, sanki olanlar onu eğlendirmiş gibi; bu yıkım, belli etmek istediğinden fazla etkilemiş olabilir mi onu diye düşündüm o an. Ama daha sonra, uzun uzun konuştuk ve duyguları konusunda yalan söylemediğine eminim artık. Benim tersime, bu adam gerçek bir gezgin. Onu bir yere bağlayan her şey –duvarlar, mobilyalar, bir aile– dayanılmaz hale geliyor sonunda; buna karşılık onu yola çıkmaya iten her şey, iflas, sürülme, savaş ya da yangın, ne olursa olsun, hoşgeldi safa geldi!

Bu tutkuya daha çocukken, Almanya savaşları sırasında kapılmış. Bu savaşlarda işlenen korkunç cinayetleri anlattı bana; kiliselerde topluca katledilen keşişleri, açlığın kırıp geçirdiği köyleri, yakılan sonra da yerle bir edilen mahalleleri – ve darağaçlarını, insanların yakıldığı ateşleri, kesilen boğazları...

Babası Regensburg'da matbaacıymış. Piskoposluk, Luther'e karşı beddualarla dolu bir dua kitabının basımını ona yaptırmış. Matbaası yakılmış, ardından da evi. Aile sağ salim kurtulmuş yangından; ama babası, inatçı biriymiş; hem matbaayı, hem de evi, aynı yerde, tıpkı eskisi gibi yeniden yaptırmaya karar vermiş. Servetinden ne kaldıysa bu işe yatırmış – tamamlanır tamamlanmaz bir kez daha yıkmaları için; ve bu ikinci kez, küçük yaşta bir kızıyla eşi can vermiş yıkımda. Oğul -yol arkadaşım- yemin etmiş o zaman, asla ev yaptırmayacağına, hiçbir zaman bir ailenin varlığıyla kendini bağımlı kılmayacağına ve bir daha hiçbir toprak parçasına bağlanmayacağına.

Küçük adının Georg olduğunu sanırım söylemedim hâlâ; takma ad olarak Caminarius'u benimsemiş – asıl adını bilmiyorum. Bitip tükenmez bir serveti var gibi görünüyor; har vurup harman savurmuyor ama cimrilik etmeden harcıyor parasını. Gelirleri konusunda ağzısıkı davrandı; tüm tüccar hilelerime ve paranın kökeninin kokusunu almadaki becerime karşın, bir mirasa mı konmuş, yıllık bir geliri mi var, yoksa çok kârlı bir iş mi yapıyor, öğrenemedim. Böyle bir işi varsa eğer, itiraf edilecek türden bir iş olmasa gerek; çünkü sonraki günler uzun uzun konuştuk, ama bu konuyu bir kez bile açmadı...

Ama önce, kaçış öyküme geri dönmeliyim. Bir saatten fazla bekledik ve bu süre içinde birkaç kez, geçen teknelere elimizi kolumuzu salladık; sonunda küçük bir gemi yanaştı rıhtıma. İçinde iki kişi vardı ve nereye gittiğimizi sordular; sonra da istersek, dünyanın öbür ucuna dek götürebileceklerini söylediler bizi -Hollanda dışında neresi olursa–; ve tabii cömert davranmamız koşuluyla.

Georg, Dover'a kadar gitmek istediğimizi söyledi; onlar, daha da öteye, Calais'ye götürmeyi önerdiler. Bu yol için dört "gine" istediler; ikimizden de ikişer "gine". Herhangi bir zamanda olsaydı, bu bedel çok görünebilirdi bana; ama bunun yirmide biri kadar bir yol için bizden zorla kopartılan para gözönüne alındığında, pazarlık etmenin bir anlamı kalmıyordu.

Yol boyunca hiçbir kötü sürprizle karşılaşmadık. İki yerde durup su ve yiyecek aldıktan sonra Thames'in ağzından denize açıldık, Fransa kıyılarına yöneldik ve 17 Eylül günü hedefimize ulaştık. Calais'de bir çocuk bulutu sardı çevremizi; ama onlara taşıtacak hiçbir bavulumuz olmadığını görünce hem epeyce şaşırdılar, hem de küçümser bir tavır takındılar. Limanda ve sokakta onlarca insan, bize yanaşıp, Londra'nın yanıp kül olduğu doğru mu diye sordu. Bu eşi benzeri görülmemiş olay, hepsini şaşkına döndürmüştü ama pek de üzülmüş görünmüyorlardı.

O akşam Calais'de, bir iki not almak üzere defterimi aradığımda, yanımda olmadığını farkettim.

Kentte koşarken dalgınlıkla düşürmüş müydüm? Yoksa o iki eşkıyanın gemisinde, kalabalıkta, marifetli bir el yürütmüş müydü onu benden?

Odamda ya da saklandığım çatı arasında unutmadıysam eğer... *Yüzüncü Ad*'ı almaya gitmeden önce –ki o, şu an yanımda– kaldırmıştım gibi geliyor oysa..

Bana dünyayı dolaştıran kitap yerine o değersiz metnimin kaybolmuş olmasına sevinmeli miyim?

Kuşkusuz, hiç kuşkusuz...

Ne olursa olsun, Lizbon'da, Gregorio'ya götürmek üzere bana emanet edilen florinleri yitirmemiş olmak da içimi rahatlatıyor; götürüp verebildim onları ve borcumu daha da ağırlaştırmadım.

İşte yeniden eski alışkanlıklarına kavuştu kalemim, yeniden seyir defterini tutmaya başladı; sanki bundan önceki üç defteri yitirmemişim, sanki Londra yanmamış, sanki bu uğursuz yıl, acımasızca sonuna doğru ilerlemiyormuş gibi.

Nasıl başka türlü davranabilirim? Benim kalemi kullandığım kadar, o da beni kullanıyor; ben onun yolunu izlemek zorundayım, nasıl o da benim yolumu izliyorsa.

Ne kadar geç bir saati gecenin! Oruçtan sonra nasıl yerse insan, öyle yazdım ben de ve masadan kalkmanın zamanı geldi geçiyor.

24 Ekim

Bu Pazar sabahı, Gregorio ve tüm ev halkıyla birlikte, Santa Croce kilisesine gittim, tam olmamı istediği damat gibi. Yolda koluma girip, eğer Cenova'ya yerleşirsem yeni bir Embriaci hanedanının kurucusu olacağımı ve bu hanedanın, şanda şöhrette Spinola'ları, Malaspina'ları, Fieschi'leri gölgede bırakacağını söyledi bir kez daha. Gregorio'nun bu yüce gönüllü düşünü kesinlikle küçümsüyor değilim, ama paylaşmayı başaramıyorum.

Ayinde Egidio birader de vardı; evsahibimin kuzeni, Nisan ayında birlikte yemek yediğimiz ve bizimkilere yazdığım mektupları emanet ettiğim kişi. Onlardan hiçbir yanıt almadım daha; ama bir mektubun Cübeyl'e varması için en az üç dört ay gerekir, geri gelmesi için de en az bir o kadar.

Buna karşılık Egidio birader, dün Konstantinopolis'ten taze ve çok şaşırtıcı haberler aldığını, bunları bana aktarmak istediğini söyledi. Gregorio ona hemen "gelip yoksul aşımızı kutsama" önerisinde bulundu; o da derhal ve iştahla yerine getirdi bu daveti.

Üstünde taşıdığı mektup, altı hafta öncesinin olaylarından söz ediyor ve anlattıklarının doğruluğuna inanıp inanmamakta kararsızım hâlâ. Mektubu, görev için Kostantinopolis'te bulunan ve onunla aynı tarikattan bir din adamı yazmış. Mektupta anlatılanlara bakılırsa yetkililer, Polonyalı bir haham aracılığıyla, Sabetay'ın bir isyan çıkartmaya hazırlandığını öğrenmişler; Sabetay, Edirne'ye, sultanın sarayına götürülmüş ve orada herkesin önünde bir mucize göstermesi istenmiş. Yoksa işkence göreceği ve kafasının kesileceği bildirilmiş kendisine – tabii atalarının dinini inkâr edip Türklerinkine girmezse eğer. Egidio biraderin birkaç bölümünü okuduğu mektuba göre ondan istenen mucize, bir yerde çıplak durması ve saray muhafızları arasından en iyi okçuların onu hedef alıp ok atmalarıymış; eğer okların tenine girmesini engelleyebilirse, Tanrı'nın elçisi olduğu anlaşılacakmış. Böyle bir isteği beklemeyen Sabetay, düşünmek için bir süre istemiş ama bu dileği reddedilmiş. Bunun üzerine, uzun süredir Muhammed'in dinine girmeyi düşündüğünü ve eğer din değiştirecekse bunu hükümdarın önünden başka hiçbir yerde bu denli görkemle ilan edemeyeceğini söylemiş. Bu sözleri söyler söylemez, Yahudi takkesini çıkartması istenmiş ve bir hizmetkâr gelip başına beyaz bir sarık sarmış. Yahudi adı, Mehmed Efendi ile değiştirilmiş ve ona "kapıcıbaşı oturak" unvanı verilmiş –"saray kapılarının onursal muhafızı" anlamını taşımaktaymış bu– ve unvanın karşılığı olan maaş bağlanmış.

Egidio biradere bakılırsa adam yalnızca görünüşte dininden dönmüştü, "tıpkı Pazarları Hıristiyan, Cumartesileri gizlice Yahudi olan İspanyol dönmeleri gibi"; Gregorio da onayladı bunu. Ben hâlâ bu öykünün doğruluğundan kuşku duyuyorum; ama doğruysa ve tam Londra yangını sırasında meydana geldiyse, bunun şaşırtıcı ve ötekilere eklenen yeni bir işaret olduğu nasıl yadsınabilir?

Yeni dedikoduların kuşkularımı süpürüp götürmesini ya da tersine, doğrulamasını bekleyene kadar, yolculuğumun öyküsüne dönmem gerekiyor benim yine; yoksa korkarım yeni olaylar, eskileri unutmama yol açacak.

Calais'de bizi konuklayan otelde yalnızca iki gün, üç gece kaldık; ama çok dinlendirici oldu bu gün ve geceler. Georg da, ben de, gezi yoluna ve engin denize bakan, büyük ve ayrı odalarda, rahat yataklarda yattık. Sabah, rüzgârlar esti ve durmaksızın yağmur yağdı; ince, yatık bir yağmur. Buna karşılık öğleden sonra güneş açtı ve kentlilerin, aileler ya da arkadaş grupları halinde dolaştığını gördük. Yol arkadaşımla ben de aynı şeyi yaptık büyük bir keyifle, tabii limandaki bir düzenbazdan ateş pahasına yeni pabuçlar ve temiz giysiler aldıktan sonra. Düzenbaz diyorum, çünkü bu adam kunduracı olmadığı halde kundura, terzi olmadığı halde giysi satıyor ve hiç kuşkum yok ki malını, yolcuları soyan hırsızlardan, bir valizi kaybeder gibi yaparken ötekini çaktırmadan yok eden hamallardan, gemicilerden sağlıyor. Öyle ki giysisi kalmayan bazı yolcular, yenilerini aldıklarında, kimi zaman kendi giysilerini tanıyorlar bunların arasında. Kendi eşyalarını tanıyan ve ısrarla geri verilmesini isteyince, ihbar edilmekten korkan yatakçılar tarafından hemen oracıkta boğazlanan bir Napolilinin öyküsünü anlattılar. Ama Calais'de olmamış bu olay... Bütün bunlar bir yana, ödemek zorunda kaldığımız fiyata karşın bu kadar çabuk, üstümüze uyan giysiler bulduğumuz için hiç de mutsuz değildik.

Gezi boyunca, ondan bundan konuşarak yürürken, çevremizdeki erkeklerin kollarına girmiş, onlarla birlikte gülen, kimi zaman başlarını adamların omzuna yaslayan kadınlara dikkatimi çekti Georg; özellikle de karşılaştıklarında birbirlerini yanaklarından –kimi zaman dudakların hemen yakınından– üst üste iki, üç, dört kez öpen kadınlı erkekli insanlara. Beni şaşırtıp utandırmıyor bu, ama pek yaygın bir şey olmadığı için burada söz etmeyi gerekli görüyorum. Hiçbir zaman ne İzmir'de, ne Konstantinopolis'te, ne Londra'da, ne de Cenova'da, kadınlarla erkeklerin ortalık yerde bu denli özgürce konuştuğu, birbirine dokunduğu, öpüştüğü görülmemiştir. Yol arkadaşım da İspanya'dan Hollanda'ya, doğum yeri Bavyera'dan Polonya'ya, Moskovya'ya yaptığı çeşitli gezilerde, hiçbir yerde buna benzer davranışlar görmediğini söyledi. O da benim gibi, kınamıyordu bunları, ama seyretmekten ve şaşırmaktan da kendini alamıyordu.

20 Eylül Pazartesi sabahı şafakta, Calais'den Paris'e giden posta arabasına yerleştik. Georg'un istediği gibi araba ve arabacıyı kiralasaydık herhalde daha iyi ederdik; çok daha fazla para öder, ama daha iyi yerlerde durur, daha hızlı gider, işimize gelen saatte uyanır ve soylu beyefendiler gibi istediğimiz konuda sohbet edebilirdik yol boyu. Bunun yerine, sıradan insanlar gibi karşılandık, artıklarla beslendik –Amiens dışında–, aynı nemli ve kararmış çarşaflarda iki kişi yanyana yattık, şafaktan önce uyandırıldık ve posta arabasından çok kağnıya benzeyen bir arabanın içinde, dört uzun gün, sallandık durduk.

Aracın içinde karşılıklı iki sıra vardı ve ikişer yolcunun rahatlıkla oturabileceği bu sıralara üçer kişinin oturması öngörülmüştü. Bunlardan birinin azıcık şişman olması durumunda, tüm yol boyu kıç kıça oturmak zorunda kalınıyordu. Biz beş kişiydik ve aramızdan ikisi rahat oturabiliyordu; ama öbür üçü, sıkışmak zorundaydı. Üstelik bu beş kişiden yalnızca biri inceydi, geri kalan dört kişinin kan fışkırıyordu yanaklarından. Öncelikle de ben: Her zaman sağlıklı olmuş, üstüne üstlük bir de Bess'in tereyağlı birasıyla şişmanlamıştım. Georg benden de şişmandı, uzun boyu fazla yağlarını gizlese de.

Son iki yol arkadaşımıza gelince, yalnızca yağlı değillerdi; başka yanlarıyla da ağır çekiyorlardı. Hiç durmadan yüksek sesle tartışan iki rahipti bu ikisi; biri sustuğunda, öbürü konuşmaya başlamış oluyordu daha önce. Sözleri arabanın içini dolduruyor, havayı ağır ve solunması zor hale getiriyordu. O kadar ki Georg'la ben, genellikle sohbet etmekten çok hoşlanmamıza karşın, yalnızca sabırsız bakışlarla bakıyorduk birbirimize ve arasıra, bir iki cılız fısıldaşmayla yetiniyorduk. Daha da kötüsü, bu iki Tanrı adamı, yalnızca görüşlerini kafamıza vurmakla kalmıyor, bir de durmadan tanık gösteriyorlardı ikimizi; ama düşüncemizi sormak için değildi bu; onu zaten biliyormuş gibi davranıyorlardı –tabii ki onlarınkinin aynıydı bu düşünceler– bu yüzden de herhangi bir şey söylememize gerek kalmıyordu.

Kimi insanlar yalnızca böyle konuşmayı bilirler. Çok rastladım böylelerine, dükkânımda ve başka yerlerde; tepenizden aşağı boşaltırlar gevezeliklerini ve bir biçimde buna boyun eğmenizi isterler; ince bir uyarıda bulunursanız, bunun söylediklerine destek verdiğini düşünürler yalnızca ve daha da alevlenirler; tersine bir kanıyı duyurabilmeniz için sertleşmeniz, giderek kırıcı olmanız gerekir.

Bizim aziz pederlere gelince, onların yeğledikleri konu, *huguenot*'lardı. Başlangıçta neden bunca hararetle tartıştıklarını anlamamıştım, çünkü ikisi de aynı şeyleri düşünüyorlardı: Reform yanlılarının Fransa Krallığı'nda yeri olmadığı ve bu ülkenin barışa ve Tanrı'nın kayrasına yeniden kavuşabilmesi için bunların kovulması gerektiği. Onlara çok iyi davranıldığı ve buna pişman olunacağı; bu insanların Fransa'nın uğradığı felaketlere sevindiği ve kralın, çok geçmeden bunların sinsiliğinin farkına varacağı... Hepsi de aynı perdedendi söylenenlerin: Bir yanda lanetlemeler, bir yanda Luther, Calvin, Coligny, Zwingli ile değişik zararlı ve ezilmesi gerekli hayvanlar, yılanlar, akrepler ya da bit, pire gibi böcekler arasında karşılaştırmalar... Ne zaman biri, bir kanısını belirtse, öteki söyleneni onaylıyor ve daha da ileri götürüyordu.

Bu konuşmanın nedenlerini anlamamı Georg sağladı. Sessiz bakışmalarımızdan birinde, gizlice, beşinci yol arkadaşımıza bakmam için işaret etti. Adam tıkanmak üzereydi. Çok zayıf yanakları kıpkırmızıydı, alnı terden parıldıyordu, gözlerini yerden ya da sıkışmış bacaklarından kaldıramıyordu. Bu sözler ona dokunuyordu besbelli. Yol arkadaşlarımızın deyimiyle söylersek "o soydan"dı o da.

Beni asıl üzen ve düşkırıklığına uğratan, Bavaryalı dostumun, zavallı *huguenot* üstüne yağan haince alaylara zaman zaman gülümsüyor olmasıydı. Ve ilk gece aramızda sert bir tartışma çıktı bu yüzden.

"Hiçbir şey" dedi Georg, "iki kez evimi yakan ve annemin ölümüne neden olanları kurtarmak için araya girmeme neden olamaz."

"Bu adamın hiçbir kusuru yok o olayda. Şuna bak! Bir sineğin kanatlarını bile yakmamıştır o!"

"Kuşkusuz; bu nedenle de ona çatmayı düşünmüyorum. Ama onu korumaya da niyetim yok! Bana inanç özgürlüğünden falan da söz etme; İngiltere'de yeterince yaşadım, benim gibi bir "papacı"nın –onların deyimiyle– ne özgür, ne de inancına saygı gösterilen biri olmadığını öğrenmek için. Ne zaman hakaret görsem, gülümsemeye çalıştım hep ve içimde korkağın biri olduğum duygusuyla, yoluma gitmek zorunda kaldım. Ya sen, oradayken, "papacı" olduğunu gizlemek istemedin mi sürekli olarak? Ve yüzüne karşı, inancının aşağılandığı olmadı mı hiç?"

Hiç de yanlış değildi söyledikleri. Ve yemin billah, benden çok daha fazla inanç özgürlüğüne özlem duyduğunu söylüyordu. Ama ona göre, özgürlüğün, iki taraftan ve karşılıklı verilmesi gerekliydi; zulmün zulme, hoşgörünün hoşgörüye yanıt vermesi, eşyanın doğası gereğiymiş gibi.

Adama yapılan eziyet, yolculuğun ikinci gününde de durmadı. Ve iki din adamı, beni bile –bana rağmen!– işe karıştırdılar; biri, arabamızın altı değil de dört yolcu için tasarlanmış olup olmadığını sordu birdenbire. Tartışmanın papacılarla *huguenot*'lar arasındaki çatışmadan başka bir yere yönelmesinden çok mutlu olarak, söyleneni onayladım ben de. Ama adam, benim yanıtımdan güç alıp, beş yerine dört kişi yolculuk yapsaydık çok daha rahat edeceğimiz gerçeğini işlemeye başladı üstüne basa basa.

"Bazıları fazlalık bu ülkede; ve bunun farkında değiller."

Biraz duraksıyormuş gibi yaptı, sonra da alay ederek düzeltti.

"Bu ülkede dedim, Tanrı beni bağışlasın, aslında bu arabada demek istemiştim. Umarım komşum gücenmemiştir buna..."

Üçüncü gün, arabacı, Breteuil adlı küçük bir kasabada durdu ve gelip kapıyı açtı. *Huguenot* özür dileyerek kalktı.

Rahipler alaycı bir tavırla sordular: "Bu kadar erken mi terkediyorsunuz bizi? Paris'e kadar gitmiyor musunuz?"

"Ne yazık ki hayır" diye homurdandı adam ve hiçbirimizin yüzüne bakmadan çıktı.

Bir süre bavullarını almak için arabanın arkasında kaldı, sonra da arabacıya bağırarak, gidebileceğini söyledi. Neredeyse alacakaranlıktı ve arabacı, gece olmadan Beauvais'ye varabilmek için kırbaçladı atları.

Bu günlükte bulunmaması gereken böyle ayrıntılara giriyorum, çünkü bu zahmetli yolculuğun sonunu anlatmak istiyorum. Beauvais'ye ulaştığımızda büyük bir çığlık işitildi. Bizim iki rahip –hepsi de onlara ait olan– bavulların yolda düşmüş olduğunu farketmişlerdi. Bavulları tutan ip kesilmişti ve yolun gürültüsü yüzünden düştüklerini farketmemiştik. Rahipler bir yandan yakınırken, bir yandan da bavulları bulmak için arabacıyı aynı yoldan geri gitmeye ikna etmeye çalıştılar ama arabacı kulak asmadı onlara.

Dördüncü gün, araba artık sakindi. *Huguenot*'yu kötüleyen tek sözcük çıkmadı bizim iki gevezenin ağzından; oysa ilk kez ona gerçekten kızmak için nedenleri vardı. Onu suçlamaya bile kalkışmadılar, büyük olasılıkla bu dinsizin sonunda onlara oyun oynadığını itiraf etmemek için. Ellerinde bir dua kitabı, dualar mırıldanarak geçirdiler bütün günü. Oysa baştan beri yapmaları gereken bu değil miydi?

25 Ekim

Bugün, Paris'e uğrayışımı, sonra da Lyon'dan, Avignon'dan, Nice'ten geçişimi, Cenova'ya kadar yaptığım yolu ve çok dostça ayrılmış olmamamıza karşın kendimi nasıl, yeniden Mangiavacca'nın konuğu olarak bulduğumu anlatmaya niyetliydim. Ama kafamı bütünüyle işgal eden bir olay oldu ve geri dönme sabrını gösterebilecek miyim bilmiyorum.

En azından şimdilik, geçmişten söz etmeyeceğim artık – yakın bile olsa. Yalnızca gelecek yolculuğumdan söz edeceğim.

Çünkü Domenico'yu gördüm. Ortağını ziyarete gelmişti ve Gregorio olmadığı için ben oturdum onunla. Önce ortak anılarımızdan söz ettik biraz – içine tıkıldığım çuvalda soğuktan ve korkudan titreyerek, Cenova'ya götürülmek üzere gemisinin güvertesine yüklendiğim o Ocak gecesinden.

Yine Cenova! Sakız'daki aşağılanmadan sonra, beklediğim ölüm yerine Cenova çıkmıştı karşıma. Londra yangınından sonra da Cenova. Her seferinde yeniden doğuyorum burada, kaybedenlerin başlangıç hanesine geri döndüğü o Floransa oyunundaki gibi.

Domenico'yla konuşmamda bu kaçakçı kaptanın bana karşı sınırsız –ve sanırım haketmediğim– bir hayranlık beslediğini hissettim. Bunun nedeni, bir kadının aşkı için yaşamımı tehlikeye atmış olmamdı; oysa her yolculukta ölümle oyun oynayan o ve adamları, yalnızca kazanç için yapıyorlardı bunu.

Sevgilimden haber alıp almadığımı sordu bana; hâlâ tutsak mıydı ve hâlâ onu geri alma umudum var mıydı? Nerede olursam olayım, Cenova'da, Londra'da, Paris'te ya da denizde, gece gündüz onu düşündüğüme yemin ettim ve onu, o zalimin elinden koparıp almaktan hiçbir zaman vazgeçmeyeceğimi söyledim.

"Nasıl gerçekleştirmeyi umuyorsun bunu?"

Hiç düşünmeme fırsat kalmadan sözler fışkırdı ağzımdan:

"Bir gün seninle geleceğim; beni tam aldığın noktaya bırakacaksın ve ben de onunla konuşmak için ne gerekiyorsa yapacağım..."

"Ben üç gün sonra demir alıyorum. Hâlâ aynı düşüncede

olursan, seni teknemde konuklamaktan mutlu olacağımı ve sana yardım etmek için her şeyi yapacağımı bilmelisin."

Teşekkür tümceleri kekelemeye başladığımda, yapacağı şeyin önemini küçültmeye çalıştı.

"Her durumda, Türkler bir gün beni ele geçirmeye niyetlenirlerse, kazığa oturtulacağım kesin. Yasalarını takmayıp yirmi yıldır onların elinden aldığım onca sakız yüzünden. Sana yardım etsem de, etmesem de, bu beni ne bağışlatır ne de ek ceza getirir. İki kez kazığa oturtamazlar ya beni!"

Bunca cesaret ve yücegönüllülük, sarhoşa çevirmişti beni. Hararetle elini sıkmak ve onu bir kardeş gibi öpmek için ayağa kalktım.

Öyle birbirimize sarılmıştık Gregorio içeri girdiğinde.

"Ee, Domenico, geldin mi, yoksa gidiyor musun?"

"Buluşma sevinci bu!" dedi Kalabriyalı.

İki ortak işlerinden konuşmaya başladılar sonra – florinler, balyalar, yükleme, gemi, fırtına, iskeleler... Bense kendi düşlerime daldım, onları duymaz olana kadar...

26 Ekim

Bugün, ömrümde hiç olmadığım kadar sarhoş oldum; bunun tek nedeni de, kâhyasının Gregorio'ya altı fıçı *vernaccia* göndermiş olmasıydı; Cinqueterra yamaçlarındaki bağlarında üretilmişti bu şarap, hemen tadına bakmak istiyordu ve evinde benden başka bir ayyaşlık arkadaşı yoktu.

O da, ben de, iyice kafayı bulduğumuzda Bay Mangiavacca, koşullarını kendi belirlediği ama benim, elimi İncil'e bastırıp kabul ettiğim bir vaat kopardı benden: Domenico'yla Sakız'a dek gidecektim, ama Marta'yı kocasından koparmayı başaramazsam, artık onu izlemekten vazgeçecektim; ardından Cübeyl'e giderek işlerimi düzene sokacak, ödenmesi gerekenleri ödeyecek, satılması gerekenleri satacak ve ticaretimi, kızkardeşimin çocuklarına emanet edecektim; sonra da, ilkbaharda gelip Cenova'ya yerleşecek, Santa Croce Kilisesi'nde görkemli bir törenle Giacominetta'yla evlenecek ve sonunda –ve bu kez gerçekten– kayınbabam olacak kişiyle çalışacaktım.

Geleceğim bütünüyle çizilmiş gibi; hem önümüzdeki aylar, hem de ömrümün geri kalanı için. Yine de bu anlaşmanın altında, benim ve Gregorio'nun imzaları dışında bir imza daha bulunması gerekiyor: Tanrı'nın imzası!

27 Ekim

Gregorio safça itiraf ediyor o vaadi koparmak için beni sarhoş ettiğini, sonra da gülüyor. Üstelik uyandığımda ve ayıkken de, verdiğim sözü yineletmeyi başardı nasılsa.

Ayıktım, evet, ama hâlâ bulanıktı her şey, hem kafam, hem de iç organlarım.

Ne kadar aptalca davrandım, tam da yarın yola çıkmaya hazırlanırken!

Nasıl böyle yola çıkarım? Daha şimdiden deniz tutmasının bulantısı varken içimde? Sağlam toprakta bile ayakta durmayı beceremezken?

Belki de Gregorio gitmemi engellemeye çalışıyordu aslında. Ondan gelen hiçbir şey beni şaşırtamaz. Ama bunu başaramayacak. Gideceğim. Ve Marta'yı göreceğim yeniden. Ve çocuğumu tanıyacağım.

Cenova'yı seviyorum, bu bir gerçek. Ama onu denizler ötesinden de sevebilirim, her zaman yaptığım gibi, benden önce atalarımın yaptığı gibi.

31 Ekim 1666 Pazar, denizde

Güçlü bir kuzeydoğu rüzgârı, Kalabriya'ya giderken Sardunya'ya doğru attı bizi. Yaşamımın kayığı da tıpkı bu gemi gibi...

Yanaştığımızda, tekne çok sert vurdu kıyıya ve kötü şeyler olmasından korktuk. Ama sabah güneşinin yatık ışınlarla aydınlattığı suyun altına inen dalgıçlar, yukarı çıktıklarında

Charybdos'un hiçbir zarar görmemiş olduğunu söylediler. Yeniden yola çıkıyoruz.

9 Kasım, denizde

Deniz hep çalkantılı, ve ben hep hastayım. Birçok yaşlı denizciyi de benim gibi deniz tuttu – bu bir teselliyse eğer.

Her akşam, iki bulantı arasında, doğanın bize daha yumuşak davranması için dua ediyorum; oysa Domenico, bu duanın tam tersini ettiğini söyledi bana. Belli ki onun duaları daha iyi işitiliyor. Bunun nedenlerini de açıkladı ve sanırım bundan sonra ben de onun gibi yapacağım.

"Deniz zincirden boşanmış olduğu sürece" dedi, "güvendeyiz. Sahil-korumalar bizi görseler bile hiçbir zaman peşimize düşmeye kalkışmazlar. Bu yüzden kışın seyretmeyi yeğlerim. Böylece tek rakip olur karşımda: Deniz. Ve en korktuğum rakip o değildir. Canımı almaya niyet etmiş olsa bile çok büyük bir felaket olmaz bu, çünkü yakalanacağım gün beni bekleyen kazığa oturtulma işkencesinden kurtarmış olur. Denizde ölmek, bir erkek yazgısıdır, tıpkı savaşta ölmek gibi. Oysa kazıkta, seni dünyaya getirene tükürürsün."

Sözleri beni dalgalarla öylesine barıştırdı ki gidip küpeşteye yaslandım, yüzümü serpintilere verdim, tuzlu damlacıkları yakalamaya başladım dilimle. Yaşamın tadıydı bu, Londra meyhanelerinin birası, kadınların dudakları...

Ciğerlerimin tüm gücüyle soluk alıyorum ve bacaklarım titremiyor artık.

17 Kasım, denizde

Şu son günlerde, birkaç kez bu defteri açtım, sonra da kapadım. Cenova'dan beri elimi ayağımı kesen başdönmesi, biraz da düşüncelerimi toplamamı engelleyen bir tür heyecan yüzünden.

Yüzüncü Ad kitabını da açmayı denedim, belki bu kez beni

itmez ve içine girmeyi başarabilirim dedim kendi kendime. Ama gözlerim kararıverdi hemen. Ben de, kendiliğinden önümde açılmadığı sürece, bir daha onu okumaya kalkışmama kararı verdim ve kapattım yeniden.

O zamandan beri güvertede geziniyorum, Domenico'yla ve adamlarıyla gevezelik ediyorum; onlar da en büyük korkularını anlatıyorlar, bir çocuğa öğretir gibi, direkleri, serenleri, halatları öğretiyorlar bana.

Tüm yemeklerini paylaşıyorum, kimi zaman ancak yarısını anlasam bile şakalarına gülüyorum; içtiklerinde, içiyor gibi yapıyorum, ama içmiyorum. Gregorio fıçılarının şarabıyla beni sarhoş ettiğinden beri, duyarlı hissediyorum kendimi, hep mide bulantısının sınırındaymışım ve tek bir yudum bile, beni öbür yana devirecekmiş gibi geliyor.

Üstelik o *vernaccia,* saf bir iksirdi; oysa buradaki şarap, deniz suyunda sulandırılmış şurubumsu bir tür sirke.

27 Kasım, denizde

Sakız kıyılarına, pusuda bir avcı gibi sürünerek yaklaşıyoruz. Yelkenler indirildi; direk, kaidesinden söküldü sonra da yavaşça yatırıldı; denizciler daha sessiz konuşuyorlar, sanki adadan onları duyabilirlermiş gibi.

Ne yazık ki hava güzel. Küçük Asya tarafından bakır rengi bir güneş doğdu ve rüzgâr durdu. Yalnızca dün geceden kalan soğuk hava anımsatıyor kışın kapıda olduğunu. Domenico önümüzdeki geceden önce kıpırdamama kararı aldı.

Nasıl hareket edeceğini anlattı bana. Karanlıktan yararlanarak iki adam, kayıkla adaya gidecekti; ikisi de Rumdu, ama Sicilyalı Rum – Yannis ve Demetrios. Katarraktis köyüne geldiğimizde, onlara mal veren kişiyle ilişki kuracaklardı; adam da malı önceden evinde toplamış olacaktı. Her şey öngörüldüğü gibi olup biterse –sakız hazır ve paketlenmiş, gümrükçüler gözlerini yummaya "ikna" edilmişse– ve herhangi bir tuzak kokusu alınmazsa, iki öncü, kararlaştırılmış bir işaretle Domenico'ya haber vereceklerdi: Öğle vakti yüksekçe bir yere serilecek beyaz bir çarşaftı işaret. O zaman gemi kıyıya yanaşmaya hazırlanacaktı; ama yalnızca gece olduğunda ve kısa bir süre için; yüklemeyi ve ödemeyi yapacak, sonra da şafağın ilk ışıklarından önce uzaklaşacaktı. Eğer işler yolunda gitmez ve beyaz bez görünmezse, açık denizde bekleyip Rumların dönmesini ummaktan başka yapacak bir şey yoktu. Ve günün ilk ışıklarında hâlâ görünürde yoklarsa, yitik ruhları için dua edilerek uzaklaşılacaktı oradan. İşler genellikle böyle olup bitiyordu.

Benim yüzümden, plan bütünüyle aynı olmayacaktı bu kez. Domenico'nun öngördüğü değişiklik...

Hayır söylememeliyim bunu, dahası düşünmemeliyim bile; umduklarım yerine gelmeli önce ve dostlarım herhangi bir zarar görmemeli. O zamana kadar, Domenico gibi parmaklarımı çapraz yapıp denize tükürmekle yetineceğim ben de. Ve homurdanacağım, onun gibi: "Ceddine yandığımın!"

28 Kasım

Bunca coşkuyla dua ettiğim bir Pazar daha anımsamıyorum.

Gece, Yannis'le Demetrios'un kayığı denize indirildi ve bütün tayfalar, karanlıkta eriyip gidene dek gözleriyle izlediler kayığı. Ama küreklerin şıpırtısını duymaya devam ettik ve Domenico, ortalığın bunca sessiz olmasından endişelendi biraz.

Gece biraz daha geç, ben yattıktan sonra, şimşekler çaktı; kuzeyden geliyora benzeyen, ardarda düzinelerce şimşek. Çok uzaklarda olmalıydılar çünkü yıldırımların gürültüsü bize ulaşmıyordu bile.

Gemideki herkes, bekleyerek geçirdi o günü. Sabah, beyaz çarşafın serilmesini; onu gördükten sonra da kıyıya yaklaşabilmek için gece olmasını bekleyerek. Ben de paylaşıyorum bu bekleyişlerini; ama benim kendi bekleyişlerim de var bu arada; her an kafamın için dolduran ama bu sayfalara aktarmak istemediğim bekleyişler.

Eğer ki...

29 Kasım

Dün gece gemimiz, Katarraktis köyüne yakın bir koyda, kıyıya yanaştı bir süre. Domenico, bundan on ay kadar önce içine tıkıldığım çuvalı tam burada teslim aldığını doğruladı. O gece, çevremde çeşitli gürültüler duyuyor ama hiçbir şey görmüyordum; oysa bu gece, hem kumsalda, hem de köprü üstünde, gidip gelen, çalışan, el kol hareketleri yapan karaltıları seçebiliyorum. Ve Ocak ayında benim için anlaşılmaz olan tüm bu gürültüler, anlam kazanıyordu şimdi. Atılan iskele; getirilen, kontrol edilen, yüklenen sakız; malı veren Salih adındaki adamın –bir Türk, belki de bir Rum dönmesi– bir kadeh içki içmek ve parasını almak üzere gemiye binmesi. Belki de anımsatmam gerek Sakız Adası'nın, dünyada sakız üretilen –neredeyse– tek yer olduğunu; ama yetkililerin, köylüleri, tüm ürünlerini kendilerine teslim etmek zorunda bıraktıklarını - sakızın, buradan doğruca padişahın haremine yollanması için. Devlet, fiyatları istediği gibi belirliyor ve keyfine nasıl uygun gelirse öyle ödüyor; o kadar ki köylüler kimi zaman birkaç yıl bekliyorlar alacaklarının ödenmesi için - bu da onları, bu süre içinde borçlanmaya zorluyor. Domenico, resmî fiyatın iki, üç, kimi zaman beş katına satın alıyor sakızı onlardan ve malı teslim aldığı anda tüm paralarını ödüyor. Ona sorarsanız Osmanlı yönetiminden çok daha fazla katkıda bulunuyor adanın zenginliğine!

Yetkililer için bu Kalabriyalı şeytanın, bir an önce yakalanması, asılması ya da kazığa oturtulması gereken bir düşman olduğunu eklemeye gerek var mı? Oysa ada köylüleri ve bu kaçakçılık işinden zengin olan herkes için Domenico, Cennet'ten inmiş biri, Tanrı'nın bir lütfu; buna benzer geceleri, Noel'den daha sabırsızlıkla bekliyor herkes. Ama korkuyorlar da; çünkü kaçakçıyla ilişkide olduğu kişilerin yakalanıvermesi, eldeki tüm ürünün kaybolup gitmesi ve bir sürü ailenin perişan olması için yeterli.

Bütün bu velvele çok uzun sürmedi, en fazla iki üç saat. Ve Salih'in Domenico'yla öpüşüp, tayfaların yardımıyla iskeleden geçtiğini gördüğümde hareket edeceğimizi sandım. Denizcilerden birine sormaktan alamadım kendimi; yola mı çıkıyorduk yoksa? Kısaca, Demetrios'un henüz dönmemiş olduğunu ve onu beklediğimizi söyleyerek yanıtladı beni.

Çok geçmeden bir lamba gördüm kumsalda; ve birbiri ardınca yürüyerek yaklaşan üç adam. Birincisi Demetrios'tu; ışığı taşıyan ve yüzü daha iyi aydınlanmış olanı tanımıyordum; sonuncusu Marta'nın kocasıydı.

Domenico saklanmamı ve ancak beni adımla çağırdığında kendimi göstermemi tembihlemişti. Seve seve dinliyordum sözünü, çünkü beni bir bölmenin arkasına yerleştirmişti ve İtalyancayla Rumca karışımı bir dilde süregidecek konuşmalarının tek sözcüğünü bile kaçırmayacaktım buradan.

Anlatacaklarıma bir başlangıç olarak şunu söylemem gerek: Daha ilk sözcüklerden Seyyâf'ın, Domenico'nun kim olduğunu çok iyi bildiği anlaşılıyordu; saygı ve korku yüklü bir edayla konuşuyordu onunla. Bir köy papazının, köyüne yolu düşmüş bir piskoposla konuşacağı gibi. Bu türden bir günahkâr karşılaştırması yapmamalıydım kuşkusuz; ama söylemek istediğim, gölgeler dünyasında da, en saygın kurumlara yakışır bir ast-üst anlayışı olduğuydu yalnızca. Bir köy haydudu, Akdeniz'in en gözüpek kaçakçısıyla karşılaştığında, pek senlibenli konuşamaz onunla. Öteki de ona, eşitiymiş gibi davranmaktan kaçınır.

İlk tümceden anlaşıldı, konuşmanın hangi perdeden yapılacağı; Marta'nın kocası, neden çağrıldığının açıklanmasını boşuna bekledikten sonra, bana biraz kararsız gibi gelen bir sesle şunları söylediğinde:

"Adamın Demetrios, kumaş, kahve ve biber yükün olduğunu ve bunları iyi fiyata bırakmaya hazır olduğunu söyledi..."

Domenico'nun sessizliği. İç çekme. Sonra da bir dilenciye eğri büğrü bir para atar gibi:

"Öyle dediyse, öyle olmalı!"

Hemen kesildi konuşma. Ve yere eğilip atılanı almak Seyyâf'a düştü.

"Demetrios, üçte birini şimdi, geri kalanını Paskalya'da ödeyebileceğimi söyledi."

Domenico, bir zaman sonra: "Öyle dediyse, öyle olmalı!"

Öbürü, telaşlı: "On çuval kahveden, iki varil biberden söz etti; hepsini alıyorum. Ama kumaşlar için karar vermeden önce onları görmem gerek."

Domenico: "Çok karanlık. Her şeyi yarın görürsün, gündüz gözüyle!"

Öteki: "Yarın gelemem. Üstelik sizin için de beklemek tehlikeli olur."

Domenico: "Kim beklemekten ya da geri gelmekten söz etti ki? Bizimle açığa gelirsin ve sabaha malı kontrol edersin. Ellersin, sayarsın, tadına bakarsın..."

Seyyâf'ı görmediğim için sesindeki korku titreşimlerini daha rahat ayırdedebiliyorum.

"Malı kontrol etmek istemedim. Sana güveniyorum. Yalnızca kaç para kazanabileceğimi kestirmek için kumaşa bakmak istemiştim. Ama buna da gerek yok, sizi geciktirmek istemem, kıyıdan ayrılmak için acele ediyor olmalısınız."

Domenico: "Kıyıdan uzaklaştık bile."

Seyyâf: "Peki, malı nasıl indirmeyi düşünüyorsunuz?"

Domenico: "Sen asıl, seni nasıl indireceğimizi sor bakalım!"

"Evet, nasıl?"

"Bilmem!"

"Küçük kayıkla dönebilirim."

"Pek emin değilim bundan."

"İstemesem de beni burada tutmayı mı düşünüyorsun?"

"Yoo! Sözkonusu değil. Ama benim isteğime karşın kayıklarımdan birini alman da sözkonusu değil. Sana birini ödünç verir miyim, sorman gerek."

"Kayıklarından birini bana ödünç verir misin?

"Sana yanıt vermeden önce biraz düşünmeliyim."

O sırada kısa bir itişmenin gürültülerini duydum; Seyyâf ve hempasının kaçmak istediğini ama çevrelerindeki gemicilerin onları çok çabuk zaptettiğini anladım seslerden.

O an, neredeyse acıyordum Marta'nın kocasına. Ama geçici bir acıma oldu bu.

"Neden beni getirttin buraya? Ne istiyorsun benden?" dedi Seyyâf, son bir cesaret kalıntısıyla.

Domenico yanıt vermedi.

"Ben senin davetlinim, beni gemine sen getirttin, şimdi de tutsak ediyorsun. Utan!"

Ardından Arapça bir iki küfür duyuldu. Kalabriyalı hâlâ bir şey söylemiyordu. Sonra yavaş yavaş konuşmaya koyuldu.

"Kötü bir şey yapmadık biz. İyi yürekli bir olta balıkçısının yaptığından başka. Oltasını atar ve bir balık çektiğinde, onu saklayacak mı, yoksa denize mi atacak, karar vermek zorundadır. Biz de oltamızı attık ve şişko bir balık ısırdı zokayı."

"Şişko balık ben miyim?"

"Şişko balık sensin. Seni gemide mi tutmalı, yoksa denize mi atmalıyım bilmiyorum. Gel seçimi sana bırakayım; hangisini yeğlersin?"

Seyyâf hiçbir şey söylemedi – böyle bir seçenek karşısında ne diyebilirdi ki? Toplanmış gemiciler gülüyorlardı, ama Domenico onları susturdu.

"Yanıtını bekliyorum! Ya seni burada tutuyorum ya da denize atıyorum."

"Gemide" diye homurdandı öbürü.

Sesinde bir boyun eğme ve teslim olma havası vardı. Domenico şaşırmadı ve hemen şöyle söyledi:

"Mükemmel; şimdi rahatça konuşabiliriz. Bir Cenevizliye rastladım ve seninle ilgili tuhaf bir öykü anlattı bana. Söylediğine göre bir kadını evine kapatmışsın, onu dövüyor, çocuğuna da kötü davranıyormuşsun."

"Embriaco! Şu yalancı! Şu akrep! On bir yaşından beri Marta'nın çevresinde dolanıyor. Daha önce bir Türk subayıyla evime geldiler ve ona kötü davranmadığımı gördüler. Üstelik o benim karım ve çatımın altında olanlar yalnızca beni ilgilendirir!"

İşte tam bu anda Domenico beni çağırdı.

"Sinyor Baldassare!"

Gizlendiğim yerden çıktım ve Seyyâf'la hempasının, sırtlarını halatlara dayamış, yere oturduklarını gördüm. Bağlı değillerdi ama çevrelerinde, yine ayağa kalkmayı denerlerse onları tepelemeye hazır, en azından bir düzine gemici vardı. Marta'nın kocası pişmanlıktan çok, sanki tehdit yüklü bir bakış fırlattı bana.

"Marta benim kuzinim ve yıl başında gördüğümde bana gebe olduğunu söylemişti. Hem kendisinin hem de çocuğunun sağlıkları yerindeyse, sana hiçbir kötülük yapmayız."

"O senin kuzinin değil ve sağlığı yerinde."

"Ya çocuğu?"

"Ne çocuğu? Bizim hiç çocuğumuz olmadı! Benim karımdan söz ettiğinden emin misin?"

"Yalan söylüyor" dedim.

Devam etmek istiyordum ama o an bir başdönmesi hissettim ve en yakın bölmeye yaslanmak zorunda kaldım. Konuşmayı Domenico sürdürdü:

"Yalan söylemediğini nereden bilelim?"

Seyyâf hempasına döndü; o da söylediklerini doğruladı.

O zaman Kalabriyalı kararını bildirdi:

"Eğer ikiniz de doğru söylediyseniz, yarın evinizde olacaksınız ve sizi bir daha rahatsız etmeyeceğim. Ama bundan emin olmamız gerekiyor. Önerim şu. Sen, adın ne senin?"

Adam "Stavro!" diye yanıtladı ve bana doğru baktı. Şimdi tanıyordum onu. Yeniçerilerle birlikte Marta'nın kocasının evine gittiğimde çok kısa süre görmüştüm. Ben bağırıp dururken Seyyâf, gidip karısını getirmesi için bu adama işaret etmişti. Bu kez, başka türlü davranacağım ama!

"Beni iyi dinle Stavro" dedi Domenico, ansızın daha az kurumlu bir havada. "Gidip Sinyor Baldassare'nin kuzinini getireceksin. O da kocasının söylediklerini doğrularsa, ikisi de istedikleri gibi evlerine gidebilecekler. Sana gelince Stavro, dediğim gibi yaparsan yeniden gemiye gelmene gerek bile olmayacak; yarın akşam onunla kumsala geleceksin, biz gelip kayıkla alacağız onu; sen o zaman evine gidebilirsin ve hiçbir şeyden korkmana gerek kalmayacak. Ama kazara şeytan, kafana beni aldatmayı sokarsa, bil ki bu adada, onlara ödediğim parayla yaşayan altı yüz aile var ve en üst düzeyden yetkililer bile bana borçlu durumda. Eğer gevezelik eder ya da kadını bize getirmeden ortadan kaybolmaya kalkarsan, tek sözümle ihanetini ödetirler sana. Darbeler, hiç beklemediğin yerden gelir."

"Seni aldatmayacağım!"

Kayığı, Stavro ve ona kıyıya dek eşlik edecek üç tayfayla birlikte denize indirdik. Gidip Domenico'ya, bu adamın, istediğini yapacağına inanıp inanmadığını sordum. Oldukça emin görünüyordu bundan.

"Ardına bakmadan ortadan kaybolursa, ona hiçbir şey yapamam. Ama sanırım korkuttum onu. Ve sanırım ondan istediğim şey, büyük bir özveri gerektirmiyor. Öyleyse beni dinlemesi olasılığı yüksek. Göreceğiz bakalım!"

Şimdi yeniden açıktayız ve uzakta, adada hiçbir şey kıpırdamıyor gibi geliyor bana. Oysa oralarda bir yerde, şu beyazımsı duvarlardan birinin ardında, şu büyük ağaçlardan birinin gölgesinde Marta kumsala gelmeye hazırlanıyor olmalı. Ona burada olduğum söylendi mi acaba? Neden çağrıldığı söylendi mi? Giyiniyor, yüzüne allık sürüyor, belki bir iki eşya koyuyor çantasına. Tedirgin, korkmuş, belki de umut dolu, kimbilir? Kocasını mı düşünüyor şu anda, yoksa beni mi? Ya çocuğu, onunla mı acaba? Onu yitirdi mi? Çocuğu ondan almış olabilirler mi? Sonunda öğreneceğim. Yaralarına pansuman yapabileceğim. Onu iyileştirebileceğim.

Gece olmaya başladı ve ben ışıksız yazmaya devam ediyorum. Gemi dikkatle adaya doğru yol alıyor; ama ada hâlâ uzak. Domenico, tüm tayfalar arasından gözleri en keskinini, Ramazan adında, İskenderiyeli bir gemiciyi direğin tepesine çıkardı; görevi kumsalı gözlemek ve en ufak kuşkulu kıpırtıyı haber vermek. Bütün bu insanların gereksiz tehlikelere atılmaları, hep benim suçum; ama kimse bana hissettirmiyor bunu. Bir kez bile, ne kınayıcı bir bakış, ne de sinirli bir iç çekme yakaladım. Şeytan canımı alsın, böyle bir borcu nasıl öderim ben?

Kıyıya biraz daha yaklaşıyoruz, ama adanın ışıkları hâlâ göğün dibindeki yıldızlar kadar solgun. Kuşkusuz en küçük bir mum, en küçük bir lamba bile yakmak sözkonusu değil. Neredeyse hiç görmüyorum kâğıdı, ama yazmaya devam ediyorum. Bu gece yazmanın tadı, her zamankinden farklı. Başka zaman, anlatmak için yazıyorum; ya da kendimi haklı çıkartmak için ya da kafamın için temizlemek için, tıpkı boğazımı temizler gibi; ya da unutmamak için ya da sadece yazmaya yemin ettiğim için kendi kendime. Oysa bu gece, bu sayfaların şamandırasına tutunuyorum. Onlara söyleyecek bir şeyim yok; ama yanımda kalmalarına gereksinim duyuyorum.

Kalemim elimi tutuyor ve onu yalnızca gecenin mürekkebine daldırıyor olsam da pek önemi yok bunun.

30 Kasım 1666, Katarraktis önleri

Buluşmamızın böyle olacağını düşünmüyordum.

Ben, gemiden, gözlerim kısılı; o, geceyarısı kumsalda, belli belirsiz bir fener ışığı.

Fener, bir saat sarkacı gibi sağdan sola, soldan sağa sallanmaya başladığında Domenico, üç adamına, filikayı denize indirme emrini verdi. Işık yakmadan ve dikkatli olma uyarısıyla. Gözleri, sürekli olarak tüm kıyıyı taramalı ve hiçbir tuzak belirtisi olmadığından emin olmalıydılar.

Deniz çalkantılı ve gürültülüydü, ama pek azgın sayılmazdı. Rüzgâr kuzeyden esiyordu ve tam bir Aralık rüzgârıydı.

Soğuk dudaklarımda tuz ve dualar.

Marta.

Ne kadar yakındı ve hâlâ ne kadar uzak! Filikanın kumsala ulaşması, bir ömür sürdü; bir ömür de orada oyalanması! Ne yapıyorlardı? Ne tartışıyorlardı? Oysa birini kayığa alıp öbür yöne doğru yola çıkmak basit bir işti! Neden onlarla gitmedim ben de? Hayır, Domenico kabul etmezdi bunu. Ve haklı olurdu. Ne bu adamların becerisine sahiptim, ne de soğukkanlılığına.

Sonra filika bize doğru yöneldi, içinde fenerle birlikte.

Domenico homurdandı:

"Hay aksi! Hiçbir ışık olmayacak demiştim!"

Onca uzaktan duymuş gibi, o anda ışığı söndürdüler. Domenico gürültüyle iç geçirdi, hafifçe koluma vurdu. "Ceddine yandığımın!" Sonra da adamlarına, filika ve içindekiler gemiye alınır alınmaz açılmaya hazırlanma emrini verdi.

Marta, güverteye en kaba yöntemlerle çıkartıldı – alt tarafına bir levha bağlanmış kalın bir halatla, tek basamaklı bir tür gevşek merdiven oluşturulmuştu. Yeterince yukarı çekildiğinde son engeli aşmasına ben yardım ettim. Bir yabancıya uzatır gibi uzatmıştı bana elini; ama ayağının üstüne basar basmaz bakışlarıyla birini aradı ve karanlığa karşın aradığının ben olduğumu anladım. Tek bir sözcük söyledim: Adını. O zaman yeniden elimi kavradı ve bu kez başka türlü sıktı. Orada olduğumu biliyordu besbelli; kocasının yamağı mı söylemişti, yoksa onu kumsaldan almaya giden gemiciler mi, hâlâ bilmiyorum. Onunla konuşma olanağını bulduğumda öğreneceğim bunu. Hayır, ne gereği var, konuşacak o kadar çok şeyimiz var ki...

Buluştuğumuz zaman onu kollarıma alacağımı ve çok uzun bir süre sımsıkı sarılacağımı düşlemiştim hep. Ama çevremizi saran bu gözüpek denizcilerin ve gemide, korsan işi mahkememizde yargılanmayı bekleyen, tutsak kocasının gözleri önünde aşırı bir yakınlık, aşırı bir sabırsızlık, yersiz kaçardı; bu nedenle elinin karanlıkta elimi bulup sıkması, aramızdaki tek suçortaklığı hareketi oldu.

Sonra kendini kötü hissetti. Sendelemesini önlemek için, yüzünü soğuk serpintilere çevirmesi önerdim; ama titremeye başladı. Denizciler de ambarda bir şilteye boylu boyunca yatmasının ve sıkı sıkıya örtünmesinin daha iyi olacağını söylediler.

Domenico, aslında hemen çağırmak istiyordu onu; taşıdığı çocuğun ne olduğunu öğrenmek, yargısını bildirmek ve ana limanına doğru yola çıkmak istiyordu. Ama kadın son nefesini vermek üzere gibiydi; o da sabaha dek dinlenmesine razı oldu.

Yatar yatmaz uyudu Marta, o kadar çabuk ki bayıldı sandım. Biraz sarstım onu, gözlerini açması, bir iki sözcük söylemesi için; sonra da kafam karmakarışık, uzaklaştım oradan.

Sakız torbalarına yaslanıp uyumaya çalışarak geçirdim geceyi. Pek başarılı olamadan. Yalnızca şafak sökerken bir iki dakika sızdım sanırım...

Bu sonu gelmeyen gece boyunca, ne tam uyanık, ne de tam uykulu bir haldeyken, korkunç düşüncelerle sarıldı kafamın içi.

Buraya aktarmaya zor cesaret ediyorum, beni o denli korkuttular. Oysa en büyük sevincimden doğmuştu bu düşünceler...

Marta'ya ve daha da önemlisi çocuğuna bir kötülük ettiğini öğrenirsem Seyyâf'a ne yapmam gerektiğini düşünürken buldum ansızın kendimi.

Cezasız, evine dönmesine izin verebilir miydim? Cinayetini ona ödettirmem gerekmez miydi?

Zaten, diyordum kendi kendime, eğer çocuğun ölümünde Marta'nın kocasının bir suçu yoksa bile, nasıl gidip de onunla Cübeyl'de yaşardım, bu adamı arkamda bırakarak; her gün öç almayı düşünsün ve bir gün gelip başımıza bela olsun diye?

Rahat uyuyabilir miyim, yaşadığını bildiğim sürece?

Rahat uyuyabilir miyim, eğer...

Onu öldürmek mi?

Ben, birini mi öldüreceğim?

Ben, Baldassare, birini mi öldüreceğim? Bir insan mı öldüreceğim, kim olursa olsun?

Her şeyden önce nasıl öldürülür ki insan?

Elimde bıçakla birine yaklaşmak, sonra da yüreğine dek saplamak onu... Bana bakmaması için uyumasını beklemek... Tanrım, hayır!

Ya da birine para vermek, onu...

Neler düşünüyorum ben? Neler yazıyorum? Tanrım! Uzak olsun benden bu kâse!

Bundan sonra hiç uyuyamayacağım gibi geliyor şu an; ne bu gece, ne de bundan sonra göreceğim gecelerin hiçbirinde!

5 Aralık 1666 Pazar

Son sayfaları bir daha okumak istemiyorum, onları yırtma arzusuna kapılmaktan korktuğum için. Bal gibi benim kalemimden çıkma o sayfalar; ama onlarla gurur duymuyorum. Ellerimi ve ruhumu kirletmeyi düşündüğüm için gurur duymuyorum; bundan vazgeçtiğim için de gurur duymuyorum.

Salı sabahı şafak sökerken ve Marta hâlâ uyurken o gece aklımdan geçenleri aktarmıştım; sabırsızlığımı yatıştırmak için yapmıştım bunu biraz. Sonra, beş gün boyunca hiçbir şey yazmadım. Bir kez daha, bu günlüğe bir son vermeyi bile düşünmüştüm. Ama işte yeniden kalemi elime aldım; belki de yolculuğun başında kendi kendime verdiğim o tedbirsizce söz yüzünden.

Geçen hafta boyunca, birbiri ardından üç başdönmesine yakalandım. Önce buluşmanınki; ardından kafamdaki o sonsuz karışıklığın başdönmesi; şimdi de bu öfkenin, ruhumda deli gibi esen, beni sarsan, sağa sola çarpan bu ruh fırtınasının verdiği bulantı. Güvertede ayakta durmaya çalışıyorum sanki, hiçbir şeye tutunamıyorum ve arasıra ayağa kalksam da, daha ağır düşüyorum sonra yere.

Hiçbir yardımda bulunamıyorlar bana, ne Domenico, ne Marta. Ne orada bulunan ya da bulunmayan biri, ne de bir anı. Kafamdan ne geçse, yalnızca oradaki karışıklığı arttırmaya yarıyor. Çevremdeki her şey gibi, gördüğüm ya da anımsamayı başardığım her şey gibi. Tıpkı bu yıl gibi; bitimine yalnızca dört hafta kalan bu lanetli yıl. Ama öyle bir dört hafta ki aşılması olanaksız görünüyor şu an bana; güneşsiz, aysız, yıldızsız bir okyanus; ufuk yerine her yanda dalgalar, dalgalar...

Hayır, artık yazacak durumda değilim!

10 Aralık

Gemimiz Sakız'dan uzaklaşalı epeyce oldu; ruhum da yavaş yavaş uzaklaşmaya başladı oradan. Yaram o kadar kolay kapanmayacak, ama on günün sonunda, başıma gelenlerden başka şeyler düşünebiliyorum arasıra. Belki yeniden yazmayı denemeliyim...

Şimdiye dek olanları anlatmayı başaramadım. Ama bunu yapmanın zamanı geldi artık; acılı anlar için "söyledi", "sordu", "kadın da şöyle dedi", "olduğuna göre" ya da "karar verildi" gibi, bütünüyle tutkudan arınmış sözlere başvurmak zorunda kalsam da.

Marta *Charybdos*'a çıktığında Domenico, daha o gece onu

çağırtıp konuşmak, karnındaki çocuğun ne olduğunu ondan öğrenmek, kararını bildirmek, sonra da hemen İtalya'ya doğru yola çıkmak istemişti. Ama ayakta zor durduğu için –bunları söylemiştim– uyumasına izin vermişti. Bir Osmanlı gemisinin bizi çevirmesi tehlikesine karşı nöbet bekleyenler dışında gemideki herkes bir iki saat dinlendi böylece. Ama öfkeli denizde yol alan yalnızca bizlerdik o gece.

Sabah, kaptanın kamarasında toplandık yeniden. Demetrios ve Yannis'le birlikte toplam beş kişiydik. Domenico, tumturaklı bir edayla Marta'ya kocasının önünde mi yoksa onsuz mu sorgulanmayı yeğlediğini sordu. Ben soruyu, Cübeyl'de konuşulan Arapçaya çevirdim; o da telaşla ve neredeyse yalvarır bir sesle yanıt verdi:

"Kocam olmadan!"

İki elin hareketi ve yüz ifadesi, her türlü çeviriyi gereksiz kılıyordu. Domenico anladı ve devam etti:

"Sinyor Baldassare, geçen Ocak ayında Sakız'a geldiğinizde gebe olduğunuzu söyledi bize. Ama kocanız, hiç çocuğunuz olmadığını iddia ediyor."

Marta'nın bakışı gölgelendi. Bir an bana döndü, sonra ellerini yüzüne kapadı ve hıçkırarak ağlamaya başladı. Ona doğru bir adım attım; ama yargıç rolünü ciddiye alan Domenico, yerime dönmemi işaret etti. Çevredekilere de hiçbir şey yapmamaları, hiçbir şey söylememeleri ve beklemeleri işaretini verdi. Sonra da tanığa, kendini toplaması için yeterince zaman tanıdığını düşünerek seslendi:

"Sizi dinliyoruz."

Çevirdim ve şunları ekledim:

"Konuş, hiçbir şeyden korkma, kimse sana kötülük edemez."

Sözlerim onu yatıştırmak yerine daha da sarstı sanki. Hıçkırıkları daha gürültülü hale geldi. Domenico da çevirmesini istediklerine başka bir şey eklememem için ihtarda bulundu. Ben de yapmayacağıma söz verdim.

Aradan bir iki saniye geçti. Hıçkırıklar hafifledi ve Kalabriyalı, sesinde hafif bir sabırsızlık belirtisiyle sorusunu yineledi. O zaman Marta başını kaldırdı ve konuştu:

"Hiçbir zaman bir çocuk olmadı!"

"Ne demek istiyorsun sen?"

Bağırmıştım. Domenico beni uyardı. Yeniden özür dilemek zorunda kaldım ve söylediğini aynen çevirdim.

Ve Marta bir kez daha yineledi:

"Hiçbir zaman çocuk olmadı. Hiçbir zaman gebe kalmadım."

"Ama sen bana öyle demiştin."

"Söylemiştim, çünkü öyle sanıyordum. Yanılmışım."

Uzun uzun baktım ona, ama bir kez bile gözleriyle karşılaşamadım. Gerçeğe benzer birşeyler görmek istiyordum orada; en azından bana her zaman mı yalan söylediğini, onu çabucak serseri kocasına götürmem için yalnızca çocuk konusunda mı yalan söylediğini, yoksa şimdi mi yalan söylediğini anlamak istiyordum. Yalnızca bir iki kez kaldırdı gözlerini, herhalde hâlâ ona bakıp bakmadığımı ve inanıp inanmadığımı anlamak için.

Domenico, çok babacan bir edayla sordu ona:

"Söyleyin bize Marta, kocanızla kıyıya mı dönmek istiyorsunuz, yoksa bizimle gelmek mi?"

Çevirirken, "benimle geri gelmek mi" dedim. Ama uzanmış elinin de hareketiyle Katarraktis'e dönmek istediği yanıtını verdi açıkça.

Bu nefret ettiği adamla mı? Anlamıyordum. Ansızın, bir aydınlanma oldu kafamda:

"Bekle Domenico; olanları anladım sanıyorum. Oğlu adada olmalı ve kocasıyla ilgili kötü bir şey söylerse, çocuğun başına bir şey gelmesinden korkuyor. Söyle ona ki, eğer bundan korkuyorsa, onu getirtmek zorunda bıraktığımız gibi çocuğu getirtmek zorunda da bırakabiliriz kocasını. Kendi gidip çocuğu getirebilir, o dönene kadar da biz kocasını burada tutarız. Hiçbir şey yapamaz ona karşı!"

"Sakin ol!" dedi Kalabriyalı. "Bir masal anlatıyormuşun gibi geliyor bana. Ama en küçük bir kuşkun varsa, bana söylediklerini ona da yineleyebilirsin. Ve benim adıma, ne onun, ne de oğlunun başına hiçbir kötülük gelmeyeceği sözünü verebilirsin."

Uzun ve tutkulu bir söyleve giriştim o zaman; umutsuz,

heyecanlı bir sesle Marta'ya bana gerçeği söylemesi için yalvardım. Beni gözleri yerde dinledi. Bitirdiğimde de Domenico'ya bakarak aynı şeyleri söyledi:

"Hiçbir zaman çocuk olmadı. Hiç gebe kalmadım. Çocuğum olmuyor benim."

Önce Arapça söyledi bunları, sonra da Demetrios'a dönerek aynı şeyleri, kötü bir Rumcayla yineledi. Domenico, çenesiyle bir soru işareti yaptı Demetrios'a.

O ana dek hiçbir şey söylemeyen tayfa, biraz sıkılmış gibiydi. Bana baktı, Marta'ya baktı, sonra yeniden bana ve sonunda kaptanına.

"Evlerine gittiğimde, orada bir çocuk varmış gibi gelmedi bana."

"Gecenin ortasıydı, uyuyordu!"

"Kapıyı vurdum ve herkesi uyandırdım. Büyük bir patırdı oldu, ama bir çocuk ağlaması duyulmadı."

Yeniden söz almak istiyordum, ama bu kez Domenico, susmamı emretti:

"Bu kadar yeter! Bence bu kadın yalan söylemiyor! Onu da, kocasını da bırakmamız gerek!"

"Daha değil, bekle!"

"Hayır, beklemeyeceğim Baldassare. Bu iş bitti. Gidiyoruz. Seni tatmin etmek için geciktik ve umarım bir gün teşekkür etmeyi düşünürsün senin için bunca büyük tehlikeye atılan insanlara."

Bu sözler, Domenico'nun tahmin edebileceğinden çok daha fazla yaraladı beni. Bu adamın gözünde bir kahraman olmuştum ben; oysa şimdi, gözü yaşlı, masallar anlatan, kovulmuş bir sevgili gibi görünüyordum ona. Bir iki saat, giderek bir iki dakika içinde, bir iki soru-yanıtın ardından, saygın ve çok soylu Sinyor Baldassare Embriaco, istenmeyen biri oluvermişti; bir zavallı gibi katlanılan, susması emredilen, rahatsız edici biri.

Sonra gidip karanlık bir köşede tek başıma ağladıysam, Marta için olduğu kadar bunun içindi de. Sorgulamadan hemen sonra gitmişti Marta. Domenico da kocasından özür dilemiş olmalıydı; sanırım kıyıya dönmeleri için gerekli kayığı da onlara armağan etti. Veda sahnesinde bulunmak istemedim.

Bugün yaram acı vermeye devam ediyorsa da o kadar açık değil. Marta'nın davranışına gelince, onu hâlâ anlamış değilim. Öyle tuhaf sorular soruyorum ki kendime, buraya aktarmaya cesaret edemiyorum. Biraz daha düşünmem gerek bunları...

11 Aralık

Ya herkes yalan söylediyse?

Ya tüm bu sefer bir aldatmacaysa, beni Marta'dan vazgeçirmeyi amaçlayan bir gözbağı numarasıysa?

Belki aşağılanmanın, yalnızlığın ve uykusuz geçen bir iki gecenin ürünü bir sayıklama bu. Belki de tek gerçek ama!

Marta'dan artık kesin olarak vazgeçmemi isteyen Gregorio, Domenico'ya, beni yanında götürmesini ve bu kadını bir kez daha görmek istememem için ne gerekiyorsa yapmasını söylemiş olabilir.

Bir zamanlar İzmir'de Seyyâf'ın kaçakçılık işine, özellikle de sakız kaçakçılığına bulaştığını söylememişler miydi? Öyleyse Domenico onu tanıyor olmalıydı; oysa ilk kez görüyormuş gibi yaptı. Belki de bunun için bir bölmenin arkasında kalmamı istediler. Böylece göz kırpmalarını göremeyecek ve suçortaklıklarının maskesini düşüremeyecektim!

Ve Marta, Demetrios'la Yannis'i tanıyordu büyük olasılıkla, daha önce kocasının evinde gördüğü için. Bu nedenle de o söylediklerini söylemek zorunda kaldı.

Ama ambarda, ikimiz başbaşa, yalnız kaldığımızda, yatağa uzandığı sırada, neden yararlanmadı bu andan, benimle gizlice konuşmak için?

Tüm bunlar, gerçekten bir sayıklama! Neden bütün bu insanlar rol yapsınlar ki? Yalnızca beni aldatmak ve bu kadından vazgeçmemi sağlamak için mi? Benim gönül sorunlarım için asılma ve kazığa oturtulma tehlikesine katlanmaktan başka yapacak işleri yok mu?

Aklım yerinden çıktı, tıpkı eskiden zavallı babamın omzunun çıktığı gibi; ve güçlü bir darbe gerekiyor onu yerine yerleştirmek için.

13 Aralık

On iki gün boyunca, görünmez biriymişim gibi dolaştım durdum gemide; hepsi de benimle karşılaşmama emri almışlardı. Eğer denizcilerden biri bana bir şey söylerse, dudaklarının ucuyla yapıyordu bunu ve kimsenin onu görmediğinden emin olduktan sonra. Bir vebalı gibi tek başıma, gizlenerek yiyordum yemeğimi.

Bu sabahtan beri benimle konuşuyorlar. Domenico bana doğru geldi ve beni kollarına aldı, sanki gemisine yeni kabul ediyormuş gibi. Bu bir işaretti ve yeniden yanıma gelmeye cesaret ediyorlar artık.

Surat asabilir, uzanan eli geri çevirebilir, damarlarımdaki kibirli Embriaci kanının diklenmesine izin verebilirdim. Yapmayacağım. Ne yalan söyleyeyim, yeniden göze girmek rahatlatıyor beni. Ve bu karantina ağır geliyordu.

Çekişmeden hoşlananlardan değilim ben.

Sevilmeyi severim.

14 Aralık

Domenico'ya bakılırsa, Yüce Tanrı'ya şükretmeliymişim, işleri benim tarzımda değil de kendi tarzında yoluna soktuğu için. Ahlak hocası kesilen bir Kalabriyalı kaçakçının bu sözleri, beni düşünmeye, tartmaya ve karşılaştırmaya yöneltti. Ve sonuç olarak tümüyle haksız bulmuyorum onu.

"Bu kadının, senin istediğin şeyleri söylemiş olduğunu bir düşün bakalım. Kocasının ona kötü davrandığını, onun yüzünden çocuğunu yitirdiğini, onu terketmek istediğini. Sanırım onu yanında tutar ve ülkene geri götürürdün."

"Kesinlikle!"

"Ya kocası, onu ne yapardın?"

"Cehenneme kadar yolu var!"

"Anlıyorum. Ama yine de bırakır mıydın evine gitsin diye; bir gün gelip kapını çalması ve karısını geri vermeye zorlaması tehlikesini göze alarak? Ya yakınlarına ne söylerdin? Öldüğünü mü?"

"Bütün bunları hiç düşünmediğimi mi sanıyorsun?

"Yoo hayır, bin kez düşündüğüne eminim. Ama ne çözüm bulduğunu senin ağzından duymak isterdim."

Birkaç saniye kadar sustu; ben de öyle yaptım.

"Sana işkence etmek istemiyorum Baldassare. Senin dostunum ve öz babanın yapmayacağı şeyi yaptım senin için. Bu yüzden, senin bana söylemeye cesaret edemediğin şeyi ben sana söyleyeceğim. Bu adamı, bu koca domuzunu öldürmek gerekirdi. Hayır, yüzünü buruşturma, ürkmüş gibi yapma, bunu düşündüğünü biliyorum; ben de düşündüm. Çünkü bu kadın onu terketmeye karar verseydi, ne sen, ne de ben isterdik hayatta kalmasını ve gelip bizi tedirgin etmesini. Ben, Sakız'da benden intikam almaktan başka bir şey düşünmeyen bir adam var diyecektim kendi kendime ve bu adadan her geçişimde korkacaktım ondan. Ve sen de, tabii ki, ölü olduğunu bilmeyi yeğleyecektin."

"Kuşkusuz!"

"Ama onu öldürebilecek miydin?"

"Bunu düşündüm" diye itiraf ettim sonunda, ama başka bir şey söylemeden.

"Düşünmek yetmez, dilemek daha da az işe yarar. Her gün birinin ölümünü dileyebilirsin. Ahlaksız bir hizmetçinin, düzenbaz bir müşterinin, cansıkıcı bir komşunun, kendi öz babanın bile. Ama burada dilemek yetmezdi. Bir bıçak alıp, diyelim, rakibine doğru yürümeyi ve bıçağı kalbine saplamayı becerebilir miydin? Ellerini ayaklarını bağlayıp, sonra da güverteden denize atabilir miydin? Bunu düşündün, ben de düşündüm. Senin için en iyi çözümün hangisi olduğunu sordum kendi kendime. Ve buldum. Bu adamı öldürmek, güverteden denize atmak yetmezdi. Yalnızca öldüğünü bilmek değildi senin için önemli olan; mahallenin insanlarının da onu ölmüş görmeleri gerekliydi. Cübeyl'e doğru gitmemiz gerekecekti bunu için, bu adamı aramızda canlı tutarak. Kıyıya bir iki gomina yaklaştığımızda, ayaklarını bir halatla sıkıca bağlardık ve güverteden denize sallandırırdık. Orada suyun içinde boğulmasını beklerdik, diyelim bir saat, sonra da boğulmuş olarak geri çekerdik. Bağlarını çözerdik, bir sedyeye yerleştirirdik ve o kadınla ikiniz, üzüntülü bir tavırla çıkardınız gemiden, benim adamlarım da cesedi kıyıya kadar taşırlardı. Daha o gün gemiden denize düştüğünü, boğulduğunu söylerdiniz. Ben de söylediklerinizi doğrulardım. Ardından gömerdiniz onu; bir yıl sonra da duluyla evlenirdin.

"Ben olsam, böyle yapardım. Şimdiye dek onlarca adam öldürdüm, hiçbiri gelip uykumda beni rahatsız etmedi. Ama sen, söyle bana, bunları yapabilir miydin?"

Ona itiraf ettim: Eğer çılgınca seferimiz, onun hayal ettiği gibi sonuçlansaydı, bundan dolayı kuşkusuz Tanrı'ya şükranlarımı sunardım. Ama böyle bir cinayete ellerimi bulaştırmak, yapabileceğim iş değildi.

"Öyleyse mutlu ol, bu kadın senin umduğun şeyleri söylemediği için!"

15 Aralık

Hâlâ Domenico'nun sözlerini düşünüyorum. Benim yerimde olsaydı, tam bana anlattığı gibi davranırdı, bundan kuşkum yok. Bana gelince, ben bir tüccarım ve bir tüccar ruhuna sahibim, bir korsan ya da bir savaşçı ruhuna değil. Ne de bir haydut ruhuna – belki de bunun için Marta, ötekini bana yeğledi. O, tıpkı Domenico gibi, öldürmekten çekinmezdi istediğini elde etmek için. Hiçbir kaygı durdurmuyor böylelerini. Ama bir kadının aşkı için yollarından saparlar mıydı acaba?

Onu hâlâ unutmadım ve bir gün unutabilecek miyim bilmiyorum... Evet, unutacağım; ve ihaneti bana yardım edecek bunun için.

Bunun yanısıra hâlâ bir kuşku beslemekten de alamıyorum kendimi. Gerçekten ihanet etti mi bana, yoksa çocuğunu korumak için mi böyle konuştu?

İşte yine bu çocuktan söz etmeye başladım; oysa herkes böyle bir çocuğun varolmadığını söylüyor; hiçbir zaman varolmadığını.

Ya hepsi bana yalan söylüyorsa? O çocuğunu korumak için, ötekiler... Ama hayır! Yeter artık! Sayıklamaya başlamayacağım yeniden! Tüm gerçeği hiçbir zaman öğrenemeyecek olsam da, geçmiş yaşamıma sırtımı dönüp önüme bakmam gerek, doğru önüme.

Her neyse, yıl bitiyor...

17 Aralık

Dün gece gökyüzünü gözledim; yıldızların sayısı gerçekten gittikçe azalıyor sanki.

Birbiri ardından sönüyorlar; ve yeryüzünde yangınlar...

Dünya Cennet'te başladı, Cehennem'de bitecek.

Neden bu kadar geç geldim ki dünyaya?

19 Aralık

Az önce Messina Boğazı'ndan geçtik; Kharybdos adı verilen o kaynar uçurumdan kaçınarak. Domenico, korkularını yenmek için gemisine onun adını vermiş; ama yine de ona yaklaşmamaya özen gösteriyor.

Artık İtalya yarımadası boyunca yukarı çıkacağız, Cenova'ya kadar. Orada, beni yeni bir yaşamın beklediğine yemin ediyor Kalabriyalı. Yeni bir yaşamı başlatmak neye yarar, dünya sönmek üzereyse eğer?

Hep Cübeyl'de geçireceğimi düşünmüştüm "Canavar'ın Yılı"nın son günlerini; yakınlarımla birarada, aynı evde, tanıdık seslerle rahatlayarak birbirimize yaslanıp, ne olacaksa olsun diye beklemek için. Oraya geri döneceğimden o kadar emindim ki, neredeyse hiç söz etmiyordum bundan, yalnızca tarihler ve yollar üstüne sorular soruyordum kendi kendime. Nisanda dönmeli miydim oraya, doğrudan doğruya, *Yüzüncü*

Ad'ın peşinden Londra'ya gitmek yerine? Dönüş yolunda Sakız'dan geçmeli miydim? Ya da İzmir'den? Gregorio bile, onun evine geri dönmeye söz vermemi istediğinde, bunu ancak Cübeyl'deki işlerimi düzene soktuktan sonra yapabileceğimi çok iyi anlamıştı.

İşte Cenova yolundayım oysa. Noel'i orada geçireceğim; 1666 yılı sona erdiğinde de orada olacağım.

20 Aralık 1666

Gerçek şu ki, gerçeği her zaman kendimden sakladım ben, günah çıkarıcım olması gereken bu günlükte bile.

Gerçek şu ki, kendimi Cenova'da bulduğumda, bir daha Cübeyl'e dönmeyeceğimi hemen anladım. Birkaç kez mırıldandım bunu kendi kendime, hiçbir zaman yazmaya cesaret edemeden, sanki bu denli canavarca bir düşünce, kâğıt üstüne düşülemezmiş gibi. Çünkü sevgili kızkardeşim, ticaretim, anamın babamın mezarları, doğduğum ev –ki daha önce büyükbabamın babası doğmuş bu evde– hepsi Cübeyl'de. Ama orada bir Yahudi gibi yabancıyım. Oysa beni hiçbir zaman görmemiş olan Cenova, tanıdı, öptü, bağrına bastı beni, geri dönen hayırsız evlat gibi. Sokaklarında başım dik yürüyorum, İtalyanca adımı yüksek sesle söylüyorum, kadınlara gülümsüyorum ve yeniçerilerden korkmuyorum. Embriaco'ların sarhoş damgası yemiş bir ataları olabilir, ama adlarını taşıyan bir kuleleri de var. Her ailenin, dünyanın bir yerlerinde adını taşıyan bir kulesi olmalı.

Bu sabah yazmak zorunda olduğumu sandığım şeyleri yazdım. Tam tersini de yazabilirdim oysa.

Cenova'da, yalnızca Cenova'da, evimde olmakla övünüyorum; oysa günlerimin sonuna dek Gregorio'nun konuğu olacağım ve ona borçlu kalacağım. Kendi evimi terkedip onun çatısı altında yaşayacağım, kendi işimi bırakıp, onunkiyle ilgileneceğim.

Gurur duyacak mıyım böyle yaşamaktan? Ona ve eliaçıklığına bağımlı olarak, üstelik onunla ilgili ileri geri düşünerek yaşamaktan? Telaşı beni sinirlendirirken, bağlılığıyla alay ederken, anıştırmalarına ve karısının suratına katlanamadığım için daha önce gizlice evinden kaçmışken? Derebeyliğime bağlı birinin sunduğu saygıyı kabul eder gibi kabul edeceğim kızıyla evlenmeyi, sanki ilk gece hakkını kullanır gibi; çünkü ben Embriaci adını taşıyorum, o da yalnızca kendi adını. Tüm yaşamı boyunca benim için çalışmış olacak; yalnızca benim için işini kurmuş, gemilerini donatmış, servetini büyütmüş, çoluk çocuğa karışmış olacak. Dikmiş, sulamış, budamış, bakmış olacak, sırf benim gelip meyvayı dişlemem için. Ben de tutmuş, adımı gururla taşıdığımı, Cenova'da kasıla kasıla dolaştığımı söylüyorum! Üstelik kendi inşa ettiklerimi, atalarımın benim için inşa ettiklerini terkettikten sonra!

Belki de Cenova'da bir hanedanın kurucusu olurum. Ama Haçlı Seferleri'nde başlayan ve benimle birlikte yokolan, sönen, çok daha şanlı bir hanedanın mezarını kazmış olurum o zaman.

Bu yılı Cenova'da bitireceğim; ama bunu başka yıllar izlerse, onları nerede geçireceğimi henüz bilmiyorum.

22 Aralık 1666

Çalkantıdan korunmak için Napoli'nin kuzeyinde, neredeyse tümüyle ıssız bir koya sığındık ve gemi batıran soyguncuların korkusuyla hepimiz tetikte bekledik.

Kıyıda, Napoli'nin bir ucunda büyük bir yangın görülmüş gemiden. Ben yatmıştım; hiçbir şey görmedim.

Yeniden deniz tutuyor beni. Bir yandan da biten yılın sinsi başdönmesi.

On gün içinde dünya, ya kesin biçimde burnu dönmüş olacak ya da denizin dibini boylayacak.

23 Aralık 1666

Ne Marta, ne Giacominetta – bu sabah uyandığımda gözümün önünde yalnızca Bess'in kızıl saçları, menekşeyle bira karışımı kokusu ve o üzgün anne bakışları vardı. Londra'yı özlemiyorum, ama Gomorra'nınkine benzer yazgısını düşündükçe hüzünlenmeden edemiyorum. Sokaklarından ve kalabalığından nefret ettiysem de, Londra'da çok tuhaf bir arkadaş grubuna karıştım bu kadının yanıbaşında.

Ne oldular acaba? Ahşap merdivenleri ve çatı aralarıyla o köhne *ale house*'ları ne oldu? Londra Kulesi ne oldu? Ya Saint Paul Katedrali? Ve yığın yığın kitaplarıyla tüm o kitapçılar? Olsa olsa kül, kül... Günü gününe doyurduğum o sadık günlüğüm de kül olmuştur herhalde. Evet, kül oldu tüm kitaplar, Mazandarânî'ninki dışında; çevresine felaket saçan, ama kendisi her seferinde sağ salim kurtulan o kitap dışında. Nereye gitse, yangın ve yıkım getirdi oraya. Konstantinopolis'e yangın, Londra'ya yangın, Marmontel'e deniz kazası. Şimdi de bu gemi, batacak gibi sallanıyor...

O gizli ada yaklaşanın vay haline! Ya karanlık çöküyor ya da ışık kamaştırıyor gözlerini – hiçbir zaman aydınlanmıyor. Dualarımda, şöyle demek istiyorum artık:

Tanrım, hiçbir zaman çok uzak olma benden! Ama çok yakınımda da olma!

Bırak seyredeyim, giysinin eteğindeki yıldızları! Ama yüzünü gösterme bana!

Bırak duyayım akıttığın ırmakların gürültüsünü, ağaçlarda estirdiğin rüzgârı, doğurttuğun çocukların gülüşmelerini! Ama Tanrım! Tanrım! Senin sesini duymama izin verme!

24 Aralık 1666

Domenico, Noel'de Cenova'da olacağımıza söz vermişti. Olamayacağız. Deniz sakin olsaydı, yarın akşam varabilirdik oraya. Ama güneybatıdan esen *libeccio* şiddetini arttırıyor ve bizi yeniden kıyıya sığınmaya zorluyor.

Libeccio... Çocukluğumun bu sözcüğünü unutmuştum; babam ve büyükbabam, bir özlem ve korku karışımıyla anarlardı onu. *Scirocco*'nun karşıtıydı her zaman ve –yanlış anımsamıyorsam– Cenova birine karşı korunmuştu ama ötekine açıktı. Kenti yöneten ailelerin ilgisizliği yüzündendi bu; kendi saraylarını dikmeye gelince servetler harcıyor, ama ortak mülk sözkonusu olduğunda cimrileşiyorlardı.

Gerçekten de, yirmi yıl öncesine kadar hiçbir geminin Cenova'da kışı geçirmek istemediğini söyledi Kalabriyalı, çünkü *libeccio* korkunç kıyımlara neden oluyordu. Her yıl yirmi, bazen kırk tekne telef oluyordu; bir seferinde yüzden fazla tekne, kayık, çektirme batmıştı limanda. Özellikle de Kasım ve Aralık aylarında. Sonradan batı yönünde yapılan yeni bir mendirekle, liman korunaklı hale getirilmişti.

"Oraya ulaştığımızda korkacak hiçbir şey kalmayacak. Limanın havuzu, dingin bir göl oldu şimdi. Ama oraya varmak için, bu mevsimde, ceddine yandığımın!"

25 Aralık 1666

Bu sabah açık denize bir çıkış denedik, sonra yeniden kıyıya kırdık dümeni. *Libeccio,* her an daha hızlı esiyor ve Domenico, pek uzağa gidemeyeceğini biliyordu. Ama Lerici taraflarındaki Portovenere yarımadasının arkasındaki küçük koya sığınmamızı istiyordu.

Denizden yoruldum ve sürekli hastayım. Buradan bir gün uzaklıktaki Cenova'ya kara yoluyla gitmeyi çok isterdim aslında; ama kaptan ve tayfaların benim için yaptıklarından sonra, onları böyle terketmekten utanırım. Tüm iç organlarımı kussam da, yazgılarını paylaşmalıyım.

26 Aralık

Onu sözünü tutmamakla suçlayan yaşlı ve huysuz bir denizciye "Cenova'ya geç gitmek, Cehennem'e erken gitmekten evladır!" yanıtını verdi Domenico.

Hepimiz güldük; yaşlı denizci dışında. Ölüme oldukça yakın olmalı ve cehennem anıştırması onu güldürmüyor artık.

27 Aralık 1666, Pazartesi

Sonunda, Cenova!

Limanda Gregorio beni bekliyordu. Gemimiz ufukta göründüğünde uyarması için fenerin dibine bir adam dikmişti.

Onu uzaktan, iki elini sallarken gördüğümde, köklerimin bağlı olduğu bu kente dokuz ay önce ilk gelişimi anımsadım. Aynı gemide, aynı adadan geliyordum ve aynı kaptan getiriyordu beni. Ama o sırada ilkbahardı ve limanda doldurulan, boşaltılan bir sürü gemi vardı; gümrükçüler, hamallar, yolcular, tüccarların adamları, işsiz güçsüzlerle tıklım tıklımdı rıhtımlar. Oysa bugün yalnızdık. Gelen giden başka hiçbir gemi yoktu; kucaklaşmak için kollarını açacak ya da gidip gelenleri ağzı açık seyredecek kimsecikler yoktu ortada. Kimse, Melchione Baldi bile – boşuna aradım onu gözlerimle. Yalnızca demirlemiş boş gemiler ve neredeyse bomboş rıhtımlar.

Bu su ve taş çölünde, soğuk rüzgârın sarsaladığı bir adam duruyordu ayakta; mutlu, yüzü soğuktan kızarmış, sıcakkanlı ama sarsılmaz biri. Bay Mangiavacca, sekiz yüz kile sakızını ve evine dönen hayırsız damadını teslim almaya gelmişti.

Onu alaya almayı sürdürüyorum ama artık kafa tutmaya niyetim yok. Ve lanetlemekten çok kutsuyorum onu.

Giacominetta, babasıyla eve girdiğimi görünce kızardı. Belli ki Cenova'ya geri dönersem onunla evlenmek isteyeceğim ve bana verileceği söylenmiş ona. Müstakbel kaynanama gelince, soğuk yüzünden hastaymış ve iki gündür yataktan çıkmıyormuş söylendiğine göre. Kimbilir, belki de doğrudur...

Giacominetta'nın üç şeyinden hoşlanmıyorum: Küçük adından, annesinden ve davranışlarıyla ilk eşime, yaşamımın hüznü Elvira'ya hafifçe benzemesinden.

Ama bu üç kusurdan da sorumlu tutamam Gregorio'nun iyi yürekli kızını.

28 Aralık

Evsahibim, bu sabah erkenden odama beni görmeye geldi; bugüne dek hiç yapmamıştı bunu. Bu konuşmadan kimsenin haberi olmamasını yeğlediğini söyledi, ama sanırım yalnızca biraz tumturaklı bir hava vermek istiyordu girişimine.

Sözümü anımsatmaya gelmişti bana, para borcumu hiçbir zaman anımsatmayacak bu adam. Tabii ki bekliyordum bunu ama bu kadar çabuk değil belki. Ne de bu biçimde.

"Aramızda verilmiş sözler var" dedi oyuna pey sürercesine.

"Onları unutmadım."

"Ben de unutmadım ama kendini zorlanmış hissetmeni ve –bana borçlu olman ya da dostluk nedeniyle bile olsa– istemediğin bir şey yapmanı istemiyorum. Bu yüzden, bugünün sonuna kadar yemininden azat ediyorum seni. Yorgun geldiğini ve akşama kadar odandan çıkmayacağını mutfaklara söyledim. Yemeklerini buraya getirecekler; ayrıca istediğin her şeyi. Bir gün boyu dinlen ve düşün. Döndüğümde bana yanıtını söylersin ve ne olursa olsun onu kabul edeceğim!"

Gözündeki bir damla yaşı sildi ve yanıtımı beklemeden çıktı.

O, kapıyı kapar kapamaz masama oturdum ve düşünmeme yardımcı olmasını umarak bu sayfayı yazdım.

Düşünmek – ne kadar iddialı bir sözcük bu! Suya atıldığında insan debelenir, kulaç atar, yüzer ya da batar. Düşünmez.

Burada yanıbaşımda, masanın üstünde *Yüzüncü Ad* var... Bu yazgı yılı biterken ona sahip olduğum için ayrıcalıklı olduğumu söyleyebilir miyim? Gerçekten de son günlerinde miyiz dünyanın? Son yargı günü öncesindeki son üç dört günde miyiz? Evren birdenbire tutuşup sonra da sönecek mi? Bu evin duvarları, bir devin elindeki kâğıt gibi buruşup büzülecek mi? Cenova kentinin üstünde yükseldiği toprak, kayıp gidecek mi ansızın ayaklarımızın altından, çığlıklar arasında, son ve korkunç bir depremdeymişçesine? Ve o an geldiğinde, hâlâ tutabilecek miyim bu kitabı, doğru sayfayı açabilecek miyim ansızın pırıltılı harflerle gözümün önünde yazıldığını görebilecek miyim, hiçbir zaman çözemediğim o yüce adın?

Doğruyu söylemek gerekirse hiçbir şeyden emin değilim. Bütün bunları hayal ediyorum, kimilerinden korkuyorum, ama hiçbirine inanmıyorum. Tüm bir yıl boyunca, artık istemediğim bir kitabın peşinden koştum. Haydudun birini bana yeğ tutan bir kadını düşledim. Yüzlerce sayfa karaladım, hiçbiri kalmadı elimde... Yine de mutsuz değilim. Cenova'dayım, sıcak bir yuvadayım, isteniyorum, belki biraz seviliyorum bile. Dünyaya ve kendi yaşamıma bir yabancı gibi bakıyorum. Hiçbir şey istemiyorum; belki zamanın 28 Aralık 1666'da durması dışında.

Gregorio'yu bekliyordum ama az önce kızı geldi. Kapı açıldı ve Giacominetta içeri girdi; bir tepside kahve ve şekerlemeler getirmişti. Konuşabilmemiz için bir bahaneydi bu. Hayır, bu kez bahçenin ağaçları, bitkilerin, çiçeklerin adları olmayacaktı konumuz. Bize hazırlanan yazgıdan söz edecektik artık. Çok sabırsız – ama nasıl kınayabilirim onu? Gelecekteki evliliğimle ilgili sorular, düşüncelerimin dörtte birini oluşturuyor; yeni ondört yaşına basan onun içinse dörtte dördünü oluşturuyor olmalı! Yine de bunun farkında değilmişim gibi davrandım.

"Söyle bana Giacominetta, babanla, sen ve geleceğin konusunda uzun uzun konuştuğumuzu biliyor musun?"

Kızardı ve hiçbir şey söylemedi; ama şaşırmış da görünmedi.

"Nişandan ve evlilikten söz ettik."

Hâlâ bir şey söylemiyordu.

"Daha önce evlendiğimi ve dul olduğumu biliyor musun?

İşte bunu bilmiyordu. Oysa babasına söylemiştim.

"On dokuz yaşındaydım ve Kıbrıs'a yerleşmiş bir tüccarın kızıyla evlendirdiler beni..."

"Adı neydi?"

"Elvira."

"Neden öldü?"

"Hüzünden. Tanıdığı bir genç adamla, bir Rumla evlenmeye söz vermişti ve beni istemiyordu. Bana da hiçbir şey söylememişlerdi. Bilseydim, belki direnirdim bu evliliğe. Ama o gençti, ben gençtim, babalarımıza boyun eğmiştik. Hiçbir zaman mutlu olamadı; beni de mutlu etmedi. Bu hüzünlü öyküyü sana anlatıyorum, çünkü ikimizle de aynı şeyin olmasını istemiyorum. Ne dilediğini bana söylemeni istiyorum. Seni istemediğin bir şeye zorlamalarını istemiyorum. Bana söylemen yeter; evlenemeyecek olan benmişim gibi yaparım."

Giacominetta yine kızardı ve başını çevirdikten sonra şöyle dedi:

"Evlenirsek mutsuz olmayacağım..."

Ve ardına kadar açık kalmış kapıdan kaçıp gitti.

Öğleden sonra, yanıtımı vermek üzere Gregorio'nun dönüşünü beklediğim sırada, bahçede dolaşan kızını gördüm; onlara armağan ettiğim Bacchus yontusuna yaklaştı ve uzanıp yatmış tanrının omuzlarına yaslandı.

Babası geri geldiğinde, söz verdiğim gibi, kızıyla evlenmek istediğimi söyleyeceğim ona. Dünya, düğün günüme dek yaşamını sürdürürse, ancak sevinebilirim buna. Ve dünya ölürse, Cenova ölürse, hepimiz ölürsek, bir borcu ödemiş olurum, ruhum daha dingin giderim öbür tarafa, Gregorio da öyle...

Ama dünyanın sonunun gelmesini istemiyorum. Üstelik inanmıyorum da – hiç inanmış mıydım ki? Belki. Bilemiyorum...

29 Aralık

Yokluğumda, beklediğim mektup gelmiş; kızkardeşim Piasenza'nın mektubu. 12 Eylül Pazar tarihini taşıyor ama Gregorio'nun eline ancak geçen hafta geçmiş; o da, unuttuğunu ileri sürerek, ancak bu sabah verdi bana. Bu unutmaya inanmıyorum. Onu neden şimdiye kadar elinde tuttuğunu çok iyi biliyorum – Cübeyl'den gelecek bir haberin kararımı geciktirmesini istemiyordu. Böyle davranarak gereksiz bir tedbirlilik göstermiş oluyordu oysa; çünkü mektuptaki hiçbir şey, kızıyla ya da onunla bağlantımı etkileyecek gibi değildi. Ama bunu nereden bilebilirdi ki?

Kızkardeşim, iki oğlunun sağ salim geri döndüklerini haber veriyor; buna karşılık Hâtem'den hiçbir haber alamamış; ailesi çok meraktaymış. "Onlara güven vermeye çalışıyorum, ama ne diyeceğimi bilemiyorum" diye yazıyor ve ben bir haber alırsam hemen ona iletmemi rica ediyor.

Gördüğümde Marta'ya Hâtem'i sormadığım için kızıyorum şimdi kendime. Sormaya hazırlanmıştım, ama olayların gidişi beni öylesine sarstı ki daha sonra düşünemedim. Şimdi pişmanlık duyuyorum, ama ne işime yarar ki pişmanlık? Ne işine yarar ki zavallı Hâtem'in?

Bunu beklemiyor olmadığım için daha da üzgünüm. Yeğenlerime hiç güvenmiyordum. Biri hırslarının, biri heveslerinin peşinde, kolayca birşeylerden zarar görebilirler gibi geliyordu bana; Cübeyl'e geri dönmeyi reddetmelerinden ya da yolda kaybolmalarından korkuyordum. Oysa yardımcım, her türlü beladan sağ salim kurtulmaya alıştırmıştı beni; o kadar ki, özellikle İzmir'den geçmesini ve yola çıkmazdan önce Habib'le Bûme'yi kanatları altına almasını diliyordum içimden.

Öte yandan kızkardeşim, Kutsal Topraklar'a giden bir hacı aracılığıyla Konstantinopolis'ten bir paket geldiğini haber veriyor. Barinelli'de bıraktığım eşya olmalı bu. İçindeki bazı şeylerden, özellikle de giysilerden söz ediyor ama ilk defterimle ilgili tek sözcük etmemiş. Belki de bulunamadı. Ayrıca Piasenza, defterin benim için taşıdığı önemi bilmiyor ve onu bu yüzden anmamış olabilir.

Marta konusunda da hiçbir şey söylemiyor kızkardeşim. Gerçi mektubumda, yalnızca bir süre birlikte yol yaptığımızı yazmıştım. Oğulları, aramızdaki gönül ilişkisinden kesinlikle söz etmişlerdir; ama hiçbir şey söylememeyi yeğlemiş; bu da beni pek şaşırtmıyor.

30 Aralık

Piasenza'nın mektubunun elime geçmesine yardımcı olan Egidio Birader'e teşekkür etmeye gittim. Giacominetta'yla evlenmem artık kararlaştırılmış gibi konuştu benimle; onun, kızkardeşlerinin ve annelerinin sofuluğunu övdü; Gregorio'ya gelince, onun iyi yürekliliğinden ve eliaçıklığından söz etti yalnızca, dindarlığından değil. Ne kendimi savunmaya, ne de inkâr etmeye kalkıştım; ok yaydan çıktı, Rubicon Irmağı geçildi artık ve koşullar üstünde yorum yapmanın hiçbir yararı yok. Gelip durduğum yeri seçtiğimi söyleyemem, ama gerçekten herhangi bir şeyi seçebilir mi insan? Bütün bir ömrü üzüntü ve hoşnutsuzluk içinde geçirmektense Tanrı'nın suçortaklığına soyunmak daha iyi sanırım. Silahları Tanrı'nın ayağının dibine bırakmakta utanılacak hiçbir şey yok; kavgada taraflar eşit değildi ve onur, yara almadı bundan. Ne olursa olsun, son savaşı zaten hiçbir zaman kazanamaz insan.

Yaklaşık iki saat süren konuşmamız sırasında Egidio Birader –Londra'dan yeni gelmiş yolculardan öğrendiğine göre– Londra yangınıyla sonunda başa çıkılabilmiş olduğunu söyledi. Söylendiğine göre kentin büyük bölümünü yok etmiş bu yangın; ama ölü sayısı çok artmamış.

"İsteseydi bu dinsiz halkı yok edebilirdi Yüce Tanrı. Ama bir uyarı göndermekle yetindi; yanılgılarında vazgeçmesi ve Kilisemizin bağışlayıcı ana kucağına geri dönmesi için."

Egidio Birader'e göre, Tanrı'yı bu kez bağışlayıcı davranmaya, Kral Charles'la Kraliçe Catherine'in gizli dindarlıkları razı etmişti. Ama bu halkın sinsiliği, Tanrı'nın sonsuz sabrını bile taşıracaktı...

O konuşurken, bir sürü düşünce gelip geçti kafamdan. Ben *ale house*'un en üst katında, çatı arasında gizli sığınağımdayken, Tanrı'nın Londra'yı kral yüzünden cezalandırdığı fısıltıları dolaşıyordu ortalıkta; Roma'daki "Deccal"a gizli bağlılığı ve yatak maceraları yüzünden...

Tanrı çok mu sert davrandı İngilizlere? Yoksa çok mu bağışlayıcı davrandı?

Sinirlenmeyi, öfkeyi, sabırsızlığı ya da hoşnutluğu yakıştırıyoruz ona; ama gerçek duyguları konusunda ne biliyoruz ki?

Onun yerinde olsaydım, her zaman ve sonsuza dek, evrenin tepesinde bir tahtta otursaydım, dünün ve yarının efendisi, doğumun, yaşamın, ölümün efendisi olsaydım, bana öyle geliyor ki ne sabırsızlık, ne de hoşnutluk duyardım – nedir ki sabırsızlık, sonsuzluğu elinde tutan için? Nedir ki hoşnutluk, her şeye sahip olan için?

Öfke içinde düşünemiyorum onu; ne bıkmış, ne çok kızgın, ne de papadan ya da evlilik yatağından uzaklaşanları cezalandırmaya yemin ederken düşünemiyorum.

Tanrı olsaydım, yalnızca Bess için kurtarırdım Londra'yı. Koştuğunu, endişelendiğini, oralardan geçen bir yabancıyı, bir Cenevizliyi kurtarmak için yaşamını tehlikeye attığını gördüğümde, dağınık kızıl saçlarını küçük bir meltemle okşardım önce, ter içindeki yüzünü silerdim, yolunu kesen yıkıntıları kaldırırdım önünden, kudurmuş kalabalığı dağıtır, evini saran alevleri söndürürdüm. Bırakırdım, odasına çıksın, uzansın ve uyusun, dingin gözkapaklarını indirip...

Ben Baldassare, bu sefil günahkâr, O'ndan daha ince, daha gönül okşayıcı olabilir miyim peki? Benim tüccar yüreğimin O'nunkinden daha cömert, bağışlayıcılıkta daha zengin olması olacak iş mi?

Kalemimin akışına kapılıp bu yazdıklarımı yeniden okuduğumda, bir tür korkuya kapılmaktan alamıyorum kendimi. Ama bu korku da yersiz. Ayaklarına kapanmamı hakeden bir Tanrı'nın hiçbir küçük yanı, hiçbir alınganlığı olamaz. Bütün bunların üstünde olmalı O. Daha büyük olmalı. Daha büyüktür O; büyüktür, Müslümanların yinelemeyi sevdiği gibi.

Israr ediyorum öyleyse –ister dünyanın sonundan önceki gün olsun yarın, ister bu yılın son günü–, ısrar ediyorum şu Embriaco'lara yakışır böbürlenmemde ve hiçbir söylediğimi geri almıyorum.

31 Aralık 1666

Dünyanın her yanında bir sürü insan, bu sabah, son yılın son gününü yaşadığını düşünüyor olmalı.

Burada, Cenova sokaklarında, hiçbir korku ya da hiçbir özel coşku hissedilmiyor.

Ama Cenova, hiçbir zaman zenginliğinden ve gemilerinin sağ salim geri dönmesindan başka bir şey için dua etmemiştir; hiçbir zaman aklın gerektirdiğinden fazla dindar olmamıştır – Tanrı kutsasın onu!

Gregorio bu öğleden sonra, eşine sağlığını geri verdiği için Tanrı'ya şükretmek amacıyla bir şölen vermeye karar verdi. Kadın, dün yataktan kalktı ve gerçekten iyileşmiş görünüyor. Bense evsahibimin başka bir şeyi kutladığını düşünüyorum. Üstü örtülü bir nişan töreni bu – tıpkı bu yazı gibi üstü örtülü.

Büyük olasılıkla Orietina hanımefendi ıstırap çekmiyor artık, ama beni gördüğünde yüzüne acılı bir ifade yerleşiyor.

Beni damat olarak istemediği için mi, yoksa alçakgönüllü bir biçimde kızına evlenme teklif etmek yerine, onu burnum havada, sanki adıma karşı gösterilmesi gereken saygının bir gereği gibi kabul ettiğim için mi böyle davranıyor, hâlâ bilmiyorum.

Şenlik için Gregorio, bize birbirinden güzel şarkılar söyleyen Cremona'lı bir viyolacı tutmuştu – bestecilerin adlarını belleğimden sayıyorum: Monteverdi, Luigi Rossi, Jacopo Peri, bir de yeğeni Gregorio'nun bir yeğeniyle evli, Mazzochi ya da Marazzoli adında biri.

Ne kadar neşeli olursa olsun, bu müziğin benim için bir hüzün kaynağı olduğunu söyleyerek evsahibimin mutluluğunu bozmak istememiştim. Viyola çalan birini tek bir kez duymuştum daha önce: Evliliğimden az sonra, Elvira'nın ailesini ziyaret etmek üzere Kıbrıs'a gittiğimizde. Bu istenmeyen birleşmeyi, katlanılması güç bir deneyim gibi yaşamaya başlamıştım o sıralar ve ne zaman bir ezgi beni heyecanlandırsa, yaram daha da acı veriyordu.

Oysa bugün, bu Cremona'lı çalmaya başladığında, salon onun müziğiyle dolduğunda, ansızın, sanki dalgınlıkla, tatlı bir düşe kayar gibi olduğumu hissettim; ve ne Elvira'ya, ne de Orietina'ya yer vardı orada. Sevdiğim kadınları düşündüm artık yalnızca, çocukluğumda beni kolları arasında tutanları –annemi ve Cübeyl'in karalar giymiş kadınlarını– sonra da erkeklik çağımda, benim kollarıma aldıklarımı.

Sonuncular arasında, hiçbiri Bess kadar sevgi aşılamıyor bana. Tabii ki biraz Marta'yı da düşündüm; ama bugün bana Elvira kadar acı veriyor ve yavaş yavaş kapanacak bir yara o. Oysa Bess'in bahçesinden o gizlice geçişim, sonsuza dek, cennetin habercisi bir tad gibi kalacak içimde.

Londra yokolmadığı için ne kadar mutluyum!

Benim için mutlulukta her zaman bir baharatlı bira tadı ve bir menekşe kokusu olacak – ve giderek *ale house*'un tepesine, çatı arasındaki krallığıma çıkan ahşap merdivenlerin gıcırtılı sesi...

Müstakbel kayınbabamın –ve aynı zamanda velinimetimin– evinde böyle Bess'i düşünmem uygun düşüyor mu? Ama düşler, evlerden ve edep gereklerinden bağımsızdır, her türlü yeminden, her türlü gönül borcundan bağımsızdır.

Akşamın daha geç bir saatinde, yemeği bizimle birlikte yiyen Cremona'lı, viyolasını alıp gittikten sonra hiç beklenmedik bir fırtına patladı. Geceyarısı pek uzak değildi sanırım. Şimşekler, gökgürültüleri, sağnak halinde yağmur – gök bulutlu ama sakin görünüyordu oysa. Ardından yıldırım geldi. Parçalanan bir kayanın iç paralayıcı sesi. Gregorio'nun kollarında uyuklayan en küçük kızı, ağlayarak uyandı. Babası, yıldırımın her zaman olduğundan yakın göründüğünü söyleyerek yatıştırdı onu; bu yukarıya, Castello'ya ya da limanın havuzuna düşmüş olmalıydı.

Ama açıklamasını daha bitirmemişti ki daha yakına, başka bir yıldırım düştü. Şimşekle birlikte patladı gürültüsü ve bu kez çoğumuz korkuyla bağırdık.

Daha korkumuzdan kurtulup kendimizi toplama fırsatını bulamadan, tuhaf bir olay meydana geldi. Çevresinde toplandığımız ocaktan, görünür bir neden olmadan, küçük bir alev dili çıktı ve döşemenin üstünde koşuşmaya başladı. Hepimiz dehşete kapılmış, sus pus olmuş, titriyorduk; benim yanımda oturan ve o ana kadar bana ne tek bir söz söylemiş, ne tek bir kez bakmış olan Orietina, ansızın koluma sarıldı ve o denli sıktı ki tırnakları etime saplandı.

Fısıltıyla – ama herkesin duyabileceği yükseklikte bir fısıltıyla şöyle dedi:

"Yargı günü bu! Demek bana yalan söylememişler! Yargı günü bu! Tanrı bize acısın!"

Sonra da kendini dizüstü yere attı, cebinden bir tespih çıkardı ve bizi de onun gibi yapmaya çağırdı. Üç kızı ve orada bulunan hizmetçiler dualar mırıldanmaya başladılar. Bana gelince, ortalıkta dolaşırken bir kenara konmuş koyun postuna takılan ve onu ateşe veren alevden ayıramıyordum gözümü. İtiraf ediyorum ki elim ayağım titriyordu, ve o anın karışıklığında, koşup odamdan *Yüzüncü Ad*'ı getirmeliyim dedim kendi kendime.

Bir iki uzun adımda, merdivene ulaşmıştım ki bağıran Gregorio'yu duydum:

"Baldassare, nereye gidiyorsun? Bana yardım et!"

Ayağa kalkmış, büyük bir su sürahisini kapmış ve ateş alan koyun postunun üstüne boşaltıyordu içindekini. Ateş sönmese de biraz sakinleşti; o zaman da Gregorio ayağıyla söndürmeye girişti ateşi, başka bir zaman olsa bizi gözlerimizden yaş getirene kadar güldürecek tuhaf dans adımlarıyla.

Koşarak ona doğru gittim ve aynı dansa katıldım ben de; alev dilciğini eziyor, yeniden canlandığında boğuyorduk ayaklarımızla, bir dizi akrebi tek tek öldürür gibi.

O sırada başka bir iki kişi daha korkusundan sıyrıldı; önce genç bir hizmetçi, arkadan bahçıvan, sonra Giacominetta; koşup su dolu çeşitli kaplar getirdiler ve yanan, kızarık ya da dumanı tüten her şeyin üstüne döktüler.

Bu itiş kakış birkaç dakika sürdü yalnızca, ama geceyarısı yakındı ve "Canavar'ın Yılı" bu güldürüyle sona erdi gibi geldi bana.

Az sonra, dizüstünde tek başına kalan Orientina hanımefendi de ayağa kalktı ve hepimiz için yatma zamanının geldiğini bildirdi.

Odama çıkarken yanıma bir şamdan aldım ve şu bir iki satırı yazmak üzere masamın üstüne bıraktım.

Son bir körinanç: Yeni tarihi yazmak için günün doğmasını bekleyeceğim.

Bin altı yüz altmış yedi yılının 1 Ocak günündeyiz.

"Canavar'ın Yılı" olduğu söylenen yıl bitti, ama güneş yine doğuyor Cenova'mın üstüne. Onun bağrından doğdum ben, bundan bin yıl önce, kırk yıl önce ve bugün yeniden.

Şafaktan beri sevinç içindeyim; güneşe bakmak ve Assisili Francesco'nun yaptığı gibi konuşmak istiyorum onunla. Bizi her aydınlatmaya başlayışında sevinmemiz gerekir aslında, ama bugünün insanları güneşle konuşmaktan utanıyorlar.

İşte bakın, sönmedi; ne o, ne de öbür gök cisimleri. Onları dün gece görmediysem, hava kapalı olduğu içindi bu. Yarın ya da iki gece sonra onları göreceğim ve saymama gerek kalmayacak. Oradalar ve ne gökyüzü söndü, ne Cenova, ne Londra, ne Moskova, ne de Napoli. İnsana özgü bu sefillikle, toprağın yüzünde gün be gün yaşamamız gerekiyor yine. Vebayla ve başdönmeleriyle, savaşlar ve deniz kazalarıyla, aşklarımızla, yaralarımızla. Hiçbir tanrısal felaket, hiçbir görkemli tufan gelip boğmayacak korkuları ve ihanetleri.

Tanrı bize hiçbir şey vaadetmemiş olabilir. Ne iyi, ne de kötü. Ola ki Tanrı da bizim kendi kendimize verdiğimiz sözlerin ritminde sürdürüyordur yaşamını.

Yüzüncü Ad, yanıbaşımda ve zaman zaman kafamı karıştırmayı sürdürüyor. Onu istedim, buldum, geri aldım, ama açtığımda kapalı kaldı. Belki yeterince haketmedim onu. Belki de sakladığı şeyi keşfetmekten çok korkuyordum. Ama belki de saklayacak hiçbir şeyi yoktu.

Bugünden sonra açmayacağım onu. Yarın, götürüp gizlice, rasgele bir kütüphanenin kitap yığınları arasına bırakacağım; günün birinde, uzun yıllar sonra, başka eller gelip alsın diye onu, başka gözler, artık örtülü olmayacak başka gözler dalsın diye derinliklerine.

Bu kitabın izinde, denizden ve karadan dünyayı dolaştım; ama 1666 yılı bitiminde gidiş gelişlerimin bilançosunu yapınca, bir bakıyorum ki Cübeyl'den Cenova'ya gelmişim yalnızca, biraz dolambaçlı bir yoldan da olsa.

Yakındaki kilisenin çanı öğlen vaktini çalıyor. Son kez kalemimi bırakacağım ve bu defteri kapayacağım; yazı takımımı toplayacağım sonra da gidip pencereyi açacağım, güneş, Ceno-va'nın gürültüleriyle birlikte gelip içime dolsun diye.

EDEBİYAT

Roman, Öykü, Anlatı, Senaryo

İngiliz Müziği Peter Ackroyd
Chatterton Peter Ackroyd
Gece Hayatım Adalet Ağaoğlu
Göç Temizliği Adalet Ağaoğlu
Fikrimin İnce Gülü Adalet Ağaoğlu
Toplu Oyunlar Adalet Ağaoğlu
Ölmeye Yatmak Adalet Ağaoğlu
Bir Düğün Gecesi Adalet Ağaoğlu
Üç Beş Kişi Adalet Ağaoğlu
Hayır Adalet Ağaoğlu
Romantik/Bir Viyana Yazı Adalet Ağaoğlu
Ruh Üşümesi Adalet Ağaoğlu
Yazsonu Adalet Ağaoğlu
Suç ve Ceza Cem Akaş
Olgunluk Çağı Üçlemesi Cem Akaş
Toplu Oyunlar Gülten Akın
Öyküler - Gazoz Ağacı, Yaralı Hayvan ve Ötesi Sabahattin Kudret Aksal
Oyunlar - Evin Üstündeki Bulut'tan Önemli Adam'a Sabahattin Kudret Aksal
Bütün Öyküleri 1 Sabahattin Ali
Bütün Öyküleri 2 Sabahattin Ali
Kürk Mantolu Madonna Sabahattin Ali
İçimizdeki Şeytan Sabahattin Ali
Kuyucaklı Yusuf Sabahattin Ali
Kalem Bahçelerinden Yedi Hayat Çetin Altan
Bütün Öyküleri Yusuf Atılgan
Canistan Yusuf Atılgan
Anayurt Oteli Yusuf Atılgan
Aylak Adam Yusuf Atılgan
Sivil Denemeler Kara Ece Ayhan
Morötesi Requiem Ece Ayhan
Sahtekâr Şırıltı Ercüment Aytaç
Ve: Blues Ercüment Aytaç
Updike ve Ben Nicholson Baker
Acı Bilgi Enis Batur
Gözün Kahverengi Suyu Memet Baydur
Hikâye Sırasında S. Beckett
Odun Kesmek Thomas Bernhard
Bitik Adam Thomas Bernhard
Yüzbaşı Corelli'nin Mandolini Louis de Bernières
Güz Gelmeden Selçuk Baran
Aşk Üstüne Alain de Botton
Piyanoçalanlar Anthony Burgess
Çeşm-i Bülbülün İçindeki Cin A.S. Byatt
Yeni Bulunmuş Hikâyeler Anton Çehov
Yüce Sultan Miguel de Cervantes
Agatha İle İstanbul'da C. Fernandez Cubas
Batan Güneş Osamu Dazai
Harran'da Dolunay Yeşim Dorman
Fırtına Orhan Duru
Sarmal -Bütün Öyküler- Orhan Duru
Kısas-ı Enbiya haz. Orhan Duru
Alınyazım Kılavuzu İlhan Durusel
İşte Deniz, Maria Ferit Edgü
Av Ferit Edgü
Kimse Ferit Edgü
O / Hakkâri'de Bir Mevsim Ferit Edgü
Bir Gemide Ferit Edgü
Çığlık Ferit Edgü
Doğu Öyküleri Ferit Edgü
Eylülün Gölgesinde Bir Yazdı Ferit Edgü
Eski Sevgili Leylâ Erbil
Gecede Leylâ Erbil
Hallaç Leylâ Erbil
Karanlığın Günü Leylâ Erbil
Mektup Aşkları Leylâ Erbil
Tuhaf Bir Kadın Leylâ Erbil
Zihin Kuşları Leylâ Erbil
Şehrin Ilık Solukları Tuncer Erdem
Havalar Soğuk Şimdi Ahmet Erol
Benim Sinemalarım Füruzan
Berlin'in Nar Çiçeği Füruzan
Gecenin Öteki Yüzü Füruzan
Gül Mevsimidir Füruzan
Kırk Yedi'liler Füruzan
Kuşatma Füruzan
Parasız Yatılı Füruzan
Redife'ye Güzelleme Füruzan
Sevda Dolu Bir Yaz Füruzan
Yabanda Yolculuk Moris Farhi
Abşalom, Abşalom! William Faulkner

Stiller Max Frisch
Elveda Sidonie Erich Hackl
Aylak Köpek Sâdık Hidâyet
Üç Damla Kan Sâdık Hidâyet
Diri Gömülen Sâdık Hidâyet
Hacı Aga Sâdık Hidâyet
Modern İran ve Afgan Öyküleri Antolojisi haz. ve çev. Mehmet Kanar
Buz Anna Kavan
Boşnak Edebiyatı Antolojisi haz. Fahri Kaya
Bütün Öyküler Feyyaz Kayacan
Ay Çarpması Ayinleri Bayram Keten
Çocuk Ölümü Şarkıları Hamdi Koç
İshak Onat Kutlar
Tanrı Gelini Sibyl Pär Lagerkvist
Lady Chatterley'in Sevgilisi D.H. Lawrence
Afrikalı Leo Amin Maalouf
Semerkant Amin Maalouf
Tanios Kayası Amin Maalouf
Doğunun Limanları Amin Maalouf
Yüzüncü Ad-Baldassare'nin Yolculuğu Amin Maalouf
Altenburg'un Ceviz Ağaçları André Malraux
Her Biri Bulutlu Zirve Friederike Mayröcker
Korsan Çıkmazı Nezihe Meriç
Yandırma Nezihe Meriç
Toplu Öyküler I Nezihe Meriç
Toplu Öyküler II Nezihe Meriç
Golem Gustav Meyrink
Bekârlar Henry de Montherlant
Yaşarken Açılan Miras Robert Musil
Ertuğrul Faciası Behçet Necatigil
Radyo Oyunları Behçet Necatigil
Çocukluğun Soğuk Geceleri Tezer Özlü
Eski Bahçe - Eski Sevgi Tezer Özlü
Kalanlar Tezer Özlü
Yaşamın Ucuna Yolculuk Tezer Özlü
Zaman Dışı Yaşam Tezer Özlü
Ay Gözetleme Komitesi Mahir Öztaş
Ruh İkizini Arar Mahir Öztaş
Soğuma Mahir Öztaş
Korku Oyunu Mahir Öztaş
Babamın Özyaşamöyküsü Pierre Pachet
Yazıcı ya da Bir Yol Romanı Hüseyin Peker
Yaşam Kullanma Kılavuzu Georges Perec
Sorgulama Robert Pinget
Fantoine ile Agapa Arasında Robert Pinget
Proust Senaryosu Harold Pinter
Usta Beni Öldürsen e Barış Pirhasan
Çöl Masalları Tayfun Pirselimoğlu
Hafız'ın Yolculuğu Jan Potocki
Kayıp Zamanın İzinde –
Çiçek Açmış Genç Kızların Gölgesinde Marcel Proust
Guermantes Tarafı Marcel Proust
Sodom ve Gomorra Marcel Proust
Swann'ların Tarafı Marcel Proust
Mahpus Marcel Proust
Yükseltin Tavan Kirişini - Ustalar, Seymour: Bir Giriş J.D. Salinger
Çavdar Tarlasında Çocuklar J.D. Salinger
Dokuz Öykü J.D. Salinger
Franny ve Zooey J.D. Salinger
Pasaport Antonis Samarakis
Tarçın Dükkânları Bruno Schulz
Gemi Adamları Zeyyat Selimoğlu
Böyle Yaşıyoruz Artık Susan Sontag
Keçiler Dönemi Luan Starova
Babamın Kitapları Luan Starova
Zoo Viktor Şklovski
Saatleri Ayarlama Enstitüsü Ahmet Hamdi Tanpınar
Huzur Ahmet Hamdi Tanpınar
Pervaneler Ali Teoman
Bayan Mira'yla Ufak Bir Gezinti Semra Topal
Hay bin Yakzan İbn Sina/İbn Tufeyl
Aziz Bey Hadisesi Ayfer Tunç
Mağara Arkadaşları Ayfer Tunç
Düş Günler Güven Turan
Yıllar Merdiveni Anne Tyler
Amber Faruk Ulay
İti Faruk Ulay
Bech Döndü John Updike

Geçip Gitti Göçmen Kuşlar A. Didem Uslu
Hikâye H. Ziya Uşaklıgil
Kâmil ile Meryem'e Dair Artun Ünsal
Gönül Abla Nathanel West
Aşkımumya Murat Yalçın
Hafif Metro Günleri Murat Yalçın
Soydaşınız Balık Burcu Mehmet Yaşın
Enayi Bir Aşk Şiir Erkök Yılmaz
Abdullah'ın Ablası Şiir Erkök Yılmaz

Deneme, Araştırma, Eleştiri
Geçerken Adalet Ağaoğlu
Karşılaşmalar Adalet Ağaoğlu
Başka Karşılaşmalar Adalet Ağaoğlu
İse Cem Akaş
Denemeler, Konuşmalar Sabahattin Kudret Aksal
Markopaşa Yazıları ve Ötekiler Sabahattin Ali
Şeytanın Gör Dediği Çetin Altan
Kadın, Işık ve Ateş Çetin Altan
Dünyada Bırakılmış Mektuplar -Seçmeler- Çetin Altan
Dilimiz Üstüne Konuşmalar Melih Cevdet Anday
Söyleşiler Nurullah Ataç
Dergilerde Nurullah Ataç
Okuruma Mektuplar ~ Prospero ile Caliban Nurullah Ataç
Diyelim ~ Söz Arasında Nurullah Ataç
Karalama Defteri ~ Ararken Nurullah Ataç
Günlerin Getirdiği ~ Sözden Söze Nurullah Ataç
Aynalı Denemeler Ece Ayhan
Dip Yazılar Ece Ayhan
Şiirin Bir Altın Çağı Ece Ayhan
S/Z Roland Barthes
Issız Dönme Dolap Enis Batur
Bu Kalem Melûn© Enis Batur
Bu Kalem Bukalemun Enis Batur
Yazının Ucu Enis Batur
E/Babil Yazıları Enis Batur
Aciz Çağ, Faltaşları Enis Batur
Sade'ı Yakmalı mı? Simone de Beauvoir
Tek Yön Walter Benjamin
Poetika İlhan Berk
Logos İlhan Berk
Michel Butor Üstüne Doğaçlamalar Michel Butor
20. Yüzyılda Öncü Tiyatro Ayşın Candan
Bütün Yazıları Asaf Hâlet Çelebi
Yazı ve Yalnızlık Oğuz Demiralp
Kutup Noktası Oğuz Demiralp
Okuma Defteri Oğuz Demiralp
My Lady Di(es) haz. Aslıhan Dinç
Yazılar Ahmet Muhip Dıranas
Tekrarın Tekrarı Mehmet H. Doğan
Şiir ve Eleştiri Mehmet H. Doğan
Çağının Tanığı Olmak Mehmet H. Doğan
Tango Geceleri Orhan Duru
İstanbulin Orhan Duru
Tüm Ders Notları Ferit Edgü
Seyir Sözcükleri Ferit Edgü
Yazmak Eylemi Ferit Edgü
Dram Sanatının Alanı Martin Esslin
Şiir ve Hakikat Beşir Fuad
Duyumsanmayan Karanlık Memet Fuat
Biçemden Biçeme Memet Fuat
Düşünceye Saygı Memet Fuat
Eleştiri Sorumluluğu Memet Fuat
İki Yönlü Yozlaşma Memet Fuat
Özgünlük Avı Memet Fuat
Unutulmuş Yazılar Memet Fuat
Her Yer Tiyatrodur Memet Fuat
Evsahipleri Füruzan
Yeni Konuklar Füruzan
Kusur Konusunda Algirdas-Julien Greimas
Ada Akşit Göktürk
Çeviri: Dillerin Dili Akşit Göktürk
Okuma Uğraşı Akşit Göktürk
Sözün Ötesi Akşit Göktürk
Kafka- Minör Bir Edebiyat İçin Gilles Deleuze-Félix Guattari
Başkaldıran Edebiyat Nedim Gürsel
Güncelin Çağrısı Doğan Hızlan
Kitaplar Kitabı Doğan Hızlan
Saklı Su Doğan Hızlan
Vejetaryenliğin Yararları Sâdık Hidâyet

Dede Korkut'ta Renkler Seyfi Karabaş
Sabahattin Ali-İnsan ve Eser Ramazan Korkmaz
Düşlerin Günbatımı Uğur Kökden
Tiksinti Çağı Uğur Kökden
Seslerin Resmi Uğur Kökden
1900'e Veda Uğur Kökden
Edebiyat Kapısı Cevdet Kudret
Gündemdeki Sanatçı Onat Kutlar
Klasik Amerikan Edebiyatı Üstüne İncelemeler D.H. Lawrence
Ölümcül Kimlikler Amin Maalouf
Bile / Yazdı Behçet Necatigil
Bütün Düzyazılar I - Yazılar Behçet Necatigil
Bütün Düzyazılar II - Yazılar Behçet Necatigil
Gece Defteri Ahmet Oktay
İsrafil'in Sûr'u Ahmet Oktay
Çiçek Dürbünü Sevin Okyay
Artakalan Zamanda Ertuğrul Özkök
Borges'in Kaplanları Demir Özlü
Namık Kemal ve İbret Gazetesi Mustafa Nijat Özön
Alfabetika İshak Reyna
A.H. Çelebi Bütün Yazıları haz. Hakan Sazyek
Toplu Yazıları I - Şapkam Dolu Çiçekle ve Şiir Üzerine Yazılar Cemal Süreya
Yaşamın Kırılma Noktasında Dram Sanatı Sevda Şener
İşaretname ve İntermezzo Levent Şentürk
Beş Şehir Ahmet Hamdi Tanpınar
Seçme Yazılar Bedrettin Tuncel
Oktay Rifat'la Sarmaş Dolaş haz. Güven Turan
Yazıyla Yaşamak Güven Turan
Alla Turca'nın Sonu Necdet Uğur
D.H. Lawrence Mîna Urgan
Virginia Woolf Mîna Urgan
Yazının Sınırları Tahsin Yücel
Yapısalcılık Tahsin Yücel
İnsanlık Güldürüsü'nde Yüzler ve Bildiriler Tahsin Yücel
Tartışmalar Tahsin Yücel
Yazın, Gene Yazın Tahsin Yücel
Alıntılar Tahsin Yücel
Söylemlerin İçinden Tahsin Yücel
Salaklık Üstüne Deneme Tahsin Yücel
Samuel Beckett Tiyatrosu Ayşegül Yüksel

Yaşantı

Kâzım Taşkent ve Yapı Kredi Bankası Sadi Abaç
Türkçe Bir Hayat - Ömer Asım Aksoy'un Özyaşamöyküsü Ömer Asım Aksoy
Kavak Yelleri ve Kasırgalar Çetin Altan
Günce (1953-1955) Nurullah Ataç
Günce (1956-1957) Nurullah Ataç
Başıbozuk Günceler Ece Ayhan
Güneş Toprakları Oya Ayman
Savaş İçinde Barış - Kore Savaşı Anıları Tuna Baltacıoğlu
Yeni Adam Günleri Tuna Baltacıoğlu
Roland Barthes Roland Barthes
Uzak Ülke: Bir Kıbrıs Çocuğu Taner Baybars
El Yazılarına Vuruyor Güneş (1955-1990) İlhan Berk
İnferno İlhan Berk
Kanatlı At İlhan Berk
Uzun Bir Adam İlhan Berk
Günce'den Eksiltmeler (1975-1995) Mazhar Candan
Mavi Saçlı Kız Burçak Çerezcioğlu
Bosnalılar Velibor Çoliç
Amadeo Modigliani'nin Olağanüstü Kısa ve Garip Hayatı Velibor Çoliç
Babam General Kâzım Dirik Orhan Dirik
O Pera'daki Hayalet haz. Sezer Duru-Orhan Duru
Turne Mektupları Ahmet Erol
Tanpınar'dan Hasan-Âli Yücel'e Mektuplar haz. Canan Yücel Eronat
Ertuğrul Süvarisi Ali Bey'den Ayşe Hanım'a Mektuplar haz. Canan Yücel Eronat
Yakup Kadri'den Hasan-Âli Yücel'e Mektuplar haz. Canan Yücel Eronat
İki Gözüm Aziz Kardeşim Efendim haz. Nüket Esen

Y A P I   K R E D İ   Y A Y I N L A R I